LYNNE WILDING

Im Schatten des Eukalyptus

Buch

Endlich haben sie gefunden, wovon sie so lange schon geträumt haben: Jason und Brooke d'Winters sind mit ihren Kindern ins ländliche Bindi Creek im Westen New South Wales' gezogen, wo Jason als Landarzt arbeiten soll. Die Familie wird mit offenen Armen empfangen, die Praxis floriert schon sehr bald, und Brooke kann das lang ersehnte Idyll eines großen Heims im Grünen endlich verwirklichen. Dann bricht großes Unheil über die d'Winters ein. Brookes Leben droht in Scherben zu zerbrechen, und noch während die Schockwellen die Dorfgemeinschaft erschüttern, muss sie sich einigen Ereignissen aus der Vergangenheit stellen, die sie längst hinter sich gelassen zu haben hoffte. Dabei steht ihr Jasons bester Freund Wes Sinclair zur Seite; andere hingegen, wie Sharon Dimarco, reiben sich bereits die Hände, weil sie Brooke vollends scheitern sehen wollen. Werden Brooke und Jason einen Weg finden, die Tragödie zu bewältigen, gestärkt womöglich – und vor allen Dingen gemeinsam?

Autorin

Lynne Wilding, in Sydney geboren, hielt sich erst mit den unterschiedlichsten Jobs über Wasser – u.a. war sie unter dem Namen Linda Gaye als Cabaret-Sängerin erfolgreich –, bis sie in den Achtzigerjahren ihr Talent fürs Schreiben entdeckte. Seither veröffentlichte sie einen Bestseller nach dem anderen, wird in Australien als die Königin der großen Sagas gefeiert und für ihre Romane immer wieder ausgezeichnet. Die Gründungspräsidentin und treibende Kraft der »Romance Writers of Australia« verstarb im Juni 2007.

Von Lynne Wilding bei Blanvalet bereits erschienen:

Das Herz der roten Erde (36330)
Land meiner Sehnsucht (36329)
Das Lied der roten Steine (36331)
Pfad deiner Träume (36301)
Sehnsucht nach Cane Valley (36340)
Im Tal der roten Sonne (36923)
Der Glücksbringer (37110)
Reise des Herzens (37147)

Lynne Wilding

Im Schatten des Eukalyptus

Australien-Saga

Deutsch von Anne Döbel

blanvalet

Die Originalausgabe erschien 2000 unter dem Titel
»Turn Left At Bindi Creek«
bei HarperCollins Publishers Pty Ltd., Australien.

Verlagsgruppe Random House FSC-DEU-0100
Das für dieses Buch verwendete FSC-zertifizierte Papier
Holmen Book Cream liefert Holmen Paper, Hallstavik, Schweden.

1. Auflage
Deutsche Erstausgabe Juli 2009 bei Blanvalet,
einem Unternehmen der Verlagsgruppe
Random House GmbH, München

Umschlaggestaltung: HildenDesign, München
Umschlagbild: © Oliver Strewe,
Lonely Planet Image / Getty Images
Redaktion: Barbara Bortal
lf · Herstellung: rf
Satz: Uhl + Massopust, Aalen
Druck und Einband: GGP Media GmbH, Pößneck
Printed in Germany
ISBN: 978-3-442-37168-6

www.blanvalet.de

1

Brooke Hastings stieg aus dem Bus und sah auf ihre Uhr, während sie sich eilig auf den Weg machte. Sie wollte nicht gleich an ihrem ersten Tag zu spät kommen. Um sie herum hasteten Menschen ihren eigenen Zielen entgegen, gelegentlich streifte einer ihre Schulter. An das beschauliche Launceton gewöhnt, würde es eine Weile dauern, bis sie sich an das so andere Leben in Sydney, der größten Stadt Australiens, gewöhnt hätte. So viele Menschen und Autos, aber auch so viel Lärm und Luftverschmutzung.

Wenigstens hatte sie Arbeit gefunden. Zwei Wochen hatte sie gesucht, in denen Kautions- und Mietvorauszahlungen für ein maßlos überteuertes Studio in Chippendale sie fast um ihre gesamten dürftigen Ersparnisse gebracht hatten. Dass sie den Job als Arzthelferin am Erskineville Medical Centre bekommen hatte – hauptsächlich aufgrund der begeisterten Empfehlung ihrer vorherigen Arbeitgeberin, Dr. Janice Toombes –, bestätigte sie in ihrer Entscheidung, hierherzuziehen. Sie hoffte darauf, dass sich in Sydney mehr Möglichkeiten für sie auftun würden, als sie es in der tasmanischen Provinzstadt je hätte erwarten können.

Sie bog von der Hauptstraße in eine weniger geschäftige Straße ab, an der sich das medizinische Zentrum befand.

In der Ferne ragten Regierungsgebäude hoch in den

Himmel, und zu beiden Seiten der Straße standen schmale Reihenhäuser mit verschnörkelten schmiedeeisernen Balkonen. Kühne Bäume, die sich weigerten, aufzugeben, obwohl sie fast immer im Finstern standen und der sie umgebende Asphalt kaum Nährstoffe für sie bereithielt, warfen gelegentlich ihre Schatten auf den Fußweg und erzeugten so Muster aus Hell und Dunkel.

Das eiserne Tor quietschte beim Öffnen. Sie ging zum Vordereingang. Aus zwei Doppelhaushälften war ein modernes medizinisches Zentrum mit vielen Räumen entstanden, inklusive einer physiotherapeutischen und einer radiologischen Abteilung, die zeitweise besetzt waren. Bei ihrem Bewerbungsgespräch dort war sie von dem Zentrum sehr beeindruckt gewesen. Alles war auf einen modernen Stand gebracht worden: Die Wände in weichem Rosa, grauer Teppichboden, gedämpfte pastellfarbene Drucke an den Wänden. Das Ganze verströmte eine Atmosphäre von Betriebsamkeit, die ihr sehr gefiel. Ihr erstes Gespräch, mit dem sie sehr zufrieden war, führte sie mit der dienstältesten Arzthelferin, Meg Drobovski. Im Anschluss daran traf sie kurz die drei Ärzte. Zwei Tage später hatte Meg angerufen, um ihr mitzuteilen, dass sie den Job hatte.

Meg schaute auf, als sich die Tür öffnete, und lächelte. »Da sind Sie ja, Brooke. Und nicht eine Sekunde zu früh!«, sagte sie, während ihr Blick über das überfüllte Wartezimmer schweifte. »Na los, dann will ich Ihnen mal alles zeigen, als Erstes, wo Sie Ihre Tasche und Ihre Sachen unterbringen können. Dr. Smith und Dr. Groller sind im Haus. Dr. d'Winters ist spät dran. Er wurde bei seinen Hausbesuchen aufgehalten.« Sie sah Brookes Erstaunen und erklärte: »Ich weiß, die meisten medizinischen Zentren machen keine Hausbesuche mehr, wir aber schon, als Zusatzleistung für unsere Patienten, da die meisten schon älter sind.«

Brooke ließ sich von Meg am Empfangstresen und an Reihen von Aktenschränken vorbeischieben bis zum Pausenraum, in dem ihr ein abschließbarer Spind zugewiesen wurde. »Man kann in Erskinville nicht vorsichtig genug sein. Wir hatten schon Patienten hier, die vorgaben, einen Schluck Wasser trinken zu wollen, und dann versucht haben, unsere Portemonnaies zu klauen.« Meg rollte mit den Augen. »Schätze, im guten alten Launceton passiert so etwas nicht.«

»Nein«, bestätigte Brooke, »aber ich werde mich schon daran gewöhnen.«

»Das wäre gut«, lächelte Meg zustimmend. »Wenn Sie Ihre Sachen verstaut haben, werde ich Sie einweisen. Seit Jenny weg ist, bin ich mit den Berichten und der Ablage meilenweit im Rückstand.«

»Oh, zwei meiner Lieblingsarbeiten!« Brookes Lachen kam zögernd. Meg vermittelte ihr den Eindruck, dass dies eine sehr betriebsame Praxis sei, die weder Däumchendrehen noch das Betrachten des eigenen Bauchnabels zuließ. Gut. Was unter anderem ein Grund dafür gewesen war, dass sie die Praxis von Janice verlassen hatte. Das Tempo dort war ihr einfach zu, naja, entspannt gewesen. Sie brauchte Beschäftigung.

Sie schnalzte ungeduldig mit der Zunge, als sie sich bei diesem kurzen Ausrutscher erwischte. Sie hatte beschlossen, dass sie gerade dies nicht mehr tun würde: darüber nachdenken …

Sie atmete tief durch und ging zum Empfang zurück. Brooke Hastings lebte ihr neues Leben, das genau in dem Moment begonnen hatte, als sie die Maschine am Flughafen Kingsford Smith verlassen hatte. Nichts sonst zählte. Nicht die Vergangenheit, nur die Gegenwart, und wenn sie Glück hatte und hart daran arbeitete, eine annehmbare Zukunft.

Am Ende der ersten Woche konnte Brooke es kaum fassen, wie voll die Praxis ständig war. Morgens gab es meistens nur noch Stehplätze im Wartezimmer, und erst gegen Ende der Sprechzeiten wurden die Patienten weniger.

Dr. Paul Groller war ein genialer jüdischer Arzt, dessen leichter Akzent seine osteuropäischen Wurzeln verriet. Wegen seiner leisen Art zu sprechen, seines eher gezierten Benehmens und seiner sanften Art, mit seinen Patienten umzugehen, vermutete sie, dass er homosexuell sei. Sie bekam sehr bald mit, dass die älteren Patienten ihn liebten. Die einzige Ärztin der Praxis, Christine Smith, war Ende dreißig. Meg erklärte, sie sei als Familienärztin sehr beliebt, da sie nicht nur ihren Teil der Praxisarbeit leistete, sondern außerdem alleinerziehende Mutter von vier Kindern war, die sie mit einer Kompetenz erzog, die jeden staunen ließ. Dass sie das alles schaffte, beeindruckte die meisten ihrer Patienten. Dr. Jason d'Winters, der Jüngste des Ärzte-Trios, war Anfang dreißig. Er war streng genommen nicht gutaussehend, wirkte aber sportlich und wie ein Mann, der viel Zeit an der frischen Luft verbringt, was jüngere – männliche wie weibliche – Patienten ansprach. Das spiegelte sich in seinem Terminkalender wider, der üblicherweise randvoll war. Und natürlich schadete es auch nicht, jung und unverheiratet zu sein, vor allem bei den alleinstehenden Patientinnen.

Als nur noch zwei Patienten übrig waren, ließ die Anspannung von Meg und Brooke allmählich nach.

»Bist du sicher, dass es dir nichts ausmacht, am Samstagmorgen herzukommen?«, fragte Meg, während sie die

Patientenkarten des Tages zu einem ordentlichen Haufen zusammenschob. »Deine Woche war ja schließlich auch ganz schön anstrengend.«

»Nein, nein, das geht in Ordnung. Ich habe gern Beschäftigung und nichts Besonderes geplant.« Was nicht so ganz stimmte. Sie hatte sich vorgenommen, Farbe zu kaufen und mit dem Streichen ihrer Wohnung zu beginnen, die dringend eine Renovierung benötigte.

Meg sah sie an. »Hey, du bist wohl ein wenig einsam hier in der Großstadt? Du hast keine Verwandten oder Freunde in Sydney, oder?«

»Nein, aber es dauert eben etwas, bis man sich eingelebt hat. Wenn's mich mal überkommt, gibt es ja genug zu erleben in und um Sydney. Allerdings war ich schon immer eher eine Einzelgängerin.« Es lag keinerlei Selbstmitleid in Brookes Lächeln. Wenn es überhaupt etwas ausdrückte, dann Sachlichkeit. »Ich halte es in meiner eigenen Gesellschaft prima aus.« (Und das ist gut so, denn so viel andere Gesellschaft habe ich ja nicht.)

»Wir könnten ja mal ein Date zu viert ausmachen. Mein Freund Klaus kennt in der Baubranche eine Menge Jungs, die in Frage kommen könnten.«

Brooke schaffte es, sich ihren Abscheu nicht anmerken zu lassen. Ausgehen! Männer! Sie war nicht interessiert. Absolut nicht. Nicht seit Hamish McDonald – dem ach so anständigen Hamish –, der ihr gesagt hatte, er liebe sie, es aber nicht wirklich tat. Sie schüttelte leicht den Kopf. Wie dämlich von ihr, Hamish überhaupt durch ihren Schutzschild durchkommen zu lassen.

»Ja, vielleicht irgendwann mal...« Sie hoffte, vage genug zu klingen, so dass Meg merkte, dass sie nicht sonderlich an Verabredungen interessiert war.

Als die Samstagmorgensprechstunde zu Ende war, rief Dr. d'Winters Brooke in sein Zimmer. »Danke, dass Sie mir mit Mr. Stirling geholfen haben. Er ist bisweilen ein sturer alter Esel. Der Mann hasst es, Medikamente nehmen zu müssen, aber wenn er es nicht tut, wird ihn sein schwaches Herz in null Komma nix unter die Erde bringen.«

»Manchen Leuten fällt es schwer, an die regelmäßige Einnahme von Tabletten zu denken«, murmelte Brooke. Ihr Lächeln verschwand, als sie daran dachte, wie Sid Stir-ling geschimpft und getobt hatte, weil sein Blutdruck viel zu hoch war, als ob es die Schuld von Dr. d'Winters wäre. Man hatte ihn durch die ganze Praxis gehört.

»Gut, dass Sie sich diese Tabelle für seine täglichen Medikamente ausgedacht haben, Brooke. Jetzt weiß er, dass er jeden Tag zwei Häkchen machen muss, wenn er die Tabletten einnimmt. Ich hoffe, dass ihm die Tabelle eine Gedankenstütze ist.«

»Es ist für einige Menschen schwer, allein zu sein. Da ist niemand, der sie daran erinnert, ihre Tabletten zu nehmen. Er sagte, seine Frau hätte sich immer darum gekümmert, und das fehlt ihm.« Der alte Herr hatte ihr erzählt, dass seine Frau vor ein paar Jahren gestorben war. Aus seiner Stimme hatte sie nicht nur Trauer, sondern auch Einsamkeit herausgehört – ein Zustand, mit dem auch sie mittlerweile vertraut war. Sie wollte gerade gehen, als Dr. d'Winters sie zurückhielt.

»Nächste Woche Samstag schmeiß ich eine Überraschungsparty zu Christines Geburtstag. Alle vom Zentrum kommen. Ich hoffe, Sie auch, wenn Sie nichts anderes vorhaben.«

»Danke, ich komme gern«, erwiderte Brooke spontan.

Im nächsten Augenblick fragte sie sich, ob Jason d'Winters einfach nur aufmerksam war oder ob Meg diese

Einladung angeregt hatte. Sie hatte festgestellt, dass die Arzthelferin eine unverbesserliche Plaudertasche war, die vielleicht erwähnt hatte, dass Brooke sich in Sydney einsam fühlte. Aber was machte das schon? Die Ärzte und alle anderen Angestellten waren nett. Die aufgeblähte Attitüde: »Ich bin ein besserer Mensch als du, weil ich Arzt bin«, schien gänzlich zu fehlen. Unter dieser Einstellung hatte sie in Hobart zu leiden gehabt, wo sie ihre Ausbildung absolviert hatte, nach deren Abschluss sie ihrer Freundin Dr. Janice Toombes als Arzthelferin nach Launceton gefolgt war. Also konnte sie seine Einladung auch einfach als nett gemeint annehmen, ohne großartig etwas hineinzuinterpretieren.

»Es wird ganz zwanglos«, versicherte Jason ihr. »Ich wohne in einer Doppelhaushälfte in der Fitzroy Street in Newton. Nummer 58. Gegenüber vom Hollis Park. Groß ist es nicht.« Er grinste sie an. »Eigentlich bekommt der Ausdruck ›kompakt‹, den der Makler dafür benutzte, durch das Haus eine völlig neue Bedeutung. Mit 15 Leuten in Küche und Wohnzimmer schrammen wir an den Wänden entlang.«

Sie erwiderte sein Lächeln, als sie ihm dabei zusah, wie er seinen Schreibtisch aufräumte – wie er es jeden Tag nach der Sprechstunde tat. Er hatte schöne Chirurgenhände, stellte sie fest, kräftig, mit langen, nach oben schmaler werdenden Fingern, obwohl man, wenn man seinen Beruf nicht kannte, eher vermuten würde, dass er Bauarbeiter sei. Er war breitschultrig, wirkte robust und war – obschon nicht sonderlich groß – eine auffällige Erscheinung. Sein fast schwarzes Haar hatte es eigentlich ständig nötig, geschnitten zu werden, und seine blauen Augen waren umrahmt von dicken schwarzen Wimpern, um die ihn die meisten Frauen beneidet hätten.

»Soll ich irgendetwas mitbringen, etwas zu essen vielleicht?«

Er schüttelte den Kopf mit Nachdruck.

»Nur sich selbst.«

»Okay. Wie spät?«

»So gegen halb sieben.«

Nachdem Brooke die Praxis verlassen hatte, saß Jason noch immer an seinem Schreibtisch und trommelte gedankenverloren mit den Fingern auf seiner Schreibtischunterlage. Irgendetwas an Brooke Hastings erweckte sein Interesse, aber er konnte nicht genau festmachen, was es war. Oh, sie war schon ein hübscher Anblick! Ehrlich gesagt, war sie auf eine knabenhafte Weise sogar sehr attraktiv mit ihrem kurzen hellbraunen Haar und den braunen, ein wenig schräg gestellten Augen. Allerdings war sie entsetzlich dünn, und er bevorzugte Frauen mit deutlich mehr Fleisch auf den Rippen. Also, fragte er sich, was war es, das seine Neugier geweckt hatte? Fühlte er sich von ihr angezogen? Ja und Nein.

Ja, weil er sie körperlich attraktiv fand. Sie hatte außerdem ein nettes Lächeln – *wenn* sie lächelte, was selten vorkam. Sie kleidete sich gut, wenn auch nicht teuer, ihrem Einkommen entsprechend. Und sie war intelligent – vielleicht zu intelligent, um sich auf Dauer mit der Arbeit einer Arzthelferin zufriedenzugeben. Soweit ihre Pluspunkte. Eine Woche hatte er sie beobachtet, und das einzig Negative, was er an ihr feststellen konnte, war, dass sie eine unbekannte Größe blieb. Er glaubte nicht, dass sie absichtlich geheimnisvoll tat, aber verdammt noch mal, was war mit ihr los? Sie hatte etwas Rätselhaftes, Distanziertes an sich. Als ob sie nicht wollte, dass irgendjemand die wahre Brooke Hastings kennenlernte. Abgesehen von den Angaben auf ihrem Bewerbungsformular wussten seine Partner und er kaum etwas über sie.

Er rieb sein Kinn und fühlte die Stoppeln an seinen Fingern, während seine Gedanken weiterwanderten. Fand er sie deshalb so geheimnisvoll? Weil sie nicht ständig über sich und ihre Probleme tratschte, so wie Meg und die ein oder andere frühere Arzthelferin? Als er Paul und Christine gegenüber dieses Geheimnisvolle um Brooke erwähnte, beschuldigten sie ihn lachend, er habe zu viel Fantasie. Über dieses Urteil konnte er nur die Schultern zucken. Vielleicht stimmte es ja auch. Nicht dass er sich selbst so beschrieben hätte, ganz und gar nicht. Er war durch und durch bodenständig: Praktisch veranlagt, nicht sonderlich romantisch, wie einige seiner Exfreundinnen sofort bestätigen würden, und manchmal überkam ihn in Sydney eine Rastlosigkeit, obwohl er schon viele Jahre hier wohnte. Nein, sicher nicht der übermäßig fantasievolle Typ.

Er sah auf die Uhr: 12.35 Uhr. Verdammt! Er verbannte seine Gedanken über Brooke und wandte sich wichtigeren Dingen zu – dem heutigen Cricketspiel –, sprang von seinem Stuhl auf und griff sich seine Sporttasche. Er würde seine Inliner brauchen, um noch pünktlich zum Stadium in Castlerag zu kommen.

Pünktlich um halb sieben hielt Brookes Taxi am Bordstein nahe Dr. d'Winters' Haus. Sie zahlte und sah dem davonjagenden Taxi nach, während sie versuchte, den bevorstehenden Abend nicht als Prüfung anzusehen. Es war ihr immer schon schwergefallen, mit Arbeitskollegen auch privaten Kontakt zu haben. Als Studentin galt sie als Bücherwurm, der lieber die Nase in Texte steckte, als auf Partys zu gehen, wann immer sich die Gelegenheit dazu bot. Sie ermahnte sich still, dass sie sich jetzt an eine Vielzahl neuer Dinge gewöhnen müsste, nicht zuletzt an ein total neues Leben.

Sie straffte ihre Schultern und ging zur auf alt gemachten, grünen Haustür mit Buntglaseinsätzen.

Auf ihr Klopfen antwortete niemand. Sie neigte den Kopf, um nach Partygeräuschen zu lauschen – Musik, Gesprächsfetzen, Lachen – und konnte nichts hören. Sie runzelte die Stirn. Hatte sie sich in der Zeit oder im Tag geirrt? Über ihrem Arm lag das Geschenk für Dr. Smith, ein Seidenschal, den sie jetzt stärker an sich drückte. Nein, sie war richtig, da war sie sich ganz sicher.

Sie klopfte erneut.

Sekunden später öffnete sich die Tür, und Jason d'Winters, ein Geschirrtuch über der Schulter, eine Rührschüssel in der einen und einen Löffel in der anderen Hand, sah sie erstaunt an. »Brooke. Äh …! Sie sind ja früh dran.«

Sie zog die Augenbrauen hoch. »Wirklich? Sagten Sie nicht halb sieben?«

Sein verschmitztes Grinsen milderte seine markanten Züge. »Habe ich, aber hier kommt nie jemand pünktlich. Im Allgemeinen wollen die Leute in Sydney nicht die Ersten sein, die auf einer Party erscheinen, also trudeln sie alle ungefähr eine Stunde später ein.«

»Entschuldigen Sie, das wusste ich nicht.«

»Machen Sie sich nichts draus. Aber Sie können sich denken, was das bedeutet, oder?« Als Antwort auf ihren verständnislosen Blick grinste er noch breiter. »Sie werden mir bei den letzten Vorbereitungen helfen müssen.«

»Das mache ich gern.«

Dr. d'Winters hatte etwas Liebenswertes an sich, musste sie sich eingestehen. Der Mann schaffte es, dass sich jeder in seiner Gegenwart ungezwungen und wohl fühlte. Er schien vernünftig und unkompliziert zu sein. Sie schätzte diese Qualitäten an einem Mann.

»Kommen Sie rein.«

Er nahm ihr Tasche und Jacke ab und legte sie nachlässig auf das Bett, das in einem Schlafzimmer stand, das wegen der männlichen Ausstrahlung eindeutig als seins zu erkennen war. Eine karierte Bettdecke lag über dem Bett, und an der Wand über dem Kopfteil hingen drei Drucke, die Wildenten in verschiedenen Flugphasen zeigten. Auf dem Marmorsims des alten Kamins stand eine Reihe Fotos in unterschiedlichen Rahmen, einige schienen alt zu sein, andere dagegen neu. Ein Weidenkorb quoll über mit Sportgeräten, sie sah Cricket- und Tennisschläger, einen Fußball und einige Golfschläger. Durch die kleine Scheibe konnte sie Fensterläden aus Holz erkennen. Das dunkel gebeizte Mobiliar schien ihr neu zu sein, aber dem Viktorianischen Stil nachempfunden, um es dem Haus anzupassen, das wirkte, als wäre es über hundert Jahre alt.

Ihre Schritte hallten auf dem schimmernden Holzfußboden nach, als er sie durchs Haus führte. Es gab ein zweites, sehr kleines Schlafzimmer, außerdem ein kleines Wohnzimmer, in dem auch ein Kamin eingebaut war, und eine Bücherwand, die bis an die Decke reichte. Sie gingen durch einen schmalen Flur, von dem aus sie einen Blick auf das Badezimmer erhaschte, das gleichzeitig als Waschküche diente. Über drei Stufen stiegen sie in einen großen, offenen Raum hinunter, der mit einer modernen Küche im Kombüsenstil, einem langen Holztisch mit Stühlen und einem Büfett mit hohem Aufsatz, in dem Teller und anderer Krimskrams untergebracht waren, und einem Ledersofa ausgestattet war. Ein farblich abgestimmter Läufer vervollständigte die Einrichtung, während durch zwei Oberlichter so viel Helligkeit von draußen einfiel, dass man das elektrische Licht noch lange nicht brauchen würde. Die Rückseite des Raumes bildeten Fenster, die sich über die gesamte Höhe der Wand erstreckten. Durch sie blickte man auf eine Terrasse mit einer Pergola, die den größten Teil des etwa »taschentuchgroßen« Gartens einnahm. Auf den Pflastersteinen, inmitten von gelben und orangefarbenen Blättern, die der Ahorn des Nachbarn abgeworfen hatte, standen einige knallbunt gestrichene Gartenstühle und ein Grill.

Für einen kurzen Moment konnte Brooke es sich nicht verkneifen, ihre schäbige Wohnung mit Dr. d'Winters' Haus zu vergleichen, aber das machte keinen Sinn. Und sie wollte sich schon gar nicht an das Häuschen ihrer Mutter in Hobart zurückerinnern, in dem sie aufgewachsen war. Das würde nur wieder die Trauer und die Reue hervorrufen …

»Also gut.« Er sah ihre beigefarbene Hose und ihr weites, violett gemustertes Shirt an. »Ich besorg Ihnen eine Schürze. Sie sollen sich ja nicht bekleckern, während Sie die Majonäse für mich anrühren.« Er zog eine Augenbraue hoch und fragte: »Es macht Ihnen doch nichts aus, oder?«

»Natürlich nicht.« Fast hätte sie hinzugefügt, dass sie beim Kochen nie kleckerte, dass sie von allen die sauberste Köchin war, aber sie hielt sich zurück, weil es so überheblich geklungen hätte. Stattdessen sagte sie: »Das hier – Ihr Haus – ist wunderschön. Wirklich bemerkenswert.«

Er lachte kurz auf, wobei sich die Haut rechts und links neben seinem Mund in tiefe Falten legte. »Ich weiß, was Sie meinen. Wenn man an der Tür steht, erwartet man dahinter ein langweiliges, bestenfalls durchschnittliches Haus. Seit ich meinen Studentenkredit zurückbezahlt habe, habe ich viel Geld darauf verwendet, die Bude auf Vordermann zu bringen.«

»Das haben Sie alles selbst gemacht?«

»Einiges, ja. Zum Beispiel die Bücherregale. Auch das Buntglas an der Haustür. Aber für den Rest habe ich einen Fachmann engagiert. Er hat sogar einen Dachbodenraum eingebaut, an der Decke des Flures ist eine dieser ausziehbaren Leitern befestigt. Ich habe mir dort oben ein Arbeitszimmer eingerichtet.«

Brooke nahm ihm die Schürze ab, die er ihr hinhielt, und band sie sich um die Hüften. »Also, was soll ich tun?« Er zeigte auf einige Zutaten, die alle einzeln in Plastikschälchen bereitstanden. »Mischen Sie die in der großen Schüssel zusammen, während ich die Kartoffeln schneide.«

Bald arbeiteten die beiden so selbstverständlich wie ein alteingespieltes Team zusammen.

»Sie leben vermutlich schon ziemlich lange in diesem Haus, oder?«

»Mhm, ungefähr zwölf Jahre. Dieses Haus gehörte meiner Großmutter. Ich bin auf dem Land, in Carcoar, aufgewachsen – das ist in der Nähe von Cowra. Früher habe ich zusammen mit meinem Bruder die Schulferien hier verbracht. Meine Granny hat darauf bestanden, dass ich während meiner Studienzeit und dem anschließenden Dienst im Krankenhaus hier wohne. Das war zu praktisch, um es ablehnen zu können. Von hier konnte ich zur Uni laufen und später auch zum Prince-Alfred-Krankenhaus.« Er machte eine nachdenkliche Pause. »Leider ist meine Granny vor drei Jahren gestorben. Sie hat das Haus meinem Bruder und mir hinterlassen, und ich habe ihm seinen Anteil ausbezahlt.«

»Oh, das tut mir leid – das mit Ihrer Großmutter.« Seine Art, von ihr zu sprechen, drückte seine tiefe Verbundenheit zu ihr aus. »Ihre Eltern hatten Besitz in, äh, Carcoar? Einen Hof, eine Schaffarm?«

Er lachte. «Nein, so viel Glück hatten wir nicht. Vater hat für die Schafscherer gekocht. Mindestens sechs Monate im Jahr war er mit verschiedenen Scherteams in allen Teilen des Landes unterwegs. Wir hatten mal Mietwohnungen in Cowra, mal in Carcoar, und Mutter hat die Arbeit gemacht, die sie gefunden hat. Manchmal arbeitete sie als Kellnerin, manchmal als Verkäuferin, aber meistens hat sie in Heimarbeit Kleidung genäht.«

Die Bescheidenheit des Arztes tat gut, dachte Brooke. »Aber Sie kennen diese Gegend – also Newton, Alexandra, Erskineville – inzwischen ziemlich gut?«

»Wie eine zweite Heimat«, gab er zu. »Trotzdem – es ist nicht Carcoar. Das ist ein unheimlich schöner Ort, oder er war es zumindest, als ich das letzte Mal dort war. Das war, als der Sohn meines besten Freundes getauft wurde.«

Brooke sah zu ihm hinüber und nahm die Wehmut in seiner Stimme wahr. Sie hatte also richtig vermutet, dass er vom Land stammte. Es gab da so eine unterschwellige »ländliche Ausstrahlung« an ihm – nicht nur in seiner aufrechten, entspannten Haltung, man sah es auch an der legeren Kleidung, die er sowohl in der Praxis als auch bei privaten Veranstaltungen trug. Heute Abend trug er cremefarbene, feste Baumwollhosen und ein leichtes Denim-Shirt, um seine schlanke Taille hatte er einen fein gemusterten, braunen Gürtel mit einer Messingschnalle im Westernstil geschlungen.

»Wie ist es mit Ihnen?«

»Oh, ich bin eine Stadtpflanze durch und durch, obwohl manche Australier Hobart, wo ich geboren wurde, nicht gerade als richtige Stadt ansehen«, witzelte sie. »Launceton war bisher die kleinste Stadt, in der ich gewohnt und gearbeitet habe.«

»Haben Sie Familie?« Er nahm ihr die Schüssel ab und mischte die geschnittenen Kartoffeln unter die Majonäse.

Nach einem kurzen Zögern antwortete sie: »In Hobart nicht mehr. Meine Eltern sind tot, mein Bruder auch. Ich habe eine Tante mütterlicherseits und drei Kusinen, die auf der Isle of Wight leben. Ich habe sie nur einmal getroffen, vor ungefähr vierzehn Jahren, als sie uns besucht haben. Ich habe noch ein paar entferntere Cousinen und Cousins, die über ganz Australien verstreut sind, aber niemanden in der Nähe. Und niemanden in Sydney.«

»Dass Ihre Eltern verstorben sind, ist traurig. Meine leben auch nicht mehr.« Er lächelte sie schief an. »Da sind wir also ein Waisenpärchen, was?«

Ihr fiel ein, was er zuvor gesagt hatte. »Sie haben aber einen Bruder?«

»Ja, Justin. Aber ich sehe ihn und seine Familie sehr selten. Er ist Apotheker und lebt in Kununurra. Ich liebe das Outback sehr, aber das ist selbst mir zu viel Outback.« Er stellte den Kartoffelsalat in den zweitürigen Kühlschrank und drehte sich schnell um. »Wenn ich Ihnen die Sachen zum Dippen gebe, könnten Sie sie dann auf Platten anrichten, während ich die Gläser raussuche?«

»Klar.«

Brooke hatte kaum noch genug Zeit, die Inhalte der verschiedenen Schüsseln zu verteilen, als die ersten Gäste eintrafen.

Innerhalb einer Stunde war das Wohnzimmer so voll, dass die Leute, wie Jason vorausgesagt hatte, sich an die Wände lehnen mussten. Die Kombination aus Musik und vielen einzelnen Gesprächen erzeugte einen erstaunlichen

Lärm. Meg hatte Brooke ihren Freund Klaus Deitmar, den Zimmermann, vorgestellt, und Dr. Groller hatte sie mit seinem Lebenspartner Peter, einem Anwalt, bekannt gemacht. Jason wusste, dass Brooke nur wenige der Gäste kannte und machte es sich zur Aufgabe, sie jedem vorzustellen, bevor der Ehrengast eintraf.

Brooke lächelte, als sie das Entsetzen auf Dr. Smiths Gesicht sah, als die Anwesenden unisono »Überraschung« brüllten.

»Sie hatte wirklich überhaupt keinen Verdacht, oder?«, sagte Meg zu Brooke.

»Nein, aber Jason war auch hinterhältig. Er hat mir erzählt, dass sie erst nächsten Samstag Geburtstag hat, so dass sie heute Abend völlig arglos war.«

»Bleibst du noch?«, fragte Meg.

»Bleiben? Wie meinst du das?«

»Ja, also, diese ganzen Mediziner sind ein wenig zu hochgeistig für Klaus und mich. Wir dachten daran, uns in ungefähr einer halben Stunde oder so zu verdrücken. Heute spielt eine coole Band im Marlborough in der King Street. Kommst du mit?«

»Wäre das nicht unhöflich?«

»Jason wird es schon verstehen, und nach drei Gläsern Wein kümmert Christine das auch nicht mehr«, sagte Meg leichthin. »Außerdem vermute ich, dass du und ich nur anstandshalber eingeladen worden sind.«

Brookes Miene verdüsterte sich. »Ich weiß nicht …«

Meg unterbrach sie. »Ist schon in Ordnung. Ich will dir ja keine Daumenschrauben aufsetzen.« Dann gab sie ihr einen sanften Stoß. »Siehst du den Typen dort hinten in der Ecke? Er ist gerade erst hereingekommen. Das ist Colin Theyer. Er ist Radiologe – und Single. Wenn du interessiert bist, kann ich euch bekannt machen.«

Automatisch blickte Brooke zu dem besagten Herrn hinüber und sah, wie er sie anstarrte. »Oh, nein. Aber trotzdem danke«, fügte sie schnell hinzu. Zu schnell. Sie sah Megs fragenden Blick und lächelte dünn. »Ich habe gerade erst eine Beziehung in Launceton hinter mir«, improvisierte sie. »Vorerst bin ich von den Männern kuriert.«

Meg nickte verständnisvoll. »Na gut. Schätze, Klaus und ich werden uns noch eine Weile unter das Volk mischen und dann verschwinden.«

Colin Theyer trat an Jasons Seite, als der ein paar Gläser Wein einschenkte. »Deine Arzthelferin, alter Junge, die mit dem kurzen Haarschnitt. Ist sie etwa eine …?«

»Du meinst Brooke?«, antwortete Jason steif. Auf seltsame und irrationale Weise fühlte er sich an Brookes Stelle durch Theyers Anspielung beleidigt. »Könnt ich dir nicht sagen. Aber nur, weil sie ihre Haare kurz trägt, *alter Junge*, muss sie ja nicht unbedingt eine Lesbe sein.«

»Das weiß ich auch.« Colin räusperte sich nervös. »Ich habe mich das eben nur gefragt. Was weißt du über sie? Ist sie liiert? Hat sie einen Freund?«

»Warum fragst du sie nicht selbst?«

Aufgrund seiner Beobachtungen und seiner kurzen Bekanntschaft mit Brooke Hastings war sich Jason ziemlich sicher, dass sie Colin sehr bald in seine Schranken weisen würde. Er sah zur Terrasse hinüber und wünschte sich, lauschen zu können, aber der Grill stand zu weit entfernt, und er musste vor seinem Kollegen Paul an die Steaks gelangen, sonst würde alles ungar serviert werden.

Zehn Minuten später sah Jason vom Grill aus zu, wie Colin und Brooke miteinander sprachen. Die Röte auf Colins Wangen sprach dafür, dass die Anmache des Radiologen nicht den üblichen Erfolg hatte. Er lächelte.

Schlaues Mädchen. Theyer brauchte mal einen Dämpfer – dieser Mann mit seinem tiefer gelegten Porsche und seinem Luxusapartment, von dem aus man Darling Harbour überblickte, dachte, dass jede Frau, die er ansprach, automatisch mit ihm ins Bett sprang, nur weil er finanziell gut dastand und deshalb ein guter Fang war. Irgendwie glaubte Jason nicht, dass Brooke die Art Frau war, die sich dadurch beeindrucken ließ.

Um Mitternacht war die Gästeschar erheblich geschrumpft, und nur die ausdauernden Nachteulen – diejenigen, die fest entschlossen waren, ihrem Gastgeber auch noch den letzten Tropfen Alkohol abzuluchsen, bevor sie nach Hause wankten – blieben zurück.

Theyer hatte den ganzen Abend an Brooke wie eine Klette geklebt, und selbst ihre offensichtliche Gleichgültigkeit hatte ihn nicht vertreiben können. Vielleicht stand der Mann auf Herausforderungen? Oder hatte ihn ihr mangelndes Interesse eher noch angeheizt als abgeschreckt? Sie flüchtete ins Badezimmer. Sie hatte alles über seine Besitztümer, seinen geliebten Porsche, seine erfolgreiche Praxis gehört – bis zum Abwinken. Sie war sich sicher, dass er darauf wartete, dass sie sich verabschiedete, um ihr anzubieten, sie nach Hause zu fahren. Und das war das Letzte, was sie wollte.

Als sie aus dem Badezimmer kam, stieß sie beinahe mit Jason zusammen. Er hielt sie kurz an den Schultern fest, um sie wieder ins Gleichgewicht zu bringen, ließ sie aber schnell wieder los. »Sie verstehen sich gut mit Colin, wie ich sehe.« Die Belustigung in seiner Stimme war nicht zu überhören. »Zu gut, soweit es mich betrifft«, antwortete sie trocken. »Er hat mir einen Job angeboten.«

»Oh.« Jasons Augenbrauen zogen sich zusammen.

Brooke hatte also wirklich Colins Interesse geweckt. Er fand das nicht überraschend. Sie war verdammt attraktiv, und ihre eiskalte Haltung machte manche Männer bestimmt an. »Sind Sie daran interessiert, für ihn zu arbeiten?«

»Auf keinen Fall«, sie schüttelte nachdrücklich den Kopf. »Ich bin nicht erpicht darauf, bei jeder sich bietenden Gelegenheit um den Röntgentisch gejagt zu werden.«

Sein Lachen brach so hemmungslos aus ihm heraus, dass es vorübergehend den Partylärm überdeckte. »Sehr scharfsinnig von Ihnen.« Eine Augenbraue schoss nach oben, als er fragte: »Ist er Ihnen lästig?«

Sie zuckte mit den Schultern. »Ja, aber ich werde schon damit fertig.«

»Vielleicht kann ich da helfend eingreifen.«

»Wie?«

Er tippte sich verschwörerisch an den Nasenflügel und zwinkerte. »Überlassen Sie das ruhig mir.«

Sie erfuhr nie, was Jason zu Colin gesagt hatte, er wollte es ihr später nicht verraten. Was sie wusste, war, dass es ausreichte, damit Colin sich verabschiedete und innerhalb von Minuten nach diesem Gespräch den Weg zur Haustür nahm.

»Ich nehme an, dass ich Ihnen dafür beim Aufräumen helfen muss«, murmelte Brooke, nachdem sich die Tür hinter dem flüchtenden Colin schloss.

»Das Angebot kann ich unmöglich ablehnen, aber nur, wenn ich Sie hinterher nach Hause fahren darf.«

»Das ist nicht nötig. Ich kann mir ein Taxi rufen.«

Er schüttelte den Kopf und presste entschlossen die Kiefer aufeinander. »Ich bestehe darauf.«

Spät in der Nacht oder eher sehr früh am Morgen lag Brooke auf ihrem Bettsofa und versuchte, das Quietschen der Sprungfedern bei jeder ihrer Bewegungen zu ignorieren. Ein Lächeln spielte um ihre Lippen, als sie sich widerwillig eingestand, dass sie sich auf der Überraschungsparty für Dr. Smith amüsiert hatte.

Unter Leute zu gehen war nicht die Prüfung geworden, die sie befürchtet hatte. Zu ihrer Erleichterung war es ihr gelungen, sich unter die Gäste zu mischen und Smalltalk zu halten. Und sie hatte erfahren, dass Menschen, die im medizinischen Bereich tätig waren, nicht immer nur über den Beruf reden wollten. Die meisten mochten es, sich außer über Medizin auch über Politik und Tratsch zu unterhalten. Die Männer sprachen meist über Sport, besonders über Rugby und Fußball.

Sie wusste jetzt mehr über das Privatleben ihrer Arbeitgeber, zum Beispiel, dass Groller schwul war, dass Christine gerne mal das ein oder andere Gläschen zu viel trank, dass Jason … – Ja, was war mit Jason? Dass er so war, wie er sich gab. Unkompliziert, ehrlich, gutherzig. Alles gute Eigenschaften bei einem Mann, würde ihre Mutter jetzt sagen.

Sie stöhnte leise auf und blinzelte ein paarmal, um die plötzliche Nässe in ihren Augen zu vertreiben. Liebe Mummy. Hamish McDonald hätte *sie* niemals zum Narren halten können, nicht für eine Minute. Hamish war in ihr Leben getreten, als sie emotional verwundbar war, hatte sie beschlossen. Sonst hätte sie bemerkt, wie oberflächlich er war, und hätte seinen seichten Charme als das erkannt, was er war – ein Mittel, um sie emotional und körperlich in eine Affäre zu verwickeln. Sie seufzte noch einmal in den dunkler werdenden Raum.

Mummy … – Wenn sie an Pam, ihre Mutter, dachte,

hatte das immer dieselbe Wirkung auf sie. Und wenn die Erinnerungen erst mal hochkamen, kreisten ihre Gedanken als Nächstes auch um Travis. Lieber Travis. Er war achtzehn gewesen, zu jung, als dass man ihm sein Leben nahm. Die Traurigkeit, der zugeschnürte Hals und ein Schmerz, der in der Mitte ihrer Brust begann und sich ausdehnte, bis sie ihn kaum noch aushalten konnte – das waren die Gefühle, mit denen sie lebte.

Wie Jason gesagt hatte, war sie eine Waise. Und das gefiel ihr nicht. Überhaupt nicht. Sie drehte sich auf die Seite, boxte das Kissen zu einem Ball unter ihrem Kopf zurecht und versuchte, die Gedanken auszublenden, versuchte sich zu entspannen und wartete auf das Vergessen. Das nicht kam. Ihre Gedanken wirbelten durcheinander und ließen sie nicht schlafen. Während der letzten zwei Jahre war ihr Leben eine lange, lange Achterbahnfahrt gewesen. Aber damit war es jetzt vorbei! Sie schob entschlossen das Kinn vor. In Sydney gab es für sie die Chance auf einen Neuanfang, ein neues Leben, sie würde diese Chance ergreifen und festhalten.

Der Alptraum setzte um fünf Uhr morgens ein, als sie sich in der tiefsten Schlafphase befand.

Gesichter. Schreiend, Augen weit aufgerissen und aggressiv starrend. Finger. Dürre, knotige Finger mit langen, gebogenen Nägeln, die anklagend auf sie zeigten. Stimmen. Zu viele. Ein Missklang von Geräuschen, schrill, unverständlich, ein dröhnendes, raues Lachen. Männer mit strengen Gesichtern und dunklen Anzügen. Zeitungsausschnitte, einer nach dem anderen, ihre fettgedruckten Überschriften so verzerrt, dass sie dreidimensional erschienen. Ein Kind weinte, dann ein weiteres …

Unter ihrer Decke schlug Brooke um sich und versuchte, die Bilder zu verscheuchen, die immer bizarrer und beängstigender wurden, je länger der Traum dauerte. Sie erwachte zitternd und verschwitzt. Sie setzte sich auf, schwer atmend, ihre Arme und Beine zitterten, ihr Hals war trocken, ihre Lider schwer. Sie öffnete ihre Augen und fühlte sich orientierungslos. Wo war sie? Das hier war nicht ihre Wohnung in Launceton. Dies war nicht ihr Zuhause. Ihr Herz fing an zu rasen, die Nerven unter ihrer Haut kribbelten, als ob sie hypersensibilisiert worden wären. Ach ja, sie erinnerte sich. Sydney!

Ruhe umgab sie, als sie im Sitzen den Geräuschen vor Sonnenaufgang lauschte. Sie waren alle klar zu hören und fremd: Unten auf der Straße hustete jemand, Rohre knackten, eine Wasserspülung rauschte, ein einzelner Vogel zwitscherte, später stimmten andere mit ein. Langsam kehrten ihre Sinne und ihr Herzschlag zur Normalität zurück.

Sie sah sich im Zimmer um, sah die dämmrigen Umrisse in der spärlich möblierten Wohnung. Der Traum war wiedergekommen. Zwei Monate lang hatte sie keinen Alptraum gehabt, keine furchtbaren Bilder hatten ihre Ruhe gestört. Stöhnend erkannte sie, dass es falsch war zu glauben, dass sie den Alptraum für immer los sei. Das Kissen war verrutscht, sie schob es als Stütze hinter sich und fragte sich, was es dieses Mal gewesen war, das den Traum ausgelöst hatte.

Sie erinnerte sich daran, dass ihre Freundin und frühere Arbeitgeberin Janice einmal gesagt hatte, dass es nicht immer einen erkennbaren Auslöser geben würde. Manchmal würde der Traum einfach so wiederkehren, und sie könnte nicht viel anderes tun, um ihn zu vertreiben, als ein möglichst ruhiges Leben zu führen.

Ha! Sie schnaufte in die Dunkelheit und versuchte, sich

zu beruhigen. Es war bestimmt leichter, diesen Rat anzunehmen, als ihn zu befolgen.

2

Also, ich geh dann mal«, sagte Meg, schob die Tasche über ihre Schulter und griff sich ihre Jacke. »Macht es dir wirklich nichts aus, abzuschließen?«

Brooke schüttelte den Kopf. Meg hatte ihr erzählt, dass sie sich mit Klaus vor dem Hoyts-Kinokomplex in der George Street treffen wollte, um sich dort einen Film anzusehen. »Geh nur. Ich wünsch dir viel Spaß.« Als Meg fort war, ließ Brooke ihren Blick über die vier letzten Patienten in der Praxis wandern. Zwei waren Dr. Grollers Patienten, die anderen beiden gingen zu Dr. d'Winters. Sie nahm den Ablagekasten und sortierte Patientenkarten ein. Dann begann sie, Berichte über die Arbeitsunfälle von zwei Arbeitern zu schreiben, die für die Versicherung benötigt wurden.

Wenigstens hatte Meg seit der Party bei Jason aufgehört, Verabredungen für sie einzufädeln. Sie musste ihrer Arbeitskollegin ausführlich über ihre Beziehung mit Hamish berichten – allerdings nahm sie dafür die überarbeitete Version –, woraufhin Meg entschied, dass es Zeitverschwendung wäre, sie mit einem von Klaus' Freunden verkuppeln zu wollen.

Während sie tippte, schweiften ihre Gedanken ab… Wenn sie ihrer Schulfreundin Janice nicht von Hobart nach Launceton gefolgt wäre, als die Ärztin ihre Praxis dorthin verlegte, hätte sie Hamish McDonald, aufstrebender Anwalt mit politischem Ehrgeiz, nie kennengelernt. Dumme

Kuh! Sie hatte sich an Hamish gehängt wie eine Klette, als ob sie wundersamerweise durch ihn ihren Schmerz über den Verlust von Mutter und Bruder leichter ertragen könnte. Warum hatte sie nicht erkannt, dass Hamish kein echtes Gefühl besaß, keine wirkliche Anteilnahme zeigte, bevor es zu spät war? Sie hatte außerdem Janices Warnung in den Wind geschlagen. Verdammter Hamish!

»Brooke, bringen Sie mir bitte die Patientenkarte von Mrs. Hobbs?«

Bei Dr. d'Winters Stimme zuckte sie zusammen, er stand direkt hinter ihr. Und hatte sie bei dem erwischt, was sie sich absolut verboten hatte: Sie hatte nach hinten geblickt. Sie ermahnte sich, nach vorne zu schauen, sonst würde sie im Leben nicht weiterkommen.

»Ist sie nicht auf Ihrem Schreibtisch? Ich dachte, ich hätte sie dorthin gelegt«, erwiderte sie, während sie aufstand und zum Aktenschrank ging. Die Karte von Mrs. Alice Hobbs war nicht darin.

Dann hörte sie ihn aus seinem Zimmer rufen: »Alles in Ordnung. Ich habe sie gefunden.«

Lächelnd ging Brooke zu ihrem Stuhl zurück. Nach einem Monat in der Praxis wusste sie einiges über Dr. d'Winters' Eigenheiten. Er hielt auf seinem Schreibtisch eine ganz besondere Ordnung, die nur er überschaute, und niemand außer ihm durfte diesen Schreibtisch auch nur anfassen, geschweige denn, den Staub entfernen. Für Meg und sie war diese kleine exzentrische Macke eine Quelle der Erheiterung geworden, aber sie hielten sich an die Weisung, und Jason (wie er genannt werden wollte) behielt seinen «ordentlichen» Schreibtisch, der auf sie und Meg allerdings ziemlich chaotisch wirkte. Es war lustig, dass er in allen anderen Punkten sehr ordentlich war – in der Praxis, mit seinen Instrumenten und seinem Kittel.

Alle Ärzte hatten ihre kleinen Besonderheiten, wie sie herausgefunden hatte. Dr. Groller wollte nicht, dass Meg oder sie Briefe öffneten, die speziell an ihn adressiert waren. Das entfachte in der Mittagspause natürlich jede Menge vergnügter Spekulationen über den Inhalt dieser Briefe. Dr. Smith war außerordentlich organisiert und achtete sehr darauf, Termine einzuhalten. Außerdem hasste sie es, unterbrochen zu werden, auch für Telefongespräche, wenn sie einen Patienten im Sprechzimmer hatte. Ihre militante Haltung löste Debatten darüber aus, wie sie ihren Haushalt mit den vier Kindern führte. Meg vermutete, wie ein Armeelager. Im Ganzen, fand Brooke, konnte sie mit den exzentrischen Eigenheiten der Ärzte gut leben.

Als Brooke das nächste Mal aufblickte, sah sie, dass das Wartezimmer leer war. Sie informierte Dr. Groller, dass sie zum Laden an der Ecke gehen würde, um die Vorräte im Gemeinschaftsraum aufzufüllen. Das hatte Meg gestern vergessen. Als sie mit ihren Einkäufen auf dem Rückweg war, konnte sie nicht umhin zu bemerken, dass die Herbsttage immer kürzer wurden. Bald würde sie im Dunklen nach Hause gehen müssen, was ihr nicht gerade behagte.

Sechs Meter vor ihr lief ein Mann in einem navyblauen Anzug in Richtung Bahnhof. Er hatte eine Zeitung unter dem Arm, auf der anderen Seite trug er einen Aktenkoffer. Seine abrupten, seltsamen Bewegungen erregten ihre Aufmerksamkeit. Erst schwankte er, stoppte, griff dann nach dem nächstbesten Gegenstand – einem Zaun –, um Halt zu suchen. Sekunden später gaben seine Knie nach, und er brach auf dem Boden zusammen – ungefähr ein Haus von der Praxis entfernt.

Brooke rannte zu ihm. »Was ist los mit Ihnen?« Vielleicht ist er Epileptiker, dachte sie. Sie konnte aber an ihm keine Anzeichen für einen Anfall feststellen.

Er stöhnte und öffnete die Augen. Die Lider flatterten, als er sie über sich gebeugt sah. »Ka-kann nicht atmen. Zu eng. Schmerzen!« Mit der rechten Hand bemühte er sich zu zeigen, dass sich das Problem in seiner Brust befand. Seinen linken Arm bewegte er nicht, als ob jemand ihn niederpressen würde.

Brooke kniete sich neben ihn hin und öffnete die obersten beiden Knöpfe seines Hemdes, löste seine Krawatte und fühlte nach der Halsschlagader. Der Puls war schwach. Ein Herzinfarkt? Vielleicht. Im schwindenden Licht bemerkte sie, dass sein Gesicht ein wenig grau aussah, und dass ihm das Atmen offensichtlich sehr schwerfiel. Im nächsten Augenblick verlor er das Bewusstsein.

Sie biss sich auf die Lippe, überlegte angestrengt, was sie als Nächstes tun sollte. *Hol Hilfe.* Ein Mann im Overall und Arbeitsstiefeln kam näher. Er wurde langsamer, als er die Szene auf dem Bürgersteig wahrnahm.

Brooke appellierte an seine Hilfsbereitschaft. »Bitte, helfen Sie mir! Ich arbeite in der Arztpraxis dort drüben«, sie zeigte auf das Gebäude. »Holen Sie bitte einen der Ärzte her?«

Der Mann rannte los, um Hilfe zu holen.

Jason erschien unglaublich schnell mit seinem Stethoskop in der Hand. »Was ist los?«

»Möglicherweise eine Arterienverstopfung«, schlug Brooke als erste Diagnose vor.

»Wirklich?«, fragte er, während er das Hemd des Mannes weiter öffnete, um seine Brust abhören zu können. »Hmm, der Herzschlag kommt unregelmäßig, und seine Lippen werden blau. Wir brauchen einen Rettungswagen.«

»Ich ruf einen.« Sie rannte in die Praxis und wählte dreimal die Null. Dann suchte sie einige medizinische Instrumente zusammen und lief zurück.

Als er das Blutdruckmessgerät und eine Sauerstoffflasche in Brookes Armen sah, schossen Jasons Augenbrauen erstaunt nach oben. Sie hatte vorausgesehen, welche Instrumente er benötigen würde. Er sah Brooke an. »Messen Sie bitte seinen Blutdruck? Ich habe das Gefühl, dass das Ergebnis nicht allzu gut sein wird.« Wieder drehte er sich zu dem bewusstlosen Mann um und zuckte bei dessen angestrengter Atmung zusammen. »Es geht ihm immer schlechter. Könnte ein Blutgerinnsel sein, ich bin mir aber nicht sicher.«

»Ich weiß.« Sie legte eine Decke um den Mann und wickelte ihn, so gut es auf dem Bürgersteig ging, ein.

»Wir sollten versuchen, eine Kanüle für eine Infusion zu setzen«, sagte Jason, »aber das könnte bei diesen Lichtverhältnissen schwierig werden, und ich möchte ihn lieber nicht bewegen.«

»Wäre es nicht besser, es ihm so angenehm wie möglich zu machen und darauf zu achten, dass sich sein Zustand nicht verschlimmert?«, schlug Brooke vor. Sie hatte den Blutdruck des Mannes gemessen und konnte bereits das entfernte Heulen des Rettungswagens hören. »Der Puls ist einfach zu unregelmäßig, um sicher zu sein, aber der systolische Wert liegt unter siebzig«, informierte sie ihn.

Als ob ihnen eine Gratisaufführung geboten würde, hatte sich eine kleine Gruppe Schaulustiger im Dämmerlicht versammelt, um sich das Spektakel anzusehen. Ohne sie zu beachten, zog Brooke die Atemmaske vorsichtig über den Kopf des Mannes und schaltete das Gerät ein.

Plötzlich bäumte sich der Körper des Mannes auf. Jason

griff nach seinem Stethoskop. Herzstillstand! Innerhalb von Sekunden verabreichte Jason ihm eine Herz-Lungen-Massage in Kombination mit einer Mund-zu-Mund-Beatmung. Er reichte Brooke das Stethoskop. »Versuchen Sie, einen Puls zu finden.«

Sie legte das Stethoskop um und bewegte es über die Brust des Mannes, während sie Jasons fähigen Händen dabei zusah, wie sie rhythmisch massierten. »Ich hab einen. Er kommt zurück, aber der Puls ist schwach.« Sie hörte einen gemeinschaftlichen Seufzer der Erleichterung von der Gruppe um sie herum. Das Aufheulen der Sirene durchschnitt die Luft, und als Brooke aufsah, hielt der weiße Rettungswagen abrupt am Bordstein. Zwei Männer in Uniform kletterten heraus. Die Sanitäter verloren keine Zeit. Sobald der Mann stabilisiert war, legten sie ihn auf eine Trage und schoben ihn in den Rettungswagen.

Paul Groller trat zu ihnen, als der Rettungswagen zum Prince-Alfred-Krankenhaus zurückjagte. »Ich habe die ganze Aufregung verpasst«, beschwerte er sich. »Was ist geschehen?«

»Sieht nach Herzinfarkt aus. Sie werden es bald wissen, wenn sie ihn erst mal in der Notaufnahme haben«, erklärte ihm Brooke. Paul stand die Enttäuschung ins Gesicht geschrieben, also zwinkerte sie Jason zu, während sie Paul versprach: »Den Nächsten können Sie haben, wenn Sie wollen.«

Paul nickte, sein Gesichtsausdruck war immer noch ernst. »Okay.« Er beschwerte sich nicht, als Brooke ihn mit der Decke, dem Sauerstoffgerät und anderem Zubehör belud.

»Das hat meinen Adrenalinspiegel zumindest für ein paar Minuten ganz schön hoch gebracht«, bemerkte Jason. Ein forschender Ausdruck zog sich über sein Gesicht, während er Brooke betrachtete. »Sie waren toll, Brooke. Kühl wie …«

»Eis.« Sie sprach das Wort aus, nach dem er am wahrscheinlichsten suchte, aber gleich darauf entwich ihr ein zögerliches Seufzen. »Im Krankenhaus in Hobart stand ich in dem Ruf, unter Druck *eiskalt* zu bleiben. Ich bin mir sicher, dass sie hinter meinem Rücken darüber sprachen, dass ich bestimmt auch die Gefühle eines Eisbergs habe.« Sie lächelte flüchtig. »Ich bin auch überzeugt, dass die Bemerkungen nicht als Kompliment aufzufassen waren.«

»Für die medizinische Arbeit ist es eine wertvolle Eigenschaft, unter Druck ruhig zu bleiben. Das ist ein echter Nerventest.« Jasons Blick war forschend, sein Ton neugierig. »Wie schade, dass Sie das Krankenhaus verlassen haben. Sie hätten eine verdammt gute Krankenschwester abgegeben, wenn Sie dabeigeblieben wären.«

Sie lächelte kurz. »Ich glaube schon, dass ich in meinem Job gut war, aber …«, sie zögerte und dachte einen Moment nach, bevor sie fortfuhr: »Manchmal muss man in seinem Berufsleben Änderungen vornehmen, und damals war die richtige Zeit dafür gekommen.«

»Bedauern Sie es nicht?«

Brooke zuckte mit den Schultern und drängte die Erinnerungen zurück. »Manchmal. Aber ich komme gut zurecht damit. Ich finde, dass ich noch immer einen Beitrag zur medizinischen Versorgung leiste.« Und sie hatte ihre Pläne. Sie würde eines Tages Naturheilkunde studieren und endlich die natürliche Medizin besser erforschen, für die sie sich schon immer interessiert hatte. Da sie aber wusste, wie sehr viele Schulmediziner über diese Art der Medizin dachten, behielt sie diese Information lieber für sich.

Paul, der Brookes und Jasons Unterhaltung mitgehört

hatte, sagte: »Sie sind die fähigste Arzthelferin, die wir jemals hatten, und das bestreitet gewiss niemand.« Er unterdrückte ein Gähnen. »Es war ein langer Tag. Lasst uns den Laden abschließen und nach Hause gehen.«

Brooke räumte gerade auf, als Jason zum Empfangstresen kam.

»Ich finde, dass wir uns mit dieser letzten Anstrengung des Tages eine Belohnung verdient haben. Wollen wir zusammen essen gehen? In der King Street, Richtung St. Peters, gibt es ein fantastisches neues Thai-Restaurant.« Er sah, wie sich ihre Miene verschloss, und dachte, es sei ihr peinlich, dass sie nicht wisse, wie sie ablehnen sollte, ohne ihn zu beleidigen. Er baute ihr eine Brücke: »Ich bin am Verhungern und habe keine Lust, für mich allein zu kochen. Aber wenn Sie nicht wollen, verstehe ich das.«

»Nein.« Sie holte tief Luft und traf eine Entscheidung. »Ich würde gerne mit Ihnen essen gehen. Ich war noch nie thailändisch essen.«

Ohne dass sie hätten sagen können, wie es dazu gekommen war, waren Brooke und Jason dazu übergegangen, Donnerstags nach der Sprechstunde – mit ein wenig Glück waren sie um acht Uhr fertig – regelmäßig in einem der Restaurants in der King Street essen zu gehen. Die Hauptstraße von Newton war wegen ihrer Vielzahl an Restaurants so bekannt wie die Lygon Street in Melbourne. Jason, der über einen erstaunlichen Appetit verfügte, führte Brooke ein in Essen aus Afrika und Sri Lanka, machte sie mit deutschem Sauerkraut und Würstchen und vielen anderen Landesküchen bekannt.

An einem kühlen Abend überredete er sie, seinem Hallen-Cricket-Team beizutreten, sein Sport für die Winterzeit. Die zwei wichtigsten Dinge dabei, informierte er sie, waren das Fangen des Balls und das Laufen. Brooke, die sich selbst nicht für übermäßig sportlich hielt, fand heraus, dass sie beides beherrschte, und lernte als Bonus auch noch weitere Menschen kennen.

Dann zeigte er ihr das Buschwandern.

»Musst du dich… eigentlich… nie… erholen?«, beschwerte sich Brooke zwischen ihren Bemühungen, nach Luft zu schnappen, als sie auf dem Hügel standen, der ihr wie ein kleiner Berg vorkam. Sie hatten gerade eine gute halbe Stunde damit verbracht, den Hügel stetig hinaufzuwandern, um die Aussicht vom Leuchtturm Barrenjoey Point zu bewundern. Ihr linkes Knie tat ihr weh. Als Teenager hatte sie einmal eine Kniescheibenluxation gehabt – dabei löst sich die Kniescheibe aus ihrer Position –, und bei langen Spaziergängen machte ihr das Knie manchmal zu schaffen. Sie beugte und streckte es mehrere Male, um die angespannten Muskeln zu lockern. Jason hingegen tänzelte herum, als wären sie eben nur fünf Minuten spazieren gegangen.

»Natürlich muss ich das«, grinste er. »Aber das erledige ich im Schlaf.«

Sie schnitt ihm eine Grimasse und drehte sich dann weg, um die Szenerie zu betrachten. Es war ein klarer Wintertag, und sie konnte übers Pittwater zu dem großen Park, dem Kuringai Chase, hinübersehen. In der entgegengesetzten Richtung sah sie die südliche Biegung von Palm Beach und den Pazifischen Ozean. Die ganze Aussicht war atemberaubend schön.

»Na, wie findest du sie?«

»Wen?«

Er brummte über ihre dumme Bemerkung. »Die Aussicht. Spektakulär, oder?«

»Ääh, ja.«

»Aha, in Tasmanien gibt es sicher bessere?« Sein Ton war gespielt empört, und während sie noch ganz von der Aussicht gefangen war, nutzte er die Gelegenheit, sie insgeheim anzuschauen. Sie trug Jeans, Turnschuhe und einen blauen Wollpullover und hatte ihre Windjacke um ihre Hüften geknotet. Die Brise spielte mit ihrem hellbraunen Haar, das um ihr Gesicht wehte, und sie sah fantastisch aus. Irgendwo tief in ihm drin krampfte sich etwas zusammen – die Gefühle, die er seit Monaten unterdrückte.

»Naja … könnte schon sein«, sagte sie. »Ich bin daheim nicht so viel gewandert. Wahrscheinlich bin ich eher ein Stubenhocker.«

»Schäm dich«, scherzte er.

Sie zog eine Augenbraue hoch und grinste ein keckes Lächeln. Innerlich stöhnte er auf. Wenn sie nur wüsste, was sie ihm damit antat. Ihr Lächeln und die Art, wie ihre Augen dabei leuchteten und wie sich dabei ihre jugendlichen Züge und ihr ach so störrisches, spitzes Kinn veränderten …

»Na gut, mach ich.«

Er sah ein, dass er sie nicht würde ködern können, da sie mittlerweile schon an seinen hintergründigen Humor gewöhnt war. Sie zuckte einfach nur mit den Schultern.

»Travis war der Abenteurer in der Familie«, gestand sie ein. »Mit siebzehn hatte er bereits fast alle tasmanischen Nationalparks durchwandert.« Nachdem sie ihren Bruder erwähnt hatte, blieb sie für einige Momente stumm.

»Du vermisst ihn sehr, nicht wahr?« Jasons Bemerkung war so sanft, wie sie intuitiv war.

»Ja«, sagte sie schließlich. »Sogar die Auseinandersetzungen. Travis war ganz schön temperamentvoll, in dieser Hinsicht war er wie Daddy.«

Sie hatte Jason von ihrem Vater erzählt. Alan Hastings war in der Royal Australian Navy gewesen und starb bei einem Unfall an Bord der *HMAS Melbourne*, als Brooke zwölf Jahre alt war und ihr Bruder gerade mal zwei. Jason wusste auch, dass Pam, ihre Mutter, geknausert und nachts gelernt hatte, um Buchhalterin zu werden, damit sie ihren Kindern ein besseres Leben bieten konnte.

»Du möchtest über ihn auch nicht sprechen?«

»Nein.« Sie schüttelte den Kopf, um ihre Entschlossenheit zu unterstreichen.

Jason respektierte ihre Haltung. Er hatte sie früher schon dazu bringen wollen, etwas über sich und ihre Familie zu erzählen, und war dabei auf Mauern gestoßen. Aber auch so wusste er schon eine Menge darüber, was für ein Mensch Brooke Hastings war und was für einen Charakter sie hatte, auch wenn sie nicht viel über ihre Herkunft preisgab. Er wusste, dass sie ehrlich und loyal war, und die Überzeugung, mit der sie trotz seiner Frotzeleien dazu stand, ihre Ausbildung in Naturheilkunde zu absolvieren, zeigte, dass sie entschlossen handelte.

Er hatte auch von Hamish gehört, weil er gewitzt genug war, Meg auszuhorchen. Es schien, dass dieser Mistkerl Brooke übel mitgespielt hatte. Deswegen ließ er die Dinge langsam und ruhig angehen, anstatt das Thema Beziehung bereits nach ihrer dritten oder vierten Verabredung intensiver zu verfolgen.

Nicht dass er nicht gewollt hätte – er war dazu verzweifelt entschlossen. Er würde sich nicht gerade als erfahrenen Frauenkenner bezeichnen – er hatte zwei lockere Beziehungen an der Uni gehabt, später waren noch drei dazugekommen. Das machte ihn nicht gerade zum Mann von Welt, aber er verstand, dass Brooke momentan von Männern nichts wissen wollte, jedenfalls nicht in Liebesdingen. Er musste es erst schaffen, ihr Vertrauen zu gewinnen, bevor sie die Freundschaftsebene verlassen konnten, um weiterzugehen. Aber das Warten fiel ihm schwer. Er hatte miterlebt, wie sie ihr früheres distanziertes und in sich gekehrtes Wesen, das sie anfangs in der Praxis gezeigt hatte, hinter sich gelassen hatte und zu dem selbstsicheren, fröhlichen Menschen aufblühte, der sie jetzt war.

»Ich könnte jetzt ein Mittagessen vertragen«, stellte er fest und tätschelte gedankenverloren seinen Bauch.

»Du kannst immer ein Mittagessen vertragen, und ein Abendessen und ein Nachtessen«, zog sie ihn auf und lachte über sein gespielt beleidigtes Gesicht. »Wenn du jemals mit dem Sport aufhörst, wirst du dich auf Elefantenmaße ausdehnen.«

»Dann höre ich eben niemals auf, Sport zu treiben«, gab er zurück.

Er setzte seinen Rucksack ab, holte eine Picknickdecke mit beschichteter Unterseite heraus und breitete sie auf dem Gras aus. Darauf folgten Plastikbehälter mit allen möglichen Leckereien, Weingläser, eine kleine Flasche Chardonnay und eine Thermoskanne voll Kaffee.

3

Brooke lümmelte sich im Zwei-Personen-Sitzsack und wärmte ihre Zehen am Kaminfeuer. Durch den Flur hindurch konnte sie hören, wie Jason in der Küche Kaffee machte. Sie lächelte, als sie ihm beim Summen eines Liedes, das ihm gefiel, zuhörte. Er war schrecklich unmusikalisch, aber das tat seiner Begeisterung für die Melodie keinen Abbruch.

Sie war in nachdenklicher Stimmung und seufzte, während sie, wie so oft in den letzten Wochen, darüber nachdachte, wohin ihre Beziehung steuerte. Sie genossen es, zusammen zu sein, gemeinsam etwas zu unternehmen. Sie waren wie ein gut eingelaufenes Paar Cricketschuhe, wie Jason einmal im Scherz gesagt hatte. Keine sehr romantische Beschreibung, dachte sie, aber … wollte sie denn Romantik, und war sie dabei, sich in ihn zu verlieben?

Sie fühlte ein warmes Kribbeln in ihrer Brust, das sich schnell durch ihren ganzen Körper zog. Sie presste die Lippen aufeinander. Sie kannte diese Symptome: Sie dachte die ganze Zeit an ihn, vermisste ihn, wenn er nicht bei ihr war, sehnte sich nach seiner Gesellschaft, seiner Berührung. Ja, das auch. Sehr sogar!

Sie seufzte, während weitere Fragen in ihr hochkamen. In den letzten Monaten hatte sich eine gute Freundschaft zwischen ihnen entwickelt, aber wollte sie sich wirklich in ihn verlieben? Wäre das nicht ein Hindernis in diesem neuen Leben, das sie für sich geplant hatte? Und könnte sie es aushalten, noch einmal so verletzt zu werden wie von Hamish? Während sie noch diesen Fragen nachging, wusste sie, dass ihre Gefühle ihr bereits weit voraus und schon zu tief waren. Noch ein Seufzer. Es wäre vernünftig gewesen, sich vor vielen Wochen zurückzuziehen. Aber das hatte sie nicht getan. Also …

»Du siehst aus, als seist du ganz in Gedanken versunken. Löst du gerade die Probleme der ganzen Welt?«, bemerkte Jason, als er Kaffee und Kuchen auf einem Holztablett brachte, das er auf den Boden neben sie stellte.

»Meine Überlegungen sind nicht ganz so tiefschürfend.«

Er nahm den Schürhaken, stocherte im Feuer und legte Holz nach. »Ein Holzfeuer ist immer noch das Beste, um sich in Winternächten daran zu wärmen. In meiner Kindheit habe ich diese Feuer sehr geliebt. Mummy machte heißen Kakao, und wir aßen Toast mit selbst gemachter Marmelade. Ach ja, die einfachen Freuden«, schwelgte er in Erinnerungen, während er an seinem Kaffee nippte und große Stücke von seinem Karottenkuchen abbiss.

Ein spitzbübischer Gedanke schoss Brooke in den Sinn: Sie kannte noch andere Methoden, um sich aufzuwärmen ... Als Reaktion darauf fühlte sie Hitze in ihrem Körper aufsteigen, überall. Vielleicht war jetzt der Zeitpunkt gekommen ...? Sie wartete, bis sie fertig gegessen hatten, dann drehte sie sich halb zu ihm hin, was auf einem Sitzsack nicht ganz einfach ist, ohne das Gleichgewicht zu verlieren, und sagte: »Wir müssen reden.«

»Klar«, er war einverstanden. »Und worüber?«

»Über uns.«

»Oh.« Er runzelte die Stirn.

Er schwieg.

»Jason?«

»Hmmm ...«

Mit den Gedanken schien er woanders zu sein. Ein Funken Empörung zündete in ihr, nicht über ihn, sondern über sich selbst. Hatte sie ihre Gefühle falsch eingeschätzt und seine gleich mit? Die verstohlenen Blicke, gelegentliche liebevolle Berührungen, die Wärme in seiner Stimme und so viele andere Dinge, die ihr vermittelt hatten, dass sie ihm etwas bedeutete. Jetzt, da er mit ganz anderen Gedanken beschäftigt schien, fragte sie sich, ob sie gerade dabei war, einen kompletten Trottel aus sich zu machen. Hatte sie all diese »Hinweise« falsch gedeutet, und war alles, woran ihm lag, Freundschaft?

Plötzlich nahm er ihre Hand zwischen seine. »Gott sei Dank. Ich habe so viele Monate darauf gewartet, diesen

Ausdruck in deinen Augen zu sehen, einen bestimmten weichen Ton in deiner Stimme zu hören.« Er holte tief Luft. »Ich bin in dich verliebt seit… oh, schon immer«, er grinste sie schräg an, »oder wenigstens fühlt es sich so an.«

Sie sah ihn mit großen Augen an. »Was?«, fragte sie verständnislos.

»Ich war mir sicher, du wüsstest es, dass Meg sich darüber zu Hinz und Kunz ausgelassen hätte. Naja«, sagte er, »ich wollte dich nicht bedrängen, weil du erst über diesen Mistkerl Hamish hinwegkommen musstest. Ich habe mich an dem Abend in dich verliebt, als wir dem Mann auf dem Bürgersteig geholfen haben. Nein, um ehrlich zu sein, glaube ich, dass es anfing, als ich dich das allererste Mal gesehen habe.« Während er sprach, wurde seine Stimme heiserer. »Etwas an dir hat meine Neugier entfacht. Anfangs kam es mir so vor, als hättest du so etwas Geheimnisvolles an dir.«

Sie lächelte erheitert. »Ich? Geheimnisvoll?« Verlegenheit mischte sich in ihr Lachen. »Es gibt nichts«, sagte sie zögernd, »auch nur im Entferntesten Geheimnisvolles an mir. Mein Leben ist wie ein offenes Buch. Ein ziemlich fades Buch, wenn man es denn kennt.«

»Aber du sprichst nicht gerne über dich, über deine Vergangenheit.«

»In meinem Leben gab es bisher nicht viel von Bedeutung, von dem ich berichten könnte.« Sie lächelte und sah glücklich aus: »Bis jetzt«. Ihre Hand stahl sich aus seiner, um über seine Wange zu streichen. »Jason d'Winters, ich glaube, ich liebe dich auch.« Ihr Ton klang etwas verwirrt, als ob sie darüber genauso überrascht war wie er.

Sein Gesicht näherte sich langsam ihrem, bis ihre Lippen sich zu einem Kuss trafen, der ihre Liebesbekenntnisse besiegelte. Ihr erster richtiger Kuss, abgesehen von den freundschaftlichen Gutenachtküssen auf die Wange, mit denen sie sich sonst voneinander verabschiedet hatten. Unzählige Gefühle durchströmten Brooke, als sie sich so eng, wie sie nur konnten, aneinanderkuschelten. Bald ging eine Wärme durch ihren Körper, die sich zu einer glühenden, unaufhaltsamen Hitze steigerte und das atemlose Gefühl in ihr verstärkte. Sie wunderte sich darüber, dass ihre Finger zitterten, als sie erst seine Wange streichelten, dann in sein dichtes, schwarzes Haar fuhren. Es war erstaunlich, in wie kurzer Zeit sie derart tiefe Gefühle für Jason entwickelt hatte. Sie waren so stark und instinktiv und unerwartet. Und sie ließen alles, was sie mit Hamish erfahren und für ihn gefühlt hatte, seicht und unbedeutend erscheinen.

Ihre Lippen trennten sich für wenige Sekunden. Der Sitzsack aus Leder sackte immer stärker in sich zusammen, während sie näher und näher zusammenrückten. Er schob seine Hand unter ihren Pullover und begann, mit kundigen Fingern ihre Brüste zu streicheln, bis sie vor Erregung hätte schreien können. Seine Lippen hauchten auf ihrem Weg an ihrem Mund vorbei zu ihrer Kehle sanft einen Pfad auf ihre Haut, und als er sie im selben Takt dort küsste, wo die Kehlgrube pulsierte, bäumte sie sich ihm entgegen, wollte mehr. In diesem Moment gaben die Kügelchen im Sitzsack unter dem vereinten Gewicht nach, und Jason verlor das Gleichgewicht.

Er gab ein Knurren von sich. »So geht das nicht.« Er stand auf und zog sie mit sich. »Ich kenne ein gemütlicheres Plätzchen dort hinten.« Seine blauen Augen tauchten tief in ihre ein. »Aber nur, wenn du ...«

»So weit bist? Willst?« Sie zog die Augenbrauen hoch.

Sie verschränkte ihre Hände hinter seinem Nacken und zog sein Gesicht zu ihrem herunter. »Oh ja, mein Liebling, ich will.« Konnte er nicht sehen, dass es so war? Jeder Zentimeter an ihr, jeder einzelne Knochen, jeder Muskel und überhaupt alles in ihr stöhnte vor Verlangen, das nur er allein befriedigen konnte. Und sie wollte diese komplette Befriedigung, oh, wie sehr sie sie wollte.

Die Morgensonne kroch durch die Holzblenden und warf waagerechte Streifen über die Bettdecke. Jason erwachte als Erster und sah Brooke, die ihm zugewandt auf der Seite lag. Er rückte ein paar Zentimeter von ihr ab, um sie besser betrachten zu können. Wer hätte hinter Brooke Hastings kühler, tüchtiger Fassade eine so leidenschaftliche Frau vermutet? Sie hatte ihn überrascht, entzückt und ja, auch fertiggemacht. Er grinste. Und zwar auf die angenehmste Art. Jetzt, mit der Erinnerung an letzte Nacht, dachte er darüber nach, was sie getan hatten, und es war ihm, als hätte er an ihr einen Hauch von Verzweiflung gespürt. Oder bildete er sich das nur ein? Es kam ihm vor, als ob sie ein tiefes Bedürfnis danach hatte, berührt, gehalten und geliebt zu werden. Wenn er richtig damit lag, würde es ihm eine Freude sein, diesem Bedürfnis nachzukommen.

Er betrachtete ihr Gesicht lang und intensiv. *Wer bist du wirklich*? Er hielt sich nicht für einen übermäßig fantasiebegabten Menschen, aber er ahnte, dass ein Teil von ihr – zweifellos aus ihrer Vergangenheit – distanziert und geheim geblieben war. Wie auch immer, sie war eine Frau, die es verdiente, geliebt zu werden. Er rollte sich auf den Rücken und zog die Decke über ihre nackten Schultern. Lange hatte er warten müssen, bis er die richtige Frau gefunden hatte, mit der er sein Leben teilen wollte, und jetzt sprachen alle Anzeichen dafür, dass es so weit war. Es blieb nur noch eins zu tun: *Sie* davon zu überzeugen.

Eine kleine Hand krabbelte unter der Decke entlang und fand seine Brust. Die Finger fingen an, ganz zart seine Brustmuskeln zu umspielen.

»Ich weiß, dass du wach bist«, Brookes Stimme war noch heiser vom Schlaf, aber ihr Geist war schon hellwach und erinnerte sich an letzte Nacht. Sie errötete, als ihr ihre Lüsternheit in den Sinn kam. Niemals zuvor hatte sie so spontan gehandelt. Sie konnte sich nicht zurückhalten: Die Gefühle, die er in ihr auslöste, hatten sie von ihren Hemmungen befreit.

»Spätestens jetzt wäre ich wach.«

»Oh, schön.« Sie rollte sich auf Jason, setzte sich rittlings auf ihn und schlang ihre Beine verführerisch um seine.

»Gott, Weib, du bist unersättlich.«

»Ich hoffe, das ist ein Kompliment, mein Herr.« Sie gluckste die Worte heiser heraus, um ihr heimliches Erstaunen und auch Entsetzen darüber zu verbergen, wie sehr sie ihn wollte. Die letzte Nacht hatte eine Flut von Gefühlen freigesetzt, die ihr bis dahin unbekannt gewesen waren. Es war ihr so wichtig gewesen, einen Teil ihres Herzens herauszuhalten, aber trotz ihrer Anstrengungen war sie nicht in der Lage dazu gewesen. Dieses Mal, mit Jason, wollte sie alles, was er ihr zu bieten hatte – sie wollte mit ihm fühlen, alles teilen, ihn durch und durch kennenlernen, egal, ob es Glück oder Schmerzen bringen würde.

Sie verbot sich, weiter als heute, morgen oder nächste Woche zu denken, weil sie wusste, dass sie sich sofort zurückziehen würde – aus Angst, wieder verletzt zu werden, wenn sie sich die Zeit gab, über das nachzudenken, was in den letzten Monaten geschehen war. Und wenn sie das tat, würde sie vielleicht das Beste verpassen, was das Leben ihr jemals bieten würde. Dazu war sie nicht bereit. Jetzt wollte sie nur Jason.

Er schlang seine Arme um sie, um sie an sich heranzuziehen. »Du kannst mir glauben, dass es keine Beschwerde war.«

Sie küsste ihn so lang und intensiv, dass er innerlich aufstöhnte und sein Körper sich versteifte, als er ihre Brüste auf seiner Brust fühlte, ihre Hüften an seinen, ihre feuchte Lust, unerträglich verlockend, an der Spitze seines Penis. Nur äußerste Selbstkontrolle hielt ihn davon ab, sofort in sie einzudringen. Sie fing an, sich an ihm zu reiben, vor, zurück, schneller und schneller, und als er gerade dachte, er könnte keine weitere Sekunde dieser köstlichen Folter ertragen, nahm sie ihn in sich auf, heiß und wundervoll tief.

Nach einigen Minuten sanken sie zusammen, gesättigt, erschöpft, ihre Körper immer noch umeinandergeschlungen.

Sie saßen sich am Küchentisch gegenüber, tranken Kaffee und aßen Croissants aus der Bäckerei in der King Street, Sonnenstrahlen strömten durch die Oberlichter.

»Wir müssen reden«, fing er an und grinste, als er die Worte wiederholte, die letzte Nacht zu ihrer beider Liebesbekenntnissen geführt hatte.

»In der Praxis wird es schwierig werden«, sagte Brooke. »Und Meg ist so eine Wichtigtuerin.«

»Da stimme ich dir zu, und deshalb schlage ich vor«, er machte eine kurze Pause und holte tief Luft, »dass wir umgehend heiraten.«

Heiraten? Ihr Herz setzte für einige Schläge aus. Gott, so weit hatte sie noch nicht gedacht… Das war ein gewaltiger Schritt, eine ernste Bindung. Sollte sie, sollten sie?

»Heiraten! Sind wir dafür schon bereit? Wäre es nicht besser, vorerst… vorerst zusammenzuziehen und zu sehen, wie es läuft? Ob wir überhaupt gut miteinander auskommen?«

Er fing ihren Blick ein und hielt ihn fest. »Ich denke, die Antwort darauf kennen wir beide. Ich bin nicht auf die Erfahrung einer sechsmonatigen Wohngemeinschaft mit dir angewiesen, um zu wissen, dass ich den Rest meines Lebens mit dir verbringen will, dass ich Kinder mit dir will und mit dir zusammen alt werden möchte. Aber wenn du möchtest, wenn *du* dir nicht sicher bist, dann können wir das gerne so machen.«

Sie legte die rechte Hand auf seine Linke. »Oh, ich bin mir sicher, Schatz. Ja! Lass uns die Hochzeit planen – eine kleine, intime Feier.«

4

Wes Sinclair rutschte unruhig auf seiner Seite des polierten Mahagonitisches hin und her. Er warf einen Blick aus dem Fenster und sah auf die vielen Hochhäuser, die Sydneys Innenstadt prägten. Er mochte Städte nicht. Zu viel Herumgerenne, zu viele Menschen. Und zu viele Politiker, die sich immer neue Möglichkeiten ausdachten, der Landbevölkerung das Geld aus der Tasche zu ziehen. Eigentlich jedem. Cowra war gerade groß genug für seinen Geschmack.

Claudia, seine blonde, dunkeläugige Frau, saß ihm mit ihrem Anwalt gegenüber. Widerwillig musste er zugeben, dass ihr die Trennung von ihm und den Kindern nicht gerade schlecht bekommen war. Sie sah fantastisch aus, und wie er hörte, bestand sie auch alle ihre Juraprüfungen mit Leichtigkeit. In seinem Inneren verkrampfte sich etwas. Bittere Erinnerungen – er fühlte den Schmerz auch nach sechs Monaten Trennung noch. Er verwarf diese Gefühle und tilgte sie aus seinem Herzen und seinem Kopf. Er spannte den Kiefer an, bis er schmerzte, aber das nahm er in Kauf. Er hatte beschlossen, für niemanden mehr etwas zu fühlen, außer für Fleece und Drew. Sie waren jetzt sein Leben und Sindalees Zukunft.

Claudia hatte ihre Entscheidung schon vor Monaten getroffen. Sie wollte ihre Freiheit mehr als die Ehe und einen Vollzeitjob als Mutter. Dabei hatte sich herausgestellt, dass sie eiskalt war. Leider hatte er das in den vorangegangenen zehn Jahren ihres gemeinsamen Lebens nicht bemerkt. Wenn er an die Nacht dachte, in der sie ihm eröffnet hatte, dass sie ihn verlassen würde, fühlte er in sich eine klaffende Wunde, die nicht verheilte. Claudia hatte ihm erklärt, sie sehne sich nach einer Karriere als Anwältin mehr als nach allem anderen. Und verdammt noch mal, sie schien auf dem besten Weg zu sein, dieses Ziel zu erreichen. Sie – er, Fleece und Drew – blieben zurück, um die Scherben aufzusammeln und ihr Leben neu zu entwerfen. Das würde er ihr nie verzeihen. *Er* konnte mit diesem Schmerz leben, aber seine Kinder …

Die Stimme ihres Anwaltes störte seine geistige Abschweifung. »Mr. Sinclair, wegen der Regelung. Ich nehme an, Sie haben Mrs. Sinclairs Ansprüche zur Kenntnis genommen?«

»Ja.« Er warf einen Blick auf die lange und kostspielige Liste, die ihr Anwalt Kevin Matterling, seinem Anwalt, übergeben hatte. Sie wollte eine Wohnung und ein neues Auto. Sie verlangte eine monatliche Unterhaltszahlung und dass die Kinder die Schulferien bei ihr verbrachten. Außerdem standen einige Möbelstücke aus ihrem gemeinsamen Heim auf der Liste. Soweit es ihn betraf, konnte sie alles im Haus haben. Sie hatte die gesamte Einrichtung ausgesucht, die ihm jetzt nur noch als ständige Erinnerung daran diente, dass sie fortgegangen war. Ihre letzte Forderung betraf einen Anteil – ein Drittel – seines Aktienbesitzes.

Er schnaubte, als er im Geiste ihre Forderungen durchging. Jesus Christus, wahrscheinlich musste er sich glücklich schätzen, dass sie und ihr Anwalt nicht versuchten, sich auch noch Sindalee unter den Nagel zu reißen. Dann hätte er mit allen Mitteln und mit all seiner Kraft darum gekämpft, Sindalee für seine Kinder und deren Nachkommen unversehrt zu erhalten. Sein Großvater und sein Vater hatten die Liebe zu diesem Landbesitz in ihm genährt. Als einziger Vertreter der Familie in der vierten Generation war es jetzt an ihm, Sindalee zu entwickeln, zu vergrößern und es zu bewahren für zukünftige Generationen. Sein jüngerer Bruder Martin und seine Schwester Adele waren von Sindalee fortgezogen, um ihre eigenen beruflichen Ziele zu verfolgen.

Claudias Forderungen waren hart, aber fair. Sie war immer so gewesen – fair – wie er ungern zugeben musste.

»Stimmen Sie der Liste der Forderungen zu?«

Wes sah Claudia nicht an. Stattdessen blickte er kurz zu seinem Anwalt, Kevin Matterling, hinüber. Kevin nickte fast unmerklich, und Wes antwortete: »Sieht so aus.«

Claudias Anwalt entfuhr ein Seufzer der Erleichterung. Er schien eine hitzige Auseinandersetzung erwartet zu haben. Natürlich konnte er nicht ahnen, dass es Wes viel wichtiger war, diesen fremden Ort so schnell wie möglich zu verlassen, als über eine Vereinbarung zu diskutieren. In dem förmlichen Konferenzraum des Anwalts mit seinen vertäfelten Wänden, dem Mahagonitisch, den Lederstühlen und den Gemälden – Aquarellen vom Outback – fühlte er sich unwohl.

»Ja, also gut. Wenn Sie dann bitte hier unterzeichnen wollen.« Sein Zeigefinger wies auf eine gepunktete Linie.

Da sie die Formalitäten recht zivil hinter sich gebracht hatten, erhoben sich alle, um zu gehen.

»Wes«, sagte Claudia zaghaft. »Vielleicht können wir zusammen zu Mittag essen? Ich würde gerne erfahren, wie es den Kindern geht.«

»Selbst wenn ich wollte, könnte ich nicht«, sagte er entschieden und sehr abweisend. »Ich gehe gleich mit einem Kumpel, der bald heiraten will, einen trinken. Du erinnerst dich an Jason d'Winters? Er will den Bund des Lebens in zwei Wochen knüpfen.«

»Könntest du das nicht auf später verschieben?« Sie zog es vor, das missbilligende Kopfschütteln ihres Anwalts zu ignorieren. »Es gibt da immer noch ein paar Dinge, über die wir sprechen müssen. Die Kinder ...«

Unerbittlich kalte graue Augen, die an Regenwolken erinnerten, starrten sie an, bis sie den Blick senkte. »Ja, die Kinder«, sagte Wes. »Ich bin mir sicher, dass du gerne hören möchtest, dass Drew sich mindestens einmal wöchentlich in den Schlaf weint und mich immer wieder fragt, warum Mummy nicht mehr nach Hause kommt. Du bist sicher auch daran interessiert zu erfahren, dass Fleece so viel Zorn in sich hat, dass sie verrückte, gefährliche Dinge anstellt – so wie gestern, als sie versucht hat, das Jungpferd, das ich letztes Jahr gekauft habe, zu reiten, obwohl es noch nicht zugeritten ist.« Er machte eine Pause, um seine Worte wirken zu lassen. »Sie fiel übrigens vom Pferd und hat sich den Arm gebrochen. Der Arzt im Krankenhaus von Cowra bat mich, sie nach Hause zu holen, weil sie auf der Station so viel Ärger machte, dass sie die anderen Patienten störte.«

»Wes, bitte…«, sie legte ihre Hand auf seinen Arm. »Ich wusste das von Fleece nicht. Warum hast du mir das nicht erzählt?«

Wes schüttelte ihre Hand ab. »Es ist ja gestern erst passiert. Und nebenbei – ich dachte nicht, dass es dich sonderlich kümmern würde.«

»Ich bin immer noch ihre Mutter, egal was du und Fleece über meine Entscheidung denken.«

»Ja, biologisch betrachtet kann man diese Tatsache wohl nicht leugnen.« Es tat ihm ein wenig gut zu sehen, wie sie zusammenzuckte. »Daher werde ich Kevin bitten, dir einen monatlichen Bericht über die schulische und gesundheitliche Entwicklung der Kinder zukommen zu lassen und werde gelegentlich ein Foto beisteuern. Und wenn es allein deswegen ist, damit du nicht vergisst, dass Fleece und Drew deine Kinder sind.« Er drehte sich abrupt um und ging, froh darüber, dass es ihm gelungen war, seine Wut im Zaum zu halten, besonders im Beisein der Anwälte. Er warf ihr einen letzten abweisenden Blick zu und fragte sich, wie und warum er sie jemals hatte lieben können. »Auf Wiedersehen, Claudia.«

Er flüchtete in den Flur und hämmerte so lange auf den Knopf am Aufzug, bis sich die Türen endlich öffneten. In seinem Inneren hatte sich ein Gefühl der Kälte, der Leere ausgebreitet, als ob etwas in ihm für immer gestorben war. Jesus, jetzt brauchte er einen Drink! Und nicht nur einen. Wenn er Jason traf, würde er ihn erst mal über die Ehe aufklären. Sie waren von Kindesbeinen an Freunde gewesen, die zusammen an heißen Tagen die

Schule geschwänzt hatten, um im Bach hinter dem Schulhof schwimmen zu gehen. Jason hatte außerdem in den Semesterferien auf Sindalee als Viehtreiber gejobbt, um etwas Geld extra zu verdienen.

Wes stieg im Erdgeschoss aus. Schade, dass Jason und er ihre Freundschaft vernachlässigt hatten, während sie auf unterschiedlichen Wegen ihre Ziele im Leben verfolgten. Jason war ein toller Freund gewesen. Wes konnte nur hoffen, dass die Frau, die er heiraten wollte, auch die Richtige für ihn war.

Er verließ das Gebäude und winkte nach einem Taxi, das ihn zu einem Pub in Erskineville bringen sollte.

Erst kam das Wimmern, dann das Stöhnen, dann das Hin- und Herwerfen, als Brooke wieder einmal in ihrem Alptraum gefangen war.

Jason, dem seine Zeit im Krankenhaus einen leichten Schlaf beschert hatte, setzte sich auf und beobachtete, wie seine Verlobte sich unter der Decke drehte und wand. Ihre Bewegungen wurden immer heftiger, während der Traum kurz davor war, die Kontrolle über ihr Unterbewusstsein an sich zu reißen. Es passierte nicht zum ersten Mal, dass der Traum sie gefangen nahm. Er kannte den Verlauf und machte sich bereit, sie in die Arme zu nehmen, wenn sie die nächste Phase erreicht hätte. In weniger als einer Minute schreckte sie mit weit aufgerissenen Augen hoch, anfangs konnte sie nichts sehen, und sie war in Schweiß gebadet.

Er hielt sie fest an sich, massierte ihren Rücken und ihre Schultern, bis das Zittern nachließ und sie wieder normal atmete. Um ihr seine Besorgnis nicht zu zeigen, flüsterte Jason ruhig: »Na, na. Alles ist gut, Liebling. Beruhige dich.«

Langsam entspannte sich Brooke. Die Anspannung in ihren Muskeln ließ nach, als ihr seine Wärme neben ihr ins Bewusstsein drang. Sie genoss seine Nähe. »Es tut mir leid, dass ich dich geweckt habe«, sagte sie. Ihr Mund lag auf seiner Brust, daher klang sie gedämpft.

»Das ist nicht schlimm, aber …«, er drückte sie leicht an sich, »diese Alpträume sind schlimm. Das weißt du doch selber, oder?«

Sie nickte, mit dem Kopf immer noch an ihn gelehnt, aber sie antwortete nicht, obwohl ihr inzwischen hellwacher Verstand ihr sagte, dass es an der Zeit wäre. Jason war außerordentlich geduldig mit ihren nächtlichen Zuständen gewesen, aber sie konnte ihn nicht länger im Ungewissen lassen. Das wäre einfach nicht fair.

»Vielleicht verursacht unsere bevorstehende Hochzeit den Stress bei dir?« Sie würden in acht Tagen heiraten.

Nein. Wusste er denn nicht, dass sie darauf baute, dass die Ehe mit Jason ihre mentale und emotionale Rettung sein würde? Durch ihn fühlte sie sich sicher, schienen ihr die Dämonen weniger furchterregend. Aber dann kam ihr ein Gedanke, der alles in Frage stellte. Wenn ihre Zufriedenheit – und sie war zufrieden – die inneren Spannungen beruhigen sollte, warum traten die Alpträume dann immer häufiger auf? In drei Wochen hatte sie ebenso viele Alpträume gehabt. Kein Wunder, dass Jason eine Erklärung dafür erwartete, obwohl er noch nicht gefragt hatte. Was dachte er wirklich über ihr seltsames Verhalten? Vielleicht zweifelte er schon an seinem Entschluss, sie zu heiraten, und fragte sich, was für ein Mensch sie eigentlich sei. Sie musste es ihm erzählen, musste sich offenbaren und ihm dann die Entscheidung darüber lassen, was er tun wollte.

»Die Alpträume haben nichts mit unserer Hochzeit zu

tun«, sagte sie, »sondern mit etwas, das früher passiert ist.«

»Oh«, nickte er wissend, »Hamish McDonald. Etwas, das er getan hat?«

Brooke schüttelte den Kopf. Sie konnte Hamish eine Menge vorwerfen, aber für die Alpträume, die sie plagten, war er nicht verantwortlich. Sprich darüber, such dir Hilfe, hatte Janice ihr geraten. Wenn sie wach war, konnte sie erfolgreich die Erinnerungen unterdrücken, aber manchmal stiegen sie an die Oberfläche ihres Unterbewusstseins und verwandelten sich in Alpträume.

Sie holte tief Atem und fing an zu erzählen. »Wie du weißt, sind Mummy und Travis vor fast zwei Jahren bei einem Autounfall gestorben. Worüber ich nicht gesprochen habe, ist, wie sie gestorben sind, ihre Verletzungen und …«, sie atmete noch einmal tief ein, »dass ich Dienst in der Notaufnahme hatte, als sie eingeliefert wurden. Zuerst hatte keiner auf ihre Nachnamen geachtet. Schließlich haben wir keinen ungewöhnlichen Namen. Ich sah Mummy, als sie gerade in ein Zimmer gebracht werden sollte.« Sie versuchte, das Bild in ihrem Inneren auszublenden, das sie von dieser ersten Begegnung im Krankenhaus hatte: Ihre Mutter blutend, Prellungen im Gesicht, eine Atemmaske über ihrem Mund, ihr Bein vorläufig geschient. Es gelang ihr nur teilweise.

»Ich hatte lange genug in der Notaufnahme gearbeitet, um zu erkennen, dass sie ernstlich verletzt war, aber als ich Travis sah – er kam mit einem anderen Rettungswagen – bin ich durchgedreht. Mummy wurde aus dem Auto herausgeschleudert, als der andere Wagen in den von Travis knallte, daher stammten ihre Kopfverletzungen. Aber das Auto fing anschließend Feuer und Trav – er … hatte Verbrennungen.«

»Wie schlimm?«

»Über 70% – dritten Grades.« Sie schnappte nach Luft und ließ sie dann mit einem zittrigen Seufzer hinaus. »Ich... ich erinnere mich, dass sein Gesicht normal aussah, die Verbrennungen zogen sich größtenteils über seinen Rumpf, seine Hüften und seine Hände. Das Brandopferteam war schon dabei, ihn aus seiner Kleidung zu schneiden, als ich ihn das erste Mal sah. Ich werde niemals vergessen, wie viel Angst in seinen Augen stand oder wie er erleichtert gelächelt hat, als er mich erkannte, als ob ich ihn retten würde wie in unserer Kindheit.«

»Sie waren auf dem Rückweg von einer Party bei seinem Freund gewesen. Die andere Fahrerin, die weit über dem Tempolimit fuhr, stoppte nicht an der roten Ampel und krachte frontal in sie hinein, als Travis gerade rechts abbog. Seine erste Frage war, ob es Mummy gut gehen würde.«

»Damals war ich überrascht, wie klar er geistig war – auch schien er keine anderen Verletzungen außer den Verbrennungen zu haben.« Sie seufzte wieder. »Später fanden sie auch innere Verletzungen: Milz und Leber waren geschädigt. Erstaunlicherweise scherzte Travis mit dem behandelnden Arzt sogar noch darüber, ob die Verbrennungen Auswirkungen auf sein Liebesleben haben würden.«

Brooke schob sich ein kleines Stück von Jason weg, um ihn ansehen zu können. »Wie du weißt, werden die Nervenenden durch Verbrennungen dritten Grades so stark beschädigt, dass die Brandopfer kaum Schmerzen fühlen. Sie stehen unter Schock, und der Körper versagt. Dass Travis keine Schmerzen fühlte, machte mir große Angst.«

»Ich weiß, das ist kein gutes Zeichen.«

»Als ich sicher war, dass Travis in guten Händen war,

eilte ich zu Mummy zurück, um nach ihr zu sehen. Sie verlor immer wieder das Bewusstsein.« Sie fuhr mit der Hand über ihren Mund, um die Gefühle zurückzudrängen, versuchte, ihre zitternden Lippen unter Kontrolle zu bekommen, aber die Tränen, die ihr über die Wangen liefen, konnte sie nicht aufhalten. »Der behandelnde Arzt war sehr besorgt. Sie bereiteten eine Röntgenaufnahme und einige Tests vor. Mummy erkannte mich und streckte ihre Hand nach mir aus.«

Brooke erinnerte sich sehr deutlich an ihren kurzen Versuch, zwischen den Schmerzwellen, die sie durchzuckten, zu lächeln, und an ihre Stimme, die so leise war, dass man kaum verstehen konnte, was sie sagte. »Ich hielt ihre Hand. Sie schien keine Angst zu haben.« Sie schüttelte noch immer erstaunt den Kopf. »Vielleicht wusste sie da bereits, dass man ihr nicht mehr helfen konnte. Sie bat mich, mich um Travis zu kümmern. Das waren ihre letzten Worte, bevor sie ins Koma fiel.«

Ihr Hals schnürte sich zu, Brooke konnte kaum weitersprechen, aber sie wusste, dass sie weitermachen musste. Janice hatte ihr gesagt, dass es eine therapeutische Wirkung hätte, wenn sie eines Tages darüber sprechen würde, aber Brooke zweifelte sehr daran.

»Dann tauchte der diensthabende Stationsarzt der Notaufnahme, Dr. Cummings, auf, um sich einen Überblick zu verschaffen. Er und ich kamen nicht gut miteinander aus. Bei mehreren Gelegenheiten waren wir schon aneinandergeraten. Sobald er hörte, dass ich mit den Patienten verwandt war, bat er mich zu gehen und befahl einem Pfleger, Jerry, mich ins Wartezimmer zu bringen. Jerry trat für mich ein, aber Cummings als Ranghöherer blieb unnachgiebig.« Ihr Ton wurde härter. »Der Mann konnte ein echtes Schwein sein. Er war als abgebrühtester Arzt im ganzen Krankenhaus bekannt, ein zahlenversessener Typ, der sich immer an Statistiken festhielt.«

Brooke machte eine Pause, nicht um Luft zu holen, sondern um ihre Enttäuschung unter Kontrolle zu bringen. »Rückblickend hatte er vielleicht Recht, mich hinauszuschicken – ich bin mir nicht so sicher. Es war eine Qual, genau zu wissen, was sie mit Mummy und Travis anstellten, während ich wie eine ganz gewöhnliche Angehörige nur im Wartezimmer sitzen konnte, nicht helfen durfte, nicht wusste, ob sie nach mir riefen. Es war ...«, sie schluckte, »verdammt, es war schrecklich. Solange ich lebe, möchte ich das nie wieder durchmachen müssen.«

»Ich hatte ja keine Ahnung, Brooke. Vielleicht war es falsch von mir, dich dazu zu drängen, mir alles zu erzählen.«

Sie legte den Finger über seine Lippen, um ihn zum Schweigen zu bringen. »Liebster, du musst wissen, was du bekommst, wenn wir heiraten, dass ich einigen emotionalen Ballast mit mir herumschleppe. Ich konnte mir bisher nicht vorstellen, wie ich es dir hätte sagen sollen, weil ich wusste, dass es mich aufwühlen würde, alles noch einmal zu durchleben.« Sie lachte kurz auf. »Sagt man nicht, dass Geständnisse Balsam für die Seele sind?«

»Jedenfalls war das die längste Nacht in meinem Leben. Als sie alles für Mummy getan hatten, was in ihrer Macht stand, durfte ich zu ihr zurück. Sie hatten sie in ein Einzelzimmer neben dem Schwesternzimmer verlegt. Sie war noch tiefer ins Koma gefallen, aber die Schwester – ich weiß nicht, was der Blödsinn sollte – betonte immer wieder, dass Mummy eine fünfzig-fünfzig Chance hatte. Dämliche Kuh.« Brooke schüttelte den Kopf. »Ich glaubte nicht, dass die Chancen so gut standen. Bis dahin hatte ich schon zu viele ähnliche Unfallopfer gesehen.«

»Als Cummings endlich weg war, schwirrte ich zwischen Mummy und Travis hin und her. Trav stand unter extremem Schock. Er musste intubiert und beatmet werden, sonst hätte er keine Luft bekommen. Er konnte nicht sprechen, was mir ein klein wenig ironisch vorkam. Travis konnte immer so wundervoll viel reden – unsere kleine Quasselstrippe nannten Mummy und ich ihn. Also übernahm ich das Reden, obwohl er narkotisiert war und wahrscheinlich kaum etwas von dem, was ich sagte, hören oder verstehen konnte.« Sie sah Jason an. »Wenn du mich fragtest, was ich ihm erzählt habe, könnte ich es dir nicht mehr sagen. Trav konnte zwar nicht mehr sprechen, aber trotzdem konnte ich den Ausdruck in seinen Augen und auf seinem Gesicht verstehen. Er wusste genauso gut wie ich, dass sein Leben auf Messers Schneide stand, obwohl der Arzt des Brandopferteams aufgrund seiner Fitness und Jugend zuversichtlich war.«

Für eine halbe Minute war es still im Schlafzimmer. »Es ist schon komisch, wie der Blickwinkel sich verändert, wenn man als Betroffene am Bett eines Patienten sitzt und nicht beruflich. Die ganze Zeit über wünschte ich, dass sie mehr für ihn tun würden, aber da ich mich auskannte, wusste ich, es war nicht mehr möglich, für keinen von ihnen. Mummy. Als ich zu ihr zurücklief, um nach ihr zu sehen, ging es ihr schlechter.« Sie hatte einen Kloß im Hals und musste kräftig schlucken, um ihn loszuwerden. »Sie starb am Morgen um 5.32 Uhr. Friedlich.«

»Du Ärmste.« Jason hielt sie fest umschlungen und wollte sie nicht loslassen, aber nach zwanzig Sekunden wand sie sich aus seiner Umarmung.

»Travis brauchte drei Tage zum Sterben«, sagte sie sanft. Drei furchtbare Tage. Und in jeder Stunde starb ein kleines Stück von mir mit ihm. Er verlor immer wieder das Bewusstsein. Von Mummy erzählte ich ihm nicht. Ich ließ ihn in dem Glauben, es würde ihr besser gehen. Ich dachte, es würde ihm helfen, aber schließlich bekam er eine schwere Infektion, und nichts konnte ihn mehr retten. Das war einfach nicht fair. Trav war noch so jung.«

Sie hob ihr Gesicht zu Jason. »Ich konnte nichts mehr für sie tun. Ich musste dabeistehen und zusehen, wie die beiden Menschen, die ich am meisten auf der Welt liebte, starben.« Mit Bitterkeit in der Stimme fügte sie hinzu: »Und das Gerichtsurteil für die Unfallfahrerin wegen ihrer fahrlässigen Fahrweise half mir auch nicht dabei, Frieden zu finden. Sie bekam zwei Jahre auf Bewährung, weil es ihr erstes Vergehen gewesen war. Wo bleibt denn da die Gerechtigkeit?« Tränen rollten jetzt ihre Wangen herunter, sie schloss die Augen und gab sich ihrer Trauer hin.

Jason stiegen Tränen des Mitgefühls in die Augen, während er sie dicht an sich gedrückt wiegte. »Nicht im Entferntesten kann ich erahnen, wie schrecklich das für dich gewesen sein muss, mein Liebling. Aber da wir selbst in medizinischen Berufen arbeiten, wissen wir, dass wir nicht alle Menschen retten können.«

»Ich weiß. Aber wenn es den zwei Menschen geschieht, die man liebt…« Sie seufzte zittrig. »Das Maß an Frustration, das Gefühl, nutzlos zu sein, ist jenseits aller Vorstellungskraft.«

Jason ließ sie weinen und versuchte nicht, sie daran zu hindern, weil er instinktiv wusste, dass dies die beste Therapie für sie war. Jetzt verstand er, warum sie Alpträume hatte. Jeder wäre wohl durch solche Erlebnisse traumatisiert worden. Er ahnte auch, dass sie sich seit damals sehr allein gefühlt hatte. Er hatte begriffen, dass die wenigen

Mitglieder der Familie Hastings sich sehr nahegestanden hatten. Er erinnerte sich, dass ihre Großmutter mütterlicherseits an Brustkrebs gestorben war, als Brooke erst sechzehn war. Nun, von jetzt an würde sie nicht mehr einsam sein. In acht Tagen würden sie Mann und Frau sein, und er würde dafür sorgen, dass sie ihre Erlebnisse verarbeitete und dabei Hilfe bekam. Er würde sie glücklich machen und so sehr ablenken, dass ihre Trauer bald nachlassen würde, damit die Alpträume aufhörten.

»Ich weiß, es war für dich sehr schwer, mir das alles zu erzählen, aber ich bin sehr froh, dass du es getan hast«, sagte er in einem für ihn ungewöhnlich ernsten Tonfall. »Ich verstehe auch, dass du nicht in deinem Beruf bleiben konntest. Die Erinnerungen waren zu intensiv.«

»Teilweise deshalb. Ich konnte es einfach nicht mehr übers Herz bringen.« Sie lächelte ihn matt an, dankbar für sein Verständnis. »Ich wollte wirklich schon seit Wochen mit der Sprache herauskommen, aber ich wusste einfach nicht, wie ...«

Jason sah auf seinen Wecker. »Es ist drei Uhr, wir sollten noch etwas schlafen.«

»Das war noch nicht alles«, sagte sie. »Später hatten Dr. Cummings und ich einen schrecklichen Streit. Er meldete mich dem Direktor wegen unprofessionellen Verhaltens und dann ...«

Es dauerte noch eine weitere Stunde, bis sie wirklich alles erzählt hatte. Schließlich sah Brooke ihn an und fragte: »Willst du mich immer noch heiraten?«

Ohne zu zögern, erwiderte er: »Das will ich, meine Liebste. Wir werden uns da schon durchbeißen. Außerdem«, Liebe und Schalk ließen seine Augen aufleuchten, als er ihre erwartungsvollen Lippen küsste, «kannst du dich nicht mehr davor drücken, mich zu heiraten, Brooke

Hastings. Denn schließlich ist die Hochzeitstorte bereits bezahlt, und ich habe nicht vor, sie allein zu verspeisen!«

Am letzten Tag des Februars im Jahre 1985 wurden Brooke Hastings und Jason d'Winters bei herrlichem Wetter mit viel Sonnenschein, der durch die Zweige eines riesigen Feigenbaumes auf sie fiel, von einer Pastorin in einer schlichten Zeremonie in Hollis Park getraut. Anschließend trafen sie sich zu einer zwanglosen Feier mit ungefähr dreißig Freunden in ihrem Haus. Da das medizinische Zentrum sehr ausgelastet war, konnten sie sich nur eine Woche Hochzeitsreise erlauben, die sie im Fairmont Nationalpark in Leura verbrachten, wo sie ihrer Leidenschaft fürs Buschwandern frönten – oder zumindest Jasons Leidenschaft dafür – und wo Brooke ihre Liebe zu Keramikfigürchen entdeckte, nach denen sie in Antikläden und Secondhand-Geschäften stöberte.

5

Ihre Augen, über denen sich fachmännisch gezupfte Brauen wölbten, waren von stark getuschten Wimpern umrahmt und mit grünem Lidschatten geschminkt, um ihre haselnussbraune Farbe besser zur Geltung zu bringen. Sie beobachtete beiläufig die Passagiere, die dem kleinen Flugzeug entstiegen. Nicht einer kam ihr bekannt vor, aber das hatte sie nach all den Jahren auch nicht erwartet. Durch ihr Fenster sah sie auf das mattgrüne Terminalgebäude und die flache Umgebung. Sharon Dimarco war zuhause.

Sharon dachte an die anderen Orte, die sie in den letzten zehn Jahren ihr Zuhause genannt hatte – die Wohnung in Paris, die Villa in Cannes, von der aus man das Mittelmeer sehen konnte, Ricardos Haus, das am Comer See gelegen war – aber das hier, das war wirklich Zuhause. Hier war sie geboren und aufgewachsen und dann … dem Ganzen entwachsen. Sie sah einigen buschigen Gummibäumen zu, wie sie sich im starken Wind bogen, und wurde ein wenig melancholisch – trotz ihrer oberflächlichen Abgeklärtheit, die sich durch Zynismus auszeichnete, der durch zu viele Enttäuschungen im Leben entstanden war. Zuhause. Ihre Lippen spannten sich, genau wie ihre Muskeln ganz tief in ihrem Bauch. Hier könnte sie ihre Wunden lecken, sich erneuern, ihr Selbstvertrauen wieder finden. Hier würde sie über ihre Zukunft nachdenken, ohne die Literaten oder die »Schönen und Reichen« – die Mitläufer, die keine Skrupel kannten, in jeden Bereich ihres Lebens einzudringen.

Wie sie diese Szene satt hatte mit ihrer offenkundigen Verlogenheit. Ihr perfekt geschminkter Mund verzog sich zu einem Flunsch. Die Mitläufer waren verschwunden, als ihr Erbe aufgebraucht war, genau wie ihr Ehemann, Graf Ricardo Giovanni Luc Dimarco, der sich unverzüglich in die Arme einer jüngeren, naiveren Erbin geworfen hatte.

Gräfin Sharon Thurtell-Dimarco lenkte ihren Gedanken in eine andere Richtung, als sie sich fragte, ob Cowra sich wohl verändert hatte. Sie nahm ihr Designer-Bordgepäck, wobei sie sorgfältig auf ihre lackierten Fingernägel achtgab – ein eingerissener oder abgebrochener Nagel war für sie wie der Verlust eines Freundes –, und folgte den anderen Passagieren aus dem Flugzeug. Sofort erspähte sie die kleine Gruppe, die hinter dem Drahtzaun auf sie wartete.

»Daddy!«

Sharons freier Arm wirbelte stürmisch durch die Luft, als ihr Blick auf Hugh Thurtell fiel, der an der Absperrung beim Ausgang auf sie wartete. Sie hatte ihn seit drei Jahren nicht mehr gesehen. Ihre Beziehung war durch die Heirat mit Ricardo sehr strapaziert worden. Sie verbarg ihr Entsetzen darüber, wie stark er gealtert war. Seine Haare waren mittlerweile schneeweiß, seine Haut, durch den ständigen Aufenthalt unter der australischen Sonne dunkel, war durchzogen von vielen Fältchen, fast wie eine Landkarte des Outback, des Hinterlandes, und er hatte einige Kilo um seine Taille herum zugelegt. Neben ihm stand Sharons Schwester, Bethany Parker-Howell, mit einem Baby auf der Hüfte, ein anderes, älteres Mädchen klammerte sich wie ein Koala-Kind an Mutters Rock. Sharon presste ihre Lippen zusammen. Bethany, die immer bevorzugt worden war. Die perfekte Tochter, »die mir nie auch nur einen Moment Sorge bereitet hat«. So anders als sie selbst.

»Das ist ja ein richtiges Empfangskomitee«, sagte Sharon aufgeräumt. Sie brachte es über sich, erst ihrem Vater, dann ihrer Schwester Luftküsse auf die Wangen zu hauchen.

»Du siehst gut aus.« Hughs Ton war ruppig, während er seine ältere Tochter schwerfällig umarmte.

»Sharon, bist du schick!«, sagte Bethany freundlich mit ihrer weichen Stimme und ließ ihren bewundernden Blick über den cremefarbenen Versace-Anzug und die Gucci-Schuhe mit passender Lederhandtasche gleiten. »Die Leute in der Stadt werden glauben, dass du ein Filmstar bist.«

»Naja, sie war ja mal einer«, erinnerte Hugh seine jüngere Tochter. »Denk mal an die Rolle, die sie vor ein paar

Jahren in diesem italienischen Film *Lang lebe die Lady* hatte. Der war lustig, sogar mit diesen verwirrenden Untertiteln.« Er sah Sharons Wagen an, auf dem sich die Gepäckstücke stapelten, und schob ihn an. »Na los, raus hier und ab nach Hause.«

Als sie auf dem Weg zu Hughs Kombi waren, deutete Bethany auf jemanden. »Da ist Wes Sinclair mit seinen Kindern. Hallo, Wes.«

Das Gepäck auf einer Seite, den Rucksack über der Schulter der anderen Seite, trieb Wes Fleece und Drew in den Terminal.

Wes blieb stehen, als er die Thurtells erkannte. »Da kehrt jemand nach Hause zurück, wie ich sehe. Willkommen, Sharon.« Er erinnerte sich daran, dass Claudia vor etwa einem Jahr zu Weihnachten über Sharon und ihre gescheiterte Ehe gesprochen hatte. Wie hatte er das vergessen können? Das war an demselben Abend gewesen, als Claudia ihn verlassen hatte. Er warf einen flüchtigen Blick auf sie. »Siehst gut aus, Sharon.«

»Wes. Wes Sinclair. Ich kann es nicht fassen«, entfuhr es Sharon. Dann gab sie sich einen Ruck und begann unbewusst, sich in Positur zu stellen. Sie blickte kurz zu den Kindern. »Fahrt ihr in die Ferien, Kinder?«

»Sie besuchen über die Schulferien ihre Mutter in Sydney«, informierte Wes alle miteinander.

»Ich will nicht, aber er zwingt mich dazu«, beschwerte sich Fleece und zog einen Schmollmund, während sie mit dem Finger auf ihren Vater zeigte.

»Euch wird es super gefallen in Sydney«, wiegelte Bethany ab. »Es gibt dort so viel zu sehen.«

»Sydney würde ich schon gerne sehen, aber nicht ....«

»Das reicht«, fuhr Wes sie an. »Los, rein mit euch.« Er gab Fleece die Flugtickets und zeigte auf die Terminaltür.

»Ihr wisst, an welchen Schalter ihr gehen müsst. Ich bin gleich bei euch.«

»Ein ganz schönes Früchtchen, deine Fleece, was?«, bemerkte Hugh und grinste seinen langjährigen Freund und Nachbarn an.

»Oh ja, sie erinnert mich an meine Schwester Adele im selben Alter. Sehr eigensinnig. Ich fürchte, die Trennung hat bei ihr eine Menge existenzieller Ängste verursacht. Momentan ist sie auf ihre Mutter überhaupt nicht gut zu sprechen.«

»Eine Scheidung ist niemals einfach, für niemanden«, bemerkte Sharon ruhig.

Wes warf ihr einen verdrossenen Blick zu. »Das ist wohl so. Eine ist jedenfalls für mich mehr als genug.« Seine Selbstdisziplin hielt ihn davon ab, ihr zu zeigen, was er davon dachte, dass jemand so dämlich sein konnte, seine gesamte Erbschaft – eine beträchtliche Summe, wie er gehört hatte – an einen anderen Menschen zu verschwenden, der es ganz offensichtlich nicht wert war.

»Da du jetzt eine Woche lang kinderlos sein wirst, komm doch heute Abend zum Essen zu uns«, schlug Hugh vor. »Wir müssen über den elektrischen Zaun sprechen, den du am westlichen Hügel aufstellen willst.«

»Oh ja, bitte komm. Wir könnten uns erzählen, was wir so alles gemacht haben, schließlich ist es schon ein paar Jahre her, dass wir zuletzt miteinander gesprochen haben«, ermutigte ihn Sharon. Sie konnte ihre Augen kaum von Wes Sinclair lassen, und um das zu verbergen, fischte sie eine Sonnenbrille aus ihrer Handtasche und setzte sie auf.

Vor elf Jahren noch hätte sie nicht einmal einen Seitenblick auf Sindalees ältesten Sohn geworfen. Alles, was sie damals wollte, war, aus diesem, wie sie es nannte, Provinznest herauszukommen, um die Welt zu sehen. Sie hatte dieses Spiel eine Zeit lang genossen, aber jetzt musste sie sich der Realität stellen. Sie war pleite. Ihr Vater weigerte sich, für einen angemessenen Unterhalt aufzukommen, obwohl er dazu finanziell leicht in der Lage gewesen wäre. Und mit ihren dreißig Jahren und praktisch keiner Qualifikation würde es schwer sein, einen Job zu finden.

Auf einmal kam Sharon etwas in den Sinn, das ihre Freundin Donna Dupre ihr auf ihrer Abschiedsparty in Rom geraten hatte: »Such dir einen reichen Ehemann, und lass ihn ausbluten.« Wie Ricardo es mit ihr getan hatte. Mit diesem Gedanken im Kopf schaute sie sich Wes Sinclair genauer an, um ihn einzuschätzen.

Er war das komplette Gegenteil von Ricardo: Groß, Ricardo war klein, Wes hatte einen feingliedrigen Körperbau, wohingegen ihr Exmann breit gebaut und stark bemuskelt war durch das tägliche Fitnesstraining. Wes stählte seine Muskulatur sicherlich ausschließlich durch harte Arbeit. Wes war blond und durch die tägliche Arbeit im Freien gebräunt, Ricardo hatte dunkle Haare und die für Norditaliener typische helle Haut. Wes' Gesicht fesselte eher, als dass man es als gutaussehend bezeichnen konnte, während Ricardo das perfekte Gesicht eines Filmstars aufwies.

Das Herausragendste an Wes waren seine Augen. Grau und hart, durchdringend, offen. Oh ja, der Besitzer von Sindalee war zu einem interessanten Mann herangereift. Beiläufig schätzte sie seine finanzielle Situation ein. Sindalee war ein einträglicher Grundbesitz gewesen, als sie Cowra damals verließ, aber in zehn Jahren konnte sich eine Menge verändert haben. Trotzdem – und ihr perfekter Mund verzog sich zu einem verhaltenen Lächeln – sollte sie der Sache auf den Grund gehen, es könnte die

Mühe wert sein, und plötzlich schien es ihr eine gute Idee gewesen zu sein, nach Hause zurückzukehren.

»Ich schätze, unser letztes Gespräch liegt schon zehn Jahre zurück.« Wes dachte über Hughs Einladung nach, sah aber Sharon nicht an, als er sagte: »Vielleicht komm ich später rüber. Ich sag dir noch Bescheid.« Mit lässigem Gruß tippte er an seinen Hut. »Ich muss los.«

Sharon konnte nicht anders, sie musste ihm nachsehen, bis die weißen Türen des Flughafens hinter ihm zuschlugen.

»Sind Sie sicher?«, fragte Brooke den Arzt, dessen Blick am Bildschirm des Ultraschallgerätes festzukleben schien.

Der Arzt bedeutete Brooke, sich aufzusetzen und selbst zu sehen. »Es gibt keinen Zweifel. Sehen Sie diese zwei roten Impulse? Zwei Herzschläge. Sie werden Zwillinge bekommen, Mrs. d'Winters. Glückwunsch.«

Vor Schreck brach Brooke beinahe auf der Liege zusammen. Sie war in der sechzehnten Woche schwanger und hatte diese Ultraschalluntersuchung nur der Form halber gemacht, um sicherzugehen, dass es ihrem Baby gut ging. »*Zwillinge!*«, wiederholte sie. Sie und Jason hatten nicht damit gerechnet, dass sie so schnell schwanger werden würde, aber es war passiert, und jetzt würde sie zwei Babys bekommen. Jason würde begeistert sein, er wollte eine große Familie. Sie dachte an ihr winziges Haus in der Fitzroy Street, und Bestürzung befiel sie. Wie sollten sie das nur schaffen? Plötzlich musste sie kichern.

»Erzählen Sie mir, was so lustig ist, Mrs. d'Winters?«, fragte der Arzt sie höflich.

»Unser zweites Schlafzimmer wäre schon für ein Baby sehr klein gewesen. Da wir aber jetzt zwei Kinder haben werden, frage ich mich, ob es Babywiegen auch als Doppelstockversion gibt, um Platz zu sparen.«

Der Arzt lächelte über ihren Versuch, der Situation etwas Lustiges abzugewinnen.

»Soll ich Ihnen das Geschlecht verraten?«

Sollte er? Sie *war* natürlich neugierig, aber es zu wissen, würde ihr die Spannung nehmen. Brooke schüttelte den Kopf. »Nein danke, ich glaube, für heute hatte ich genug Überraschungen.«

»Aber Jason, ich will nicht ins Krankenhaus.«

Jason sah seine hochschwangere Frau an. Die Schwangerschaft hatte ihren schlanken Körper ziemlich gefüllt, und jetzt, sieben Wochen vor dem Entbindungstermin, sah sie in ihrer Rundheit bezaubernd aus, obwohl er ihr das nicht sagen mochte, aus Angst, sie zu kränken. Er wusste, dass einige schwangere Frauen kurz vor der Entbindung recht sensibel wurden. »Aber Schatz, Ed Cope meint auch, du bräuchtest Bettruhe. Deine Knöchel sind geschwollen, du hast fast ständig Rückenschmerzen, und du willst sicherlich keine Krampfadern bekommen, oder? Außerdem ist dein Blutdruck ein wenig zu hoch. Und im Übrigen wäre es nur für ein paar Wochen.«

»Ein paar Wochen!«, stöhnte sie. »Es ist noch nicht alles fertig. Das Kinderzimmer ist immer noch nicht renoviert. Ich habe noch kein zweites Babybett gekauft, und wir brauchen eine hohe, schmale Kommode, weil die weniger Platz wegnimmt.«

»Ich kümmere mich um alles«, sagte Jason autoritär. Die Schwangerschaft hatte Brooke ganz schön ausgebremst. Sie hatte sogar eine Pause in ihrem Naturheilkundestudium eingelegt, weil sie sich nicht mehr vernünftig darauf konzentrieren konnte. Er seufzte einmal geduldig und schwer geprüft. »Bitte mach dieses eine Mal, worum man dich bittet. Ed sagte, dass du unbedingt ins Bett gehörst, und er glaubt nicht, dass du dir zuhause die Ruhe gönnen wirst. Er ist der Meinung, dass Frauen immer eine Rechtfertigung dafür finden, aufzustehen, um irgendetwas im Haus zu erledigen.« Er sah sie einen Moment an. »Und ich glaube, dass er damit richtig liegt. Also geht's jetzt zum Krankenhaus. Keine Widerrede mehr, okay?«

Ihr Seufzen glich seinem. Er hatte Recht. »Oh, also gut.«

Eine Woche lang fand Brooke die pränatale Station des Royal Hospitals für Frauen in Paddington recht interessant. Allerdings dachte sie, dass ein Krankenhaus der ungeeignetste Ort sei, wenn jemand wirklich Ruhe brauchte. Ärzte, Schwestern und anderes Krankenhauspersonal schienen sich die Klinke zu ihrem Zimmer in die Hand zu geben, um sie zu untersuchen oder die ein oder andere Probe zu nehmen.

Nach drei Wochen in einem Einzelzimmer war sie so gelangweilt, dass sie es nicht mehr aushielt, aber immerhin hatte sich ihr Blutdruck normalisiert, und andere negative Symptome waren nicht aufgetreten. Da sie Bettruhe halten sollte, durfte sie nur aufstehen, um zu duschen oder zur Toilette zu gehen. Allerdings hatte sie es sich zur Angewohnheit gemacht, auf dem Rückweg durch die Station zu trödeln, um mit anderen Leidensgefährtinnen zu klönen, bis eine Schwester sie entdeckte und sie in ihr Bett zurückscheuchte.

Auf einem dieser Ausflüge wollte sie gerade die Toilettenkabine verlassen, als es geschah. Beim Aufstehen gab ihr linkes Bein gänzlich nach. Das Reißen von Muskeln und Gewebe ließ sie vor Schmerz aufschreien, Krämpfe rasten durch ihr ganzes Bein, von der Hüfte bis zum Knöchel. Sie stieß sich die Hüfte am Toilettenbecken an, bevor sie auf den gefliesten Boden krachte. Als sie ihr Nachthemd hochzog und ihr Bein ansah, schrie sie noch mal.

Oh, nein! Nicht schon wieder.

Dass ihre Kniescheibe zum zweiten Mal verrutscht war, sorgte an diesem Tag für erhebliche Unruhe in der pränatalen Station. Eine Hilfsschwester musste über die Kabinenwand klettern, um die Toilettentür zu entriegeln, Brooke irgendwie hochzuheben und mit weiterer Unterstützung auf eine Trage zu legen. Dabei war Brookes Kniescheibe seltsam verdreht an der Seite ihres Beins. Anschließend wurde sie geröntgt, als ihr Knie und Oberschenkel schon wie ein Ballon angeschwollen waren.

»Meine Babys. Geht's ihnen gut?« Brooke stellte diese Frage jedem, von der Putzfrau über den Stationspfleger bis zur Schwester, die sie zur Radiologie brachte.

Ihre einzige Sorge waren die Babys. Sie kümmerte sich nicht um ihr Bein. Das erste Mal war ihr die Kniescheibe verrutscht, als sie als Ersatzspielerin in der Highschool in einem Basketballspiel – das sie übrigens verloren hatten – eingesetzt wurde. Daher kannte sie die Prozedur, die sie jetzt erwartete: Röntgen, dann Stilllegung von der Hüfte bis zum Knöchel, und dann Gehhilfen oder einen Stock, um das Gleichgewicht zu halten. Nach sechs Wochen, in denen die Kniescheibe samt Muskeln und Gewebe heilen konnte, würden sie mit einer physiotherapeutischen Behandlung beginnen, um die schlaffen Muskeln wieder aufzubauen.

»Wir machen auch noch eine Ultraschallaufnahme, Mrs. d'Winters. Dr. Cope hat das bereits angeordnet, um sicherzugehen, dass es den Babys gut geht«, sagte der Radiologe, ein Mann namens Stan, dessen wuchernder roter Bart gut zu seinen Haaren passte.

Brooke hielt die Tränen zurück, die sie in ihren Augenwinkeln spürte, es war sehr schwer, sich nicht gehen zu lassen. Sie wollte diese Babys so sehr. In den letzten Monaten hatte sie oft darum gebetet, dass ihre Kinder die Wunden der Vergangenheit heilen würden. Die Hinterbliebenenberatung hatte ihr auch großartig geholfen, aber immer noch gab es Momente, in denen die Trauer und die Erinnerungen stärker als sie waren. Außerdem wollte sie nicht wie eine Heulsuse vor den Ärzten und den Schwestern dastehen. Schließlich wussten alle, dass sie mit einem Arzt verheiratet war und daher alles verständnisvoll aushalten sollte.

Verständnis – ja, das hatte sie zur Genüge –, aber aushalten? Wie könnte sie es aushalten, wenn der Sturz ihre Babys verletzt hätte? Was, wenn eines überlebte und das andere nicht? Oder … sie zwang sich, die angstvollen Gedanken zu beenden. Alles würde gut werden, es musste so sein.

Während der Ultraschalluntersuchung tauchte Dr. Cope auf, ein kurzer, stämmiger Mann mit dunklem Haar und freundlichen Augen hinter einer goldenen Gleitsichtbrille. Er trug einen dunklen Nadelstreifenanzug, der sehr ausgebeult war, eine rote, selbst gestrickte Weste und eine Krawatte in derselben Farbe. Er eilte mit einem Stethoskop in der Hand ins Zimmer.

»Brooke, wie fühlen Sie sich?«, war seine erste Frage.

Sie erwiderte trocken: »Ich hatte schon bessere Tage.«

»Was Sie getan haben, ist auf äußerstes Interesse gestoßen. Die gesamte pränatale Station und das halbe OP-Team reden über nichts anderes mehr als über Mrs.

d'Winters Kunststückchen. Die meisten werdenden Mütter sparen sich ihr großes Finale für den Kreißsaal auf, aber Sie …«

»Schönes Kunststück. Ich war nicht scharf darauf, wirklich nicht.« Brooke klang säuerlich. »Bis heute Abend werde ich blau und schwarz sein«, fügte sie hinzu, während sie ihn ansah. Mit ihren ausdrucksvollen Augen schien sie beinahe ihm die Schuld an dem zu geben, was passiert war. »Wie konnte so etwas nur geschehen?«

»Ein Kumpel von mir, Graham Frost, ist Orthopäde. Er wird Sie bald aufsuchen, um Sie sich anzusehen. Sie haben offensichtlich ein geschwächtes Knie, vielleicht stammt das noch von dem letzten Unfall!«

»Das liegt mehr als zehn Jahre zurück.«

»Ich weiß. Graham sagte allerdings, dass viele Patienten ihren Quadrizeps, der die Knieschwäche ausgleichen soll, nur ungenügend aufbauen. Durch die Bettruhe sind wahrscheinlich die Bänder, die ums Knie verlaufen, geschwächt worden, und – zack – gaben sie einfach unter Ihnen nach.«

Seine Schlussfolgerung begeisterte sie nicht im Mindesten, obwohl sie logisch klang. »Was ist mit den Babys? Sind sie in Ordnung?«

Der Arzt stellte sich hinter den technischen Spezialisten und schaute eindringlich auf den Bildschirm des Ultraschallgerätes. »Es geht ihnen gut. Wenn sich Ihr Knie etwas beruhigt hat, wollen wir die Geburtseinleitung auf nächste Woche vorziehen.« Er betrachtete sie einen Moment lang und grinste sie dann aufmunternd an. »Die Kleinen sind gut entwickelt, ihre Lungen und Herzen sind jetzt stark genug.«

»Warum nicht ein Kaiserschnitt?«

»Nicht, wenn es nicht unbedingt sein muss.« Er sprach

mit Entschlossenheit. »Einer normalen Geburt steht nichts im Weg. Wenn es Ihnen und den Babys also gut geht, wollen wir es versuchen.«

Der Radiologe konnte seine Neugier nicht länger bezähmen: »Wie kann sie Kinder auf die Welt bringen, wenn ein Bein in einem Gipsverband steckt?«

»Sie würden sich wundern, wie leicht das ist«, erwiderte Ed Cope und kicherte.

Brooke sah ihren Frauenarzt zweifelnd an. Ed Cope war Jasons Freund. Sie waren zusammen auf der Universität gewesen, und obwohl sie ihn beruflich sehr schätzte, war sie nicht so sicher wie er, dass die Geburt so einfach werden würde.

Ed Cope lächelte sie an. »Glauben Sie mir, der Gips wird kein Problem sein.«

Und so war es auch.

Am darauffolgenden Freitagnachmittag, dem 31. Januar 1986, um fünf Minuten nach drei brachte Brooke zwei gesunde Jungen zur Welt. Adam Jason war der Erste, drei Minuten später folgte ihm Luke Travis.

6

»Schlafen sie?«

»Endlich«, antwortete Brooke mit müdem Lächeln. Adam und Luke, jetzt drei Jahre alt, hatten nach einigen heftigen Bemühungen, dem Unausweichlichen zu entgehen, letztlich doch ihrer kindlichen Erschöpfung nachgegeben. »Hörst du das? Ist es nicht himmlisch?«

Jason neigte den Kopf zur Seite, horchte, zuckte mit den Schultern und sah sie stirnrunzelnd an. »Was?«

Ihr Lächeln wurde breiter. »Die Ruhe.«

Er gähnte und streckte die Arme weit über seinen Kopf. »Ja, sie sind schon zwei Satansbraten.«

Sie nickte. »Vor allem Adam. Er hat so viel Energie und vor nichts Angst. Heute habe ich ihn auf der Terrasse erwischt, wie er Stühle übereinanderstapelte, um von dort auf den überhängenden Ast vom Nachbarahorn zu klettern. Wir müssen diesen Ast bald absägen, sonst verschwindet er darüber noch in den nächsten Garten.«

»Hm, das gehört zu den Dingen, die ich in meiner Kindheit auf dem Lande geliebt habe: Man konnte hinlaufen, wo immer man wollte, es gab so viel Freiheit zu entdecken, so viel Natur, wir lernten, das Land zu lieben und zu respektieren.« Er verschränkte die Hände hinter seinem Kopf und gähnte noch mal, während er nachdachte. »Es wäre schön, wenn die Jungs dasselbe erleben könnten, wenn sie älter sind…« Er verstummte. »Aber das können sie hier in der Stadt nicht. Man muss sie die ganze Zeit im Auge behalten.«

»Du sagst es.« Brooke rollte mit den Augen, als sie sich ihm gegenüber mit einem Arm voll Wäsche, die sie zusammenlegen wollte, an den Küchentisch setzte. »Hier brauche ich Augen am Hinterkopf, wenn ich auf zwei gleichzeitig aufpasse. Oder vielleicht könnte ich eine Art Spurenlesegerät erfinden, das ich an ihnen befestigen und mit dem ich ihre Bewegungen auf einem Monitor überwachen könnte, wie bei einigen sehr teuren Autoalarmanlagen.«

Er kicherte über ihre Idee. »Ich werde dich nicht davon abhalten. Du könntest sicher ein Vermögen damit verdienen.« Er fuhr sich durch das dunkle Haar und sah auf einmal sehr ernst aus. »Habe ich erzählt, was heute in der Praxis los war?« Bevor Brooke ihm antworten konnte, schüttelte er den Kopf. »Nein, habe ich nicht. Einer meiner Patienten hatte sich eine Überdosis gesetzt. Seine Freundin brachte ihn zu uns, aber es war zu spät. Der Junge starb auf der Untersuchungsliege. Herzstillstand, eine Wiederbelebung war nicht möglich. Seine Freundin – sie ist auch abhängig – bekam Schreikrämpfe.« Jasons Schultern sackten herunter. »Es war furchtbar, und natürlich brach danach das Chaos aus. Polizei, Rettungswagen, neugierige Patienten.«

»Wie schrecklich – für dich und das Center.«

»Das war der Zweite in drei Monaten. Es ist deprimierend und – wie Christine sagte – nicht gut fürs Geschäft, wenn die Patienten in unserer Praxis sterben. Und weißt du was? Das Lokalblatt wollte einen Artikel darüber veröffentlichen, mit Fotos. Verdammte Leichenfledderer. Nein danke!«

Brooke sah ihn über den Tisch hinweg an und erkannte – erkannte wirklich –, wie müde er aussah. Das war keine einfache Müdigkeit oder Missmut über die Geschehnisse des Tages. Er sah total erledigt aus, als ob er die Nase voll hatte von Sydney. Linien der Erschöpfung zogen sich von seinen Augen aus über sein Gesicht, und es wurde immer offensichtlicher, dass seine Haare hier und dort vorzeitig ergrauten. Seine Schultern hatten angefangen, ein wenig zu hängen, obwohl er nach wie vor so viel Sport wie möglich trieb. Die Arbeit in einer Praxis im Stadtzentrum forderte eindeutig ihren Tribut.

»Wir sollten in Urlaub fahren«, sagte sie entschlossen und zwang sich zu einem fröhlichen Ton. »Wir sind nicht mehr weggefahren, seit die Jungs ein Jahr alt waren. Aber jetzt sind sie unabhängiger und spielen so herrlich miteinander, deshalb wird es keine solche Katastrophe wie das letzte Mal werden.«

Sie hatten damals eine alptraumhafte Woche in Coffs Harbour verbracht. Die Zwillinge hatten gerade zu laufen begonnen, nein, eigentlich rannten sie kreuz und quer durch die Gegend und gerieten in immer neuen Schlamassel. Es war die reinste Hölle, und Jason hatte geschworen, erst wieder mit ihnen zu verreisen, wenn sie im Schulalter wären und sich etwas zivilisierter benahmen.

»Ich glaube, ein Urlaub reicht mir nicht. Ich brauche nicht nur einen Tempowechsel, sondern auch eine *Ortsveränderung.*« Er sah sie bedeutungsvoll an und rieb sich das Kinn, während er überlegte. »Vielleicht würde ein Praxiswechsel helfen.«

Jetzt war es an Brooke, die Stirn zu runzeln. Sie hörte auf, die vielen winzigen Unterhosen und Hemdchen zu falten. »Wie meinst du das?«

»Ich habe in letzter Zeit einige medizinische Zeitschriften und Aufrufe der Ärztekammer gelesen. Sie suchen händeringend erfahrene Ärzte für Landpraxen. Was würdest du davon halten, wenn wir unsere Zelte hier abbrechen und in eine Stadt auf dem Land ziehen würden?«

Sie hätte jetzt eigentlich verblüfft sein sollen, aber sie war es nicht. In den vier Jahren ihrer Ehe hatte sie gelernt, dass Jason ein unkomplizierter Mann war. Normalerweise konnte sie genau einschätzen, wie er über gewisse Dinge dachte – wusste, wenn er niedergeschlagen war, wenn er unzufrieden war, wenn er über etwas wütend war. Seit einiger Zeit hatte sie an ihm eine wachsende Unzufriedenheit mit dem medizinischen Center festgestellt. Seine sporadischen Bemerkungen über das Center zogen sich über Monate hin, in denen sein Unmut stetig zugenommen hatte. Seine Partner und ihre ständige Jagd nach dem allmächtigen Geld enttäuschten ihn. Sie sollten lieber das tun, wofür sie Ärzte geworden waren: ihr medizinisches Wissen zum Wohl der Patienten einsetzen.

Seine Augenbrauen schossen hoch. »Du siehst nicht gerade überrascht aus.«

»Nein. Naja, vielleicht ein wenig. Ich wusste nicht, wie weit du gehen würdest. Meine Vermutung war, dass du dir eine Weile freinehmen oder eine eigene Praxis in Sydney eröffnen würdest.«

»Vielleicht. Ich weiß nicht.« Als ihre Blicke sich trafen, erkannte sie seine Wehmut. »Ich würde gerne ins Buschland fahren, um mir einige Orte in der Nähe von Cowra anzusehen. Vielleicht Carcoar. Carcoar ist eine Kleinstadt, in der schon immer eine Arztpraxis gewesen ist, aber vielleicht reicht es auch für zwei Ärzte.« Er sah sie einen Moment intensiv an. »Aber was ist mit dir? Wie denkst du über einen Umzug? Du hast hier Aufgaben: deine Vorstandsarbeit im Kindergarten, dein Engagement für die örtliche Bibliothek und natürlich deine Naturheilkunde.« Er lächelte, als sie ihm die Zunge herausstreckte, unbeeindruckt von seinem ständigen Flachsen über ihre Weiterbildung. »Wenn du nicht willst, verstehe ich das.«

»Ach, Jason, ich will, was für uns das Beste ist. Nimm dir doch eine Woche frei. Wir fahren zu deinem geliebten Carcoar und Cowra und schauen uns mal um. Die Zwillinge werden begeistert sein vom Landleben, vielleicht können wir sogar ein paar Nächte auf einer richtigen Farm verbringen.« Sie kicherte. »Adam hat mich schon gefragt, ob wir hinten nicht ein Pony halten könnten. Obwohl das bestimmt ein toller Anblick wäre: ein Pony in einem taschentuchgroßen Garten.«

Sein Gesichtsausdruck erhellte sich, sein Grinsen wurde breiter. »Bist du sicher?«

»Ja, bin ich.« Ein Umzug könnte genau das sein, was sie alle und besonders Jason brauchten. Ein neuer Anfang in einer anderen Stadt. Als Stadtpflanze konnte Brooke es sich nicht so recht vorstellen, wie sie sich als Frau eines Landarztes machen würde, aber wenn die Veränderung gut für Jason war, dann würde sie das schon schaffen. Vielleicht konnte ein Umzug sogar die Alpträume endgültig vertreiben, die sich gelegentlich immer noch meldeten. Auch nach über fünf Jahren wachte sie manchmal schreiend auf und erschreckte damit die Kinder. Sie unterdrückte ein Seufzen. Es kam ihr so vor, als ob die Trauer und die Enttäuschung aus dieser Zeit sie nie verlassen würden.

»Wir könnten meinen Kumpel Wes besuchen. Er ist der Besitzer von Sindalee und damit einer der größten Großgrundbesitzer der Gegend. Ich habe ihn seit Jahren nicht gesehen. Er war auf unserer Hochzeit, erinnerst du dich an ihn?«

»Oh ja.« Ihr Mund verzog sich auf einmal missmutig. »Der Herr vom Lande, der Reitstiefel trug und so aussah, als ob er lieber woanders gewesen wäre?« Ja, sie erinnerte sich an den wohlhabenden Viehzüchter. Er war mit seiner Schwester zur Hochzeit erschienen und als Erster wieder gegangen, als ob der Anblick von Menschen, die sich amüsierten, und von Braut und Bräutigam ihm Übelkeit verursachten.

Jason kicherte. »Genau der. Wes mit den Komplexen. Claudia hat ihn ganz schön fertiggemacht.« Er schüttelte bei der Erinnerung daran den Kopf. »Früher war er der netteste Kerl. Ich kenne niemanden, der sich so stark durch eine Scheidung verändert hat wie Wes. »Weißt du«, vertraute er ihr an, »er hat sogar versucht, mir die Hochzeit mit dir auszureden.«

Brookes Nackenhaare stellten sich auf. Was glaubte dieser Wes Sinclair eigentlich, wer er war?

»Ach, hat er das versucht?«, sagte sie kurz angebunden. »Weil seine Ehe schiefging, glaubt er jetzt, dass jede Heirat ein Fehler ist? Das ist ein ziemlich kranker Standpunkt.«

Jason zuckte mit den Schultern. »Ach, Wes ist in Ordnung. Wir sind seit vielen Jahren Freunde. Claudia hat ihm einen Tiefschlag versetzt, das ist alles. Sie waren bereits zehn Jahre verheiratet, als Claudia einfach aufgestanden ist und ihm mitgeteilt hat, dass sie es vorziehen würde, nicht länger mit ihm verheiratet zu sein. Sie wollte Anwältin werden und Karriere machen. Wes hatte nicht die leiseste Ahnung gehabt, dass irgendetwas in seiner Ehe nicht stimmte. Und die Kinder haben schwer daran zu knabbern: Fleece hat sich anscheinend zu einem ganz schönen Früchtchen entwickelt, und Drew, sein Sohn, ist jetzt so still und in sich gekehrt, dass er kaum piep sagt. Glaub mir, Wes hat das Herz auf dem rechten Fleck, er wollte nur nicht, das mir wehgetan würde. Er hat mit den Frauen abgeschlossen. Was schade ist, weil er ein klasse Kerl ist.«

Brooke verscheuchte Wes Sinclair aus ihren Gedanken. Sie wollte nicht über ihn und seine Probleme sprechen, auch wenn er einer von Jasons ältesten Freunden war. Viel eher wollte sie weiter darüber reden, was für sie alle eine große Veränderung bringen würde, wenn sie sich wirklich dazu entschließen würden.

»Es wird sicherlich einen Monat dauern, bis ich eine Vertretung für mich gefunden habe.«

»In Ordnung. Aber wir erzählen es den Jungs erst im allerletzten Moment, sonst treiben sie uns mit ihren Fragen, wie ›Fahren wir jetzt los? Sind wir bald da?‹ in den Wahnsinn.«

Der späte Frühling war ausgezeichnet dafür geeignet, Sydney weit hinter sich zu lassen. Die Tage waren noch nicht zu heiß. Die Zwillinge saßen in ihren Kindersitzen auf der Rückbank des Ford Kombis und waren vom Buschland und den Tieren, die sie zu sehen bekamen, fasziniert. Viele Frühlingslämmer und einige Kälber sprangen herum, und natürlich sahen sie gelegentlich Kaninchen. Die Jungs waren erstaunlich geduldig, obwohl sie recht lange Strecken zwischen den Pausen zurücklegten. Wenn sie hielten, tobten die Kinder eine halbe Stunde lang, um einiges von ihrer unendlichen Energie abzubauen. Erst dann konnten sie dazu gebracht werden, wieder ins Auto zu steigen.

Bathurst war der ideale Ort für die Mittagspause. Danach würden sie über Nebenwege – eine landschaftlich schöne Strecke nannte Jason das – weiterfahren und Carcoar am frühen Nachmittag erreichen.

Der Winter war ungewöhnlich feucht gewesen, so dass sie überall auf grüne Flächen und sanfte Hügel mit üppigen Weiden stießen, auf denen sich Rinder und Schafe tummelten. Rapsfelder in gelber Blüte und ganze Hügel voll purpurnem Natternkopf (die Pflanze war wie ein Unkraut) wechselten sich mit grüner Luzerne ab und schufen so ein Farbpanorama, durch das die Landschaft wie ein Schachbrett wirkte.

Hin und wieder sah Brooke zu Jason hinüber und bemerkte jedes Mal Veränderungen an ihm, je weiter sie aufs Land hinausfuhren. Die Linien um seinen Mund waren nicht mehr so scharf, und trotz des ständigen Radaus, den die Zwillinge im Fond mit ihrem endlosen Geplapper verursachten, löste sich sichtbar die Spannung aus seinen Kiefermuskeln.

Kurz hinter Rookley machten die Jungs einen Aufstand, weil sie hungrig und durstig waren. Als Jason ein Hinweisschild sah, bog er links ab. »Wir machen einen schnellen Boxenstopp in Bindi Creek. Dann geht's weiter nach Carcoar.«

Hier und da kamen sie an kleineren landwirtschaftlichen Betrieben vorbei, die aussahen, als ob sie zur Zufriedenheit gediehen: Schaffarmen, ab und zu ein Gestüt, Obstplantagen und die geraden Reihen der Weinstöcke zeugten von dem Wohlstand und der Vielseitigkeit dieses Landesteils.

»Wie ist es denn in Bindi Creek?«, fragte Brooke, als sie auf eine Straßenkuppe zufuhren. Sie erinnerte sich daran, dass sie auf ihrer Fahrt bereits zweimal das Flüsschen überquert hatten.

»Ich kann mich nicht so gut an die Stadt erinnern. Als Kind war ich nur ein- oder zweimal dort«, sagte Jason. »Ich schätze, dass es so ähnlich wie Carcoar aussieht, wo es im letzten Jahrhundert nach ein paar Goldfunden gebrummt hat. Der Bau der Eisenbahnlinie bis nach Blayney Ende des neunzehnten Jahrhunderts hat das Wachstum rasch zum Erliegen gebracht. Heute ist Carcoar ein verschlafenes Städtchen mit vielen historischen Gebäuden und malerischen Frühstückspensionen, die in typischen kleinen Häuschen untergebracht sind. Ich vermute, in Bindi Creek wird es ähnlich aussehen.«

»Wenn Carcoar so verschlafen ist«, sagte Brooke und wechselte plötzlich das Thema, »könnte dort eine zweite Praxis überhaupt existieren?« Sie konnte den Lärm, der aus dem hinteren Teil des Autos kam, nicht länger aushalten und drohte den beiden: »Wenn ihr nicht sofort mit diesem Gezanke aufhört, bekommt ihr gleich nichts zu trinken und nichts zu essen. Seid friedlich! Jetzt!« Sie wunderte sich häufig darüber, wie gut sie parierten, wenn sie streng mit ihnen sprach, aber sie waren zwei schlaue Kerlchen, die in ihrem zarten Alter schon genau einschätzen konnten, wie weit sie es mit Mummy und Daddy treiben konnten. Ruhe kehrte ein, aber sie wusste genau, dass dieser Frieden nur ungefähr fünf Minuten dauern würde.

»Ich weiß es noch nicht«, antwortete Jason, als ob ihr Gespräch nie unterbrochen gewesen wäre. »Wir sind ja hergekommen, um das herauszufinden. Carcoar hatte früher um die dreihundert Einwohner, dazu kommen ein paar Menschen aus den umliegenden Farmen und Landstellen. Seitdem könnte es aber auch um so viel gewachsen sein, dass ein zweiter Arzt hier sein Auskommen fände.«

»Der niedergelassene Arzt freut sich vielleicht nicht gerade über Konkurrenz«, bemerkte Brooke mit hochgezogener Augenbraue.

»Könnte sein. Wir werden sehen.« Er grinste sie an. »Sollten wir uns wirklich dazu entschließen, umzuziehen, werden wir hier nicht reich werden. Unser Tempo wird sich verändern, unser Lebensstil auch. Ich glaube, dass es in erster Linie den Zwillingen guttun wird, aber uns auch.«

Ein wehleidiger Schrei unterbrach ihre Unterhaltung: »Mummy, ich bin kurz vorm Verhungern.« Das kam von Adam. »Luke und ich sterben gleich, wenn wir nicht bald etwas zu essen bekommen.«

Brooke zeigte nach draußen. »Guckt mal, da ist eine Tankstelle mit einem Imbiss daneben.« Jason bog auf einen Parkplatz ab, auf dem zwei oder drei Autos standen. Die Tankstelle mit der dazugehörigen Werkstatt war das erste Geschäft, das sie in Bindi Creek sahen. Sie lachte, als sie den Zwillingen zuhörte, die darüber debattierten, was sie essen wollten. »Ich schätze, ihr werdet doch nicht verhungern.«

Auf dem Weg zum Imbiss fiel Brooke ein Mann in einem ölverschmierten Overall auf, der halb unter der Motorhaube eines Geländefahrzeugs verschwand. Ein zweiter Mann in Jeans und schweren Arbeitsschuhen lief ungeduldig auf und ab. Nicht weit vom Fahrzeug entfernt trat ein Junge von vielleicht zehn Jahren seinen Fußball gegen eine Steinmauer.

Der Jeansmann lief zu dem anderen Mann zurück und beugte sich so weit vor, dass ihre Köpfe sich beinahe berührten. »Und, Frank?«, erkundigte er sich angespannt. »Was meinst du?«

Der Mechaniker, höchstwahrscheinlich mit dem Namen Frank, schüttelte den Kopf und murmelte: »Ich glaube, es ist der Vergaser, Ric. Der tut's nicht mehr.« Die d'Winters gingen in den Imbiss, in dem sich außer einer Frau mittleren Alters, die hinter dem Tresen stand, niemand aufhielt. Brooke suchte einen Tisch am Fenster für die Familie aus. Im Obstgarten gegenüber sprossen hier und dort neue Blätter an den Bäumen und kündigten frisches Wachstum an, vereinzelt schimmerten weiße Blüten. Sie fragte sich, welche Obstbäume dort wuchsen. Wahrscheinlich Pfirsich- oder Aprikosenbäume.

»Die Jungen wollen Pommes und Orangensaft. Was möchtest du, Schatz?«, fragte Jason.

Brooke stöhnte über die Wahl der Zwillinge. »Sehr nährstoffreich.« Die kleinen Biester würden mit Begeisterung so viel Fast Food wie möglich während ihres Urlaubes in sich reinstopfen. »Nur Kaffee. Einen Cappuccino, wenn sie haben, sonst schwarzen Kaffee.«

Brooke wandte sich den Jungs zu, die unruhig auf ihren Sitzen hin- und herrutschten, während sie auf ihre Pommes warteten. Sie waren eineiige Zwillinge mit braunen Augen und Jasons fast schwarzem Haar. Sie waren kräftig gebaut und für ihr Alter groß. Man konnte sofort erkennen, dass der spitzbübische Adam, dessen Haar links gescheitelt war, damit man ihn von seinem Bruder unterscheiden konnte, der Anführer war. Luke war stiller und ernster. Normalerweise war er sich mit seinem Bruder, der drei Minuten älter war, einig, aber er konnte genau wie Travis launenhaft sein und manchmal auch furchtbar dickköpfig.

»Willst du Tomatensauce zu deinen Pommes, Lukey?« Adam wollte diese wichtige Frage geklärt haben.

»Klar.« Luke nickte. »Aber nicht so überall drüber. Ich will die Sauce am Tellerrand, dann kann ich die Pommes einstippen.« Adam hatte Jasons ungeheuren Appetit geerbt und blickte seine Mutter bittend an. »Mummy, können wir auch noch einen Donut haben?«

Brooke schien über diesen Wunsch lange nachdenken zu müssen. »Nur, wenn ihr all eure Pommes aufesst.«

»Das mach ich«, sagte Adam zuversichtlich.

»Ich auch«, sagte auch Luke, und ein Lächeln ließ sein Gesicht erstrahlen.

»Hier bitte.« Jason hatte das beladene Tablett abgeholt und teilte die verschiedenen Bestellungen aus.

Während sie aßen, vertrieb sich Brooke die Zeit damit, dem Mechaniker zuzuschauen, der auf den Absätzen kehrtmachte und schnell auf den Imbiss zulief. Mit dem Türgriff in der Hand sprach er mit der Frau hinter dem Tresen. »Anne, ruf Jim in Mandurama an. Frag ihn, ob er einen Vergaser für einen 85er Holden Geländewagen hat und ob er jemanden hat, den er damit rüberschicken kann.« Er sah zu den d'Winters hinüber und lächelte sie ein wenig gehetzt an. »Hallo, Leute, schmeckt's euch?« Ohne ihre Antwort abzuwarten oder auch nur eine zu erwarten, lief er wieder zu dem Geländewagen.

Brooke grinste Jason an. »Landvolk, ha! Oh ja, sie sind anders.«

»Können wir jetzt unseren Donut haben, Mummy?« Adam zeigte als Erinnerungsstütze auf seinen leeren Teller.

»Okay. Aber eines Tages wirst du platzen, junger Mann.«

»Nein, das werd ich nicht«, versicherte er, als die Frau, die seine Bitte gehört hatte, sich schon mit einem Teller voll Donuts auf den Weg zu ihrem Tisch machte.

Nach dem Essen ging Brooke mit den Jungs schon mal raus, während Jason bezahlte. Links hinter der Tankstelle war ein kleiner Spielplatz mit Schaukeln und einer Wippe. Die Zwillinge nahmen den direkten Weg dorthin. Adam erklomm die Schaukel, und Luke kletterte auf die Wippe, von wo aus er seine Mutter aufforderte, die andere Seite runterzudrücken.

Brooke drehte immer wieder den Kopf in alle Richtungen, um sich den Ort anzusehen. Bindi Creek, von ihrem Standpunkt am Ortseingang gesehen, schien eine hübsche Kleinstadt zu sein. Sie sah ein zweigeschossiges Haus mit einem schmiedeeisernen, verschlungenen Verandageländer, einige Holzhäuschen mit blühenden Gärten und gleich hinter der Straßenkurve eine Brücke über den Fluss. Sie blickte zurück zur Werkstatt. Die beiden Männer standen nebeneinander und sprachen miteinander, während der Motor des Geländewagens mit einem gurgelnden, erstickten Geräusch lief. Der kleine Junge, der Jeans, ein T-Shirt und eine Jeansweste trug, trat nicht mehr auf seinen Fußball ein, sondern untersuchte einen Platz neben dem Tankstellengebäude, auf dem Ölfässer und andere Utensilien ziemlich sorglos aufeinandergestapelt waren. Sie beobachtete, wie er erst auf das eine, dann auf das andere Ölfass kletterte und schüttelte den Kopf. Das sah wacklig aus, und wäre sie verantwortlich für ihn, hätte sie ihn dort heruntergeholt. Aber sie wusste, dass Jungs eben Jungs waren, die sich allesamt für unverwundbar hielten.

Ihr Blick ging zu den beiden Männern, die den Jungen überhaupt nicht beachteten. Der Mann mit den Jeans, von dem sie annahm, er sei Ric, setzte sich hinter das Steuer und gab Gas, während der Mechaniker sich über den Motor beugte. Und dann sah sie auf einmal aus den Augenwinkeln, wie der Junge ins Schwanken geriet, das Gleichgewicht verlor und plötzlich aus ihrer Sicht verschwand. Sie runzelte die Stirn, obwohl sie schon fast erwartet hatte, dass das passieren würde. Als er nicht gleich wieder aufstand, wusste sie, dass etwas schiefgelaufen war.

»Jungs«, sagte sie zu den Zwillingen, »bleibt hier! Der Junge da drüben ist gestürzt. Ich seh mal nach, ob's ihm gut geht.« Sie lief zu den Ölfässern. Als sie näher kam, konnte sie seine Schreie hören, die beinahe von dem Dröhnen des Geländewagenmotors erstickt wurden. Der Junge lag auf dem Boden, wälzte sich hin und her und hielt seinen rechten Arm. Überall war hellrotes Blut: auf seinem T-Shirt, auf seinen Jeans, auf dem Boden. Es quoll ihm durch die Finger, während er seine linke Hand auf die Schnittwunde drückte, aus der das Blut wie ein kleiner Springbrunnen sprudelte.

7

Oh, mein Gott!« Ohne zu zögern rannte Brooke zu dem Jungen und kniete sich auf den blutigen Asphalt neben ihn. »Lass mich mal sehen«, sagte sie. »Ich bin Krankenschwester.« Der Junge hatte seinen Mund zusammengekniffen. Er hatte aufgehört zu schreien, aber sein Gesicht war schmerzverzerrt. Sobald er seine Hand von der Wunde zog, schoss das Blut daraus hervor und spritzte über sie. Mist, das sah nach einer Arterienverletzung aus. Vielleicht hatte es die Hauptschlagader erwischt.

Brooke drehte sich ein wenig zur Seite, um zu sehen, ob sie irgendjemanden zu Hilfe rufen konnte. Die Zwillinge saßen immer noch auf den Schaukeln, Jason war nirgendwo zu sehen, und die zwei Männer, die an dem Geländewagen herumbastelten, machten so einen Krach, dass sie ihr Rufen gar nicht erst hören würden.

Brooke zog ein kleines Paket Papiertaschentücher aus ihrer Hosentasche und presste es auf die ungefähr zwölf Zentimeter lange Wunde. Der Blutstrom verlangsamte sich, brach aber nicht ab. Sie presste so stark wie möglich, wodurch das Blut noch langsamer floss, aber es hörte nicht auf zu fließen. Sie lächelte dem Jungen aufmunternd zu: »Das wird schon wieder, wir müssen nur erst das Blut stoppen. Wie heißt du denn?«

»N-Nathan Stephanos.« Er schniefte eine Träne zurück. »Scheiße, tut das weh. Wie Hölle. Ich will zu meinem Daddy.« »Natürlich, ich hol ihn für dich«, sagte sie besänftigend. Seine Blässe fiel ihr auf, die sie aber dem Schreck zuschrieb, viel besorgter war sie darüber, wie viel Blut er verlor. Die Länge des Taschentuchpaketes reichte nicht aus, um die gesamte Wunde abzudecken. »Nathan, schaffst du es, den Arm hoch in die Luft zu strecken? Ich muss die Schnittwunde zusammenpressen, damit sie weniger blutet.«

Wie durch ein Wunder hörten die Männer in diesem Moment auf, den Motor hochzujagen, und es war still. Sie wand sich halb um ein Ölfass herum und rief, so laut sie konnte: »He, Sie da, kommen Sie schnell her. Der Junge hatte einen Unfall.«

Innerhalb von Sekunden knieten die Männer neben ihr und Nathan.

»Jesus Christus! Was ist mit dir passiert, mein Sohn?«, fragte der Mann namens Ric.

»Wir haben keine Zeit für Erklärungen. Ich heiße Brooke und habe früher als Krankenschwester gearbeitet. Der Schnitt hat die Haupschlagader Ihres Sohnes zertrennt. Mein Mann ist Arzt, er ist wahrscheinlich noch im Imbiss und unterhält sich mit der Frau. Holen Sie ihn schnell her. Er weiß, was zu tun ist.«

Der Mechaniker stand auf. »Ich hol ihn, Ric. Bleib du hier bei Nathan.«

Als Jason kam, erkannte er die Situation mit einem Blick. »Brooke, halt seinen Arm hoch und press weiter auf die Wunde, während wir ihn zum Imbiss tragen. Dann holst du bitte meine Tasche aus dem Auto.« Brooke konnte Jasons Gedanken lesen: *Er verliert zu viel Blut, wir müssen schnell handeln.* Sie rannte zum Kombi und winkte unterwegs den Zwillingen zu. Sie spürten, dass gerade etwas Schlimmes passierte und hatten sich nicht von der Schaukel und der Wippe wegbewegt.

Im Imbiss sprach Jason mit dem Vater des Jungen. »Nathan hat bereits sehr viel Blut verloren, es hat den Anschein, dass seine Hauptschlagader im Oberarm, die hauptsächlich für die Blutversorgung des Arms zuständig ist, verletzt wurde. Wie weit ist es bis zum nächsten Krankenhaus?«

»Das ist in Cowra. Vierzig bis fünfundvierzig Minuten Fahrt, wenn man die ganze Zeit aufs Gas drückt.«

»Wie sieht's mit einem Rettungswagen aus?«

»Genauso. Der muss aus Cowra herfahren.«

Jason holte tief Luft. »Das dauert beides zu lang. Er muss sofort versorgt werden. Gibt es einen Arzt in Bindi Creek?«

»Ich wünschte, das wäre so. Der nächste Arzt ist in Carcoar«, warf Frank ein, »ungefähr zwanzig Minuten von hier.«

Zu weit weg. Alles ist zu weit weg. Jason sah Ric Stephanos direkt in die Augen. »Die Arterie muss jetzt sofort genäht werden. Und ich meine jetzt sofort.«

»Können Sie das machen?«, fragte Ric beklommen.

»Ich glaube schon, aber erst muss ich sehen, was ich in meiner Tasche habe.« Brooke holte sie ihm.

Ric presste die Wunde weiter zusammen, das Blut entwich nur noch als Gerinnsel, als ob man den Hahn zugedreht hatte. Er sah auf seinen Sohn hinab, der quer über zwei zusammengeschobenen Imbisstischen lag. In seinem jungen Gesicht war keine Farbe mehr. Überall an ihm war Blut, durchtränkte seine Jacke, Jeans und T-Shirt. Ric hob den Kopf und sah Jason an. »Sie sollten besser bald anfangen.«

Brooke gab ihm seine Tasche. Jason wühlte darin herum, fand eine eingeschweißte Packung mit Tupfern, Fäden in verschiedenen Stärken, mehrere Ampullen mit Pethidin, einige sterile Verbandstücher und einen elastischen Verband.

»Ich glaube, damit können wir uns helfen«, beschloss Jason.

Er gab Frank und Ric den Auftrag, für besseres Licht zu sorgen und den Tisch zu desinfizieren – ihn mit Brennspiritus abzureiben würde reichen. Er bereitete eine Spritze mit dem örtlichen Betäubungsmittel Lidocain vor, um dem Jungen, so weit es ging, Schmerzen zu ersparen. Während die anderen Männer ihren jeweiligen Aufgaben nachgingen, säuberte er die Wundränder und setzte zahlreiche Betäubungsspritzen rund um die Wunde, um den Schmerz beim Nähen zu mildern.

»Frank, rufen Sie das Krankenhaus in Cowra an. Sprechen Sie mit der Aufnahme. Erzählen Sie denen, was ich hier mache und dass Nathan so bald wie möglich ins Krankenhaus gebracht wird.«

Brooke, die etwas abseits dieser Aktivitäten stand, fing plötzlich zu zittern an. Da war so viel Blut. Es klebte auch an ihr – an ihren Händen, ihrer Bluse und ihrer Hose, ein paar Tropfen waren sogar auf ihre Schuhe gefallen. Plötzlich sah sie vor ihrem inneren Auge Bilder … die Notaufnahme im Krankenhaus. Die Rufe, das grelle Licht. Das stieg vor ihren weit geöffneten Augen hoch. Kranke Leute stöhnten, Verwandte und Freunde, die trotz ihrer Fassungslosigkeit helfen wollten. Aufhören … Erinnerungen … Aufhören! Sie schüttelte den Kopf, als ob sie sie dadurch vertreiben könnte. Sie schaffte es nicht: Ärzte in weißen Kitteln, die ihre Stethoskope stolz wie ein Würdenzeichen um ihre Hälse trugen, Schwestern in weiter Kleidung, Desinfektionsmittel, die den Geruch von Blut, kranken Menschen und bevorstehendem Tod überdecken sollten.

Ihr Zittern wurde stärker, als das geschundene Gesicht ihrer Mutter vor ihren Augen auftauchte. Und dann auch noch Travis. Brooke starrte auf Nathan und sah nicht sein Gesicht, sondern das ihres Bruders. Sie schloss ihre

Augen ganz fest, um die Bilder nicht mehr sehen zu müssen, aber sie kamen immer wieder.

Das Nächste, woran sie sich erinnerte, war, dass sie draußen stand und sich gegen das Imbissfenster lehnte. Atme! Sie holte tief Luft und atmete langsam aus.

»Brooke.«

Sie drehte sich zu Jasons Stimme hin und wappnete sich innerlich gegen die Bitte, die er jetzt aussprechen würde. Ohne darauf zu warten, dass er weitersprach, sagte sie: »Ich kann es nicht, Jason.« Sie streckte ihre Hände vor sich aus, wie um ihn abzuwehren. »Sieh doch, ich zittere. Wie könnte ich dir in so einem Zustand helfen?«

Er umfasste ihre Hände und hielt sie fest. »Ich verstehe dich ja«, sagte er sanft. »Und hätte ich irgendeine andere Möglichkeit, dann würde ich dich nicht darum bitten. Aber das hier ist ein Notfall. Jede Minute zählt. Ich kann nicht alles alleine machen. Ich brauche jemanden, der den Blutdruck misst, der tupft und mir Instrumente reicht.« Er sah sie ernst an. »Du weißt, was ich meine.«

»Nein, bitte, lass mich.«

Er versuchte es noch mal. »Wie würde es dir gehen, wenn Luke oder Adam da drin liegen würden und jemand die Hilfe verweigern würde, weil die Situation ihn an etwas aus seiner Vergangenheit erinnern würde?« Er sah sie eindringlich an. »Ich glaube nicht, dass du begeistert wärst, oder?«

»Das ist so unfair, und du weißt es«, erwiderte sie heftig und versuchte, ihren Ärger zur Verteidigung einzusetzen.

»Ich brauche dich da drin nur kurz. Es wird vorüber sein, bevor du es merkst. Bitte, Brooke, lass mich jetzt nicht im Stich. Wenn ich anders könnte, würde ich, das weißt du.«

Sie sah weg, hinüber zu dem Garten mit den Frühlingsblüten. Wie konnten sie bloß in diese Situation geraten? Ehrlich gesagt, war es einfach passiert, wie es bei Unfällen eben ist. Im Stillen ärgerte sie sich über ihre Besonnenheit in Stresssituationen. Wie schaffte sie es nur, in einer solchen Lage geradeaus zu denken? Sie sah zu den Zwillingen hinüber. Luke saß auf der Wippe, Adam auf einer der Schaukeln und schwang weit höher als erlaubt, hin und her, hin und her. Dabei lachte er laut und forderte Luke auf, es ihm auf der anderen Schaukel gleichzutun. Ihre Gefühle wallten auf, als sie sich an Jasons Worte erinnerte. Was, wenn Luke oder Adam dort liegen würden? Ihr Herz verkrampfte sich vor Angst. Wenn einem der Jungs etwas geschehen würde, könnte sie nicht damit fertig werden.

Jason seufzte enttäuscht. »Okay, dann lass es. Ich kann es mir nicht leisten, noch mehr Zeit zu verlieren. Ich werde es schon irgendwie schaffen.« Damit machte er auf dem Absatz kehrt und lief zum Eingang zurück.

Einige Sekunden sah sie ihm hinterher mit seinem aufrechten und stolzen Gang, dann …

»Nein!« Sie klang wie halb erstickt. »Du hast Recht. Die Gesundheit des Kindes ist wichtiger als meine Vergangenheit. Ich helfe dir.« Dann dachte sie an die Zwillinge. Sie konnten nicht alleine bleiben. Sie waren zu klein und hatten zu viel Unsinn im Kopf. »Die Zwillinge – was sollen wir mit ihnen machen, während du den Jungen versorgst?«

Im Gehen drehte er sich halb zu ihr um: »Ich bin mir sicher, dass sich jemand – Frank oder die Frau hinter dem Tresen – um sie kümmert. Komm jetzt.«

Voller Bewunderung sah sie zu, wie Jason Frank Anweisungen gab, wie er die Position der Lampen über ihnen verändern sollte, die Kellnerin als Aufsicht zu den Zwillingen schickte und ihr selbst sagte, was sie ihm zurechtlegen sollte: Tupfer, Desinfektionsmittel, verschiedene Garne für innere und äußere Nähte und ein Aluminiumtablett, das als provisorische Ablage für gebrauchte Instrumente eingesetzt wurde. Außerdem trug er ihr auf, auf Änderungen in Nathans Blutdruck und Atmung zu achten.

Frank erwähnte einen Park, der etwas weiter die Straße hinunter gelegen war und schlug Anne, seiner Kellnerin, vor, mit den Zwillingen dorthin zu gehen. Brooke hatte Schuldgefühle, weil sie den Jungs ein Eis versprochen hatte, wenn sie mit der Frau mittleren Alters dorthin gingen, aber es war besser für sie, wenn sie so weit wie möglich vom Geschehen entfernt waren.

Die Schnittwunde war lang und tief und zog sich über Nathans rechten Arm hin. Es dauerte nur Sekunden, bis Jason einige Schichten Gewebe und Muskeln zurückgezogen, die Arterie abgebunden hatte und mit dem Zusammennähen der zerrissenen Arterie anfing, die fast komplett durchtrennt war. Danach musste er umständlich das Garn entfernen, das er zum Abbinden benutzt hatte, die Wunde wurde abgetupft und sterilisiert, die restlichen Haut- und Muskelschichten wurden genäht und dienten als Schutzabdeckung, bis die Wunde im Krankenhaus unter sterilen Bedingungen ordnungsgemäß versorgt werden könnte.

Ric hielt sich im Hintergrund und fungierte als Laufbursche für Jason und Brooke, erledigte, was immer ihm aufgetragen wurde.

Als Jason gerade an den äußeren Nähten arbeitete, erschien eine Frau hinter der Fliegentür des Imbisses.

»Hallo, Frank. Ric. Was ist hier denn los?« Ihre nüchterne Frage hallte durch den Imbiss. »Ich war gerade auf einem Spaziergang, als ich Anne im Park traf. Sie sagte, hier würde es ganz schön rund gehen.

»Das ist Jean King, eine ehemalige Buschkrankenschwester«, raunte Frank den d'Winters zu, damit Jean ihn nicht hörte.

»Ms. King, kommen Sie bitte schnell herein«, sagte Jason beunruhigt. »Hier schwirren schon genug Bakterien herum, die dem Jungen eine Infektion bescheren können, da brauchen wir nicht noch mehr durch die offene Tür hereinlassen.«

»Ich bin nur hier, um zu sehen, ob ich helfen kann«, erwiderte Jean kurz angebunden. Sie machte sich so groß, wie ihre ein Meter zweiundsechzig es erlaubten, und strich sich ungeduldig eine grau melierte Strähne aus der Stirn. Dann gab sie ihrer Neugier nach und reckte sich, um besser sehen zu können, was dort vor sich ging. Eine Art Operation. Als Krankenschwester, die jahrelang im Busch tätig gewesen war, erkannte sie das gleich. Der Mann wirkte kompetent, und die Frau, die ihm assistierte – auf ihre hagere Art war sie sehr hübsch –, schien auch zu wissen, was sie tat.

»Gut, dass Sie hier sind, Jean«, versuchte Frank ihr gesträubtes Fell zu glätten. »Nathan ist gefallen und hat sich den Arm aufgeschnitten. Er hatte Glück, dass Dr. d'Winters gerade im Imbiss war. Er hat Nathan untersucht und entschieden, dass er eine Notoperation brauchte.«

»Wie ist Nathans Blutdruck?« unterbrach Jason ihn.

»Niedrig. Neunzig zu fünfundsechzig, aber stabil. Die Atmung ist regelmäßig.«

Jean rümpfte die Nase und sagte dann geradeheraus: »Vielleicht würde Nathan eine Decke guttun. Frank hat normalerweise eine im Hinterzimmer, damit er an ruhigen Tagen ein Schläfchen halten kann.«

Brooke sah die Frau mittleren Alters an und lächelte. »Eine sehr gute Idee, Ms. King. Es wäre nett, wenn Sie die Decke holen könnten.«

Seit Jason mit der Operation angefangen hatte, hatte sie keine Zeit mehr für ihre Erinnerungen gehabt. Sie musste sich auf zu viele Dinge gleichzeitig konzentrieren, außerdem hatte sie sich von Jasons Arbeit in den Bann ziehen lassen. Er war ein wirklich guter Allround-Arzt: ein fähiger Diagnostiker ebenso wie ein kompetenter Chirurg. Stolz stieg in ihr auf, als sie darüber nachdachte, während sie Nathan abschließend versorgten. Er war ein wirklich tapferes Kind. Keine Tränen, keine Klagen. Stoisch. Sein Arm würde ihm in den kommenden Wochen viele Schmerzen bereiten, aber das war unendlich viel besser als die Alternative: ein Arm, der nicht richtig funktionierte, oder noch schlimmer.

Jason streifte seine Handschuhe ab und sah Brooke an, sah ihr gerötetes Gesicht und die Zuneigung in ihren Augen. »Gut gemacht«, sagte er schlicht und dachte im Stillen: Gott sei Dank. Er hätte nicht gewusst, was er ohne sie gemacht hätte. Instinktiv erfasste sie, fast noch ehe er es selbst wusste, was er benötigte – eine fantastische Gabe für jemanden, der medizinisch tätig war. Er hatte die Hoffnung, dass sie irgendwann die Vergangenheit abstreifen konnte, in ihren Beruf zurückkehrte und die Sache mit der Naturheilkunde in den Wind schoss, deren Studium sie wieder aufnehmen wollte, sobald die Zwillinge zur Schule gingen.

»Ich möchte, dass Sie ihn auf direktem Weg zum Krankenhaus in Cowra bringen«, sagte Jason zu Ric, der nicht von der Seite seines Sohnes wich. »Sie wissen dort, dass er kommt. Sie werden ihn zur Beobachtung über Nacht dabehalten und auch um festzustellen, welche Medikamente er braucht. Außerdem werden sie dort entscheiden, ob er einen chirurgischen Eingriff benötigt.«

»Danke, Doc. Das werde ich tun.« Ric streckte ihm seine Hand hin. »Ich kann Ihnen gar nicht genug danken. Sie haben das Leben meines Jungen gerettet.« Er holte eine Visitenkarte aus der Gesäßtasche seiner Jeans. »Schicken Sie mir Ihre Rechnung hierhin. Meine Farm liegt fünfzehn Kilometer von hier, im Vorgebirge.«

Lässig schüttelte Jason das Lob des Mannes ab. »Ich habe nur meinen Job getan, das war alles.« Er sah auf den Jungen, dessen Lider so schwer waren, dass er seine Augen kaum noch aufhalten konnte. Kein Wunder, das Trauma hatte ihn erschöpft. »Vielleicht sollte er in Zukunft etwas weniger herumklettern.«

»Darauf können Sie wetten«, sagte Ric nachdrücklich mit einem einfältigen Lächeln. »Wenn ich das zu Hause meiner Frau Angie erzähle, wird sie sich furchtbar aufregen. Er ist unser einziges Kind, und wenn ihm etwas noch Schlimmeres zugestoßen wäre …«

»Lassen Sie uns nicht darüber nachdenken. Es wird ihm eine ganze Weile ziemlich übel gehen, aber wenn die Wunde verheilt ist, wird er wie neu sein.«

Eine Viertelstunde später stand die ehemalige Krankenschwester Jean King etwas abseits von den anderen unter der Markise des Imbisses und beobachtete die Szene. Ric Stephanos bugsierte den taumeligen Nathan in ein Auto, das er von Frank geliehen hatte, um seinen Sohn damit nach Cowra zu fahren. Der Junge sah blass aus, was aber bei seinem hohen Blutverlust nicht weiter verwunderlich war. Sie blickte zu den d'Winters hinüber. Das Ehepaar hielt sich Arm in Arm umfasst, während ihre Kinder um sie herumtanzten. Die Zwillinge erzählten ohne Unterbrechung, was sie mit Anne im Park erlebt hatten und bestürmten sie mit unzähligen Fragen, weil sie wissen wollten, warum ihre Eltern voll Blut waren. Für Kinder ihres Alters hörten sie sehr aufmerksam zu und nickten verständnisvoll, als ihr Vater ihnen erklärte, was geschehen war.

Frank Galea stellte sich neben Jean. »Das hätte ganz schön übel ausgehen können, was?«

»Oh ja«, stimmte sie ihm auf ihre sachliche Art zu. »Ich frage mich, wie hoch die Chancen stehen, dass man gerade einen Arzt vor Ort hat, wenn so etwas passiert.«

Der langjährige Glückspieler in Frank kam durch, als er vermutete: »Ich schätze, eher sehr niedrig.«

»Wie oft habe ich es schon gesagt, Frank? Wir brauchen einen Arzt in Bindi Creek.« Jean wedelte ungeduldig mit ihren Händen durch die Luft, bevor sie sie in die Taschen ihrer Jeans schob, an der noch die Erde ihres Gemüsegartens klebte, in dem sie vorhin gearbeitet hatte.

»Ja, weiß ich«, antwortete Frank.

Die Art, wie er es sagte, veranlasste sie, sich zu ihm umzudrehen und ihn anzuschauen. Sie sah einen gewissen Ausdruck über sein Gesicht huschen, der nur als listig bezeichnet werden konnte. Frank galt als Drahtzieher, wohl, weil er der einzige Unternehmer der Stadt war. Sie hatte diesen Ausdruck schon öfter bei ihm gesehen. Auf ihren ungeschminkten Lippen lag ein Lächeln.

»Ich arbeite dran, Jean«, murmelte er und tippte sich verschwörerisch auf den Nasenflügel. »Ich arbeite dran, Mädchen.«

Brooke fand es sehr gastfreundlich von Frank Galea, dass er sich um eine Übernachtung für sie im örtlichen Imperial

Hotel kümmerte. Das ersparte ihnen für heute die ursprünglich geplante Weiterfahrt nach Carcoar oder Cowra. Allerdings hatte Jason schon versprochen, am nächsten Tag nach Nathan zu sehen.

Als sich alle etwas beruhigt hatten, konnte Brooke die Zwillinge für eine Stunde ins Bett stecken. Als die länger werdenden Schatten den bevorstehenden Abend ankündigten, beschloss die Familie, einen Spaziergang durch das Städtchen zu machen, um den Tag abzurunden. Brooke wusste, dass Jason mit dem Verlauf von Nathans Operation im Imbiss von Bindi Creek sehr zufrieden war. Es hatte eine große Portion Mut erfordert, unter solch primitiven Bedingungen zu operieren, besonders bei dem heutigen prozessfreudigen Klima, da Ärzte auch schon bei den geringsten Aussichten, etwas Geld aus der Sache zu ziehen, verklagt wurden. Sie glaubte nicht, das Ric Stephanos zu dieser Sorte Mensch gehörte.

Sie liefen die Tyrell Street, die Hauptstraße von Bindi Creek, entlang, Jason hielt Adams Hand, und Lukes kleine Hand ruhte in der von Brooke.

Bindi Creek stand stellvertretend für viele kleine Städte, die über ganz Neusüdwales verteilt waren. Da gab es den obligatorischen Zeitschriftenladen, die Drogerie, eine Metzgerei, eine Bank, eine Grundschule, einen kleinen Supermarkt, ein Café mit Imbiss und einige andere Läden, die über eine Länge von zwei Blocks die Hauptstraße säumten. Außerdem waren da zwei Hotels, das Imperial und das Royal, wobei bei Letzterem die Fenster und Türen verbarrikadiert waren, eine Folge der harten Zeiten im Busch. Die Turmspitzen von zwei Kirchen, eine anglikanisch, die andere katholisch, standen eingebettet von Bäumen weiter oben auf dem Hügel, von wo man einen besseren Ausblick hatte. Zudem gab es noch einen Park, der zwar klein, aber schattig war und gut gepflegt aussah. Dahinter wurden die Häuserreihen lichter, bis nur noch ein paar kleine Häuschen hier und dort durch das üppige Grün zu sehen waren.

An der Stadtgrenze überquerten sie die Straße und sahen sich neugierig ein altes Haus mit einem ziemlich schmuddeligen »Zu verkaufen«-Schild am Zaun an. Das Haus war groß und weitläufig, hatte eine Veranda, die sich über drei Seiten zog, ein Schieferdach und einen Vorgarten, der förmlich nach Unkrautvernichtungsmitteln schrie. Das Tor stand offen, was für Brooke der Einladung gleichkam, das Grundstück zu betreten. Es war fast so, als ob ein unsichtbarer Magnet sie zu diesem Haus hinzog. In Gedanken stellte sie sich bereits vor, wie einige Schichten Farbe dieses alte Haus äußerlich verjüngen würden, aber als Hausfrau fragte sie sich auch, wie es wohl drinnen aussah. War es innen ebenso verwahrlost und ungepflegt wie außen?

»Wollen Sie sich das Haus mal ansehen?«, fragte eine Stimme hinter den d'Winters.

Sie drehten sich alle gleichzeitig um und starrten auf die Krankenschwester, Jean King, die am vorderen Zaun stand und sie genauestens beobachtete.

»Vielleicht«, sagte Brooke langsam. Sie sah Jason an und lächelte. Dass er auch lächelte, bestärkte sie in ihren Überlegungen. In so einem Haus könnte man Wohnen und Arbeiten ideal kombinieren, wenn es denn bewohnbar wäre.

»Der Schlüssel liegt beim Zeitschriftenhändler. Sie können sich ihn dort morgen Früh abholen«, erklärte Jean ihnen und schlenderte auf dem überwucherten Fußweg auf sie zu.

»Waren Sie mal drinnen, Ms. King?«, fragte Jason.

»Oh ja. Das Haus gehörte Stan Wilson. Er hat in den Minen überall im ganzen Land gearbeitet und zog her, um hier seinen Lebensabend zu verbringen. Er hat hier in dem Haus gelebt, bis er Vollzeitpflege brauchte. Bis es so weit war, habe ich mich um ihn gekümmert, habe ihm seine Medikamente verabreicht, für seine Mahlzeiten gesorgt und für ihn sauber gemacht. Er starb vor einem halben Jahr in Cowra. Seine Familie möchte das Haus verkaufen. Sie sind sogar ziemlich scharf darauf, damit sie das Erbe unter sich aufteilen können«, fügte sie vertraulich hinzu.

»Aha.« Jason verinnerlichte diese Information, bevor er weiterbohrte. »Ist das Haus bewohnbar?«

»Ja, sicher. Innen sieht es viel hübscher aus. Stan legte viel Wert auf Gemütlichkeit. Stadtmenschen kommt die Einrichtung wahrscheinlich etwas veraltet vor, aber wenn man ein wenig Muskelschmalz und Geld investiert, hat man alles so, wie man es möchte.« Da sie sich jetzt sicher war, ihr Interesse geweckt zu haben, fuhr sie fort. »Das Haus hat vier Schlafzimmer und eine geschlossene Veranda auf der Rückseite. Dazu gehören dreieinhalb Hektar Land. Genug für ein Pferd oder ein, zwei Ziegen, oder nach welcher Art Tier Ihnen der Sinn so stehen mag.«

»Danke Jean, Sie haben uns sehr weitergeholfen.«

»Es war mir ein Vergnügen, Mrs. d'Winters.« Jean nickte ihr beifällig zu. Sie wusste nicht warum, aber sie hatte die schlanke, attraktive Frau des Arztes gleich gut leiden können. Das waren die Art Menschen, die Bindi Creek brauchte. Sie würden wieder Leben ins Städtchen bringen, das sich unter der Last der harten Zeiten, die gerade im Busch herrschten, nicht weiterentwickelt hatte. Sie hatte das schon so oft erlebt.

Seit gut sieben Jahren lebte sie hier und arbeitete in der

häuslichen Pflege. Manchmal nahm sie auch die Aufgaben einer Krankenschwester wahr und hatte im Übrigen ihren Gemüsegarten so großzügig angelegt, dass sie Teile ihrer Ernte verkaufen konnte. Ihr Sohn Greg fuhr jeden Tag zur Arbeit in die Filiale der Kaufhauskette *Target* nach Cowra. Manche Leute würden sagen, sie lebten von der Hand in den Mund, aber Greg und sie – sie waren immer auf sich allein gestellt gewesen – kamen gut über die Runden. Wenigstens waren sie von niemandem abhängig – für jemanden, der so stolz war wie Jean, war das ein wichtiger Aspekt. Sie war westlich von Bourke bei ihren Großeltern aufgewachsen, die sie streng erzogen und ihr schon früh beigebracht hatten, findig und unabhängig zu sein.

Sie fand, dass sie den d'Winters jetzt ausreichend Futter gegeben hatte, damit sie das Haus von Stan Wilson nicht nur ansehen, sondern vielleicht auch kaufen wollten und entschied sich für einen strategischen Rückzug.

»Zeit, das Abendessen zu kochen. Mein Sohn wird bald nach Hause kommen, und wie üblich wird er kurz vorm Verhungern sein.«

»Wohnen Sie in der Nähe?«, fragte Brooke, die diese geradlinige Landfrau sehr interessant fand.

»Dort hinten geht eine Straße von der Tyrell Street ab, da wohne ich. Sie heißt Creek Lane, weil sie dem Flussverlauf folgt. Dieses Grundstück führt auch zum Bindi Creek«, fügte sie zur Sicherheit noch hinzu, während sie sich umdrehte. »Genießen Sie Ihren Aufenthalt in Bindi. Tschüß.«

»Seltsame Frau«, murmelte Jason leise, als die Krankenschwester den Gartenweg zur Straße zurückging und bald außer Sicht war.

»Ich mag sie«, sagte Brooke sofort. »Sie ist eine von der offenen Sorte.«

Jason grinste bei der Erinnerung an ihren verärgerten Gesichtsausdruck im Imbiss. »Da kann ich dir nur zustimmen.« Er sah sich nach den Jungs um, die auf dem Grundstück auf Entdeckungsreise gegangen waren. »Wir sollten mal ein wenig rechnen«, sagte er nachdenklich. »Vielleicht ist dieser Ort für uns besser geeignet als Carcoar. Weit und breit gibt es hier keinen Arzt, obwohl sie ganz offensichtlich einen brauchen könnten. Frank von der Tankstelle hat mir erzählt, dass gerade ein Senioren- und Pflegeheim auf der anderen Seite des Flusses gebaut wird. Wenn man das dazurechnet und die Stadt samt der umliegenden Höfe, könnten wir hier unser Auskommen haben.«

»Ja, vielleicht, aber wir sollten uns trotzdem noch Carcoar ansehen, bevor wir uns entscheiden«, gab sie vernünftigerweise zu bedenken. In ihrem Herzen war allerdings schon die Sehnsucht nach einem Zuhause in Bindi Creek gewachsen, bevor sie überhaupt in Jasons Carcoar gewesen war. Diese Stadt strahlte eine Mischung aus – ja, was? – Freundlichkeit und Wärme aus, die sie unglaublich anziehend fand, und es gab Bedarf an medizinischer Betreuung. Nachdem die Zwillinge eingeschlafen waren und es ruhig im Hotelzimmer war, sprachen Jason und Brooke noch stundenlang flüsternd darüber, welche Möglichkeiten es für eine Arztpraxis in Bindi Creek geben würde.

Als sie schließlich eng umarmt einschliefen, hatten beide den Entschluss gefasst, dass dies ihr neues Zuhause werden würde, es sei denn, Carcoar hätte eine Menge mehr zu bieten.

8

Als die d'Winters Nathan in dem dreigeschossigen Bezirkskrankenhaus von Cowra an der Liverpool Street besuchten, waren sie sehr erleichtert, als sie hörten, dass sein Zustand stabil war. Die Wunde hatte sich infiziert, wurde aber erfolgreich mit Antibiotika behandelt. Nathan, der gerade elf geworden war, war von der Aufmerksamkeit, mit der ihn das Krankenhauspersonal und seine Eltern überschütteten, völlig überwältigt.

»Ich weiß nicht, wie ich das jemals wiedergutmachen kann«, rief Ric Stephanos, während er Jasons Hand sehr kräftig drückte. »Die Ärzte haben uns gesagt, dass Nathan unheimlich viel Glück hatte, dass Sie dort gewesen sind. Sonst wäre alles viel schlimmer ausgegangen.« Seine mediterranen Gesichtszüge wurden ernst, als er sagte: »Vergessen Sie nicht, mir Ihre Rechnung zu schicken.«

»Bleiben Sie noch länger in der Gegend?«, wandte sich Rics Frau Annie an Brooke.

Brooke antwortete: »Wir wollen uns hier noch weiter umsehen. Ich habe einen Stapel Broschüren im Auto liegen. Es gibt in der Gegend so viel zu sehen, und wir möchten den Zwillingen noch eine Menge zeigen, zum Beispiel das Eisenbahnmuseum und die Japanischen Gärten, dorthin wollen wir heute noch. Dann gibt es noch die Abercrombie- and Wellington-Höhlen zu besichtigen, den Dubbo Zoo und vielleicht noch das ein oder andere Weingut. Jason stammt aus Carcoar, daher kennt er sich hier in der Gegend ganz gut aus. Er ist damals weggezogen, um zur Uni zu gehen, das ist mehr als 14 Jahre her.« Sie machte eine kleine Pause und fügte hinzu: »Außerdem treffen wir uns heute zum Mittagessen mit einem

Freund von Jason, Wes Sinclair, dem ein Gut namens Sindalee gehört.

»Klingt, als hätten Sie noch eine Menge vor. Aber wenn Sie die Zeit dafür finden, würden wir uns sehr freuen, wenn Sie uns auf unserer Farm zum Essen besuchen«, bot Angie gastfreundlich an. Sie besorgte sich ein Stück Papier und schrieb etwas auf. »Das hier ist unsere Adresse und Telefonnummer. Rufen Sie einfach an, wenn Sie in der Gegend sind.«

»Das machen wir«, versprach Brooke, obwohl sie wusste, dass sie dafür keine Zeit hatten. Außerdem würde Nathan für mindestens eine Woche zu Hause gepflegt werden müssen, und das allein würde Angie schon auf Trab halten.

Beim Verlassen des Krankenhauses sah Jason auf seine Uhr. »Uns bleibt noch eine halbe Stunde, bevor wir die Sinclairs treffen. Was haltet ihr von einer Besichtigungstour durch die Innenstadt von Cowra?«

»Au ja, Daddy«, riefen Adam und Luke gleichzeitig.

»Cowra ist ein lustiger Name, Daddy. Was bedeutet er?«, wollte Luke wissen.

»Der Aboriginesstamm, der einst hier lebte, wurde *Wiradjura* genannt, und der wiederum nannte die Gegend *coura*, was Fels bedeutet, weil es hier davon so viele gibt.«

Cowra lag am Great Western Highway, ungefähr dreihundertvierzehn Kilometer westlich von Sydney. Um die zwölftausend Menschen lebten in und um Cowra. Die Hauptstraße, Kendal Street, verlief ein Stück entlang des Lachlan Rivers. Die Stadt Cowra hatte ihren Wohlstand der Landwirtschaft und verschiedenen Innovationen im Tourismusbereich und im Obst- und Weinanbau zu verdanken und besaß die Atmosphäre einer Stadt, die sich im Aufschwung befand.

»Hier bin ich zur Schule gegangen«, sagte Jason und zeigte auf eine Grundschule, an der sie vorbeifuhren. »Und dort ist der Bahnhof. Leider gibt es hier keinen Eisenbahnverkehr mehr.« Kurz darauf machte er sie auf ein anderes einstöckiges Gebäude an der Kendal Street aufmerksam. »Das ist Ilfracombe. Heute ist es ein Restaurant, aber gleich nach dem zweiten Weltkrieg war dort eine Arztpraxis untergebracht. Da drüben ist das Besucherzentrum. Schaut mal, die Rosen fangen gerade an zu blühen. Das sehen wir uns morgen an.«

»Wo wollten wir uns noch mal mit den Sinclairs treffen?«, fragte Brooke.

»Im Lachlan Hotel. Es liegt zentral und hat einen schattigen Biergarten, so dass die Jungs sich ein wenig ihre Beine vertreten können.«

Beim Einparken auf dem Hotelparkplatz unterdrückte Brooke ihre Unruhe darüber, dass sie mit den Sinclairs essen würden. Sie freute sich nicht gerade darauf, höfliche Konversation mit einem typischen »Männermann« zu machen, der etliche Vorbehalte gegenüber Frauen hatte.

Sie versuchte, sich einige Dinge, die Jason ihr im Laufe ihrer Ehe über Wes erzählt hatte, ins Gedächtnis zu rufen. Über seine Beziehung zum Land und seine Liebe zu Sindalee, die Schaf- und Rinderfarm, die im Ruf stand, eine der besten im ganzen Bezirk zu sein. Wie er Claudia geheiratet und sie von vorn bis hinten verwöhnt hatte, um sie glücklich zu machen: Er hatte ihr ein neues Haus gebaut, ein Schwimmbad und einen Tennisplatz. Es hatte den Anschein, dass Claudia alles bekommen hatte, was sie wollte. So wie Jason sie beschrieb, war Claudia ein ganz schönes Biest: egoistisch, manipulativ und über die Maßen ehrgeizig. Das hatte sie bewiesen, als sie Wes nach zehn Jahren Ehe, die er als glücklich angesehen hatte, verließ, um Karriere als Anwältin zu machen.

Wenn sie darüber nachdachte, konnte sie verstehen, warum Wes vom Leben enttäuscht war. Aber andere Leute schafften es ja schließlich auch, ihre Scheidung hinter sich zu bringen und die Verbitterung darüber nicht jahrelang mitzuschleppen. Sie dachte, es wäre für ihn höchste Zeit, die Vergangenheit ruhen zu lassen – so wie sie sich darum bemüht hatte – und dem Leben wieder eine Chance zu geben. Aber sie kannte ihn nicht gut genug, um ihm das zu sagen… noch nicht!

Die Sinclairs warteten bereits auf sie, als sie den gut besuchten Biergarten betraten. Wes winkte sie zu sich.

»Wir haben schon von eurem interessanten Zwischenstopp in Bindi Creek gehört«, sagte Wes statt einer Begrüßung.

»Wie um alles in der Welt…?«, fing Jason mit hochgezogen Augenbrauen an.

»Du kennst doch die Buschtrommeln hier auf dem Lande: die beste Art, Nachrichten zu verbreiten, gute wie schlechte«, sagte Wes und grinste kurz, bevor er seine Kinder vorstellte. »Dies ist Felicity, genannt Fleece. Und das hier ist Drew.« Der Junge war circa acht Jahre alt und streckte Jason stumm seine Hand hin, er schien Fremden gegenüber furchtbar schüchtern zu sein.

»Das hier sind Adam und Luke«, stellte Brooke ihre Kinder den Sinclairs vor, während sie den Jungs in die Stühle half.

»Sie werden später einmal viel Spaß in der Schule haben«, sagte Fleece. Brooke schätze sie auf zehn Jahre. Sie war auf eine verspielte Art sehr hübsch. »Sie werden jede Menge Streiche spielen können, weil die Lehrer es nicht schaffen, sie auseinanderzuhalten«, kicherte Fleece und schüttelte mit gespieltem Ernst ihre dargebotenen Hände zur Begrüßung.

»Gott sei Dank bist du kein Zwilling«, sagte Wes zu seiner Tochter, aber sein rauer Tonfall spiegelte seine Zuneigung wider. »Du allein machst schon Dummheiten für zwei.« Er sah bedeutungsvoll zu Jason und Brooke. »Ihr letzter Streich war das Verteilen von Juckpulver in den Betten meiner Viehtreiber.« Missbilligend schüttelte er den Kopf über Fleece, seine grauen Augen allerdings verrieten eine gewisse Belustigung. »Als sie damit fertig waren, ihr gesamtes Bettzeug zu waschen und die Matratzen zu lüften, waren sie nicht mehr sehr gut auf diese junge Dame zu sprechen.«

Fleece verzog ihre hübschen Gesichtszüge zu einem trotzigen Ausdruck. Sie zuckte mit den Schultern. »Naja, die Jungs hatten mir angedroht, dass sie mir einen Streich spielen wollten. Ich war nur schneller als sie, das war alles.«

Brookes Lippen zuckten, während sie versuchte, nicht zu lächeln, das würde Wes nicht gefallen. Aber das Bild, das sie vor Augen hatte – nämlich dass einige ausgewachsene Männer hin und her sprangen, sich kratzten und scheuerten –, fand sie gleichzeitig lustig und ungezogen. »Oh Fleece, bitte bring Adam keinen von deinen Tricks bei. Er hat auch eine Neigung zum Unsinnmachen.«

»Hab ich nicht, Mummy«, leugnete Adam vehement.

»Doch, hast du«, stimmte Luke seiner Mutter zu. »Er versucht immer, mir Angst zu machen.«

Brooke sah Drew an, der mit seinen fast neun Jahren wie eine kleinere Ausgabe seines Vaters aussah. »Und was ist mit dir, Drew? Was für Streiche heckst du so aus?«

»Keine. Er ist das perfekte Kind«, antwortete Fleece für ihren Bruder und klang dabei beschützend. »Alles, was Drew möchte, ist so zu sein, wie Daddy: Der beste Viehzüchter von ganz Cowra und Umgebung.«

»Das ist ein tolles Ziel. Und ich bin mir sicher, dass du es schaffst«, erwiderte sie ruhig und lächelte ihn an in dem Versuch, ihn aufzulockern, allerdings ohne Erfolg. Drews einzige Antwort war, die beschichtete Tischplatte anzustarren.

Was für ungewöhnliche Kinder die Sinclairs waren, dachte Brooke. Fleece war so extrovertiert und dominant. Drew war genau das Gegenteil, fast gänzlich durch die starke Persönlichkeit seiner Schwester gehemmt – oder sollte es sich nur um angeborene Schüchternheit handeln? Hatten sich ihre Charaktere so herausgebildet, weil sie so jung mit einer Scheidung fertig werden mussten? Das Mädchen schien das Fehlen des mütterlichen Einflusses zu überkompensieren, indem sie unverschämt war, trotzdem ihren Bruder aber beschützte, und der Junge wirkte ein wenig verloren und in sich gekehrt. Ein interessantes Paar und – stellte sie sich vor – willkommene Forschungsobjekte für einen Psychologen.

Sie bestellten am Bistrotresen und kehrten mit ihrem Mittagessen zum Tisch zurück.

»Du bist also ernstlich dabei, die Zelte in Sydney abzubrechen?«, wollte Wes von Jason wissen, obwohl sein Blick auf Brooke gerichtet war, die gerade für Luke ein Würstchen in bissgroße Stücke schnitt. Claudia hatte das für Drew auch gemacht, erinnerte er sich plötzlich. Seine Exfrau hatte die ergebene Mutter gut *gespielt*, aber wie ernst war es ihr mit den Kindern und mit ihm wirklich gewesen? Kaum waren diese Gedanken aufgetaucht, zog er im Geist einen Vorhang davor und verbannte sie zurück in sein Unterbewusstsein. Erinnerungen. Er sollte und wollte sich ausschließlich auf die Gegenwart und die Zukunft von Sindalee und seinen Kindern konzentrieren.

»Ja. Wir dachten erst an Carcoar, aber Bindi Creek erscheint uns interessanter, es ist ein wenig größer, und sie haben dort noch keinen praktischen Arzt. Ich habe Frank Galea, der dort wohnt, über Bindi Creek ausgefragt. Wie er mir sagte, gibt es dort viele kleinere landwirtschaftliche Betriebe, die über die Ebenen und Hügel rund um die Stadt verstreut sind. Dadurch würde die Praxis profitabler.«

»Es liegt auch ein wenig dichter an Sindalee«, erinnerte ihn Wes. »Meine Männer brechen sich auch mal das Bein oder renken sich die Schulter aus. Es wäre also auch für mich von Vorteil, einen Arzt in der Nähe zu haben.«

»Du hast Recht, und ich hoffe, dass viele Farmbesitzer genauso wie du denken.«

Wes nickte nachdenklich. »Für Brooke wird es eine große Umstellung sein, oder?« Er sah in ihre Richtung und fragte sie: »Du bist doch eine richtige Stadtpflanze, nicht wahr?« Auf ihr zustimmendes Nicken sagte er: »Das Leben auf dem Lande unterscheidet sich sehr vom Stadtleben.«

»Ich weiß«, antwortete Brooke, »aber ich glaube, dass es uns als Familie guttun wird. Und diese beiden«, dabei zerzauste sie die Haare der Zwillinge, «halten mich außerdem ganz schön auf Trab.«

Widerwillig musste sich Wes eingestehen, dass es ihm gefiel, wie sie mit ihren Jungs umging. Vor etwas mehr als vier Jahren war er darüber besorgt gewesen, ob Jason einen Fehler machte, als er diese Frau heiratete, aber sie schien ihm und den Kindern treu ergeben. Sie war in seinen Augen die Art Mutter, die Claudia hätte sein sollen.

»Übrigens studiert Brooke in ihrer Freizeit Naturheilkunde«, feixte Jason mit einem schelmischen Seitenblick auf seine Frau. »Also können die d'Winters eines Tages alle Bereiche der Medizin abdecken: Die Schul- und die Naturmedizin.«

»Ich weiß nicht, ob die Landbevölkerung für so etwas zu haben ist«, sagte Wes pessimistisch. »Im Allgemeinen sind sie ziemlich konservativ. Neumodischer Kram reißt sie nicht vom Hocker.«

»Aber sie wenden doch manchmal alte Hausmittel an, oder?«, wollte Brooke wissen. »Zum Beispiel Honig und heiße Zitrone zur Behandlung von Halsentzündungen und Paraffin bei Verstopfung?«

»Das nehme ich an.«

Warum versuchte sie überhaupt, es ihm zu erklären. Er schien über eine derart robuste Gesundheit zu verfügen, dass er sicherlich selten einen Arzt benötigte. »Das Wesentliche in der Naturheilkunde ist, dass sie sich bei der Behandlung einer Vielzahl von medizinischen Problemen ausschließlich natürlicher Inhaltsstoffe und Denkansätze bedient, und die synthetischen oder chemischen Medikamente weglässt«, fuhr Brooke fort und bemerkte amüsiert, dass Fleece ihr ihre volle Aufmerksamkeit schenkte. »Nehmen wir als Beispiel einen Migränepatienten: Der Arzt würde Ruhe verordnen und weitere Untersuchungen anordnen, um herauszufinden, was die Migräne ausgelöst haben könnte – Probleme im Nacken, eine Lebensmittelallergie, Stress. Dann würde er ein starkes Schmerzmittel aufschreiben, vielleicht auch noch ein Medikament gegen Übelkeit. Ein Naturheilkundler hingegen würde spezielle pflanzliche Mittel empfehlen, die sowohl die Schmerzen als auch die Entzündung durch geschwollene Venen in der Migränezone abflauen lassen, gleichzeitig aber würde er die Ernährung des Patienten und seinen Lebensstil als mögliche Ursachen in Erwägung ziehen. Und er würde wahrscheinlich auch eine besondere Vitaminkur vorschlagen.«

»Mummy, ich will mehr zu essen«, Adams wehleidiger Ruf schnitt ihren Vortrag ab und beendete den ernsten Ton der Unterhaltung.

»Genau wie sein alter Herr«, murmelte Wes mit einem kurzen Lachen.

»Also – was hältst du davon, wenn ich wieder zurück aufs Land ziehen würde?«, fragte Jason seinen alten Freund.

»Hm, ich persönlich fände es klasse, weil ich dich dann endlich öfter sehen würde. Auf Gemeindeebene können wir alle Ärzte brauchen, die wir kriegen können – in Kleinstädten haben sie Seltenheitswert. Aus finanzieller Sicht – und zwar aus deiner – wird es eine große Umstellung sein«, er sah Jason einige Sekunden an.

Die letzte Bemerkung wurmte Brooke. »Uns interessiert die finanzielle Seite nicht«, verteidigte sie sich. »Jason und ich wollen unbedingt dort die Leute gut versorgen, wo wir benötigt werden, und keinen Reichtum anhäufen, indem wir zu viel verschreiben oder unnötige Behandlungen verordnen, womit einige der Stadtärzte ihre unglaublichen Einkommen erzielen.«

Wes hielt beide Hände hoch, wie um einen unsichtbaren Angriff abzuwehren. »Okay, okay. Beruhige dich, Brooke. Ich greife ja nicht eure Überzeugung an, ich zeige nur Pro und Kontra auf.«

»Ist schon gut, Schatz.« Auch Jason versuchte, sie zu beruhigen. »Es ist vernünftig, auch mal einen anderen Standpunkt zu hören.« Er sah zu Wes hinüber, und er sagte mit absoluter Aufrichtigkeit: »Ich möchte das wirklich machen. Wir wissen, dass es für alle große Veränderungen mit sich bringt, aber im Großen und Ganzen denke ich, dass es positive Veränderungen sein werden.«

Ein Mann mit Prinzipien. So einen trifft man heute nur noch selten, dachte Wes. Weder das Stadtleben noch der berufliche Erfolg hatten seinen Freund aus Jugendtagen ändern können, und Brooke, die, wie er spürte, nicht gerade sein größter Fan war, schien ihren Ehemann hundertprozentig zu unterstützen, was sie in seiner Wertschätzung ein oder zwei Stufen nach oben beförderte. »Dann werde ich euch mit aller Kraft unterstützen«, erklärte Wes und beugte leicht seinen Kopf. »Wann werdet ihr euch entscheiden?«

Jason sah Brooke an. Er lächelte. »Ich glaube, das haben wir bereits. Wenn wir das Haus, das wir uns in Bindi Creek angesehen haben, für einen vernünftigen Preis kaufen können, wird das unser neues Zuhause werden.«

Nach dem Essen folgten die d'Winters' Wes und seinen Kindern in ihrem Range Rover und verließen die Stadt, um die malerischen Japanischen Gärten zu besuchen. Sie schlenderten auf einem Weg um den kleinen See herum zum Bonsaihaus und hoch zum Aussichtspunkt, von dem aus man einen Panoramablick über die Gärten und die Landschaft hatte. Fleece, die schon oft dort gewesen war, erklärte: »Die Gesellschaft für Tourismus und Kultur in Cowra hat das Projekt zusammen mit der australischen und der japanischen Regierung initiiert. Der Park wurde von einem japanischen Landschaftsarchitekten entworfen.«

»Woher weißt du das alles?«, fragte Brooke neugierig.

»In unserer Klasse haben wir dieses Jahr den Park als Schulprojekt durchgenommen«, erklärte ihr Fleece. »Die Gärten sollen ein Symbol der Aussöhnung sein, wegen des Ausbruchversuchs in Cowra im Zweiten Weltkrieg.«

Sie sah Brooke an. »Ich nehme an, dass Sie über den Ausbruch Bescheid wissen?«

Bevor Brooke antworten konnte, spulte Drew, der sich ein wenig aus seinem Schneckenhaus hinauswagte, die wichtigsten Informationen ab, als ob er sie auswendig gelernt hätte. »Im Lager waren mehr als viertausend Gefangene, aber nur die Japaner – etwa tausend – versuchten einen Ausbruch. Vier Soldaten wurden getötet, und zweihundertdreißig japanische Kriegsgefangene starben während des Ausbruchversuchs und im Anschluss. Die Kriegsgefangenen setzten außerdem zwanzig Hütten in Brand.«

»Na gut, du kleiner Kinderschreck, das reicht. Du machst den Zwillingen noch Angst«, warf Fleece ihrem Bruder vor.

»Ich hab keine Angst«, versicherte Adam ihr.

»Auch nicht«, tönte Luke, aber nicht ganz so überzeugt.

Brooke schüttelte sich bei dem Gedanken an den Ausbruch, der so lange zurücklag. Sie sah die Zwillinge an und betete, dass ihre Jungs solche Schrecken niemals würden erleben müssen.

»Dies ist ein unglaublich schöner Ort«, sagte sie leise.

Der Landschaftsarchitekt hatte sich unermesslich viel Mühe gegeben, damit Gummibäume, Kiefern und blühende Sträucher in Harmonie zueinander standen und wuchsen. Sogar jetzt im fortgeschrittenen Frühling sah man viele der Kirschbäume rosa blühen. Andere Blühpflanzen mit meist weißen Blüten verstärkten die friedliche Stimmung, die sie umgab, und die sporadisch gesetzten rotblättrigen Gewächse – sie kannte die botanischen Namen nicht – fügten dem Arrangement spektakuläre Farbtupfer bei. Der ganze Eindruck wurde noch durch einen künstlichen Wasserlauf verstärkt, der vom Hügel hinunter in die zwei Seen floss und so geschickt gestaltet war, dass er natürlich wirkte.

»Vielleicht ist dieser Park ein angemessenes Denkmal für jene, die gestorben sind, aber ich hoffe noch mehr, dass er für dauerhaften Frieden hier und überall in der Welt steht«, sagte Brooke. Vor Jahren hatten sie die Chinesischen Gärten in Darling Harbour begeistert, die Jason ihr gezeigt hatte, aber die Schönheit dieses Parks, die üppigen Grünflächen und die Pracht der Gewächse stachen den Park in Darling Harbour aus.

»Dürfen wir die Goldfische füttern?«, wollte Luke wissen, den das Gerede über Krieg langweilte, als sie zum Futterplatz des oberen Sees gingen.

»Ja, das dürfen wir. Man nennt sie Koi oder Karpfen«, erklärte Fleece ihm. »Hier, nimm die Futterpellets, und wirf sie ins Wasser. Guck mal, sie schwimmen an die Oberfläche, um sie zu fressen.« Sie lachte. »Die haben immer Hunger.«

Aus Sicherheitsgründen hielt Brooke Luke am Hosenbund fest, damit er sich aus Versehen nicht gleich hinterherwarf.

»Du gehst sicher nächstes Jahr zur Highschool, oder?«, wollte Brooke von Fleece wissen.

»Ein Jahr später. Ich bin erst in der fünften Klasse.« Sie seufzte und sagte einen Moment nichts mehr. »Mummy will, dass ich auf ein Internat gehe, nach Kinross im Orange Bezirk. Ich will aber nicht. Ich weiß, dass ich es hassen werde.« Sie sah zu Drew hinüber, der Adam beim Verteilen der Pellets half. »Und er würde sehr einsam sein. Ich geh einfach nicht. Sie können mich nicht zwingen.«

Die Heftigkeit in ihrem Tonfall erschreckte Brooke ein wenig, und sie versuchte, die Stimmung wieder zu heben.

»Ich habe gehört, dass man viel Spaß im Internat haben kann. Du triffst neue Freunde, machst neue Erfahrungen, und du würdest eine richtig gute Ausbildung erhalten.«

»Das ist mir alles egal. Und mein Notendurchschnitt ist eine glatte Eins. Ich möchte in Sindalee bleiben.« Sie sah sich nach ihrem Vater um. Er stand neben Jason auf dem Weg, ungefähr zehn Meter von ihnen entfernt. »Das hat Mummy sich ausgedacht. Sie will, dass ich dort hingehe, weil *sie* da früher Schülerin war.« Sie sah zu Brooke hoch, ihre dunklen Augen leuchteten vor Leidenschaft. »Ich hasse sie. Sie hat Daddy so unglücklich gemacht und Drew auch.«

Erschüttert über Fleeces Offenheit gegenüber einem Menschen, den sie gerade erst kennengelernt hatte, wusste Brooke für einen Moment nicht, wie sie reagieren sollte. »Du … Du solltest deine Mutter nicht hassen, Fleece. Hass ist so zerstörerisch.« Würde eine Zehnjährige das verstehen?

Der Ausdruck der dunklen Augen wurde streitlustig. »Was wissen Sie schon über Hass? Sie haben doch ein cooles Leben. Jason liebt sie, und die Zwillinge sind toll. Jeder kann sehen, dass Sie glücklich sind. Sie wissen nichts über Hass.«

»Meinst du?« Das Elend des Mädchens rührte sie. In Fleece staute sich so viel unverarbeiteter Groll auf, dass ihr die professionelle Hilfe eines Psychologen guttun würde. Aber damit brauchte sie Wes Sinclair wahrscheinlich gar nicht erst zu kommen. Stattdessen öffnete sie sich dem Mädchen und gab einige ihrer eigenen Gefühle preis: »Wir alle haben Probleme, mit denen wir fertig werden müssen«, sagte sie vertraulich. »Vor wenigen Jahren habe ich bei einem furchtbaren Verkehrsunfall meine Mutter und meinen Bruder verloren. Ich konnte ihnen nicht helfen. Danach hasste ich für eine lange, lange Zeit die Ärzte, die sie nicht gerettet hatten, und ich hasste mich selber, weil ich so unfähig gewesen war und es auch nicht geschafft hatte.«

In Fleeces Augen flackerte etwas. »Wirklich?«

Brooke nickte. »Ja, wirklich.« Sie lächelte Fleece an und umarmte sie spontan. »Du bist noch so jung, und du kannst nicht verstehen, dass manche Erwachsene nicht miteinander auskommen. Wenn es zum Bruch kommt, tut das weh – entsetzlich weh. Also ist man wütend auf die Person, von der man annimmt, dass sie daran Schuld ist.«

Fleece sah Brooke eindringlich an und sagte nachdenklich: »Sie haben's echt drauf. So hat bisher noch niemand mit mir gesprochen.« Sie wurde wieder schweigsam, als sie über Brookes Worte nachdachte. Dann sagte sie entschlossen: »Ich hasse sie trotzdem noch. Ich kann nichts dagegen tun. Und jetzt will sie wieder heiraten, einen Anwalt in Brisbane. Wahrscheinlich werde ich ihn auch hassen.«

Brooke musste sich mit aller Mühe daran hindern zu lächeln. Sie erkannte, dass die kleine Fleece es genoss, Leute zu schockieren. Aber nicht mehr mit ihr! »So wie ich die Sache sehe, hast du zwei Möglichkeiten: Du kannst die Menschen hassen und dich schlecht fühlen oder du kannst dich dazu entschließen, der Sache nicht zu viel Platz in deinem Kopf einzuräumen und wieder Spaß am Leben zu haben, so wie es ein Kind in deinem Alter tun sollte.« Sie warf dem Mädchen einen kurzen Seitenblick zu. »Ich wüsste, wofür ich mich entscheiden würde.«

Fleece gab keine Antwort, aber ihr Gesichtsausdruck zeigte deutlich, dass sie über Brookes Worte nachdachte.

Die folgende Woche war geprägt von einer angenehmen, aber auch hektischen Betriebsamkeit. Brooke und Jason gaben ihr Kaufangebot für das Haus in Bindi Creek ab. Es wurde akzeptiert, woraufhin sie mehr Zeit in der Kleinstadt verbrachten, um die vorhandenen Gegebenheiten sorgfältig zu untersuchen. Brooke freute sich über ein kleines, öffentliches Schwimmbad an der breitesten Stelle des Flusses, aus dem sie das Wasser dafür pumpten. Jason war ein guter Schwimmer und konnte den Zwillingen hier später das Schwimmen beibringen – eine lebensnotwendige Fähigkeit, da ihr Grundstück zum Fluss hin abfiel.

Einen Tag vor ihrer Rückkehr nach Sydney fuhren sie nach Sindalee, wo Wes und seine Familie sie zu einem Grillfest eingeladen hatten, sozusagen als zwanglosen Empfang der d'Winters in der Gemeinde.

Als Brooke Sindalee zum ersten Mal sah, erfasste sie sofort, dass die finanzielle Liga, in der Wes Sinclair spielte, weit von ihrer entfernt war. Sie fuhren über eine nicht asphaltierte Straße, die zu beiden Seiten von japanischen Nadelbäumen gesäumt wurde, die sich majestätisch neigten und deren Reihen sich fast kreisförmig auf einen breiten Streifen des Gartens voll mit leuchtenden, blühenden Rosenbeeten öffneten. Vor ihnen tauchte ein eingeschossiges Haus im australischen Kolonialstil auf – lang und weitläufig. An der Front und an einer Seite des Gebäudes verlief eine geflieste, geschlossene Veranda, und hängende Körbe mit verschiedenen Weinsorten und blühenden Gewächsen verhüllten den Anblick der gelben Steinfassade. Auf der anderen Seite des Hauses sah Brooke eine große Terrasse mit einer Pergola, einen Grillplatz und einen Pool mit glitzerndem Wasser, der von einem Sicherheitszaun umgeben war. Weiter hinten erkannte sie einen Allwetter-

Tennisplatz mit einem Umkleidehäuschen und Flutlichtern für nächtliche Spiele.

Nachdem sie ungefähr zwanzig Leute in kürzester Zeit kennengelernt hatte und ständig den Zwillingen, die sich schon mit einigen älteren Kindern angefreundet hatten, hinterhergerast war, um sie wieder einzusammeln, trat Brooke etwas aus der Menge heraus ins Abseits. Zufrieden nippte sie an ihrem Weißwein, der aus einer Winzerei in der Gegend stammte, und sah sich das Geschehen an.

Wes und Jason kümmerten sich an einem riesigen Grill um Steaks, Geflügel und Würstchen. Die Stephanos waren mit Nathan gekommen, dem Fleece, zu Brookes Neugier, mehr als die normale Aufmerksamkeit zukommen ließ. Sie lächelte still in sich hinein und fragte sich, ob Wes die Anziehungskraft zwischen den vorpubertären jungen Leuten bemerkte. Sie kicherte vor sich hin. Wenn, dann würde er Fleece doch noch umgehend in das Internat befördern.

»Darf ich Ihnen nachschenken, Brooke?«, fragte ein grauhaariger Mann sie lächelnd und stellte sich zu ihr.

Sie schwenkte den Wein in ihrem Glas und schüttelte den Kopf. »Nein, nein, ich hab noch, danke. Sie sind Hugh, nicht wahr?«

Er grinste. »Hugh Thurtell. Ich bin ein Nachbar von Wes. Unsere Grundstücke stoßen auf der Westseite aneinander. Ich kannte auch Jasons Vater.« Seine Augen blickten in die Ferne, bevor er zu Jason am Grill sah. »Andy d'Winters war ein ausgezeichneter Schafscherer-koch, und das ist schon eine besondere Gabe, weil einige Köche ziemlich grauenvoll sind.« Bei der Erinnerung an so manch schlechte Mahlzeit schien er sich unwohl zu fühlen und schüttelte den Kopf.

»Ihnen gehört Minta Downs, nicht wahr?«, fragte sie.

»Das ist doch dort, wo Jasons Vater gestorben ist.« Sie sah einen Moment lang zu Jason hinüber. »Jason hat mir erzählt, dass sein Vater einen Unfall mit einem Pferd hatte.«

»Ja, eine schreckliche Geschichte. Wir hatten auf Minta einen Hengst. Mein Vater hatte den Hengst wegen dessen guter Abstammung für die Zucht gekauft. Er hieß Donner, und sein Name war Programm für seinen Charakter. Donner riss sich eines Tages los, und Andy versuchte, ihn einzufangen. Plötzlich schlug das Pferd aus – zwei Viehtreiber waren dabei – und trat Andy an den Kopf. Er war sofort tot. Verdammt scheußliche Sache.« Er sah zu Jason hinüber. »Ich habe Donner selbst erschossen. Das Pferd war zu nichts gut, außer um Ärger zu machen.«

Brooke lächelte Hugh Thurtell kurz zu. »Es war für Jasons Familie damals sicher hart, den Brotverdiener zu verlieren.«

Hughs zusammengekniffene Augen entspannten sich. »Das war es. Wir versuchten, alles uns Mögliche für Maisie zu tun, aber sie war eine sehr selbstbestimmte Frau, die uns sagte, dass sie und ihre Jungs kein Mitleid brauchten. Irgendwie hat sie es geschafft, sie über die Runden zu bringen. Sie hat für andere geschneidert und in Anthonys Gardinengeschäft in Cowra gearbeitet, bis der Laden dichtgemacht hat. Heute ist dort ein chinesisches Restaurant.« Bedauernd schüttelte er den Kopf. »Ich nehme an, das nennt man Fortschritt. Maisie hat sich in den frühen Tod gearbeitet, um sicherzugehen, dass Justin und Jason eine gute Ausbildung erhielten. Aus beiden Jungs ist etwas geworden.«

Eine Frauenstimme erklang hinter Brookes linker Schulter und schnurrte vorwurfsvoll: »Hier bist du, Daddy. Ich habe dich schon überall gesucht.«

Hugh hob sein Glas und stürzte den Rest Bier hinunter, bevor er antwortete: »Ah, Sharon. Komm zu uns und mach dich mit dem neuesten Zuwachs unserer Gemeinde bekannt.«

Brooke drehte sich zu der Frau um. Ihre Augen weiteten sich kurz, als sie sah, wie umwerfend schön diese war. Groß und blond, mit perfekter Figur, tadellos geschminkt und gekleidet, als ob sie gerade den Seiten des *Vogue*-Magazins entstiegen sei. Für einen Moment neidete Brooke ihr die langen, rotlackierten Fingernägel und ihre selbstsichere, welterfahrene Ausstrahlung, obwohl ihre Aufmachung für diese Versammlung von Viehzüchtern und deren Ehefrauen maßlos übertrieben war.

»Brooke, das ist meine ältere Tochter, Sharon Dimarco. Sharon ist erst kürzlich aus Übersee zurückgekehrt. Sie hat jahrelang in Italien gelebt.«

»Wie schön. Ich wollte immer schon mal nach Italien«, sagte Brooke, der nichts Interessanteres einfiel.

Sharons Lächeln war höflich, aber starr, als ob sie diese Bemerkung bereits einhundertmal gehört hatte. Sie konterte mit dem Offensichtlichen: »Sie sind also die Frau des neuen Arztes. Sie kommen aus Sydney?«

»Ursprünglich aus Hobart, aber ich habe fast fünf Jahre in Sydney gelebt.«

»Spielen Sie Bridge?« Sharon sah Brookes Kopfschütteln, und ihr Tonfall wurde ein wenig klagend, als sie fragte: »Reiten Sie? Nein! Ach, das werden Sie lernen müssen. Hier reitet jeder.«

»Nicht jeder, Schätzchen. Deine Schwester Bethany reitet auch nicht.« Hugh sah Brooke an. »Bethany hat eine Pferdehaarallergie, sie bekommt davon asthmatische Anfälle.«

»*Allergisch* bin ich nicht, aber ich habe ein bisschen

Angst vor ihnen«, gab Brooke mit einem zögernden Lächeln zu. »Sie sind so groß und … unberechenbar.«

»Ach, sie sind sanft wie kleine Schäfchen«, sagte Sharon geringschätzig. »Sie müssen ihnen nur beibringen, wer das Sagen hat.« Sie dachte einen Moment nach. »Spielen Sie Tennis?«

Es war klar zu erkennen, dass Sharon Dimarco nach Gemeinsamkeiten suchte. »Auf meine Art ja, aber Jason meint, meine motorischen Fähigkeiten seien dafür nicht ausgelegt.«

»Ach, das macht nichts. Wenn Sie sich in Bindi Creek eingelebt haben, kommen Sie nach Sindalee, damit wir ein paar Spiele machen können. Wes und ich geben ein gutes Doppel ab, normalerweise spielen wir einmal die Woche.«

Während sie miteinander sprachen, analysierte Sharon im Geiste Brookes Erscheinungsbild und fand, dass es ihr an einigem mangelte. Durchschnittliche Kleidung, keine Designermarken. Und wo ließ sie bloß ihre Haare schneiden? Irgendwo in einem billigen kleinen Friseurladen sicherlich. Allerdings musste sie ihr widerwillig zugestehen, dass der Schnitt ihr stand, obwohl er nicht sehr raffiniert war.

Die Arztgattin schien der aufrichtige, waschechte Muttertyp zu sein. Genauso langweilig wie ihre Schwester Bethany. Normalerweise hätte sie es nicht der Mühe wert befunden, sich um Jason d'Winters Frau zu kümmern. Aber seit sie wieder zurück war, versuchte sie angestrengt, ihrem Vater zu beweisen, dass sie sich geändert hatte, dass sie ein netterer Mensch geworden war, und sie vermutete, dass er Brooke d'Winters für charmant hielt.

»Natürlich alles ganz freundschaftlich, kein ernster Wettkampf«, fuhr Sharon fort. »Ich werde noch einige

Leute organisieren, so dass wir mit vier Doppeln spielen können.«

»Das wäre sehr schön, aber erwarten Sie uns nicht zu bald. Es wird schon noch eine Weile brauchen, bis wir uns in Bindi Creek eingerichtet haben«, antwortete Brooke aus Höflichkeit. Sie hatte etwas dagegen, Menschen gleich bei der ersten Begegnung einzuschätzen, aber da war etwas an Sharon, das sie nicht leiden konnte. Vielleicht war sie einfach nur zu schön, oder vielleicht spürte sie, dass die andere Frau nicht aufrichtig war und ihnen nur eine Show lieferte – aber für wen? Für ihren Vater oder für Brooke?

»Ich muss los und Wes beim Servieren helfen«, strahlte Sharon sie an. Sie winkte freundlich und machte sich auf zum Grillplatz.

»Man braucht etwas, um sich an Sharon zu gewöhnen«, murmelte Hugh mit der Weisheit eines Vaters, der sein Kind trotz aller Marotten liebt. »Sie ist ein wenig kapriziös, aber langsam gewöhnt sie sich ein.«

»Ich fand sie sehr charmant, und sie hat mich sehr nett begrüßt.«

Hugh kicherte und schüttelte dabei seinen Kopf. »Brooke d'Winters, Sie haben Ihren Beruf verfehlt. Sie hätten dem diplomatischen Corps beitreten sollen.« Er sah seiner Tochter nach. »Sie hat ein paar harte Jahre hinter sich, auch eine grässliche Scheidung. Ich hoffe, dass sie hier eine neue Lebensperspektive finden kann.«

Brooke lächelte verständnisvoll. Sie hoffte für Hugh, dass er Recht hatte, aber sie glaubte nicht daran.

Später, als die Zwillinge und sie gegessen hatten, dachte sie nach über die beeindruckende Gastfreundschaft auf dem Lande. Die Menschen hießen sie überaus freundlich willkommen, und hätte sie noch irgendwelche Zweifel an der Richtigkeit ihrer Entscheidung gehabt, hierherzuziehen, dann wären diese jetzt durch den Enthusiasmus und das große Interesse der Einheimischen schnell verflogen. Die Präsidentin der Landfrauenvereinigung hatte sie zu einem Treffen eingeladen, sobald sie sich eingelebt hätte. Barney Rutger, der Vorsitzende der Handelskammer in Cowra, hatte versprochen, ihnen bei ihrer Niederlassung behilflich zu sein und sie mit anderen Menschen zusammenzubringen, die in dem Neuntausend-Seelen-Städtchen, das sie bald ihr Zuhause nennen würden, in medizinischen Berufen tätig waren. Von einer Frau hatte sie den Tipp bekommen, dass es unweit von Bindi Creek möglich sei, Kinder in einem Privathaus zur Betreuung abzugeben, wieder andere hatten sie mit einer enormen Fülle an Informationen über die Gegend versorgt – alles Dinge, die eine Arztfrau wissen sollte. Überwältigt von so viel Großzügigkeit hatte sie keinerlei Bedenken, zuzustimmen, als Fleece vorbeikam und anbot, die Zwillinge mit in die große Scheune zu nehmen und ihnen einen neuen Wurf Kätzchen zu zeigen.

»Na, was denkst du?«, fragte Jason, der von Barney Rutger am Grill abgelöst worden war. Sie hatten sich an einen Tisch gesetzt, und Jason trank eine Flasche Bier, die Wes ihm gebracht hatte.

»Hier leben wundervolle Menschen«, sagte sie mit entwaffnender Ehrlichkeit.

»Ja, die sind schon richtig, hier in der Gegend. Nicht wie in einigen ländlichen Städten, in denen du nach zwanzig Jahren immer noch *Der Fremde* bist.«

Sie beugte sich vor, legte ihm die Arme um den Hals und küsste ihn. »Ich habe so ein gutes Gefühl wegen des Umzugs. Ich bin froh, dass wir es machen.«

»Ich auch.« Er zog sie an sich, um sie gleich wieder

loszulassen, als er merkte, dass einige Leute sie beobachteten, auch wenn sie alle dem Paar zulächelten.

»Christine und Paul werden nicht gerade begeistert darüber sein, dass du weggehen willst.«

»Ich hoffe, dass sie meinen Anteil der Praxis kaufen oder dass ich einen anderen Arzt finde, der sich dort einkaufen möchte. Wenn das klappt, könnten wir es gerade eben so schaffen, dass wir für den Kauf von Wilsons Cottage kein Darlehen aufnehmen müssen. Die Doppelhaushälfte in Newton behalten wir als Kapitalanlage. Wenn wir das so handhaben können, sind wir finanziell auf der sicheren Seite.«

Brooke grinste. »Du hast dir schon viele Gedanken darüber gemacht, oder?«

»Oh, die Lorbeeren dafür kann ich nicht einheimsen. Wes hatte die Idee, als wir uns beim Grillen unterhalten haben. Es macht Sinn.«

Sie wusste nicht, ob sie froh darüber war, dass er und Wes über ihre finanzielle Situation gesprochen hatten, aber es zeigte ihr, wie sehr Jason seinem alten Freund vertraute. Und Jasons Glück war so sichtbar, dass Brooke sich daran erfreute. Die Woche Urlaub und der bevorstehende Umzug hatten ihn zu einem anderen Mann gemacht: Er war entspannt und unbekümmert. So hatte sie ihn schon lange nicht mehr gesehen. Sie versuchte sich daran zu erinnern, was Fleece in den japanischen Gärten zu ihr gesagt hatte: *Sie haben ein cooles Leben. Jason liebt Sie. Die Zwillinge sind toll. Jeder kann sehen, dass Sie glücklich sind.* Ihre Lippen umspielte ein Lächeln. Fleece hatte Recht. Sie war glücklich.

»Wo sind die Schreckensbrüder?«, fragte Jason, dem die friedvolle Ruhe um sie herum auffiel. Er konnte die Zwillinge nicht entdecken.

»Fleece wollte ihnen neugeborene Kätzchen zeigen.« Sie runzelte die Stirn. »Sie sind schon eine ganze Weile weg, ich sehe besser mal nach ihnen.«

»Lass dich nicht dazu überreden, eine der Katzen mitzunehmen. Wir besorgen den Jungs andere Haustiere, wenn wir erst hier wohnen, aber keine Katzen, die kann ich überhaupt nicht leiden.«

»Abgemacht«, versprach sie.

Sie lief über die Terrasse, bahnte sich ihren Weg durch die Menge, wobei ihr auffiel, wie eng sich Sharon Dimarco an Wes hielt, zwar nicht immer im Gespräch mit ihm, aber die ganze Zeit in seinem Blickfeld. Sie würden ein hübsches Paar abgeben, dachte sie. Entwickelte sich da vielleicht gerade eine Romanze? Das wäre nicht das Schlechteste. Vielleicht war eine neue Liebe genau das, was Wes brauchte, um seine Verbitterung loszuwerden.

Sie ging erst am Pool, dann am Tennisplatz entlang zur weinrot gestrichenen Scheune, die mindestens zwei Stockwerke hoch war. Einige der älteren Kinder spielten mit dem Flying Fox, den Albie, einer der Viehtreiber, im oberen Stockwerk am Scheunentor befestigt hatte und dessen untere Ecke in einen Heuhaufen führte.

Sie lief in die Scheune, kniff ihre Augen zusammen, damit sie sich im schummrigen Licht zurechtfinden konnte und fand in einer der Boxen Fleece, Drew und Adam, die die kleinen Kätzchen unter den aufmerksamen Blicken der Katzenmutter kraulten.

»Guck mal, Mummy. Ist sie nicht wunderschön?« Adam hielt seiner Mutter ein Kätzchen unter die Nase.

»Ja, das ist sie, aber frag gar nicht erst. Du kennst doch Daddys Regel: keine Katzen im Haus.« Sie sah sich nach Luke um. »Wo ist dein Bruder?«

»Weiß nicht«, erwiderte Adam abgelenkt. »Das eine Kätzchen hat ihn gekratzt, da ist er rausgegangen.«

»Oh.« Raus! Sie war gerade von draußen gekommen und hatte ihn nicht gesehen. Ein ungutes Gefühl durchfuhr sie. Normalerweise waren Luke und Adam unzertrennlich. Sie waren sich so nah wie wenige Geschwister, was aber bei eineiigen Zwillingen nicht ungewöhnlich war. Sie vermutete jedoch, dass Adam in der Aufregung darüber, mit älteren Kindern zusammen zu sein und mit den Kätzchen zu spielen, Luke vergessen hatte. Sie versuchte, ihre Besorgnis nicht zu zeigen und beschloss, in der Umgebung genauer zu suchen.

Sie lief um eine Scheunenwand herum, an einem Traktor und einem unidentifizierbaren, landwirtschaftlichen Gerät vorbei und gelangte an eine Kuppel auf der Rückseite der Scheune.

Zuerst sah sie nur die Kuh, zweifellos eine der größten Kühe, die sie je gesehen hatte, und deren Euter kurz vorm Platzen war. Auf einem Strohlager lag ein kürzlich geborenes Kalb, das seine Beine unter sich gezogen hatte. Seine dunklen, feuchten Augen blickten riesengroß und fragend, als es sich in der Welt umsah. Was für ein schönes Bild, dachte sie flüchtig. Aber dann brüllte die Kuh angespannt und senkte angriffslustig ihren Kopf, an dem sich lange und sehr spitze Hörner befanden. Warum war sie so schlechter Laune? Ihretwegen?

Dann sah sie ihn. Luke stand innerhalb der Umzäunung, mit dem Rücken dicht an der Scheunenwand und dem Kalb sehr nahe, dessentwegen er ganz offensichtlich ins Gatter geklettert war. Er weinte still vor sich hin. An seiner steifen Körperhaltung konnte sie erkennen, dass er vor Angst wie festgenagelt war. Ihr Blick zuckte zur Kuh zurück. Oh, Gott! Dachte die Kuh etwa, dass Luke eine

Bedrohung für ihr Baby darstellte? Die Kuh senkte ihren Kopf noch weiter und veränderte ihre Stellung so, dass sie Luke besser sehen konnte. Sie stampfte mit ihrem Vorderhuf auf den Boden, wobei sie eine kleine Staubwolke hochwirbelte.

Oh Gott, die Kuh wollte ihren Sohn angreifen!

»Luke«, schrie sie. »Beweg dich nicht, mein Schatz.«

9

Sie hatte keine Zeit zum Nachdenken oder um Hilfe zu holen. Brooke griff nach der obersten Stange des Gatters. Ihr Herz schlug doppelt so schnell wie normal, ihr Mund war vor lauter Angst ausgetrocknet. Das Leben ihres Kindes war in Gefahr.

Sie schob sich gerade durch die Zaunbalken, als ein Paar Arme sich um ihre Mitte schlangen und sie zurückzogen.

»Das machst du nicht«, flüsterte eine raue Stimme an ihrem Ohr. »Die alte Biddy ist ein zäher Gegner. Sie hatte eine schwere Geburt. Wenn du da hineinkletterst, könntest du sie erschrecken und sie würde dich und deinen Jungen attackieren.«

Brooke befreite sich aus Wes Sinclairs Griff, stützte die Hände auf die Hüften und sah ihn herausfordernd an. »Was soll ich deiner Meinung nach tun? Mir das einfach angucken?«, warf sie ihm wütend an den Kopf.

»Ruhig, Brooke. Lass mich nur machen.«

Gleichzeitig aufgebracht über seine autoritäre Art und erleichtert über die Vorstellung, dass er als Retter eingriff, sah sie ihm dabei zu, wie er in die Koppel kletterte. Mit lockerem Gang ging er auf die große Kuh zu. »Na, komm schon, Biddy, altes Mädchen. Niemand wird deinem Baby etwas tun«, sagte er mit ruhiger und sicherer Stimme. »Na los, zurück mit dir.« Damit ging er zur Kuh und schob sie zum Zaun zurück.

Die Kuh gab ein beleidigtes Muhen von sich, ließ sich aber von Wes streicheln, der sie immer weiter von Luke wegdrückte.

»Luke, mein Junge, jetzt ist alles gut. Biddy wird dir nichts tun«, sagte Wes zuversichtlich. »Geh zu deiner Mutter, aber langsam. Jetzt.«

Ein paar Sekunden lang war der Junge unschlüssig, dann nahm er seinen ganzen Mut zusammen und ging, den Blick fest auf die Kuh gerichtet, vom Kalb weg auf seine Mutter zu.

Brookes Herz klopfte immer noch vor Angst, als sie Wes dankte. Sie sah sein beiläufiges Schulterzucken als Anerkennung ihrer Dankbarkeit.

Luke lag in den Armen seiner Mutter und versuchte mannhaft, sein Weinen zu unterdrücken. Brooke hielt ihn ganz fest, so dass sie fühlen konnte, wie sein Herz an ihrer Brust klopfte. Sie streichelte ihm sanft über sein Haar und strich es aus seiner verschwitzten Stirn. »Alles in Ordnung, Schätzchen, du bist in Sicherheit.«

»Ich w-wollte nur das Kalb streicheln, Mummy. Das Kätzchen hat mich gekratzt. Guck hier«, er hielt seine Hand hoch, um ihr die Kratzer zu zeigen, die diagonal über seine Hand verliefen.

»Kätzchen machen so etwas, weißt du. Es wollte dir sicher nicht weh tun. Du hättest nicht in diese Koppel gehen dürfen. Das war gefährlich, ganz dumm. Tiermütter beschützen ihre Babys ganz doll.«

Er schniefte die Tränen zurück. Ich … ich weiß, Mummy. Ich mach's auch nie wieder. Niemals.«

Adam kam mit besorgtem Gesichtsausdruck im vollen Galopp aus der Scheune gestürmt. »Wo ist Luky? Was ist passiert?«

»Luke geht's gut. Er hatte nur gerade einen schlimmen Schreck«, erklärte sie Adam.

»Jason sagte, die Zwillinge wären bei Fleece. Sollte sie nicht auf die beiden aufpassen?«, fragte Wes knapp. Er wartete nicht auf ihre Antwort, die er bereits kannte. Er brüllte: »Fleece, komm her zu uns!«

»Es ist nicht nötig, die Sache aufzubauschen, Wes. Luke ist ja nichts passiert«, sagte Brooke und lächelte auf ihren Sohn herab. »Und er hat eine wichtige Lektion gelernt.«

»Darum geht's mir nicht.« Wes klang kühl, sein Gesichtsausdruck zeigte deutlich seine Missbilligung. »Fleece muss lernen, verantwortungsbewusst zu handeln. Sie sagte, sie würde sich um die Zwillinge kümmern, und das hat sie nicht. So einfach ist das.«

»Ist was, Daddy?«

»Wir haben im letzten Moment einen Unfall verhindern können, der beinahe wegen deiner Nachlässigkeit geschehen wäre«, sagte Wes ohne Umschweife. »Biddy wollte sich gerade auf Luke stürzen. Du wolltest doch auf ihn aufpassen, oder nicht?«

Als Brooke den verdutzten, dann schuldbewussten Ausdruck auf Fleeces Gesicht sah, begann sie mit: »Wes, ich glaube nicht ...«

Sie fing seinen Blick auf und schwieg. »Fleece muss lernen, dass man zu dem, was man verspricht, auch stehen muss.« Sein Gesicht sah so streng aus, wie er klang. »Also«, er sah seine Tochter an, »was hast du zu deiner Verteidigung zu sagen?«

»Ich wusste nicht, wo er war, er war doch erst ein paar Minuten weg.«

Wes sah, wenn das überhaupt möglich war, noch ernster drein. »Ein paar Minuten sind alles, was es braucht, damit ein kleiner Kerl wie dieser in Gefahr gerät. Du hättest daran denken sollen.«

»Es tut mir leid, Daddy. Ich fürchte, ich hatte einfach so viel Spaß daran, Adam die Kätzchen zu zeigen, dass ich nicht gemerkt habe, dass Luke verschwunden ist.« Fleece errötete vor lauter Verlegenheit, von ihrem Vater so heruntergeputzt zu werden, vor so vielen Leuten, die sich vor der Koppel eingefunden hatten.

»Eine Entschuldigung reicht nicht, Fleece. Wir werden später über eine angemessene Strafe sprechen. Bis dahin bleibst du in deinem Zimmer.«

Anscheinend war sie von seinem Zorn nicht sehr eingeschüchtert und hob aufmüpfig ihr Kinn. »Aber…«, protestierte sie.

»Kein *Aber*. Geh!«

Mit einem letzten stechenden Blick wandte Fleece sich abrupt von ihrem Vater ab. Wut und Demütigung versteiften ihren Rücken, als sie aufs Haus zulief.

»Fleece hat echt Ärger am Hals«, flüsterte Adam seinem Bruder zu, woraufhin der wieder zu schniefen begann.

»Ruhig, Jungs.« Vor Ärger war Brookes Tonfall scharf, obwohl sie sich nicht über die Zwillinge ärgerte, sondern über Wes Sinclair. Aber, dachte sie verdrießlich, der Mann hatte Recht: Fleece hätte auf beide Jungs richtig aufpassen sollen, denn die Katastrophe war nur durch Wes' beherztes Eingreifen vermieden worden. War es trotzdem nötig gewesen, das Mädchen vor den Augen ihrer Freunde und Nachbarn so kleinzumachen? Sie hatte sich doch entschuldigt! Ihr war schon aufgefallen, wie klug Fleece war und wie sehr sie sich die Anerkennung ihres

Vaters wünschte, also hätte man die ganze Angelegenheit auch diplomatischer behandeln können. Ihr dämmerte, dass der geradlinige Besitzer von Sindalee nicht gerade bewandert war in Kinderpsychologie.

Wes sah Brooke an, die Adam und Luke umarmte. Sie sah verärgert aus – seinetwegen. Wes kannte sich nicht übermäßig gut aus in der Körpersprache und nahm die Menschen im Allgemeinen so, wie sie waren, aber ihr zusammengekniffener Mund und ihre steife Haltung sagten ihm, dass er die Situation besser hätte meistern sollen. Vielleicht stimmte das ja.

Er drehte sich weg und vergrub die Hände in seinen Hosentaschen. Frauen! Was wussten sie schon darüber, wie man ohne die ausgleichende Hand und Liebe einer Frau zwei Kinder alleine aufzog? Nichts, verdammt noch mal, nichts. Fleece hatte sich zu einem Wildfang entwickelt – darauf wurde er praktisch jeden Tag aufmerksam gemacht. Wie ihre Mutter war sie eine starke Persönlichkeit, die seine Geduld und sein Verständnis täglich aufs Neue bis zum Äußersten strapazierte. Aber sie konnte auch liebevoll, sanft und fürsorglich sein, vor allem mit Drew, und das waren Eigenschaften, die ihn sehr für sie einnahmen. Er sah, dass sie noch immer eine furchtbare Wut auf ihre Mutter hatte und daher jeden Vorschlag, der von Claudia kam, aufs Heftigste bekämpfte, mochte ihre Ablehnung auch noch so unsinnig sein. Momentan weigerte sie sich, zur Hochzeit ihrer Mutter mit dem Anwalt Ken Dougherty nach Brisbane zu fahren. Wes wusste sich nicht mehr zu helfen, wie er sie dazu bringen sollte, es sei denn, er würde sie persönlich ins Flugzeug tragen – oder noch schlimmer, die Kinder auf ihrer Fahrt in den Norden begleiten.

Während er grübelte, bekam er einen harten Zug um

die Mundwinkel. Es war leicht für andere, sein Verhalten zu kritisieren, aber konnte jemand, der das noch nicht durchgemacht hatte, überhaupt begreifen, wie schwierig es war, gleichzeitig Vater und Mutter für Fleece und Drew zu sein? Er könnte darauf wetten, dass keiner eine Ahnung hatte, auch Brooke d'Winters nicht, trotz ihrer warmen und mütterlichen Art. Und er würde sicherlich nicht herumjammern, wie schwer es für sie drei gewesen ist. Lass es doch alle besser wissen, aber soweit es ihn betraf, machte er seine Sache so gut, wie er eben konnte.

Die d'Winters brauchten viereinhalb Monate, um ihre geschäftlichen Angelegenheiten zu regeln und Wilsons Haus nach ihrem Geschmack zu renovieren. Zwei Wochen vor dem vierten Geburtstag der Zwillinge zogen sie um nach Bindi Creek.

Sie hatten dem Haus einen Außen- und Innenanstrich verpassen lassen und den Teppich rausgeschmissen. Der Holzboden aus Jarrah – einer Eukalyptusart, die nur in Australien wächst – war poliert worden. Brooke hatte eine Küche im Landhausstil ausgesucht. Das Badezimmer war nur vorläufig in Ordnung gebracht worden und sollte später sorgfältig renoviert werden. Sie hatten die Veranda auf der Nordseite, die die Morgensonne einfing, vergrößert und Mauern gezogen, um daraus das Wartezimmer zu machen. Das Schlafzimmer daneben hatten sie in ein Sprechzimmer verwandelt, in das sie Bücherregale eingebaut und eine Untersuchungsliege und andere Geräte hineingestellt hatten.

Trotzdem blieb noch eine Menge Arbeit auf dem Grundstück zu tun. Der Garten vorn und hinten glich einem Urwald, und so entschlossen sie sich, Gras, Unkraut und Blumen kurz zu mähen, damit es zumindest ordentlich aussah, bis sie irgendwann Zeit hätten, sich um den Garten zu kümmern. Brooke hatte anfangs gegen das rücksichtslose Stutzen von Begonien, Gänseblümchen, Geranien und anderen Pflanzen protestiert. Aber als Jason sie darauf aufmerksam gemacht hatte, dass die Pflanzen jetzt zum Winteranfang voller Spinnen und Schlangen sein könnten, hatte sie sich zurückgehalten, um die Sicherheit der Zwillinge nicht zu gefährden.

Da die Kinder ihnen beim Einzug halfen, dauerte er einen ganzen Tag. Weder Brooke noch Jason konnten am Abend noch die Energie aufbringen, zu kochen, und so fand Brookes Vorschlag, im Imperial Hotel zu essen, allgemein Anklang. Bei Lammbraten mit Gemüse und danach eingemachten Pfirsichen mit Eiscreme ergaben sich immer wieder zwanglose Gespräche mit Einheimischen, die sie schon kennengelernt hatten. Später kehrten sie zu ihrem Haus zurück und brachten Adam und Luke ins Bett.

Sie setzten sich ins Wohnzimmer, in dem sich die Kisten stapelten. Jason zog seine Stiefel aus und streckte seine Beine aus. »Lass uns bitte für immer hier bleiben«, sagte er. »Umziehen ist die Hölle.«

Brooke gähnte und streckte sich ebenfalls. »Einverstanden.« Sie ließ ihren Blick durch den großen Raum schweifen, sah die hölzerne Kaminumrandung, die großen Glastüren, durch die man auf die Veranda gelangte, und die fast drei Meter hohe Decke. Dabei stellte sie sich vor, welche Möbel sie bräuchten, um den Raum komplett einzurichten und ihn von seiner besten Seite zu präsentieren. »Du willst wirklich am Montag mit der Sprechstunde beginnen?«

»Ja. Wir haben doch ungefähr vierhundert Briefe rundherum verschickt, in denen wir uns vorstellen und diesen

Eröffnungstermin angeben, außerdem hat die Zeitung ihn in ihrem Bericht über uns erwähnt. Je eher die Patienten kommen, umso besser.«

»Dann bringen wir morgen die Praxis in Ordnung.« Sie runzelte die Stirn, als ihr ein Gedanke kam. »Die Einrichtung für das Wartezimmer ist immer noch nicht geliefert worden.«

»Es wird den Leuten nichts ausmachen, wenn sie vorübergehend auf unseren Küchenstühlen sitzen müssen, bis Wartezimmer und Empfang richtig möbliert sind. Das sollte bis Mitte der Woche erledigt sein.« Er fuhr sich mit der Hand durch sein zerzaustes Haar, wodurch er es noch unordentlicher machte, dann rieb er seine müden Augen und kratzte die dunklen Bartstoppeln an seinem Kinn.

Brooke, die sich auf dem anderen Sessel zusammengerollt hatte, sah auf seine starke Brust, die von einem löchrigen T-Shirt bedeckt wurde, betrachtete die abgeschnittene Jeans, die sich eng um seine muskulösen Oberschenkel und behaarten Beine schmiegte und fand, dass er auf seine jungenhafte Art anbetungswürdig aussah – wie eine riesengroße Ausgabe der Zwillinge. Sie ging zu seinem Sessel hinüber, setzte sich auf seinen Schoß und legte ihre Arme um seinen Hals. Ihre Lippen machten kurz vor seinen Halt, wo sie einige aufreizende Sekunden verharrten, bevor Brooke ihn so küsste, dass an ihren Absichten kein Zweifel mehr bestehen konnte.

»Oh, warum?«, stöhnte er, während er sie zurechtschob, damit sie richtig auf ihm saß. »Ich bin völlig fertig. Alles, wofür ich heute noch tauge, ist heiß zu duschen und ausgiebig zu schlafen.«

Ihre Finger wanderten unter das T-Shirt, um seine Brust zu streicheln. Sie genoss das Gefühl, dass sich seine Muskeln unter ihrer Berührung anspannten. Sie sog seinen männlichen Körpergeruch auf, der stärker war als sonst durch die Anstrengung des Tages, den er damit verbracht hatte, den Leuten vom Umzugsunternehmen beim Entladen und Rücken der Möbel, beim Auspacken der Kisten und Aufhängen der Gardinen zur Hand zu gehen.

»Wir könnten die Dusche ja zusammen ausprobieren …«, flüsterte sie bedeutungsvoll und lächelte. »Dann sehen wir ja, ob das alles ist, wofür du heute noch taugst.«

Während er sie dicht an sich zog, grinste er. »Hmm, Mrs. d'Winters, Sie sind eine verruchte Frau. Was soll ich nur mit Ihnen anstellen?«

Mit ihrer rechten Hand streichelte sie sein Gesicht, und als sie antwortete, hörte sie sich ein wenig heiser an. »Alles, was dein Herz begehrt, Liebster.«

Drei Patienten hatten am Montag der Gewalt des Sommergewitters getrotzt, um zu Jasons erster Sprechstunde zu gehen. Jeder brachte eine Kleinigkeit mit, um den neuen Arzt und seine ihm angetraute Arzthelferin willkommen zu heißen: Einen Strauß Blumen, eine Tüte Äpfel, ein Glas eingelegte Gurken. Am Nachmittag kamen zwei Patienten, und Jason hatte einen Hausbesuch zu erledigen.

Am Freitag kamen endlich die benötigten Möbel für das Sprech- und das Wartezimmer. Die Patientenzahlen hatten sich verdoppelt, und Brooke besaß jetzt zehn Gläser mit eingemachten Gurken, fünf Gläser selbst gemachte Marmelade und diverse Topfpflanzen, um das Haus zu schmücken.

»Wir werden uns nach einem zweiten Auto umsehen müssen«, sagte Jason, als sie an diesem Abend zusammen aßen. »Irgendein kleines, sparsames Vehikel, mit dem ich meine Hausbesuche machen kann. Einige der Patienten wohnen eine halbe Stunde Fahrzeit entfernt.«

»Das wird unser Budget sprengen.«

»Oder«, sagte er und gab vor, darüber nachzudenken, »es gibt da vielleicht noch eine andere Möglichkeit: Frank Galea macht gerade drüben in seiner Werkstatt ein altes Motorrad, eine 85er Triumph, fertig. Ich habe ihm vorgeschlagen, dass ich ihm an den Samstagnachmittagen für ein oder zwei Stunden dabei helfe, da ich mich aus der Zeit, in der ich als Viehtreiber auf den Farmen gejobbt habe, ganz gut mit Motorrädern auskenne. Ich schätze, dass ich es für einen vernünftigen Preis bekommen kann, wenn es fertig ist.«

»Ich bin nicht gerade ein Fan von Motorrädern.« Brookes Ton stand dem von Jason diametral entgegen. »Vielleicht könnten wir unseren Kredit bei der Bank erhöhen, um gerade so viel, dass wir ein kleines Auto davon kaufen können.« Jasons Praxisanteil am medizinischen Center hatte beim Verkauf doch nicht so viel gebracht, dass sie Wilsons Cottage davon bezahlen konnten. Für den fehlenden Betrag und die durch den Kauf entstehenden Gebühren mussten sie ein Darlehen aufnehmen. Auch war beiden bewusst, dass ihre Geldmittel äußerst beschränkt sein würden, bis die Praxis richtig in Schwung kam, und außerdem das Seniorenheim, dem auch eine Pflegestation angegliedert sein würde, fertig gestellt und bezogen war.

»Ich möchte nicht noch mehr Schulden machen«, sagte Jason und sah ziemlich stur dabei aus. »Frank lässt mich sicher das Motorrad in Raten bezahlen, vermutlich wird es keine zweitausend Dollar kosten.«

»Will ein Motorrad, Daddy. Brumm, brumm«, feuerte Luke ihn an, und machte Bewegungen, als ob er einen Motorradlenker in den Händen hielt und ordentlich Gas gab.

»Später könnte ich einen Beiwagen installieren und mit den Zwillingen Ausflüge unternehmen«, fügte Jason hinzu.

»Ja, einen Beiwagen! Das wird klasse, Daddy.« Adam war Feuer und Flamme.

Brooke sah ihre drei Männer an und musste sich eingestehen, dass sie geschickt ausmanövriert worden war. »Na gut«, stimmte sie widerwillig zu, »aber es muss verkehrstauglich sein, bevor du es kaufst.«

»Ich warte noch ab, um zu sehen, ob Frank es schafft, die Maschine wieder auf Vordermann zu bringen«, sagte Jason, als er Brooke dabei half, die Teller zur Spüle zu tragen.

»Ach übrigens, Wes und die Kinder wollen später noch auf einen kurzen Besuch vorbeikommen. Sie haben unser Haus noch gar nicht gesehen. Es macht dir doch nichts aus, Liebling?« Er gab ihr einen Kuss auf die Stirn.

Schnell unterdrückte sie die Verstimmung, die in ihr aufsteigen wollte. Sie hatte sich auf einen Abend zu zweit gefreut und wollte, sobald die Jungs schliefen, mit Jason über die vergangene Woche sprechen und überlegen, was sie am Haus noch alles verändern wollten. »Natürlich nicht, sie sind jederzeit willkommen.«

»Ich glaube, Fleece möchte sich noch wegen der Sache mit Luke entschuldigen. Wes sagte, dass sie sich so schuldig gefühlt hat, dass sie kleine Geschenke für uns alle hat.«

»Das ist doch nicht nötig…«

»Ich weiß.« Er schüttelte den Kopf. »Es war ihre Idee, nicht seine, sagte Wes.«

Brooke lächelte. Sie mochte Fleece wirklich sehr, Drew auch, obwohl es beinahe unmöglich war, aus dem Jungen etwas herauszukitzeln. Sie lachte und sagte mit hochgezogenen Augenbrauen: »Das finde ich sehr lieb von ihr. Ich hoffe nur, dass sie uns nicht auch noch eingemachte Gurken schenkt!«

Er lächelte erheitert zurück. »Das kann ich auch nur hoffen. Wir werden sicherlich monatelang eingemachte Gurken essen müssen. Das ist so auf dem Land: Wenn es ein Produkt im Überfluss gibt, versuchen die Menschen, so viel davon, wie es irgendwie geht, zu konservieren, damit nichts verschwendet wird.«

Am Ende wurde der Abend mit den Sinclairs viel angenehmer, als Brooke vorausgesehen hatte. Wes lobte ihre Bemühungen um das Haus, und Fleece schenkte den Zwillingen einen hübschen Papierkorb, den sie selbst gemacht hatte. Für Brooke und Jason hatte sie ein Patchwork-Kissen und Nina, die Haushälterin der Sinclairs, hatte ihnen als Nachtisch einen riesigen Apfelkuchen gebacken.

Sie saßen auf der seitlichen Veranda, bis ein jahreszeitlich ungewöhnlich kühler Abendwind sie ins Wohnzimmer trieb. Die drei Jungs spielten auf der rückseitigen Veranda, die zum Spielzimmer erklärt worden war. Wes und Jason sprachen über »Dinge des ländlichen Lebens«: den Wollpreis, die Ernte, den Bodenabbau, die Schwierigkeit, erfahrene Viehtreiber zu finden. Brooke und Fleece flüchteten in die Küche.

»Du bist doch noch zur Hochzeit deiner Mutter gefahren?«

»Ja.« Fleece zuckte mit den Schultern. »Es war gar nicht so schlimm. Ihr neuer Mann ist irgendwie in Ordnung. Er ist einer der besten Rechtsanwälte von Queensland, sagt Mummy jedenfalls. Sie will auch mal so werden. Sie leben in einem irre tollen Penthouse, mit Blick über den Brisbane River und einem eigenen Pool, einer riesigen Terrasse und allem Möglichen. Echt cool. Ich nenne ihn Ken, wissen Sie, nicht Daddy. Ich hab ihm gesagt, dass ich nicht Daddy zu ihm sagen will, und es war okay für ihn.«

Brooke erlaubte sich nur ein kleines Lächeln, weil sie die zarte Freundschaft zwischen ihnen nicht gefährden wollte. Sie spürte, dass Fleece mit einer Frau sprechen wollte und dass sie Brooke als würdig dafür ansah. »Gut. Und wie sieht's mit dem Internat aus?«

»Ich glaube, ich habe Daddy jetzt auf meiner Seite – und er ist derjenige, der die Rechnungen bezahlt. Natürlich drängt Mummy mich immer noch, dahin zu gehen, aber wir werden ja sehen…«

Brooke stapelte die Teller in den Schrank und wischte die Arbeitsplatten noch einmal ab. Sie konnte sich nicht vorstellen, dass dieses Kind mit seinem ausgeprägten Willen irgendetwas tat, was es nicht wollte. Sie fragte sich, welche Strafe Wes ihm für den Vorfall mit Luke und der Kuh auferlegt hatte.

Als ob sie ihre Gedanken lesen konnte, gestand Fleece auf einmal: »Daddy hat mir zwei Wochen Hausarrest gegeben wegen der Sache mit Biddy. Ich durfte mein Pferd Sunny nicht reiten und nach der Schule oder am Wochenende meine Freunde nicht besuchen. Das war so langweilig. Aber«, grinste sie reumütig, »so hatte ich die Zeit, die Geschenke für euch und die Jungs zu machen, also war es gar nicht so schlimm.«

»Kinder zu bestrafen ist für Eltern gar nicht so leicht. Bei den Zwillingen fällt es mir schwer. Wenn sie unartig gewesen sind, kann ich sie nicht einfach in ihr Zimmer schicken, weil sie dann eben dort miteinander spielen würden, und das wäre keine Strafe. Ich muss sie trennen und ihnen etwas verbieten, was ihnen wichtig ist.«

»Was denn zum Beispiel?«, wollte Fleece wissen.

»Adam liebt die Fernsehsendung ›Power Rangers‹. Wenn er etwas angestellt hat, darf er sie nicht sehen. Und wenn ich Luke ein paar der Spielsachen wegnehme, mit denen er am liebsten spielt, ist das für ihn Strafe genug.« Sie lächelte ihre junge Freundin an. »Na los, wir machen den großen Jungs Kaffee und den kleinen Milchshakes, und dann machen wir uns alle über Ninas Apfelkuchen her.«

Nach einem Monat hatten sich die d'Winters' erstaunlich gut an das Landleben angepasst. Die Patientenzahl in Jasons Praxis stieg sprunghaft an, als sich erst einmal herumgesprochen hatte, dass er ein fähiger Arzt war. Brooke unterstützte ihn als seine Arzthelferin, während die Zwillinge bei ihrer Tagesmutter waren. Jedoch stellte sich schnell heraus, dass eine weitreichendere medizinische Versorgung in Bindi Creek gebraucht wurde als nur eine Allgemeinpraxis.

Das brachte Brooke zum Nachdenken. Meist saßen sie und Jason jetzt an den Abenden zusammen und grübelten, wie man weitere medizinische Einrichtungen in die Kleinstadt Bindi Creek locken konnte, die den Patienten an bestimmten Wochentagen zur Verfügung stehen sollten. Sie waren sich einig, dass ein Physiotherapeut, eine Praxis für frühkindliche Entwicklung, ein pathologisches Labor – das sich hauptsächlich mit Krebsuntersuchungen beschäftigten sollte – ein Orthopäde und vielleicht später ein Augenarzt gebraucht würden. Aber zuerst mussten sie sicherstellen, dass die Gemeinde ein solches Projekt unterstützte, und so wurde eine Stadtversammlung im großen Saal der anglikanischen St.-John's-Kirche einberufen. Mehr als sechzig Leute kamen. Nach einigem Für und Wider stimmten die meisten zu, dass das Angebot der medizinischen Versorgung ausgeweitet werden müsste. Jean King war die Wortführerin in dieser Gruppe. Die Versammlung wählte ein Komitee von vier Leuten – die d'Winters', Jean und Frank Galea –, die die Aufgabe bekamen, die entsprechenden medizinischen Einrichtungen in Cowra als nächstgrößerer Stadt anzuwerben. Sollten sie dort keinen Erfolg haben, würden sie es in Goulburn versuchen.

Brooke hatte den Löwenanteil daran, die jeweiligen Ansprechpartner zu finden und mit ihnen Kontakt aufzunehmen. Obwohl sie neu in der Gemeinde war, hatte man sie gewählt, weil sie über medizinische Kenntnisse verfügte, sich gut ausdrücken konnte, einsatzfreudig war und zusammen mit Jason einen medizinischen Geschäftsplan aufgestellt hatte, der Geld für alle Einrichtungen vorsah, so dass niemand leer ausgehen würde.

Anfangs traf sie auf eher laues Interesse bei ihren Ansprechpartnern, bis auf das staatliche Büro, in dessen Aufgabenbereich die frühkindliche Entwicklung fiel. Überraschenderweise stimmte diese Behörde dem Plan ohne zu zögern zu und versprach eine Kinderkrankenschwester, die alle vierzehn Tage für einen Nachmittag in Bindi Creek sein würde, sobald geeignete Räumlichkeiten zur Verfügung standen.

Reverend Laurie Dupayne von der St.-John's-Kirche bot an, den Versammlungssaal zu unterteilen, so dass zwei Räume entstanden, von denen die Kirche der Gemeinde einen zur Benutzung bereitstellen würde. Lagermöglichkeiten ständen bei Bedarf ebenfalls zur Verfügung.

Nach drei Monaten zähen Verhandelns war es geschafft, dass sich alle Parteien für Besprechungen trafen und sich auf eine Zusammenarbeit für ein medizinisches Gemeindezentrum einigten. Brooke erkannte, dass dieser Erfolg auch in anderen kleinen Gemeinden in Neusüdwales möglich wäre, wenn sie dort nur wirklich wollten und alles daran setzten, das Vorhaben umzusetzen. Die Viehzüchter Hugh Thurtell und Wes Sinclair waren bei ihren Bemühungen ihre stärksten Fürsprecher gewesen. Sie halfen ihr sogar dabei, die verschiedenen Ärzte zu überzeugen. Die beiden Männer hatten außerdem eine Bautruppe für die notwendigen Umbauarbeiten in der Versammlungshalle zusammengestellt und Geld gesammelt, um damit die Kosten zu decken, obwohl Brooke vermutete, dass Wes und Hugh für alle etwaigen Fehlbeträge selbst aufgekommen waren.

Es war vorgesehen, dass die Einwohner in und um Bindi Creek alle zwei Wochen, an vier Werktagen zwischen halb zwei und fünf Uhr nachmittags, die Hilfe eines Physiotherapeuten, eines Orthopäden, des Labors und der Kinderkrankenschwester in Anspruch nehmen konnten. Jason oder Brooke würden sich mit Jean King kurzschließen, die die Koordination des Zentrums übernahm, um Termine abzumachen, wofür sie von den Anbietern der medizinischen Leistungen ein Honorar auf Stundenbasis bekommen würde.

Jean, die noch zur alten Schule gehörte, in der man seine Gefühle nicht so ohne Weiteres zeigte, war insgeheim sehr glücklich. Das zusätzliche Einkommen war zweifellos sehr willkommen, und mit ihren achtundvierzig Jahren freute sie sich über eine Aufgabe, die ihren Verstand auf Trab hielt. Sie musste lächeln, als sie darüber nachdachte, wie alles angefangen hatte. Sie war sich sicher, dass nicht mal Frank Galea eine Ahnung gehabt hatte, wie gut die Arztfamilie Bindi Creek tun würde und was sie alles erreichen würde, als er sie an ihrem ersten Tag im Städtchen dazu ermunterte, die Nacht hier zu verbringen.

An einem Winternachmittag, den die Zwillinge damit verbrachten, einen Fußball hin und her zu kicken, gönnten sich Brooke und Jean in Ruhe eine Tasse Tee und besprachen, was als Nächstes zu tun war.

»Wir werden, genau wie zur Praxiseröffnung, ein Rundschreiben in der Gegend verschicken«, sagte Brooke. »Dann werden die Terminkalender hoffentlich innerhalb weniger Wochen prallvoll sein.«

»Viele Menschen benötigen dringend diese weitergehende medizinische Hilfe«, erklärte Jean und trank einen Schluck Tee. »Einige Leute auf den Höfen rundherum können es sich zeitlich nicht leisten, mit ihren Gesundheitsproblemen bis nach Cowra oder noch weiter zu fahren. Andere sind zu krank, um die Fahrt überhaupt anzutreten. Daher wird es für die Gemeinde ein Segen sein, wenn die Menschen hier zu einem Orthopäden oder zu einem anderen Spezialisten in Behandlung gehen können. Ich glaube auch, dass es Bindi Creek als Stadt guttun wird, weil mehr Leute öfter mal herkommen. Das wird sich auf die ansässigen Geschäfte auswirken.«

Brooke seufzte. »Ich hoffe so sehr, dass es klappt. Es wäre so schrecklich, wenn die Leute dieses Angebot nicht annehmen würden, nach all der Arbeit, die wir da reingesteckt haben.«

Jean runzelte die Stirn, weil sie von Brookes Unsicherheit überrascht war. Jasons Frau war die treibende Kraft des Plans gewesen. Sie hatte den Stier bei den Hörnern gepackt in der festen Absicht, ihn nicht vor dem Erfolg loszulassen, und hatte durch ihre Entschlossenheit jeden beeindruckt, auch diejenigen, die sich nicht sonderlich für das Projekt interessierten.

Und jetzt schien sie Zweifel zu haben? Warum? »Du wirkst bedrückt, Brooke. Das sieht dir gar nicht ähnlich.«

Brooke zuckte mit den Schultern. »Ich weiß auch nicht. Ich … ich … Es ist alles prima gelaufen. Ich hatte erwartet, dass wir sechs Monate oder länger nur mit dem Organisieren beschäftigt sein würden. Manchmal, wenn alles so glattgeht, taucht noch ein riesiges Hindernis auf.«

»Meine Güte, du erinnerst mich an meinen Sohn. Greg sucht immer nach der – wie nennt er es? – Kehrseite der Medaille.« Jean schüttelte den Kopf über die Frau, die, ohne dass beiden dies bewusst gewesen wäre, ihre beste Freundin geworden war. »Bei Target haben sie einige Leute entlassen, also ist er überzeugt, dass er der Nächste ist.«

Brooke wusste, dass der achtzehnjährige Greg Jeans Ein und Alles war. In den vergangenen Monaten hatte sie viel über Jean und Greg erfahren. Jean hatte ihr erzählt, dass Gregs Vater gestorben war, als sie im achten Monat schwanger war. In ihrer Zeit als Buschkrankenschwester hatte sie in so entlegenen Orten wie Groot Eylandt, Katherine, Mataranka, Halls Creek und Derby gearbeitet, um nur einige zu nennen. Und egal in welchem Krankenhaus sie eingesetzt wurde oder wohin sie geschickt wurde, immer hatte sie ihren Sohn im Schlepptau gehabt. Vor ungefähr acht Jahren hatte sie ihren Job gekündigt, um sesshaft zu werden, um Wurzeln zu schlagen und um es Greg zu ermöglichen, seine weiterführende Schulausbildung zu Ende zu bringen. Seitdem waren sie in Bindi Creek hängen geblieben.

»Er macht seinen Job doch sicher gut, oder?«, fragte Brooke.

»Oh ja.« Dann sah Jean Brooke ernst an, als ihre Gedanken zum Gesundheitszentrum zurückwanderten. Sie wedelte mit einem Finger in ihre Richtung. »Was das

Zentrum angeht, so hast du eine perfekte Meisterleistung hingelegt, ohne Wenn und Aber, hast alle betroffenen Parteien so lange belagert, bis dir die Puste fast ausgegangen ist. Mittlerweile freuen sie sich alle, an dem Projekt hier teilzunehmen, und auch die Gemeinde steht wie eine Eins dahinter. Ich bin absolut davon überzeugt, dass deine Sorgen unbegründet sind.«

Brooke lächelte. »Wahrscheinlich hast du Recht. Ich werde immer so nervös und ängstlich, wenn etwas Wichtiges vor dem Abschluss steht. Während der Ausbildung war ich vor und nach den Prüfungen ein nervliches Wrack.« Sie seufzte. »Es ist so wichtig, dass das Zentrum ein Erfolg wird – für Jason und für die Stadt.«

»Und ich weiß genau, dass es genau das wird«, verkündete Jean zuversichtlich, und in ihren freundlichen Gesichtszügen spiegelte sich ihre Überzeugung.

Plötzlich verschluckte Brooke sich am Tee und raste mit einer Entschuldigung zum Badezimmer. Als sie wiederkam, spielte ein wissendes Lächeln um Jeans Lippen.

»In der wievielten?« fragte Jean.

»In der wievielten was?«

»In der wievielten Woche Schwangerschaft du bist.«

Eine zarte Röte erschien auf Brookes Wangen. Sie sah ihre Freundin kopfschüttelnd an. Sie waren in den letzten Monaten zu ungezwungenen Kameradinnen zusammengewachsen. Wie könnte sie im Übrigen erwarten, solch ein Geheimnis vor jemandem mit Jeans Erfahrung als Krankenschwester zu bewahren? »Achte Woche, aber bis die ersten drei Monate vorbei sind, soll es noch keiner wissen. Nur Jason weiß es«, sie lächelte. »Und du jetzt.«

Jean nickte und sagte trocken: »Ich nehme an, du hoffst, dass es diesmal keine Zwillinge werden?«

Brooke lachte. »Das stimmt. *Ein* Baby würde mir diesmal vollkommen genügen.«

10

Jason hielt den Kombi unter dem Carport an, schaltete den Motor aus und lehnte seinen Kopf an die Rücklehne seines Sitzes. Es war ein langer Tag gewesen. Abgesehen von dem Licht in der Veranda, das ihm den Weg zur Haustür erhellte, war es stockfinster.

Sein letzter Hausbesuch hatte ihn zu einer ungewöhnlichen Patientin geführt. Mrs. Gross war eine Witwe von über siebzig Jahren, die darauf bestand, Amelia genannt zu werden. Ihre Farm umfasste einhundertzwanzig über die Hügel um Bindi Creek verteilte Hektar Land, die sie ohne Hilfe über Wasser zu halten versuchte. Und mit schwindender Gesundheit: Sie hatte ein chronisches Emphysem und ein Geschwür an ihrem rechten Bein, das nicht verheilen wollte. Ihre Tochter und ihre zwei Söhne hatten die Farm schon vor Jahren verlassen, und nachdem ihr Mann vor zwei Jahren gestorben war, beharrte sie darauf, dass sie allein zurecht kam.

Wieder einmal hatte er ihr gesagt, dass es zu viel für sie war, sich um hundertfünfzig Schafe, einige Rinder, zwei Hektar Raps und eine kleine Pfirsichplantage zu kümmern. Aber Amelia war äußerst starrköpfig. Sie wollte nichts davon hören und bezahlte für seinen Besuch statt mit Geld mit einer Kiste voll frischem Gemüse aus ihrem Garten, einer Lammkeule und zwei gerupften, bratfertigen Hühnern, was Jason ohne Einwände angenommen hatte.

Die d'Winters brauchten nicht fürchten, jemals verhungern zu müssen. Jede Woche zahlten ein oder zwei Patienten für die ärztlichen Leistungen in Naturalien statt mit Bargeld, weil sie häufig nicht einen einzigen Dollar übrig hatten. Nach einem halben Jahr in Bindi Creek wussten Jason und Brooke, dass für viele der Kampf um den Landerhalt sehr hart war. Bei einigen hing die Existenz am seidenen Faden, sie lebten bis zur Ernte oder bis der Scheck für ihre Wolle eintraf, auf Kredit. Andere lebten von Woche zu Woche und kratzten zusammen, was sie konnten. Als Jason vor fünfzehn, sechzehn Jahren Carcoar verlassen hatte, waren die Verhältnisse noch anders gewesen. Damals gab es Wohlstand und Wohlbefinden in der ganzen Gegend.

Nach einigen Minuten gab Jason sich einen Stoß und stieg aus, griff die Waren von Mrs. Gross und ging ins dunkle Haus. Er verstaute gerade die Lebensmittel, als Brooke in Morgenmantel und Pantoffeln mit schwerem Schritt in die Küche wankte. Er sah ihre Blässe und die Ringe unter ihren Augen, als ob sie schlecht geschlafen hätte. Und er wusste, dass es so war: Die Schwangerschaft machte ihr sehr zu schaffen, ganz anders als damals, als sie die Zwillinge erwartete und alles völlig normal verfiel – abgesehen von dem Zwischenfall mit der Kniescheibe.

»Tut mir leid, dass ich dich geweckt habe, mein Schatz.« Er zeigte auf die Kiste. »Mit den besten Empfehlungen von Amelia.«

»Du kommst spät. Ich fing gerade an, mir Sorgen zu machen.« Sie sah auf die Küchenuhr. Es war bereits halb zehn. »Gab es Probleme bei Mrs. Gross?«

»Probleme – ja. Die Frau ist so störrisch wie …« Er zog eine Grimasse und beendete den Satz nicht. »Die Farm wächst ihr über den Kopf. Sie sollte sie verkaufen oder sich jemanden suchen, der die Arbeit für sie macht. Sie ist fünfundsiebzig und denkt, sie hat noch genauso viel Kraft wie mit fünfundvierzig.« Er dachte einen Moment nach. »Vielleicht sollte ich einem der Söhne Bescheid geben? Der Älteste, Felix, lebt doch in Canowindra, oder?«

»Ich glaube nicht, dass Mrs. Gross dir danken würde«, sagte Brooke, rieb sich ihren schwellenden Bauch und kämpfte gleichzeitig mit einer aufsteigenden Übelkeit. Sie war jetzt in der Mitte des siebten Monats der Schwangerschaft und sollte über die Übelkeitsphase längst hinweg sein, aber immer wieder wurde ihr schlecht, am Tag und in der Nacht. »Die Frau lebt auf dieser Farm, seit sie geheiratet hat. Sie hat ihre Kinder dort bekommen und ist dort mit ihrem Ehemann alt geworden. Es ist der einzige Ort, an dem sie sich richtig auskennt. Wir wissen, dass es zu viel für sie ist, aber ich denke, du würdest feststellen, dass ihre Kinder sich dazu entschlossen haben, sie dort zu lassen, bis sie auch die einfachsten Dinge nicht mehr erledigen kann oder ..«, sie sprach die letzten Worte nicht aus, aber es war klar, was sie meinte ... *bis sie stirbt.*

Aus Jasons Kehle kam ein tiefes, brummendes Geräusch, das ein Seufzer sein sollte. »Wahrscheinlich hast du Recht. Dort ist ihr alles vertraut. Sie kann es sich sicher nicht leisten, jemanden einzustellen, und ich weiß, dass ihre Familie hilft, so gut sie kann. Es erscheint mir nur nicht richtig, krank und völlig allein zu sein.«

Er war wirklich ein feinfühliger Mensch, einer, der sich um seine Patienten kümmerte, dachte Brooke. Sie drückte den Startknopf der Mikrowelle, um ihm seine Portion Auflauf, den sie vor einigen Stunden mit den Zwillingen zum Abendessen gegessen hatte, aufzuwärmen. »Du kannst nicht jedes Gefecht gewinnen, das weißt du doch«, sagte sie in ihrer vernünftigen Art. »Aber du kannst versuchen zu helfen, wo immer es geht.«

»Ah, weitere Perlen der Weisheit, die meine Frau vor mir ausschüttet. Ich werde sie mir demnächst aufschreiben müssen.« Er küsste sie auf die Stirn und nahm sie vorsichtig in die Arme. »Geh wieder ins Bett, du brauchst deine Ruhe.«

»Mein Rücken und mein linkes Bein tun weh. Das Baby muss auf einen Nerv drücken. Ich kann nicht schlafen, darum bin ich aufgestanden.« Sie lächelte zu ihm hoch. »Heute Abend ging es mir nicht gut, aber die Zwillinge waren toll. Adam hat mich aufs Sofa geschickt und mir ein Kissen unter den Kopf gelegt, und Luke hat eine Decke über mir ausgebreitet. Sie waren so süß.«

»Sie sind liebe Kinder«, sagte Jason lächelnd und setzte sich mit seinem Abendessen an den Tisch. Er hatte befürchtet, zu müde zum Essen zu sein, aber der köstliche Duft des Auflaufs stieg ihm in die Nase und stimulierte seinen schwachen Appetit. »Leg dich wieder hin, Liebling. Wenn ich fertig gegessen habe, komm ich zu dir und massiere dir den Rücken. Das hilft dir doch immer.«

Sie lächelte ihn dankbar an. »Ich warte oben auf dich.«

Das Glück schlug zu in Form von Amelias Enkel Craig Marcioni. Eine Woche nach Jasons Besuch erzählte Jean ihnen, dass Craig bei Mrs. Gross bleiben und ihr zur Hand gehen würde. Der Teenager sollte ihr die Arbeit so weit es ging abnehmen.

»Ich kenne die Marcionis«, sagte Jean. »Ich habe ihnen geholfen, Craigs Mutter zu pflegen, als sie vor zwei Jahren einen Herzinfarkt hatte. Ich habe Craig damals oft gesehen, und – entschuldigt meine direkte Sprache – mit sechzehn war Craig ein Arschloch.«

»Inwiefern?«, wollte Brooke wissen, als sie zu dritt in Jasons Wartezimmer standen.

»Man hatte ihn gerade aus der Highschool hinausgeworfen, weil er bei den Prüfungen betrogen hatte, als ihn die Polizei in Cowra festnehmen musste, weil er sich betrunken danebenbenommen hat.« Ihr Gesichtsausdruck spiegelte ihre Empörung wider. »Der Junge bedeutet Ärger, außerdem sieht er viel zu gut aus. Seine Eltern haben ihn verzogen, ihm zu viel Freiheiten gewährt. Craig war als der böse Junge der Nachbarschaft verschrien, und er hat diesen Ruf geliebt. Seine Clique hat ihn respektiert, und die Mädchen liefen ihm scharenweise nach, diese dummen Hühner.«

»Und wie soll so einer eine Hilfe für Amelia sein?«, wollte Brooke wissen.

»Oh, ich habe überhaupt keine Zweifel daran, dass er seine Großmutter liebt«, sagte Jean. »Im Grunde ist sie die Einzige, die Einfluss auf ihn hat. Wenn sie es nicht schafft, Craig auf den rechten Weg zu bringen, dann keiner.«

Jean seufzte und schüttelte verzweifelt den Kopf. »Sein letzter Coup – kurz bevor ihr hergezogen seid – war, dass er mit Speed in der Tasche festgenommen wurde. Die Polizei fand einen Vorrat Amphetamine bei ihm.« Sie rollte bedeutungsvoll mit den Augen. »Natürlich gab er an, dass er nur für einen Freund auf die Drogen aufgepasst hätte, aber es ist offensichtlich, dass der Junge sich in übler Gesellschaft befindet. Das Gericht hat ihm eine Bewährungsstrafe von zwölf Monaten aufgebrummt, und die Polizei behält ihn im Auge, habe ich gehört.«

»Können seine Eltern denn nicht eingreifen?«, Jason

fragte sich langsam, ob seine Patientin ohne ihren Enkel vielleicht besser dran wäre.

»Luigi, sein Vater, hat ein hitziges Temperament. Man erzählt sich, dass er versucht hat, seinem Sohn ein besseres Benehmen einzuprügeln. Offenbar ohne Erfolg. Helga, seine Frau, naja, ich habe selbst gesehen, wie sie den Jungen verzieht. Er ist ihr einziger Sohn. Seit frühester Jugend ist Craig immer so davongekommen, und jetzt muss die ganze Familie dafür zahlen.«

»Arme Amelia«, murmelte Brooke kopfschüttelnd.

»Es gibt bestimmt auch eine gute Seite daran«, sagte Jason. »Vielleicht wird es ihn positiv verändern, wenn er seiner Großmutter hilft.« Seine Worte drückten einen Optimismus aus, den er in Wahrheit nicht hatte.

Da keine Patienten mehr in der Praxis waren, nahm Jean ihre Tasche und Jacke. »Wir werden sehen, aber ich erwarte nicht allzu viel von ihm«, sagte sie und machte sich zum Gehen bereit. »Oh, fast hätte ich es vergessen. Wes Sinclair rief an. Er sagte, er würde am Sonntag kommen, um euch beim Aufräumen der unteren Koppel zu helfen, die zum Fluss hin. Er sagte etwas über Zaun reparieren und Weinranken vor dem Stall und Schuppen entfernen.«

»Super. Wes hat mir seine Hilfe zugesagt, wenn er mal einen Tag frei hat.« Jason grinste jungenhaft. Ohne Hilfe würde er Wochen brauchen, die hintere Koppel in einen auch nur entfernt ordentlichen Zustand zu bringen. Wenn sein Freund ihm nun zur Hand ging, könnten sie den Großteil der Arbeit sogar an einem Tag schaffen.

Brooke protestierte. »Das ist aber nicht sehr fair gegenüber Wes. Seine riesige Farm lässt ihm selten einen freien Tag. Seine Freizeit sollte er lieber mit Fleece und Drew verbringen.«

»Ich glaube, sie wollen mitkommen und helfen«, sagte Jean mit einem trockenen Lächeln und ging zur Tür. »Bis Montag.«

Jason ging ins Sprechzimmer, um aufzuräumen. Brooke hörte die Zwillinge durchs Haus rennen. Natürlich nutzten sie es aus, dass Brooke sie nicht beaufsichtigte und spielten etwas Rowdyhaftes. Schnell sortierte sie die Patientenkarten ein und ging, um nach dem Rechten zu sehen. Als sie durch den Flur lief, wurde sie von einem Schwindelgefühl überwältigt. Sie blinzelte, versuchte ihren Blick zu fokussieren und schaffte es nicht. Mit den Händen stützte sie sich an den Wänden ab, um nicht zu fallen. Sie wartete ab, bis der Schwindel nachließ, bevor sie weiterging. Als sie im Wohnzimmer ankam, wurde sie von einem noch stärkeren Anfall fast umgeworfen. Sie hielt sich an der Rücklehne des Sofas fest, fühlte, wie ihre Knie nachgaben und der Raum anfing, sich immer schneller um sie herum zu drehen. Was geschah nur mit ihr? Gerade war noch alles in Ordnung gewesen!

»Adam! Luke!« Sie rief ihre Jungs herbei.

Adam erschien als Erster, wie üblich. »Was ist denn, Mummy?«

»Mir geht es nicht gut. Hol Daddy her.« Ihr Kopf drehte sich schneller und schneller. Sie merkte, wie ihr die Galle hochkam. Sie fühlte Stiche im Unterleib – oder bildete sie sich das nur ein? Sie legte ihre freie Hand schützend auf ihren Leib. Wehen? Nein, dafür war es zu früh.

»Mummy ist krank«, sagte Luke und tätschelte ihren Arm. »Macht das Baby dich krank, Mummy?« Er schüttelte den dunklen Kopf, seine braunen Augen waren groß vor Sorge. »Ungezogenes Baby.«

Sie wollte über seine kindliche Ansicht lächeln, konnte aber die Kraft dafür nicht aufbringen. »Das Baby kann nichts dafür, Schatz. Es ist n-nur…« Oh nein, sie fiel gleich in Ohnmacht!

Jason fing sie in ihrem Fall auf. Er hob sie hoch und legte sie aufs Sofa. Als sie einige Minuten später wieder zu sich kam, hatte er schon ihren Blutdruck gemessen, sie untersucht und ins Bett gebracht.

»Es ist alles gut. Du hast keine Blutung, die Fruchtblase ist auch nicht geplatzt. Ich kann keine Wehentätigkeit erkennen, und das Kind liegt noch in Steißlage. Dein Blutdruck ist allerdings viel zu hoch.« Er strich ihre federfeinen Haare aus dem Gesicht und streichelte sanft ihre Wange. »Du, mein liebes Weib, wirst dich jetzt etwas schonen müssen.«

»Aber… das kann ich nicht. Die Zwillinge… die Praxis. Wir haben zu viel zu tun.«

»Das können andere für dich erledigen«, versicherte er ihr und legte die Hand auf ihren ausgedehnten Bauch. »Das Wichtigste ist jetzt unser Baby und dass es die beste Chance erhält, gesund und munter geboren zu werden. Ich rufe Eric Lawry im Krankenhaus in Cowra an und frage ihn um Rat. Ich bin mir sicher, dass auch er dir Ruhe verordnen wird.« Er küsste ihre Stirn. »Merkst du, wie still es ist? Die Jungs machen sich Sorgen um dich. Ich habe ihnen gesagt, du bräuchtest Ruhe und Frieden. Ich schicke sie jetzt rein, aber lass sie nicht auf dem Bett springen oder toben.« Seine Stimme klang ungewöhnlich streng. »Du musst dich jetzt ausruhen, Brooke, das ist ein Befehl.«

Wie sich herausstellte, schafften es die d'Winters, sich ganz gut durchzuwursteln. Jean King vertrat Brooke in der Praxis, und für das medizinische Zentrum engagierten sie eine junge, verheiratete Frau, die auf Arbeitssuche war, um Jeans Aufgaben dort zu übernehmen. Jean kümmerte sich auch um den Haushalt der d'Winters, erledigte die ein oder andere Arbeit, zu der Jason nicht kam, und leitete die Zwillinge an, kleinere Pflichten zu übernehmen, da sie nun fast fünf Jahre alt waren und nächstes Jahr mit der Schule beginnen würden. Sie kam morgens sogar früh genug, um die Jungs zur Tagesbetreuung zu fahren, und organisierte den Rücktransport mit einer der anderen Mütter.

Wie in den meisten Kleinstädten war es auch in Bindi Creek ziemlich unmöglich, ein Geheimnis zu bewahren. Die Einwohner wussten bald über die Situation im d'Winters-Haushalt Bescheid und als Anerkennung dafür, dass Brooke und Jason es fast im Alleingang geschafft hatten, neuen Wind in ihre Stadt zu bringen, kamen sie, um ihnen zu helfen. Lebensmittellieferungen wurden organisiert, abwechselnd wurde das Abendessen der d'Winters gekocht und geliefert, so dass Jason das Essen nur noch aufzuwärmen brauchte. Ihre nächste Nachbarin, Jan Stewart, bestand darauf, sich um ihre Wäsche zu kümmern. Jason hatte bei ihr frühzeitig die Anzeichen für Brustkrebs erkannt, der anschließend erfolgreich behandelt werden konnte. Jetzt war sie froh, sich durch ihre Hilfe in schwierigen Zeiten bei den d'Winters zu revanchieren.

Greg, Jeans Sohn, mähte den Rasen und kümmerte sich um den neuen Gemüsegarten, den Brooke angelegt hatte.

Sogar Dr. Eric Lawry, Oberarzt der pränatalen Klinik in Cowra, kam, um sich Brookes Zustand anzusehen, zu einem Hausbesuch, was man bis zu dem Tag noch nicht erlebt hatte.

Als er fertig war, traf er sich mit Jason in dessen Praxis und sprach mit ihm über seinen Befund.

»Das ist keine leichte Schwangerschaft für Brooke«, sagte Eric und wiederholte damit, was beide wussten. »Ich würde empfehlen, dass es die letzte ist. Sie ist eine gesunde Frau, aber meiner Ansicht nach nicht robust genug, um noch mehr Schwangerschaften zu überstehen.«

Jason stimmte ihm nickend zu. »Was ist mit dem Blutdruck?«

»Ich will Ihnen nichts vormachen, der Blutdruck ist besorgniserregend. Es ist zu Wasseransammlungen gekommen, und es besteht eine leichte Schwangerschaftsvergiftung.« Er sah Jason einen Moment prüfend an und sagte dann geradeheraus: »Ich will vermeiden, dass sich das zu einer Präeklampsie, einem Krampfanfall, auswächst. Ich hoffe, dass wir durch Bettruhe die Situation unter Kontrolle bekommen. Wenn nicht, kann es sein, dass ich das Baby per Kaiserschnitt holen muss, um zu verhindern, dass Brooke einen Krampfanfall bekommt.«

»Wäre sie im Krankenhaus nicht besser aufgehoben?«

»Wäre sie, aber ich habe meine Zweifel, ob wir sie momentan davon überzeugen könnten, dorthin zu gehen«, sagte Eric mit grimmigem Lächeln. Er kannte seine Patientin gut. »Brooke befindet sich im letzten Drittel der Schwangerschaft. Wenn sie sich jetzt an die Anweisungen hält und sich die Symptome verringern, kann sie es bis zum Schluss schaffen. Jason, Sie werden sie die ganze Zeit beobachten müssen.«

»Ich weiß. Und ich habe eine starke Verbündete in meiner Arzthelferin Jean King. Sie mag Brooke sehr gerne. Manchmal wirkt sie fast wie ein ehemaliger Armeeausbilder, aber Brooke hält sich an das, was sie sagt.«

»Das ist gut«, sagte Eric und nickte beifällig. »Dann hoffe ich, dass wir vier es zusammen schaffen, diese Schwangerschaft zu einem glücklichen Ende zu bringen.«

Er ließ seinen Blick durch die Praxis schweifen und bemerkte, dass sie modern eingerichtet und gepflegt war.

»Und – wie läuft die Praxis?« Er sah Jason belustigt an. »Ehrlich gesagt hatten einige Ärzte in Cowra eine Wette darauf laufen, dass Sie noch nicht einmal ein Jahr bleiben würden.«

Jason grinste zufrieden, er kannte die Geschichte schon, wie üblich war sie zu ihm über die Flüsterpost gelangt, über die Neuigkeiten auf dem Lande verbreitet werden. »Wir sind jetzt über dreizehn Monate hier. Und soweit es die Praxis betrifft, kann ich Ihnen versichern, dass es hier mehr Arbeit gibt, als einer erledigen kann.«

»Wie viele Stunden in der Woche?«

»Manchmal vierzig bis fünfzig, und die Hausbesuche kommen noch dazu.«

Eric zog kopfschüttelnd eine Grimasse. »Sie haben eine masochistische Ader.« Er sah sich Jason von Kopf bis Fuß an, stellte fest, wie fit er aussah und fügte hinzu. »Aber es scheint Ihnen nicht schlecht zu bekommen.«

»Ich liebe das Leben hier, und Brooke geht es genauso. Die Mittwochnachmittage halte ich mir immer für die Jungs frei, damit wir etwas zusammen unternehmen können. Dann gehen wir angeln oder zum Buschwandern oder auf Entdeckungstour. Haben Sie die Triumph unter dem Carport gesehen? Ich nehme sie für Hausbesuche. Sie ist wirtschaftlicher und«, er zwinkerte Eric zu, »macht auch mehr Spaß als ein Auto. Ich halte überall Ausschau nach einem Beiwagen, damit ich mit den Zwillingen Ausflüge machen kann.«

Jason wusste, dass Eric Lawry im Krankenhaus in dem Ruf stand, ein sehr ernsthafter Mann zu sein, so dass dessen plötzliches Kichern ihn überraschte.

»Klingt, als ob Sie es geschafft hätten. Ich wünsche Ihnen viel Glück und Brooke natürlich auch.« Damit stand er auf. »Ich muss mich auf den Weg machen. Sie halten mich auf dem Laufenden, ja? Ich möchte über jede noch so kleine Veränderung bei Brooke informiert werden.«

»Natürlich.«

Jason sah dem Arzt in seinem allradgetriebenen Auto hinterher und bemerkte neidlos, dass es das neueste Modell war. Dann machte er sich auf den Weg zu Brooke, damit ihr Blutdruck nicht noch weiter anstieg, weil sie so ungeduldig war, zu erfahren, was sie besprochen hatten.

Pünktlich um halb acht am Sonntagmorgen klopfte Wes Sinclair bei den d'Winters an.

Brooke, die im Bett saß und gelangweilt die Sonntagszeitung durchblätterte, hörte ihrem Gespräch zu, während er und Jason durch den Flur schlenderten.

»Du brauchst ja nicht schon zum Frühstück hier aufzukreuzen, Kumpel«, neckte Jason ihn freundlich.

»War auch nicht meine Absicht. Da ich wusste, dass du es machen würdest, habe ich schon zu Hause gegessen«, konterte Wes.

»Wo sind die Kinder? Wollten Fleece und Drew doch nicht mitkommen?«

»Doch, aber sie reiten her. Drew hat ein neues Pferd, das er den Zwillingen zeigen möchte. Sie sollten in ungefähr einer Stunde hier sein.«

Brooke lächelte immer noch über ihre ruppige, kameradschaftliche Art, miteinander umzugehen, als Wes seinen Kopf zur Tür hereinstreckte.

»Dachte, ich sag mal Hallo. Wie geht's dir?«

Sie zuckte mit den Schultern. In den letzten Monaten hatte sie sich an Wes' kurz angebundene und direkte Art gewöhnt. Sie hielt zwar eine gewisse Distanz zwischen sich und ihm, aber sie hatte ihn als Freund der Familie akzeptiert. »Mir ist langweilig, aber ich gewöhn mich langsam dran«, sagte sie mit liebenswerter Ehrlichkeit.

»Langweilig! Was für ein Witz. Glaub ihr kein Wort, Wes, sie will nur alle Aufmerksamkeit auf sich ziehen. Die ganze Zeit rennen hier Leute rein und raus, machen ihr eine Tasse Tee nach der anderen, verwöhnen sie bis zum Abwinken und erledigen alle möglichen Arbeiten für uns. Ich sag dir, wenn das Baby erst mal da ist, wird Brooke keinen Finger mehr rühren wollen.«

»Lügner.« Als Antwort nahm Brooke ein kleines Kissen vom Bett und warf es nach ihm.

Wes fing es auf und warf es seinerseits zu Jason. »Solltest du nicht lieber nett zu ihr sein, damit ihr Blutdruck nicht wieder ansteigt?«, fragte er Jason.

»Was glaubst du denn, wer sie so verwöhnt?«, sagte er, und Stolz schwang in seiner Stimme. »Ich.«

»Oh, bitte, du brichst mir das Herz«, entgegnete sie lachend. Und dann: »Da wir gerade von Tee sprechen, mir wäre danach. Und wo sind überhaupt die Zwillinge?«

»Bis vor ein paar Minuten haben sie noch geschlafen, Gott sei Dank.« Jason legte den Kopf schief. »Aber ich glaube, ich höre sie gerade rumoren.«

»Ich komm später noch mal, Brooke«, sagte Wes. »Nina hat mir was fürs Mittagessen mitgegeben. Ich habe alles für ein Barbecue dabei und zum Nachtisch eine riesige Schüssel Obstsalat.«

Brooke schaffte ein Lächeln und hoffte, dass die Männer nicht merkten, wie gezwungen es war. Um sechs Uhr war sie mit einer Übelkeit aufgewacht, die immer noch anhielt. Ihre Hoffnung lag auf dem Tee und darauf, dass er ihren Magen beruhigen würde. »Vielleicht gewöhn ich mich doch noch an so ein Leben«, rief sie den Männern hinterher.

Nachdem Jason, Wes und die Zwillinge das Haus zum Arbeiten verlassen hatten, war es ruhig. So ruhig, dass sie ihren eigenen Herzschlag hören konnte, wenn sie sich anstrengte. Sie nahm außerdem kleine, unangenehme Krämpfe in ihrem Unterleib wahr. Anscheinend saß das Baby tief, als ob sein Kopf eingeklemmt sei, und seit einer Woche kamen und gingen die Krämpfe. Sie hatte mit Eric Lawry darüber gesprochen, der ihr versicherte, dass das völlig normal war und sie sich keine Sorgen machen sollte. Aber sie *war* besorgt. Es war schwierig, Jason die Situation zu beschreiben. Einige Male hatte sie es versucht, war sich aber nicht sicher, ob er verstanden hatte, dass sich etwas *nicht richtig* anfühlte. Das Baby, das normalerweise aktiv war und Spaß daran hatte, Saltos zu schlagen, war in den letzten zwei Tagen verdächtig träge gewesen. Außerdem verschwand das schwere, ziehende Gefühl nicht aus ihrer Magengrube.

Sollte sie Jean rufen? Sie war eine erfahrene Hebamme, die schon Dutzende von Babys auf die Welt gebracht hatte. Ach nein, sie würde Jean nicht unnötig beunruhigen, besonders nicht an einem Sonntag, ihrem einzigen freien Tag. Sie beschloss, die Augen zu schließen und sich eine Weile auszuruhen.

Brooke bemerkte nicht, dass etwa eine Stunde später Fleece auf Zehenspitzen ins Schlafzimmer schlich, um sie zu besuchen. Auch sah sie nicht, wie Fleece sie für einige Zeit fürsorglich betrachtete, bevor sie, offenbar zufrieden mit dem, was sie gesehen hatte, den leeren Teebecher mitnahm und in die Küche zurückging.

In Brookes Schlaf ging ein Traum in den nächsten über. Angenehme Träume und seltsame Träume, aber sogar in diesem unbewussten Zustand war ihr klar, dass ihr Körper auf einen eigenartigen, uralten Reiz reagierte – einen, der von der Natur bestimmt wurde. Sie wälzte sich hin und her und warf alles außer der dünnen Decke von sich, bis sie schließlich erwachte, weil der Schmerz tief in ihr stärker wurde.

Als sie die Augen öffnete, blinzelte sie einige Male, und hielt ihren Blick auf die Schlafzimmermöbel gerichtet. Oh Gott, fühlte sie sich schrecklich – so erschöpft, obwohl sie nichts gemacht hatte außer Ausruhen. Sie fühlte Schmerzen. Erst nur dumpf, doch dann entwickelten sie sich mit einem Crescendo zu Stichen im Bauch. Vor Schreck schnappte sie nach Luft. Einige Minuten später folgte eine weitere Schmerzattacke, ähnlich stark. Sie warf auch noch die Decke ab und richtete sich halb auf. Sie war nass, und das Bett auch. Wasserflecken breiteten sich aus und sickerten in die Matratze. Ihre Fruchtblase war geplatzt!

Erneut durchzuckte sie der Schmerz, sie schrie laut auf und konnte die Symptome nicht länger verleugnen: Das Baby kam.

Noch nicht. Es ist zu früh! Oh, bitte, Gott. Noch nicht!

11

Brooke kämpfte darum, in dieser behaglichen Zwischenwelt zu bleiben, in der man noch nicht ganz wach ist, aber auch nicht mehr schläft. Während ihr Geist immer klarer wurde, durchlebte sie innerlich noch einmal die Panik, die sie ergriffen hatte, als sie, das Laken um sich herumgewickelt, zur Hintertür getaumelt war und nach Jason gerufen hatte. Fleece hatte sie als Erste gesehen und die anderen alarmiert. Innerhalb von Minuten lag sie auf Jasons Untersuchungsliege, sah und hörte ihm zu, wie er mit Eric Lawry telefonierte.

»Alles wird gut, Liebling«, hatte er versucht, sie zu beruhigen. »Der Rettungswagen ist auf dem Weg hierher, und Wes nimmt die Zwillinge mit nach Sindalee. Entspann dich. Mach dir keine Sorgen.«

Mach dir keine Sorgen!

Während sie von Rücken- und Unterleibsschmerzen gequält wurde und eine furchtbare Angst empfand, war Sorgenmachen genau das, was sie tat. Sie steigerte sich in eine blinde Panik hinein. Sie hatte Wehen, aber es war noch zu früh. Bis zum Geburtstermin fehlten acht Wochen. Wenn das Baby jetzt geboren würde, könnte es noch nicht vollständig entwickelt sein. Es könnte sterben.

Sie erinnerte sich an die Fahrt mit dem Rettungswagen: holprig, schnell, medizinische Geräte, allgemeine Hektik. Wie die Sirene erklang, als sie die Stadtgrenze von Cowra erreicht hatten. Und wie Jason, der ihre Hand hielt, leise mit ihr sprach und versuchte, ihr die stetig wachsende Angst zu nehmen.

Während der Fahrt kamen die Kontraktionen regelmäßig und wurden stärker. Sie erinnerte sich an Dr. Eric Lawry in der Notaufnahme.

Nach einer kurzen Untersuchung hatte Eric gesagt: »Brooke, Ihr Muttermund ist bereits um dreieinhalb Zentimeter erweitert. Ich versuche, die Wehentätigkeit durch eine Ventolin-Infusion zu stoppen. Wenn der Muttermund sich nach einer Stunde nicht weiter geöffnet hat, könnten wir die Situation wieder unter Kontrolle bekommen.«

»Und wenn nicht?«, fragte sie. Sie musste es wissen.

Er tätschelte aufmunternd ihren Arm. »Darüber machen wir uns Sorgen, wenn es so weit ist. Ihr Blutdruck ist sehr hoch, es ist also wichtig, dass Sie sich entspannen. Sie lasse Sie auf die Wöchnerinnenstation bringen, und wenn Sie es sich dort gemütlich gemacht haben, werde ich Ihnen über eine Maske Lachgas geben, um die Wehen dadurch zu unterdrücken. Verstehen Sie?«

Sie nickte und lächelte zittrig, bevor ein Krankenpfleger sie in ihrem Rollstuhl den Flur entlangrollte.

»Sind Sie wach, Mrs. d'Winters?« Die geisterhafte Stimme einer Krankenschwester wehte von sehr weit weg zu ihr her.

Nein. Sie wollte nicht wach sein. Es war besser, in diesem Dämmerzustand zu sein, nicht wach, aber auch nicht schlafend. Hier fühlte sie sich wie in einem Kokon, ganz sicher. Hier erschien ihr der Horror, der sich auf der Wöchnerinnenstation zugetragen hatte, wie ein schlechter Traum. Eine Blutung hatte eingesetzt, und sie wurde eiligst in den OP gebracht. Eric war schon dort, um ihr zu sagen, dass er einen Notkaiserschnitt machen müsse wegen der Blutung und weil er Angst hätte, sie könnte sonst einen Anfall bekommen. Da sie anästhesiert worden war, hatte sie den ersten Schrei ihres Babys nicht hören können, aber sie hatte auch keinen erwartet. Es war zu früh gewesen, und man brauchte nicht allzu sehr in der Geburtskunde bewandert zu sein, um das wissen.

Ihr Baby …! Sie hatte auf ein Mädchen gehofft, aber sie hätte sich genauso über einen Jungen gefreut. Sie hatten bereits Namen ausgesucht: Sheridan Ann oder Jordan Marc. Aber was spielte das jetzt noch für eine Rolle? Ihr Baby, das Baby von Jason, es war tot. Dennoch war es nicht so schlimm, wenn sie es schaffte, in diesem schwebenden Zustand zu bleiben. Nur noch ein bisschen.

»Komm schon, Brooke, wach jetzt auf.«

Jasons Stimme! Sie kämpfte gegen das Aufwachen an, nein, sie wollte es nicht.

Er ließ sich nicht beirren. »Komm schon, Schatz, mach die Augen auf. Wir haben eine süße kleine Tochter.«

Sie glaubte ihm nicht, das sagte er nur, damit endlich eine Reaktion von ihr kam. Er klang müde, als ob er im Stehen einschlafen könne. Verschwommen erinnerte sie sich daran, dass er auch im OP gewesen war, um zuzuschauen. Na, sie würde keinesfalls auf seine List hereinfallen.

»Du lügst. Geh weg«, murmelte sie benommen. »Ich weiß, dass unser Baby tot ist. Es ist grausam von dir, mir etwas vorzumachen.«

»Brooke … jetzt mach endlich, wach auf. Beim Leben unserer Jungs, es ist wahr.« Die Emotionen ließen seine Stimme brechen. »Ein kleines Mädchen, und ich meine *wirklich klein*. Sie wiegt keine zwei Kilo, aber Eric sagt, dass sie stark ist, ihre lebenswichtigen Organe sind gut entwickelt. Sie liegt in einem Brutkasten und es geht ihr gut. Liebling, wirklich. Du kannst nicht die ganze Zeit Dornröschen spielen.« Sein Ton war jetzt strenger. »Wach jetzt auf. Das Baby wird per Hubschrauber nach Sydney in die Intensivstation gebracht. Wahrscheinlich muss sie nur ein paar Tage dort bleiben. Willst du sie nicht sehen, bevor sie weg muss?«

Brooke starrte ihn aus weit geöffneten Augen an. Sie war sich sicher, dass sein Gesichtsausdruck ihr verraten würde, ob er log oder nicht. Furchen der Erschöpfung zogen sich von den Augen aus durch sein Gesicht, seine Mundwinkel waren verkniffen, er war zu müde, um sich ein Lächeln abzuringen. Ganz tief tauchte sie in seine Augen ein und hielt dabei den Atem an. Sie betete, dass das, was aus ihnen sprach, die Wahrheit war. Seine Augen sagten ihr, dass ihr Baby lebte.

Er nickte und schaffte es, zu lächeln, als er die Hand ergriff, die nicht mit dem Tropf verbunden war. »Unsere Tochter ist kahl wie ein alter Mönch und so dürr, dass man durch sie durchgucken kann, aber sie hat blaue Augen, und sie ist das schönste Mädchen der ganzen Welt«, sagte er sehr sanft, und wieder dachte er ehrfürchtig daran, dass es ein Wunder war, unter solch lebensgefährlichen Bedingungen ein gesundes Kind zu haben. Er legte ihr einen Arm um die Schulter, um ihr beim Aufsitzen zu helfen. »Komm, Liebling, ich möchte, dass du sie siehst, bevor der Luftrettungsdienst sie holt.«

»Sie ist schön?« Brooke flüsterte die Frage, sie wollte so sehr glauben, was er ihr gesagt hatte und traute sich doch kaum. Plötzlich fiel eine unendlich schwere Last von ihr ab. Sie blinzelte ein paarmal, ihre Augenlider hielten ein Meer von Tränen zurück. Sie hatte versucht, sich für die schlimmste aller Nachrichten zu wappnen, ihre Gefühle dafür zu stählen, um mit der Enttäuschung fertig zu werden. Das würde sie jetzt nicht mehr müssen. »Oh, Jason«, weinte sie, als sie die Hände nach ihm ausstreckte.

Sheridan Anne d'Winters blieb eine Woche lang im Prince-of-Wales-Krankenhaus in Sydney, bevor sie für zwei weitere Wochen zurück ins Krankenhaus in Cowra geschickt wurde. Als Dr. Lawry sie mit etwas über zweieinhalb Kilo für groß genug und ausreichend entwickelt ansah, durfte sie nach Hause. Darüber freuten sich alle d'Winters, auch die Zwillinge, die inzwischen zur Schule gingen und neugierig ihre Baby-Schwester erwarteten. Da Brooke das Baby jetzt bei sich hatte, bedeutete das, dass ihre vielen – und viel zu kurzen – Besuche im Krankenhaus in Cowra aufhören konnten. Und Jason konnte sich endlich entspannen, als er sah, welche Verbesserung im Befinden seiner Frau die Ankunft des Babys zu Hause bewirkte.

Sharon Dimarco hielt den Kombi, der zu Minta Downs gehörte, vor der Apotheke in Bindi Creek an und schaltete den Motor aus. Jetzt, am Samstagmorgen war in der Stadt ungewöhnlich viel los, da viele Bewohner der außerhalb liegenden Höfe hergekommen waren, um ihren Einkauf zu erledigen, wie alle vierzehn Tage. Normalerweise würde sie keinen Fuß in das *Kaff* Bindi Creek setzen, aber sie hatte den Apotheker, Vince Gersbach, vor sechs Wochen auf einer Party getroffen und ihn dazu becircen können, einen Vorrat ihrer Lieblingskosmetika zu bestellen. Er hatte schon zweimal auf Minta Downs angerufen, um ihr ausrichten zu lassen, dass ihre Bestellung angekommen war. Also war sie endlich gekommen, um sie abzuholen.

Sie drehte den Rückspiegel so zurecht, dass sie sich darin betrachten konnte, und lächelte bei dem, was sie sah. Sie war wirklich eine Schönheit, aber jetzt trübten sich ihre haselnussbraunen Augen, weil Zweifel sie befielen. Wenn sie so schön war, wieso bemerkte Wes Sinclair es dann nicht? Hochmütig zuckte sie mit den Mundwinkeln. Bei ihrem familiären Hintergrund und ihrem Aussehen könnte sie praktisch jeden Junggesellen im ganzen Bezirk haben. Aber der Einzige, den sie wollte, schenkte ihr schon jahrelang keine Beachtung und hatte nichts übrig für ihre Vorzüge. Eine Welle der Enttäuschung durchlief sie bei dem Gedanken an Wes. Sie hatte sich alle Mühe gegeben, sein Interesse zu wecken, aber er schien in Stein gehauen zu sein!

Seine Kinder waren auch keine große Hilfe. Fleece konnte sie nicht leiden und Drew – na, der war zu still und gehemmt. Und die Zeit blieb nicht stehen. Mit einem Stöhnen dachte sie daran, dass sie in drei Jahren vierzig würde. Fast schon im mittleren Alter. Sharon hatte viel vom ihrem Vater geerbt: Sie war praktisch veranlagt, sie plante gerne, und sie behielt die Zügel in der Hand, aber was Wes anging, so hatte sie verdammt noch mal überhaupt keine Kontrolle über die Sache. Sie kniff die Augen zusammen, während sie noch immer ihr Spiegelbild betrachtete, und dachte über ihr Langzeitproblem nach: Wie brachte sie Wes dazu, sich in sie zu verlieben?

Bisher hatte sie mit nichts Erfolg gehabt. Sie hatte mit ihm geflirtet, sie war das »nette Mädchen von nebenan« gewesen, sie war einfühlsam und verständnisvoll, wenn er gelegentlich über Claudia schimpfte oder sich über Fleeces Widerspenstigkeit beschwerte. Konnte sie überhaupt noch mehr machen als das? Vielleicht war sie zu leicht verfügbar, dachte sie plötzlich. Sie war immer anwesend, wenn er kam, um Hugh zu besuchen, immer bereit, einzuspringen, wenn er in seltenen Fällen eine Begleitung zu einer Party oder einem offiziellen Anlass brauchte. Sie hörte sich immer seine Probleme an.

Sie schob beim Denken ihre Lippen vor. Vielleicht war es an der Zeit, die Taktik zu ändern? Vielleicht sollte sie deutlich machen, dass sie nicht ganz so leicht zu haben war? Ihr Vater hatte kürzlich seine Brieftasche etwas weiter geöffnet und zahlte ihr einen annehmbaren Unterhalt, so dass sie inzwischen einen größeren Handlungsspielraum hatte, sich Gutes zu tun. Sie könnte sich mit anderen Männern verabreden, um möglicherweise einen Funken Eifersucht in ihm zu entfachen. Mit sich zufrieden, lächelte sie über ihren brillanten Plan, dem mangelnden Interesse von Wes den Kampf anzusagen.

Als sie die Apotheke nach ihrem Kosmetikeinkauf wieder verließ, blickte sie die Straße entlang und sah überrascht Wes' Land Rover vor dem Haus der d'Winters' stehen. Vor Ärger presste sie ihren Mund zusammen. Diese Freundschaft zu Jason war ihr ein weiterer Dorn im Auge, weil Wes, obwohl er beruflich doch stark beansprucht war, es immer fertig brachte, sich Zeit für seinen alten Kumpel Jason zu nehmen, um ihm zu helfen, wann immer der mit den Fingern schnippte. Er hatte sogar angefangen, freundlich über Brooke zu sprechen, wo doch jeder wusste, dass er nicht gut auf Frauen zu sprechen war. »Brooke d'Winters ist eine fürsorgliche Mutter und eine fantastische Ehefrau, ein echtes Vorbild in der Gemeinde«, hatte er gesagt. Oh, wie herzergreifend – sie hätte kotzen können.

So missmutig, wie sie sich fühlte, wollte sie in ihren Wagen steigen und wegfahren, als sie einen heruntergekommenen Geländewagen mit einem Pferdeanhänger dahinter sah, der gerade in die Auffahrt der d'Winters' zurücksetzte. Ihre Neugier gewann die Oberhand, und so fuhr sie langsam die Tyrell Road hinauf und hatte ihre braunen Augen fest auf die Vorgänge beim Haus der d'Winters gerichtet.

»Ist schon gut, Mrs. Gross. Ihr Enkel hat richtig gehandelt, als er Sie zur Untersuchung hergebracht hat«, versuchte Jason sie gerade zu besänftigen, als er die mürrische alte Dame aus dem Sprechzimmer führte. In seinen Augen sprach die Tatsache, dass sich Craig Marcioni um Amelias Emphysem und ihre sich verstärkende Atemnot

Sorgen machte, dafür, dass sich der junge Mann trotz seines schlechten Rufes wirklich etwas aus ihr machte.

»Wie geht's ihr, Doc?«, fragte Craig, der sich jeden Einrichtungsgegenstand so genau ansah, als ob er ihn für immer im Gedächtnis behalten wollte. Er legte beschützend einen Arm um seine Großmutter, während er sprach.

»Mrs. Gross' Zustand hat ein Stadium erreicht, in dem ein Beatmungsgerät im Haus notwendig ist. Sie braucht es, wenn sie besonders schwer Luft bekommt. Ich kümmere mich am Montag als Erstes darum.«

Craig nickte, um zu zeigen, dass er verstanden hatte. »Soll ich es hier abholen?«

Jason bemerkte, dass Craig zwar nicht groß war, aber gut gebaut; er hatte schwarze Locken und eine gleichmäßig dunkle Haut wegen seiner italienischen Abstammung. »Ich lasse das Gerät hierherliefern und bringe es dann zur Farm raus, so dass ich euch beiden zeigen kann, wie man es richtig benutzt.«

Craig grinste erleichtert. Er hatte schwarze, glänzende Augen, ein nettes Lächeln, das eine Menge gleichmäßiger, weißer Zähne zeigte. Er lächelte nicht oft. Meistens lag ein eher trotziger Ausdruck in seinem Gesicht. »Danke, Doc, von Großmutter und mir.«

»So ein Aufstand«, wetterte Mrs. Gross, und man hörte ein »dz-dz«, als Craig sie zur Tür brachte. »Ich bin alt. Von mir erwartet man ein wenig Schnaufen und Keuchen, wisst ihr das denn nicht?«

»Aber ja.« Seine Erfahrung mit ihr sagte Jason, dass es ratsamer war, ihr zuzustimmen, als mit ihr zu streiten. Diese Frau war die dickköpfigste Patientin, die er jemals kennengelernt hatte. »Dennoch – lassen Sie Craig die schweren Arbeiten erledigen, Amelia, und Sie werden ein bisschen weniger schnaufen und keuchen.«

Amelia Gross tätschelte die Wange ihres Enkels. »Er ist ein guter Junge, auch wenn er ein wenig zu wild ist und zu schnell Auto fährt.«

»Nonna!«

»Doch, das machst du«, wiederholte sie starrköpfig und wedelte mit dem Zeigefinger in seine Richtung.

Vor Verlegenheit wurde Craig rot und führte sie nach einem Winken in Jasons Richtung aus dem Wartezimmer.

Damit war die Morgensprechstunde vorüber, und Jason stieß einen Seufzer der Erleichterung aus. Vorhin hatte Brooke bei ihm reingeschaut, um ihm zu sagen, dass Wes in der Küche einen Kaffee trank und auf ihn wartete. Dieses Mal wollten sie einen Hühnerstall mit Auslauf im hinteren Teil des Grundstücks bauen, obwohl Brooke anfangs dagegen war. Sie hatte Angst vor Läusen und dergleichen gehabt. Jason hatte sie davon überzeugt, dass es den Jungs guttun würde, sich um das Gehege zu kümmern. Es würde ihre Verantwortung sein, die Hühner zu füttern und ihnen Wasser zu bringen. Auch das Einsammeln der Eier gehörte zu ihren Pflichten, obwohl – und hier kicherte er wissend – die meiste Arbeit sicher Luke zufallen würde, der verantwortungsbewusster als sein älterer Zwilling war. Adam entwickelte sich zu einem echten Rabauken, immer war er unterwegs, wollte alles untersuchen und erkannte nie eine Gefahr. In seinem jungen Leben hatte Adam schon zweimal eine Gehirnerschütterung gehabt, einen gebrochenen Arm, einen verstauchten Fuß, so viele Schnittwunden und Prellungen, dass man sie unmöglich zählen konnte, und eine ernsthafte Bronchitis. Luke für seinen Teil hatte eine unverwüstliche Gesundheit und blieb relativ unversehrt bei seinen eigenen kleinen Abenteuern.

Zwei dunkelhaarige Fünfjährige stürmten in das Wartezimmer.

»Hallo, Daddy!« Adams Stimme zitterte vor Aufregung. »Nathan Stephanos und sein Vater sind hier und wollen mit dir sprechen. Sie haben einen Pferdeanhänger an ihrem Geländewagen ...«

»... mit einem Pferd darin«, beendete Luke den Satz des Bruders. Er hüpfte aufgeregt von einem Fuß auf den anderen.

Jason sah entsprechend überrascht aus. »Na, dann wollen wir besser mal gucken, was es damit auf sich hat, oder?«

Er trieb die Jungs vor sich her erst zur vorderen Veranda und dann auf die Seite des Hauses, wo Ric und Nathan Stephanos, Wes und Brooke zusammenstanden.

»Also, was macht ihr denn alle hier?« Während Jason sich erkundigte, kletterten die Zwillinge schon an den Seiten des Anhängers hoch, um einen Blick auf das Pferd zu erhaschen.

»Das ist richtig groß«, verkündete Luke.

»Hi, Jason.« Ric schüttelte ihm die Hand und blickte den Arzt vorwurfsvoll an: »Du hast mir für deinen Einsatz an Nathans Arm nie eine Rechnung geschickt, und das liegt jetzt schon ein Jahr zurück.« Er sah seinen Sohn an. »Zeig dem Doktor, wie gut die Narbe verheilt ist, Nathan.«

Pflichtbewusst schob Nathan seinen Ärmel hoch und zeigte Jason die Narbe, die wie ein zwölf Zentimeter langer Bleistiftstrich aussah.

»Statt auf eine Rechnung zu warten, habe ich mir überlegt, dass Ihre Jungs vielleicht Spaß hieran haben.« Ric zeigte auf den Pferdanhänger. »Das Mädchen hier ist ein Shetlandpony, ausgewachsen. Da es schwarz und weiß gescheckt ist, haben wir es Domino genannt.« Er zwinkerte den Zwillingen zu, die vor lauter Entzücken mit offenem Mund dastanden. »Sie hat genau die richtige Größe, um auf ihr reiten zu lernen.«

»Für uns?«, fragten die Zwillinge gleichzeitig.

»Dürfen wir sie behalten, Daddy?«, fragte Adam, der unverblümtere der beiden.

»Das ist sehr großzügig von dir, Ric. Zu großzügig. Und was das Behalten angeht«, er sah die Zwillinge an, »das hängt von eurer Mutter ab«, und gab damit die Bürde der Entscheidung an Brooke ab.

Brooke sah ihn mit unverhohlenem Ärger an. »Jungs, ich finde, ihr seid im Moment noch etwas zu jung fürs Reiten. Wenn ihr älter seid«, begann sie, wobei sie versuchte, sich nicht so entsetzlich schuldig zu fühlen, als sie in ihre niedergeschlagenen Gesichter blickte. *Reiten.* Sie hatte ja gewusst, dass dieses Thema eines Tages kommen würde, das war klar in dieser Gegend. Aber sie waren doch erst fünf Jahre alt. Sie hatten später noch so viel Zeit, Reiten, Schießen, Jagen zu erlernen, alles Dinge, die für die Leute hier zum Alltag gehörten.

»Nathan hat mit dem Reiten angefangen, als er vier war«, sagte Ric und fuhr mit den Fingern durch Nathans Wuschelhaare. »Es ist am besten, man bringt es ihnen früh bei – das gibt ihnen Vertrauen und ein Gefühl der Verantwortung für das Tier.« Er sah Wes an, der gerade fachmännisch das Pony betrachtete. »Was denkst du, Wes?«

Wes sah Brooke an, bemerkte, wie ernst es ihr war und drehte sich zu Jason um. Als er dessen unschuldigen Blick sah, wusste er, dass sie ihn in die Ecke gedrängt hatten. Was auch immer er dazu sagte, einer wäre auf jeden Fall nicht glücklich damit. Dann sah er die Zwillinge an, deren junge Gesichter ihn erwartungsvoll anstrahlten. Er kannte sie inzwischen ziemlich gut. Luke war der Vernünftige und Adam der, naja, der über Stock und Stein ging und der sich an das Landleben angepasst hatte, als ob er hier geboren worden wäre.

Ohne Brooke anzusehen, sagte er, während er die Mähne des Ponys kraulte: »Meine Antwort wird mich bei einem von euch in Misskredit bringen, aber ich stimme Ric zu. Ein Pony dieser Größe wäre genau das Richtige für die Jungs, vorausgesetzt, sie reiten unter Aufsicht.«

»Ach, und wer soll das wohl sein? Ich kenne mich mit Pferden überhaupt nicht aus, und Jason ist fast immer viel zu beschäftigt.«

»Du kannst nicht reiten?«, fragte Wes.

Sie schüttelte den Kopf. »Pferde und ich passen nicht zusammen«, antwortete sie entschieden. Als Teenager war sie mit Janice einmal reiten gegangen, und das Pferd war mit ihr durchgegangen. Sie hatte es nicht geschafft, es wieder unter Kontrolle zu bringen und anzuhalten, und als es sich schließlich müde gerannt hatte und stehen blieb, glitt sie zitternd herunter und schwor, niemals wieder auf ein so unberechenbares Tier zu steigen.

Dass sie von dem Pferd auf seiner wilden Jagd durch das Gelände nicht heruntergefallen war, zeigte ein gewisses reiterliches Können, aber das brachte ihr keine Genugtuung.

Dennoch – war es fair, den Jungs etwas zu verweigern, was ihnen Spaß machen würde? Sie wusste, dass sie keine Babys mehr waren und schnell älter wurden, aber waren sie dafür schon bereit?

Ric Stephanos war nicht leicht von einem Vorhaben abzubringen, wenn er sich etwas vorgenommen hatte. »Hört mal, was haltet ihr davon: Behaltet Domino übers

Wochenende hier. Ich habe etwas Futter, ein Zaumzeug und einen von Nathans alten Sätteln mitgebracht. Probiert mal aus, wie es sich mit ihr lebt. Wenn du am Montag sagst, dass es nicht klappt, komm ich wieder her und hol sie ab.«

Jason sah zu Brooke rüber und erkannte, dass der Anblick von Adam und Luke sie etwas erweicht hatte. Die Zwillinge tanzten fast vor Freude bei der Aussicht, das Pony vorerst zu Hause behalten zu dürfen.

»Wir haben eine Art Stall dort hinten – die Hütte, die Wes und ich letzten Monat aufgeräumt haben. Die wäre für das Pony genau richtig«, sagte Jason mit unschuldigem Gesicht.

»Warum habe ich bloß das Gefühl, als ob ihr Jungs euch alle gegen mich verschworen habt? Ich bin total überstimmt«, sagte sie gereizt. »Also gut. Nur über das Wochenende und nur, solange ich nichts damit zu tun habe.«

»Weißt du«, sagte Wes langsam, als ob er länger darüber nachgedacht hätte, »du könntest doch reiten lernen. Das ist die beste Methode, Angst vor Pferden zu überwinden.«

Wes' Bemerkung verärgerte Brooke nur noch mehr. »Ich habe nicht gesagt, dass ich Angst vor Pferden habe.« Sie mochte seine unheimliche Gabe, direkt zum Kern ihres Problems zu gelangen, gar nicht. »Was ich meinte, war, dass ich sie weder mag noch ihnen traue.«

Als ob sie die Bemerkung verstanden hätte und nun beleidigt sei, wieherte Domino leise und prustete einen Sprühregen warmer Tröpfchen durch ihre Nüstern auf Brookes Hals, die vor Schreck zusammenzuckte.

»Das ist in Ordnung, Mummy, sie will sich nur mit dir anfreunden«, versicherte Adam seiner Mutter.

Ric hockte sich hin und sah die Zwillinge ernst an. »Okay, Jungs, ihr habt die Verantwortung für Domino. Es ist euer Job, dafür zu sorgen, dass sie ausreichend Futter und Wasser bekommt, und ihr müsst den Stall ausmisten.«

»Was bedeutet das, den Stall ausmisten?«, wollte Luke wissen.

Adam schnitt eine Grimasse und flüsterte seinem Bruder die Antwort ins Ohr.

»Oh! Igitt.« Lukes kleines Gesicht verzog sich zu einem so ablehnenden Ausdruck, dass Nathan und die Erwachsenen lachen mussten.

»Eure erste Lektion in Pferdehaltung«, sagte Wes mit einem Kichern. Er erinnerte sich daran, wie Fleece und Drew das erste Mal Pferdemist wegräumen mussten. Sie waren auch nicht allzu glücklich darüber gewesen. »Hör mal, Brooke, warum kommst du nicht mal raus nach Sindalee, und ich bringe dir das Reiten bei? Ich habe einige sehr ruhige Pferde, die für Anfänger geeignet sind. Weißt du«, sagte er im Plauderton, »meistens muss man sich erst darüber klar werden, dass man selbst der Boss ist und nicht das Pferd, dann geht's ganz gut.«

»Das ist eine tolle Idee«, rief Jason begeistert und nahm nicht wahr, wie sich Ablehnung über das Gesicht seiner Frau zog.

»Sehr aufmerksam von dir«, sagte sie zwischen zusammengebissenen Zähnen und hatte das dringende Bedürfnis, sowohl Jason als auch Wes zu treten. »Aber ich ... ich hab zu viel zu tun. Mit dem Baby und den Jungs und allem, na ja, da bleibt kaum Freizeit.« Die Ausrede klang sogar für ihre eigenen Ohren dürftig, und es überraschte sie nicht, dass Wes sie herausfordernd ansah. Er wusste, dass sie Angst hatte, und das machte ihr zu schaffen, weil sie nicht wollte, dass Wes Sinclair dachte, sie hätte vor irgendetwas Angst. »Außerdem hast du ja selbst auch keine Zeit für so etwas«, schloss sie, allerdings nicht sehr überzeugend.

»Man kann sich immer Zeit nehmen, wenn es nötig ist«, antwortete er rätselhaft, ließ ihr dann aber überraschenderweise eine Fluchtmöglichkeit: »Vielleicht wenn Sheridan älter ist.«

»Ja, mal sehen«, erwiderte sie und fühlte sich außerordentlich unwohl über den Verlauf des Gespräches.

»Na dann.« Ric rieb sich die Hände. »Nathan, hol Domino aus dem Anhänger, damit wir es ihr hier gemütlich machen können.«

Sharon kniff die Augen zusammen, als sie im Schneckentempo am Haus der d'Winters vorbeifuhr und beobachtete, wie gerade ein Junge ein Pony vom Anhänger lud. Sie erhaschte einen Blick auf Wes und sah, wie er die d'Winters' angrinste und wie entspannt er in ihrer Gesellschaft wirkte. Eifersucht nagte an ihr, und ihr Griff um das Lenkrad wurde fester. Seine Freundschaft zu Jason und dessen Familie war für ihren Geschmack zu vertraut. Und dann überrollte sie ein vager, von weit hergeholter Einfall: Könnte die Anziehungskraft von Jasons Frau ausgehen? In Gedanken rief sie das Bild, das sie von Brooke hatte, hervor: Klein, dünn, auf knabenhafte Weise attraktiv. *Könnte* er sie anziehend finden?

Ihr sprödes Lachen vermischte sich mit dem Country- und Westernsong aus dem Radio. Niemals. Brooke war zu unauffällig, zu gewöhnlich, zu durchschnittlich, um einem Mann wie Wes Sinclair zu gefallen. Es war Jasons Kameradschaft, nach der er sich sehnte, dieses banale Kumpelgetue im Busch. Ja, das war es.

Aber sie würde noch hart arbeiten müssen, bevor sie den Besitzer von Sindalee an der Angel hatte. Sie hatte inzwischen in Erfahrung gebracht, dass Wes der reichste Mann im ganzen Bezirk war – sogar reicher als ihr Vater, und das war eine beachtliche Leistung. Sie musste nur einen Riss in seiner Rüstung finden und diesen dann zu ihrem Vorteil nutzen.

Es war ein wunderschöner Abend und ruhig, nachdem die Jungs Domino ausgiebig gute Nacht gewünscht hatten. Trotz ihrer Vorbehalte musste Brooke lächeln, weil sie sich vorstellte, dass die Kinder mit dem Pony im Stall schlafen würden, wenn sie es erlauben würde. Während sie Sheridan fütterte, dachte sie an die Gesichter ihrer Söhne, wenn sie mit Domino zusammen waren. Sie hatten sie abwechselnd um den Garten geritten, sie gemeinsam gestriegelt, ihr Wasser und Futter gebracht, und sie hatten jede Sekunde, die sie mit dem Pony verbracht hatten, geliebt.

Sie lächelte wieder und war von so viel Glück tief bewegt. Die Zwillinge hatten das kleine Pony bereits sehr ins Herz geschlossen, es war so freundlich und ruhig. Wenigstens konnte sie sicher sein, dass sie nur geringe Verletzungen davontragen würden, sollten sie einmal von seinem Rücken rutschen. Es würde hart werden – nein, musste sie zugeben, geradezu unmöglich –, das Pony zurückzuschicken. Sie war überzeugt, dass Ric, durchtrieben wie er war, genau damit gerechnet hatte. Hmm! Sie gab sich geschlagen. Aber sie würde Adam und Luke eine Schutzausrüstung besorgen: Glasfaserverstärkte Reithelme und Reitstiefel, die in den Bügeln besser Halt fanden.

Sie sah zu, wie ihre winzige Tochter friedlich in den

Schlaf sank. Trotz ihres unfreundlichen Eintritts in diese Welt entwickelte sich Sheridan mustergültig und hatte mit ihren mittlerweile viereinhalb Monaten ein normales Gewicht bei durchschnittlicher Größe erreicht.

Wenn Sheridan jetzt eine Weile fest schlief, konnte Brooke endlich wieder in ihre Bücher schauen. Manchmal verzweifelte sie fast an ihrem Bemühen, ihr Fernstudium in Naturheilkunde mit dem hektischen Familienleben in Einklang zu bringen.

Jason war frisch geduscht, warf sich jetzt neben sie und unterbrach ihre Träumerei. »Wir haben heute eine Menge geschafft. Das Gehege für die Hühner ist fast fertig.«

»Es war nett von Wes, dass er geholfen hat.«

»Ja.« Er ließ einen tiefen, brummenden Laut hören, seine Version eines Seufzers. »Er ist einsam, weißt du.«

Brooke sah überrascht aus. Jason war ein feinfühliger Mann, und sie vermutete, dass er, ebenso wie sie, hinter die selbstbewusste und männliche Fassade, die Wes der Welt präsentierte, schauen konnte. Sie liebte Jason für sein Einfühlungsvermögen. »Hat er dir das erzählt?«

Jason lachte in sich hinein und schlug sich auf den Oberschenkel. »Eher würde er sich erdrosseln. Aber ich habe es gemerkt. Ich habe auf seine Augen geachtet. Sie haben ihn verraten.«

»Schade, dass er keine nette Frau findet …«

»Er hatte ja angenommen, er hätte eine, und dann hat Claudia ihm viel Schlimmes angetan. Ich glaube nicht, dass er jemals wieder Vertrauen zu einer Frau fassen wird, jedenfalls nicht genug, um sie zu heiraten.«

Brooke kam ein Gedanke. »Wie wär's denn mit Sharon Dimarco? Sie würden ein hübsches Pärchen abgeben.« Wenn sie Sharon richtig einschätzte, dann hatte die geschiedene Frau ganz bestimmt Heiraten im Sinn. Aber war Sharon die richtige Frau für Wes? Bei den seltenen Zusammentreffen mit Sharon hatte sie deren Oberflächlichkeit und deren ausgeprägten Egoismus gespürt, die nur durch Schauspieltalent verborgen waren. Und die Kinder? Was für eine Art Stiefmutter würde sie für Fleece und Drew abgeben? Dennoch, wenn Wes sie wollte und sie ihn glücklich machen konnte…

»Ich weiß nicht. Vielleicht.« Er gähnte und streckte sich. »Ich bin erledigt. Bleibst du noch auf, um zu lernen?«

»Auf jeden Fall werde ich es versuchen. Aber ehrlich gesagt, bin ich auch erschöpft.«

»Ich werde Sheridan mal in ihr Bettchen legen.« Jason nahm ihr vorsichtig das schlafende Baby ab und gab Brooke einen Kuss auf die Stirn. »Bleib nicht so lang auf. Ich mach mir Sorgen, dass du deine Kräfte überstrapazierst.«

Als sie allein war, schweiften Brookes Gedanken zurück zu dem Gespräch am Vormittag, als Wes sie dazu aufgefordert hatte, reiten zu lernen. So wenig sie es wollte, wusste sie doch, dass sie irgendwann nachgeben würde. Trotzdem mochte sie es gar nicht, mit dem Rücken an der Wand zu stehen, und dass Wes das mit der Unterstützung ihres Mannes geschafft hatte, ärgerte sie.

Brooke erhob sich und wankte ins Schlafzimmer. Lernen konnte sie später auch noch. Schlafen musste sie jetzt.

»Ach, weißt du, Schätzchen, als ich nach Bindi Creek kam, musste ich natürlich kleine Änderungen an meinem Lebenslauf vornehmen«, sagte Jean und blinzelte Brooke verschwörerisch an. Sie sah Brooke zu, die mit der sechs Monate alten Sheridan spielte. Brooke versuchte, ihr beim

Sitzen zu helfen, aber das Baby kippte immer wieder auf die Kissenberge um sie herum, was sie prima fand und ihre Mutter anlächelte, wobei sie kräftig mit den Beinchen strampelte.

Brooke war eine wundervolle Mutter, dachte Jean. Das war eine der Eigenschaften der Vierunddreißigjährigen, die sie von Anfang an zu der Frau hingezogen hatte, als sie sich in Galeas Imbiss kennenlernten. Sie konnte auch mit einem Notfall umgehen, das hatte sie an diesem Tag bewiesen.

»Welche Änderungen?«, fragte Brooke.

»Nun«, als Jean begann, Brooke ins Vertrauen zu ziehen, wurde sie leiser, obwohl sie allein im Wartezimmer saßen und Jason unterwegs zu einem Hausbesuch war. »Der Teil, der meinen Beruf als Krankenschwester betrifft und all die Orte, an denen ich gearbeitet habe, der stimmt. Aber zu Gregs Schutz habe ich vom Tag seiner Geburt an allen Leuten erzählt, dass sein Vater bei einem Unfall gestorben ist, als ich im achten Monat schwanger war. Die Wahrheit ist«, sie machte eine kleine Pause, »dass ich nie einen Ehemann hatte. Es gab nie einen Robert King, den habe ich erfunden.«

Brooke warf Jean einen Blick zu, ihre Neugier stieg um einiges. »Also ist Greg ein Kind der Liebe?«

»Oh ja. Das ist er ganz bestimmt«, beichtete Jean, und ihre Stimme wurde weich. »In Halls Creek in Westaustralien hatte ich einen Mann kennengelernt. Er hieß Royce Lansing. Es war Liebe auf den ersten Blick. Er arbeitete als Bergbauingenieur in einer Mine in den Kimberleys. Royce kam aus einer armen Familie in Blackwater, in der Nähe von Rockhampton. Sein Vater hatte ebenso wie sein Großvater in einer Mine gearbeitet. Royce hatte sich am eigenen Schopf aus dem Sumpf gezogen, seinen Abschluss geschafft und sich durch einige Bergbauunternehmen hochgearbeitet. Allerdings hatte er größere Pläne als ein einfacher Bergbauingenieur zu bleiben: Er wollte das große Glück machen. Davon war er besessen.«

Jean zuckte mit den Schultern und schüttelte den Kopf. »Royce ging nach Borneo zum Arbeiten – er sagte, er würde zwei Jahre dort brauchen, den Grundstock zusammenzubekommen, um selbst ins Geschäft einsteigen zu können. Er machte mir einen Heiratsantrag, wollte mich aber erst heiraten, wenn er seine Ader gefunden hätte – Gold oder Diamanten sollten es sein.« In Erinnerung an das, was er vor neunzehn Jahren gesagt hatte, musste sie lächeln. »Er sagte, er würde sich auch auf ein oder zwei Ölfelder einlassen, sollte er darauf stoßen.«

Brooke hörte zu, während Jean den Rest der Geschichte erzählte, als ob sie ganz gewöhnlich, beinahe alltäglich sei. Dabei war das Gegenteil der Fall! Kaum war Royce nach Borneo gefahren, fand Jean heraus, dass sie schwanger war.

Brooke fragte: »Du hast ihm nichts von der Schwangerschaft erzählt?«

»Nein. Ich wusste, er würde sofort zurückkommen, um mich zu heiraten. Das hätte seinen Plan, ein Vermögen zu machen, zunichte machen können. Royce nichts davon zu sagen war das Schwerste, wozu ich mich in meinem Leben durchgerungen habe.« Sie machte eine Pause. »Ich frage mich, ob er es geschafft hat. Ich zog von Halls Creek fort, als man langsam sehen konnte, dass ich schwanger war. Ich hatte genug Geld, um mich bis zur Geburt über die Runden zu bringen. Danach zog ich wieder um und erfand die Geschichte mit Robert und so. Auch Greg kennt die Wahrheit nicht. Ich werd sie ihm erzählen, bevor er heiratet. Wann immer das sein wird.« Sie sah Brooke an. Ihre Augen baten sie inständig um Verständnis. »Denkst du jetzt schlecht von mir?«

»Nein.« Brooke unterstrich ihre Antwort mit einem Lächeln. »Ich finde, dass du sehr mutig bist. Es muss sehr schwer gewesen sein, ein Kind allein großzuziehen und gleichzeitig zu arbeiten.«

»Es ging.« Jean lächelte erleichtert: Brooke war über ihre Enthüllung nicht schockiert. Es fiel Jean leicht, mit Brooke darüber zu sprechen, obwohl sie unterschiedlichen Alters waren, und es hatte ihr auf der Seele gelegen, dass sie alle die Menschen, die im Lauf der Zeit in Bindi ihre Freunde geworden waren, mit dieser geflunkerten Geschichte abgespeist hatte. Brooke davon zu erzählen hatte ihr Schuldgefühl gemildert, und sie war sich sicher, dass ihr Geheimnis bei der Freundin gut aufgehoben war.

Die Wartezimmertür öffnete sich und beendete ihre Unterhaltung. Der Enkel von Amelia Gross kam herein.

»Hallo Mrs. d'Winters, Mrs. King.«

»Hallo, Craig.« Brooke antwortete für beide. »Wenn du meinen Mann suchst, der ist nicht hier. Er kommt frühestens in einer Stunde zurück.«

»Ich möchte ein Rezept für meine Großmutter abholen«, sagte Craig. »Der Doc sagte, er würde es in der Praxis hinterlegen.«

»Ich sehe mal auf seinem Schreibtisch nach.« Jean stand auf und ging ins Sprechzimmer.

Brooke nahm Sheridan hoch und setzte sie sich auf die Hüfte. Dabei unterzog sie den jungen Mann einer beiläufigen Betrachtung. Irgendwie sah er ungesund aus. Er wirkte nervös, fahrig. Seine Augen waren halb geschlossen und hatten dunkle Ränder. Ab und zu schniefte er, als ob er Schnupfen hätte.

»Hast du dir eine Erkältung eingefangen, Craig?«

Er zuckte mit den Schultern, trat einen Schritt vor und streckte Sheridan einen Finger hin, damit sie ihn greifen konnte. »Hey, sie ist ganz schön stark.« Er grinste ein, zwei Sekunden lang. »Vielleicht hab ich das«, sagte er nebenbei. »Es ist nachts sehr kalt bei Nonna, weil die Farm um einiges höher liegt. Letztes Jahr hat es da oben zweimal geschneit.«

»Oh, dann muss es wirklich kalt sein. Wenn du das Rezept einlöst, kauf dir eine Flasche Echinacea und einige Vitamin-C-Tabletten der Fünfhundert-Milligramm-Dosierung. Das wird dir helfen.«

Er nickte und schob die Hände in die Taschen seiner Jeans. »Das mach ich.«

Jean kam mit einem Briefumschlag zurück. »Hier, Craig. Ich hoffe, Mrs. Gross geht es bald wieder besser.«

Er schüttelte energisch den Kopf und sah ernst aus, als er sagte: »Ich glaube nicht, und es tut mir leid, Ihnen das zu sagen. Die ganze Familie ist sehr besorgt um Nonna. Es kann sein, dass sie bald in ein Pflegeheim muss.«

»Das ist schrecklich«, sagte Brooke teilnahmsvoll. »Bleibst du dann und kümmerst dich um den Hof, Craig?«

Wieder zuckte er mit den Schultern. »Weiß nicht. Kann sein.«

Er verabschiedete sich und ging. Jean kommentierte scherzhaft: »Er klang nicht allzu begeistert darüber, den Hof zu führen, was? Vielleicht gefällt dem jungen Craig die harte Arbeit nicht.« Sie sah zu Brooke hinüber, die sich daran machte, Sheridan für ihr Nachmittagsschläfchen ins Haus zu bringen, und fügte hinzu: »Danke, dass du mir zugehört hast. Ich fühle mich wie befreit. Ich wollte es schon so lange jemandem erzählen.«

»In dem Fall fühle ich mich geehrt, dass ich dieser Jemand war. Im Ernst.« Sie runzelte bei dem Gedanken, der ihr gerade kam, die Stirn. »Aber wie ging es mit Royce weiter? Seid ihr in Kontakt geblieben?«

»Ja, ungefähr ein Jahr lang, und es war so bitter, ihm nicht zu erzählen, dass er einen Sohn hat. Dann kamen die Briefe allmählich seltener und blieben irgendwann aus. Ich habe meine Wohnorte öfter gewechselt, und vielleicht wollten die Behörden irgendwann die Briefe nicht mehr weiterleiten.«

»Was, wenn er zurückgekommen ist und nach dir gesucht hat?«

Jean ließ einen tiefen, traurigen Seufzer hören, und genauso klang ihre Stimme, als sie sagte: »Wenn er mich wirklich geliebt hätte, hätte er mich gefunden. Ich schätze, seine Liebe war nicht so stark wie meine.«

Brooke lehnte sich vor, um Jeans Hand zu streicheln. Ihre Freundin war eine stolze Frau. Jean hatte ihr von ihrer schweren Kindheit erzählt, daher wusste sie, dass es ihr nicht leichtgefallen war, ihr Geheimnis preiszugeben. *Es ist schon lustig, dass wir alle Geheimnisse und Leichen im Keller haben, jeder von uns!* Sie war sich ziemlich sicher, dass sich bei jedem in der Stadt, wenn man nur an der Oberfläche kratzte, etwas finden würde, worüber er unglücklich war oder weswegen er Alpträume bekam. So wie sie wegen ihrer Mutter und Travis. Sie hatte das Glück, dass die Zeit und Jasons Geduld ihr viel geholfen hatten. Die Alpträume waren fast verschwunden.

»Das Leben verläuft nicht immer so, wie wir es gerne hätten, oder?« Jean sah gleichzeitig rätselhaft und betrübt aus.

Brooke wusste, dass in dieser Bemerkung mehr Wahrheit lag, als ihre Freundin wissen konnte. Sie drückte Sheridan an sich und sog verliebt ihren süßen Babyduft ein: eine Mischung aus Milch, Babyöl und Talkumpuder. »Zeit für dein Schläfchen, junge Dame, damit ich auch noch einiges erledigen kann.«

12

Sie ist so riesig! Brooke biss sich auf ihre Lippen und sah sich mit gebührendem Abstand die Stute namens Lucinda an, die Wes für sie aus dem Stall auf den Abreiteplatz gebracht hatte. Sie hatte sich wieder und wieder dazu durchringen müssen, überhaupt zu ihrer ersten Reitstunde nach Sindalee zu fahren. Die Zwillinge spielten mit Fleece und Drew, Jean kümmerte sich um Sheridan, und Jason war bei einem Hausbesuch, wollte aber, wenn er fertig war, rüberkommen.

Ihr Brustkorb bebte, so stark klopfte ihr Herz, und sie musste ihre schwitzigen Handflächen an ihren Jeans trockenreiben. *Das ist verrückt. Ich bin verrückt! Wie konnte ich mich zu etwas überreden lassen, das ich nicht machen will?*

Die Antwort war schnell genug gefunden: Es war ihr Stolz gewesen. Sie hatte die Herausforderung von Wes nicht auf sich sitzen lassen können. Der Gedanke, dass bald alle anderen, die Zwillinge und Jason, reiten konnten und sie nicht, ließ sie in den sauren Apfel beißen, und sie verabredete mit ihm einen Termin für den Unterrichtsbeginn. Na gut, dachte sie, als Wes sie näher zu der Stute winkte, schlimmer als ein Besuch beim Zahnarzt kann es auch nicht sein, oder?

»Okay, Brooke, als Erstes solltet ihr Freunde werden. Streichle über Lucindas Maul, das mag sie.« Er holte einen halben Apfel aus seiner Tasche und gab ihn Brooke. »Füttere sie hiermit. Lucinda liebt Äpfel, nicht wahr, mein Mädchen?«

Einen Moment lang war Brooke neidisch auf seine ungezwungene Art, mit dem Tier umzugehen, bis sie sich daran erinnerte, dass er sein ganzes Leben mit Tieren verschiedenster Gattungen verbracht hatte, so dass er natürlich nicht durch sie eingeschüchtert oder beunruhigt war. Er hatte eine zwanglose, vertrauensvolle Art, mit dem Pferd umzugehen, als ob er es respektierte und es ihn. Wohingegen es Brooke in ihren neuen Reitstiefeln mit elastischem Einsatz schüttelte.

Wes spürte ihr Unbehagen und sagte in diesem entspannten Ton, der typisch für ihn war: »Ein Pferd fühlt es meistens, wenn ein Mensch in seiner Nähe nervös ist. Es scheint unsichtbare Schwingungen aufzufangen oder vielleicht ist es auch ein Geruch. Siehst du?« Er zeigte auf Lucindas Ohren. »Wie sie ihre Ohren aufgestellt und nach vorn gedreht hat, weil sie deine Nervosität spürt?«

»Ich kann nichts dagegen tun. Ich habe dir von dem Pferd erzählt, das ich damals geritten habe, wie es durchgegangen ist. Die Erinnerung kommt immer wieder hoch und mit ihr die Angst.«

»Und ich habe dir beigepflichtet, dass du eine schreckliche Erfahrung gemacht hast«, sagte er und nickte. »Trotzdem – ein Pferd zu reiten ist wie Fahrrad fahren. Wenn man runterfällt, muss man gleich wieder aufsteigen, bevor man Gelegenheit hatte, darüber nachzudenken, ob man wieder fällt und wie weh es getan hat. Drew und Fleece sind einige Male runtergefallen, als sie anfingen, reiten zu lernen. Gelegentlich stürzen sie auch heute noch, aber sie wissen, dass sie unbedingt wieder aufsteigen müssen, bevor sie die Nerven dafür verlieren.«

»Ich glaube, ich habe meine verloren«, sagte sie und lächelte ihn matt an. »Die Nerven, meine ich.«

Insgeheim dachte sie, dass sie sie auch nicht wieder finden würde, ungeachtet Wes' Qualitäten als Lehrer oder wie viel Geduld er mit ihr haben würde. Gleichzeitig hatte sie ein schlechtes Gewissen, weil sie ihm seine Zeit stahl. Er war ein viel beschäftigter Mann. Sindalee war ein riesiger Besitz, und sie wusste, dass er auch in anderen Geschäftsbereichen hier und weiter entfernt tätig war. Allerdings hatte sie ihn im Laufe der Jahre so gut kennengelernt, dass sie wusste, dass er nicht angeboten hätte, sie zu unterrichten, wenn er es nicht gewollt hätte. Wes war so ein Mann.

»Darum werden wir uns viel Zeit lassen, damit du Vertrauen zu Lucinda aufbauen kannst. Einige Reitlehrer würden dich einfach aufs Pferd setzen, dir sagen, du sollst dich nicht so anstellen, und darauf hoffen, dass du deine Angst alleine besiegen wirst. Ich halte nichts von der Methode. Wenn es ein Problem gibt, sollte man es am besten so stark verkleinern, wie es geht.« Wes schob seinen Hut in den Nacken und sah sie aus Augen an, die zu Schlitzen verengt waren. »Dein Problem ist, dass du Angst vor Pferden hast, weil du nicht glaubst, sie kontrollieren zu können. Der Trick besteht darin, dass man die Kontrolle allein durch Selbstvertrauen ausübt.« Er grinste wissend. »Du bringst sie dahin zu glauben, dass du schlauer bist als sie, und wenn du das geschafft hast, müssen sie tun, was du ihnen sagst.«

Sie sah ihn eigenartig an. »Bei dir klingt das so einfach.«

»Es ist einfach. Für dich wird es aber erst einfach sein,

wenn *du* daran glaubst. Und bis es so weit ist, möchte ich, dass du dich einfach nur mit Lucinda vertraut machst. du wirst sie füttern, sie herumführen, sie satteln, sie putzen. Sein Grinsen wurde breiter. »Bis du an einem Punkt angelangt bist, an dem du dich danach sehnst, sie zu reiten, allein schon, um den langweiligen Arbeiten der Pferdepflege zu entkommen.«

»Ich soll sie heute gar nicht reiten?« Sie hoffte, dass ihre Stimme nicht gleich verriet, wie erleichtert sie darüber war.

»Heute nicht, vielleicht auch nächste Woche und die Woche darauf nicht. Das hängt ganz davon ab, wann du bereit dafür bist.«

Und Wes hatte Recht. Über sechs Wochen verteilt kam Brooke zwölfmal nach Sindalee, bevor sie sich traute, zu reiten. Als sie sich das erste Mal nicht ängstigte oder nervös wurde, weil sie sich so hoch über dem Boden befand, sozusagen in fremdem Territorium, war sie sehr verwundert. Sie hatte mehrere Wochen gebraucht, um so viel Vertrauen zu dem Tier zu fassen, aber von da an freute sich Brooke auf die Reitstunde.

Als sie eines Tages Lucinda bestiegen hatte, zeigten Wes und Fleece ihr einen großen Teil von Sindalee mit den unterschiedlichsten Landschaften, die den Besitz prägten, von sanften Hügeln bis zu baumreichen Gebieten, über zwei Flüsse, die das Land teilten, bis zum Grenzzaun zu Hugh Thurtells Besitz.

»Wer als Erster beim großen Gespenster-Gummibaum ist!«, forderte Fleece die beiden heraus und stob im Galopp davon.

Brooke ließ die Zügel schnalzen und raste hinterher, Wes ritt hinter ihr und musste erst aufholen.

Bis vor Kurzem hatte sie nicht geahnt, wie beglückend

das Reiten sein konnte: Der Wind, der ihr ins Gesicht wehte und ihr das Haar zerzauste, als sie dicht an Lucindas Hals gedrückt, fast als ob sie eine Einheit bildeten, über die Weiden schossen und um Steine und Baumstämme herumsausten. Sie fühlte eine Aufregung, die ihr Adrenalin in die Höhe schießen und ihre Herzfrequenz hochschnellen ließ, während sie den halben Kilometer im Galopp nahm und Lucinda so schnell vorwärtstrieb, wie sie konnte. Sie blickte über ihre Schulter zu Wes und stellte fest, dass er nicht ernsthaft an dem Rennen teilnahm. Sein walnussbrauner Vollblutwallach war früher Rennen gelaufen und hätte Fleece und ihr Pferd ohne Anstrengung überholen können.

Sie hielt neben Fleece und wartete auf Wes. »Das war fantastisch«, rief sie begeistert. »Ich hatte ja keine Ahnung…« Sie klopfte Lucindas Hals. »Na, mein Mädchen, ich glaube, du hast es genauso genossen wie ich.«

Wes ritt an ihre Seite. »Nach dieser Vorstellung kann ich bestimmt sagen, dass du deine Angst vor Pferden überwunden hast«, kommentierte er trocken. »Warte, bis Jason dich reiten sieht. Er wird es nicht glauben können.«

»Ich weiß. Ich kann es selbst kaum glauben.« Sie stand spontan in den Steigbügeln auf und küsste ihn auf die Wange. »Danke für deine Geduld.«

Fleece grinste sie beide an, aber da sie eben Fleece war, feuerte sie gleich eine Salve auf ihren Vater ab. »Geduldig? Manchmal. Aber er ist auch ein Tyrann, besonders, wenn es um Schularbeiten geht.«

»Das leugne ich erst gar nicht. Und darum hast du auch in jedem Fach eine Eins, mein Kind.« Er sah Fleece streng, aber liebevoll an. »Das war unsere Abmachung, wenn ich mich recht erinnere. Wenn ich zustimme, dass du nicht auf dieses schicke Internat gehst, wirst du weiterhin eine Einserschülerin bleiben.«

Fleece rollte mit den Augen und sagte zu Brooke: »Siehst du, ich habe dir ja gesagt, er ist knallhart.«

»Du wirst mir später dafür danken«, versicherte er ihr. Dann kniff er sein Pferd in die Flanke. »Na los, Fantasy Lane, jetzt zeigen wir den Mädchen mal, was du draufhast.« Weg war er und ließ nur eine Staubwolke hinter sich zurück.

Auf der langsamen Lucinda ritt Brooke mit einigem Abstand hinter ihm her und zollte ihm innerlich Respekt: Wes Sinclair war ein großartiger Reiter, und indem er ihr geholfen hatte, ihre Ängste zu überwinden, hatte er bewiesen, welch guter Freund er für sie und Jason war. Sie würde das niemals vergessen. Und dadurch konnte sie endlich die nagenden Zweifel über ihn, die sie seit ihrem Umzug nach Bindi Creek hatte, hinter sich lassen.

Als Wes an diesem Abend in seinem Arbeitszimmer saß, hatte er mit einer ungewohnten Unruhe zu kämpfen. Die Kinder schliefen schon, und im Haus herrschte Stille, abgesehen von einem gelegentlichen Knacken der Dachbalken, die sich in der abkühlenden Abendluft zusammenzogen. Seit einer Stunde beschäftigte er sich mit Sindalees Buchführung, aber er schaffte es nicht, sich darauf zu konzentrieren. Warum bloß?

Er kannte den Grund. Seine Gedanken kreisten um Bilder, die Erinnerungen an die vergangenen Wochen waren: Wie Brooke hier angekommen war, wie verkrampft sie gewesen war. Er hatte gesehen, wie sich diese Verkrampfung allmählich löste und einem wachsenden Selbstvertrauen Platz machte. Sie war auf ihre unaufdringliche, sachliche Art eine bemerkenswerte Frau, wie sie ohne viel

Aufhebens ihre Aufgaben auf die bestmögliche Weise erledigte.

Er dachte daran, dass Brooke nicht seine erste Schülerin gewesen war, der er die Angst vor Pferden hatte nehmen können. Obwohl er sich nichts darauf einbildete, stand er rund um Cowra in dem Ruf, ein naturbegabter Lehrer rund ums Pferd zu sein. Diese Begabung hatte er von seinem Vater geerbt. Er hoffte, dass er eines Tages dieses Wissen an Fleece und Drew weitergeben konnte.

Seine Gedanken wanderten zu Brooke zurück, und er musste sich eingestehen, dass die Ursache für seine Ruhelosigkeit tiefer lag, als er wollte. Aber er konnte nichts dagegen tun. Sanft berührte er die Stelle an seiner Wange, auf die Brooke ihn geküsst hatte. Mit dieser spontanen Aktion hatte sie ihn überrascht und irgendwie, ohne dass er dessen gewahr geworden war, brach damit die Rüstung auseinander, mit der er seine Gefühle seit so vielen Jahren geschützt hatte. Er hatte sich nicht nur daran gewöhnt, sie bei sich zu haben, er hatte sich sogar auf ihre Besuche gefreut, die sie zweimal die Woche zu ihm brachten, und er hatte die gemeinsame Zeit genossen. Sie war lebhaft, intelligent und sprach die Dinge direkt aus – Eigenschaften, die er sowohl an Männern als auch an Frauen bewunderte.

Verflixt und zugenäht! Was dachte er sich eigentlich dabei? Welche Gefühle waren das überhaupt? War er in sie verliebt? Nein! Seine Antwort kam rasch und entschieden. Aber er bewunderte sie … sehr sogar. Das konnte er nicht leugnen, so sehr er es auch wollte.

Missmutig über die Richtung, die seine Gedanken nahmen, schenkte er sich einen Whisky ein und setzte sich trostlos in einen hohen Ledersessel, um weiter zu grübeln. Seit Claudia ihn vor sechs Jahren verlassen hatte,

hatte er über Frauen nicht mehr nachgedacht, jedenfalls nicht bewusst. Nicht einmal Sharon Dimarco mit ihrem Glamour und ihrer Flirterei hatte es geschafft, die unsichtbare Mauer auch nur anzukratzen, hinter der er sich versteckte, um nicht wieder verletzt zu werden.

War er einsam? Wenn er sich, was selten vorkam, die Zeit nahm, darüber nachzudenken, musste er zugeben, dass die Vorstellung, eine Frau hier im Haus zu haben, einen gewissen Reiz auf ihn ausübte. Er machte sich Sorgen darüber, dass Fleece und Drew ohne den besänftigenden Einfluss einer Frau aufwuchsen. Er nippte an seinem Whisky. Es gab viele alleinstehende Frauen im Bezirk, die in Frage kommen würden, er müsste sich nur trauen oder den Wunsch haben, eine neue Beziehung einzugehen.

Er verzog das Gesicht, als er sein Glas leer trank. Er wusste, dass er diesen Frauen nicht nachlaufen würde. Auf diese Weise war er wie Brooke: Sie hatte lange mit ihrer Angst vor Pferden gelebt, und er hatte eben seine eigene – er würde es nicht Angst nennen, sondern ein Widerstreben, erneut auf das Beziehungskarussell zu steigen. Sharon, so schön wie sie war, machte ihn nicht an, wie man so sagte. Genauso wenig wie ein halbes Dutzend anderer, attraktiver Frauen, die ihm einfielen. Sie alle würden gute Ehefrauen abgeben, aber …

Das Bild einer schlanken, kurzhaarigen, braunäugigen Frau sprang ihm in den Sinn und konnte nicht vertrieben werden: Brooke d'Winters. Sie versinnbildlichte alles, was er in einer Frau suchte und bewunderte. In der heutigen Zeit waren dies wahrscheinlich altmodische Werte, aber das machte ihm nichts aus. Er sah sie als hingebungsvolle Mutter, liebevolle Ehefrau und gemeindeorientiert handelnde Frau. Verdienstvoll.

Mit einem Knurren hievte er sich aus dem Sessel und machte sich auf den Weg in sein Schlafzimmer zu seinem großen, einsamen Bett. Unseligerweise war Brooke d'Winters die Frau seines ältesten und besten Freundes und als solche so weit von ihm entfernt wie der Mond.

Der Besitz von Hugh Thurtell, Minta Downs, war unter den ersten in der Gegend gewesen, die in den späten 20er Jahren des neunzehnten Jahrhunderts besiedelt worden waren. Seit der erste Wollballen hier zusammengezurrt worden war, war es Tradition, einmal im Jahr eine Tanzveranstaltung im Scherschuppen von Minta Downs abzuhalten, um das Ende der Schafschersaison zu feiern. Der Schuppen, der über eine beachtliche Größe verfügte, wurde so lange geschrubbt, bis der Geruch von Schafen, Schweiß, Wolle und Lanolin gewichen war. Die Sitzmöglichkeiten wurden aus Heuballen und Holzplanken zusammengestellt. Viele Meter Sackleinen, das sonst für die Ballen verwandt wurden, kamen als Dekoration an die Wände, und bunte Papierlampions und Lichterketten dienten als Schmuck, um dem Schuppen eine festliche Note zu verleihen. Eine Band spielte, Country- und Westernsänger wurden eingeladen, etwas zum Besten zu geben, und eine örtliche Line-Dance-Gruppe demonstrierte laut und begeistert, wie gut man diesen Tanz auf einer provisorischen Bühne tanzen kann.

Wie jedes Mal hatte Hugh eine offene Einladung für den ganzen Bezirk ausgesprochen, und die meisten Farmbesitzer und Landbewohner kamen – mit Platten voller Speisen, während der Gastgeber für den Alkohol sorgte. Für die Frauen war dies die Gelegenheit, ihre schönsten Kleider anzuziehen und sich mit Leuten zu treffen, die sie höchstens ein- oder zweimal im Jahr sahen. Die Männer verglichen ihre Erfolge des vergangenen Jahres, entspannten sich und genossen den schier endlosen Fluss alkoholischer Getränke.

Sharon fungierte als Gastgeberin an Hughs Seite und war in ihrem Element. Und man musste ihr zubilligen, dass sie das Fest bis aufs kleinste Detail professionell organisiert hatte. In dieser Nacht konnte sie glänzen, und sie hatte alles geplant, damit sie auch wirklich glänzte. Ihre Absicht war es, diesen konservativen Landfrauen, die so viel von ihrer Schwester Bethany hielten und so viel weniger von ihr, mal so richtig zu zeigen, dass sie das Zeug dazu hatte, etwas Tolles zu leisten.

Als Brooke und Jason d'Winters beim Festplatz ankamen, stand Sharon im Schatten des Viehtreiberquartiers und beobachtete sie von dort. Sie hatte Brooke bisher nur in legerer Kleidung und mit wenig bis überhaupt keinem Make-up gesehen. Es war für sie ein Schock, die Arztfrau modisch gekleidet in einem langärmeligen Cocktailkleid zu sehen, das auch auf einer Party der schicken Gesellschaft nicht fehl am Platz gewesen wäre, und mit einem Make-up, das ihre großen, braunen Augen, ihre hohen Wangenknochen und ihren schön geschwungenen Mund unterstrich. Brooke sah bezaubernd aus und sprühte an Jasons Arm vor Glück.

Sharon kniff die Augen zusammen. Dieses gerissene Luder! Da tut sie die ganze Zeit so, als ob sie die Durchschnittlichkeit in Person sei, obwohl sie doch so viel mehr sein konnte. Sharon gönnte sich den Spaß, Brooke Stück für Stück auseinanderzunehmen, konnte aber nur wenig entdecken, was nicht stimmte. Verdammt, was ärgerte sie nur so an Brooke, überlegte sie vielleicht zum hundertsten Mal. *Sie* sah viel besser aus. Sie hatte viel mehr Glamour. Für sie gab es genau genommen keine Konkurrenz. Also warum fühlte sie sich durch die Frau des Arztes bedroht? Es machte für sie keinen Sinn, hatte es nie gemacht, trotzdem setzte die Unsicherheit immer wieder ein.

Von ihrem verborgenen Standort aus beobachtete Sharon andere Gäste, die zu den d'Winters' gingen und mit ihnen plauderten. Alle waren sie so freundlich, so nett, so voll Bewunderung. Innerhalb kürzester Zeit waren die d'Winters von einer kleinen Gruppe Menschen umgeben, die alle miteinander sprachen und lachten. Sharon presste ihren Mund zu einer unattraktiven Linie zusammen. Um *sie* drängten die Leute sich nicht. In einem Geistesblitz kam ihr der Grund für die Beliebtheit der d'Winters': Die Menschen *mochten* sie beide. Na und? Sie zuckte mit gespielter Gleichgültigkeit die Schultern. Sie war Hugh Thurtells Tochter, und er war der wichtigste Viehhalter der ganzen Gegend. Die Leute mussten sie nicht mögen, aber sie hatten verdammt noch mal zu respektieren, wofür der Familienname stand.

Sie war so in sich selbst versunken, dass sie erst nach ungefähr einer Minute merkte, dass Wes zu der Gruppe gestoßen war. Als sie ihn erkannte, konzentrierte sie sich ausschließlich auf ihn. Er sah so männlich und selbstsicher aus, wie ein Mann, der seinen Platz im Weltgeschehen kannte und ihn zufrieden angenommen hatte. Dann bemerkte sie etwas. Der Blick war so flüchtig gewesen, dass sie sich für einen Moment einbildete, sie hätte sich geirrt. Aber nein, es hatte ihn gegeben, wenn auch nur für ein paar Sekunden, bevor er ihn wieder hinter der Fassade des neckenden Freundes versteckt hatte. Sie mochte nicht, was sie gesehen hatte und rollte ihre Finger zu Fäusten ein, ihre langen lackierten Nägel bohrten sich in ihre Haut. Wes hatte Brooke d'Winters angesehen, als ob … Da war eine Wärme in seinen grauen Augen gewesen, eine Bewunderung, die sehr viel weiter ging als pure Freundschaft, vermutete sie. Was zur Hölle ging da vor sich?

Ärger und viel Kränkung wallten in ihr auf. Wes hatte sie niemals auch nur mit einem Fünkchen Zärtlichkeit angesehen, trotz all der Dinge – zu viele, um sie zu zählen –, die sie für ihn getan hatte. All die vielen Besuche, bei denen sie seine Kinder ausgehalten hatte (die fürchterlich sein konnten, wenn es ihnen gerade in den Sinn kam, besonders die scharfzüngige Fleece). Und wie sie ihm mitfühlend zugehört hatte, wenn er davon erzählte, wie sehr Claudia ihn verletzt hatte, als sie ihn verlassen hatte. Und bei manchen seiner Partys war sie als Gastgeberin eingesprungen. War immer für ihn da, darauf wartend, dass er über Claudia hinwegkommen und ihm aufgehen würde, dass sie ein viel besserer Fang war.

Wieder betrachtete sie Brooke, und ihre Augen verdunkelten sich vor Zorn und Eifersucht. So wie sie ihren Ehemann ansah, wusste sie kaum, dass Wes überhaupt existierte, da war sich Sharon sicher. Aber was sie beschäftigte, war, wie stark sein Interesse an ihr war. Würde er versuchen, die Ehe der d'Winters zu zerstören, wenn er eine Chance sah, Brooke zu bekommen? Hmm, eine interessante Frage. Nein, Wes gehörte der alten Schule an – er war zu sehr Gentleman, um seinem alten Freund so eine Gemeinheit anzutun. Wie ernst waren seine Gefühle? Sie zog gedankenvoll eine Augenbraue hoch. Sie versuchte verzweifelt, die ganze Sache locker zu sehen. Es war eine Vernarrtheit, weiter nichts, und die würde sich irgendwann legen, vor allem wenn die Anziehungskraft nicht gegenseitig war.

Ja, beschloss sie, so lagen die Dinge. Sie sah für sich

zwei Möglichkeiten: entweder Wes' Zuneigung zu Brooke zu ignorieren oder eine Kampagne zu starten, um ihren Ruf zu schädigen und einen Keil zwischen sie und Wes zu treiben. Hmm! Sharon war mit dem Biest in ihr viel zu gut vertraut, um die erste Variante ernstlich in Betracht zu ziehen, also hielt sie sich an die zweite. Setz die Zellen in deinem Gehirn in Gang, Mädchen, und finde einen Weg, Wes' Gefühle im Keim zu ersticken.

Sie fühlte sich sicherer, weil sie sich einen vorläufigen Plan zurechtgelegt hatte. Sie trat aus dem Schatten heraus und ging zu der Gruppe um die d'Winters, das künstliche Willkommenslächeln, das sie vor Jahren in Italien perfektioniert hatte, wirkte aufgesetzt.

»Hallo, ihr alle, ich freue mich, dass ihr kommen konntet. Brooke, du siehst sensationell aus.« Sie lächelte Wes und Jason zu, aber ihr Blick glitt über das Zielobjekt ihres Kompliments, und sie konnte sich schwer zurückhalten, eine bissige Bemerkung zu machen. Stattdessen sagte sie: »Wer hätte gedacht, dass sich unter deinen üblichen alten T-Shirts und Jeans so eine elegante Frau versteckt.«

»Ja, wir sind alle ganz überrascht«, murmelte Wes, und sein Blick klebte an Brooke.

»Oh bitte, ihr macht mich ganz verlegen.« Brooke schüttelte das Kompliment mit einer überraschenden Gelassenheit ab.

Jason stieß seinen Kumpel in die Rippen, legte besitzergreifend seinen Arm um die Taille seiner Frau und zog sie näher zu sich, während er in gespielter Verärgerung sagte: »Such dir ein eigenes Mädchen, mein Freund. Dieses ist schon vergeben.«

»Muss ich dann wohl«, lachte Wes gutmütig.

»Die Line-Dancer fangen gleich an. Kommt doch mit

herein und seht sie euch an«, lud Sharon die Gruppe ein. »Sie sind wirklich gut.« Sie umrundete die Gruppe, bis sie Wes erreicht hatte und schob ihren Arm durch seinen. Mit sanftem Druck zog sie ihn in Richtung Schuppen, fest entschlossen, so viel Platz wie möglich zwischen sich und die d'Winters zu bringen.

Mit Sheridan auf ihrer Hüfte sah Brooke Jason zu, wie er alles für einen Ausflug mit dem Motorrad vorbereitete, bei dem die Zwillinge im Beiwagen mitfahren sollten. Er hatte viele Monate nach einem Beiwagen gesucht, der an das alte Motorrad angepasst werden konnte, und dann hatte es noch eine Weile gedauert, bis Frank Galea ihn so umgerüstet hatte, dass jetzt zwei kleine Tandemsitze und Sicherheitsgurte für die Jungs eingebaut waren. Natürlich waren die Zwillinge furchtbar aufgeregt. Jason wollte mit ihnen über Blayney nach Trunkey fahren, dann in südlicher Richtung weiter zu den Abercrombie-Höhlen. Für diese Tour würden sie den ganzen Tag brauchen.

Jean King lief den Weg zum Haus hinauf, sah die Betriebsamkeit und ging, neugierig wie immer, am Haus vorbei zum Carport, um nachzuschauen, was dort vor sich ging. Sie sah, wie Adam und Luke sich mit einem Picknickkorb und einer Decke abmühten, um ihren Eltern zu helfen, aber eigentlich standen sie nur im Weg.

»Hallo, Jungs«, rief sie ihnen zu. »Ihr macht euch wohl auf den Weg, um Abenteuer zu erleben? Könnt ihr mir noch einen Gefallen tun? Meine Hühner haben das Eierlegen aufgegeben, ich kann kein einziges Ei finden. Sind eure Hühner noch fleißig?« Luke nickte. »Könnte ich mir ein paar Eier ausleihen?«, sagte sie mit einem Zwinkern zu Brooke.

»Ja, aber Sie müssen uns welche zurückgeben, Mrs.

King«, sagte Adam ernst. Mit seinen knapp sieben Jahren hielt er sich für einen aufstrebenden Geschäftsmann und war recht einfallsreich in seinem Handel auf dem Schulhof und in der Umgebung. Er schaufelte Pferdeäpfel in Tüten und verkaufte sie als Gartendünger an Nachbarn, außerdem lieferte er den Überschuss, den sie an Eiern hatten, gegen einen geringen Abgabepreis an den örtlichen Frucht- und Gemüsehandel. Wenn es im Gemüsegarten seiner Mutter ausnahmsweise eine bestimmte Sorte im Überfluss gab, packte er einen alten Ziegenkarren damit voll und ging mit seiner Ware hausieren, um ein paar Dollar zu verdienen, die er mit Luke teilte.

»Adam! Jean ist immer sehr freundlich zu uns. Natürlich braucht sie euch keine Eier zurückzugeben, junger Mann, ihr schenkt sie ihr«, schimpfte Brooke. »Holt eine Schüssel und sammelt Eier. Wenn ihr damit fertig seid, sollte euer Vater so weit sein, dass ihr abfahren könnt.«

Jean kicherte, als die Jungs davonsausten. »Danke, Brooke. Ich brauche die Eier tatsächlich. Greg hat Geburtstag, und ich möchte ihm einen Kuchen backen. Seine neue Freundin kommt zum Abendessen, daher möchte ich es besonders gut machen. Sie heißt Connie.«

»Wir geben dir die Eier gerne.«

Die beiden Frauen beobachteten wohlwollend, wie Jason sich an dem Motorrad zu schaffen machte. Er gurtete den Korb hinten auf seinem Sitz fest. Dann organisierte er Helme und Brillen und kontrollierte, ob die Windschutzscheibe, die er am Tag zuvor angebracht hatte, festsaß.

»Welch ein Glück, einen Mann zu haben, der mit den Kindern Ausflüge unternimmt. Das habe ich in Gregs Kinder- und Jugendzeit vermisst. Eine Mutter zu sein ist ein harter Job. Gleichzeitig Mutter und Vater zu sein ist fast unmöglich.« Sie kicherte. »Unser erster Angelausflug war eine Katastrophe. Ich wusste nicht, wie man den Köder am Haken festmacht, geschweige denn den gefangenen Fisch abnimmt. Ich kam mir wie in einer Slapstick-Komödie vor bei meinen Bemühungen, das alles herauszufinden. Durch unsere Ungeschicklichkeit landeten drei Fische wieder im Wasser.« Sie seufzte unbeabsichtigt und fügte sanft hinzu: »Royce wäre ein wunderbarer Vater gewesen. Er war ein sehr männlicher Mann, aber er liebte Kinder. In der Aborigines-Mission spielte er mit ihnen, als ob er es jeden Tag tun würde.«

Brooke hörte den sehnsüchtigen Ton heraus, während ihre Freundin sprach, und verstand ihren Schmerz und – bis zu einem gewissen Grad – ihr Schuldgefühl. Liebevoll streichelte sie Jeans Arm. »Ich weiß, was du meinst. Meine Mutter war für lange Zeit Mutter und Vater für Travis und mich. Daddy war viel unterwegs auf See. Wenn er dann zu Hause war, musste er sich ums Haus kümmern und wollte natürlich auch seine Freunde besuchen. Trotzdem hat er sich die Zeit genommen, Trav und mir das Schwimmen und Cricketspielen beizubringen.« Brooke zog eine Grimasse, bevor sie fortfuhr: »Allerdings war ich keine Leuchte beim Schwimmen.«

Die Zwillinge kehrten mit sechs Eiern in einer Kunststoffschüssel zurück.

»Ihr habt mir das Leben gerettet, Jungs«, sagte Jean und wuschelte beiden durchs dunkle Haar.

»Kommt, Jungs«, rief Jason. »Es ist schon fast neun Uhr. Wir machen uns jetzt besser auf den Weg.« Als er die Zwillinge im Beiwagen untergebracht hatte, gab er ihnen Helme und Brillen und befestigte die Sicherheitsgurte mit einem Klicken. Er hatte ungewöhnlicherweise beschlossen, die Samstagvormittagsprechstunde ausfallen zu lassen, damit er den ganzen Tag mit den Jungs verbringen konnte – etwas, das er nur sehr selten tat und was nur möglich war, wenn in der Gegend keine ernsteren Krankheiten kursierten.

Brooke kicherte. »Ihr seht wie Figuren aus einem Biggles-Buch aus.« Sheridan, die um das Motorrad herumwackelte, fing an zu weinen. Sie wollte auch mit. Brooke nahm sie in ihre Arme und drückte sie. »Noch nicht, Süße. Wenn du älter bist.«

Jason trat den Kickstarter des Motorrades runter, gab Gas und fuhr langsam den Weg hoch. Die drei männlichen d'Winters drehten sich um und winkten zum Abschied, bevor sie in die Tyrell Road abbogen.

»Jetzt kannst du dir mit Sheridan einen schönen ruhigen Tag machen.«

»Ich fahre nach Cowra, um einen frühzeitigen Weihnachtseinkauf zu machen, solange die Jungs weg sind. Habe ich dir erzählt, dass Reverend Dupayne mich dazu überredet hat, im Verwaltungskomitee des Seniorenheimes mitzumachen? Wir treffen uns hier um drei Uhr, und in meiner Freizeit«, sie lächelte, »werde ich für meine Naturheilkundeprüfung lernen. Ich muss nur noch drei Lektionen schaffen, dann bin ich fertig.«

Jean lachte laut auf. »Das hätte ich mir ja denken können, dass du dich nicht einfach mal ausruhst.«

Brooke und Sheridan brachten Jean zum Gartentor. Ein Auto raste mit dröhnendem Motor an ihnen vorbei, das Radio bis zum Anschlag aufgedreht, und beendete schlagartig die Samstagmorgenruhe in Bindi Creek. Bremsen quietschten, und das fast neue Auto stand.

Craig Marcioni schaltete den Motor aus und stieg aus seiner frisierten Corvette aus. Er setzte seine Sonnenbrille auf und näherte sich den beiden Frauen in einem wichtigtuerischen, wiegenden Gang. »Hallo, Mrs. d'Winters, Mrs. King.«

»Hallo, Craig. Das ist ja ein super Auto!«, kommentierte Brooke. Ihr Blick wanderte über das leuchtend rote Auto mit den hochglanzpolierten Chromteilen.

»Es ist wunderschön. Reißt den Asphalt auf und«, er nahm seine Brille ab, um ihnen zuzuzwinkern, »zieht die Mädels magisch an.«

»Das kann ich mir vorstellen«, antwortete Jean missbilligend.

»Ja.« Craig setzte seine Brille wieder auf und fuhr sich mit den Fingern durchs Haar. »Äh, was ich Ihnen sagen wollte: Nonna ist jetzt im Seniorenheim, in der Pflegeabteilung. Meine Eltern haben letzte Woche entschieden, dass es zu viel wurde für sie zu Hause. Mummy will Dr. d'Winters fragen, ob er auch dort regelmäßig nach ihr sehen kann.« Er zog ein Taschentuch aus seiner verwaschenen Jeans und putzte sich die Nase, als ob ihn das ziemlich mitnehmen würde.

»Es tut mir leid, dass sich Mrs. Gross' Zustand verschlechtert hat.« Brooke sah, wie er mit seinen Hemdärmeln spielte, sie herunterrollte und die Knöpfe um seine Handgelenke schloss. Sie runzelte ein wenig die Stirn, als sie darüber nachdachte, was wohl der Grund dafür sein konnte, dass er so aufgewühlt war. Sie hatten schon bei einigen Gelegenheiten miteinander gesprochen, so dass er deshalb nicht nervös zu sein brauchte. Könnte Jeans offensichtliche Ablehnung seine Unruhe verursachen?

Craig sah Brooke mit einem Schulterzucken an und versuchte dabei, lässig zu wirken. »Die Familie ist ganz schön fertig deswegen.« Er zog laut die Nase hoch. »Nonna war letzte Woche bei einem Spezialisten in Goulburn, der einen Umzug ins Pflegeheim empfohlen hat. Ihre langfristigen Aussichten sind nicht gerade gut.«

»Das Pflegeheim hier in Bindi Creek ist wirklich ausgezeichnet, Craig. Das Personal kümmert sich sehr gut um die Bewohner. Sie werden sich so gut wie möglich um Ihre Nonna kümmern, glauben Sie mir«, sagte Brook mitfühlend. »Bleiben Sie noch auf ihrem Hof?«

»Erstmal ja. Daddy will das so«, sagte er und klang wenig begeistert. »Dort oben ist es einsam und ein wenig langweilig. Ich hab gesagt, sie sollen den Hof verkaufen, aber Mummy will nichts davon hören, solange Nonna noch unter uns ist.«

»Es könnte aber auch eine gute Erfahrung für dich sein, zu lernen, wie man für die Tiere und das ganze Anwesen sorgt, oder?«, warf Jean hinterhältig ein.

»Schätze schon, aber ich würde lieber in Cowra arbeiten, weil meine Freunde dort sind. Jedenfalls wäre es nett, wenn Sie die Nachricht an Dr. d'Winters weitergeben würden.« Er schien plötzlich beschlossen zu haben, dass er ihnen genug erzählt hatte. Und da er ihnen die Neuigkeiten über seine Großmutter berichtet hatte, konnte er jetzt lässig grüßen und zu seinem Auto zurückgehen. »Man sieht sich.«

Sie sahen ihm hinterher, wie er ohne Beachtung der Geschwindigkeitsbegrenzung die Straße hinunterraste. Jean schüttelte den Kopf. »Woher hat ein Junge wie er das Geld, sich so ein Auto zu kaufen? Mein Greg ist verrückt nach Autos und steckt seine Nase ständig in Motormagazine. Ich bin mir sicher, dass er mir gesagt hat, dass dieses Modell sehr teuer ist.«

»Vielleicht hat sein Vater es ihm gekauft«, vermutete Brooke.

»Luigi?« Jean lachte spöttisch. »Der hat so wenig

Geld, wie es Regentropfen über Bourke gibt.« Dann fuhr sie fort: »Hast du seine Augen gesehen? Blutunterlaufen und verschwollen. Sah aus, als hätte er geweint.« Sie dachte einen Moment nach und sagte dann, wenn auch unwillig: »Ich nehme an, er hängt am Ende doch sehr an seiner Großmutter.«

Brooke wollte etwas sagen, beließ es dann jedoch dabei. Sie hatte ihre eigene Vermutung über Craigs Aussehen und sein hektisches Verhalten, die sie aber erst mal für sich behalten wollte.

Sie ließ Sheridan in ihren Armen hüpfen, dass das Mädchen vor Glückseligkeit quietschte. »Also los, junge Dame. Wir schnallen uns Rollschuhe an und fahren nach Cowra, wollen wir?«

13

Sharon Dimarco schlug die Beine übereinander, betrachtete die lackierten Nägel der linken Hand und klopfte weiter stillschweigend mit den Fingern auf ihren Arm, während sie darauf wartete, dass sie in Jasons Sprechzimmer gerufen würde. Sie hatte sich in den letzten Jahren daran gewöhnt, nicht warten zu müssen, und sie empfand es als Frechheit, zwischen einem älteren Mann mit Grippe, der ununterbrochen hustete, ohne sich die Hand vor den Mund zu halten, und einer Mutter mit einem unruhigen, jammernden Kind sitzen zu müssen.

Machte sie gerade einen Fehler? Das fragte sie sich gerade zum mindestens zehnten Mal. Vielleicht sollte sie aufstehen und gehen. Aber dann erinnerte sie sich wieder daran, worum es für sie ging, und sie versuchte so zu wirken, als ob sie diesen lächerlich ungemütlichen Stuhl bequem fände. Verlier nie das Ziel aus den Augen, Schätzchen. Hier zu sein, hieß, dem Ziel einen Schritt näher zu kommen, zumindest hoffte sie das.

Jason brachte seinen Patienten zur Tür, und Jean King bedeutete dem älteren Mann, hineinzugehen. Als er im Sprechzimmer war, sah sie Sharon eindringlich an und sagte: »Sie sind die Nächste, Ms. Dimarco.« Jean machte nie Kompromisse, wenn es darum ging, Zu- oder Abneigung zu zeigen. Jetzt raschelte sie lautstark mit den Papieren auf ihrem Schreibtisch, um ihre Missbilligung über Hugh Thurtells ältere Tochter auszudrücken.

Zehn Minuten später öffnete sich die Tür zum Sprechzimmer, und der ältere Mann verließ es.

»Komm rein, Sharon.« Jason lächelte sie an, während er zur Seite trat, um sie vorbeizulassen. »Ich bin überrascht, dich hier zu sehen, aber bitte setz dich erst mal und sag mir, warum du hier bist.«

Sie lächelte ihn zögerlich an und sagte: »Ich habe Schlafprobleme, Jason. Das geht jetzt schon seit Wochen so.« Sie seufzte. »Ich habe alles versucht, was mir eingefallen ist. Wenn ich dann schließlich einschlafe, wache ich nach kurzer Zeit wieder auf und finde anschließend keinen Schlaf mehr. Mein Kopf ist dann hellwach.« Sie lehnte sich vor und vertraute ihm fast flüsternd an: »Die gleichen Probleme hatte ich, als meine Ehe in Schieflage geriet.«

»Was hast du denn damals getan, um dem Problem abzuhelfen?«

»Ich hab getrunken«, sagte sie, und ein schuldbewusstes Lächeln zog sich über ihren wohlgeformten Mund, »bis zur Besinnungslosigkeit. Es ist ein Wunder, dass ich keine Alkoholikerin geworden bin.«

»Hast du es mit Entspannungskassetten probiert?«, fragte er und notierte sich schnell etwas auf ihrer neuen Patientenkarte. »Warme Milch, Sport vor dem Schlafengehen?«

»Nein.« Ihre Augen weiteten sich, als ob sie noch nie von diesen Dingen gehört hatte. »Als ich in Italien merkte, dass ich ein Problem hatte, bat ich meinen Arzt, mir Beruhigungsmittel zu verschreiben. Sie haben mir gut geholfen. Ich hatte Angst, abhängig zu werden, und habe sie nach der Scheidung von Ricardo nicht mehr genommen.«

»Das war sehr schlau von dir, die Tabletten abzusetzen«, nickte er zustimmend. »Aber jetzt sollten wir herausfinden, warum du plötzlich nicht mehr schlafen kannst, obwohl du den Schlaf brauchst.« Er sah sie fachmännisch und durchdringend an. »Macht dir etwas Sorgen, Sharon?«

Sie zuckte vielsagend mit den Schultern. »Ach, nur das Übliche. Daddy altert so schnell. Er glaubt, er kann dieselben Dinge erledigen wie ein Dreißigjähriger. Er ist übergewichtig, und wahrscheinlich erleidet er irgendwann einen Herzinfarkt. Wenn das draußen auf den Weiden passiert, dann …«

»Er sollte seinen Arzt aufsuchen.«

»Er will nicht, Jason«, klagte sie. »Er sagt, es ist alles in Ordnung. Und ich mache mir Sorgen, dass es Wes ebenso ergeht wie Daddy. Er arbeitet zu viel. Er ist arbeitswütig geworden seit seiner Scheidung von Claudia.«

Jason hörte auf zu schreiben. »Wes ist immer schon so gewesen. Seit ich ihn kenne, arbeitet er ausschließlich auf Hochtouren.« Er grinste sie an. »Ein anderes Tempo kennt er gar nicht. Unter uns – ich habe ihn vor einigen Monaten komplett durchgecheckt. Und glaub mir, er ist in allerbester Form.«

»Du musst es ja wissen.«

»Lass uns wieder zu dir zurückkehren. Ich könnte dir Schlaftabletten verschreiben, aber ich möchte lieber, dass du erst noch andere Methoden ausprobierst. Die Entspannungskassetten, zum Beispiel. Ich kann dir eine Liste geben und dir sagen, wo du sie kaufen kannst. Und ich kann dir ein Programm für Schlafregeln geben, das für Leute entwickelt wurde, die an dem leiden, was man früher Insomnie, also Schlaflosigkeit, genannt hat. Das Programm umfasst Sportübungen, eine abendliche Routine und strenge Richtlinien, was man tun soll, wenn man nicht einschlafen kann. Die Absicht ist, ein Einschlafmuster wieder herzustellen, das irgendwie verloren gegangen ist.«

»Deine Diagnose ist Schlaflosigkeit?«

Er dachte kurz nach, bevor er antwortete. »Wir nennen es nicht Schlaflosigkeit, das ist ein laienhafter Ausdruck.«

Sie zog einen Schmollmund. »Pillen wären mir lieber.«

»Sie sind die einfachste Lösung, aber du kannst von ihnen abhängig werden.« Er sah sie über den Tisch hinweg an. »Ich bin sicher, dass du das nicht willst. Solange dein Problem nicht chronisch ist – und so weit wollen wir es nicht kommen lassen – warum solltest du es nicht, sagen wir mal, einen Monat lang mit den Kassetten und den Übungen probieren? Dann kommst du wieder, und wir besprechen die Veränderungen.«

Sie lächelte Jason auf ihre gewinnendste Art an, als er ihr einige Blätter Papier aushändigte. Sie hatte ja so einen Spaß dabei, irgendwelche Probleme zu erfinden, nur um seine Aufmerksamkeit zu erlangen. Ricardo hatte sie für eine phänomenale Schauspielerin gehalten – vielleicht hatte sie ihre Berufung verfehlt. »Oh, ich danke dir, Jason. Ich fühle mich allein schon nach unserem Gespräch viel besser. Ich kann dir nicht genug danken«, sprudelte es aus ihr heraus.

»Kein Problem. Ich möchte, dass du mich anrufst, wenn du auf irgendwelche Schwierigkeiten stößt, und wenn du vor Ablauf der vier Wochen wiederkommen möchtest, dann mach das.«

Das klang nach einer Verabschiedungsfloskel. Sie wurde aufgefordert, zu gehen. Noch nicht, Dr. Jason d'Winters, nicht vor dem Finale. »Du bist so nett. Oh …« Sie hielt inne, als ob sie gegen eine Steinmauer gerannt wäre. Ihre schönen Gesichtszüge verzogen sich gequält. »Es ist nicht fair, was die Leute behaupten.«

Durch ihren Themenwechsel verwirrt, legte sich Jasons Stirn in Falten. »Was denn?«

»Nein, nein, das ist nur gemeines Gerede, das ich nicht wiederholen werde.« Sie schüttelte heftig den Kopf. Zier dich, Mädchen. Er soll glauben, er müsste es aus dir herausquetschen …

»Jetzt hast du mich neugierig gemacht. Was erzählen sich die Leute? Etwas über mich, über Brooke?«

»Daddy sagt, ich soll's nicht weitersagen. Es sei zu albern, um überhaupt darüber zu sprechen.«

Jason Gesicht sah ernst aus, als er aufstand. »Wenn es etwas Nachteiliges über die Praxis oder über das medizinische Gemeindezentrum ist, sollte ich es schon wissen.«

»Nein, es ist über Brooke.« Ihre Hand schoss hoch und legte sich über ihren Mund. »Oh, verflixt! Das wollte ich nicht sagen.«

Sie presste ihre Tasche gegen die Brust. »Vergiss, dass ich irgendetwas gesagt habe, Jason. Ich muss jetzt gehen.« Da sie schon stand, ging sie jetzt ein kleines Stück

Richtung Tür und griff mit ihrer freien Hand nach dem Türgriff. Dann wartete sie, als ob sie eine Szene spielte und darauf wartete, dass der andere Schauspieler sein Stichwort auffing.

»Dann rufe ich Hugh an. Er wird es mir schon erzählen.«

Nein! Er durfte ihren Vater nicht anrufen, das wäre ein Desaster. Sie gab sich den Anschein, einige Sekunden zu zögern, bevor sie kapitulierte. »Ach, na gut. Aber, Jason, du musst mir versprechen, dass du niemandem sonst etwas davon erzählst. Es ist wirklich nur dummes Geschwätz.«

Er wartete geduldig mit verschränkten Armen.

»Letzte Woche war ich auf einer Party in Cowra, im RSL-Club. Auf der Damentoilette sprachen einige Frauen über Brooke – oder besser: Sie zerrissen sich das Maul über sie. Dass sie gut organisieren kann, wie viele Dinge sie erreicht hat, etc. Dann erwähnte jemand Wes. Es muss jemand aus Bindi gewesen sein, denn sie kannte sowohl dich als auch Wes. Jedenfalls deutete diese Frau an – hast du Töne? –, dass Wes ein wenig zu häufig Gast bei euch sei. Oh, es war eindeutig, was sie damit sagen wollte …« Sie sah Jason an und hoffte, dass es ihm auch klar war, damit sie es nicht aussprechen musste. Sie sah, dass er ihre Worte wie ein Schwamm aufsog, wobei er sie nie aus den Augen ließ. Sie unterdrückte den Impuls, ihren Triumph herauszulächeln, weil sie wusste, sie musste die Geschichte glaubhaft klingen lassen.

»Diese Frau, die glaube ich im Supermarkt arbeitet, vermutet, dass er – Wes – alles Mögliche als Entschuldigung dafür heranzieht, zu euch nach Hause zu kommen. Nicht, um dich zu sehen, sagte sie, sondern Brooke. Wenn du weißt, was ich meine.« Sie stieß einen aufrichtigen Seufzer aus. »Es ist alles viel zu lächerlich, um darüber zu reden. Als ich aus meiner Kabine kam, habe ich den Frauen das auch so gesagt. Sie sind auseinander wie eine Herde aufgeschreckter Schafe.« Ihr Lachen hallte im Sprechzimmer wider, als ob die Erinnerung daran sie überaus amüsierte.

Jason strich sich nachdenklich über sein Kinn. »Wes und Brooke. Das ist das Dämlichste, was ich je gehört habe«, antwortete er. Dann kicherte er und sagte: »Einen Moment lang war ich besorgt: Ich dachte, du würdest sagen, dass den Menschen die medizinische Versorgung hier nicht ausreicht.«

Sharon blinzelte, erholte sich aber schnell genug, um in sein Lachen einzufallen. War er so begriffsstutzig, dass er ihre Andeutungen nicht verstanden hatte? Oder sollte das Selbstschutz sein, und er gab nur vor, dass alles völlig in Ordnung war? Dummerweise kannte sie Jason nicht gut genug, um seine Reaktion mit Gewissheit zu deuten, aber sie fühlte sich trotzdem seltsam zufrieden. Sie hatte ihren Plan ausgeführt und den Samen des Zweifels gepflanzt, der hoffentlich zu einer zerstörerischen Eifersucht zwischen Jason und Wes heranwachsen würde und dazu führte, dass sie sich viel seltener sehen würden als jetzt, was auch Brooke einschloss. Sie würde abwarten und beobachten, ob der Samen keimte und wuchs – oder verdorrte.

»Es tut mir leid, ich hätte nichts sagen sollen.«

»Ich bin froh, dass du es getan hast. Wenn ich Brooke diese Geschichte erzähle, wird sie sich köstlich darüber amüsieren. Und Wes auch.«

Ihr Herz setzte einen Schlag lang aus. »Oh, bitte erzähle es Wes nicht. Er … er wird vielleicht wütend und möchte dieser Person den Marsch blasen, wie man so sagt. Es könnte … unangenehm werden.« Das Letzte, was sie wollte, war, dass Wes Sinclair erfuhr, dass sie erfundenen Tratsch verbreitete. Er könnte sogar pfiffig genug sein, um den Grund dafür herauszufinden.

»Vielleicht hast du Recht«, nickte Jason und betrachtete sie nachdenklich. »Vielleicht sollten wir das nur unter uns lassen.«

Als Jason später an seinem Schreibtisch saß, um einen Bericht über Mrs. Santinis Schilddrüsenprobleme zu verfassen, den er dem Spezialisten in Sydney schicken wollte, zu dem er sie überwiesen hatte, wanderten seine Gedanken zurück zu dem, was Sharon ihm erzählt hatte. *Brooke und Wes!* Sie hatte eine Spannung zwischen ihnen, eine Schwärmerei, eine Affäre angedeutet. Er kicherte vor sich hin. Wenn Sharon nur wüsste, was er wusste. Nämlich dass Brooke jahrelang eine stille Ablehnung gegen Wes gehegt hatte, die erst kürzlich, nachdem er ihr geholfen hatte, ihre Angst vor Pferden zu überwinden, in eine Art Freundschaft, nicht aber in Nähe, umgeschlagen war. Der Klatsch auf dem Lande! Er schüttelte den Kopf und warf seinen Stift auf seine Schreibunterlage. Er konnte zerstörerisch sein. Manche Leute hatten nichts Besseres zu tun, als Anspielungen und Lügen unter die Leute zu bringen. Und Wes! Sein Kichern wurde lauter. Der Mann war so gegen Frauen eingestellt, dass er sogar Sharon Dimarcos reichlich vorhandenem Charme widerstand. Sie brannte darauf, eine Beziehung mit seinem Kumpel einzugehen, aber Wes sprang nicht darauf an. Wenn man alles logisch überlegte, war es unwahrscheinlich, dass Wes sich nach *seiner* Frau verzehrte.

Als er weiter darüber nachdachte, was sie ihm gesagt hatte, kam ihm ein Gedanke quasi als natürliche Fortsetzung seiner Überlegungen, nämlich, dass Sharon sich das alles nur ausgedacht hatte. Er runzelte die Stirn. Würde sie so etwas tun, und wenn ja, warum? Sie war ziemlich besitzergreifend, wenn es um Wes ging, das war ihm klar, und sie versuchte, wann immer es möglich war, seine Aufmerksamkeit allein auf sich zu ziehen.

Jason schüttelte verwirrt den Kopf. Wer konnte schon ahnen, was im Kopf dieser Frau vorging! Er nahm sich dennoch vor, wenn sie beim nächsten Mal wieder zu ihm in die Sprechstunde käme, darauf zu achten, dass sich das Gespräch ausschließlich um ihre Gesundheit drehte.

»Habt ihr den Wetterbericht im Radio gehört?«, fragte Jean Jason und Brooke, als sie in Regenjacke, Gummistiefeln und mit Kopftuch in der Tür des Wartezimmers stand, die Tropfen von ihrem Regenschirm abschüttelte und anfing, sich aus den äußeren Kleidungsschichten zu pellen. Sie hängte ihre Wetterkleidung an den Kleiderständer und versuchte, die Kälte aus ihren Händen durch Reiben zu vertreiben, und lief zum Gasheizgerät, um sich aufzuwärmen.

»Mehr Regen?«, wollte Jason wissen.

»Viel mehr Regen und damit Überschwemmungen. Im Nordwesten regnet es seit Wochen. Überschwemmungen gibt es schon an Flussbereichen des Lachlan, des Belubula und des Abercrombie. Auch der Wyangala Stausee ist schon übervoll, so dass sie wahrscheinlich den Überlauf öffnen müssen. Das bedeutet, dass der Bindi Creek auch anschwellen wird, vielleicht sogar über seine Ufer tritt.«

»Du bist eine echte Frohnatur.« Jason schnitt ihr eine Grimasse. »Weißt du denn nicht, dass dieser Regen schlecht fürs Geschäft ist? Die Patienten verlassen aus

Sorge ihre Höfe nicht – oder erst, wenn es ihnen richtig schlecht geht.«

»Ist der Fluss schon mal über seine Ufer getreten, Jean?«, fragte Brooke.

»Nicht, seit ich hier wohne, und das sind mittlerweile schon neun Jahre.«

»Worüber bist du dann so besorgt?«, war Jasons nüchterne Frage, während er die Post durchsah. Er zog einen Brief heraus und ließ ihn in seine Jackentasche gleiten.

Jean zog die Augenbrauen hoch. Seltsam. Jason guckte sonst nie die Post durch, schrieb Schecks aus oder antwortete auf Briefe. Das erledigte alles Brooke. Er blieb den Berichten und dem Briefeschreiben so gut es ging fern, es sei denn, er musste einem Facharzt etwas mitteilen oder einen Anspruch aus einem Arbeitsunfall bearbeiten oder einen Bericht an eine Versicherung verfassen. Es musste sich um einen persönlichen Brief handeln, vielleicht von einem Freund oder einem Verwandten, beschloss sie und verbannte dieses Thema sofort aus ihren Gedanken. Das Wetter war für sie alle ein wichtigeres Thema.

»Na?«, drängelte er, als Jean ihm nicht antwortete.

»Ich weiß nicht. Es ist nur so ein Gefühl. Der Arm, den ich mir vor Jahren gebrochen habe, pocht wie wild. Das war auch so, als ich von einer Überschwemmung im Daintree-Gebiet eingeschlossen wurde. In Feuchtgebieten können Flüsse innerhalb von Stunden ansteigen und einen von der Umwelt abschneiden. Das war eine verdammt furchteinflößende Erfahrung.«

»Was du in deinem Alter hast, ist ein klein wenig Rheumatismus«, antwortete Jason und klang amüsiert.

»Ja, das ist bestimmt auch Rheuma«, stimmte ihm Jean zu. »Ich kann nur hoffen, dass das alles ist.«

Sie nahm ihm seine Freimütigkeit nicht übel. Als sie ihn ansah, kam es ihr plötzlich, dass er auf manche Art ihrem Royce ähnlich war. Sie sahen zwar unterschiedlich aus, waren aber ähnlichen Wesens. Beide hatten einen großartigen Sinn für Humor, waren feinfühlig und fürsorglich. Einen Moment lang ließ sie ihre Gedanken abschweifen. Sie fragte sich, was Royce wohl in diesem Moment tat und wo er es tat. Ach, das führte zu nichts! Sie seufzte und war mehr als nur ein bisschen enttäuscht. Sie würde es niemals erfahren, leider.

»Wollt ihr beide wohl aufhören?« Brooke fiel lachend in die Debatte ein. »Ich habe gestern etwas wesentlich Ernsteres gehört, als ich im Pflegeheim war. Eine der Patientinnen ist mit dem hiesigen Filialleiter der National Bank verwandt. Sie hat mir erzählt, dass die Filiale am Ende des Jahres geschlossen wird. Wenn das geschieht, haben wir keine Bank mehr in Bindi.«

»Du machst Witze.« Jean starrte sie an, ihr Mund stand vor Schreck offen, und ein wenig verärgert war sie auch über Brooke. Normalerweise war *sie* es, die die Neuigkeiten oder Informationen über die Gemeinde in die Praxis mitbrachte, aber dieses Mal war Brooke ihr zuvorgekommen. Und genau wie Brooke erkannte sie die Auswirkungen, die das Schließen der einzigen Bank der Stadt, die vielen Hundert Menschen als Geldinstitut diente, haben würde: Das Geschäftsleben würde erlahmen, die Leute würden wegziehen. Sie sah erst Jason, dann wieder Brooke an. »Das könnt ihr nicht zulassen.«

Brooke starrte zurück. »Können wir nicht? Wie können wir, wie könnte irgendjemand, die Schließung verhindern? Banken machen, was ihnen gefällt, sie lassen sich dort nieder, wo sie den größten Profit erwarten. Für viele Leute wird es umständlich werden. Sie versuchen, den Schlag abzumildern, indem sie aus dem Bankgebäude ein Museum machen wollen.« Sie lachte wieder, dieses Mal zynisch. »Ha! Damit machen sie sich auch nicht beliebter.«

»Wir könnten eine Genossenschaftsbank, eine Gemeindebank gründen«, schlug Jason vor. »Das wurde schon mal in einem Ort in Victoria gemacht.«

»Das ist eine fantastische Idee«, begeisterte sich Jean, und ihr Gesichtsausdruck hellte sich auf. »Wir sollten deswegen so schnell wie möglich eine Stadtversammlung einberufen.«

Jason grinste sie an. »Sobald es aufgehört hat zu regnen.«

Es hörte nicht auf zu regnen. In den nächsten Tagen goss es entweder in Strömen, oder es nieselte, oder es klarte kurz auf, bevor wieder schwere Regenwolken aufzogen und der Himmel sich ein weiteres Mal öffnete. Der Spielplatz an der Grundschule war überschwemmt. Die Schule stand in einer leichten Senke und war bald genau wie ihre Umgebung von fünfzig Zentimeter hohem Wasser umschlossen. Das Betreten der Schule wurde als gefährlich eingestuft, so dass die Kinder zu Hause bleiben mussten. Aus der Hälfte der Geschäftshäuser an der Tyrell Road rann das Wasser, als ob es durch Siebe fließen würde. Der Fluss stieg stetig an – jetzt stand das Wasser schon bis zur Hälfte der hölzernen Brücke, über die man in die Stadt hineinfuhr. Das aufgewühlte Wasser raste in halsbrecherischem Tempo darunter hindurch.

Die d'Winters beobachteten aus ihrem Haus heraus, wie der Fluss anschwoll und die hintere Kuppel überflutete. Domino, das Pony der Zwillinge, musste auf ein höheres Gelände umgesiedelt werden, das Hühnergehege war ein einziger Morast, und die zehn Hühner samt ihrem Hahn, die hoch über dem Boden auf Sitzstangen kauerten, waren verdächtig still. Das Gemüse in Brookes Garten war größtenteils verloren, aber als das Wetter es einmal für einen Moment zuließ, hatte sie geerntet, so viel sie konnte, und war jetzt damit beschäftigt, Pastinaken, Blumenkohl und Rote Beete einzumachen.

Als Jason in die Küche ging und sah, dass Brooke so ziemlich jeden Topf und jedes Gerät benutzte, das sie hatte, schüttelte er den Kopf und gab ihr einen Kuss, obwohl sie viel zu versunken in ihre Arbeit war, als dass sie das gemerkt hätte.

»Ich fahre zum Pflegeheim. Mrs. Gross' Zustand hat sich noch mal verschlechtert. Danach fahre ich zu Familie Teseyman, hinten beim Milburn Creek.«

»Glaubst du, du schaffst es bis dahin?«

»Ich habe gerade mit Ric Stephanos telefoniert. Er sagte, dass es dort ganz gut aussehen würde. Wahrscheinlich fahre ich auch noch zu ihnen rüber. Angie quält sich mit Morgenübelkeit herum, und Ric benimmt sich wie eine Glucke, weil Angie einundvierzig ist und er einiges über späte Schwangerschaften gelesen hat.«

»Fahr bitte vorsichtig, und pass gut auf dich auf.« Brooke strich ihren Pony aus der Stirn und horchte einen Moment lang auf die Geräusche, die, abgesehen vom Fernsehgerät, von der rückwärtigen Veranda zu hören waren, wo die Kinder spielten. Es klang alles recht normal. Aus einem ihr unbekannten Grund war sie unruhig. Es ist der Regen, sprach sie sich gut zu. Brookes erste Erfahrung mit entfesseltem Wasser, das alles Leben – das der Menschen und das der Tiere – beherrschte, machte ihr mehr zu schaffen, als ihr lieb war.

»Ich weiß nicht, wann ich zurückkomme. Das hängt von den Straßenzuständen ab«, sagte Jason. Auf dem

Weg zur Dielentür drehte er sich zu ihr um. »Kommst du klar, Schatz?«

Sie winkte ihn hinaus. »Ja, natürlich.« Dann grinste sie ihn an. »Na los, hol dir nasse Füße.«

Adam kam zehn Minuten später in die Küche und hüpfte vor lauter Ungeduld und Langeweile von einem Fuß auf den anderen. »Mummy, es regnet nicht mehr. Können wir ein bisschen rausgehen? Wir wollen sehen, wie es Domino geht.«

Brooke sah aus dem Fenster. Der Wolkenbruch war einem feinen Nieselregen gewichen. Sie wusste, dass die Möglichkeiten der Zwillinge, sich die Zeit zu vertreiben und sich zu amüsieren, bis zum Limit ausgereizt waren, weil sie schon tagelang im Haus eingesperrt waren.

»Zieht eure Regensachen an, und schickt Sheridan zu mir. Ich möchte nicht, dass sie durch den Matsch stapft, sonst haben wir ihn schneller im ganzen Haus, als wir schauen können.«

»Stimmt, Mummy«, gab Adam ihr wegen seiner zweijährigen Schwester Recht. »Sie ist ein kleines Schweinchen, und wir wissen genau, wie gern sie Matschekuchen macht.«

»Mhm. Und füttert auch die Hühner, Adam. Bei der Hintertür steht ein Eimer mit Körnern für sie.«

»In Ordnung.« Damit raste er los, um Regenjacke und Gummistiefel zu holen.

Es war einfach zu viel verlangt von zwei Siebenjährigen, der Versuchung zu widerstehen, sich ans Ufer des reißenden Flusses zu stellen und zuzuschauen, wie schlammfarbenes Wasser an ihnen vorbeiwirbelte, wie Äste, Kartons, Kleidungsstücke und all die anderen Dinge, die sich das Wasser in seinem wilden Rausch einverleibt hatte, mitgerissen wurden. Beide Jungen waren von dieser dramatischen Veränderung des Flusses, in dem sie seit Jahren spielten und schwammen, fasziniert. Er sah nicht länger wie der sachte dahinfließende Creek aus, den sie kannten. An seiner statt blickten sie auf tosende, lebendige Wassermassen, die echte Abenteuer versprachen.

»Komm, wir bauen uns ein Floß, wie in *Huckleberry Finn*«, schlug Luke vor.

»Das dauert zu lange. Ich weiß was Besseres, warte hier.« Adam lief zum Carport.

Nach ein paar Minuten kehrte er mit ihren Boogieboards, die sie zu Weihnachten bekommen hatten, und einem Seil zurück.

»Was hast du vor, Adam?«

»Lukey, das Wasser hat richtige Wellen. Wir tun so, als ob wir am Strand wären, so wie letzten Sommer in Bendalong.«

»Ich weiß nicht.« Luke, der Vernünftigere der beiden, betrachtete eingehend das rasend schnelle Wasser. »Das sieht gefährlich aus.«

Adam schnitt ihm eine Grimasse. »Sei doch nicht so ein Baby, das klappt schon. Ich binde das Seil um das Boogieboard und knote es dann um den Zaunpfosten.« Adams Stimme klang sehr selbstsicher. Er sah sein Spiegelbild an. »Du kannst das Seil ja festhalten, wenn du nicht mitmachen willst, dann ist es noch sicherer.«

»Okay, aber sei vorsichtig.«

Adam war nie vorsichtig. Das Wort kam in seinem Sprachgebrauch nicht vor. Schnell zurrte er das Seil um den oberen Teil des Zaunpfahls fest, dann warf er sich in Regenjacke und Gummistiefeln bäuchlings auf das Board und paddelte auf den Fluss hinaus, bis die Strömung ihn erfasste. Von allen Seiten trafen kleinere Wellen auf das

Boogieboard, warfen es hin und her und ließen es schaukeln. Adam lachte begeistert und war sich der Gefahr nicht bewusst, in die er sich gebracht hatte. Es dauerte nicht lange, bis das Seil zu seiner vollen Länge gespannt war und Adam fast in der Mitte des Flusses trieb, wo die Strömung nicht so heftig war.

»Das ist irre, Lukey«, rief er seinem Bruder zu. »Juhuuu!«

Luke grinste und schüttelte gleichzeitig den Kopf. Drei oder vier Minuten lang sah er seinem Bruder zu, der sich köstlich amüsierte, bevor er sich zu dem Seil umdrehte. Adam hatte es zu hoch angebracht, so dass die Kombination aus seinem Gewicht und der Gewalt des stark strömenden Wassers das Seil langsam über das Ende des Zaunpfahles zog.

»Oh, nein!«, schrie Luke auf.

Er erreichte den Pfahl in dem Moment, als die Schlaufe abrutschte. Er griff nach dem Seil und hielt es mit aller Kraft fest. Ungefähr dreißig Sekunden lang konnte er Adam in seiner Position halten, dann verloren seine jungen Muskeln erbarmungslos den Kampf gegen den Fluss, und das Nylonseil glitt ihm durch die Hände, obwohl er es fest umklammerte.

Sein Kopf wirbelte von rechts nach links auf der verzweifelten Suche nach einer Befestigungsmöglichkeit für das Seil oder nach etwas, das er als Hebel benutzen konnte, wie er es bei seinem Vater gesehen hatte, als der große Steine aus einem Paddock weggeschafft hatte. Er fand nichts. Das Seil zog immer weiter, bis nur noch die Schlaufe übrig war.

Er stemmte seine Absätze in den Matsch, konnte aber auf dem glitschigen Untergrund keinen Halt finden. Im nächsten Moment lag er mit dem Gesicht im Wasser. Das

Seil war ihm aus der Hand gerissen, und Adam, der nicht länger am Ufer gesichert war, trieb davon.

»Hilfe, Lukey! Hilf mir!«, schrie Adam, der die missliche Lage, in die er sich gebracht hatte, jetzt erkannte.

Am Flussufer stand Luke auf, rieb Wasser und Schlamm aus seinen Augen und sah, was geschehen war. Sein Gesicht wurde weiß, und »Adam, Adam« schreiend rannte er durch den Matsch zum Haus, so schnell ihn seine Füße trugen.

14

Brooke stand mit Jean, die auf einen Sprung vorbeigekommen war, in der Küche, vor ihnen saß Sheridan auf dem Boden und spielte mit ihren Puppen Picknick, als der durchnässte, schlammbespritzte Luke in den Raum platzte.

Vor Atemnot und Schreck konnte er zuerst nicht reden. Jean nahm ihn bei den Schultern und schüttelte ihn sanft, um ihn von seinem Schock zu befreien. Sie sah, dass Adam nicht bei ihm war. Da sie dessen Abenteuerlust kannte, erahnte sie die Notlage innerhalb von Sekunden. »Lieber Gott, Adam ist im Fluss, oder?«

Luke nickte stumm. Die Angst schüttelte ihn, er fing an zu weinen und stammelte: »Ich … ich habe versucht, ihn festzuhalten … aber das … das S-seil vom Boogieboard ist vom Pfahl runtergerutscht und er …«

Für Panik war keine Zeit. Brooke zwang sich, zu handeln. »Pass auf die Kinder auf, Jean.«

»Ich habe Wes Sinclairs Geländewagen vor dem Supermarkt gesehen«, rief Jean, während Brooke aus der Küche raste. »Hol ihn. Ich ruf Frank Galea an. Seine Werkstatt liegt dicht bei der Brücke – er kann nach Adam Ausschau halten. Frank wird andere Leute dazuholen.«

Irgendwie nahm Brooke Jeans Worte tatsächlich wahr, als sie den Flur zur Tür runterrannte. Am Morgen hatte sie sich den überquellenden Fluss angesehen und wusste, wie gefährlich er war und … ihr kleiner Sohn war irgendwo inmitten dieser aufgewühlten, außer Kontrolle geratenen Wassermassen. Sie rannte zur Tür hinaus. Der Regen hatte wieder eingesetzt, und bis sie beim Supermarkt ankam, war sie durchgeweicht. Sie erkannte Wes' Auto.

Brooke lief durch den Supermarkt und rief nach ihm. »Wes! Wes Sinclair! Oh, bitte, wo bist du?«

Wes' und Drews Köpfe tauchten hinter einem Regal auf. Drew schob einen vollgeladenen Einkaufswagen.

»Adam ist im Fluss. Luke sagte, er lag auf seinem Boogieboard und hatte ein Seilende um das Board und das andere um einen Zaunpfahl gebunden … Das Seil … Luke sagte, das Seil hat sich gelöst«, sie keuchte und holte dann tief Luft. »Jason ist nicht zu Hause, er macht einen Hausbesuch und …« Ihre braunen Augen weiteten sich vor Angst. »Mein Baby ist im Wasser, Wes. Er wird ertrinken.«

Wes und Drew sahen einander an. »Nein, wird er nicht«, sagten sie gleichzeitig.

Die Sinclairs ließen Brooke nach Atem ringend und tropfend zurück und rannten zum Geländewagen. Es schien keine halbe Minute vergangen zu sein, als sie die Tyrell Road bereits zur Hälfte hinter sich gebracht hatten und auf dem Weg zur Brücke waren.

Als Brooke zur Brücke kam, bereiteten ein paar Männer einen Rettungsversuch vor. Es hieß, man hätte Adam gesehen – seine gelbe Regenjacke stach aus dem Wasser hervor – wie er sich eisern an sein Boogieboard geklammert hatte. Er war durch eine Flussbiegung gerissen worden und trieb nun geradewegs auf die Brücke zu.

»Wir haben nur eine einzige Chance, ihn dort herauszuholen«, rief Wes, der gerade ein Seil um seine Hüften schlang. »Die Felsen unter der Brücke verlangsamen die Strömung ein wenig, auch wenn sie jetzt überschwemmt sind. Ich müsste ihn greifen können, wenn er den Brückenpfeiler erreicht.«

»Beeil dich lieber, Wes«, brüllte Vince, der Apotheker, durch den prasselnden Regen. Er hielt sein Handy ans Ohr gedrückt. »Adam wurde gesehen, er hat schon über die Hälfte der geraden Strecke hinter sich und hält sich immer noch an seinem Board fest. In dreißig Sekunden oder eher weniger wird er hier sein.«

Wes warf zwei Männern das Ende des Seils zu und tauchte in den aufgewühlten Fluss ein. Er dankte dem Schicksal, dass er ein kräftiger Schwimmer war. Seit Claudia den Pool hatte bauen lassen, war es ihm zur Gewohnheit geworden, täglich seine Bahnen zu schwimmen. Er brauchte nur ein halbes Dutzend Schwimmzüge bis zum Brückenpfeiler. Gegen den Druck des rasenden Wassers richtete er sich auf und stand bis zur Hüfte im Wasser, wobei er wackelig auf dem überfluteten Fundament des Brückenpfeilers balancierte. Ungeduldig strich er sich Wasser und Haare aus den Augen, während er bei seiner eingeschränkten Sicht versuchte, das Kind zu erblicken.

»Da ist er!«, brüllte jemand.

Und wirklich, in der Mitte des Flusses schwamm Adam, der sich verzweifelt an sein geliebtes Boogieboard klammerte. Sein erschöpftes Gesicht war so weiß wie die Gischt, die in kleinen Wellen um ihn herum spritzte.

Er ist so klein inmitten von so viel Wasser! Brooke, der in dem Drama um die Rettung ihres Sohnes nur die Rolle der Betrachterin zugefallen war, kniff ihre Augen gegen den Regenschleier zusammen und sah Adam sich der Brücke nähern. Das aufgewühlte Wasser schoss dahin, raste, ein geistloser Körper flüssiger Energie, und während sie zusah, fraß eine übermächtige Angst ihr Innerstes auf. Ihre Knie gaben nach. Jemand – sie drehte sich nicht um, um zu sehen, dass es Drew war – kam und stützte ihren Ellbogen ab, um sie aufrecht zu halten. Ihre Hand schoss zu ihrem Mund, um den Schrei des Entsetzens zu unterdrücken, das sie fühlte. Dass Adam noch immer am Leben war, war ein Wunder. Sie versuchte, aus diesem Gedanken Trost zu ziehen.

Als er über die überschwemmten Steine trieb, formte die Strömung einen Ministrudel, der das blaue Boogieboard ergriff. Das Board schoss in die Luft, und Adam verlor den Halt. Innerhalb weniger Sekunden waren er und seine gelbe Regenjacke unter dem wirbelnden Schaum verschwunden.

»Scheiße, er ist bei den Steinen!«, rief Frank durch den Lärm des Regens und des wilden, gurgelnden Flusses.

Wes sprang ins Wasser, tauchte unter und war ebenfalls verschwunden. Die kleine Ansammlung von Menschen stand da und wartete. Schweigend betete jeder auf seine Weise. Vince und Gino hielten das Seil fest, an dem Wes hing. Es spannte sich, und hing anschließend schlaff durch.

Brooke drehte sich zu Drew um und legte ihre Arme um ihn, um ihm und sich Halt zu geben. *Es dauert zu lange.* Dieser Satz dröhnte in ihr, aber sie war nicht bereit, ihre Angst auszusprechen. Die Sekunden gingen vorbei und fühlten sich wie Stunden an. Ihr Herz pochte schmerzhaft in ihrer Brust, während sie wartete. Sie sind beide schon zu lange unten. *Oh, bitte, bitte, mach, dass es ihnen gut geht.*

Die erdrückende Stille hatte ein Ende: Jubelschreie ertönten, als Wes' Blondschopf aus dem Wasser ragte und mit ihm ein kleiner, dunkler Kopf auftauchte.

»Los, Jungs, zieht sie an Land«, kommandierte Frank besorgt und griff selbst zu, um die beiden ans Ufer zu holen.

Brooke, die bis auf die Knochen durchgefroren war, aber nichts davon bemerkte, stand am Rand des Wassers, als Wes sich mit seiner kleinen Last aufrappelte. Sobald er aus dem Wasser war, legte er Adam ins Gras des Ufers und rollte ihn auf den Rücken.

»Er wird wohl eine Menge Wasser geschluckt haben«, sagte jemand und sprach das beängstigend Offensichtliche aus.

Brooke kniete sich neben Adam und bemerkte, dass er ohnmächtig war, rund um den Mund war die Haut blau verfärbt. Er atmete nicht. Die jahrelang geübte Routine besiegte die Panik in ihr, und sie begann mit einer so inbrünstigen Mund-zu-Mund-Beatmung, dass sie schnell Erfolg damit hatte. Adam hustete, spuckte Wasser aus, hustete wieder und schnappte dann lauthals nach Luft.

Sie rollte ihn sanft auf die Seite und sah dabei die Prellungen seitlich am Kopf, hinter seinem linken Ohr. Etwas – ein Stein, vermutete sie – hatte ihn unter Wasser getroffen.

Oh, Jason, wo bist du nur? Wir brauchen dich hier. Jetzt. Sie flüsterte das kleine Gebet und rieb dabei die Hände ihres Sohnes. Als sie einen Hauch von Farbe bekamen, fühlte sie fachkundig den Rest von ihm ab. Knochen schienen keine gebrochen zu sein.

Jemand brachte ihr Decken, Frank und Vince organisierten eine provisorische Krankentrage, auf die sie Adam rollten. Dabei achteten sie darauf, dass sie den immer noch bewusstlosen Jungen so wenig wie möglich bewegten.

»Legt ihn hinten in den Geländewagen. Drew kann ihn mit der Plane vor dem Regen schützen. Wir bringen ihn nach Hause.« Wes übernahm wieder das Kommando. Er zog Brooke vom Boden hoch und sah, dass sie still vor sich hin weinte. Er nahm sie kurz und beruhigend in den Arm. »Er kommt wieder in Ordnung, Brooke. Das Schlimmste ist vorbei.«

Er war der einzige Mensch, der jemals wissen würde, wie verzweifelt er unter Wasser gewesen war, als er nach dem Jungen gesucht hatte. Er hatte praktisch nichts sehen können. Die Strömung war zu stark. Er hatte fast keine Luft mehr übrig, als ihm etwas durch das Gesicht strich. Erst hatte er vermutet, es wäre ein Ast, aber es war Adams Arm. Gerade, als Wes dachte, seine Lungen müssten explodieren, schaffte er es, den Jungen, den die Strömung gegen die Steine gedrückt hatte, freizubekommen und ihn an die Wasseroberfläche zu bringen. Für einen Moment schloss Wes die Augen und verjagte diese Erinnerungen. Es war so knapp gewesen – das wollte er nie wieder erleben.

Zu Hause übernahm Brooke in Jasons Abwesenheit die Rolle des Arztes. Sie hatten mit Jason telefonieren können, aber aufgrund der Überschwemmungen konnte es noch eine Stunde dauern, bis er zurückkam. Brooke untersuchte ihren Sohn, horchte mit dem Stethoskop seine Lungen ab, bemerkte die blauen Flecke auf seinem Rumpf, seiner Brust und seinen Beinen, außerdem noch einige kleinere Schnittwunden. Als sie zu Hause angekommen waren, hatte er das Bewusstsein wieder erlangt, aber er wirkte wackelig und verwirrt. Das bereitete ihr Sorgen, genau wie sein in Abständen auftretender Husten. Sie konnte keine Wasseransammlung in seiner Lunge feststellen, trotzdem stimmte sie der Husten bedenklich.

»Er hat sicher viel Wasser geschluckt, nicht nur als er unter Wasser war, sondern auch auf seinem Ritt den Fluss hinunter. Es steckt bestimmt noch Wasser in ihm, auch wenn er schon einiges erbrochen hat«, sagte Wes in seinem sachlichen Tonfall. »Und diese Beule an seinem Kopf«, er pfiff leise, als er sie berührte, »ist so groß wie ein Entenei. Es überrascht mich nicht, dass er sich unwohl fühlt.« Er konnte sehen, dass er Brooke dadurch nicht aufgeheitert hatte, und fügte hinzu: »Ich habe schon einige Viehtreiber gesehen, die nach Stürzen von ihren Pferden größere Beulen davongetragen haben als Adam hier. Es dauerte immer eine Weile, bis sie wieder Herr ihrer Sinne waren.«

»Ich weiß, aber mir wäre es lieber, wenn Jason hier wäre und ihn untersuchen könnte.«

Wes sah Brooke genauer an. Sie trug noch immer ihre durchweichte Kleidung, die sie wie eine zweite Haut umgab. Er senkte seinen Blick, weil er sich bei den Gefühlen, die ihr Anblick in ihm auslöste, unbehaglich fühlte und bei dem, wonach er sich sehnte – und wozu er kein Recht hatte. Verflixt und zugenäht. Was war denn nur los mit ihm? Sie sah wie eine halbertrunkene Ratte aus, ihre Haare klebten ihr im Gesicht, aus Sorge um ihren Sohn hatte sie einen verkniffenen Ausdruck, aber ihm erschien sie wie die schönste, aufregendste, begehrenswerteste …! Er musste das Zimmer verlassen. Sofort.

»Ich guck mal, was die Kinder machen und ob Jean mit ihnen fertig wird.«

Er drehte sich schnell um und ging den Flur entlang, wobei er die Hände zu Fäusten ballte, die er tief in die Hosen des Overalls stieß, den er sich aus Jasons Sachen rausgesucht hatte. An seinem Kiefer zuckte ein Muskel. Verflixt und zugenäht. Er wollte das nicht, wollte nicht so fühlen. Er hatte es nicht provoziert und nicht darum gebeten, aber so wie es stand – er schüttelte verwirrt den Kopf –, konnte er es nicht länger leugnen. Was er für Brooke d'Winters empfand, ging über Bewunderung hinaus, war mehr als Vernarrtheit. Oh ja, es war viel mehr …!

Er fand Jean in der Küche, wo sie in ihrer gewohnten Tüchtigkeit sauber machte. Sheridan hielt ein Schläfchen, und Drew saß im Wohnzimmer mit der neuesten Ausgabe eines landwirtschaftlichen Magazins.

»Wo ist Luke?«, fragte Wes Drew.

»Auf der hinteren Veranda, Daddy. Er ist ganz durcheinander und sagt immer wieder, dass er an Adams Unfall Schuld ist.«

»Na, dann wollen wir mal.« Das war etwas, womit er umgehen konnte. Wes ging auf die Suche nach Adams Bruder und fand ihn auf dem Verandaboden, umgeben von Spielsachen, die er jedoch nicht anrührte. Er saß nur untätig da. Er ließ den Kopf hängen, und auch seine jungen Schultern hingen. Seine Gedanken waren ganz offensichtlich weit weg.

»Hallo, Luke«, sagte Wes und setzte sich dem Jungen gegenüber auf den Boden.

»Wie geht's Adam?«, fragte Luke, ohne aufzublicken.

»Es wird ihm bald wieder gutgehen. Er ist aber immer noch schläfrig. Dein Vater wird bald zu Hause sein, Luke. Er weiß, was zu tun ist.«

»Du hast ihm das Leben gerettet, Onkel Wes. Danke«, sagte Luke mit einem Ernst, der sein Alter Lügen strafte.

»Du gibst dir selbst die Schuld an dem, was passiert ist, ist das so?«, fragte Wes ohne Umschweife.

»Ich hätte ihn aufhalten müssen«, erwiderte Luke apathisch. »Ich wusste, dass es zu gefährlich war, aber ich hab ihn gelassen. Ich lass ihn immer tun, was er will. Und das Seil – ich konnte es nicht festhalten. Ich hab's versucht. Ich hab es wirklich so sehr versucht, Onkel Wes.« Seine Gefühle überwältigen ihn, und er konnte nicht weitersprechen, stattdessen hielt er seine Hände hoch, um ihm die Verbrennungen zu zeigen, die das Seil dort hinterlassen hatte. »Die Strömung war zu stark.«

»Natürlich war sie das. Weißt du, Junge, es war eben ein Unfall«, sagte Wes sanft, »und Unfälle geschehen immer und überall. Als ich zwölf war und mein Bruder Martin zehn, gingen wir zum Angeln zu einem der Bäche, die durch unsere Ländereien fließen. Wir fingen ein paar Forellen – genug fürs Abendessen. Martin hatte das schnellere Pferd, und er forderte mich zu einem Wettrennen heraus. Ich nahm die Herausforderung an, obwohl ich nicht daran glaubte, gewinnen zu können, aber ich hatte eine Strecke über ein bestimmtes Stück Land ausgesucht, auf dem ich mich gut auskannte und wo einige umgefallene Baumstämme lagen, die wir noch nicht weggeschafft hatten. Ich wusste, dass mein Pferd besser sprang als Martins Pferd und hoffte, dass mir das einen Vorteil verschaffen würde. Tat es auch. Beim zweiten Baumstamm blieb Martins Pferd mit dem Hinterhuf hängen und stürzte. Martin erlitt eine Gehirnerschütterung, das Pferd hatte sich unglücklicherweise das Vorderbein gebrochen und musste eingeschläfert werden.« Wes sah, dass Luke seinen Kopf leicht gehoben hatte und sein Interesse an der Geschichte die niedergeschlagene Stimmung unterbrochen hatte.

»Meine Eltern waren sehr böse über das, was Martin und seinem Pferd zugestoßen war. Mein Bruder musste eine Woche lang im Bett bleiben, und ich«, er zog eine Grimasse, »musste ihn von vorn bis hinten bedienen. Aber Mummy und Daddy wussten, dass es ein Unfall gewesen war, dass weder Martin noch ich Schuld daran hatten. Es war einfach geschehen.«

Wes berührte Luke an der Schulter. »Du wolltest nicht, dass Adam verletzt wird. Deine Eltern wissen das. Und ich auch. Verstehst du?«

Luke sah Wes nachdenklich an, vielleicht zwanzig Sekunden lang, dann fing er an zu grinsen. »Ich denke, ja. Glaubst du, ich sollte alle möglichen Dinge für Adam machen, solange es ihm nicht so gut geht?« Er sah fröhlicher aus. »Es würde mir nämlich überhaupt nichts ausmachen.«

»Das glaube ich dir.« Wes verstrubbelte Lukes Haare. »Lauf doch mal zu ihm und sieh nach, wie es ihm geht.«

Als sie beide aufstanden und sich zum Gehen wandten, sahen sie Brookes Silhouette im Türrahmen. Sie war zwar noch barfuß, aber sie hatte inzwischen eine Jeans und einen Rollkragenpullover angezogen. Ihre Haare waren gefönt und umspielten federleicht ihr Gesicht, sie sah sehr attraktiv aus. Sie sah Luke hinterher, wie er an ihr vorbeischoss zu dem Zimmer hin, das er sich mit Adam teilte.

»Das war sehr nett von dir«, sagte sie leise und sah ihn fragend an. »Ist die Geschichte wahr?«

»Nur zu wahr. Mein Bruder, diese Ratte, hat die Situation weidlich ausgenutzt. Fehlte nur wenig, und er hätte mich seinen Hintern putzen lassen.« Sein einnehmendes

Grinsen wirkte sehr jungenhaft. »In meiner Erinnerung war das eine sehr lange Woche.«

»Mummy, Mummy …« Luke hopste durch den Flur, sprang durch Wohn- und Esszimmer bis zur Küche. Sein Gesicht sprühte vor Lebendigkeit, und er strahlte Wes und Brooke breit an: »Adam ist aufgewacht und will was zu essen.«

Jeder kannte Adams Appetit – er war legendär. Die beiden Erwachsenen lächelten erst einander, dann Luke an.

Am folgenden Tag hatte sich Adams Husten bis zum späten Nachmittag zu einer bakteriellen Lungenentzündung entwickelt, die beide Lungenflügel betraf, und er musste ins Krankenhaus. Seltsamerweise und für alle überraschend entwickelte auch Luke einen schlimmen Husten, obwohl er nur sehr selten krank war. Innerhalb weniger Tage wuchs sich die Erkrankung zu einer Rippenfellentzündung aus. Als Folge davon waren die d'Winters einige Wochen mit Krankenpflege beschäftigt, bis beide Jungs wieder gesund waren. Bis dahin war auch die schlimmste Zeit der Überschwemmung vorüber, die Hennen legten wieder Eier, und Domino lief in ihrem Paddock auf und ab und wartete darauf, dass es den Jungs wieder besser ging, damit sie zum Spielen oder Reiten herauskommen konnten.

Ende Juni war das Hochwasser gänzlich zurückgegangen, alles war wieder trocken und die Schäden repariert. Um das zu feiern, lud Wes alle, die Lust hatten zu kommen, zu einem Grillfest mit Tennisturnier nach Sindalee ein. Da Minta Downs und Sindalee höher gelegen waren als die meisten anderen Besitzungen im Bezirk, hatte die Überschwemmung bei ihnen keinen so großen Schaden angerichtet. Die Verluste beim Vieh waren überall hoch, und die Saat, die im Herbst für die Frühjahrsernte ausgebracht worden war, war zu einem Großteil verdorben oder weggespült, aber glücklicherweise hatte das Hochwasser keine Todesfälle gefordert und nur geringen Gebäudeschaden verursacht.

Auf Sindalee wurde Adam viel Aufmerksamkeit zuteil. Über seine Rettung und die darauf folgende Krankheit war nicht nur durch den *Cowra Guardian*, sondern auch durch die Schulzeitung der örtlichen Grundschule ausführlich berichtet worden. Durch diesen Schock wurden Luke und Adam noch unzertrennlicher als vorher. Traf man einen Zwilling, war der andere nicht weit, und wenn sie sprachen, waren sie so aufeinander abgestimmt, dass einer den Satz beendete, den der andere angefangen hatte. Die Erwachsenen schüttelten über dieses außergewöhnliche Verhalten den Kopf, einige Kinder fanden die beiden unheimlich, andere behandelten sie mit gottgebührlichem Respekt, worüber die Zwillinge abwechselnd amüsiert oder verärgert waren, was von ihrer Laune abhing.

Ihre Eltern wunderten sich nicht über sie, da sie im Verlauf der Jahre die Entwicklung dieser innigen Verbundenheit miterlebt hatten. Wenn einer der beiden behauptete, er mochte weder Bohnen noch Brokkoli, dann sagte der andere dasselbe. Als Adam an einer leichten Blinddarmentzündung litt, bekam Luke auch eine. Als man bei Lukes linkem Auge eine Hornhautverkrümmung feststellte, trat dies auch bei Adams Auge auf, das bis zu dem Moment fehlerfrei gewesen war. Als Adam sich zu einem Beidhänder entwickelte, tat Luke dies in einem geringeren Maße ebenfalls. Sie waren acht Jahre alt und entwickelten ihre eigenen, individuellen Charaktereigenschaften, Vorlieben und Abneigungen, aber in vieler Hinsicht war einer das Spiegelbild des anderen.

Brooke wusste, dass besonders Fleece von der Ähnlichkeit der Zwillinge fasziniert war und es liebte, mit ihnen zusammen zu sein, aber heute, während des Grillfestes, sah man sie viel mit Nathan, der wie sie vierzehn Jahre alt war. Brooke sah hinüber zu Wes und Sharon, die in Tenniskleidung Seite an Seite darauf warteten, den Platz zu betreten. Wie sie beobachtete auch Wes die Jugendlichen, und sie runzelte die Stirn. Ihm entging kaum etwas. Es geschah häufig, dass man den Eindruck hatte, er würde gar nicht zuhören oder dass seine Gedanken von dem Gespräch abschweiften, bis er eine passende Frage einwarf, die zeigte, dass er tatsächlich die ganze Zeit aufmerksam gewesen war.

»Komm, mein Schatz, zieh deine Tennisschuhe an«, trieb Jason seine Frau an, damit sie ihr Spiel gegen Wes und Sharon antreten konnten.

Seufzend steckte sie ihre Füße in die Sportschuhe. Beim Binden der Schnürsenkel sah sie zu ihm auf. »Ein echter Wettkampf wird das nicht. Hast du gesehen, wie Sharon spielt? Sie würde sogar für Rachel McQuillan eine harte Gegnerin abgeben.«

Obwohl Brooke ihr Spiel stark verbessert hatte, seit Jason und sie vor Jahren mit dem Tennisspielen angefangen hatten, war Sharon um Klassen besser als sie. Brookes mittelschneller Aufschlag kam genau, ihre Vorhand war sicher, genau wie ihre hohen oder weiten Schläge, aber beim Schmettern fehlte ihr jeglicher Killerinstinkt, der Sharons Spiel zum großen Teil prägte.

»Ich glaube nicht, dass sie so gut ist«, sagte Jason, »aber ich habe gehört, dass Hugh mal sagte, sie hätte in Italien viel Tennis gespielt. Und außerdem ist es nur ein Freundschaftsspiel, da ist keiner so ernst bei der Sache.«

Ja, ja, erzähl das mal Sharon! Brooke schaffte es gerade noch, sich diese scharfe Entgegnung zu verkneifen. Sie hatte Sharon beim Spielen beobachtet: Die Frau wollte – nein, mehr als wollte – sie *musste* gewinnen. Sie schmollte, wenn gegen sie entschieden wurde, und versuchte, den Schiedsrichter einzuschüchtern. In diesem Fall würde sie das nicht weiterbringen, weil Jean King als Schiedsrichterin über die gemischten Doppel wachte. Bisher standen Nathan und Fleece auf dem ersten Platz, ihnen folgten Wes und Sharon. Brooke und Jason belegten einen respektablen fünften Platz.

»Also, unsere Strategie sieht folgendermaßen aus …« Jason ignorierte ihre hochgezogene Augenbraue bei dem Wort »Strategie«. »Lass mir die langen Bälle, weil du hinten etwas unsicher bist und Wes und ich in etwa gleich starke Spieler sind.«

»Kommt schon, ihr zwei, hört auf zu trödeln«, unterbrach ihn Wes von der anderen Seite des Spielfeldes und ließ den Tennisball auf und ab springen.

Das Match begann mit einem kurzen Aufschlag. Sharon und Wes gewannen den ersten Satz bei einem Verlust von nur zwei Spielen. Im zweiten Satz startete Jason eine unermüdliche Aufholjagd, was die Zuschauer so begeisterte, dass sie ihn und Brooke anfeuerten. Dann stand es vier Spiele beide.

Der Spielstand war vierzig zu fünfzehn, als Brooke in Richtung Sharon aufschlug, so dass sie ihren Aufschlag nur noch erfolgreich zu Ende bringen musste, um in Führung zu gehen und vorne zu liegen. Der erste Aufschlag ging daneben. Nochmals warf sie den Ball hoch, schlug ihn, und er flog weit in Sharons Vorhand. Rums! Sharon retournierte den Ball mit aller Kraft direkt auf Brooke, die Jason gerade Zeichen gab, dass sie ihre Position am

Netz einnehmen wollte, um ihm im hinteren Spielfeld freie Bahn zu lassen.

Der Ball traf Brooke mit solcher Wucht am Hals, dass sie in die Knie ging. Als der Blutfluss der Halsschlagader kurz blockiert war, wurde es Brooke für einige Sekunden schwarz vor Augen. Sie war überrascht, dass sie kaum Schmerzen empfand, nur extreme Hitze, als ob sie sich verbrannt hätte. Als Reaktion auf den Schlag fing sie an zu zittern.

Jason rannte zu ihr und half ihr auf die Beine. »Geht's dir gut, Liebling?«

»Oh, es tut mir so leid.« Sharon klang zerknirscht, als sie schnell zusammen mit Wes ans Netz lief. »Der Ball ist von der Schlägerkante abgesprungen, ich konnte ihn nicht richtig führen.«

Wes starrte sie an. Nach ein, zwei Sekunden schüttelte er leicht den Kopf und raunte ihr zu, so dass nur Sharon ihn hören konnte: »Blödsinn. Das war Absicht.«

Brookes Knie waren immer noch weich, sie klammerte sich an Jason. In ihrem Kopf drehte sich alles, ihre Augen tränten wegen der Schmerzen in ihrem Nacken, die sich in ihre Schulter und ihren rechten Arm ausbreiteten. Sie wollte nicht glauben, dass Sharon sie absichtlich angespielt hatte, aber es gelang ihr nicht recht, sich davon zu überzeugen. Jeder wusste, dass sie mehrere Möglichkeiten gehabt hatte, den Ball im Spielfeld zu platzieren, um sicher zu punkten.

Jasons sonst so freundliches Gesicht war angewidert verzogen, als er Wes ansah: »Das war's für uns. Wir geben Satz und Match verloren.«

»Nein, mir geht's gleich wieder besser«, protestierte Brooke. Naja, vielleicht nicht gerade gleich! Wenn der Schmerz erst mal nachlässt. Sie beugte die Finger der rechten Hand, schüttelte dann den Arm aus, versuchte, den Schmerz herauszuschütteln, und wusste im selben Moment, dass sie das nicht schaffen würde.

»Das glaubst du ja wohl selber nicht«, sagte Wes. Er ließ Sharon stehen, die ihrem davoneilenden Tennispartner hinterhersah, als er über das Netz sprang und sich auf die andere Seite zu Brooke stellte. Die beiden Männer halfen Brooke vom Spielfeld zu einem Sitzplatz unter dem weit ausladenden Blätterdach eines Lorbeerbaumes.

»Mir geht's wirklich gut«, protestierte Brooke. Sie wollte nicht, dass so viel Aufheben um sie gemacht wurde. Sie gönnte Sharon die Genugtuung nicht, zu sehen, wie sehr sie ihr mit ihrem Ball wehgetan hatte – obwohl, wäre es in vertauschten Rollen geschehen, hätte ihre Gegenspielerin ohne Zweifel die Situation so gut wie möglich zu ihren Gunsten ausgeschöpft. Wes ging los, um ihr ein Glas Wasser zu besorgen. (Seltsamerweise dachten Männer immer, dass eine Krise durch ein Glas Wasser oder eine Tasse Tee aus dem Weg geräumt werden könne.)

Vorsichtig untersuchte Jason die Stelle, an der sie getroffen worden war. »Du wirst ein Mordsding von einem blauen Fleck dort bekommen, aber ich kann weder ein Gerinnsel noch eine Beschädigung des Muskels entdecken. Ein Eisbeutel wird helfen, den Schmerz und die Schwellung zu lindern.« Er sah sie einen Moment bedeutungsvoll an. »Sie hat absichtlich auf dich gezielt. Sie war so versessen darauf, zu gewinnen, dass sie unsportlich wurde. Ich glaube nicht, dass Wes davon sonderlich angetan war oder die Leute, die uns zugesehen haben.«

»Wahrscheinlich nicht.« Brooke brütete über seinen Worten. »Also, wir haben das Match verloren, aber ich glaube, für sie ist eine Menge mehr verloren gegangen.

Ich habe Wes noch niemals zuvor so wütend gesehen.«
Und das stimmte. Sein Gesicht hatte sie an eine Miniaturgewitterwolke erinnert. Sie hatte ihn schon früher verärgert gesehen, zum Beispiel als Fleece nachlässig darin war, sich um Luke zu kümmern, aber das war kein Vergleich zu heute. Wie dumm von Sharon. Wenn sie wirklich ernsthaft daran interessiert war, Wes' Zuneigung zu gewinnen, dann ging sie ihren Plan mit weit weniger Finesse an, als ihre zur Schau getragene Welterfahrenheit es vermuten ließ.

Doof, doof, doof! Sharon stand immer noch am Netz und stampfte vor Wut, auch über sich selbst, mit ihrem Reebok-beschuhten Fuß auf den Boden. Sie blickte hinüber zum Lorbeerbaum und sah, dass einige Leute zu Brooke hinübergegangen waren, um zu schauen, wie es ihr ging, und um sie zu trösten. Plötzlich fühlte sie sich isoliert – von Wes, von allen –, als ob sie und nicht Brooke die Zugereiste hier war. Fleece und Nathan warfen ihr tödliche Blicke zu, andere schüttelten den Kopf, und sie konnte in vielen Gesichtern lesen, dass die Leute ihr Verhalten unsportlich fanden. Außerdem traute sie sich nicht, die Schiedsrichterin anzusehen. Jean King mochte sie sowieso nicht und würde diese Gelegenheit sicherlich dazu nutzen, ihr ätzende Bemerkungen an den Kopf zu werfen.

Sie lief am Netz entlang zur Gittertür, den Kopf hoch erhoben, und sah niemandem in die Augen. Auf der Terrasse trat Vince Gersbach, der Apotheker aus Bindi Creek, an ihre linke Seite. Er berührte sie zaghaft am Arm, um sie aufzuhalten.

»Geht's dir gut, Sharon?« Sein Tonfall war tröstend. »Jeder konnte sehen, dass es ein Unfall war.«

»Natürlich«, schnappte Sharon zurück. »So etwas würde ich nie mit Absicht tun, Vince. Obwohl man das Gegenteil meinen könnte, so, wie manche Leute darauf reagieren.« Sie ließ zur Unterstützung der Worte ihre Unterlippe leicht erzittern.

»Verdammt richtig! Einige können es einfach nicht verstehen. Natürlich sind sie nur eifersüchtig auf Sie.«

Ihre Augenlider flatterten. Er hatte ihre volle Aufmerksamkeit, jetzt, da sie fühlte, dass als Nächstes ein Kompliment folgen würde. »Sind sie das? Aber warum?«

»Weil Sie so schön und gebildet und wohlhabend sind. Sie lassen jede hier durchschnittlich erscheinen – nein, eigentlich eher glanzlos!«

Sharon blinzelte und sah sich Vince genauer an. Vierzig Jahre alt, Witwer, er hatte einen Sohn an der Universität, und wenn sie ihn so ansah, schien er recht präsentabel. Er war nicht sehr groß, wirkte aber fit. Zwar war er nicht gut aussehend, aber er hatte ein angenehmes Gesicht mit germanischen Zügen. Durch das Getratsche anderer Frauen wusste sie, dass er eine der besseren Partien in der Gegend war. Außerdem hatte ihre Schwester Bethany, die ihr wegen ihrer ständigen Verkupplungsversuche stark auf die Nerven ging, einmal erwähnt, dass Vince recht vermögend war. Ihm gehörte die Apotheke in Bindi Creek, eine weitere in Blayney, und zusätzlich besaß er noch den Mehrheitsanteil an der Mount Kangarooby Weinkellerei westlich von Cowra. Außerdem gehörte ihm eine Anzahl verstreut liegender Anlageobjekte. Aus finanzieller Sicht spielte er nicht gerade in derselben Liga wie Wes, aber er brauchte sich auch nicht zu verstecken.

Sie warf einen flüchtigen Blick zu Wes zurück und sah, dass er sich noch immer bei den d'Winters' herumtrieb. Sie nahm den Gedanken wieder auf, der ihr vor einiger

Zeit schon mal gekommen war: Was Wes Sinclair jetzt brauchte, jedenfalls was sie betraf, war, dass er sah, dass andere wohlhabende Männer sie attraktiv fanden.

»Kann ich Ihnen etwas bringen?«, fragte Vince. »Wein? Einen Orangensaft?«

»Nach diesem Zwischenfall, glaube ich, brauche ich etwas Stärkeres – einen Brandy.« Sie schenkte ihm ihr strahlendstes Lächeln und wurde durch den Anblick eines ebenfalls strahlenden Vince belohnt, der auf ihre Befehle wartete. »Drüben beim Pool finden Sie eine gut bestückte Bar. Wes hat dort sicherlich Brandy.«

Es dauerte etwa eine Stunde, bis die Stimmung auf Sindalee wieder fröhlich war, was zeitgleich mit dem Endspiel des Rundenturniers zusammentraf: Fleece und Nathan gegen Wes und Sharon. Jugendliche Energie siegte über Erfahrung, und besonders Fleece triumphierte so lautstark über Sharon, dass Wes seine Tochter in aller Ruhe zur Seite nahm, um ihr zu sagen, sie möge etwas leiser ausgelassen sein.

Normalerweise nahm Sharon eine Niederlage nicht so gutmütig hin, aber diesmal rechnete sie damit, dass ihre Haltung sie ihrem Ziel näher bringen würde. Bald war Vince wieder an ihrer Seite, und sie sorgte dafür, dass Wes sah, wie sie sich unterhielten. Bevor die Party zu Ende ging, hatte sie mit Vince eine Verabredung zum Abendessen in Cowra für die nächste Woche. Das könnte interessant werden, dachte sie, als sie ihm erlaubte, sie zu ihrem Wagen zu begleiten. Hoffentlich wurde Wes deswegen eifersüchtig und schenkte *ihr* endlich die Aufmerksamkeit, die sie verdiente.

Die Inventur in der Praxis zum Jahresabschluss war eine einfache Sache, aber die Bücher für den Steuerberater vorzubereiten war nicht so einfach. Traditionsgemäß überließ Jason die Unterlagen Brooke und Jean, und um ihnen diese Arbeit zu erleichtern, schnappte er sich die Kinder und fuhr mit ihnen im Kombi nach Parkes, um einen Samstagnachmittagausflug zum dortigen Radioteleskop zu unternehmen.

»Frank hat mir erzählt, dass in der Pflegestation des Seniorenheims gestern Nacht eingebrochen wurde. Wahrscheinlich Jugendliche. Haben Drogen und Tabletten mitgehen lassen.« Jean gab den neuesten Tratsch weiter, während sie an den Büchern arbeiteten. »Vince Gersbach sagte, dass sich auch an seinen Schlössern jemand zu schaffen gemacht hat. Schätze, sie haben es erst bei ihm versucht und sind dann zum leichteren Ziel gewechselt.«

»Hmm«, machte Brooke, die nur halb zuhörte, weil sie eine Reihe Zahlen addierte. »Ich habe immer gedacht, dass wir hier mit der Drogenszene nichts zu tun hätten, aber in Wahrheit gibt es davor wohl keinen sicheren Ort mehr in unserer Zeit.«

»Du hast Recht. Ich habe auch gehört, dass der junge Craig ziemlich niedergeschlagen war nach der Beerdigung seiner Großmutter letzte Woche. Ist zusammengebrochen und hat wie ein Baby geweint. Weißt du, dass sie schon das »Zu Verkaufen«-Schild auf Amelias Hof aufgestellt haben?« Voller Abscheu rümpfte sie die Nase. »Die arme Frau ist noch nicht kalt, da verkaufen sie schon ihr Hab und Gut. Constable Roth aus Carcoar meinte, der Viehbestand auf ihrer Farm hätte sich verdächtig verkleinert. Er ist dabei, das zu untersuchen.«

»Haben sie Craig in Verdacht?«, fragte Brooke, und ihre Neugier war jetzt so sehr geweckt, dass sie inmitten der Addition einer langen Reihe von Zahlen innehielt.

»Er würde doch sicherlich nicht seine eigene Großmutter beklauen.«

»Wer weiß?« Jean zuckte mit den Schultern und fuhr fort, einen Stapel Rezepte alphabetisch zu sortieren. »Pete sagte, er hätte einige Meldungen über kleinere Viehdiebstähle von mehreren Orten im östlichen Bezirk erhalten – meistens Schafe, weil die leichter zu transportieren sind.«

»Schafdiebe!« Brooke kicherte. »Klingt lächerlich bei den heutigen schlechten Preisen.«

»Naja, ich habe gehört, sie vergreifen sich auch an Rindern. Das haben sie im Pub erzählt. Donnerstagabend waren Greg und ich dort, um den hervorragenden Steak- und Nierenauflauf zu essen. Einige der Viehhalter sprachen darüber, eine Bürgerwehr zu bilden, um die Schuldigen zur Strecke zu bringen.«

»Das klingt, als ob es ihnen ernst sei.« Brooke unterbrach ihre Arbeit und betrachtete die drei Drucke von Jack Absalom an der Wand. Sie dachte nach, bevor sie sagte: »Es ist lustig, was man für eine Vorstellung vom Landleben hat, wenn man in der Stadt lebt. Man glaubt, dass es hier friedlich sei, dass nichts Aufregendes passiert, dass alles Spannende in der Stadt stattfindet.« Ein Lächeln erhellte kurz ihr Gesicht. »Ich habe inzwischen gelernt, dass diese Einstellung ganz und gar nicht der Wirklichkeit entspricht.«

»Oh ja. Und da wir gerade von spannenden Dingen sprechen, wie laufen denn die Verhandlungen mit dem Filialleiter der National Bank an?«

»Hat Frank es dir nicht berichtet? Wir haben einen kleinen Durchbruch erzielt. Sie waren von der Petition, die du auf den Weg gebracht hast, beeindruckt, besonders von einigen Kommentaren darin. Und obwohl Leon

Hetherington auf unserer Seite ist, sind ihm doch die Hände gebunden. Die hohen Herren in der Zentrale haben beschlossen, die Filiale zu schließen, und er muss die Schließung durchführen, ob ihm das gefällt oder nicht.«

»Und was sagten sie zu deinen Vorschlägen, entweder einen Bankautomaten aufzustellen oder dass der Supermarkt als eine Art Ersatzfiliale einspringt? Das könnte wirklich klappen. Sie haben einen ordentlichen Safe, sie wären bereit, einen Schalter zu bauen, und sie würden für den Job einen der Bankangestellten übernehmen, weil sie damit zusätzliche Kunden in den Laden locken würden. Und sie sind natürlich das einzige Unternehmen der Stadt mit dem nötigen Cashflow.«

»Frank und ich haben einen entsprechenden Antrag entworfen. Hetherington hat ihn durchgelesen und ihn für in Ordnung befunden. Er wird ihn persönlich zur Zentrale bringen.«

Eine Stunde später unterbrachen sie ihre Arbeit, um ein spätes Mittagessen einzunehmen, das aus belegten Broten mit Thunfischsalat und Kaffee bestand. Der größte Teil der Arbeit war erledigt, und Jean räumte die Unterlagen zusammen. Sie steckte gerade bündelweise Rezepte in einen großen Umschlag, als sie ein Geräusch an der Tür des Wartezimmers hörte und gerade rechtzeitig aufblickte, um zu sehen, dass sie weit aufflog. Sie blickte zum Flur, aber niemand war zu sehen.

Im nächsten Moment tauchte eine Gestalt auf. Sie hatte eine Baseballkappe tief in die Stirn gezogen und dadurch das Gesicht teilweise verdeckt, aber Jean erkannte sofort die karierte Jacke mit Reißverschluss, die Craig Marcioni gerne trug. Er stand vor ihr, die Beine auf aggressive Art weit gespreizt, und hielt seine Hände hinter dem Rücken.

»Du kommst zu spät zur Sprechstunde, Craig. Dr. d'Winters ist nicht mehr hier«, erklärte ihm Jean.

Ohne auf Jeans Worte zu achten, kam Craig auf sie zu. Brooke sah von ihren Papieren auf. In ihrem Gesicht musste sich die Überraschung wohl widerspiegeln über das, was sie da sah, denn er warf ihr einen stechenden Blick zu. Craig sah furchtbar aus: Unrasiert, mit einzelnen Haarsträhnen, die unordentlich unter seiner Baseballkappe herausgerutscht waren. Sein Mund war verkniffen, in seinem Kiefer sah man einen Muskel zucken. Das war nicht der Craig, den sie als völlig normalen und sanften Menschen kannte. Dieser Craig war eher wie ein Fremder. Aber was sie am meisten beunruhigte, waren seine Augen. Sie waren so dunkel, dass es schwer war, ihren Ausdruck zu lesen, aber sie sah eine seltsame Verzweiflung in ihnen. Sein Blick hastete durch das ganze Wartezimmer, von einem Gegenstand zum nächsten, als ob er auf der Suche nach etwas Bestimmtem wäre.

»Will den verdammten Arzt nicht, Ms. *Etepetete* King«, sagte er schleppend. »Ich brauch was. Und ich geh nicht, bevor ich's hab.« Dann holte er hervor, was er hinter seinem Rücken versteckt hielt: Eine Spritze, in der eine dunkelrote Flüssigkeit war – Blut. Jean zuckte zurück, und Brooke setzte sich ruckartig in ihrem Stuhl auf.

»Ja, *meine Damen.*« Er grinste sie verschlagen an. »AIDS-verseuchtes Blut. Für diesen Mist habe ich dreißig Dollar bezahlt bei …« Er unterbrach sich. »Scheiße, das braucht ihr nicht zu wissen.« Aus seiner gekrümmten Haltung heraus schoss er in die Aufrechte und griff sich an den Bauch, als ob er Schmerzen hätte. »Ich will Heroin, Morphium, Amphetamine. Alles, was ihr habt, oder«, um seine Forderung zu unterstreichen, wedelte er bedrohlich mit der Nadel, »ich steche zu.«

»Craig, du redest wirr«, sagte Jean in ihrem strengsten, sachlichsten Tonfall. »Nimm die Nadel runter, und hör auf, dich wie ein Trottel zu benehmen. Jetzt sofort!«

Mit einer blitzschnellen Bewegung schoss Craig vorwärts. Seine freie Hand schlug nach ihrem Gesicht und traf ihre Wange. Die Wucht des Schlages schleuderte Jean beinahe von ihrem Stuhl. Ihre Brille zerbrach auf dem Boden.

»Halt die Schnauze«, schrie er Jean an. »Noch ein einziges Wort, und ich stech zu. Halt verdammt noch mal die Schnauze.«

Er starrte Brooke mit wilden Augen an, als sein Körper anfing zu zucken, weil das Verlangen nach dem nächsten Schuss immer heftiger wurde.

15

Brooke blinzelte und blickte bewegungslos zurück. Anstatt vor Schreck zu erstarren, erinnerte sie sich ... an ein anderes Mal.

Schon einmal war sie von einem mit Spritzen wedelnden Drogenabhängigen bedroht worden, und jetzt wusste sie auch, was mit Craig Marcioni los war. Vor vielen Jahren hatte ein ähnlich glutäugiger junger Mann sie in der Entgiftungsstation des Royal-Hobart-Krankenhauses mit einer Injektionsspritze bedroht, in der er sein eigenes, infiziertes Blut aufgezogen hatte. Vor ihrem geistigen Auge sah sie noch immer das dunkle Blut an seinem Arm herunterrinnen, aus dem er das Blut gezapft hatte. Damals, vor mehr als zehn Jahren, war sie in Panik verfallen, hatte geschrien, und ihre Knie waren vor lauter Angst weich geworden. Sie hatte Glück, zwei Krankenpfleger kamen zu ihrer Rettung und warfen sich auf den Patienten, den sie schließlich überwältigen konnten. Sie hatten die Bedrohung abwenden können, aber es war nicht einfach, denselben Süchtigen in den nächsten Monaten dabei zu beobachten, wie er allmählich verfiel und schließlich starb.

Heute war sie eine andere Frau als die, die damals in Panik geraten war. Stärker war sie, reifer, sie vertraute auf ihre Fähigkeiten und blieb unter diesen belastenden Umständen seltsam ruhig. Sie holte tief Luft und sprach ruhig zu ihm, überzeugt davon, dass es seinen Rausch noch steigern würde, wenn er ihre Angst bemerken würde. Das musste sie unbedingt verhindern.

»Warum glaubst du, dass wir hier Drogen haben, Craig? Hast du das Schild im Wartezimmer nicht gesehen? Wir verwahren in der Praxis keine gefährlichen Medikamente oder Suchtmittel.«

»Ach ja?« Er starrte Brooke angriffslustig an. »Das ist gequirlte Kacke, und das wissen Sie genau. Versuchen Sie nicht, mich zu verarschen, Mrs. d'Winters. Ich war schon in anderen Praxen, ich weiß, was Ärzte alles dahaben.«

»Auf welcher Droge bist du? Heroin? Speed? Amphetamine, Beruhigungsmittel? Oder der ganze Cocktail: Ecstasy, Valium, Temazepam?«

»Ja, das alles und noch mehr. Jeden Mist, den ich kriegen kann. Und ...«, seine Augenlider sanken herab, und er fing an zu lallen, »ich will die Rezeptblöcke und alles, was an Bargeld da ist.«

Brooke wusste, warum er die Rezeptblöcke wollte. Er konnte sie gegen mehr Drogen an andere Süchtige verhökern, die damit gefälschte Verschreibungen von Drogen ausstellen konnten. »Was ist mit deinem Dealer? Warum kommst du hierher?«, fragte Brooke.

»Die Bullen haben ihn am Freitag hochgehen lassen«, sagte er mit überraschender Ehrlichkeit. »Ich hatte nichts mehr seit gestern Nachmittag.« Er wischte sich den Schweiß von Stirn und Oberlippe. »Ich brauch einen Schuss, schnell.«

»*Du* bist ins Pflegeheim eingebrochen«, schoss Brooke ihren Verdacht heraus – und hatte offenbar ins Schwarze getroffen, seinem schuldbewussten Gesicht nach zu urteilen. »Anschließend hast du versucht, auch noch in Gersbachs Apotheke einzudringen, richtig?«

Seine Augen verengten sich zu schwarzen, glänzenden Schlitzen voll Zorn. »Sie sind ganz schön clever, Mrs. d'Winters, das wusste ich ja schon immer. Aber ich bin verdammt noch mal nicht hierhergekommen, um mit Ihnen zu quatschen. Los, gehen wir ins Sprechzimmer.« Er wirbelte herum und sprach zu Jean: »Wenn du diesen Stuhl verlässt, um zum Telefon zu greifen, stoß ich die Nadel in Mrs. d'Winters.« Er grinste die ältere Frau niederträchtig an. »Und dann – das verspreche ich dir – komm ich zurück und mach das gleiche bei dir.«

Jean nickte kleinlaut und rieb sich noch immer ihre Wange. Sie sah Brooke an. »Gib diesem kleinen Arschloch, was immer er will. Je eher er seine Überdosis erhält, umso besser für den Rest der Welt.«

»Miststück.« Drohend hob Craig noch mal seinen Arm. Als sie sich in Erwartung eines weiteren Schlages versteifte, wurde sein Grinsen breiter, und er nahm langsam seinen Arm herunter.

Brooke stand von ihrem Stuhl auf und ging hinüber zum Sprechzimmer. Sie war selbst überrascht von ihrer Ruhe. Aber sie erinnerte sich jetzt auch an die Dinge, die ihr bei Craig aufgefallen waren, aus denen sich bisher aber kein einheitliches Bild zusammengefügt hatte: das

Schniefen, als ob er erkältet gewesen war. Die langärmeligen Hemden, die er auch bei großer Sommerhitze trug. Sein unsteter Blick, die abgehackten Bewegungen seines Körpers. Das unkontrollierte Weinen am Grab seiner Großmutter. Ja, da war das Muster, und wenn sie sich nicht täuschte, dann war er auch an den Viehdiebstählen beteiligt. Er benötigte viel Geld, um sich seine Drogen zu beschaffen.

Auf ihrem Weg ins Sprechzimmer betete sie, dass Jean so vernünftig wäre, nichts Heldenhaftes zu unternehmen. Es war offensichtlich, dass Craigs Nerven bis zum Äußersten gespannt waren, die Gier nach einem Schuss trieb ihn in den Wahnsinn. Er würde bei der geringsten Aufregung ausrasten.

»Hast du es schon mal mit Methadon versucht, Craig? Das wird dir auch helfen.«

»Jesus Christus, Frau, haben Sie mir nicht zugehört? Ich will das echte Zeug«, schrie er und fuchtelte wild mit der Spritze vor ihrer Nase herum. »Wo ist es?«

»In der Vitrine. Sie ist verschlossen.«

»Holen Sie den verdammten Schlüssel. *Schnell.*« Er schwitzte immer noch und beobachtete sie mit zusammengekniffenen Augen, als sie zum Schreibtisch ging, eine Schublade öffnete und einen Schlüsselbund herausnahm.

Sie schlug eine andere Taktik ein. »Ich weiß genau, was du durchmachst. Ich meine nicht deine Sucht nach Drogen, aber den Verlust, den du wegen dem Tod deiner Großmutter fühlst. Ich weiß doch, wie sehr du Mrs. Gross geliebt hast, Craig. Die Drogen helfen dir über den Schmerz hinweg, oder? Helfen dir, zu vergessen.«

Er blinzelte und starrte sie an, als ob ihr plötzlich ein zweiter Kopf gewachsen wäre. »Scheiße, sind Sie Nervenklempner, oder was?«, sagte er und zeigte auf einmal viel mehr von dem Craig, den sie kannte.

»Nein.« Sie zwang sich zu einem ungezwungenen Tonfall. »Ich bin fast fertig mit dem Studium der Naturheilkunde. Aber ich weiß aus eigener Erfahrung, wie weh es tut, wenn man jemanden verliert, den man liebt.«

»Ja?« Er schniefte und rieb seine Augen. »Nonna war die Einzige, die mich verstanden hat. Mein dämlicher Vater tut das nicht, und meine Mummy ist viel zu weich. Sie tut alles, was Daddy sagt.«

Bring ihn dazu, weiter zu reden. Lenk seine Gedanken von der Sucht ab.

»Ich habe meine Mutter und meinen Bruder bei einem Verkehrsunfall verloren, das liegt jetzt einige Jahre zurück. Ich kenne deinen Schmerz.« Sie schloss die Medikamentenvitrine auf, nahm einige Ampullen heraus und drehte sich wieder zu ihm um. »Pethidin?«

Sein verschlossenes Gesicht erhellte sich: »Ja, oh, ja!« Doch im nächsten Augenblick zog ein listiger Ausdruck über sein Gesicht. »Stecken Sie alles in eine Tasche. Alles, was da ist.«

»Okay, nachdem ich dir deine Injektion gegeben habe. Soll ich die Spritze für dich fertig machen?«, bot sie ihm an und hoffte, er würde den Stoßseufzer der Erleichterung nicht hören, den sie ausstieß, als er nickte. Seine Hände fingen an zu zittern, weil der Entzug ihm immer stärker zusetzte. Seine Nerven mussten bis kurz vorm Reißen gespannt sein, dachte sie. Der Schweiß strömte über sein Gesicht, und er schniefte ständig. Sie wandte sich Jasons Instrumenten zu und fand eine Einwegspritze, brach den Hals einer Ampulle ab und zog die Spritze bis zum Anschlag auf.

Brooke war ihm und seiner bedrohlichen Spritze so

nahe, dass ihr Herz um einiges schneller schlug. Er konnte jederzeit zustechen, aber sie betete, dass seine Gier nach dem Stoff stärker war als sein Wunsch, sie zu verletzen. Er saß in Jasons Stuhl und zog einen Schuh aus. »Die Venen in meinen Armen sind hinüber. Spritzen Sie hier rein«, und er zeigte auf eine vorstehende Vene in seinem Fuß.

Sie ließ sich auf ein Knie nieder, führte die Kanüle ein und drückte den gesamten Inhalt ruhig und gleichmäßig in ihn hinein. »Bleib lieber noch ein, zwei Minuten so sitzen.«

Brooke wusste, dass es nicht lange dauern würde, bis er merkte, dass er nicht das bekommen hatte, was er wollte. Aber bis dahin würde das Valium, das sie ihm statt des Pethidins gegeben hatte, schon in seiner Blutbahn fließen. Sie hatte ihm eine riesige Dosis verpasst, die ihn erst träge und unkoordiniert werden ließ, später würde die Bewusstlosigkeit folgen. Da sie nicht wusste, wie schnell die Droge bei ihm wirken würde, entfernte sie sich, so weit es ging, von ihm, fast bis zur Tür.

Lenk ihn von seiner Reaktion ab. »Ich habe schon viele Menschen gesehen, deren Leben durch Drogen verpfuscht worden sind«, sagte sie im Plauderton. »Deins muss nicht dazugehören. Es gibt Spezialisten, die dir helfen können, Psychologen oder Rehabilitationszentren in diversen Krankenhäusern. Ich bin mir sicher, dass deine Eltern dich unterstützen würden.«

»Verdammte Scheiße! Was haben Sie mit mir gemacht?« Er starrte sie einen Augenblick lang an, dann verstand er: Der Rausch, nach dem er sich sehnte, blieb ihm verwehrt. »Sie Schlampe, Sie verdammte, hinterhältige Schlampe.« Er schüttelte seinen Kopf wie ein verwirrter Bulle und versuchte aufzustehen, wobei er einen Arm um den Stuhl klammerte, um sich abzustützen. Er runzelte noch stärker die Stirn, als er merkte, wie schwer es ihm fiel. »Was haben Sie mir gegeben, Schlampe?« Er brauchte einige Anläufe, um hochzukommen und auf sie zuzutaumeln, die gefährliche Spritze hielt er auf ihre Brust gerichtet. »Dafür werden Sie bezahlen.« Wieder schüttelte er den Kopf in dem Versuch, die aufkommende Benommenheit zu vertreiben. »Dachte, ich könnte Ihnen vertrauen. Aber nein. Scheiße«, sein Lallen klang traurig, »kann niemandem trauen.«

Seine Augenlider wurden schwer und fielen zu, er schwankte. Er war schon fast bewusstlos, als er auf die Knie fiel. Er schaffte es, den Kopf zu heben und zu ihr hochzustarren, gleichzeitig versuchte er, die betäubende Wirkung des Valiums fortzublinzeln. Er wollte mit der linken Hand über seine Augen reiben, aber selbst das Handhochheben war schon eine zu große Anstrengung, sie fiel schlaff zurück an seine Seite. Nach vielleicht einer halben Minute rollte er sich auf dem Teppich zusammen und lag bewegungslos da.

Brooke trat gegen seine Spritze, die wegflog, und lehnte sich mit einem enormen Seufzer der Erleichterung gegen den Türpfosten. Nun, nachdem sie gesiegt hatte, kam die Reaktion auf das Erlebte. Sie fing an, am ganzen Körper zu zittern, und ihr Herz pochte so stark, dass sie befürchtete, es könnte zerspringen.

In diesem Moment kam Jean, die alles mit angehört hatte, und blieb vor der Tür stehen. Sie sah erstaunt aus. »Was hast du ihm gegeben?«

»Valium. Genug, um ein Pferd zu betäuben, glaube ich.« Während sie sprach, stöhnte Craig auf, einmal, und war dann wieder still. »Ruf die Polizei in Carcoar an. Er sollte eigentlich so lange bewusstlos bleiben, bis sie hier sind.«

»Du hast die Situation sehr …« – Jean suchte die passenden Worte – »souverän gemeistert.« Sie rief die Polizei an. Als sie wieder mit Brooke sprach, lag Bewunderung in ihrer Stimme. »Hattest du denn gar keine Angst?« Irgendwann in dem ganzen Aufruhr hatte sie versucht, sich an Selbstverteidigungstechniken zu erinnern, um sie gegen den Schweinehund einzusetzen. Royce hatte ihr vor vielen Jahren einige Karategriffe beigebracht, die sie immer noch übte, aber sie hatte sich nicht getraut, sie in diesem Notfall anzuwenden.

»Wie verrückt«, gab Brooke zu und lächelte wackelig. Sie rieb ihre feuchten Handflächen an ihrem Rock ab. »Aber ich wollte ums Verrecken nicht, dass dieses ›kleine Arschloch‹«, sie sah Jean kurz an, »deine Worte, nicht meine, Oberhand über mich bekommt.«

Als Craig Marcioni wieder zu sich kam, trug er Handschellen. Er geriet außer sich, als er Constable Pete Roth und Vince Gersbach neben sich Wache stehen sah.

Pete zog den benommenen Craig auf die Beine. »Ein kleiner Ausflug nach Carcoar wird deinen Kopf freimachen, mein Junge.«

»Es wird ihm bald ziemlich schlecht gehen wegen des Entzugs, wenn das Valium erst mal abgebaut ist«, gab Brooke ihnen mit auf den Weg, während sie den Jugendlichen eingehend betrachtete. Er sah total verwirrt und ängstlich aus. »Ich sage Jason, dass er den Arzt in Carcoar anrufen soll, damit er Craig untersucht.«

»Er kommt doch ins Gefängnis für das, was er getan hat, oder?«, wollte Jean von dem Polizisten wissen. Ihre Wange brannte noch immer von seinem Schlag. Was aber schlimmer wog, war, dass er ihrer beider Leben bedroht hatte. Das kleine Arschloch – von jetzt an würde sie ihn immer so nennen – verdiente es, dafür ein paar Jahre hinter Gitter zu kommen. Was, wenn eins der d'Winters-Kinder oder alle zu Hause gewesen wären und seinen Auftritt mit angesehen hätten? Sie wären vielleicht schwer traumatisiert worden. Ja, das kleine Arschloch verdiente alle Strafen, die er auferlegt bekam, das war klar.

»Das wird der Richter entscheiden«, antwortete Pete Roth unverbindlich.

»Was er viel dringender braucht als eine Gefängnisstrafe ist ein Rehabilitationsprogramm, das ihn für alle Zeiten von den Drogen heilt«, sagte Brooke. »Ihn zusammen mit abgebrühten Kriminellen ins Gefängnis zu stecken, wird nicht gerade hilfreich sein. Wahrscheinlich würde ihn das nur dazu bringen, den Rest seines Lebens kriminell zu bleiben und weiter Drogen zu nehmen.«

Jean starrte ihre Freundin überrascht an und war nicht wenig erstaunt über deren Barmherzigkeit. »Er hat gedroht, uns mit AIDS zu infizieren«, erinnerte sie Brooke. »Für mich ist das gleichbedeutend mit versuchtem Mord.«

»Vielleicht. Aber er hätte das niemals getan, wenn er nicht süchtig wäre. Du weißt doch, dass Junkies alles tun, um eine neue Dröhnung zu bekommen. Das ist ihr einziger Lebenszweck.« Sie sah Pete an. »Es wird ihm doch die Chance auf eine Therapie gewährt, oder? Ich bin mir sicher, dass seine Eltern und auch Jason es so wünschen.«

Pete nickte. »Ich werde seine Familie anrufen, sobald der Papierkrieg auf der Wache erledigt ist.« Er trieb Craig zur Tür des Wartezimmers vor sich her, drehte sich aber noch einmal um, bevor er das Zimmer verließ: »Sie müssen auch zur Wache kommen, um Ihre Aussagen zu machen. Passt es Ihnen morgen?«

»Natürlich«, antwortete Brooke für beide Frauen.

Nachdem die Männer gegangen waren, sagte Brooke zu Jean: »Ich glaube, wir brauchen etwas zur Beruhigung, nämlich einen Drink.«

»Vielleicht mal etwas Stärkeres als Tee?«, fragte Jean mit hoffnungsvollem Grinsen und lief mit Brooke den Flur hinunter ins Wohnzimmer, in dem sich Jasons kleine, aber fein bestückte Bar befand.

»Darauf kannst du wetten. Einen Brandy.« Brooke zwinkerte ihr zu, wohl wissend, dass Jean sich gerne gelegentlich ein Schlückchen genehmigte. »Vielleicht sogar mehr als einen. Ich bin mir sicher, dass der Doktor genau das verschreiben würde, wenn er hier wäre«, fügte sie lächelnd hinzu. »Jason wird kaum glauben können, was hier passiert ist.« Erst vor ein paar Tagen hatten sie über die Stadt gesprochen, und daher wusste sie, dass Jason Bindi Creek für ein freundliches, verschlafenes kleines Provinzstädtchen hielt, genauso wie sie selbst. Jedenfalls hatte sie bis vorhin so gedacht. Das war nun nicht mehr so. Der heutige Tag hatte gezeigt, dass sie den Anschluss an die restliche Welt unglücklicherweise gefunden hatten.

Als eine Stunde später eine etwas milder gestimmte Jean nach Hause schlenderte, konnte sie nicht anders: Sie ließ nicht nur die Szene mit Craig noch mal im Geiste Revue passieren, sondern auch Brookes Geduld und Abgebrühtheit unter diesem enormen Druck. Sie lächelte leicht, als sie die Pforte zu ihrem blühenden Rosengarten öffnete, aber sie merkte auch, dass da noch etwas anderes an ihrem Bewusstsein nagte. Kleine Vorkommnisse, die einzeln betrachtet keine Bedeutung hatten, wenn man sie aber wie die Teile eines verstreuten Puzzles zusammensetzte, ergaben sie allmählich ein völlig neues Bild von Brooke. Aber sie benötigte weitere Teile, damit das Puzzle einen Sinn ergab.

In den Jahren, in denen sie Brooke kannte, hatte sie immer wieder über deren medizinische Kenntnisse gestaunt. Sie wusste viel mehr, als eine nicht voll ausgebildete Krankenschwester wissen konnte, und sie hatte mit angehört, dass sie und Jason tatsächlich Untersuchungsmethoden und Diagnosen besprachen. Jason schien Brookes Fachkenntnisse als gleichwertig anzusehen. Und einmal, als Jason bei einem Hausbesuch außerhalb war und die älteste Tochter von Reverend Dupayne eine schwere Asthma-Attacke erlitt, hatte Brooke ihr Medikamente gegeben, nach deren Einnahme sie besser atmen konnte, und sie hatte genau gewusst, was zu tun war. Auch Adam hatte sie nach seinem Abenteuer im Fluss fachgerecht versorgt. Es gab noch einige weitere Fälle, die sie dazu motivierten, über Brookes Qualifikation nachzudenken. Aber ernsthaft hatte sie diese Gedanken bisher noch nicht verfolgt.

Die Leichtigkeit, mit der Brooke heute mit Craig umgegangen war, deutete auf Fähigkeiten hin, die eine gewöhnliche Hausfrau nicht hatte, auf eine spezielle Ausbildung ... welche? Ihre Stirn runzelte sich stärker. Wieder schüttelte sie den Kopf und erreichte dann ihre Haustür, die sie bisher noch nie abgeschlossen hatte, was sich aber von heute an ändern würde. Sie wurde aus dem Ganzen nicht recht schlau. Ihre Neugier war jedenfalls geweckt, und ab sofort würde sie die medizinischen Fachkenntnisse ihrer besten Freundin im Auge behalten und sehen, wohin das führte.

Jean Kings Potenzial an Neugier war größer als das der meisten Menschen, und sie konnte hervorragend Geheimnisse aufspüren – das war immer schon eines ihrer Talente. Sie erinnerte sich, dass Royce einmal gesagt hatte, sie würde einen tollen Privatdetektiv abgeben. Vielleicht. Wenn sie schlau gewesen wäre, hätte sie ihre Fähigkeiten schon vor Jahren eingesetzt, um ihn zu finden und ihm zu sagen, dass er einen Sohn hatte. Jetzt war es dafür zu spät, brummte sie vor sich hin.

Und was Brooke betraf, so spürte sie, dass die d'Winters ein Familiengeheimnis bewahrten. Ja, ja, sie würde sie beobachten und darauf warten, dass sich das Rätsel löste.

Die Verhandlungen für das erste Quartal des Bezirksgerichtes in Cowra waren beendet. Vor dem Gerichtsgebäude standen Menschen in kleinen Gruppen zusammen und diskutierten über das Urteil, das der Richter über Craig Marcioni verhängt hatte: zwölf Monate, aber auf Bewährung, weil es sich um seine erste Straftat handelte, und fünfhundert gemeinnützige Arbeitsstunden, vorausgesetzt, er machte eine Entgiftung und nahm an einem Rehabilitationsprogramm in einem Krankenhaus in Sydney teil. Die Entscheidung des Gerichts wurde von den Einheimischen kontrovers aufgenommen, war aber nicht ungewöhnlich.

Jean King brodelte förmlich vor Enttäuschung. Sie hatte erwartet, dass die volle Wucht des Gesetzes bei diesem »kleinen Arschloch« zuschlug. Die Marcionis waren erleichtert – ihr einziger Sohn war um eine Gefängnisstrafe herumgekommen. Auch Jason d'Winters atmete auf: Die Bedrohung durch Craig und einige kleine Drogendealer war für zwölf Monate vom Bezirk genommen, vielleicht sogar für länger. Brooke war sehr zufrieden mit dem Urteil, aber sie gab sich die größte Mühe, ihre Freude zu verbergen. Vielleicht war sie ein Softie, aber in ihrem Innersten war sie davon überzeugt, dass Craig nur ein Opfer war, das eine zweite Chance verdient hatte. Durch die Entgiftung würde er diese zweite Chance erhalten, und was er hinterher daraus machte, lag in seiner Hand.

Wes Sinclair war nur mäßig einverstanden mit dem Urteil des Richters. Er hielt es für eine milde Alternative und nicht für eine gerechte Strafe. Als ihm zu Ohren gekommen war, was Jean und Brooke in der Praxis erlebt hatten, hatte er nur noch den Wunsch, seine Hände um Craigs Hals zu legen und ihn zu erwürgen. Er war darüber besorgt, wie heftig er darauf reagierte, dass Brookes Leben in Gefahr gewesen war. Deshalb machte er sich nach der Verkündung des Urteils sofort auf den Weg nach Sindalee, um sich wie ein Wilder in die Arbeit zu stürzen, damit er vergessen konnte, wie stark seine Gefühle für sie waren.

Sharon Dimarco, Vince Gersbach und Hugh Thurtell, die im Schatten des Postgebäudes standen, hatten die Verhandlung im Gerichtssaal ebenfalls verfolgt. Hugh, der Mitglied in der Handelskammer von Cowra war, hatte vor und während der Verhandlung immer betont, dass es Zeit wurde, dass die Stadt etwas gegen die wachsende Bedrohung durch Drogen unternahm.

»Wenn die Wellen sich beruhigt haben, werde ich mit Brooke darüber sprechen – mal sehen, ob sie Lust hat, ein Komitee anzuführen, das sowohl mit Schulen als auch mit der Polizei zusammenarbeitet. Wir müssen dieses Problem unter Kontrolle bringen«, sagte Hugh zu Sharon und Vince.

Sharon zog einen Schmollmund. »Warum Brooke? Warum kann das nicht jemand wie Vince machen?« Sie schob ihren Arm besitzergreifend unter den von Vince. »Er ist der passendere Mann und ist kompetenter.«

Immer hieß es: Brooke d'Winters, Brooke d'Winters, Brooke d'Winters. Jeder schien zu glauben, diese Frau sei ein absolutes Vorbild, und das hasste sie. Sogar ihr eigener Vater dachte, dass sie Mond und Sonne befehligte.

Er war zu einem von Brookes größten Fans geworden, nachdem sie die National Bank erfolgreich dazu überredet hatte, eine Art Unterfiliale im Supermarkt von Bindi Creek einzurichten. Die Frau hatte die rätselhafte Gabe, immer zu gewinnen. Das war verdammt ärgerlich.

»Hmm, Vince würde sich sicher auch gut machen«, stimmte Hugh zu und kratzte dabei seinen grauen Haarschopf. »Es ist nur so, dass Brooke als Arztfrau ein besonderes Ansehen in der Gemeinde besitzt. Außerdem ist sie sehr beliebt und scheint gut mit Kindern auszukommen. Jedenfalls«, er zuckte mit den Schultern, »müssen die Handelskammer und Brooke gemeinsam entscheiden, ob sie sich dafür engagieren soll oder nicht.«

»Als Nächstes schlägst du sie als ›Bürgerin des Jahres‹ vor«, brach es aus Sharon heraus, die ihre Eifersucht nicht länger unterdrücken konnte.

Hugh, der ihren Zynismus nicht bemerkte, strahlte seine Tochter an: »Was für eine großartige Idee. Wie nett von dir, daran zu denken, Sharon.«

Vince lächelte unauffällig, als Sharon vor Wut auf den Boden stampfte.

»Oh, komm jetzt, Vince. Wir müssen zum Flughafen«, sagte Sharon.

»Zum Flughafen«, wiederholte Hugh. »Wo wollt ihr noch mal hin?«

»Ach, Daddy, kannst du dir denn gar nichts merken! Wir fliegen in den Süden, um beim Melbourne Cup dabei zu sein. Anschließend sind wir für eine Woche in Tasmanien, um Vinces Eltern zu besuchen.«

Hastig sagten sie ihm auf Wiedersehen, holten ihre Taschen und nahmen sich ein Taxi zum Flughafen.

Sharon saß neben Vince, der darauf bestand, die ganze Zeit ihre Hand zu halten, und ließ innerlich Dampf ab über die Frustration, die sich in ihr aufbaute. Sie war froh darüber, dass sie sich diese dringend notwendige Pause vom Leben auf Minta Downs und ihrem Vater nahm. Er alterte sehr schnell, und sie vermutete in ihm die Anfänge von Alzheimer oder einer anderen Krankheit, die seinen Geist schwächte, weil er sehr vergesslich wurde und schnell verwirrt war. Wenn das der Fall war, würde es ihr überhaupt nicht in den Kram passen, sich um jemanden zu kümmern, der seinen Verstand verlor. Es gab Pflegeheime mit ausgebildetem Personal, das sich um Patienten mit solchen Problemen kümmerte.

Dass Brooke wieder mal im Mittelpunkt stand, stimmte sie verdrießlich. Erstaunlicherweise bekam diese Frau im Bezirk mehr als nur ihren Teil an Aufmerksamkeit, was dazu führte, dass Wes viel zu viel Notiz von ihr nahm. Sie seufzte leise, legte ihren Kopf auf die Rückenlehne des Taxis und täuschte Müdigkeit vor. Ihr Plan, Wes eifersüchtig zu machen, indem sie sich mit anderen Männern traf, war auch nicht von Erfolg gekrönt.

Es gab nur eine Sache, die sie als Vorteil wertete. Wes wurde nicht mehr so häufig mit und bei den d'Winters gesehen. Ihre Mundwinkel verzogen sich zu einem gerissenen Lächeln, als ihr verschlagenes Wesen eine neue Idee hervorbrachte, eine, die den mächtigen Wes Sinclair dazu bringen würde, aufzuhorchen und ihr Beachtung zu schenken. Jeder wusste, dass Wes darauf aus war, Land zu erwerben, um Sindalee zum größten Besitz in und um Cowra zu machen, damit Fleece und Drew eines Tages ein kleines Imperium erben würden. Wenn Sindalee und Minta Downs durch eine Heirat zusammengelegt würden, dann würde *sie* die Ehefrau des reichsten und größten Landbesitzers der ganzen Gegend. Und da die Gesundheit ihres Vaters allmählich nachließ, war es nur noch eine Frage der Zeit, bis sie und Bethany Minta Downs erben würden.

Ja, mit diesem Plan konnte sie es schaffen. Sie würde ihn verbessern, verfeinern und – wenn er ausgereift war – ihn Wes so präsentieren, dass er unmöglich nein sagen könnte.

16

Brooke und Jason feierten ihren neunten Hochzeitstag. Dafür hatten sie ihre Nachbarin Jan Stewart als Babysitterin für die Zwillinge und Sheridan angeheuert, so dass sie über Nacht wegfahren und den Abend mit einem besonderen Essen und Romantik verbringen konnten. Sie aßen üppig im Ilfracombe Restaurant in Cowra und gingen dann zurück in die charmante Pension Dalebrook in Carcoar, die von ihren Besitzern sorgfältig restauriert worden war.

»Sie hätten hier einen Kamin einbauen sollen«, beschwerte sich Brooke ein bisschen, als sie zwischen die Laken des Messingbettes in ihrem Zimmer unterm Dach schlüpfte. Der Herbstabend war kühl geworden, und sie freute sich an der wärmenden Daunendecke.

»Wäre wohl nicht so ohne Weiteres möglich«, sagte Jason und machte das Licht aus. »Ich glaube, das hier war ursprünglich ein Stall oder eine Scheune.« Nur mit seinen Pyjamahosen bekleidet lief er über den Boden, dessen Dielen unter seinem Gewicht knarrten, als er sich zu ihr in das riesige Bett legte. »Wenn dir kalt ist, Liebste, kenne ich eine todsichere Methode, die uns beide aufwärmen wird.«

»Verruchter Mann.« Sie lachte, als er nach ihr griff und sie so fest an seine Brust drückte, dass sie sein Herz schlagen hörte.

»Du nennst mich verrucht!«, stieß er aus. »Wer von uns beiden ist denn splitternackt ins Bett gestiegen?«

Sie kicherte wieder und fuhr mit den Fingerspitzen über seine Brust, kitzelte seine Brustwarzen und drehte ihre Finger in seine Brusthaare ein. »Ich dachte nur, es würde Zeit sparen.«

Brooke lag ihm zugewandt auf der Seite und sah tief in seine blauen Augen – in der Dämmerung schienen sie fast schwarz zu sein. Sie staunte darüber, wie sehr ihre Liebe mit den Jahren gewachsen war, wie tief sie war. Sie schob sich ein kleines Stück vor und küsste ihn, erst sanft, dann, als seine erfahrenen Hände wie magisch ihren Körper verzauberten, stärker, mit einer Leidenschaft, die so erprobt und aufrichtig war wie ihre Beziehung. Lustschauer durchliefen sie, als Jason erst ihre Brüste, dann die Kurve ihrer Taille zärtlich streichelte und seine Finger tiefer wanderten, bis sie erwartungsvoll nach Luft rang.

»Ich weiß nicht, wie ich es schaffen konnte, mir eine so schöne, sexy Frau zu angeln«, flüsterte er, »aber ich bin unendlich froh, dass ich es geschafft habe.«

»*Du* hast *mich* geangelt?«, neckte sie ihn und rückte so dicht an ihn heran, dass ihre Körper von der Brust bis zu den Knien aneinanderlagen. »Und ich habe die ganze Zeit gedacht, *ich* hätte *dich* geangelt. Ärzte gelten allgemein als gute Partien, das weißt du doch.«

»Ich weiß nicht, ob gerade ich so eine gute Partie bin. Hast du dir in letzter Zeit mal unsere Kontoauszüge angesehen?«

»Mir reicht das, Liebling. Und du reichst mir auch«, versicherte sie ihm mit heiserer Stimme.

Er rollte sie auf den Rücken und hauchte eine Reihe federleichter Küsse von ihrer Stirn über ihre Wange und an ihren Lippen entlang, bis sein Mund den ihren mit einem unglaublich sinnlichen Kuss verschloss. Zungen spielten, drückten, neckten sich in einem intimen Reigen, der zu einer innigen, befriedigenden Vereinigung führte.

Als er Minuten später in sie drang, stöhnte sie ihr Verlangen nach ihm heraus, aber er bewegte sich einige Sekunden lang nicht, genoss es, tief inmitten ihrer Hitze sein. Dann begann er mit seiner lustvollen Folter für beide, indem er anfing, sich zu bewegen, erst langsam. Bald wurden seine Stöße härter, tiefer, bis sie ihr tiefstes Innerstes entzündeten und sie in einem Orgasmus erbebte, der ihnen beiden komplette Befriedigung brachte.

Danach lagen sie aneinandergekuschelt, ihre Arme und Beine ineinander verschlungen, und sprachen noch lange und leise miteinander, bis Brooke hörte, wie sein Atem tiefer ging, und sie wusste, dass er eingeschlafen war. Normalerweise fiel er schnell in den Schlaf, nachdem sie Liebe gemacht hatten, wohingegen sie lange hellwach blieb.

Der Dreiviertelmond stand hoch und warf einen schmalen Lichtschein durch das kleine Dachfenster, der auf das Fußende des Metallbettes fiel und dem Zimmer einen kühlen, dezenten Schimmer verlieh. Ein zärtliches, weiches Lächeln lag auf ihrem Gesicht, als sie, auf einen Ellbogen gestützt, ihren Mann ansah. Sie streckte die Hand aus, um einige Haarsträhnen zurückzustreichen, die ihm in die Stirn gefallen waren. Sie entdeckte, dass seine schwarzen Haare an den Schläfen inzwischen von einigen silbrigen Strähnen durchzogen waren. Im März hatten sie seinen einundvierzigsten Geburtstag gefeiert. Er wog mindestens fünf Kilo mehr als zu der Zeit, in der sie sich kennengelernt hatten. Aber das machte ihn nur noch knuddeliger, dachte sie, und ihr Lächeln wurde breiter.

Sie zupfte die Daunendecke zurecht und musste daran denken, wie viel Glück sie hatten. Jasons Praxis in Bindi Creek lief gut, seine Patienten und die Einwohner des Städtchens respektierten ihn. Die Kinder liebten das Leben auf dem Lande, und Adam war seit seinem Erlebnis im Fluss, das er beinahe mit dem Leben bezahlt hätte, auch nicht mehr ganz so ein Draufgänger wie früher. Luke war lernbegierig und zeigte bereits einen Hang zur Medizin, und Sheridan, die bald zur Schule gehen würde, war ein keckes kleines Fräulein, das genau wusste, was es wollte.

Sie seufzte in den großen Raum hinein, und es klang Zufriedenheit in diesem Seufzer mit. Sie hatte schließlich ihre Ausbildung in der Naturheilkunde abgeschlossen – lang hatte sich das hingezogen. Sie hatte die Prüfungen mit Bravour bestanden und überlegte sich gerade, wo sie ihre Praxis einrichten wollte. Das medizinische Gemeindezentrum wäre der am besten geeignete Ort. Sie wollte nicht den Eindruck erwecken, sie würde in Konkurrenz zu Jason arbeiten. Außerdem war sie sich bewusst, dass – wie Wes schon vor Jahren gesagt hatte – sich die Landbevölkerung nur langsam an Neues gewöhnen würde, so dass sie davon ausging, dass es einige Zeit dauern würde, sich einen Patientenstamm aufzubauen. Sie gähnte und streckte sich unter der Decke. Zeit – davon hatten sie genug – den Rest ihres Lebens.

Viel zu früh endete das romantische Zwischenspiel, und Jason und Brooke kehrten nach Hause zurück. Bei Anbruch des Montagmorgens verließ Jason das Haus, um für einen Tag in Sydney an einer Konferenz im Darling Harbour Hotel teilzunehmen. Dadurch bekam Brooke Zeit, sich um die Formalitäten in der Praxis zu kümmern und Liegengebliebenes aufzuarbeiten, sobald die Zwillinge in der Schule und Sheridan in der Kindertagesstätte waren.

Momente wie diese nutzte sie gerne, um durch das Haus zu bummeln und es zu genießen, dass sie allein war. Sie hob hier und dort ein Spielzeug auf, richtete den Stapel Magazine auf dem Beistelltisch ordentlich aus, fuhr sanft mit dem Finger über ihre Figürchen und empfand die Ruhe als himmlisch – ein Zustand, der im d'Winters-Haushalt nur selten vorkam. In diesen Momenten, die sie für sich allein hatte, fand sie die Muße, sich an das Lachen und die Freude zu erinnern, die sie hier schon miteinander hatten, und die Zukunft zu planen. In wenigen Jahren würden die Jungs zur Highschool gehen, vielleicht sogar auf ein Internat, wenn sie es sich leisten konnten. Und ein Urlaub wäre auch schön. Sie waren seit einigen Jahren nicht mehr richtig weggefahren.

Als Brooke in der Küche stand, stoppte sie ihren Gedankenfluss, weil ihr plötzlich einfiel, dass sie versprochen hatte, ein paar Kuchen für das Treffen des Pflegeheimkomitees am Nachmittag zu backen.

Sie rührte gerade die Zutaten zusammen, als ein heftiges Klopfen sie an die Haustür rief. Dort stand – offensichtlich aufgelöst – Jill, die im Supermarkt arbeitete.

»Oh, Brooke, wir brauchen Hilfe. Gino Fasanellas Frau Millie hat sich ganz schrecklich verbrannt. Eine Gasflasche ist unter der Bratölwanne explodiert, und das brennende Öl ist über sie gespritzt. Ihre Kleidung und ihre Haare haben Feuer gefangen. Gino hat die Flammen mit einer Decke erstickt, aber ihr geht es anscheinend sehr schlecht. Vince Gersbach ist schon bei ihr.« Jill holte endlich Luft, um weiterreden zu können. »Ich habe den Hinweis an der Praxistür gesehen. Wann kommt Dr. d'Winters denn wieder?«

»Erst am späten Abend.« *Verbrennungen.* Brooke versuchte den Gedanken an Travis zu verscheuchen. Wenn sie das nicht schaffte, würde sie erstarren und konnte niemandem helfen. Sie stellte ihre Rührschüssel in die Diele.

»Oh, Gott. Arme Millie«, murmelte Jill, als sie über die Straße zum Café rannten.

»Arme Millie« war die richtige Bezeichnung. Als Brooke in Ginos Laden kam, erfasste sie sofort die Situation. Jemand hatte mit einem Feuerlöscher den Brand gelöscht, aber die Decke und die Luft im Café waren schwarz vor Rauch. Brooke registrierte mit einem schnellen Rundblick sowohl die Verwüstung im Café als auch Millies Zustand. Die Decke ließ nicht viel von Millie sehen, aber sie konnte verbranntes Fleisch und versengte Haare riechen. Ihr Gesicht war voller Brandwunden, die bald Blasen werfen würden. Ihre Hände, die von der vielen Arbeit gezeichnet waren, schwollen bereits an, und sie stöhnte vor Schmerzen, während sie sich auf dem gefliesten Boden hin und her wiegte.

Aus den Augenwinkeln sah Brooke Jean auf sich zukommen. »Schnell, Jean, lauf in die Praxis, und hol die Sauerstoffflasche.« Sie sah den Apotheker an, er schien unter Schock zu stehen. »Vince, haben Sie irgendetwas in der Apotheke, worin wir sie einwickeln können? Vielleicht saubere Tücher oder Laken?« Sie sah sein bestätigendes Nicken. »Könnten Sie so viel davon bringen, wie da ist? Außerdem Pethidin und eine Spritze. Millie hat furchtbare Schmerzen, weil die Verbrennungen nicht so tief gehen, dass die Nervenenden beschädigt wurden. Das Pethidin wird ihre Schmerzen lindern.«

Sie sah zu Gino hinüber. Er kniete neben seiner Frau und wischte ihr mit einem feuchten Tuch die Stirn. »Gino«, rief Brooke. Er schien sie nicht zu hören. Sie wusste, dass jede Minute zählte und dass das Personal im Krankenhaus von Cowra weder über die Möglichkeiten noch die medizinische Erfahrung verfügten, um Brandverletzte zu versorgen, so dass Millie noch weiter bis nach Sydney gebracht werden musste.

»Gino! *Gino*!«, rief sie, bis er auf sie aufmerksam wurde. »Sie müssen dreimal die Null wählen. Wir brauchen einen Rettungshubschrauber für Millie. Sie muss zu einer Brandverletztenstation in ein städtisches Krankenhaus gebracht werden. Rufen Sie jetzt an. Sofort.« Dann fiel ihr noch etwas ein: »Fragen Sie sie, wann sie hier sein werden, und sagen Sie ihnen, dass sie auf dem Sportplatz hinter der Schule landen können.« Sie drehte sich zu Jill und lächelte sie verbissen an. »Jill, bitte gehen Sie zur Schule, und sagen Sie dem Direktor, dass die Kinder den Sportplatz nicht betreten dürfen, bis der Hubschrauber wieder weg ist.«

»Ich … ich …«, Gino schüttelte den Kopf. Er stand selbst unter Schock und hatte nicht ein Wort von dem verstanden, was sie gesagt hatte.

Jean kehrte mit dem Sauerstoffgerät zurück und legte Millie die Maske an. Brooke gab die Anweisungen, die sie Gino gegeben hatte, an Jean weiter und wusste, dass sie nun erledigt würden.

Vince brachte eine Minute später die geforderten Utensilien. Innerhalb von Sekunden hatte Brooke die Injektion vorbereitet und gab Millie die Spritze. Aus deren dunklen Augen liefen Tränen des Schmerzes.

»Werde ich wieder gesund, Brooke?«, flüsterte sie voller Angst.

»Natürlich werden Sie wieder gesund«, versicherte Brooke. Einen Moment lang schwebte Travis' Bild vor ihren Augen, und sie scheute vor dem zurück, was sie nun zu tun hatte. Der Geruch des verbrannten Fleisches verursachte ihr Übelkeit. Sie drängte die Gedanken aus ihrem Bewusstsein und sagte dann zu Millie: »Wir müssen die Decke wegziehen. Es ist auch notwendig, Ihre Kleidung dort zu entfernen, wo die Haut verbrannt ist. Denn der Stoff speichert dort die Hitze. Wir müssen ihn vielleicht einweichen, Sie müssen also sehr tapfer sein. Schaffen Sie das?« Millie Fasanella nickte. Brooke sah zu Jean hoch, die den Notruf angerufen hatte.

»Wie lange brauchen sie?«

»Allerhöchstens vierzig Minuten.« Jean half Brooke, die Decke zu entfernen.

Millie schrie.

Gino wurde aus seinem Trancezustand gerissen und brüllte sie an: »Hören Sie auf, Sie bringen sie ja um!«

Der Blick, den Brooke ihm daraufhin zuwarf, brachte ihn sofort zum Schweigen. »Wenn ich die Decke und die verbrannten Kleidungsstücke nicht jetzt von ihr entferne, bevor alles an der Haut festklebt, wird es für sie im Krankenhaus doppelt so schwer werden.«

»Gino, Brooke weiß, was sie macht«, sagte Vince mit Nachdruck. »Sie können hier nicht helfen. Gehen Sie, und halten Sie nach dem Hubschrauber Ausschau.« Er sah Brooke an. »Ich habe noch eine Ampulle mitgebracht. Können wir ihr mehr Pethidin injizieren?«

Brooke dachte einen Moment nach, bevor sie entschied: »Ja, in Ordnung. Noch mal die Hälfte von dem, was sie vorher bekommen hat.«

Man brauchte schon einen starken Magen, um den Anblick eines schwer verbrannten Menschen aushalten zu können. Teile der Epidermis, der obersten Hautschicht, waren verkohlt. Darunter lag die zweite Schicht, die Lederhaut, die blutrot und angeschwollen aussah und durch die eine wässrige Flüssigkeit sickerte. Soweit Brooke sehen konnte, war Millies Körperoberfläche zu etwa siebzig Prozent verbrannt. Aber es schienen keine Verbrennungen dritten Grades zu sein, was später für sie von Vorteil sein würde.

»Darf sie etwas trinken?«, fragte Jean.

»Nein. Wenn ihr davon schlecht wird, muss sie sich vielleicht übergeben, und das wäre sehr schmerzhaft für sie.«

Millie von der Decke und der verbrannten Kleidung zu befreien, war eine quälend langsame Prozedur. Anschließend mussten sie sie auf die Tücher rollen, aber zum Glück wirkte bereits das Pethidin, so dass Millie dabei einige Schmerzen erspart blieben. Brooke sah auf ihre Patientin und sprach ihr tröstend zu. Sie hatte alles für sie getan, was sie konnte. Wenn der Hubschrauber erst einmal hier war, lag es in der Hand der Brandwundenspezialisten am Concord Hospital, ihre Arbeit fortzuführen.

Bei Brooke kam nun die Reaktion auf dieses Drama, das sie vollkommen überrascht hatte. Ihre Hände fingen an zu zittern, und sie war sich bewusst, dass ihre Übelkeit nicht dadurch verursacht wurde, dass sie vergessen hatte zu frühstücken. Erinnerungen an das, was Travis erleiden musste, schoben sich immer wieder zwischen ihre Gedanken und bereiteten ihr Schmerzen, brachten die Traurigkeit zurück.

»Er kommt! Der Hubschrauber kommt!« Gino rannte ins Café, um es jedem zu sagen. Er fiel auf die Knie und sprach mit Millie, die sich in einem halb betäubten Zustand befand: »Bald wird alles wieder gut werden, *cara mia.*« Er sah zu Brooke, die auf der anderen Seite seiner Frau kniete. »*Grazie, grazie*, Brooke. Ich danke Ihnen«, sagte er schlicht, und in seinen Augen schwammen Tränen.

»Sie wird wieder gesund, Gino. Aber es wird lange dauern.«

»Ah«, sagte er und zuckte mit den Schultern. »Was ist schon Zeit? Nichts. Alles, was zählt, ist, dass meine Millie wieder gesund wird.«

Als die Sanitäter eintrafen, berichtete Brooke ihnen, wie sie Millie behandelt hatte, und sah zu, wie sie sie auf einer Trage festschnallten.

Jean stand ein wenig abseits von der Gruppe und tat, was sie am besten konnte: Menschen beobachten. Gino war schon wieder ganz aus dem Häuschen, weil er in dem Hubschrauber mitfliegen sollte. Er hatte Angst davor, dass ihm übel werden könnte. Die sonst olivfarbene Gesichtshaut von Vince Gersbach war eindeutig blasser geworden, und Jill aus dem Supermarkt sah aus, als würde sie als Nächstes ihren Chef darum bitten, den Nachmittag freinehmen zu dürfen. Ihr Hauptaugenmerk lag jedoch auf Brooke. Als die Tragödie stattfand, war jeder – sie selbst auch – einen Schritt zurückgetreten, um Brooke das Kommando zu überlassen. Als ob sie überzeugt waren, dass sie wusste, was zu tun wäre. Sie nagte nachdenklich an ihrer Unterlippe. Und erstaunlicherweise hatte Brooke das auch gewusst! Man hatte den Eindruck, als ob die Arztgattin jede zweite Woche in einen Notfall eingreifen würde. Bemerkenswert. Und es unterstrich ihre Überzeugung, dass an Brooke d'Winters mehr dran war, als das Auge zu erfassen vermochte.

Nachdem der Hubschrauber gestartet war und Bindi Creek zum Alltag zurückkehrte, gingen Brooke und Jean zurück zur Praxis.

»Das muss natürlich dann passieren, wenn Jason ausnahmsweise einen Tag frei hat!« Brooke schüttelte den Kopf, aber sie war in zu ernster Stimmung, um zu lächeln.

Jean blickte sie von der Seite an, konnte aber ihre Neugier nicht länger bezwingen. »Woher wusstest du, was zu tun war? Ich wäre mir nicht so sicher gewesen, wie ich Millie hätte versorgen sollen.«

»Ach, das war sicher nur eine Kombination aus dem, was ich im Royal-Hobart-Krankenhaus gelernt habe, wo ich einen Monat auf der Brandverletztenstation gearbeitet habe, und der Erinnerung an Travis und Mummy und deren Behandlung. Das hat mir dabei auch geholfen.« An der Gartenpforte sah sie Jean an und sagte: »Ich glaube, wir brauchen jetzt eine Tasse starken Kaffee.«

Jean sah auf ihre Uhr, es war Viertel nach elf. »Immer noch Morgen, was für ein Jammer. Ich glaube, wir könnten beide etwas Stärkeres als Kaffee gebrauchen. Ich schätze, dass der gute Vince sich auch einen genehmigt – weißt du, dass er immer eine Flasche Whisky an seinem Schreibtisch bereithält, wo er die Rezepte bearbeitet?«

»Das wusste ich nicht.« Brooke dachte einen Moment nach. »Wir könnten einen Schuss Whisky dazugeben – dann hätten wir Irish Coffee.«

Jean strahlte sie an. »Jetzt sprichst du meine Sprache, Mädchen.«

Brookes Alpträume kehrten zwei Nächte nach diesen Ereignissen zurück. Millie Fasanella beizustehen hatte ihre Erinnerungen wachgerufen und die Narben wieder aufgerissen, von denen sie gehofft hatte, sie wären längst verheilt. Aber die Wunde öffnete sich erneut. Fast zwei Wochen lang wurde Brookes Nachtruhe mehrfach von verstörenden Träumen unterbrochen.

Die Gesichter von Travis und Millie verschmolzen miteinander, und dann musste sie in allen schrecklichen Einzelheiten wieder erleben, wie ihre Mutter und ihr Bruder starben. Es gab aber auch andere Furcht einflößende Träume: Gesichter, die sie nicht kannte, tauchten auf – zornige, gemeine Männer und Frauen. Sie schrien sie an und zeigten mit dem Finger auf sie, ihre Worte waren zu unverständlichen Lauten verzerrt. Bumm! Bumm! Bumm! Irgendjemand schlug mit dem Hammer zu, der Ton hallte in ihrem Unterbewusstsein nach und wurde abgelöst von dem Geräusch, das entsteht, wenn Holz auf Holz fällt. Dann wieder das Hämmern – ein Mann trieb Nägel in den Deckel eines Sarges, der anschließend in ein tiefes, dunkles Loch hinabgelassen wurde – die ewige Ruhestätte desjenigen, der im Sarg lag.

Kleine Hände, Kinderhände, die Erde warfen. Mit dumpfem Klang traf sie auf das polierte Holz und verteilte sich dann über einen Blumenteppich. Dann stieg eine neblige graue Wand auf, und eine lähmende Stille setzte ein, nur unterbrochen von ihrem beschleunigten Herzschlag und dem nervösen Pumpen, mit dem ihr Blut durch ihre Venen schoss, während sie in eine bodenlose Leere stürzte.

Der Ablauf der einzelnen Szenen in den Träumen war unterschiedlich, aber es war immer derselbe Traum. Nur Jasons starke Arme, seine sanften Worte, die sie beruhigten, wenn sie aus einem Alptraum erwachte, halfen, ihre Seelenqual zu lindern. Über einen Zeitraum von mehreren Wochen ließen die Alpträume allmählich in ihrer Eindringlichkeit nach und verschwanden schließlich ganz.

»Wo gehst du hin, mein Schatz?«, fragte Brooke, als Jason mit seinem Arztkoffer in der Hand in die Küche kam.

»Angie Stephanos hat gerade angerufen. Sie macht sich Sorgen um das Baby. Deanna hat Fieber und Schwierigkeiten beim Atmen. Du kennst Angie, sie ist die besorgteste Glucke aller Zeiten. Ich will lieber nach dem Kind sehen.«

Brooke hörte auf, das Hähnchen zu füllen, und legte es zum Gemüse. »Dann essen wir besser später.«

»Nein, lass nur – die Kinder werden um sechs kurz vor dem Verhungern sein. Ich schätze, dass ich gegen sieben wieder zurück bin.« Er küsste sie auf die Stirn, trat einen Schritt zurück, um sie anzusehen und grinste. »Du siehst bezaubernd aus mit deinem Klecks Füllung auf der Wange.« Er küsste sie auf den Mund, umarmte sie und verließ dann die Küche durch die Hintertür.

Brooke grinste und wischte sich die Füllung ab. Sie konnte hören, wie er das Motorrad startete und losfuhr. Wie gut sie ihn kannte! Er hätte genauso gut das Auto nehmen können, da es aussah, als ob es bald regnen würde. Aber auf dem Weg zu den Stephanos gab es Kurven über Kurven – einige scharfe, andere lang gezogen –, und sie wusste, dass er die Fahrt dorthin auf dem Motorrad richtig genießen würde. Wenn es um sein Motorrad ging, benahm er sich manchmal wie ein Kind. Während sie das Abendessen in den Ofen schob, versuchte sie sich an etwas zu erinnern, das Jean einmal gesagt hatte. »Männer sind Männer, aber ein Teil von ihnen ist nicht erwachsen geworden.« Dieser Spruch traf sicherlich auf Jason zu. In fast allen Aspekten des Lebens war er ein reifer Erwachsener, aber was sein Motorrad betraf, erschien er ihr wie ein Kind, das ein neues Spielzeug hatte: Er bastelte am Motor, motzte ihn auf und polierte das Motorrad, wann immer er die Zeit dafür fand.

Sie versuchte, sich keine Sorgen zu machen, wenn er mit dem Motorrad unterwegs war, aber sie konnte nicht anders, besonders bei schlechtem Wetter. Durch das Küchenfenster sah sie, dass die Zwillinge mit Domino spielten.

Sie wurden langsam zu groß für das Shetlandpony und brauchten bald ein richtiges Pferd. Darüber würde Sheridan sich sehr freuen, denn sie vergötterte Domino und würde sie dann erben.

Jenseits des Flusses über dem Tal hin zu den Gebirgsausläufern braute sich eine dunkle Wolkenfront zusammen. Ein Sturm zog auf, aber immerhin südlich von Stephanos' Farm, so dass Jason mit etwas Glück nicht einmal nass werden würde.

Ihre Überlegungen wurden durch das Klingeln des Telefons unterbrochen.

»Hallo, Wes hier.«

»Hi, Wes, wie geht's euch auf Sindalee?«

»Viel zu tun, wie üblich. Ist Jason in der Nähe?«

»Nein, er macht einen Hausbesuch bei den Stephanos.«

»Oh.« Auf Wes' Seite herrschte Schweigen.

»Musst du ihn dringend sprechen?«

»Nicht wirklich. Ich wollte ihn und die Zwillinge auf die Jagd einladen. Wir haben hier eine Kaninchenplage, und die Zwillinge haben bisher noch keine Erfahrung im Jagen. Ich dachte, jetzt wäre vielleicht ein guter Zeitpunkt, es ihnen beizubringen.«

Brooke versteifte sich. Das Bild, das vor ihrem geistigen Auge von Adam und Luke erschien, die auf die Jagd gingen und Kaninchen erschossen, gefiel ihr nicht. Die Jungs besaßen kleinkalibrige Gewehre, mit denen sie unter Jasons Aufsicht auf ausgesuchte Ziele schossen. Aber auf lebende Tiere zu schießen! Sie erschauderte bei dem Gedanken. »Findest du nicht, dass sie ein wenig zu jung dafür sind?«

»Nein, eigentlich nicht.« Sein Ton war sachlich. »Fleece und Drew habe ich zum ersten Mal auf die Jagd mitgenommen, als sie so alt waren wie deine Jungs.« Ein angespanntes Schweigen entstand, dann fügte er in einem versöhnlicheren Ton hinzu: »Vielleicht sollten Jason und du das vorher miteinander besprechen.«

»Ja, das werden wir. Sobald er nach Hause kommt.«

Sie verabschiedeten sich ein wenig kühl voneinander, und als Brooke den Hörer auflegte, huschte ein nachdenklicher Ausdruck über ihr Gesicht. Beschützte sie die Zwillinge zu sehr? Wes' Ton sagte ihr das eindeutig. Sie lebten auf dem Land, die Zwillinge wuchsen hier auf. Sollte sie ihnen neue Erfahrungen verweigern, nur weil sie selbst das Abschießen von Hasen abscheulich fand? Oh ja, sie wusste genau, was Jason ihr sagen würde, dass Kaninchen eine Pest seien, dass sie sich rasch vermehrten, dass sie sowohl Saat als auch Ernte auffraßen und dass ihre Bauten Erdrutsche verursachten, aber trotzdem …

Ja, sie würde das Thema später mit Jason besprechen.

Jason öffnete das letzte Tor, das auf das Grundstück der Stephanos führte, fuhr hindurch, lief zurück, um es zu schließen, und sprang wieder auf sein Motorrad. Der Besitz von Ric und Angie war gepflegt und lag hoch im Vorgebirge inmitten einer malerischen Umgebung. Ihr Haus war nicht sehr groß, hatte drei Schlafzimmer und stand auf einer leichten Erhebung. Dahinter konnte er eine Wasserstelle ausmachen und einige Schuppen, in denen landwirtschaftliche Geräte standen.

Auf einigen Hektar Land hatten sie Weinstöcke angepflanzt, außerdem besaßen sie eine kleine Pfirsichplantage und etwa zweihundert Schafe. Das brachte den Stephanos kein ausreichendes Einkommen ein, und so hatte Ric einen Teilzeitjob in einer Winzerei auf der anderen Seite von Cowra. Angie, die eine künstlerische Ader hatte, verkaufte ihre Töpferwaren auf verschiedenen Wochen- und Jahrmärkten.

Ric kam ihm entgegen, als er gerade sein Motorrad unter dem Carport geparkt hatte und mit Rucksack und Arzttasche bewaffnet zur Veranda lief.

»Hi! Ich bin froh, dass du hier bist, Jason. Angie wird verrückt vor Sorge um Deanna. Sie hatte eine üble Erkältung, aber jetzt ist noch ein bellender Husten dazugekommen, und wenn sie anfängt zu husten, ist es, als ob sie keine Luft bekommen würde«, begrüßte ihn Ric mit einem Bericht über den Gesundheitszustand seines Babys.

»Wie alt ist Deanna jetzt?«, fragte Jason.

»Viereinhalb Monate. Sie ist ein tolles Baby, und wir hatten bisher überhaupt keine Sorgen wegen ihr, bis jetzt.«

Angie und das Baby warteten auf ihn im Wohnzimmer.

»Sie ist gerade aus ihrem Schläfchen aufgewacht«, sagte Angie und lächelte das kleine Wunder ihrer mittleren Jahre an. »Über Tag geht's ihr nicht so schlecht – sie muss nicht viel husten –, aber wenn nachts die Luft abkühlt, werden die Hustenanfälle schrecklich. Sie kommen häufig und heftig, und nach einer Weile scheint ihr Hals wie zugeschnürt zu sein, sodass sie kaum noch Luft holen kann.« Sie sah Jason an, der Deanna im Arm hielt. »Sie hat uns letzte Nacht einen fürchterlichen Schrecken eingejagt, nicht wahr, als sie sich so quälen musste. Wir haben sie gehalten und sie uns abwechselnd aufrecht auf die Brust gesetzt. Die arme Kleine, sie bekommt Angst und fängt an zu weinen, aber das verschlimmert den Husten nur.«

»Dann will ich mir das Kind mal ansehen«, sagte Jason, legte das Baby auf das Sofa und untersuchte es sorgfältig. Mit ihren dunklen Haaren und Augen war Deanna ein hübsches Baby, und mit ihrer Größe und ihrem Gewicht war sie gut entwickelt. Er horchte ihre Brust und ihren Rücken gründlich ab, legte dann das Stethoskop zur Seite und maß ihre Temperatur.

»Sie liegt eineinhalb Grad über Normal«, teilte er ihnen mit. »Das lässt auf eine Infektion schließen. Eure Beschreibung der Symptome lässt vermuten, dass sie im Kehlkopf sitzt, wahrscheinlich Krupp. Ich habe vorsichtshalber ein Inhalationsgerät mitgebracht für den Fall, dass es gebraucht wird. Wir haben es benutzt, als Adam kleiner war und eine Bronchitis hatte.«

»Was ist Krupp?«, fragte Ric und schüttelte seinen Kopf, als ob er noch nie von der Krankheit gehört hätte.

»Manchmal bekommen kleine Kinder oder Babys Krupp nach einer schweren Erkältung. Es handelt sich um eine akute Infektion der Atemwege, die den Kehlkopf, die Luftröhre und die Bronchien betreffen kann. Weil sie noch so klein ist, kommen Deannas Atemwege nicht mit der Infektion zurecht, und sie muss husten. Dadurch verengen sich die Bronchien noch mehr und erschweren das Atmen zusätzlich. Ich verschreibe ihr Dexamethason-Sirup – ich habe eine Flasche bei mir, also braucht ihr euch nicht auf den langen Weg zur Apotheke zu machen.

Ich möchte, dass ihr trotzdem auch das Inhalationsgerät benutzt, hauptsächlich in der Nacht oder wenn ihr meint, dass es notwendig ist.« Er zeigte auf die Schachtel, die er aus seinem Rucksack geholt hatte. »Die Anweisungen für das Gerät liegen in der Verpackung.«

Ein rollendes Donnerkrachen, dem das helle Leuchten eines Blitzes folgte, unterbrach Jasons Worte.

»Der Sturm muss seine Richtung gewechselt haben. Dachte, wir würden verschont bleiben«, sagte Ric und ging zum Fenster, um einen Blick auf das Wetter zu werfen.

Jason hielt das Baby noch für ein, zwei Momente, bevor er es in Angies Arme zurücklegte. »Sie wird noch ein paar unangenehme Nächte zu durchstehen haben, bis die Medizin richtig heilt. Das Inhalationsgerät wird ihr helfen.« Er bemerkte die dunklen Ringe unter Angies Augen und schüttelte den Kopf. »Angie, du musst dich ausruhen, wann immer Deanna ein Schläfchen macht, sonst bist du die Nächste, zu der ich gerufen werde.«

»Das sag ich ihr auch die ganze Zeit«, klagte Ric, »aber sie sagt, sie muss dies oder das im Haus erledigen. Vergiss das Haus, sag ich. Ihre und Deannas Gesundheit sind wichtiger, als dass das Haus aufgeräumt ist.«

»Wo ist Nathan?«, fragte Jason. Er wollte gerade vorschlagen, dass Nathan im Haus helfen konnte, als Ric sagte: »Er ist bei einem Basketballkumpel in Cowra. Du weißt doch, dass er ein richtig guter Basketballspieler ist, oder?« Ric klang stolz. »Vielleicht kommt er in die Landesauswahl, sagt sein Trainer.«

»Ich habe seinen Namen einige Male in der Zeitung gelesen«, antwortete Jason, während er die Arznei für das Baby herausholte, dann die Dosierung und die Häufigkeit der Anwendung erklärte.

Noch ein Donnergrollen ertönte, so gewaltig und nah, dass die Weingläser in Stephanos' Vitrine klirrten. Sekunden später begann es zu regnen – nicht nur ein gewöhnlicher Schauer, sondern ein sintflutartiger Regenfall. Sie traten alle ans Fenster, um zuzusehen.

»Scheiße, ist das heftig«, sagte Ric und ließ ein ehrfürchtiges Pfeifen hören. »Gut für das Wasserbassin, aber nicht so gut für die Weinstöcke. Hoffentlich ist der Regen bald vorüber.«

»Hoffe ich auch. Brooke kocht heute mein Leibgericht, und ich würde gerne einmal mit der Familie essen und nicht wieder später.«

»Du fährst doch in diesem Regen nicht zurück!«, rief Angie besorgt und setzte das Baby auf ihre linke Hüfte.

»Das ist nur ein Wolkenbruch, Schatz. Sie dauern nie lange«, versicherte Ric ihr und schlug etwas zu ihrer Ablenkung vor, damit er und Jason miteinander sprechen konnten. »Wie wär's mit einer Tasse Tee? Ich wette, Jason hätte gerne eine.«

»Ja, sehr gerne«, sagte Jason pflichtgemäß und mit einem Zwinkern in Rics Richtung.

Die nächste Viertelstunde war angefüllt mit Smalltalk über die Familien, über die Ernte, über den bevorstehenden Besuch von Rics jüngerem Bruder, dazu gab es Tee und frischgebackene Kekse. Dann hatte der Regen nachgelassen, obwohl Jason bemerkte, dass sich die Wolken talabwärts auf Bindi Creek zubewegten. Unter dem Carport schlüpfte Jason in seine Schlechtwetterbekleidung: Eine knallgelbe Plastikhose und eine gelbe Jacke mit Reißverschluss. Er zurrte seine Arzttasche hinten auf dem Motorrad fest, schnallte sich den Rucksack auf den Rücken, zog die Handschuhe und den Helm an und startete den Motor.

Er rief über den Lärm hinweg den Stephanos zu: »Ruft mich am Morgen an, und sagt mir, wie Deannas Nacht war. Ihr werdet sehen, das Inhalationsgerät wird ihr das Atmen erleichtern.« Er schaltete in den ersten Gang, winkte ihnen zu und machte sich auf den Weg.

Es war eine Menge Regen niedergeprasselt, und der Straßenschmutz, der vorher knochentrocken gewesen war, hatte sich sofort in Schlamm verwandelt. Das Hinterrad rutschte ein- oder zweimal, und die Maschine verlor die Bodenhaftung. Jason bremste, kam ins Schleudern und fuhr dann langsam um die Kurven. Es machte keinen Sinn, eine Bauchlandung zu riskieren, nur um rechtzeitig zu einem warmen Abendessen zu Hause zu sein, sagte er vernünftigerweise zu sich selbst, während er einen sehr kurvigen Abschnitt einschätzte. Das Tageslicht nahm schnell ab, und er stellte das Fernlicht an. Jetzt konnte er auch die feinen Rinnsale sehen, die von den Hügeln auf die Straße liefen und dort Pfützen bildeten, die einige Zentimeter tief waren. Regentropfen fanden ihren Weg unter seinen Kragen und rannen ihm den Nacken hinunter in das Hemd hinein. Er ächzte, als das Vorderrad die Bodenhaftung verlor, woraufhin er seinen Griff um die Lenkstange verstärkte, um das Motorrad besser zu beherrschen.

Wenn es wieder anfangen sollte zu regnen, wird's richtig ungemütlich! Kaum war ihm dieser Gedanke gekommen, da setzte der Regen wieder ein, nicht so sintflutartig wie vorher, aber stark genug, um ihm die Weiterfahrt zu erschweren. Er fuhr durch einen Bach, der auf dem Hinweg trocken gewesen war, in dem jetzt aber um die dreißig Zentimeter hoch schnell dahinströmendes Wasser floss. Wäre der Wasserstand nur ein wenig höher gewesen, hätte das wahrscheinlich seine Zündkerzen durchnässt, und der Motor wäre ausgegangen.

Grimmig wegen der unwegsamen Straßenbedingungen presste er seine Kiefer aufeinander, aber er fuhr weiter und bremste auf Schneckentempo ab, damit er sicher um die Kurven kam. Die Dämmerung malte die Vegetation um ihn herum schwarz und verwischte noch mehr die Konturen. Auf halbem Weg den letzten Hügel hinunter streckte sich die Straße, und Jason beschloss, dass er nun mehr Gas geben konnte. Sein Frontscheinwerfer erfasste eine Pfütze, die in der einsetzenden Dunkelheit tintenschwarz glänzte. Noch ein Rinnsal, vermutete er. Ohne abzubremsen wollte er durch die Mitte der Pfütze fahren, aber er schätzte sie völlig falsch ein. Unter dem Wasser versteckt war ein tiefes Schlagloch, an dessen Kante das Vorderrad hängen blieb, der Lenker wirbelte herum und Jason verlor vorübergehend den Halt. Das Hinterrad kam ins Schlingern, als Motorrad und Fahrer an Geschwindigkeit und Gleichgewicht verloren. Jason versuchte, den Winkel mit seinem Fuß zu korrigieren, aber das Motorrad rutschte unkontrollierbar durch den Schlamm.

Er glitt seitwärts vom Motorrad, wurde über die Straße bis zum grasbewachsenen Seitenstreifen geschleudert. Der Schwung drückte ihn über den Rand hinaus, und im nächsten Moment rutschte er den Hügel hinunter, wobei er kleine Bäume überrollte, gegen Steine stieß und weder stoppen konnte noch irgendwo Halt fand, den er greifen konnte. Er hörte den Motor aufheulen, und als er seinen Kopf hochriss, konnte er sehen, wie das Motorrad ihm über den Rand hinweg den Abhang hinunter folgte.

Himmel, wenn es mich trifft, ist es vorbei mit mir! Er versuchte verzweifelt, mit Händen und Füßen Halt zu finden, aber er fiel weitere fünf Meter. Seine linke Hand fasste ein kleines Bäumchen, was seinen Fall ruckartig bremste. Er verlor seinen Helm – der Verschluss hatte sich bei dem Geholper gelöst –, der in die Dunkelheit rollte. Aber das Bäumchen konnte sein Gewicht nicht halten, in dem aufgeweichten Boden lösten sich die Wurzeln, und er rutschte wieder hinab. Weitere zwei Meter, aber langsamer. Mit dem Rücken knallte er so heftig auf einen Felsbrocken, dass ihm mit einem stöhnenden, zischenden Laut die Luft aus den Lungen gepresst wurde. Voll Entsetzen sah er, wie das Motorrad sich erst wild um sich selbst drehte, dann ins Rutschen kam und immer näher auf ihn zuschoss.

Er hielt die Hände und Ellbogen hoch, um sich gegen den Aufprall zu schützen. Ein Teil des Motors traf ihn hart oberhalb der Stirn, riss seinen Kopf zurück und schlug ihn gegen den Felsen. Er hörte das Geräusch brechender Knochen in seinem Schädel … und dann kam der Schmerz, entsetzlicher Schmerz. Das Gewicht der Maschine riss ihm beinahe den Arm aus der Schulter, danach wurde seine Hand taub.

Scharfer, unbeschreiblicher Schmerz, den er in die leere, stille Dämmerung hinausschrie, schoss durch seinen Körper. Er versuchte, sich zu bewegen, aber das Motorrad drückte ihn fest gegen den Felsbrocken. Er konnte spüren und schmecken, wie klebrig sein eigenes Blut war. Es rann ihm über die Stirn, über seine Augen, verschleierte seinen Blick, bis er fast nichts mehr sehen konnte. Es tat so weh, so weh … überall … aber besonders sein Kopf – er dachte, sein Kopf müsste explodieren.

Das Letzte, woran Jason sich erinnern konnte, bevor er das Bewusstsein verlor, war, dass der Regen aufgehört hatte und er durch einen Vorhang von Blut und Bäumen sehen konnte, dass die Wolkendecke aufbrach und das Glitzern des ersten Abendsternes durchließ.

17

Acht Uhr. Brooke sah zum x-ten Mal auf die Küchenuhr. Sie hatte gerade Sheridan ins Bett gebracht und ihr eine Geschichte vorgelesen. Die Zwillinge guckten noch einen Film und würden innerhalb der nächsten halben Stunde schlafen gehen. Wo war Jason? Es hatte in der Stadt geregnet, aber nicht außergewöhnlich viel, so dass er schon vor langer Zeit hätte nach Hause kommen müssen, es sei denn, er hatte sich mit Ric auf ein längeres Schwätzchen eingelassen.

Sie wartete, bis die Jungs im Bett lagen, um die Stephanos' anzurufen. Von ihnen erfuhr sie, dass Jason sie bereits vor Sonnenuntergang verlassen hatte – das war vor mehr als zwei Stunden! Wo konnte er nur sein?

»Es hat hier richtig stark geregnet, Brooke. Vielleicht ist er irgendwo unterwegs vom Motorrad gestürzt, oder es hat den Geist aufgegeben«, sagte Ric in seiner üblichen unumwundenen Art.

»Er hat sein Mobiltelefon dabei, Ric, er hätte dich oder mich anrufen können«, erwiderte sie und dachte, *wenn er dazu in der Lage war*. Ihre Aufregung wuchs weiter an. Was, wenn er irgendwo bewusstlos lag? Was, wenn er irgendwo in einem Bach lag und verletzt war? Nein. Sie schüttelte den Kopf. Denk nicht so etwas.

»Hör mal, ich schwinge mich in meinen Wagen und fahre zum Fuß der Hügel. Unterwegs gucke ich, ob er irgendwo in Schwierigkeiten steckt«, bot Ric seine Hilfe an.

»Würdest du das machen?« Sofort fühlte Brooke eine Erleichterung in sich aufsteigen. »Ich bitte dich nicht gerne darum, aber es ist so untypisch für ihn …«

»Kein Problem, Brooke. Jason ist immer sehr gut zu uns gewesen. Ich rufe dich wieder an, sobald ich kann.«

Brooke legte auf und blieb, an ihrer Unterlippe nagend, stehen. Sie wusste, dass sie ihre Fantasie im Zaum halten musste, aber sie hatte ein ganz schlechtes Gefühl im Bauch. Ihre Hand griff noch einmal nach dem Telefon. Sollte sie Wes anrufen? Sindalee lag in der Nähe von Stephanos' Farm. Sie ließ ihre Hand fallen. Sie machte sich unnötig Sorgen. Vielleicht war es nur eine Kleinigkeit: Ein Loch im Reifen oder vielleicht machte der Motor Zicken – zu seinen Bestzeiten war er schon recht eigenwillig. Aber warum hatte er dann nicht angerufen? Vielleicht bekam er da, wo er war, keine Verbindung zum Satelliten, oder der Akku war leer – Jason vergaß manchmal, ihn zu laden.

Reiß dich zusammen, befahl sie sich. Jason konnte nichts passieren, er war praktisch unzerstörbar.

Sie lief auf und ab, sie räumte auf, sie machte sich noch eine Tasse Kaffee, die sie nicht trank. Sie nahm den Brief ihrer Freundin Janice zur Hand. Janice wollte heiraten und lud sie alle zur Hochzeit im Juni ein. Brooke wusste, dass sie antworten musste, sie hatte es sich schon die ganze Woche über vorgenommen. Morgen. Ja, morgen würde sie zurückschreiben.

Verdammt! Ihre Nerven hielten es nicht mehr aus. Sie musste mit jemandem reden. Sie griff den Hörer und wählte Wes' Nummer. Sie erzählte ihm, dass Jason ungewöhnlich spät dran war. Er machte dasselbe Angebot wie Ric, die Straße nach ihm abzusuchen.

»Ich möchte mit dir kommen«, sagte sie. »Ich kann es nicht mehr aushalten, herumzusitzen und die Zeit totzuschlagen.« Als er keine Einwände erhob, fuhr sie fort: »Ich bitte Jean, rüberzukommen und auf die Kinder aufzupassen.«

»Brooke, ich bin sicher, du brauchst nicht …«

»Ich muss mitkommen«, sagte sie in einem Ton, der keine Widerrede zuließ. »Wir treffen uns bei der Weggabelung westlich von Bindi. Wir fahren in einem Auto.« Sein Seufzer war durch das Telefon deutlich zu hören. Sie ignorierte ihn.

»Na gut, wenn du unbedingt willst.«

Es ging nicht darum, was sie *wollte*, sondern was sie *musste*. Wenn er verletzt war, konnte sie ihm helfen, und wenn sich herausstellte, dass sie die Pferde umsonst scheu gemacht hatte, könnten sie später alle kräftig darüber lachen. Und ihr Lachen würde das lauteste sein.

Der vordere Scheinwerfer des Motorrades leuchtete noch, aber er flackerte nervös, da die Batterie immer schwächer wurde. Ric stieg aus seinem Auto aus und sah sich die Schleifspuren an. Sie begannen in der Mitte der tiefen Pfütze und liefen direkt über den Rand des Abhangs. Er leuchtete mit seiner Taschenlampe den Hang hinunter und konnte zuerst nur ein paar Chromteile des Motorrades erkennen. Er schwenkte den Lichtkegel herum, und schließlich entdeckte er Jasons Regenkleidung. Er sah auf, als Wes' Geländewagen am Straßenrand stoppte.

»Ich habe ihn gefunden«, rief er Wes zu und nickte anschließend Brooke grüßend zu. »Er bewegt sich nicht. Sieht aus, als ob er ungefähr acht Meter tief gerutscht wäre.«

Wes sprang aus seinem Auto und leuchtete den Abhang mit seiner eigenen Taschenlampe aus. »Scheiße!«, rief er aus.

Mit seiner anderen Hand fuhr er sich durch seine Haare. *Denk nach, Mann, denk nach*. Was ist zu tun? »Nimm mein Funktelefon.« Er reichte es Brooke. »Ruf die Notfallnummer, sag ihnen, wir brauchen einen Rettungswagen und die Polizei. Wir brauchen Leute, die was davon verstehen, damit wir Jason den Abhang hochbekommen.« Er sah Ric an. In der Dunkelheit war er nur ein schattiger Flecken. »Hast du ein Tau?«

»Hinten im Geländewagen. Sollte lang genug sein.«

»Ich geh als Erster runter. Sieht aus, als ob das Motorrad über ihm liegt. Ich werde versuchen, die Maschine hochzuheben, dazu brauche ich das Tau und etwas anderes – vielleicht einen Ast – als Hebel.« Er sah ein paar Sekunden zu Rics Auto hinüber. »Kannst du dein Auto wenden und an den Rand fahren, damit ich mehr Licht habe?«

Wes befestigte das eine Tauende an einem stabilen Gummibaum und fing an, mit der Taschenlampe in einer Hand, dem Tau in der anderen Hand, den Abhang hinunterzulaufen. Er rutschte aus und glitt den schlammigen, vom Regen aufgeweichten Hang hinab, bis zu dem Platz, an dem Jason lag. Sein Freund war bewusstlos, Blut sickerte aus einem halben Dutzend Kopfwunden. Wes zuckte bei seinem Anblick sichtbar zusammen. »Oh, Kumpel, in was für einen Schlamassel bist du denn da geraten?«, sagte er halb zu sich selbst.

Er hörte ein Geräusch über sich und sah, dass Brooke auf ihrem Rücken den Abhang zu ihnen hinunterschlitterte und -rutschte. Er hätte alles dafür gegeben, dass sie ihren Mann so nicht sehen musste, aber er konnte sie jetzt nicht mehr aufhalten. Er wusste, dass sie psychisch stark war – das hatte sie über die Jahre bewiesen –, und er glaubte nicht, dass sie hysterisch werden würde.

Wieder betrachtete er die Unfallstelle. Sie würden ganz schön manövrieren müssen, um das Motorrad von dort wegzuziehen. Er brauchte Rics Hilfe dafür.

Nach ungefähr zehn Minuten, in denen sie viel stöhnten und fluchten, hatten die beiden Männer es geschafft, die Maschine rechts neben Jason auf den Boden zu legen. Das ramponierte Motorrad glitt den Abhang hinunter, bis es von einem riesigen Gummibaum gestoppt wurde.

Brooke sah ihn an. Oh, mein Gott. Er sah … schrecklich aus. Sie musste für einige Sekunden die Augen schließen, dann zwang sie sich, wieder hinzusehen. Sie hatte keine Zeit für eine Panik oder einen Zusammenbruch. Sie musste sich zusammennehmen und alles tun, um ihn zu stabilisieren. Und sie musste schnell handeln, bevor die Reaktion auf das Geschehene bei ihr einsetzte und sie unfähig war, klar zu denken und zu handeln.

Da das Motorrad jetzt aus dem Weg geschafft war, rückte Brooke näher an ihn heran. Hatte er Knochenbrüche erlitten? Nein, es sah nicht danach aus, aber sicher konnte sie sich nicht sein. Am meisten sorgte sie sich wegen seiner Kopfwunden. Da sie ihn bei möglichen Wirbelsäulen- oder Nackenverletzungen nicht gefährden wollte, zögerte sie, ihn zu bewegen, wusste aber gleichzeitig, dass es nötig war, damit sie ihn besser untersuchen konnte. Am besten banden sie Wes' Hemd um Jasons Kopf, um die Blutungen zu stillen, beschloss sie. Es hatten sich bereits Blutlachen auf dem Felsbrocken gebildet, und Rinnsale von Blut liefen in dunklen Zickzacklinien über seine gelbe Regenjacke. Er schien bereits viel Blut verloren zu haben.

Während Wes den Lichtkegel auf Jasons Kopf hielt, versuchte sie mit zittrigen Fingern festzustellen, wie stark die Verletzungen waren. Es sah wirklich schlimm aus. Kopfverletzungen. Sie hasste Kopfverletzungen, und sie konnte sich nicht vormachen, dass das, was ihm passiert war, nichts Ernstes war. Sie sah sich nach seinem Helm um, konnte ihn aber nirgendwo entdecken. Er musste ihn bei seinem Sturz verloren und dadurch die Kopfverletzungen erlitten haben.

Sie versuchte, die Panik, die tief in ihr aufstieg, niederzuringen, damit sie ihr Gehirn nicht vernebelte und sie handlungsunfähig machte. Es kam auf jede Minute an, jede Minute war kostbar. Sie mussten ihn schnell von hier fort und in ein Krankenhaus bringen, wo seine Verletzungen sorgfältig untersucht werden konnten. Ihre Nerven waren bis zum Zerreißen gespannt, aber sie zwang sich zu Ruhe und Beherrschtheit. Es würde Jason nicht helfen, wenn sie hier zusammenbrach. Sie musste stark sein, für sie beide.

Auch mit Hilfe der beiden Polizisten und der Rettungskräfte dauerte es noch fast eine ganze Stunde, Jason zur Straße hochzutragen, wo die Sanitäter ihn stabilisieren konnten, bevor er für den weiteren Transport in den Rettungswagen gebracht wurde.

»Fahren Sie mit uns, Mrs. d'Winters«, sagte der ältere Sanitäter, während sie Jason in den Wagen schoben. »Diese Kopfverletzungen sehen ernst aus. Der diensthabende Arzt in Cowra wird wahrscheinlich darauf bestehen, ihn direkt mit dem Hubschrauber nach Sydney zu überführen.«

»Was glauben Sie, wie seine Chancen sind?«, fragte Rick.

Der Sanitäter sah, dass Brooke außer Hörweite im Rettungswagen saß. »Unter uns? Sein Leben steht auf Messers Schneide, Kumpel. Er hat eine Menge Blut verloren, der Blutdruck sinkt, der Schock hat eingesetzt.« Er schüttelte ernst den Kopf. »Ich möchte nicht in seiner Haut stecken.«

Brooke saß neben Jason, hielt seine linke Hand, weil seine rechte beim Unfall gequetscht worden war, und konnte sich nicht entspannen. Sie sah dem Sanitäter dabei zu, wie er Jasons Zustand kontrollierte. Gelegentlich lächelte er sie aufmunternd an. Ein starkes Zittern hatte ihre Hände ergriffen, zog sich von dort durch ihren ganzen Körper und ließ alle Nervenenden pulsieren. In dem grellen Licht des Rettungswagens zeigte sich das ganze Ausmaß von Jasons Verletzungen.

Gott, sie hasste Kopfverletzungen. Mit einem schrecklichen Gefühl der Vorahnung zog sich ihr Magen zusammen, und ihre Muskeln spannten sich so stark an, dass sie kaum noch Luft bekam. Mit ihren medizinischen Kenntnissen wusste sie, dass Jasons Zustand alarmierend war.

Sie schloss die Augen, holte tief Luft und atmete langsam aus. Sie versuchte, sich wieder zu beherrschen. Sie musste überlegen, planen, was sie tun sollte, und dafür brauchte sie einen klaren Kopf. Nur jedes Mal, wenn sie anfing nachzudenken, hatte sie wieder das Bild vom Hang vor Augen: Jason in einer Lache seines eigenen Blutes, unfähig, sich zu bewegen. Ihre Sicht verschleierte sich, und sie hätte so gerne geweint, aber nein, sie durfte jetzt nicht losweinen. Sie presste ihre Lippen fest aufeinander, um die Tränen zurückzuhalten. Jetzt war keine Zeit für Tränen, die mussten bis später warten.

Stattdessen rettete sie auf der vierzigminütigen Fahrt nach Cowra der Gedanke an ihre Kinder. Den Kindern würde es gut gehen mit Jean als Babysitter. Sie waren an sie gewöhnt – sie war sozusagen ihre ehrenamtliche Tante. Oh Gott, was würde sie nur ohne ihre liebe Freundin tun? Jean war wie ein Fels: beständig und verlässlich. Jean würde den Kindern auch beibringen müssen, was mit ihrem Vater geschehen ist – aber was und wie viel davon durften sie wissen? Die Wahrheit. Ja, die Zwillinge waren zu gewitzt, um sich mit einer halbgaren Geschichte abspeisen zu lassen. Im Übrigen hatten sie im Laufe der Jahre viele medizinische Notfälle miterlebt, sie würden verstehen, was passiert war. Mit Sheridan könnte es schwieriger werden, dachte sie. Sie war so sehr ein Papakind.

Sie nahm sich vor, zu Hause anzurufen, sobald sie im Krankenhaus waren. Sie musste Jean sagen, dass die Zwillinge am nächsten Tag eine Hausarbeit für die Schule abgeben mussten. Und Sheridan hatte Husten – sie musste Jean erklären, wo der Hustensaft stand.

Und … sie runzelte die Stirn. Irgendetwas hatte sie vergessen. Oh, ja, einige Termine im Praxiskalender.

Sie wusste, dass ihre Gedanken durcheinanderwirbelten und von einem Thema zum anderen sprangen, aber sie konnte nichts dagegen tun. Ihr Blick blieb auf ihren lieben, süßen Liebsten geheftet, ihrer einzigen großen Liebe. Sie konnte nicht leugnen, dass er sich in einer schrecklichen Lage befand. Jean konnte die Termine absagen und den Patienten erklären, dass … was?

Den Rest der Fahrt verbrachte Brooke damit, sich auf das Schlimmste einzustellen, was die Ärzte ihr sagen könnten. In ihrem Herzen wusste sie bereits, dass sie nichts Gutes hören würde.

Und so war es. Der Arzt in der Notaufnahme entschied, Jason sofort in ein Krankenhaus nach Sydney fliegen zu lassen. Sie sollte ihn begleiten.

Sie erinnerte sich daran, dass Wes auf den Hubschrauber zulief, bevor er abhob. Allein seine Größe und seine Zuversicht ließen sie Mut schöpfen, so wenig Anlass sie auch dazu hatte.

»Geht's dir gut?«, übertönte er brüllend den Krach des Helikopters.

Brooke straffte ihre Schultern und zwang sich zu einem Lächeln. »Ja, natürlich.«

»Ich komme nach Sydney, sobald ich auf Sindalee ein paar Dinge geregelt habe.«

»Das brauchst du nicht«, rief sie ihm zu. »Ich meine, du musst nicht.«

»Ich möchte aber. Jason ist mein Freund – mein bester Freund.« Er sah sie forschend an und drückte ihre Hand. »Du wirst doch zurechtkommen, oder?«

Sie nickte bestätigend, und der Copilot schloss die Tür. Innerhalb von Sekunden rasten sie durch die Luft.

Während der Hubschrauber erst über Cowra kreiste und dann Richtung Osten flog, war ihr klar, dass Wes wusste, dass es ihr nicht gut ging, aber es brachte nichts, über ihre Verzweiflung zu sprechen. Der Mann, den sie liebte, war dem Tode nah, und es schien für sie und Wes nichts weiter zu tun zu geben, als dabeizustehen, zu warten und zu hoffen.

Der Rettungshubschrauber flog Brooke und Jason ins Prince-Alfred-Krankenhaus in Sydney. Während des kurzen Fluges kümmerte sich eine Krankenschwester um Jason, so dass Brooke Gelegenheit hatte, über das nachzudenken, was im Krankenhaus passiert war und was der diensthabende Arzt ihr gesagt hatte. Jason hatte einen erheblichen Blutverlust erlitten, und man hatte ihm Blutplasma gegeben, um gegen den Schock anzukämpfen. Seine rechte Schulter war ausgerenkt – war aber im Krankenhaus bereits wieder eingerenkt worden – und sie hatten seine rechte Hand geröntgt. Der Arzt hatte beschlossen, die Hand ruhigzustellen, um weitere Schwellungen zu verhindern, bis ein Orthopäde sie untersuchen konnte.

Die Kopfverletzungen machten dem medizinischen Personal am meisten zu schaffen. Weil der Blutdruck im Schädel anstieg, hatten sie Jasons Schädel in Ruheposition gebracht. Außerdem verabreichten sie ihm über einen Tropf Mannit gegen den Blutverlust. Eine vorläufige Röntgenaufnahme deutete auf ein großes subdurales Hämatom – einen Bluterguss unter der Hirnhaut – hin. Die neurologische Abteilung des Prince-Albert-Krankenhauses war in Alarmbereitschaft versetzt worden. Ein Neurologe und ein Neurochirurg sollten sich ein Bild von Jason verschaffen, sobald der Hubschrauber gelandet war. Brooke war vorgewarnt worden, dass der Neurochirurg aufgrund Jasons Zustand eventuell sofort operieren würde.

Dauerregen prasselte an das Fenster des Wartezimmers und verschleierte den Ausblick. Obwohl sie nach draußen blickte, sah Brooke weder den grauen Tag und die anderen Gebäude des Krankenhauses noch gelegentlich vorbeikommende Passanten. Ihr Blick nahm nichts wahr, weil all ihre Gedanken in eine ganz andere Richtung gingen. Jason war bereits seit drei, fast vier Stunden im OP. Das Warten zermürbte sie. Seit sie ihn in den Operationssaal geschoben hatten, lief ihre Fantasie aus dem Ruder und beschwor alle möglichen Szenarien herauf. Würde er den Eingriff überleben? War das Rückenmark verletzt? Würden seine normalen Funktionen erhalten bleiben?

Aus ihrer Kehle kam ein seltsames, schluchzendes Geräusch. Wenn sie sich nicht so gut in der Medizin auskennen würde, bräuchte sie sich nicht so viele Sorgen zu machen. Was ihr Innerstes so aufwühlte, war, was die Ärzte ihr *nicht* gesagt hatten.

In den vergangenen Stunden im Krankenhaus in Sydney hatte sie so viel Kaffee getrunken, dass sie völlig überdreht war. Kombiniert mit ihrer erzwungenen Passivität ergab das eine Reaktion, die doppelt so heftig ausfiel wie normal.

Vor ihrem geistigen Auge tauchte immerzu das Gesicht des operierenden Neurochirurgen auf. Auf dem Weg in den OP hatte er sehr ernst gewirkt, seine Stellungnahme war unverbindlich. Kein gutes Zeichen! Auch hatte man ihr gesagt, dass der orthopädische Chirurg Jasons Hand nicht operieren würde, bevor die Kopfverletzungen versorgt wären. Sie sah auf ihre Uhr: Es war jetzt fünf Uhr morgens. Während sie am Fenster gestanden hatte, war eine weitere Stunde vorübergegangen. Immer noch operierten sie ihn. Das war beunruhigend, aber sie wusste auch, dass ein chirurgischer Eingriff am Gehirn hochspeziell und zeitintensiv war. Er musste extrem vorsichtig durchgeführt werden, und sie war sicher, dass es deswegen so lange dauerte.

Brooke presste ihr Gesicht an das kühle Fensterglas und gab sich große Mühe, ihre Tränen zu unterdrücken und dem wachsenden Gefühl der Niedergeschlagenheit nicht nachzugeben. Ja, natürlich hatten sie während ihrer Ehe auch einige kritische Situationen zu meistern gehabt, aber nichts war mit dieser vergleichbar. Sie musste stark sein, ermahnte sie sich selbst, für die Kinder und für Jason.

Während ihre Gedanken hin und her wanderten, erinnerte sie sich an das Wochenende, an dem sie ihren neunten Hochzeitstag gefeiert hatten und daran, dass es für sie so eine besondere Zeit gewesen war. Die Erinnerung an die gemeinsamen Freuden schickte ihr einen Schauder den Rücken hinab. Ihr Ehemann war ein zärtlicher, liebevoller Mann, ein guter Mann und ein wunderbarer Vater.

Gott, dachte sie und verdrehte ihre Augen, das klang wie die Inschrift für einen Grabstein. Nein! Irgendwie würden sie es schaffen, hier durchzukommen, auch wenn *dies* – was mit ihm geschehen war – nicht fair war.

»Wie sieht's aus?«

Brooke drehte sich beim Klang von Wes' Stimme abrupt um. Niemals zuvor war sie so glücklich gewesen, ihn zu sehen. Die antiseptischen Krankenhauswände, die ruhige, stille Arbeit des Pflegepersonals, sogar der Angriff der Reinigungskraft auf den verschmutzten Wartezimmerboden fing an, ihr unter die Haut zu gehen.

»Meine Güte, du hast dir wohl Flügel umgeschnallt und bist hergeflogen«, sagte sie und versuchte, eine Unbeschwertheit vorzutäuschen, von der sie weit entfernt war.

»Bei Tagesanbruch ist nie viel auf den Straßen los. Es ist die perfekte Zeit, um Auto zu fahren.« Seine grauen Augen blickten sie forschend an, woraufhin er kaum wahrnehmbar nickte. Sie hielt sich wacker. Er hatte nichts anderes erwartet. »Also, was machen sie jetzt gerade mit ihm?«

»Jason ist immer noch im OP. Jetzt schon fast fünf Stunden lang.«

Das klang nicht gut, aber er würde seine Meinung natürlich nicht äußern. Stattdessen sagte er: »Wollen wir uns ein wenig die Füße vertreten? Hier können wir nichts weiter tun, als die Wände oder den Boden anzustarren.« Krankenhäuser gehörten nicht zu seinen Lieblingsorten, auch wenn er nur Besucher war und kein Patient.

»Ich … ich kann nicht. Noch nicht. Nicht, bevor die Operation vorüber ist und ich mit dem Chirurgen sprechen kann.«

»Okay«, stimmte er schnell zu, wie er alles dafür tun

würde, damit sie ruhig und vernünftig blieb. »Wie wär's mit einem Kaffee?«

»Keinen Kaffee mehr«, sagte sie mit Nachdruck. »Ich glaube, ich habe schon einen oder zwei Liter von dem Zeug getrunken, und das war kein entkoffeinierter.« Sie zog die Stirn in Falten. »Man sollte meinen, sie hätten entkoffeinierten Kaffee in einem so großen Krankenhaus.« Gott, sie sprachen über so Banales wie Kaffee, während ihr Mann bewusstlos unter dem Skalpell des Chirurgen lag!

Sie saßen sich gegenüber. Wes griff sich eine Zeitschrift und blätterte sie langsam durch, ohne ein Wort zu lesen. Auf dem Weg von Cowra hierher hatte er die ganze Zeit daran denken müssen, wie schwer Jason verletzt war. Niemand konnte solche Verletzungen unbeschadet überstehen. Und er war sein bester Freund. In Wahrheit sogar sein einziger Freund neben Hugh Thurtell. Trauer stieg in ihm auf. Verdammt sei das beschissene Motorrad. Er hätte es niemals kaufen sollen und schon gar nicht benutzen. Hätte er das Auto genommen, wäre der Unfall vielleicht gar nicht erst passiert.

Er hörte die gedämpften Schritte auf dem Flur als Erster und sah den Korridor hinunter. Der Chirurg kam auf sie zu, er trug noch die Haube und den Kittel aus dem Operationssaal, beides war blutverschmiert.

»Mrs. d'Winters?«

»Ja, das bin ich.« Brooke stand auf. »Wie geht es ihm?«

»Wir haben Glück, dass Ihr Mann eine gute Konstitution besitzt – einmal hätte ich ihn fast verloren. Ich habe alles mir Mögliche getan, Mrs. d'Winters. Das Gehirn ist an mehreren Stellen stark in Mitleidenschaft gezogen. Ich werde nicht in die Details gehen, aber die vordere Schädelplatte war so sehr beschädigt, dass ich eine Metallplatte eingesetzt habe. Wir haben zwei Blutergüsse in der linken Gehirnhälfte gefunden, außerdem mehrere Schädelbrüche. Die Tatsache, dass er so viel Blut verloren hat und deswegen das Gehirn mit Sauerstoff unterversorgt war, macht mir Sorge. Ich weiß nicht, ob seine normalen Funktionen zurückkehren werden.« Er sah sie an und erklärte, was er damit meinte: »Ob alle Teile seines Gehirns wieder normal funktionieren werden.«

»Können Sie uns das in einfachen Worten erklären?«, fragte Wes ungeduldig.

»Also gut«, kam die steife Antwort. »Es besteht die Möglichkeit, dass es zu dauerhaften Gehirnschädigungen gekommen ist. Wie stark und mit welchen Auswirkungen wissen wir erst, wenn er wieder bei Bewusstsein ist und die Wirkung der Schmerzmittel, die er noch für einige Zeit nehmen muss, nachgelassen hat.«

»Äh, wann wird das sein?«, fragte Brooke zögernd mit leiser Stimme.

»Er könnte für einige Tage ohne Bewusstsein sein. Wir können das nicht voraussagen.« Ein Ausdruck des Mitgefühls huschte über sein müdes Gesicht. »Es tut mir leid, dass ich Ihnen nichts Positiveres sagen kann, Mrs. d'Winters, aber Ihr Mann hat bei dem Unfall schwere Gehirnverletzungen davongetragen. Wir hatten Glück, dass wir ihn überhaupt retten konnten.«

»Retten – wofür?«, fragte Wes und klang ungewöhnlich bewegt. »Damit er als Scheintoter dahinvegetiert? Jason würde das hassen. Lieber wäre er tot.«

»Dr. d'Winters wird kein Scheintoter sein«, sagte der Chirurg entschieden. »Das kann ich Ihnen versichern, aber er wird einige … äh … Einschränkungen hinnehmen müssen. Wie stark diese Einschränkungen sein werden, können wir erst nach einiger Zeit sagen.« Er sah Brooke an und sagte mitfühlend: »Sie haben selbst ein ziemliches Trauma durchlitten, Mrs. d'Winters. Ich würde Ihnen gerne Tranquilizer verschreiben und empfehle Ihnen, sich auszuruhen. Die nächsten paar Tage werden für Dr. d'Winters sehr kritisch werden, und sie werden auch an Ihren Kräften zehren.«

»Ich würde ihn gerne sehen«, sagte sie ruhig. Sie musste sich davon überzeugen, dass er immer noch da war, auch wenn er bewusstlos und an alle möglichen Geräte angeschlossen war.

»Natürlich. Für ein, höchstens zwei Minuten. Ich werde das arrangieren. Er befindet sich momentan im Aufwachraum, später wird er auf die Intensivstation verlegt.«

Sie lächelte ihn dankbar an, aber in ihrem Kopf wiederholten sich unablässig zwei Worte: permanente Gehirnschädigung. Ihre Gefühle waren in Aufruhr, sie verfiel in Panik, obwohl sie sich gegen eben diese Diagnose gewappnet hatte. Nein! Sie wollte, konnte dies Urteil nicht hinnehmen. Der Jason, den sie kannte, den sie liebte, mit dem sie Liebe gemacht hatte, mit dem sie Kinder hatte, sollte für immer von ihr gegangen sein? Sie glaubte … sie glaubte fest daran, dass er durch ihre Liebe und ihre Beharrlichkeit vollständig genesen würde und wieder zu dem liebevollen, wunderbaren Mann würde, der er früher gewesen war. Sie durfte und würde die Hoffnung niemals aufgeben.

Wes sah, wie Brookes Gesicht weiß wie Schnee wurde und wie sie nach Luft schnappte. Einen Moment lang sah er zu, wie eine einzelne Träne über ihre Wange lief, dann war er an ihrer Seite und fing sie auf, als ihre Knie nachgaben und sie ohnmächtig wurde.

18

Erst am fünften Tag nach der Operation erkannte Jason Brooke und Wes. Er döste viel, was den Erwartungen entsprach, und wenn er wach war, war er relativ unempfänglich für Fragen oder für eine einfache Unterhaltung über Allgemeines – als ob es ihn nicht interessieren würde. Dieses Verhalten entsprach ebenfalls der normalen Entwicklung, da er ein schweres Trauma erlebt hatte und die Dosis der Schmerzmittel nur allmählich geringer wurde. Seine motorischen Fähigkeiten waren glücklicherweise intakt geblieben, so dass er zwar schlurfend, aber ohne Hilfe gehen konnte. Auch dazu hatte er anfangs keine große Lust. Er konnte auch selbst essen, allerdings auf eine ungelenke Art, da er die linke Hand benutzen musste. Seine rechte Hand steckte in einem Gipsverband. Der orthopädische Chirurg hatte alles medizinisch Mögliche getan und die vielen gebrochenen Knochen behandelt. Nun mussten sie abwarten, wie gut die Knochen heilten. Der Spezialist hatte die Situation allerdings so eingeschätzt, dass Jason auch unter Einbeziehung einer physiotherapeutischen Behandlung seine Hand allenfalls beschränkt benutzen konnte.

Am sechsten Tag saß Brooke bei dem schlafenden Jason und blätterte ohne Interesse eine Zeitschrift durch, als vor ihren Augen ein Strauß Blumen auftauchte. In der Annahme, Wes sei gekommen, drehte sie sich halb zu ihm und wurde vom Anblick eines völlig anderen Gesichtes überrascht. »Craig. Craig Marcioni!«, schnaufte sie. »Was machst du denn hier?«

»Hi, Mrs. d'Winters. Hab Sie ganz schön erschreckt, was? Tut mir leid.«

Brooke erlangte ihre Fassung wieder und starrte ihn an. Warum war er hier? Woher wusste er, dass *sie* hier war?

Als ob er ihre Gedanken lesen könnte, sagte Craig: »Ich habe gestern Wes Sinclair im Krankenhausfoyer gesehen und wurde neugierig. Ich bin ihm bis hierher nachgegangen. Mensch, war das ein Schock, als ich gehört habe, dass Dr. d'Winters einen so schweren Unfall hatte.« Er sah kurz zu Jason, der in seinem Bett schlummerte. »Was für ein übles Pech.«

»Ja, das ist es. Was machst du hier, Craig?«

»Ich bin auf der Entgiftungsstation«, sagte er mit entwaffnender Aufrichtigkeit. »Die sind echt klasse hier. Wenn man erst mal entgiftet ist, lassen sie einem ein bisschen Freiheit. Die Stationsschwester ist in Ordnung. Ich hab ihr gesagt, dass ich den Doc besuchen möchte, und sie hat's mir erlaubt.«

»Oh!« Brooke betrachtete ihn eingehend. Er hatte abgenommen, sah aber ordentlicher aus und, was wichtiger war, schien wieder Herr seiner Sinne zu sein. »Also hast du keinen Zorn auf mich? Wegen …«, sie zog eine Augenbraue hoch, »du weißt schon?«

Sein dunkeläugiger Blick wanderte über sie, und er antwortete nicht gleich. »Nicht mehr, Mrs. d'Winters, aber erst schon. Als sie mich hierherbrachten, ja, da wohl noch. Ich war stinksauer deswegen. Jetzt bin ich clean. Sehen Sie.« Er schob seine Pulloverärmel hoch, um ihr zu zeigen, dass an seinen Armen keine Einstiche mehr zu sehen waren. »Und ich hatte haufenweise Therapiesitzungen. Die Seelenklempner hier sind echt gut. Durch sie weiß ich jetzt, warum ich Drogen genommen habe und so.«

»Ich freue mich, dass du es geschafft hast, Craig«, sagte

Brooke und meinte es aufrichtig. Alles, was er gebraucht hatte, war die Chance, von den Drogen loszukommen. Wenn man ihn nun ansah, war es, als ob man einen anderen Menschen vor sich hatte. Jason wäre froh, wenn er es wüsste. Sie seufzte still. Als ob es noch etwas ausmachen würde. Er erinnerte sich wahrscheinlich nicht mehr an Craig oder worum es überhaupt ging.

»Was hast du vor, wenn du die Entgiftungsstation verlassen darfst?« Sie verscheuchte die Traurigkeit, die sie bei Jasons Zustand befiel, und zwang sich, sich wieder mit Craig zu unterhalten.

»Ich werde nach Cowra zurückkehren. Mein Vater und ich haben viel über die Zukunft gesprochen ... über meine Zukunft. Mein Alter und ich kommen inzwischen ganz gut miteinander aus, weil ich mich selbst jetzt besser verstehe und den Grund, warum ich so unsicher war.« Es schien ihm unangenehm zu sein, als er fortfuhr: »Ich dachte, Daddy würde sich nichts aus mir machen. Damit lag ich falsch und mit ein paar anderen Dingen auch.«

Brooke rang sich ein Lächeln ab. Er klang so erwachsen, wie ein ganz anderer, liebenswerterer Craig als der, an den sie sich erinnerte.

»Ich würde gerne zur Universität gehen, vielleicht Wirtschaft studieren, wenn ich einen Studienplatz bekomme. Daddy möchte, dass ich auf der Farm arbeite, aber ich bin nicht fürs Landleben gemacht, das hat er endlich akzeptiert. Mal davon abgesehen, werde ich keine ernsten und schnellen Entscheidungen treffen, bevor ich nicht die gemeinnützigen Stunden abgeleistet habe, die mir der Richter aufgebrummt hat.« Er grinste sie frech an. »Aber das macht mir nichts aus. Das – und viel mehr – habe ich verdient für alles, was ich angestellt habe.«

»Du scheinst alles im Griff zu haben. Ich freue mich für

dich«, sagte Brooke herzlich. Oh, wenn sie das nur Jean erzählen könnte! Ihre Freundin würde nicht glauben, wie sehr sich das »kleine Arschloch« geändert hatte.

»Ich glaub, ich geh jetzt besser, bevor sie mir noch einen Pfleger hinterherschicken, um mich zurückzuholen«, sagte Craig als Verabschiedung. Er schob die Blumen auf Brookes Schoß. »Hier, für den Doc. Ich hoffe, es geht ihm bald besser, Mrs. d'Winters.«

»Danke, Craig. Das hoffe ich auch.« Sie blinzelte eine Träne zurück und drehte sich zum Bett.

Jason rührte sich. Er richtete sich im Bett auf, etwas unbeholfen ohne die Unterstützung seiner rechten Hand. Seine blauen Augen starrten sie einen Moment leer an, dann erkannte er sie und lächelte. Mit seiner gesunden Hand rieb er sich das Kinn. »Hi! Ich hab Hunger.«

Brooke und Wes quartierten sich im Camperdown Travelodge in der Missendon Road ein und blieben zwei Wochen in Sydney, die sie abwechselnd damit verbrachten, Tag und Nacht zwischen Krankenhaus und Hotel hin- und herzupendeln. Brooke stand ständig in Kontakt mit Jean und erfuhr, dass es den Kindern gut ging, bis auf Sheridan, die sich um ihren Daddy große Sorgen machte. Brooke hatte erwartet, dass Sheridan verzweifelt sein würde.

Am Ende der zweiten Woche und nach einer Vielzahl von Tests konnte die Möglichkeit einer permanenten Hirnschädigung nicht ausgeschlossen werden. Den Spezialisten nach würden die geschädigten Teile des Gehirns im Laufe der Zeit bewirken, dass Jason wegen seiner eingeschränkten Mobilität und seinem Desinteresse am Leben Stimmungsschwankungen erleiden und sein allgemeiner Gesundheitszustand schlechter werden würde.

Die schlechteste Neuigkeit aber war, dass der Teil seines Gehirns, in dem Erinnerungen gespeichert wurden, erheblich Schaden genommen hatte. Die Mediziner waren sich einig in der Prognose, dass Jason intellektuell nicht mehr in der Lage sein würde, als Arzt zu arbeiten.

Nach außen hin schien sie diese Nachricht ohne großen Widerstand aufzunehmen, innerlich weigerte sie sich aber, sie zu glauben. Es war zu früh, als dass die Spezialisten so schreckliche Voraussagen machen konnten. Sie hatte von den erstaunlichsten Fällen kompletter Wiederherstellung nach Gehirntraumata gehört und gelesen, und in ihrem Herzen war sie davon überzeugt, dass auch Jason wieder vollständig gesund würde. Er musste nur so schnell wie möglich aus dem Krankenhaus raus und nach Hause zu seiner Familie und in eine gewohnte Umgebung, das würde den Heilungsprozess unterstützen. Sie glaubte fest daran, dass die Liebe und Geduld, die seine Familie in unendlichen Mengen für ihn bereithielt, zusammen mit verschiedenen Rehabilitationstherapien Jason vollständig oder annähernd vollständig gesund machen würden.

An etwas anderes zu glauben wäre eine Qual, die sie nicht aushalten könnte. Ihre Liebe zueinander war etwas zu Besonderes, zu Wahrhaftiges, um an ein Scheitern auch nur ansatzweise zu denken, also ließ sie es.

Sie wollte unbedingt die Kinder sehen, um sich davon zu überzeugen, dass sie mit der Situation fertig wurden. Also fuhren sie und Wes am fünfzehnten Tag nach dem Unfall zurück nach Bindi Creek.

Die meiste Zeit auf dem Heimweg verbrachten sie schweigend, nur gelegentlich unterhielten sie sich.

»Wirst du zurechtkommen?«, fragte Wes aus heiterem

Himmel, als sie durch die unglaublich flache Stadt Blayney fuhren.

»Zurechtkommen?«, wollte sie wissen. Was meinte er – finanziell oder emotional?

»Naja, Jason wird seine Praxis nicht weiterführen können«, sagte er. Er kannte ihre Gedanken über seine vollständige Genesung, also fügte er hinzu: »Jedenfalls für eine Zeit lang. Ich bin sicher, dass das einen großen Unterschied für euer Einkommen ausmacht.«

»Natürlich. Ich muss unsere Möglichkeiten durchgehen. Er hat eine Berufsunfähigkeitsversicherung, aber ich muss erst das Kleingedruckte durchsehen, um herauszufinden, was uns zusteht. Wir haben wirklich nur eine Minimalversicherung abgeschlossen, weil die Prämien so hoch sind. Natürlich können wir nicht für immer davon leben, aber unsere Hypothek ist fast abbezahlt, und sonst haben wir keine Schulden. In der Hinsicht haben wir Glück.«

»Ich kann die Hypothek übernehmen. Wenn der Fall andersherum liegen würde und ich würde in dem Krankenhausbett liegen, würde Jason sicherlich das Gleiche für mich tun.« Wes hatte es spontan ausgesprochen und hätte am liebsten sofort seine Worte zurückgenommen. Brooke würde sich niemals darauf einlassen. Dafür war sie zu stolz.

»Das wirst du mit Sicherheit nicht tun«, gab sie ihm ohne zu zögern als Antwort.

Er grinste, als der Land Rover mit Leichtigkeit eine Kurve nahm. Das war die Brooke, die er gewohnt war – die unabhängige Frau mit Kampfgeist. Jasons Unfall hatte ihr Innerstes nach außen gekehrt, sowohl physisch als auch emotional, das wusste er. Eine Zeit lang war er sich nicht sicher, ob sie es schaffen würde, da es so deutlich zu erkennen war wie die Nase in seinem Gesicht, dass Brooke seinen Freund wegen dem, was mit ihm geschehen war, nicht weniger liebte. Der Glückspilz! Er wusste nicht, was er dafür geben würde, aber es wäre beträchtlich, wenn sie ihn einmal so ansehen würde, wie sie Jason ansah: mit so viel Liebe in den Augen.

Während Brooke über Wes' eigentliche Frage, wie sie zurechtkommen würde, nachdachte, kam ihr in den Sinn, was Jean ihr zwei Tage nach Jasons Operation erzählt hatte. Sie konnte es immer noch nicht fassen. Drei Ärzte aus Cowra, Matt Hammond, Gus Colosmo und Harry Milosovich, hatten es bis zu seiner Genesung auf sich genommen, abwechselnd Jasons Praxisdienst zu übernehmen. Durch ihre Hilfe würde die Praxis weiterhin betriebsfähig bleiben, so dass die Patienten nicht zu weiter entfernten Einrichtungen fahren mussten. Sie war von deren Großzügigkeit und Gemeinschaftsgeist so gerührt gewesen, dass sie im Krankenhausfoyer in Tränen ausgebrochen war, als sie davon gehört hatte.

Seit sie auf dem Land lebte, hatte sie oftmals erlebt, wie Gemeinden in Zeiten der Not zusammenrückten. Diese Liebenswürdigkeit verstärkte noch mal ihren Eindruck davon, wie einzigartig die Landbevölkerung doch war. Auch war sie scharfsinnig genug zu erkennen, dass hinter diesem Arrangement Frank und Jean steckten, obwohl das keine Rolle spielte. Wichtig war, dass Matt, Gus und Harry durch ihr Beispiel zeigten, dass die Menschen in schwierigen Situationen zusammenarbeiten konnten und dies auch taten, wenn es um das allgemeine Wohl ging.

»Sieh mal«, fuhr Wes fort, »wir wissen noch nicht, wie stark Jason gehandicapt ist, oder wie lange es dauern wird, bis er wieder ganz gesund ist. Du könntest als Zwischenlösung einen Stellvertreter einstellen. Du kannst nicht erwarten, dass die Ärzte aus Cowra auf unbestimmte Zeit weiter aushelfen. Das wäre nicht fair. Durch einen Stellvertreter wäre nicht nur die Praxis wieder besetzt, sondern das medizinische Gemeindezentrum würde auch weiter bestehen bleiben. Vom Praxiseinkommen bleibt nach Abzug seines Gehalts etwas für euch übrig, und wenn deine Naturheilkunde erst besser angenommen wird, solltest du eigentlich ein zufriedenstellendes Auskommen für die Familie haben. Dann habt ihr ja auch noch das Haus in Newtown. Ihr seid die alleinigen Besitzer, und die Miete kommt doch regelmäßig einmal im Monat rein, oder?«

Mit einem Seitenblick auf Brooke erkannte Wes, dass sie noch nicht so weit gedacht hatte, dass sie von einem auf den anderen Tag gelebt hatte. Er hatte im Krankenhaus jeden Tag dabei zugesehen, wie sie darum kämpfte, zuversichtlich und voller Hoffnung zu bleiben, dass Jason wieder gänzlich gesund werden würde, um nicht in einem Meer von Elend zu versinken.

»Das ist ein guter Ratschlag, Wes. Ich danke dir. Ich weiß, dass ich mir allmählich auch um diese Dinge Gedanken machen muss – die Praxis, Finanzen. Ich schätze, ich habe es verdrängt in der Hoffnung …«

Er nahm ihre Hand und drückte sie sanft. »Die Hoffnung ist wichtig, und wir müssen darauf hoffen, dass es Jason besser gehen wird, als die Ärzte im Moment erwarten, aber du musst auch der Realität ins Auge blicken und einige Pläne schmieden.«

Sie nickte. »Du hast Recht. Ich muss sofort einen Stellvertreter finden. Die Menschen in Bindi Creek und im Pflegeheim verdienen es, dass man sich weiter um sie kümmert. Ich rufe gleich die Ärztekammer an, wenn wir nach Hause kommen, um mich beraten zu lassen, wie ich vorgehen soll.« Sie schwieg für einen Moment, dann sagte sie mit Bestimmtheit: »Ich hole Jason nächste Woche aus dem Krankenhaus. Ich bin zuversichtlich, dass es ihm zu Hause mit den Kindern schnell besser gehen wird.« *Egal, was die Spezialisten sagen*, fügte sie in Gedanken hinzu.

Wes wollte ihr sagen, dass er nicht ihrer Meinung war, aber er kannte ihre Einstellung, was das anging. Er glaubte nicht, dass sie momentan eine genaue Vorstellung davon hatte, wie ihr zukünftiges Leben mit Jason aussehen würde. Es könnte so schwierig werden, als ob sie ein weiteres Kind – ein behindertes Kind – zu versorgen hatte. In seinem Kiefer zuckte ein Muskel. Als sie die Stadtgrenze von Mandurama erreichten, ging er vom Gas. Nur noch ein paar Kilometer, und sie würden in Bindi Creek sein. Verflixt und zugenäht! Sein bester, sein engster Freund war für immer fort, so sah er es. Niemand konnte wieder er selbst werden nach so schweren Kopfverletzungen. Auf einmal begriff er, dass es jetzt nur noch Erinnerungen waren, die ihm von den guten Zeiten geblieben waren, die sie zusammen verlebt hatten: die Streiche, der Spaß, den sie als Kinder hatten. Plötzlich hatte er einen Kloß im Hals und musste heftig schlucken, um ihn loszuwerden. Scheiße! Das war einfach nicht fair.

»Also, was meinst du?«, war Jean Kings erste Frage, als Brooke aus Cowra zurück war. »Wie waren sie? Ist einer gut genug? Passt einer von ihnen hier herein?«

Brooke hatte den Tag in Cowra verbracht, wo sie zwei Ärzte und eine Ärztin getroffen hatte, die sich als Stellvertreter in Bindi Creek beworben hatten. Der erste Bewerber, der nicht weit vom Rentenalter entfernt war, war nicht erpicht darauf, die langen Fahrten zu den Hausbesuchen auf sich zu nehmen. Die Ärztin war zu rechthaberisch und zu engstirnig, um auf dem Lande zurechtzukommen. Der Dritte, Dr. John Honeywell, hatte gerade erst sein Krankenhausjahr hinter sich. Jung und eifrig war er, groß, schlank, mit einem unbezähmbaren, schwarzen Haarschopf – so ungefähr musste Jason ausgesehen haben, dachte sie, als er zum ersten Mal in einer privaten Praxis anfing. Und, was am wichtigsten war, sie hatte ihn gleich gemocht.

»Ein Mann war zu alt, die Frau war ein Drachen, aber der junge Bursche, John, war sehr nett. Er kommt vom Land, irgendwo aus der Nähe von Darwin. Ich glaube, er ist richtig und passt hierher«, war Brookes Antwort für Jean.

»Erzähl was über John. Alles.«

»Gott, wie kann man nur so neugierig sein!«

»Wenn ich mit dem Mann arbeiten soll, möchte ich auch wissen, wie er so ist«, gab Jean geradewegs zurück, und störte sich nicht an der Bemerkung.

Brooke seufzte und gab sich geschlagen. Die Fahrt nach Cowra und zurück, die Gespräche, die Neugestaltung ihres Lebens und das ihrer Familie hatten sie erschöpft. »Okay, bei einer Tasse Tee und bevor die Kinder aus der Schule kommen.« Sie setzte Wasser auf.

»Das Gute ist, dass er sofort anfangen kann«, sagte sie, als sie zwei Tassen und die Teekanne aus dem Schrank holte. »Er ist siebenundzwanzig und war vier Monate lang Stellvertreter in Teilzeit in einer Praxis in Sydney. Die Empfehlung, die ihm der Arzt aus Brookvale mitgegeben hat, las sich eindrucksvoll.« Sie dachte einen Moment nach und sagte dann: »Ich bin mir nicht so sicher, was seine Fachkenntnisse angeht. Bei einigen meiner Fragen hat er recht vage geantwortet, aber er kann natürlich auch nervös gewesen sein. Trotzdem – er ist aufgeweckt und sehr daran interessiert, es in Bindi zu versuchen.« Sie goss den Tee ein.

»Ich habe mit Mannie vom Imperial gesprochen. Er hat ein hübsches möbliertes Zimmer mit anliegendem Badezimmer und einer Kochnische. Er hat es gerade fertig gemacht. Er sagte, er würde es für einen sehr vernünftigen Preis an den Stellvertreter vermieten.«

»Gut. Ich wusste nicht so recht, was ich Dr. Honeywell – John – über die Unterbringung sagen sollte. Ich hatte mir vorgestellt, dass er sich fürs Erste irgendwo ein Zimmer nimmt und später eine eigene Wohnung sucht. Ich werde auch ein Auto für ihn mieten müssen.«

»Glaubst du, er bleibt für immer?«

Brookes Lippen spannten sich: »Wir werden ihn nicht für immer brauchen«, erinnerte sie Jean. »Nur bis Jason wieder gesund ist.«

Jean sah ihre Freundin an und sagte ausnahmsweise nicht, was sie dachte. »Natürlich, Schätzchen, aber die Genesung könnte noch, ähm, ein halbes Jahr auf sich warten lassen.«

»Das käme John gelegen. Er sprach davon, dass er nach Übersee, nach England, gehen wolle, um weiter zu studieren, und dass er etwas Geld sparen könnte, wenn er in Bindi arbeitet.«

Brooke hörte ein Trampeln auf der rückwärtigen Veranda. Die Tür flog auf, und Adam kam rein.

»Wir sind wieder da, Mummy. Ich bin am Verhungern!« Er ging geradewegs zum Kühlschrank, um nachzusehen, ob es dort irgendetwas gab, was er essen konnte.

Sheridan warf sich in Brookes Arme und zeigte ihr eine Zeichnung. »Das ist Daddy«, erklärte sie ihrer Mutter für den Fall, dass sie noch nicht daraufgekommen war. Dann sah sie zu Brooke hoch und fragte wehmütig: »Wann kommt Daddy nach Hause? Ich vermisse ihn so.«

»Morgen, Süße. Ich fahre ganz früh am Morgen hin, um ihn abzuholen, und wenn ihr aus der Schule kommt, ist Daddy schon wieder hier«, sagte Brooke sanft und lächelte Jean über Sheridans Kopf hinweg an. »Das wird toll, nicht wahr?«

»Oh ja. Hurra!«, rief Sheridan aufgeregt.

»Ich muss gehen«, sagte Jean. »Greg kommt heute eher nach Hause, also werde ich schon mal kochen.« Jean zerzauste mit den Fingern die Haare der Zwillinge. »Eure Haare müssen geschnitten werden.« Einen Augenblick lang betrachtete sie Brooke und fand, dass sie schon wieder ein Kilo oder mehr abgenommen hatte, und dass sie sich das nicht leisten konnte. »Wann ist Johns erste Sprechstunde?«

»Montagmorgen. Er kommt irgendwann am Sonntag her. Sagte, sein Cousin würde ihn herbringen.«

»Ich werde das an Mannie weitergeben, damit er sein Zimmer nicht anderweitig vermietet. Und ich werde dafür sorgen, dass in der Praxis alles picobello sauber ist.«

Brooke lächelte wieder. Sie war sich sicher, dass sie sich darum kümmern würde. Nachdem Jean durch die Hintertür gegangen war, wandte sie sich ihren Kindern zu. »Wes, Fleece und Drew kommen zum Abendessen zu uns.« Damit versammelte sich die Familie schlagartig um den Küchentisch, und sie fuhr fort: »Was wollen wir ihnen kochen? Wie wär's mit Spaghetti mit Fleischklößchen, Salat und Knoblauchbrot?«

»Jaaa«, riefen sie im Chor, Luke am lautesten, denn das war sein Lieblingsessen.

»Können wir Käsekuchen zum Nachtisch haben?«, fragte Adam.

Sie lächelte über seinen anspruchsvollen Geschmack. Als sie ein Kind war, war Obstsalat mit Eis oder Schlagsahne das Beste für sie. »Klar, aber nur, wenn du und dein Bruder den Stall ausmistet und Sheridan die Hühner füttert.« Sie sah ihre Tochter an, die nicht gerade begeistert wirkte. »Auf der Veranda steht ein Eimer mit Körnern.« An die Zwillinge gewandt sagte sie ernst: »Onkel Wes wird es gar nicht gefallen, wenn ihr euch nicht anständig um das Pferd, das er euch geschenkt hat, kümmert, und auch um die anderen Tiere. Schließlich habt ihr es ihm versprochen.«

»In Ordnung, Mummy«, versprach Luke. Er wandte sich seinem Zwilling zu, der inzwischen vier Zentimeter größer war als er und drei Kilo schwerer: »Los, Adam, dann wollen wir mal.«

19

Die Heimfahrt mit Jason vom Krankenhaus in Sydney nach Bindi Creek verlief reibungsloser, als Brooke es erwartet hatte. Sie war etwas nervös gewesen, weil er noch immer in vielen Verbänden steckte, aber ihre Sorge war unnötig gewesen. Jason schien froh zu sein, endlich das Krankenhaus zu verlassen, und wer hätte ihm das verübeln können? Er war gepiekt und gedrückt, herumkommandiert, umschmeichelt und angefeuert worden, bis er kaum noch wusste, was er tun sollte.

Bevor sie gehen konnten, hatte Brooke erfahren, was sie zu Hause mit ihm erwarten würde. Jason war »handlungsfähig«, hatten sie gesagt. Er konnte sich selbst versorgen, was bedeutete, dass er sich selbst duschen, anziehen und eigenständig essen konnte, so dass er nicht wie ein Invalide behandelt werden musste. Sie bekam ziemlich viele Flaschen mit Medizin mit, die sie ihm verabreichen sollte, damit er auf einem beständigen geistigen Level blieb. Einige der Tabletten regten allerdings den Appetit an, und somit konnte sie davon ausgehen, dass er an Gewicht zulegen würde. Seine Grenzen auszuloten würde nur möglich sein, indem man sich aufs Ausprobieren verlegte. Darüber hatte sie nur verächtlich schnauben können. Gebraucht wurde lediglich Zeit und Liebe.

Die Nähte an seinem Kopf waren fast unter seinem nachwachsenden schwarzen und grauen Haar verschwunden, auch die vielen blauen Flecken und die Schwellungen im Gesicht und am Hals hatten sich zurückgebildet. Auch seine Hand heilte langsam. Der Gipsverband war vor dem Röntgen abgenommen und anschließend wieder angelegt worden, und würde dort für weitere zwei Wochen bleiben. Dann musste die Hand erneut untersucht werden.

Die nächsten Wochen würden eine Entdeckungsreise für die ganze Familie werden, und Brooke zwang sich, optimistisch zu bleiben und nicht zu glauben, dass es so hart werden könnte, wie das Krankenhauspersonal es vorhersah. Niemand konnte mit Sicherheit sagen, wie viel von Jasons Erinnerungsvermögen und Intellekt bei dem Unfall zerstört worden war – das konnte ihnen nur die Zeit offenbaren.

In den ersten zwei Wochen passierte nichts Bemerkenswertes, nur dass Jason überhaupt kein Interesse daran hatte, die Praxis zu betreten, als ob er diesen Teil seines Lebens total vergessen hatte. Bereitwillig und mit Freude erledigte er einfache Arbeiten im und ums Haus – Aufgaben, die er früher furchtbar fand: das Bett zu machen, die Wäsche zu sortieren oder Holz für das Kaminfeuer hereinzuholen – noch war es recht kühl in diesem Frühling, so dass an den meisten Abenden das Feuer im Kamin brannte, bis sie ins Bett gingen. Das alles waren Pflichten, die er nun mit fast kindlicher Begeisterung erledigte. Trotz seiner verletzten Hand konnte er den Rasen mähen, den Vorgarten vom Unkraut befreien, er übernahm die Versorgung der Tiere und kümmerte sich um Brookes vernachlässigten Gemüsegarten.

Als Jason sich eingewöhnt hatte, holte ihn Wes eines Tages nach Sindalee ab. Sie kamen nach Anbruch der Nacht wieder, und Jason war so erschöpft, dass er direkt ins Bett ging.

»Ich mach uns einen Kaffee«, sagte Brooke, als sie zusammen im Wohnzimmer saßen.

»Also – wirst du mit allem fertig?«

»Momentan, ja.«

»Fleece und Drew haben Jason auf einen Ausritt mitgenommen. Er kommt auf dem Pferd gut zurecht, abgesehen von seiner lädierten Hand. Das wird sich wahrscheinlich später geben.«

»Vielleicht wird sie auch nie wieder so wie vorher«, erinnerte Brooke ihn. »Aber in ein paar Wochen und mit Hilfe eines Physiotherapeuten wird er die Hand immer besser benutzen können – besser als jetzt.«

»Wie geht er mit den Kindern um?«

Brooke zögerte. Sie wusste nicht recht, wie sie es erklären sollte.

»Es ist ... anders. In mancher Hinsicht ist er selbst wie ein Kind. Er liebt es, Computerspiele zu spielen – ehrlich gesagt, ist er ganz versessen darauf. Ich glaube, Sheridan trifft es am stärksten. Er hat früher viel mit ihr gespielt – sie ist eine großartige Schauspielerin, glaub mir. Wenn sie jetzt ihre Puppen hervorholt, um mit ihm Picknick zu spielen oder wenn sie auf seinen Schoß krabbelt, damit er ihr eine Geschichte vorliest, dann hat er nicht mehr so viel Lust dazu wie früher.«

»Sich an den neuen Jason zu gewöhnen, wird für euch alle hart werden. Umso mehr, weil er wie der alte Jason aussieht.« Er sah sie zustimmend nicken. »Ich schätze, du musst alles auf einem niedrigen Niveau halten und nicht zu viel erwarten.«

Hatte er sie berührt, hatten sie miteinander geschlafen? Wes konnte nicht anders, als darüber nachzudenken, wie die Antworten auf seine unausgesprochenen Fragen ausfallen würden. Verflixt und zugenäht! Er wollte nicht daran denken, wollte sie sich nicht in seinen Armen vorstellen. Sie nur anzuschauen, sich das zu fragen, zerriss ihn schon fast. Er presste den Mund zusammen. Jesus Christus! Wenn er schlau wäre, würde er losziehen und sich eine Frau suchen und so lange und so oft Sex mit ihr haben, bis er sich das Verlangen nach Brooke weggevögelt hätte. Er verscheuchte diese Gedanken. So würde und könnte er nicht handeln. Sie war ihm zu wichtig geworden. Nun saß er in dieser Situation fest.

»Ich weiß«, führte Brooke die Unterhaltung fort. »Es ist, als ob man lernen müsste, mit einer ganz fremden Person zu leben. Ich … ich vermisse den alten Jason. Wir hatten eine so wunderschöne Beziehung und konnten über alles reden.« Sie nahm einen Schluck von ihrem Kaffee und starrte dann gedankenverloren in ihre halbleere Tasse. »Manchmal ist er schrecklich schweigsam, und ich frage mich dann, was in seinem Kopf vor sich geht. Ach, ich weiß nicht«, sie war auf einmal ungeduldig mit sich selbst. Was tat sie denn da? Jammern. Sie wollte Wes nicht ihre Probleme aufladen, er war für sie beide immer ein so guter Freund gewesen. »Tut mir leid«, sie lächelte ihn entschuldigend an. »Manchmal werde ich ein wenig melancholisch, obwohl ich weiß, dass ich dagegen ankämpfen sollte. Wir haben ihn wieder bei uns, auch wenn seine Fortschritte langsamer sind, als ich erwartet hatte. Ich bin sehr dankbar dafür, dass er den Unfall so gut überstanden hat. Ich meine, er hätte ja auch vom Hals an gelähmt oder gehirntot sein können.«

Wes grinste sie kurz an: »Hältst du dir vor Augen, dass man für das, was man hat, dankbar sein soll, was?«

»Nehm ich an.«

»Und mit Dr. John läuft alles gut?«

»Er ist…«, sie suchte nach den richtigen Worten, »er arbeitet viel, aber er ist jung und kann noch nicht gut mit Kranken umgehen, sagen einige Patienten.«

»Sie werden sich schon an ihn gewöhnen«, sagte Wes schroff. Was er wirklich hatte fragen wollen, war, wie sie zurechtkam: Schaffte sie es, finanziell und emotional? Er wusste, dass er sich nicht zu fragen traute. Es gab einige Grenzen, die er nicht überschreiten durfte, auch wenn sie noch so gute Freunde waren. Sie sah müde und abgespannt aus, und er war sich sicher, dass sie sogar noch mehr abgenommen hatte, aber auch das sollte er besser nicht aussprechen. Stattdessen fragte er: »Wie läuft denn deine Naturheilpraxis an?«

Sie stöhnte. »Langsam. Ab und zu kommt ein Patient, aber ich bin keine Konkurrenz für John. Noch nicht.«

»Ich hab dir gesagt, es würde seine Zeit brauchen.«

»Hmm«, sagte sie und warf ihm einen drolligen Blick zu. »Musst du denn immer Recht behalten?«

Das Grinsen, mit dem er sie ansah, war zum Verrücktwerden selbstbewusst. »Ja, das bevorzuge ich – es vereinfacht mir das Leben.« Dann fiel ihm noch etwas ein. »Fleece hat gesagt, dass sie jederzeit gerne als Babysitter einspringt, wenn du mit Jason zum Arzt musst oder so. Sie würde dann von Sindalee herreiten, hier schlafen und am nächsten Morgen zurückreiten.«

»Das ist sehr nett von Fleece. Ich werde sehr wahrscheinlich auf ihr Angebot zurückkommen.«

»Und wenn es dir recht ist, hole ich Jason in nächster Zeit einmal die Woche nach Sindalee. Er ist gerne dort, und ich habe sehr viele Arbeiten für ihn, die ihn auf Trab halten – nichts zu Anstrengendes.« Er sah sie über dieses Angebot eine Weile nachdenken. Wenn sie Dinge in ihrem Kopf hin und her bewegte, hatte sie die Angewohnheit, dabei die Haare an ihrem Hinterkopf zu zwirbeln – eine Geste, die er putzig und bezaubernd fand.

»Wes, das brauchst du nicht. Er scheint hier glücklich zu sein, und er wird sich selbst Beschäftigung suchen müssen, damit ihm nicht langweilig wird. Ich kann nicht die ganze Zeit bei ihm sein, und ich kann auch niemanden dafür einstellen. Von jetzt an ist meine Naturheilpraxis an fünf Tagen in der Woche während der Schulstunden geöffnet, damit hoffentlich mehr Patienten kommen. Manchmal kann ich ihn mitnehmen, aber er wird sich daran gewöhnen müssen, allein zurechtzukommen.«

»Ja, sicher, aber bis alles eingespielt ist, dachte ich, könnte es dir helfen.« Er stand auf und ging mit großen Schritten zur Tür.

»In Ordnung«, lächelnd kapitulierte sie. »Es würde mir helfen.«

Es gab Zeiten, die sie ohne Wes' Hilfe nicht überstanden hätte. Sie und Jason hatten praktisch keine Familie. Sein Bruder Justin verließ Kununurra kaum, obwohl sie ihn über Jasons Fortschritte auf dem Laufenden hielt, und abgesehen von Jean gab es kaum jemanden, den sie um Hilfe bitten mochte.

Die Verlobungsparty von Sharon Dimarco und Vince Gersbach war das Stadtgespräch überhaupt. Jeder, der Rang und Namen hatte, war anwesend gewesen, und Sharons Aufmachung war so glamourös, wie es der Anlass erforderte.

Auf dem Weg nach Hause ließ Brooke ihren Gedanken freien Lauf, während sie im Kombi den Highway nach Bindi Creek entlangfuhr. Es hatte sich seltsam angefühlt, das erste Mal ohne Jason zu einer offiziellen Einladung zu gehen. Sie wusste aber auch, dass sie sich daran gewöhnen musste, solange es ihm nicht besser ging. Sie hatte sich dafür entschieden, ihn nicht mitzunehmen, weil sie nicht wollte, dass die Leute ihn anstarrten, als ob er eine Art Kuriosität wäre. Nicht dass er seltsam aussah – nein, überhaupt nicht, abgesehen von der seltsamen Art, in der seine Haare nachwuchsen. Sie wuchsen in aufrecht stehenden Büscheln, wie Stacheln, die von einer Graufärbung durchzogen waren, die vorher nicht da gewesen war.

Sie seufzte. Es war natürlich noch zu früh, aber sie empfand Jasons Genesung anstrengender als erwartet und unglaublich zeitaufwändig. Während der ersten sechs Wochen konnte sie einen langsamen, aber stetigen Besserungsprozess erkennen. Er hatte sich für die Kinder interessiert und dafür, was sie in der Schule machten. Trotzdem konnte sie nicht leugnen, dass er anders war: Insgesamt schweigsamer, er sprach langsamer und war nicht in der Lage, an lebhaften Unterhaltungen teilzunehmen, weil er den Sinn des Gesagten nicht so schnell verstand. Und jetzt war seine Heilung zum Stillstand gekommen.

Er mochte es, in den Arm genommen zu werden und ihr gelegentlich einen Kuss auf die Wange zu geben, so, wie die Kinder es taten, aber mehr nicht. Es gab kein Liebesleben mehr. Einmal hatte sie versucht, ihn zu erregen, aber das war eine furchtbare Pleite: Er hatte sie angestarrt, als ob sie etwas Unnatürliches von ihm verlangen würde. Sie hatte nicht den Mut gehabt, es noch einmal zu versuchen und es hingenommen, dass er in dieser Abteilung mehr Zeit brauchte, um wieder aktiv zu sein oder … vielleicht würde es von nun an immer so sein zwischen ihnen.

Der Neurologe, der ihn betreute, hatte ihr geraten, nicht zu viel und dies auch nicht zu bald zu erwarten. Trotzdem tat sie genau das. Sie versuchte so sehr, seine Heilung zu fördern, tat alles, um mentale oder körperliche Reaktionen zu stimulieren. Sie wollte, dass er wieder ganz wurde, so schnell es irgendwie zu schaffen war. Sie brauchte den alten Jason: ihren Gefährten, ihren Freund, ihren Liebhaber und den Vater ihrer Kinder.

Brooke musste bei Janices Hochzeit absagen, situationsbedingt und aus finanziellen Gründen. Darüber war sie sehr unglücklich, denn sie hatte ihre Freundin schon seit Jahren nicht mehr gesehen. Sie hatten es geschafft, eine Woche zusammen am Cradle Mountain zu verbringen, und später ein paar Tage in Launceton, als Sheridan noch klein war, aber das lag schon fast fünf Jahre zurück. Sie hatte sich so darauf gefreut, ihre alte Freundin wiederzusehen und mit ihrer wunderbaren Familie anzugeben.

Sie nahm den Fuß vom Gaspedal und blinzelte ein paar Tränen weg. Darauf folgte ein weiterer, tiefer Seufzer.

Um sich von ihren Problemen abzulenken, ging sie in Gedanken noch mal die Verlobungsparty durch. Wie gewöhnlich, wenn Sharon für die Organisation verantwortlich war, war es ein glamouröses Fest geworden, und nur die Crème der ländlichen Gesellschaft war eingeladen gewesen. Auch mit vierzig war Sharon eine schöne Frau, und sie sah besonders entzückend aus in ihrem schulterfreien elfenbeinfarbenen Abendkleid mit Strasssprenkeln am Dekolleté und an ihrer schlanken Taille. Es wurden gleich zwei Ereignisse gefeiert, denn neben ihrer Verlobung mit Vince hatte Sharon einen zweiten Coup gelandet, was sie jedem erzählte, der nicht schnell genug weglief: Nämlich dass sie eine kleine Rolle in einem Film ergattert hatte, der Anfang nächsten Jahres in Südaustralien gedreht würde. Wie sie die Rolle bekommen hatte, blieb ein Geheimnis, aber Vince hatte Brooke und einigen anderen Gästen anvertraut, dass sie, als sie in Melbourne waren, praktisch mit einem Produzenten zusammengestoßen war, den sie aus ihrer Zeit in Italien kannte, und das Angebot ging auf diese Begegnung zurück. So ein Glück!

Brooke fand, dass Hugh Thurtell nicht sehr gesund wirkte. Während seiner Rede und den Segenswünschen für das frisch verlobte Paar hatte er sich öfter verhaspelt und war ungewöhnlich kurzatmig. Sie hatte ihre Bedenken Wes gegenüber geäußert, und er hatte ihr zugestimmt, dass es mit der Gesundheit seines Nachbarn bergab ging. Es hatte den Anschein, dass der alte Herr dickköpfig jede ärztliche Untersuchung ablehnte.

Als sie den Highway Richtung Bindi Creek verließ, fiel Brooke noch etwas anderes ein. Den ganzen Abend über hatte Sharon Wes sehr merkwürdige Blicke zugeworfen. Manchmal verstohlen, manchmal offen herausfordernd. Aber warum? Das brachte sie darauf, dass Sharon immer noch hinter Wes her sein könnte. Menschen, die Sharon besser kannten, wussten, wie entschlossen sie war, und dass sie ein Ziel, das sie sich einmal gesetzt hatte, nicht so schnell aus den Augen verlor. Hatte sie ernsthaft umgedacht und sich für Vince entschieden, weil er verfügbar war, oder hatte sie etwas anderes im Sinn? Bei Sharon konnte man sich nie sicher sein.

Brooke gab sich keine Mühe, ihr Gähnen zu unterdrücken, als sie in ihre Auffahrt fuhr und den Wagen unter dem Carport parkte. Die Uhr im Auto zeigt halb eins in der Nacht. Jean würde mit Freuden ihre Babysitter-Pflichten beenden.

»Ist schon gut, Daddy«, sagte Sharon. »Vince und ich räumen auf.« Sie beobachtete ihren Vater dabei, wie er sich durch das Wohnzimmer schleppte und hier ein Glas oder dort einen Teller mit Essensüberresten aufhob. »Du siehst erschöpft aus. Geh doch lieber zu Bett.«

»Gut, Schatz. Ich bin ein bisschen müde.« Hugh warf ihr einen Kuss zu, winkte zu Vince und verschwand den Flur hinunter in Richtung Schlafzimmer.

»Ah, endlich allein«, flüsterte Vince Sharon ins Ohr und setzte sich neben sie. »Das war eine großartige Party, findest du nicht auch, mein Liebling?«

»Großartig?« Die gezupften Augenbrauen schossen in die Höhe, um gleich darauf wieder herabzusinken. »Ja, vermutlich schon.«

»Und ob!«, begeisterte sich Vince. »Deine Organisation war sensationell. Viele der Gäste haben das gesagt. Bethany sagte, du solltest so was beruflich machen – nicht, dass du das nötig hättest, natürlich.«

Sharon sonnte sich einen Moment in seinem Kompliment. Der Abend war gut gelaufen, das stimmte schon. Vince war ein hervorragender Gastgeber gewesen, er war freundlich und aufmerksam. Schade, dass sie nicht so verrückt nach ihm war, wie sie vorgab. Natürlich ohne dass er es wusste, war der einzige Grund für sie, in eine Verlobung mit ihm einzuwilligen, der, dass sie sehen wollte, welche Wirkung das auf Wes hatte. Sie knirschte einige Sekunden mit den Zähnen. Überhaupt keine! Verdammt sei der Mann! Dabei war er so clever: Er erkannte ein gutes Geschäft, wenn er eines sah. Dann warum in Gottes Namen konnte er nicht begreifen, dass eine Verbindung von Minta Downs und Sindalee jeden Menschen innerhalb und außerhalb des Bezirks neidisch machen würde?

Er war immer noch scharf auf Brooke d'Winters, deswegen. Ihre haselnussbraunen Augen verengten sich missmutig. Diese Geschichte mit Jason – sein Unfall, Brooke, die nun praktisch allein und finanziell wackelig dastand – hatte dazu geführt, dass seine Beziehung zu den d'Winters eher noch stärker geworden war als schwächer. Darüber nachzudenken ließ ihre Laune in den Keller sinken. Brooke musste nur mit dem Finger wackeln, schon rannte er zu ihr. Allmächtiger Gott, das war einfach nicht fair. Als sie von Jasons Unfall erfahren hatte, hatte sie gehofft, dass die d'Winters Bindi Creek – besser noch den ganzen Bezirk – für immer verlassen würden. Das geschah nicht, weil Wes Sinclair es nicht wollte und er so viel Einfluss hatte. Wütend presste sie ihre Lippen aufeinander. Sie wurde so zornig, wenn sie daran dachte.

»Hilfst du mir beim Aufräumen, Liebling?«, bat Vince sie und erhob sich vom Sofa. »Ich würde das ungern erst am Morgen erledigen.«

»Da hast du Recht.« Sie ging in die Küche. Die Angestellten der Catering-Firma hatten den Raum in einem schrecklichen Zustand hinterlassen. Wenn die dachten, sie würde mit ihrem guten Geld für so eine Schlamperei bezahlen, dann hatten sie sich aber geirrt, das würde sie gleich morgen mit ihnen klären. »Ich fang in der Küche an, Vince, übernimm du den Rest des Hauses.«

Timing ist alles, rief sie sich in Erinnerung. Das Timing war perfekt gewesen für die Verlobung mit Vince, obwohl sie noch nicht zu einem Entschluss gekommen war, ob sie ihn nun auch tatsächlich heiraten würde, wenn Wes nicht in die Puschen käme. Es war clever, jemanden als Sicherheit in der Hinterhand zu haben, und genau das war Vince. Der nette, geduldige, großzügige Vince. Sie konnte ihn jederzeit um ihren kleinen Finger wickeln, ohne große Anstrengung.

Ihre Gedanken wandten sich ihrem Vater zu, was ziemlich ungewöhnlich war für eine Frau, die sich fast gänzlich um ihre eigenen Freuden und ihr eigenes Wohlergehen kümmerte. Es ging ihm nicht gut, sogar Wes hatte das gesagt. Es wurde Zeit, auch in dieser Richtung eine schärfere Gangart zu wählen – um herauszufinden, was ihm fehlte. Sie würde einen Termin bei dem jungen Arzt machen, der Jason vertrat. Ja. Bald.

»Ich will aber keinen Hackbraten zum Abendessen, ich will Hamburger und Pommes«, sagte Jason zum dritten Mal. Er sah Brooke in der Küche zu, die alles für die Mahlzeit vorbereitete.

»Wir hatten Hamburger doch erst gestern, weißt du nicht mehr?«, sagte sie.

»Doch«, er nickte. »Die waren lecker-schmecker. Darum will ich die heute noch mal essen. Will keinen Hackbraten.«

Wahrscheinlich konnte er sich nicht daran erinnern, wie Hackbraten schmeckte, dachte sie und sah, wie er sein Kinn widerwillig nach vorne schob. Der alte Jason war selten dickköpfig gewesen. Der alte Jason war nicht pingelig mit dem Essen gewesen, ihm hatte alles geschmeckt.

Sie versuchte, vernünftig mit ihm zu sprechen. »Wir haben keine Brötchen im Haus, und ich finde es nicht so gut, zweimal nacheinander dasselbe Essen zu machen. Das ist für den Koch langweilig und auch für die, die es essen müssen.«

»Nicht langweilig.« Er verschränkte aggressiv seine Arme, seine blauen Augen waren starr auf sie gerichtet, ohne auch nur ein Mal zu blinzeln. »Ich mag Hamburger. *Ich liebe Hamburger*. Hab im Krankenhaus keine gekriegt.« Er war kurz still, dann schlug er – wie er dachte – die Lösung des Problems vor: »Warum gehst du nicht und kaufst Brötchen?«

Konsterniert fuhr sich Brooke mit der linken Hand durch die Haare. Sie wusste, dass es nicht klug war, ihm nachzugeben. Je öfter sie das tat, umso öfter wollte er seinen Willen durchsetzen, wie ein kleines Kind. Andererseits hatte sie festgestellt, dass es schwierig, ja fast unmöglich war, Jason zu etwas anderem zu überreden, wenn er sich auf eine Sache eingeschossen hatte.

Letzte Woche hatte er auf einmal beschlossen, dass er nicht mehr unter die Dusche gehen, sondern stattdessen lieber baden wollte. An sich war das eine Kleinigkeit, aber wenn Jason ein Bad nahm, landete die Hälfte des Badewassers auf dem Fußboden. Gott allein wusste, was er dort drinnen alles anstellte mit seiner eingegipsten Hand in einer Plastiktüte, damit der Verband nicht nass wurde. Das bedeutete für sie, dass sie jedes Mal nach seinem Bad das ganze Badezimmer trocken wischen musste, bevor irgendjemand sonst hineinkonnte.

Am Sonntagmorgen hatte er aus dem Nichts heraus verkündet, zur Kirche gehen zu wollen. Das war eine verwunderliche Entscheidung, da er in all den Jahren, die sie schon in Bindi Creek lebten, nicht ein einziges Mal in der

Kirche gewesen war. Also hatte sich die Familie hübsch angezogen und sich auf den Weg in die anglikanische Kirche gemacht. Reverend Dupayne war sprachlos gewesen, als er die gesamte Familie d'Winters in der zweiten Kirchenbank entdeckt hatte.

»Nein, Jason. Keine Hamburger heute. Vielleicht essen wir am Freitagabend noch mal welche. Okay?«

»Nicht okay.« Er stampfte mit dem Fuß auf, um seine Meinung zu betonen.

Adam, der in der Tür zum Wohnzimmer stand, versuchte zu schlichten. »Lass nur, Daddy. Es wird dir schmecken. Mummy macht einen ganz tollen Hackbraten.«

Jason drängte sich an seinem Sohn vorbei ins Wohnzimmer.

»Ich will Hamburger. Ich liebe Hamburger.« Und dann rief er missmutig aus dem anderen Raum: »Das ist nicht fair.«

Brooke und Adam sahen einander an.

»Manchmal ist er wie ein Kind, oder, Mummy?«

Brooke stand kurz davor, in Tränen auszubrechen, aber irgendwie schaffte sie es, sich zusammenzureißen. Kindermund … »Ja, Schatz, manchmal schon. Aber er kann nichts dafür, das weißt du ja. Darum müssen wir so lange Geduld haben, bis er wieder gesund ist.«

»Ja, aber wir können ihm nicht immer seinen Willen lassen, richtig?«

Sie lächelte über den gesunden Menschenverstand ihres Ältesten. »Nein, das können wir nicht.«

»Ich will Hamburger. Ich will Hamburger!« Der Sprechchor im Wohnzimmer hörte nicht auf.

Gleich darauf hörten sie einen dumpfen Aufprall, dann noch einen, gefolgt von einem Poltern, als etwas auf den Boden flog.

Brooke war vor Adam im Wohnzimmer. Sie sahen den Stapel Magazine, der normalerweise auf dem Beistelltisch lag, über den ganzen Boden verstreut, auf dem Holzboden lagen Bruchstücke aus Keramik. Zwei ihrer geliebten Figuren fehlten auf dem Kaminsims.

Jason stand da, seinen Mund vor Wut zusammengepresst, und griff sich eine weitere Keramikfigur. Er hielt sie zwischen Zeigefinger und Daumen der linken Hand hoch. Der Blick, mit dem er Brooke anstarrte, war provozierend. Wieder sagte er: »Ich will Hamburger.«

Brooke biss sich auf die Lippe. Er hatte eine ihrer Lieblingsfiguren erwischt. »Jason, bitte, stell sie wieder dorthin zurück, woher du sie genommen hast.«

Jason bewegte sich nicht.

»Du kannst jede einzelne Figur kaputtwerfen, wenn es sein muss, aber du bekommst heute keine Hamburger«, sagte sie mit fester Stimme. Was es sie kostete, das zu sagen, würde er niemals erfahren. »Das würde mich aber sehr traurig machen.« Sie ließ das einen Moment wirken, dann fügte sie hinzu: »Wenn ich sage, dass es keine Hamburger gibt, dann gibt es auch keine. Verstehst du das?«

Es kam ihr vor, als ob Jason sie minutenlang anstarrte. Seine Stirn war in Falten gelegt, und seine Lippen waren entschlossen gespitzt, ganz so, wie es ein aufsässiges Kind machen würde. »Keine Hamburger?« Er warf ihr einen letzten flehenden Blick zu.

»Nicht heute.« Sie wartete ab und traute sich kaum zu atmen. Er war ein erwachsener Mann, aber seit dem Unfall merkte man davon oft nichts. Auch Kinder mussten die Regeln lernen, mussten wissen, wer sie aufstellte und dass man sich an sie zu halten hatte.

Er ging auf sie zu, die Keramikfigur am langen Arm vor sich ausgestreckt. Plötzlich grinste er jungenhaft.

»Okay. Hackbraten heute. Ich mag Hackbraten.« Sehr vorsichtig händigte er ihr das Figürchen aus.

Als Brooke in dieser Nacht neben Jason, der fest schlief, im Bett lag, fand sie einfach nicht in den Schlaf, so sehr sie es versuchte. Sie musste ausruhen. Sie brauchte Erholung. Sie wollte nicht über heute nachdenken und auch nicht über die vielen Morgen, die noch kommen würden, sondern wünschte sich das dringend benötigte Vergessen herbei, das der Schlaf gnädigerweise mit sich brachte und das ihr verwehrt blieb. Diese Szene vor dem Abendessen … sie fragte sich, ob das vielleicht ein Ausblick auf die Zukunft gewesen war.

Sie schlang ihre Arme um ihren Körper, um sich selbst zu umarmen, in der Hoffnung, daraus Trost ziehen zu können. Es funktionierte nicht. Sie lauschte im Dunkeln den Atemzügen ihres Mannes, tief und gleichmäßig, und konnte fühlen, wie seine Körperwärme zu ihr ausstrahlte. Sie seufzte. Über ihre Wangen rollten zu beiden Seiten Tränen ins Kissen. So vieles hatte sich geändert. Als er nach Hause gekommen war, war sie so voller Hoffnung gewesen, dass er rasch und vollständig genesen würde. Aber manchmal, nach Situationen wie vorhin, wuchsen die Zweifel in ihr.

Was war, wenn er nicht wieder zu dem Mann würde, der er mal gewesen war? Unter der Decke ballte sie die Fäuste. Nein! Sie verbat sich diesen Gedanken. Er wird wieder gesund. Er musste, für das Wohl aller.

20

»Wes, ich will nicht… ich meine… ich fühl mich nicht wohl bei dem, was du und Hugh da vorhaben.«

Brookes Ton war kühl, sie drehte sich von ihm weg, um aus dem Küchenfenster nach Jason zu schauen. Er verfütterte gerade Küchenabfälle an die Hühner, unter seinem Arm klemmte eine Schüssel für die Eier, die er einsammeln wollte. Bei diesem Anblick musste sie lächeln. Mit seinem karierten Hemd, seinen verwaschenen Jeans und den matschverkrusteten Gummistiefeln sah er aus wie ein typischer Farmer.

»Dein Stolz will es nicht zulassen«, erwiderte Wes in seiner üblichen Direktheit. »Du kannst mir nicht erzählen, dass euch der Geldbeutel nicht drückt. Man muss kein Einstein sein, um sich zu überlegen, welche Einnahmen und Ausgaben der d'Winters-Haushalt hat.« Er ließ das auf sie wirken und fügte dann hinzu: »Du zahlst John zu viel. Du könntest mehr für euch behalten. Ich habe auch gehört, dass ihr ein paar Patienten verloren habt.«

»Es ist nicht ungewöhnlich, dass manche von den alten Patienten einen neuen Arzt ablehnen«, war ihre rasch hervorgebrachte Erklärung. »Außerdem würde John gar nicht für weniger hier arbeiten. Er hatte sich vorher erkundigt, wie viel Stellvertreter verdienen, so dass ich keine andere Chance hatte, als ihm das zu zahlen, was er auch woanders bekommen hätte. Außerdem wäre es nicht richtig, ihn abzuzocken.«

»Okay.« Wes akzeptierte ihre Gründe und kam zurück zum eigentlichen Thema. »Es ist an der Zeit, dass die Stadt und die Menschen in Bindi Creek und Umgebung ihre Dankbarkeit zeigen für das, was die d'Winters-Familie für diesen Ort getan hat. Denk doch zurück: Diese Stadt war dabei, zu Grunde zu gehen, bis ihr euch hier niedergelassen habt. Jasons Praxis hat wieder Leben in die Stadt gebracht, ihr habt das medizinische Gemeindezentrum auf die Beine gestellt, nicht zu vergessen die erfolgreichen Verhandlungen mit der Bank, als es um die Schließung der Filiale ging. Und dann ist da noch das Anti-Drogen-Programm für Eltern und Schulkinder, das ihr über die Handelskammer in Cowra auf den Weg gebracht habt. Und erinnere dich an die vielen Male, wenn Jason seinen Patienten nichts berechnet hat für die Behandlung. Die Leute hier sind euch eine Menge schuldig. Wo liegt also das Problem, wenn wir einen Benefizabend veranstalten, damit sie euch ihre Dankbarkeit zeigen können?«

»Es ist peinlich. So schlecht geht's uns gar nicht. Wir …«, sie machte eine Pause, in der sie nach dem richtigen Wort suchte, »kommen zurecht.«

»Oh, Brooke.« Er schüttelte ungläubig den Kopf. »Wem tut ein bisschen Peinlichkeit schon weh?« Sie hörte Belustigung in seiner Stimme. »Ich bin überzeugt, dass es weder Jason noch den Kindern peinlich sein wird, nur dir.«

»Noch nie in meinem Leben habe ich Almosen angenommen«, sagte sie, und ihre Wangen röteten sich allein bei dem Gedanken daran. Während sie das aussprach, wusste sie, wie sinnlos es war, mit ihm zu streiten. Wenn Wes Sinclair sich erstmal etwas in den Kopf gesetzt hatte, dann war das so gut wie erledigt. Und wenn sie ganz ehrlich war und ihren Stolz einen Moment zur Seite schob, dann gab sie zu, dass sie jeden Cent brauchen konnten, der an dem Abend gespendet würde. Die Rechnungen trudelten nacheinander herein, und sie wägte genau ab, welche sie gleich bezahlen musste und welche bis zum nächsten Monat liegen bleiben konnten. So wie bei Tausenden unter der Landbevölkerung, für die so ein Leben Alltag war. Das Dach hatte an drei Stellen Löcher und musste schnellstens repariert werden, bevor der nächste Winter kam. Mit ihrer Naturheilkundepraxis erzielte sie zwar ein bescheidenes Einkommen, aber das konnte sie nicht in die schwarzen Zahlen bringen, auch nicht zusammen mit der Miete aus ihrem Haus in Newtown.

»Jeder möchte euch irgendwie helfen. Hugh hat vor, einen großartigen Abend daraus zu machen mit einer gigantischen Tombola, Unterhaltungseinlagen und einem Barbecue. Mannie vom Hotel hat den Grog dazu gestiftet und die Fasanellas das Essen.« Er legte seine Hand auf ihre Schulter und drehte sie zu sich herum, damit sie ihn ansah, um sanft weiterzusprechen: »Gib den Menschen in Bindi Creek die Chance, euch zu zeigen, wie sehr ihr ihnen am Herzen liegt.«

Er schaffte es gerade noch, seinen Schreck über ihre Tränen zu verbergen. Ohne darüber nachzudenken, was er tat, zog er sie an sich und streichelte ihr tröstend über den Rücken. »Na, na. Es kommt alles in Ordnung, Brooke.«

Als Jason mit der Eierschüssel durch die Hintertür hereinkam, stießen sie sich jäh voneinander ab, fast wie ertappt.

»Ich werde Rührei zum Frühstück machen«, verkündete Jason und beachtete gar nicht weiter, dass sie sich gerade umarmt hatten, als ob das von keinerlei Interesse für ihn sei. Er ging direkt zu einem Schrank, um eine Pfanne zu holen.

»Er kocht gerne«, informierte Brooke Wes mit einem schiefen Lächeln. »Er macht dabei eine fürchterliche Unordnung, aber meistens versucht er, hinterher aufzuräumen.«

Wes nickte verständnisvoll. »Ich geh dann mal besser. Ich bin auf dem Weg nach Dubbo, um mir eine Herde anzusehen, die ich vielleicht kaufen will, um meine eigene zu veredeln. Tschüß, Jason.«

»Tschüß, Wes«, sagte Jason beiläufig, ganz auf die Eier konzentriert.

Wes und Brooke liefen durch den Flur zur Haustür. Wes öffnete sie weit und sah Brooke dann an. »Also, gibst du dem Benefizabend deinen Segen?«

Sie seufzte. »Ich schätze schon.«

»Ach, bevor ich es vergesse, Fleece und Drew kommen morgen rüber, um auf die Kinder aufzupassen, solange du mit Jason bei diesem Spezialisten in Goulburn bist. Die Schule fällt morgen aus.«

»Danke, ich weiß das zu schätzen.«

»Also, mach's gut.«

Er hätte über hundert andere Dinge nachdenken können, aber während Wes zu seinem Wagen ging, konnte er nur daran denken, wie fantastisch es gewesen war, sie in seinen Armen zu halten, wenn auch nur für eine halbe Minute. Wie sie sich anfühlte, ihre Berührung, wie sie roch. Sie benutzte ein Shampoo, das nach Äpfeln duftete, und das war wundervoll. Seine Sinne waren so in Aufruhr, dass er es kaum noch aushalten konnte. Das Verlangen nach ihr trieb ihn langsam und unaufhaltsam in den Wahnsinn.

Da er gerade beim Thema war, Jason war schon eine ganze Weile wieder zu Hause und Wes hatte von ihm noch kein Zeichen der Zuneigung für Brooke bemerkt, was bei dem alten Jason undenkbar gewesen wäre. Er runzelte die Stirn. Vielleicht hatte der Unfall mehr zerstört als nur seine Erinnerung und seinen Intellekt. Vielleicht hatte er keine sexuellen Gelüste mehr.

Irgendwie – und er wusste, wie selbstsüchtig das war – erfreute ihn diese Möglichkeit. In zu vielen Nächten in zu vielen Jahren hatte er wach in Sindalee gelegen und war von der Vorstellung davon, wie Brooke und Jason sich liebten, gefoltert geworden. Er öffnete die Autotür und warf sich fast auf den Fahrersitz. Brooke war eine zärtliche Frau. Immerzu umarmte sie ihre und auch seine Kinder. Wie würde sie reagieren, wenn Jason emotional und physisch abgestumpft blieb? Seine Hand wanderte zum Zündschlüssel. Er wollte nicht, er *durfte nicht* darüber nachdenken.

Die Benefizveranstaltung zugunsten der d'Winters fand zwei Wochen später statt und ließ die Bevölkerung von Bindi Creek am Nachmittag und Abend auf über vierhundert anschwellen. Bunte Lichter leuchteten über den Ständen, die links und rechts entlang der Tyrell Road standen. Alle möglichen Dinge wurden verkauft, die erzielten Erlöse flossen in den Benefiztopf. Auf der Bühne, die vor dem Imperial Hotel errichtet worden war, zeigten eine Reihe Country- und Western-Bands und -sänger ihr Können, während Jung und Alt auf der Straße zur Musik tanzten. Auch das traditionelle Schokoladenrad war ein großer Erfolg.

Brooke war erstaunt und geschmeichelt über den enormen Zulauf und die vielen Sympathiebekundungen, die sie den ganzen Abend über erfuhr und die Anteilnahme und Freundlichkeit ausdrückten. Sie war dankbar dafür, dass die Menschen ihr so viel Zuneigung zeigten. Der wahre Grund für diese Veranstaltung entzog sich Jasons Verständnis, aber sie sah, dass sowohl er als auch die Kinder den Abend und die Aufmerksamkeit genossen.

Am nächsten Morgen, als die Einnahmen gezählt worden waren, konnte Wes mehr als zehntausend Dollar an Brooke und Jason d'Winters überreichen – genug, um ihre Hypothek zu bezahlen und eine kleine Summe für Notfälle zurückzulegen.

Brooke saß mit ihrem Tagebuch am Küchentisch und machte ihren täglichen Eintrag. Kaum zu glauben, dass bereits acht Monate seit Jasons Unfall vergangen waren. Der Psychiater, zu dem sie auf Empfehlung von Jasons behandelndem Neurologen gegangen waren, hatte ihr geraten, jeden Tag Notizen über Jasons Stimmungsschwankungen und Verhalten zu machen, um zu sehen, ob die Medikamente, die er augenblicklich nahm, ihre Wirkung taten. Wenn sie die Tage und Monate durchblätterte, konnte sie ein Muster erkennen. Nur einige der Veränderungen bedeuteten auch eine Verbesserung.

Ende August war er aus dem Krankenhaus nach Hause gekommen. Im November war er bereits zehn Kilo schwerer, weil seine größte Leidenschaft – wohl auch seine einzige, wie es schien – essen war. Seine Medikation wurde einige Male umgestellt, aber es half nichts. Außerdem war er körperlich nicht mehr so aktiv wie früher, so dass er dadurch zusätzlich noch Gewicht zulegte. Seine Gewichtszunahme war jedoch eines der kleineren Probleme. Anfangs hatte er begeistert Arbeiten im und ums Haus erledigt und die Tiere versorgt, aber irgendwann hatte das den Reiz für ihn verloren.

Außer den Pferden für die Kinder und dem Hühnerstall waren noch weitere Tiere auf dem dreieinhalb Hektar großen Grundbesitz der d'Winters angesiedelt worden. Früher war Brooke immer hart geblieben und hatte jede weitere Anschaffung abgelehnt. Jetzt nicht mehr, weil sie die Tiere als emotionalen Ausgleich zu Jasons wachsender Gleichgültigkeit gegenüber den Kindern betrachtete. Diese Veränderung an ihm hatte sich langsam über die acht Monate hin entwickelt, und die traurige Wahrheit war, dass er sich nicht mehr dafür interessierte, was sie taten. Auch ging es weit über sein Verständnis hinaus, was es bedeutete, ihr Vater zu sein.

Die Kinder besaßen jetzt Zwergkaninchen, Sammy und Velvet, die in einem Verschlag lebten, den Wes ihnen gebaut hatte. Sheridan hatte eine Ziege namens Nan, die sie melkte, weil sie eine Unverträglichkeit gegen Kuhmilch entwickelt hatte, und als Adams Interesse an jeder Form von Landwirtschaft wuchs, »erbten« sie ein schwarzes Schaf, das Ivory hieß, von einem Nachbarn, der seinen Besitz verkauft hatte und nach Queensland gezogen war. Sie ermunterte die Kinder nach Kräften, die Grundversorgung der Tiere zu erledigen, und hatte gehofft, Jason würde sich für ihre kleine Arche Noah interessieren, weil er so viel Freizeit hatte. Leider war das nicht geschehen.

Im Januar hatte sie dreimal dieselbe Eintragung gemacht: »Jason bekommt wegen einer Kleinigkeit einen Wutanfall.« Seine Stimmungsschwankungen, seine Unausgeglichenheit, seine Schwierigkeiten im Alltag – manchmal bei den einfachsten Dingen, wie Schulbrote für die Kinder herrichten, einen Telefonanruf entgegennehmen und Nachrichten notieren – wurden immer deutlicher. Und er bekam schreckliche Kopfschmerzattacken. Der Neurologe konnte sie auf nichts Spezielles zurückführen, außer, dass auch sie eine Folge des Unfalls waren. Er hatte etliche Schädelbrüche erlitten, eine Menge Gewebe im Kopf- und Halsbereich war verletzt worden, so dass man nichts anderes tun konnte, als ihm Schmerzmittel zu geben, wenn die Attacken kamen. Ja, alles was Brooke aufgeschrieben hatte, spiegelte das wider, was die

Spezialisten ihr vorausgesagt hatten. Ihr Verstand und ihre Gefühle kämpften täglich dagegen an, diese Entwicklung zu akzeptieren, weil sie lieber daran glaubte, dass Liebe und Zeit alles heilen konnten. Aber aus ihren Aufzeichnungen sprach das Gegenteil. Sogar die Spezialisten gaben zu, dass sein gesundheitlicher Abbau schneller vonstatten ging, als sie bei dem Zustand, in dem er das Krankenhaus verlassen hatte, vermutet hatten.

Sie schrieb eine Zusammenfassung der Ereignisse des Tages und schloss das Buch. Was sollte sie tun? Plötzlich stieg die Anspannung in ihr hoch, war stärker als ihre Selbstkontrolle, und ließ sie in Tränen ausbrechen. Es war alles so unfair – für sie, für die Familie und ganz besonders für Jason. Er war so ein wundervoller Mann gewesen, ein fürsorglicher Mann, intelligent und humorvoll … und jetzt war praktisch alles das ausgelöscht, nur sein massiger Körper war übrig geblieben. Der Geist, die Essenz, eben das, was Jason zu dem Mann gemacht hatte, der er war, löste sich immer mehr auf. Sie war traurig über den Verlust und würde immer weiter trauern.

Sie öffnete das Tagebuch, um noch einmal zu lesen, was sie gerade geschrieben hatte: »Jason bekam einen Wutanfall und hat nach Adam geschlagen, nur weil der sich nicht schnell genug an den Abendbrottisch gesetzt hatte.« Das war bereits das zweite Mal, dass ihr Ehemann seinen Frust an den Kindern ausgelassen hatte. Sie hatte versucht, mit ihm darüber zu sprechen, aber sein glasiger, entrückter Blick hatte ihr gezeigt, dass er nicht verstand, was sie von ihm wollte.

Die Zwillinge und sogar Sheridan, die ihren Jahren an Einsicht weit voraus war, hatten es sich angewöhnt, den Kontakt mit ihrem Vater wenn möglich zu vermeiden. Sie blieben draußen, wann immer das Wetter es zuließ, und kamen nur ins Haus, um zu essen, um ihre Hausarbeiten zu erledigen und um zu schlafen. Das bedeutete, dass auch Brooke sie wenig zu Gesicht bekam. Sie wischte ihre Tränen ab, nahm einen Schluck Kaffee und versuchte, auf die positiven Seiten zu sehen. Ha! Welche positiven Seiten? Im Moment konnte sie keine finden. Das Leben war eine Tretmühle geworden, in der sie als Puffer zwischen Jason und den Kindern fungierte. Häufig war er selber wie ein Kind, wetteiferte mit seinen eigenen Kindern um ihre Aufmerksamkeit, wollte in den Arm genommen werden, wenn sie ihn wegen irgendetwas ausgeschimpft hatte. Und das Schlimmste daran war, dass sie es zwar jetzt schon als bitter empfand, aber dass die Situation sich immer weiter verschärfen würde.

Sie fuhr mit den Fingern durch ihr Haar und seufzte. Sie musste aus dieser Stimmung voller Selbstmitleid wieder heraus. Andere Leute hatten es noch viel schwerer als die d'Winters' – aber irgendwie tröstete sie dieser Gedanke nicht sehr.

Was war mit ihrer Liebe passiert, mit diesen Gefühlen, von denen sie sicher war, sie würden nie vergehen? Es war alles vergangen. Zurück war nur ein Pflichtgefühl geblieben und die Gewissheit, das Richtige zu tun, indem sie die Familie zusammenhielt. Monatelang hatte sie sich geweigert, darüber nachzudenken, aber die Wahrheit war, dass ihre Gefühle für Jason verkümmert waren, weil es nichts mehr gab, was sie nähren konnte. Sie schniefte eine neuerliche Tränenflut zurück, die sie überrollen wollte. Oh, sie hatte so sehr versucht, dass das nicht geschah, indem sie nicht an die glücklichen Zeiten gedacht hatte, die sie zusammen hatten, und indem sie geduldig und hoffnungsvoll war. Aber da er anscheinend zu solch tiefen Gefühlen nicht mehr fähig war und immer weniger

Interesse an ihr zeigte, musste sie sich schließlich mit der Situation – dem emotionalen Vakuum – abfinden. Diese große Liebe, das Verlangen zu lieben und geliebt zu werden, war Vergangenheit – genau wie der *echte* Jason.

Für andere Leute musste es jedoch so wirken, als hätten die d'Winters' ihren Alltag gut im Griff, dass sie eine annehmbare Routine für sich entwickelt hatten. Die Einzigen, die den Unterschied kannten, waren Wes und Jean. Sie standen der Familie zu nah, um nicht zu bemerken, wie gespannt Brookes Nerven waren, dass die Kinder nicht glücklich waren und Jasons Zustand immer schlechter wurde.

Was willst du also unternehmen? Die Frage sprang ihr in den Sinn.

Wie oft war sie schon die Möglichkeiten durchgegangen, die sie ihrer Auffassung nach hatten! Wenn sie nach Sydney in ihr Haus in Newton zogen, hätte sie eine bessere Chance, eine lukrative Naturheilpraxis aufzubauen, eine, die die Familie wirklich finanziell tragen könnte. Das würde dauern und viel harte Arbeit erfordern, aber es war machbar. Hier in Bindi Creek hatte sie mit ihrer Arbeit genau genommen keine Chance, genug Geld zu verdienen. Was bedeutete, dass sie auch weiterhin abhängig davon wäre, einen Stellvertreter in Jasons Praxis zu beschäftigen. Sie konnten nach Cowra umziehen, auch dort waren die Aussichten besser, eine gut gehende Praxis aufzubauen. Dieser Plan gefiel ihr um einiges besser, als zurück nach Sydney zu gehen, aber das Hauptproblem war und blieb Jasons Betreuung, egal wo sie wohnten.

Es würde nicht mehr lange dauern, bis er zumindest tagsüber jemanden brauchte, der ihn beschäftigte und etwas mit ihm unternahm, wenn der Rest der Familie den jeweiligen Tätigkeiten nachging und sich nicht ständig um ihn kümmern konnte. Derzeit konnte sie sich niemanden für diese Aufgaben leisten. Ihre Gedanken wanderten zurück zu Wes' letztem Besuch. Sie hatten eine hitzige Diskussion über Jason geführt und darüber, wie man mit den Problemen umgehen sollte. Wes hatte widerstrebend davon gesprochen, Jason in einem Pflegeheim unterzubringen, und begründete diesen Vorschlag damit, dass Jasons Zustand – und damit meinte er die Wutausbrüche und seine immer häufiger auftretenden Kopfschmerzen, die ihn dazu brachten, Dinge zu tun, an die er sich später nicht mehr erinnern konnte – sich noch weiter verschlechtern würde. Er hatte sie mit der Frage konfrontiert, wie lange es noch dauern würde, bis er sich oder andere verletzen würde.

Nein! Wieder musste sie die Tränen wegblinzeln. Jason weggeben … Der Gedanke war zu grauenvoll, um beachtet zu werden. Er war ihr Ehemann, den sie seit mehr als zehn Jahren liebte und für den sie immer noch ein paar Gefühle hegte. Und er war der Vater ihrer Kinder. Sie könnte sich selbst nicht mehr im Spiegel anschauen oder anderen Menschen unter die Augen treten, wenn sie so etwas Abscheuliches tun würde. *Es wäre das Beste für die Familie.* Wes' Worte hallten in ihrem Kopf wider. Vielleicht stimmte das, aber ihr Gewissen könnte mit so einer Entscheidung nicht fertig werden.

Sie tröstete sich mit dem Gedanken, dass sie stark genug war, weiterzumachen. Wäre Jasons Unfall am Anfang ihrer Ehe geschehen, hätte sie diese Stärke vielleicht nicht aufgebracht. Aber sie hatte all diese Jahre ihr Leben mit ihm geteilt, hatte ihn so sehr geliebt und war durch diese Liebe stärker und reifer geworden, was ihr den Willen gab, ihrer beider Leben weiterzuführen, einen Tag nach dem anderen.

Und so war sie nach all dem Für und Wider am Ausgangspunkt angelangt. Sie würden in Bindi Creek bleiben und die Probleme, so gut sie eben konnten, meistern.

Ein vorsichtiges Klopfen ließ Brooke zur Tür blicken. Sie war gerade dabei, die monatliche Bilanz zu ziehen. Noch immer schrieb sie keine schwarzen Zahlen mit der Naturheilpraxis, sie gewann jedoch immer mehr Patienten hinzu und war zuversichtlich, dass die Dinge jeden Monat besser laufen würden.

»Herein.«

»Hallo, Mrs. D'Winters«, grüßte Craig Marcioni sie und kam herein. »Soll ich Sie mit Mrs. oder Dr. ansprechen?«, fragte er und näherte sich lächelnd ihrem Schreibtisch.

Brooke und er hatten sich ein paarmal in der Stadt gesehen und sich kopfnickend gegrüßt, aber sie hatten noch nicht miteinander gesprochen. »Das hängt davon ab, ob du einen beruflichen Rat von mir möchtest oder mich einfach nur besuchen kommst.«

»Zum Teil besuche ich Sie, zum Teil komme ich aus beruflichen Gründen.« Er setzte sich in den Stuhl ihr gegenüber.

»Du wohnst jetzt wieder zu Hause?« Sie sah ihn sich gründlich an, als er sich setzte. Er sah gut aus. Sein Blick war klar, er war mit einer legeren, schwarzen Hose und einem gestreiften langärmeligen Hemd bekleidet, über dem er eine schwarze Weste trug, und sah flott aus.

»Ja, schon seit drei Monaten. Es ist alles in Ordnung. Ich nehme keine Drogen mehr, und ich beabsichtige, das auch weiter so zu halten.« Er grinste sie an. »Ich habe mich durch den Berg an gemeinnützigen Arbeitsstunden gearbeitet, den das Gericht mir aufgebrummt hat. Es war sehr interessant. Ich habe bei kommunalen Projekten unter freiem Himmel mitgearbeitet und beim Wyangala Staudamm im Erholungsgebiet. Nächste Woche werde ich in der Bibliothek von Cowra eingesetzt, um einen der Lagerräume zu entrümpeln.«

»Das klingt, als ob du genug zu tun gehabt hast in letzter Zeit.«

Er zuckte mit den Schultern. »Ja, stimmt schon. Es stehen noch dreihundert Arbeitsstunden aus, bevor ich ein freier Mann bin.« Er sah sie an. »Deswegen bin ich hier, Mrs. d'Winters. Ich würde gerne den Rest meiner Stunden dafür nutzen, Ihnen zu helfen.«

»Mir helfen, Craig? Wie denn?«

»Naja, ich hab da so Sachen gehört – Sie wissen ja, was die Leute so erzählen. Dass es ein wenig schwierig geworden ist mit dem Doc. Ich würde Ihnen gerne bei seiner Betreuung helfen. Der zuständige Beamte am Gericht hat mir erlaubt, dass ich Ihnen diesen Vorschlag selbst machen darf. Wissen Sie, ich möchte mich Ihnen für das, was Sie für mich getan haben, erkenntlich zeigen. Dass ich verhaftet wurde, war das Beste, was mir passieren konnte. Wenn ich mit den Drogen so weitergemacht hätte, könnte ich jetzt schon tot sein.«

Brookes Finger durchpflügten ihre Haare am Hinterkopf. »Das ist sehr freundlich von dir, Craig, aber ich weiß wirklich nicht, was du für mich tun könntest.«

»Nicht für Sie, Mrs. d'Winters, für den Doc. Ich dachte, ich könnte so eine Art Gesellschafter für ihn sein. Bei ihm sein, wenn Sie arbeiten und die Kinder in der Schule sind. Vielleicht fünf Stunden am Tag oder so.«

Brooke zog interessiert die Augenbrauen nach oben. »Er ist kein Invalide, Craig, er ist nicht darauf angewiesen, dass man ihn füttert oder ihm auf der Toilette hilft oder etwas in der Art.« Ihre braunen Augen schauten ihn prüfend an. »Was genau hattest du dir vorgestellt?«

»Ich habe gehört, dass er... Sachen anstellt, wenn er allein ist. Zum Beispiel die Pferde freilassen, dass sie die Tyrell Road bis zur Schule hochjagen. Das hätte übel ausgehen können, mit all den Kindern auf dem Spielplatz. Oder als er das heiße Wasser im Badezimmer nicht ausgestellt hat und Ihre Heißwasserversorgung kaputtging. Und es gibt noch viel mehr Geschichten darüber, was er anstellt.« Er war so eifrig bei der Sache, dass sich seine Gesichtszüge anspannten. »Mein Vorschlag ist, ihn bei Laune zu halten, ihn zu beschäftigen, etwas mit ihm zu unternehmen, damit er keinen Unsinn macht.«

Brooke musste ungewollt lächeln, als sie zugab: »Ja, er hat schon den einen oder anderen Unfug angestellt.« Die Hühner freizulassen war auch ein Streich gewesen, und dem Mann im Lieferwagen zu erzählen, dass er die zwei Einzelbetten, die sie für ihr Schlafzimmer gekauft hatte, nicht annehmen würde, ein weiterer. Und dennoch – sie vermutete eine andere treibende Kraft hinter Craigs Angebot, wahrscheinlich die von Wes Sinclair. Aber sie war zu stolz, um danach zu fragen, und vielleicht wollte sie es auch gar nicht wissen. Es lag in seinem Wesen, solche Arragements zu treffen und dann so zu tun, als wisse er nichts davon. »Das ist ein interessanter Vorschlag, Craig, und ich danke dir. Aber bist du dir auch sicher, dass es das Richtige für dich ist? Manchmal kann Jason sehr schwierig sein.«

»Ja, Mrs. d'Winters, ich bin sicher. Ich habe bereits ein paar Sozialstunden abgeleistet, als ich auf der Entgiftungsstation war. Ich habe eine Vorstellung von den Problemen, die mich erwarten«, erklärte er ihr. »Ich habe mir die Freiheit genommen, einen Zwei-Wochen-Plan aufzustellen, was der Doc und ich zusammen machen könnten, damit Sie sehen, wie ich mir die Sache vorstelle.« Er zog ein gefaltetes Blatt Papier aus seiner Hosentasche und gab es ihr. »Einige der Aktivitäten kosten allerdings etwas, also Benzingeld für Ausflüge oder so etwas. Im Krankenhaus bin ich manchmal in die Reha-Station gegangen und habe mir angesehen, wie der Doc darum kämpfte, zu verstehen, was die Pfleger von ihm wollten. Damals habe ich gedacht, wenn ich ihm helfen könnte, würde ich es tun, weil er so viel für meine Nonna getan hat.«

»Darf ich ein, zwei Tage darüber nachdenken?«

Craigs Angebot war die Antwort auf ihre Gebete. Jason brauchte einen Betreuer, das wusste sie, und dies konnte eine vernünftige Überbrückungsmaßnahme sein. Bis… bis… Darüber würde sie nicht jetzt nachdenken, nicht über Entscheidungen, die die Umstände ihr eines Tages aufzwingen würden.

»Na sicher. So lange Sie wollen. Meine Telefonnummer steht auf dem Blatt. Rufen Sie mich an, wenn Sie sich entschieden haben.« Er stoppte an der Tür und verabschiedete sich: »Bis bald.«

Als Craig weg war, sah sich Brooke das Programm an, das er aufgestellt hatte. Er hatte Fernsehsendungen herausgesucht, die sie zusammen sehen konnten – Dokumentarformate und actionreiche Abenteuerfilme –, und auch Zeit für Computerspiele hatte er eingeplant. Sie würden Wanderungen durch den Busch in Stadtnähe unternehmen und am Fluss entlang, bis rauf zur Schwimmbucht, obwohl es jetzt Winter war und zu kalt zum Baden. Zweimal die Woche würden sie mit dem Auto Ausflugsziele in der näheren Umgebung ansteuern. Außerdem stand täglich eine halbe Stunde leichte Gymnastik auf dem Programm. Im Ganzen hatte er alles durchdacht und einen guten Plan ausgearbeitet. Sie lächelte vor sich hin, als sie das Blatt Papier beiseitelegte. Entweder hatte Craig dabei Hilfe gehabt oder er war der geborene Organisator. Aber, beschloss sie, darauf kam es nicht an. Sein Angebot war ein Gottesgeschenk, und wenn das Gericht in Cowra seine Zustimmung gab, würde sie es auf jeden Fall annehmen.

»Na komm, Daddy, nur noch einen Schritt, dann bist du beim Auto«, ermutigte Sharon ihren Vater. Der Schweiß lief ihr den Kragen ihres Pullovers hinunter, obwohl es eher kühl war. Sie hatte eine halbe Stunde voll Helfen, Anfeuern und Schimpfen gebraucht, um ihn bis zur Tür des Kombis zu bewegen. Eine Stunde zuvor hatte er einen seiner Anfälle erlitten, den zweiten in dieser Woche – und sie hatte jetzt genug. Sie brachte ihn zu Dr. Honeywell und würde nicht weichen, bis er Hugh und ihr eine befriedigende Diagnose unterbreitet hatte.

Sie sah ihren Vater an. Er sah so krank aus, aber trotz der vielen Tests, die John in den letzten Monaten angeordnet hatte, konnte bei ihm keine Krankheit festgestellt werden. Aber es stimmte etwas nicht mit ihm, und sie hatte die unterschwellige Vermutung, dass ihr Vater genauso dachte, obwohl er das Gegenteil vorgab.

»Hier, setz dich hin, ich kümmere mich um deine Beine«, kommandierte Sharon und stöhnte, als sie jedes Bein einzeln nahm und ins Auto bugsierte.

Zwanzig Minuten später parkte sie vor der Arztpraxis in Bindi Creek.

Zufällig stand Brooke auf der anderen Seite der Straße und sprach mit Frank Galea. Sie beobachtete, wie Sharon versuchte, Hugh aus dem Auto zu ziehen, und auch, dass sie es nicht schaffte. Aus Neugier zu erfahren, was passiert war, verabschiedete sie sich kurzerhand von Frank und überquerte die Straße, um zu sehen, ob sie helfen konnte, obwohl sie wusste, dass die unfreundliche Sharon sie dort sicher nicht wollte.

»Was ist los?«, fragte Brooke, als sie beim Auto der Thurtells ankam.

»Daddy ist krank«, sagte Sharon. »Er hatte eine Art Anfall. Jetzt schafft er es nicht mehr aus dem Auto heraus. Er sagt, er könne seine Arme und Beine nicht bewegen.«

Brooke sah sich Hugh an, schätzte seinen Zustand schnell ein, und sagte ruhig: »Hol lieber John raus zu ihm.«

Während Sharon zum Haus lief, um dem Arzt Bescheid zu geben, lehnte sich Brooke hinab zu Hugh. Er hatte die Augen halb geschlossen, seine Atmung war unregelmäßig. Sie legte ihre Finger auf seine Halsschlagader, sein Puls war schwach.

Bei ihrer Berührung öffnete Hugh seine Augen ganz. Er lächelte schwach. »Hi, Brooke. Mir geht's heute nicht so gut.«

»Hugh, sagen Sie mir, was Ihnen fehlt.«

»Schmerzen hier.« Er zeigte auf seine Brustmitte. »Kann nicht gut schlucken. Fühl mich so schwach.«

Ihr fiel auf, dass seine Haut grau aussah. Normalerweise hatte er die dunkle Haut eines Mannes, der seine Tage fast ausnahmslos unter freiem Himmel verlebt, was er auch beinahe sein gesamtes Arbeitsleben über getan hatte. Und er schwitzte sehr stark.

John kam heraus, das Stethoskop um seinen Nacken gehängt. Seine langen Beine wirkten wie Kolbenpumpen, die ihn zu seinem Patienten brachten. Als er Brooke sah, neckte er sie: »Versuchen Sie, mir einen Patienten abspenstig zu machen, Brooke?«

»Nein, ich habe Hugh nur so lange Gesellschaft geleistet, bis Sie hier sind«, antwortete Brooke. Sie trat zurück, damit John seine Untersuchung beginnen konnte.

»Sie haben wieder gemogelt, oder, Hugh?«, sagte John salopp und hörte schnell Hughs Brust ab. »Haben Sie wieder Sachen gegessen, die ich Ihnen verboten habe, wie Chilis und stark Gewürztes?«

»Nein, hab ich nicht«, Hughs Stimme kam angestrengt.

Sharon stand am Bordstein und rang die Hände. Zum ersten Mal sah sie besorgt aus um ihren Vater. Ihr war plötzlich aufgefallen, wie groß Minta Downs war, und sie kannte sich wirklich nicht damit aus, einen so großen Besitz zu verwalten. Bethany, *die Bevorzugte*, hatte immer ein größeres Interesse daran gehabt als sie. Was sollte werden, wenn ihm etwas zustieß?

Vince Gersbach hatte sie gesehen und lief über die Straße zu ihnen. Er stand neben Sharon und legte tröstend einen Arm um sie.

»Ah, Vince.« John hatte den Apotheker näher kommen sehen. »Könnten Sie Natriumbikarbonat für Hugh besorgen? Wie es aussieht, hat er wieder einen schlimmen Fall von Magenverstimmung.«

»Magenverstimmung!«, brach es aus Brooke heraus, ohne dass sie sich zurückhalten konnte. »Das meinen Sie nicht ernst, John, oder?«

Johns Kopf drehte sich blitzartig zu ihr, sein Gesicht zeigte maßloses Erstaunen. »Wie meinen Sie das, Brooke? Ich versorge Hugh schon seit Monaten. Er hat eine Wagenladung an Tests hinter sich, und keiner hat einen Hinweis auf eine konkrete Krankheit gebracht. Er hatte früher schon Verdauungsstörungen, einige Male und akut. Am wahrscheinlichsten ist es, dass dies eine weitere Attacke ist.«

Brooke legte ihre Hand auf Johns Ärmel und zog ihn zur Seite, damit Sharon und Hugh sie nicht hören konnten. Sie sprach ruhig, aber überzeugt. »John, Hugh zeigt die klassischen Symptome eines Herzinfarktes. Ich wette, sein Herz schlägt unregelmäßig, und achten Sie mal auf seine Hautfarbe und seine Atmung.«

»Sind Sie sicher?«, wollte John wissen. »Woher wollen Sie das wissen? Die Kardiotests, die wir letzten Monat gemacht haben, waren negativ.«

»Machen Sie jetzt ein EKG. Ich bin überzeugt, dass Hugh entweder einen Herzinfarkt hatte oder dass der Infarkt sogar jetzt noch andauert.«

John zog seine Stirn in Falten. Offensichtlich war er sich noch nicht sicher, was zu tun sei. Er hielt sein Stethoskop noch mal an Hughs Brust und fühlte erneut seinen Puls.

Während John sich um seinen Patienten kümmerte, sagte Brooke leise zu ihm: »Vor Jahren, als Jason noch in Sydney praktizierte und ich seine Arzthelferin war, sah ich einen Patienten, der annähernd die gleichen Symptome zeigte wie Hugh. Glauben Sie mir, das ist keine Verdauungsstörung, auch wenn einige Anzeichen ähnlich sind.«

»Okay.« John nickte. Er wollte die Gesundheit eines Patienten nicht riskieren, nur weil er vermutete, dass er lediglich einen schlimmen Fall von Magenverstimmung vor sich hätte. »Wir machen es.« Er sah Brooke an. »Könnten Sie bitte das EKG holen? Ich möchte ihn ungern bewegen, bevor wir mehr wissen.«

Jean legte gerade die Magazine im Wartezimmer zurecht. Als sie Brookes ernsten Gesichtsausdruck sah, fragte sie: »Was ist los?« Sie sah Brooke nach, die in das Behandlungszimmer lief.

»Jean, wo ist das EKG?« Dann entdeckte sie es in einem Schrank. »Hugh Thurtell ist krank. Holst du bitte die lange Verlängerungsschnur von der hinteren Veranda? John will bei Hugh ein EKG machen, um zu sehen, ob er einen Herzinfarkt hatte.«

Zehn Minuten später hatten sie ihre Antwort. Das EKG zeigte ganz deutlich, dass Hugh einen Infarkt gehabt hatte.

Unmerklich übernahm Brooke das Kommando, organisierte Hilfe, um Hugh auf die Rückbank des Kombis zu legen, wo er sich ausstrecken konnte. Sharon sollte fahren, und weil John die Praxis nicht verlassen konnte, fuhr sie selbst mit Hugh im Fond mit, um seinen Zustand zu beobachten, bis sie beim Bezirkskrankenhaus in Cowra ankommen würden. So konnte er schneller im Krankenhaus versorgt werden, als wenn sie einen Rettungswagen rufen würden, der ihn dorthin brachte.

Als der Kombi außer Sicht war und die Schaulustigen sich verzogen hatten, ging John in die Praxis zurück. Der Schock stand ihm ins Gesicht geschrieben. »Mr. Winkleton ist im Behandlungsraum, Doktor«, sagte Jean ihm.

Er blieb an ihrem Schreibtisch stehen und starrte sie an, dann schüttelte er leicht den Kopf. »Ich bin völlig schockiert wegen Hugh. Ich war mir so sicher, dass es sich bei ihm nur um eine ernste Verdauungsstörung handelt. Er isst nun mal gerne scharf gewürztes Essen und Chilis. Ich weiß nicht, woher Brooke es besser wusste.«

Jean nickte. Insgeheim hatte sie Mitgefühl mit dem jungen Arzt. *Sie* kannte ja das Phänomen von Brookes medizinischen Fachkenntnissen. Deswegen hatte sie auch so viele Fragen, auf die sie bisher keine zufriedenstellenden Antworten gefunden hatte. »Ja, Brooke überrascht uns alle von Zeit zu Zeit.« Während er im Behandlungszimmer mit Mr. Winkleton sprach, schrieb sie im Geiste eine Notiz über die Ereignisse des Tages. Sie hatte ein eindrucksvolles Dossier über Brookes Fähigkeiten zusammengestellt und wusste, dass sie eines Tages ihre Antworten bekommen würde. Oh ja.

21

Schwere Schritte auf der Holzveranda weckten Jean aus ihren Gedanken. Sie steckte ihren Kopf aus dem Wartezimmer heraus, um festzustellen, was dort hinten vor sich ging. »Wo geht ihr denn alle hin an diesem schönen Samstagmorgen?«, fragte sie auf ihre neugierige, direkte Art.

»Nach Sindalee«, teilte ihr Adam mit. »Wir wollen auf Trampelpfaden zu einer alten Goldmine in den Bergen reiten. Dort hat der Urgroßvater von Wes das Gold zusammengetragen, um Sindalee zu kaufen. Wes sagte, wir könnten Gold waschen, wenn im Fluss Wasser ist.«

»Wir nehmen alles mit, was wir fürs Grillen im Busch brauchen«, fügte Sheridan hinzu, und fand das mit ihren acht Jahren genauso wichtig wie die Goldsuche.

»Hört sich gut an.« Jean lächelte Brooke an, als auch der Rest der Familie aus dem Haus kam. »Ich wünsch euch viel Spaß.«

Sie wuschelte durch Adams Haare, als er an ihr vorbeiging. Der Zwölfjährige war ihr Liebling, weil er sich nach dem Unfall seines Vaters zum Mann des Hauses entwickelt hatte. Es war eine Schande, dass er so schnell erwachsen werden musste, aber das passierte manchen Kindern im Busch. Luke war der Friedensstifter, der bemüht war, die Stimmung im Haushalt ausgeglichen zu halten, und Sheridan hatte sich zu einer großen Hilfe gemausert, weil sie ohne darüber nachzudenken alles wieder in Ordnung brachte, was ihr Vater durcheinandergebracht hatte, und weil sie auch Craig half, sofern sie Zeit hatte.

Brooke sah an Jean vorbei in das leere Wartezimmer und die offene Tür zum Behandlungsraum. »Wo ist John?«

»Es ist alles in Ordnung. Da er keine Patiententermine mehr hatte, beschloss er, heute eher zu gehen und einen Doktorfreund in Newcastle zu besuchen, mit dem er zur Uni gegangen ist.« Jean grinste sie verschwörerisch an und setzte hinzu: »Da er gerade nicht da ist, mach ich hier mal einen ordentlichen Frühjahrsputz. Der ist nämlich schon lange überfällig. Die Ablage braucht eine Überarbeitung, und der Schrank im Behandlungszimmer, in dem die Broschüren und Medikamentenproben sind, muss auch aufgeräumt werden.«

»Übertreib's nicht, und hör um halb eins auf«, sagte Brooke. Sie warf Jean einen strengen Blick zu. »Halt dich dran, okay?«

»Ach, na gut.« Jean gab mit einem brummigen Seufzer nach. »Ich wünsch euch allen einen schönen Ausritt. Und Adam, wenn du Gold findest, bring mir auch ein oder zwei Nuggets mit, die könnt ich gut brauchen.«

»Da wirst du dich wohl hinten anstellen müssen«, sagte Brooke lachend und half Jason die vordere Treppe hinunter. Manchmal stolperte er über die kleinsten Hindernisse – einen Zweig oder einen Stein. Auf einmal fiel ihr ein, dass sie seine Sehkraft überprüfen lassen sollte, und machte sich in Gedanken eine Notiz, gleich am Montag einen Termin für ihn auszumachen.

Während sie Jason und die Kinder zum Kombi drängte, blickte sie hoch. Der Himmel war klar und blau – keine Wolke in Sicht – und es versprach, ein warmer Sommertag zu werden. Als sie heute Morgen aufgewacht war, stellte sie mit Erstaunen fest, dass sie sich richtig auf diesen Tag an der frischen Luft freute. In letzter Zeit hatten sie gemeinsam als Familie nicht viel unternommen. Wegen Jason waren sie bei der Auswahl der Aktivitäten eingeschränkt, aber Reiten war etwas, das sie alle konnten, und auf Sindalee gab es mehr als genug Pferde, die dafür zur Verfügung standen. Vor ihr liefen die Zwillinge. Sie wurden so schnell erwachsen. Nächstes Jahr würden sie schon zur Highschool gehen. Und Sheridan. Sie war ein Mädchen durch und durch, aber sie war ruhig und hielt Abstand zu anderen Menschen, genau wie sie selber. Ihre Tochter hatte sich nach Jasons Unfall in ein Schneckenhaus zurückgezogen, und der Einzige, der sie da manchmal herauslocken konnte, war Wes mit seiner rauen, aber ehrlichen Art. Sie freute sich auch darauf, Fleece und Drew wiederzusehen. Seit die d'Winters' in Bindi Creek lebten, waren die Sinclairs zu einer Erweiterung der Familie geworden. Manchmal lud Wes die Zwillinge übers Wochenende zu sich ein, damit Brooke die Zeit allein mit Sheridan und Jason verbringen konnte.

Sie kontrollierte, ob Jason richtig angeschnallt war, was er manchmal vergaß, und ließ den Motor an. Der Motor spuckte und gurgelte, hatte eine Fehlzündung und verreckte dann. Die Kinder stöhnten alle zusammen auf. Ihr Ford hatte mehr als dreizehn Jahre auf dem Buckel und hatte ihnen immer gute Dienste geleistet, aber sie würden ihn bald ersetzen müssen. Hmm. Woher sie das Geld für ein neues Auto nehmen sollte, wusste sie jetzt noch nicht. Vielleicht sollte sie darum beten, dass die Kinder wirklich Gold im Fluss fanden! Sie versuchte noch einmal, den Motor anzulassen. Die Zwillinge jubelten: Diesmal hatte es geklappt.

Sie winkten Jean aus dem Auto heraus zu, das rückwärts in die Tyrell Road setzte und sich dann in Richtung Sindalee aufmachte.

Jean sah auf die Uhr, als sie wegfuhren: Viertel nach elf. Sie hatte nicht genug Zeit, die Ablage auf Vordermann zu bringen – das musste sie auf einen anderen Tag verschieben –, aber wenigstens konnte sie sich um den Schrank im Behandlungszimmer kümmern.

Allein im Behandlungszimmer, überfiel sie eine seltsame Lethargie. Manchmal war sie ein wenig eifersüchtig auf Brooke, weil sie eine Familie hatte, trotz Brookes großer Probleme mit Jason. Ihr Zusammengehörigkeitsgefühl, ihre Nähe zueinander, das war etwas, das sie ihrem Sohn nicht hatte bieten können. Er hatte sich zwar nie beschwert, aber es wäre schön gewesen, noch mehr Kinder zu haben, die sie sicher bekommen hätte, wenn Royce wieder in ihr Leben getreten wäre. Sie schalt sich selbst: Hör auf, Trübsal zu blasen, Frau. Du weißt wohl nicht, wie gut es dir geht.

Sie legte ihren Arbeitsgang ein und brachte als Erstes einen Stapel medizinischer Informationsbroschüren über Diabetes in Ordnung. Sie wickelte ein Gummiband um den Stapel und legte ihn auf das oberste Bord. Während sie vor sich hin arbeitete, wanderten ihre Gedanken wieder zu Brooke. Diese Sache mit Hugh kürzlich war eine weitere Situation gewesen, die ihre Neugier wegen Brooke angeheizt hatte. Hugh hatte Glück gehabt. Das Krankenhaus in Cowra hatte ihn nach einer Herzkatheterisierung, die drei verstopfte Arterien ans Licht brachte, mit einem Rettungswagen zum St.-George-Krankenhaus in Sydney geschickt, wo ihm Herzbypässe gelegt wurden. Momentan erholte er sich auf Minta Downs, wo sich Sharon und Bethany mit seiner Pflege abwechselten.

Brooke blieb für Jean ein Rätsel. Sie war gleichzeitig fasziniert und frustriert von dem Geheimnis, das ihre medizinischen Kenntnisse umgab. Sie musste einige Jahre Medizin studiert und dann die Universität verlassen haben. Aber warum hatte sie nie jemandem davon erzählt? Warum sollte es niemand wissen? Brooke war ein verschlossener Mensch, der selten über sich selbst und seine Vergangenheit sprach, es sei denn, sie war gerade in der Stimmung dazu. Aber auch unter diesem Gesichtspunkt machte die Geheimniskrämerei keinen Sinn.

Jean war fertig mit dem obersten Regal und wischte sich den Schweiß von der Stirn. Dann beschloss sie, alle Informationsbroschüren dort oben abzulegen, weil sie nicht so oft benötigt wurden wie andere Dinge. Sie räumte gerade die Hälfte der Medikamente vom zweiten Bord auf den Schreibtisch, als ihr ein dicker, offiziell aussehender Umschlag aus dem Armvoll Packungen, den sie an sich drückte, auf den Boden fiel. Sie hob ihn auf und drehte ihn um, damit sie lesen konnte, was auf der anderen Seite stand. In Jasons breiter Kritzelschrift stand dort: Dr. B. Hastings.

»Dr. B. Hastings.« Sie sprach die Worte laut aus, weil sie wusste, dass sie diesen Namen schon mal gehört hatte. Hastings... Hastings... Dann erinnerte sie sich, dass Brookes Mädchenname Hastings war. Vor Schreck stand ihr Mund weit auf, und sie ließ sich auf den Stuhl fallen. Sie holte einmal tief Luft, dann noch einmal. *Doktor*

Brooke Hastings. Wie bitte? Sie runzelte die Stirn, während sie sich den Umschlag genauer ansah. Es machte keinen Sinn. Brooke war Ärztin? Sie kniff die Augen zusammen. Das hatte sie die ganze Zeit über schon vermutet, und so löste sich das Rätsel um Brookes außergewöhnliches Fachwissen. Eine gewisse Befriedigung durchlief sie, aber dann runzelte sie erneut die Stirn, völlig bestürzt: Warum praktizierte sie nicht? Und warum hatte sie niemandem von ihrer Ausbildung erzählt? Mit beiden Händen betastete sie den Umschlag auf der Suche nach ... ja, was? Hinweisen. Antworten. Sie kannte sie nicht, war sich unsicher, aber sie brannte vor Neugier darauf, herauszufinden, was da drin war.

Auf den ersten Blick sah man, dass sehr viel Papier in dem Umschlag sein musste, er war so vollgestopft, dass er an den Seiten aufgeplatzt war. Ihre Lippen zuckten im gleichen Tempo wie ihre Hände, die weiterhin an dem Umschlag nestelten. Sie hielt ihn hoch in die Luft, drehte ihn um und schüttelte ihn in der Hoffnung, einige der Blätter mögen sich lösen und herausfallen. Nichts, aber auch gar nichts tat sich, zu viel war hineingepresst worden. Mist! Sie stöhnte frustriert. Vielleicht sollte sie Brooke den Umschlag einfach geben und die Erklärungen abwarten?

Sie musste sich nicht lange davon überzeugen, dass es besser wäre, die Papiere vorsichtshalber durchzusehen ... Warum? Natürlich um sicherzugehen, dass Jason keinen Fehler gemacht und den falschen Namen darauf geschrieben hatte. Sie seufzte und schnalzte mit der Zunge. Es machte keinen Sinn, den lieben Burschen jetzt noch zu fragen, er konnte sich inzwischen an kaum etwas erinnern. Woche für Woche verschlechterte sich sein Zustand, und parallel dazu wuchs ihre Bewunderung für Brookes

Durchhaltevermögen. Den Inhalt des Umschlags durchzusehen, war die richtige Entscheidung, versicherte sie sich. Vorsichtig zog sie die ersten Seiten heraus, entfaltete sie und verteilte sie auf dem Schreibtisch.

Nach fünf Minuten intensiven Lesens lehnte sie sich im Stuhl zurück und sah gleichzeitig erstaunt und … zufrieden aus. Sie hatte drei Stapel aufgebaut. In einem Stapel lagen Briefe von der Ärztekammer und die aktuelle Erneuerung der Zulassung einer Dr. Brodie Haskins bis zum nächsten Jahr. Außerdem gab es die Kopie einer eidesstattlichen Erklärung aus Hobart, die besagte, dass der Name Brodie Marie Haskins urkundlich in Brooke Marie Hastings geändert worden war. So etwas hatte sie nun wirklich nicht erwartet, und dadurch wurde das Rätsel um Brooke nur noch verworrener.

Dr. Brodie Haskins, die ursprünglich ihre Approbation in Tasmanien hatte, war niemand anders als Brooke Hastings. Das war eine unbestreitbare Tatsache. Die Finger an Jeans linker Hand klopften auf den Schreibtisch, während sie versuchte zu ergründen, warum Brodie/Brooke aufgehört hatte, zu praktizieren und warum sie ihren wahren Beruf verschwieg. Wenn sie nicht als Ärztin arbeitete, warum hatte Jason dann ihre Approbation immer wieder erneuert? Und warum hatte sie ihren Namen geändert? Sie betrachtete erneut die Dokumente und schüttelte den Kopf. Es gab mehr Fragen als Antworten.

Sie wandte sich wieder den Papieren zu und suchte diesmal Datumsangaben heraus, um einen Zeitrahmen auszumachen. Der Namenswechsel von Haskins in Hastings war vor fast vierzehn Jahren durchgeführt worden, bevor sie Jason kannte. Daher konnte es sein, dass Brooke seitdem nicht mehr als Ärztin tätig gewesen war. *Ihren Namen geändert hat.* Warum? Diese Frage quälte sie. Warum ändert jemand seinen Namen? Das war ein radikaler Schritt. Irgendetwas Gravierendes musste vorgefallen sein, um aus Brodie Brooke werden zu lassen.

Ganz in Gedanken über ihre neue Entdeckung schob sie die Blätter hin und her und sah etwas, das sie vorher nicht bemerkt hatte. Ein Fragment eines Zeitungsartikels hatte sich von einer Heftklammer gelöst, die zwei Blätter zusammenhielt. Sie holte eine Lupe aus der zweiten Schreibtischschublade von oben und hielt es über den Papierschnipsel. Teile des Textes fehlten.

Der Gerichtsmediziner G. J. Hallam entschied, dass es lediglich unzureichende … strafbare Fahrlässigkeit zum Tod von Thomas … Ärztekammer befand, dass es im Fall der Dr. Brodie Haskins keine Veranlassung zu … der Ärztin einen Verweis.

Jean blinzelte. Strafbare Fahrlässigkeit, die zum Tod eines Patienten geführt hat? Das musste es sein. Da hatte sie ihre ernste Angelegenheit. Ernst und öffentlich genug, damit Brodie ihren Namen ändern ließ. Aber war es wirklich ernst genug, um mit dem Praktizieren aufzuhören? Jeans Mund verzog sich zu einem halb zufriedenen Lächeln. Da hatte sie ein Rätsel gelöst, nur um auf ein weiteres zu stoßen. Wenn Brooke nicht der strafbaren Fahrlässigkeit schuldig gesprochen worden war, warum arbeitete sie nicht mehr als Ärztin? Wie konnte sie das herausfinden? Wen konnte sie fragen?

Sie benutzte Jasons Faxgerät, um Kopien der Papiere anzufertigen, einschließlich des Überbleibsels des Zeitungsartikels, und steckte dann alles wieder in den Umschlag. Sie wollte ihn gerade dorthin zurücklegen, wo sie ihn gefunden hatte, hielt dann aber in der Bewegung inne. Was wäre, wenn John oder die Kinder ihn finden würden, bevor sie alle Puzzleteile zusammengesetzt hatte? Sie überlegte, dass Brooke vielleicht keine Ahnung hatte, dass die Unterlagen sich hier befanden und dass Jason ihre Approbation eigenmächtig unter ihrem alten Namen immer wieder bei der Ärztekammer verlängert hatte. Da fiel es ihr wieder ein: Jason hatte doch ab und zu die Post durchgesehen und ein oder zwei Umschläge herausgezogen. Jetzt wusste sie warum. Das waren die Unterlagen für die Verlängerung ihrer Zulassung durch die Ärztekammer gewesen. Das könnte der Grund dafür sein, dass die Approbation nie auf ihren neuen Familiennamen erteilt wurde. Nein, niemand sonst sollte etwas über Brookes Geheimnis erfahren. Sie ging zu ihrer Tasche, die im Wartezimmer lag, und steckte den Umschlag zur sicheren Verwahrung hinein.

Und dann fiel ihr die wichtigste Frage überhaupt ein: Warum hatte Brooke nach Jasons Unfall nicht die Praxis übernommen? Sie war qualifiziert und besaß ihre Approbation. Völlig konsterniert schüttelte sie den Kopf, und ihre Neugier wuchs ins Unendliche. Was war mit dem Patienten in Hobart geschehen, was konnte so schlimm sein, dass ihre Freundin auch vierzehn Jahre später noch immer nicht wieder in ihrem Beruf als Ärztin praktizierte?

Jean saß noch weitere zwanzig Minuten an ihrem Schreibtisch, alle Gedanken an das Aufräumen im Schrank waren verflogen, während sie über die möglichen Antworten grübelte. Am Ende gab sie mit einem enttäuschten Seufzer auf. Sie würde sich in Nachforschungen stürzen müssen. Erst wenn sie so viele Antworten wie möglich hatte, würde sie mit Brooke darüber sprechen.

Wes Sinclair atmete den Duft von Steaks und Würstchen ein, die auf einem Metallgrill über einem offenen Feuer brutzelten. Das Aroma des garenden Fleisches und der Duft brennender Eukalyptusblätter hatte etwas sehr Beruhigendes. Er konnte die Kinder aufgeregt quietschen und rufen hören, sobald sie auch nur das kleinste Stückchen Gold im Bach fanden, der dafür, dass es Mitte des Sommers war, reichlich Wasser hatte. In den letzten Wochen hatte es immer wieder Regenschauer gegeben, so dass ausreichend Grundwasser da war, um den Bach an einigen Stellen auf bis zu dreizehn Zentimeter anschwellen zu lassen.

Er sah zu Jason, der auf einer karierten Decke dicht an der Feuerstelle saß und seinen Freund geduldig dabei beobachtete, wie er das Fleisch wendete. Auch Jason war eine Zeit lang durch den Bach gewatet und hatte im Wasser geplanscht, aber jetzt hatte er nur noch eins im Sinn: Essen. Wes fand, dass sein alter Freund seit dem Unfall sehr massig geworden war. Aber es gab eine Sache, die er nach wie vor genoss, und das war Reiten, was für Wes zum Teil den Ausschlag gegeben hatte, diesen Ausflug vorzuschlagen. In seiner Brust verknotete sich etwas, ein wehmütiger Schmerz, als er Jason ansah.

Sie sprachen nicht mehr viel miteinander. Jason hatte nicht viel zu sagen, und wenn Wes mit ihm über den Busch oder über die Viehzucht sprechen wollte, bekam er nur einsilbige Antworten, die oft nicht viel Sinn ergaben. Es war kristallklar, dass es mit Jasons intellektuellen Fähigkeiten rasant bergab ging. Schneller als alle, auch die Spezialisten, es prognostiziert hatten. Die grausame Ironie dabei traf ihn erneut, und in einem Anflug von Zorn stach er die Gabel in die Steaks und sah sich an, wie das Feuer rauchte und zischte, als die Fleischsäfte in die Flammen tropften. Allmächtiger, was seinem Kumpel passiert war, war nicht fair. Es war für niemanden fair.

Er sah zu Brooke hinüber, die am Bachufer hockte, die Kinder beobachtete und deren Anblick genoss. Ein klägliches Grinsen verzog seinen Mund, während er sie aufmerksam betrachtete. Er konnte so frech sein und sie anstarren, weil sie mit etwas anderem beschäftigt war. Die innere Stärke und die gute Stimmung dieser Frau erstaunten ihn. Er hatte keine Ahnung, wie sie alles schaffte – Jason, der so schwierig sein konnte wie ein Kind, ihre Kinder und ihre Praxis für Naturheilkunde. Sindalee zu führen schien ihm ein Honigschlecken im Vergleich zu dem, was sie täglich leistete.

Er entsann sich, dass seine Haushälterin Nina Brooke einmal wegen einer gesundheitlichen Angelegenheit in der Praxis aufgesucht hatte und sehr beeindruckt war. Also war sie auch noch gut darin, was sie beruflich tat. Beim Tomatenschneiden brummte er vor sich hin, öffnete die Dose mit den Zwiebelringen und ließ sie auf die Grillplatte gleiten. Er konnte sich nicht vorstellen, dass Brooke irgendetwas, das sie sich vorgenommen hatte, nicht mit vollem Einsatz anging.

»Kann ich dir helfen?«, fragte Brooke, die zu ihm kam. Sie setzte sich auf einen umgefallenen Baumstamm, um ihre Füße mit einem kleinen Handtuch zu trocken und ihre Socken und Stiefel wieder anzuziehen.

Wes zog ein gespielt gequältes Gesicht. »Jetzt fragt sie, da alle Arbeit praktisch erledigt ist.«

»Wie immer ist mein Timing perfekt«, scherzte sie. »Soll ich mich ums Brot kümmern?«

»Du könntest es mit Butter bestreichen, schätze ich«, erlaubte er ihr mit einem Grinsen. Ihre Nähe reichte schon aus, um bei ihm die außergewöhnlichsten Reaktionen zu bewirken. Sein Herz schlug schneller, er fing an zu schwitzen, er brachte kaum ein Wort heraus und konnte schon gar nicht geradeaus denken. Verflixt und zugenäht. Es war großartig und schrecklich zugleich, so zu fühlen, aber er würde nicht eine Sekunde davon missen wollten.

»Fleece hat mir von deinen Urgroßeltern erzählt, David und Leonora – und dass sie hier gelebt haben, wenn David am Claim gearbeitet hat«, plauderte sie und griff aus dem Korb mehrere Scheiben selbst gebackenes Brot, um Margarine darüber zu verteilen. Dann stellte sie die Zinnteller und das Besteck bereit, damit Wes die Steaks darauflegen konnte.

»Ja, man kann immer noch einen Teil ihrer Baumrindenhütte erkennen, in der sie gelebt haben. Da drüben«, sagte er und zeigte nach Süden, »zwischen den Bäumen. Nur die aufrecht stehenden Balken und ein Teil des Daches haben den Elementen widerstanden. David hatte seine Braut aus England hergeholt, wie Fleece dir wahrscheinlich erzählt hat. Sie kamen aus einem armen Gebiet in der Nähe von Manchester. Einige Jahre lang führten sie hier ein ziemlich entbehrungsreiches Leben«, fuhr er fort, »das beide so gerade überlebten. David hatte einen Kumpel namens Slim, sie hatten sich auf der Überfahrt kennengelernt. Mit ihm arbeitete er gemeinsam in der Mine, sie haben die Stützen gesetzt und die Erde weggeschaufelt.

Die Mine ist auf der anderen Seite der Hütte. Heutzutage ist sie verschlossen, weil sie im Inneren nicht sicher ist. Vor Jahren wurden einige Kinder in einer alten Mine verschüttet, eines kam nicht mehr lebend heraus. Hinterher ordneten die Behörden an, dass alle alten Minen versiegelt werden mussten.« Er machte eine Pause, um zu überlegen. »Leonora half, die Erde in einer Vorrichtung am Bach zu sieben und zu waschen. Mehr als ein Jahr schufteten sie an ihrem Claim, wobei sie nur so viel fanden, dass sie damit überleben konnten. Dann entdeckte Slim eine Ader in der Mine, die sie abgebaut haben, bis sie ausgebeutet war.

Später trat Leonora aus Versehen mit ihrem Stiefel einen großen Goldnugget los, da hinten war's«, er zeigte auf eine Stelle, an der ein schwerer Metallrost auf dem Boden mit Backsteinen ummauert war. »Sie gruben einen senkrechten Schacht und fanden mehr Gold.«

Brooke sah zu ihrem Ehemann hinüber, der Wes' Geschichte aufmerksam zugehört hatte. »Ich erinnere mich, dass Jason mir einmal erzählt hat, dass es einige Gold- und Kupferminen hier in der Gegend gibt. Er sagte auch«, sie sah wieder zu Jason und lächelte ihn an, »dass ihr sie als Kinder immer wieder kontrolliert habt in der Hoffnung, dass die Elemente einige Nuggets an die Oberfläche gespült hätten.«

Wes nickte und lächelte auch. »Wir haben nie viel gefunden. Es war eher ein Zeitvertreib, wir haben so getan, als ob wir Entdecker und Abenteurer wären.«

»Deine Urgroßeltern waren sicher aus widerstandsfähigem Pioniermaterial gemacht. Ich könnte nicht so wie sie leben.«

»Es war sehr hart«, stimmte er ihr zu. »Sie lebten fast fünf Jahre hier. Leonora verlor zwei Babys, aber dann hatten sie genug zusammen, um das zu kaufen, was das ursprüngliche Sindalee werden sollte.«

»Was passierte mit Slim?«

»Oh, er machte sich auf den Weg, um woanders nach Gold zu graben. Er war mit dem Minenvirus infiziert, steht jedenfalls im Tagebuch, das Leonora hinterlassen hat.« Er spürte Brookes Interesse und fügte hinzu: »Möchtest du ihr Tagebuch lesen? Es ist in einem ziemlich guten Zustand.«

»Das würde ich sehr gerne.« Dann fiel ihr etwas ein. »Wie kamen sie auf den Namen Sindalee? Ist das ein englischer Name?«

»Der Name hat einen viel originelleren Ursprung als das: Es ist eine Mischung aus den Namen meiner Urgroßeltern. »Sin« steht für Sinclair, »da« für David und »lee« für Leonora. Ergibt Sindalee.«

Sie lächelte ihn an. »Das war ein schlauer Einfall.«

»Ist das Essen fertig? Ich verhungere«, brachte sich Jason etwas ungeduldig in Erinnerung. Er hielt Teller und Besteck in der Hand und starrte das Fleisch auf dem Grill an, als ob er seit Wochen nichts mehr zu essen bekommen hätte.

»Bald, Jason. Es ist gleich alles fertig«, antwortete Wes. »Könntest du den Kindern Bescheid sagen, damit sie aus dem Wasser herauskommen und ihre Stiefel anziehen?«

Jason seufzte. »Okay.« Er hielt sich nicht damit auf, seine Enttäuschung darüber, dass er noch nichts zu essen bekam, zu verstecken, aber er stand auf und schlenderte zum Bach.

Brooke ging mit ihm. Sie stand neben Jason, als Sheridan, die ihnen am nächsten war, ihren Vater plötzlich mit Wasser bespritzte.

»Jetzt bist du cool, Daddy«, kicherte sie.

Als Jason seine nassen Jeans sah, lachte er spontan mit und drehte sich zu Brooke, um ihr zu zeigen, wie er aussah.

Der Atem blieb ihr stecken, als sie in Jasons Augen sah. Ganz selten hob sich der dumpfe Schleier von seinen Augen, und sie bekam den alten Jason zu sehen, den wahren Jason – den spaßigen, aufmerksamen, fürsorglichen Mann. Aber so schnell wie der Schleier sich hob, sank er auch wieder herab, und seine Augen wurden wieder glasig. Auch sein Lächeln verschwand, und der Mann, den sie geliebt hatte, war wieder an einen Ort verschwunden, an dem man ihn nicht erreichen konnte. Eine Welle der Trauer und der Enttäuschung durchlief sie. Es war so frustrierend, für sie, für die Kinder und für jeden, der wusste, wie Jason vor dem Unfall war. Sie drehte sich weg, um sich zu sammeln und die Tränen wegzublinzeln, bevor jemand sie entdeckte.

Als Jason mit seinen nassen Jeans zum Grillplatz zurückkehrte, sagte er zu Wes schlicht: »Sheridan hat mich absichtlich nassgespritzt.« Er grinste. »Jetzt bin ich cool.«

»Er ist heute gut drauf«, sagte Brooke leise zu Wes. »Ich glaube, es gibt ihm inneren Frieden, hier im Busch zu sein, die Bäume anzusehen und die Geräusche zu hören.«

»Vielleicht solltest du Land kaufen?«

Sie tat diesen Vorschlag mit einem Achselzucken ab. »Würde ich gerne. Die Kinder wären über mehr Platz glücklich, aber wir können es uns nicht leisten. Im Moment haben wir keine Schulden und kommen im Großen und Ganzen über die Runden. Wenn meine Praxis weiterhin so wächst, ist es in ein paar Jahren vielleicht möglich.« Sie hielt einen Moment inne und dachte bei sich, dass in ein paar Jahren alle Kinder in der Highschool wären, und sie allein schon deswegen höhere Ausgaben hätte.

Außerdem musste sie für Jason eine Menge Geld ausgeben – für die Medikamente und die Ausflüge. Und Craig Marcioni würde nicht für immer bei ihnen bleiben. Craig konnte erstaunlich gut mit Jason umgehen und verfügte über das Talent, ihn immer beschäftigen zu können und ihn für Dinge zu interessieren, bei denen die Familie gescheitert war. Wenn er jedoch seine Arbeitsstunden abgeleistet hatte, und das war bald, würde sie sich eine andere Teilzeitbetreuung für Jason suchen müssen.

»Seht mal, was ich gefunden habe!«, rief Sheridan aufgeregt und rannte zu Wes und ihrer Mutter. Sie öffnete ihre Hand und zeigte ihnen ein Goldnugget. Es hatte die Größe eines Fünf-Cent-Stückes. Sie sah Wes an. »Ist es viel wert?«

Wes befühlte das Nugget, prüfte das Gewicht in seiner Handfläche. »Oh, ich schätze, um die dreihundert Dollar, ungefähr.«

Sheridan quietschte vor Entzücken und klatschte in die Hände. »Heb ihn für mich auf, Mummy. Steck ihn irgendwohin, wo er sicher ist.«

Brooke sah erst Sheridan an, dann Wes. »Dies Land gehört zu Sindalee, das Nugget gehört also rechtmäßig Wes.«

»Unsinn«, sagte Wes entschieden, als er sah, wie geknickt Sheridan aussah. »Was die Kinder heute finden, dürfen sie behalten.«

Damit war Brooke einverstanden, nahm den winzigen Goldklumpen von Wes, verstaute ihn in ihrer Hemdtasche und knöpfte sie zu. »Wenn du noch sechs davon findest, Sheridan, könnten wir vielleicht einen Kurzurlaub machen oder das Geld in ein neues Auto investieren«, scherzte sie.

»Das mach ich, Mummy, ich weiß, dass ich's schaffe.«

»Ist das Essen jetzt fertig?«, fragte Jason spitz.

Brooke und Wes sahen sich an und lachten. Ihre Gesichter sagten alles. Jason d'Winters dachte einfach immer nur an das eine: Essen!

»Na klar, Kumpel. Gib mir deinen Teller.«

Nach dem Essen wurde es ruhig. Fleece, Drew, Brooke und Sheridan gingen zurück zum Bach zum Goldwaschen. Die Zwillinge, die bei der Goldsuche leer ausgegangen waren, zogen sich gelangweilt zurück und beschlossen, durch den Busch zur Spitze des Hügels zu wandern, wozu sie ungefähr eine halbe Stunde brauchen würden. Jason machte ein Schläfchen im Schatten, mit seinem Hut über seinem Gesicht. Er hatte zwei riesige Steaks gegessen, ein halbes Dutzend Würstchen und den Rest des Brots vertilgt, kein Wunder also, dass er schläfrig war.

Wes räumte das Lager auf, stellte den Kessel auf das Feuer, um einen Nachmittagstee zu kochen, und löschte dann anschließend die Feuerstelle mit Wasser. Ihm war aufgefallen, dass die Umgebung mit einigen sehr trockenen Schichten bedeckt war. Ein paar Funken würden genügen, und alles würde wie Zunder brennen. Danach schlenderte er zum Bach. Als junger Mann in den Zwanzigern hatte er seinen Ursprung bis zu einem unterirdischen Strom zurückverfolgt, der in der Nähe der Hügelkuppe floss. Er bemerkte, dass Fleece aufgehört hatte, Gold zu waschen. Sie hatte ein relativ großes Nugget gefunden, das sie in ein Taschentuch wickelte.

Den Bach weiter hoch erklangen schrille Schreie, die ihm verrieten, dass Sheridan noch ein Nugget gefunden hatte. Zufrieden grinste er vor sich hin. Er war gestern bereits hier gewesen, um zehn Goldbrocken im Wert von ungefähr fünftausend Dollar zu verteilen, wobei er sehr hoffte, dass die d'Winters' die meisten finden würden. Es war ein geschickter Weg, ihnen finanziell unter die Arme zu greifen, weil er wusste, dass Brooke von ihm kein Geld annehmen würde. Es wurmte ihn, dass er nicht mehr für die Frau tun konnte, die er liebte, aber sie war im höchsten Maße unabhängig und ehrlich, und er hatte einfach keinen Weg gefunden, ihr ein wenig Geld zusätzlich zukommen zu lassen.

Bis zum späten Nachmittag waren alle Nuggets bis auf drei gefunden. Brooke hatte einige mit Wes' Hilfe gefunden, der ihr mit seinen Tipps geholfen hatte, die besten Plätze zum Goldwaschen zu finden. Und sie hatte nicht die leiseste Ahnung, dass er derjenige war, der alles inszeniert hatte, das gefiel ihm. Er hatte sie schon lange nicht mehr so fröhlich und aufgeregt erlebt, was wiederum ihn glücklich machte. Und das gleich doppelt, weil sie jetzt ungefähr dreitausend Dollar in Gold besaß, von denen sie sich einige der Dinge, die sie brauchte, kaufen konnte.

Jean sammelte alles an Papieren und zusätzlichen Informationen zusammen, das sie in den letzten eineinhalb Wochen über Brooke und ihre geheimnisvolle Vergangenheit zusammengetragen hatte. Sie war mit sich und ihrer Leistung sehr zufrieden. Sie hatte einiges an Einsatz bringen müssen: Einige Fahrten zur Bibliothek in Goulburn, stundenlanges Durchsehen von Mikrofiche-Aufzeichnungen alter tasmanischer Zeitungsartikel, Telefonate mit den Ärztekammern in Tasmanien und Neusüdwales und auch mit Brookes langjähriger Freundin Dr. Janice Toombes waren notwendig gewesen, bevor alles ans Tageslicht gebracht war.

Jean wusste, dass Brooke gleich nach Hause gehen würde, um sich in der Mittagspause ein Sandwich zu machen, und dass Jason und Craig ausgegangen waren. Sie hatte beschlossen, dass dies der perfekte Zeitpunkt war, Antworten von ihrer Freundin zu fordern.

Mit ihrer Mappe bewaffnet, zu deren Inhalt auch der

Umschlag mit den Papieren aus dem Behandlungszimmer gehörte, klopfte Jean an der Hintertür und rief: »Brooke, ich bin's, ich komm rein.«

»Hallo, Jean. Möchtest du auch ein Sandwich?« Brooke stand am Küchentresen und machte gerade eines für sich zurecht.

»Danke, ich hab schon gegessen. Äh, Brooke, ich habe hier einige Unterlagen, die ich dir zeigen möchte.« Sie kam direkt zur Sache. »Ich bin mir sicher, dass du sie interessant finden wirst. Ich habe sie kürzlich beim Aufräumen in Jasons Praxis gefunden.«

Der Küchentisch war einer von der langen Bauart, so dass sie die Papiere und die kopierten Zeitungsartikel darauf auslegen konnte. Ein Artikel zeigte ein Foto einer viel jüngeren Brooke, fülliger, mit offenem, schulterlangem Haar – die Frau, die heute vor ihr stand, hatte damit wenig Ähnlichkeit.

Ohne ein Wort zu sagen, starrte Brooke auf die Unterlagen. Nur einmal stieß sie einen langen Seufzer aus. Als sie alles lange genug in Augenschein genommen hatte, wandte sie sich zu Jean. »Ich weiß nicht, was ich sagen soll.«

»Ich hab mir schon gedacht, dass du überrascht sein wirst.« Jean sah sie ununterbrochen an, ihre hellen, fragenden Augen fest auf das Gesicht ihrer Freundin gerichtet. »Ich glaube, du bist mir einige Erklärungen schuldig.«

22

Brooke schwieg noch einige Minuten, während sie die Papiere auf dem Tisch durchblätterte. »Ja, ich muss wohl einiges erklären, aber wenn ich sehe, was du hier alles gesammelt hast, denke ich, dass du schon fast alles weißt.«

»Ich weiß, dass dein Name Brodie Haskins war, bis du ihn geändert hast, dass du als Stationsärztin im Royal-Hobart-Krankenhaus gearbeitet hast und dass ein Patient von dir, ein gewisser Thomas Peard, aufgrund von Komplikationen, die nach einer Operation auftraten, gestorben ist.« Jean präsentierte Brooke die Fakten. »Es gab eine behördliche Untersuchung, und du wurdest in allen Punkten entlastet, steht in dem Zeitungsartikel. Was ich nicht weiß, ist, warum du einen anderen Namen angenommen hast und warum du aufgehört hast, zu praktizieren. Oder warum du das alles für dich behalten hast. Dafür würde ich gerne Erklärungen von dir hören.«

»Es ist … kompliziert«, erwiderte Brooke düster. Sie nahm die noch gültige Approbationsurkunde zur Hand. »Ich wusste nicht, dass Jason das getan hat – dass er meine Zulassung verlängern ließ.« Ihr Blick ging in die Ferne, als sie sagte: »Er hatte immer gehofft, ich würde zur Medizin zurückfinden, aber …«

»Was hat dich abgehalten?«, fragte Jean geradeheraus.

Brooke zuckte mit den Schultern. »Ich hatte meine Gründe. Wenn man jünger ist – ich hatte gerade mein Anerkennungsjahr hinter mir – erscheint einem alles so klar, es gibt nur Schwarz und Weiß, keine Graustufen dazwischen. Manchmal frage ich mich heute immer noch, ob ich damals das Richtige getan habe, aber damals habe ich geglaubt, moralisch und ehrenvoll zu handeln.«

Jean zog sich einen Stuhl heran und setzte sich an den Tisch. »Komm, Brooke, erzähl mir die Geschichte von Anfang an.«

Brooke sah auf eine Weise an ihr vorbei, die Jean sagte, dass ihre Freundin in Gedanken schon längst in der Vergangenheit angekommen war.

»Erzähl mir alles …«

Hobart, im Winter

Janice Toombes saß in ihrem Ledersessel im Wohnzimmer und sah ihre Freundin eingehend an, bemerkte die dunklen Ringe unter ihren Augen, erkannte an ihrer Körpersprache, dass sie total erschöpft war. »Brodie, du kannst heute Nacht nicht zum Dienst gehen, das ist verrückt. Melde dich krank, um Himmels willen.« Ihre Freundin machte nicht den Eindruck, die Worte gehört zu haben, daher fügte sie hinzu: »Du trauerst noch immer um deine Mum und Travis. Der Unfall liegt erst zwei Wochen zurück. Du hättest dir Sonderurlaub aus familiären Gründen nehmen sollen, um mit dieser Tragödie fertigzuwerden.« Zum Schluss äußerte sie noch die treffende Beobachtung: »Dazu würdest *du* jedenfalls einem Patienten unter ähnlichen Umständen raten, oder?«

»Ich muss hingehen«, Brodie klang matt, aber entschieden. »Das Krankenhaus ist personell unterbesetzt, weil die Grippe umgeht. Nebenbei gönne ich Cummings diese Genugtuung nicht. Er glaubt nicht, dass ich es in unserem Beruf schaffen kann, aber ich werd's ihm schon zeigen.« Beim Sprechen strich sie sich eine Strähne ihres langen, braunen Haares hinters Ohr.

Seit den Todesfällen in ihrer Familie hatte Dr. Cummings Brodie beobachtet wie ein Habicht seine Beute. Er kontrollierte ihre Anwesenheit, ob sie pünktlich ihren Dienst antrat, und wartete darauf, dass sie zusammenbrach. Im Grunde wusste Brodie, dass Janice Recht hatte, wenn sie ihr davon abriet, zur Arbeit zu gehen, aber sie würde es nie zugeben. Sie betrauerte den Tod ihrer Mutter und den von Travis so sehr. Sie fand keinen Schlaf, hatte keine Lust zu essen, und tief im Inneren wusste sie, dass die einzige Möglichkeit, diesem Schmerz standzuhalten, darin bestand, sich alles von der Seele zu arbeiten. Wenn sie im Dienst war, hatte sie keine Zeit zum Nachdenken, keine Zeit für den Schmerz. Sie schien dieses Gefühl in einen isolierten Teil von ihr verbannen zu können, wenn sie sich um die Patienten kümmerte, auf Visite ging oder unter Aufsicht operierte.

Sie *brauchte* die Arbeit, sonst würde sie zusammenbrechen. Es war schlimm genug, all die Dinge erledigen zu müssen, die nach einem Todesfall in der Familie anstanden: Hier etwas kündigen, dort etwas mit den Behörden klären, diesen und jenen Freund informieren und einen Berg an Bürokratie und Formalitäten erledigen. Sie hasste es, weil es die endgültige und offizielle Bestätigung dafür war, dass ihre Lieben von ihr gegangen waren – für immer.

Brodie betrachtete Janice. Seit sechs Monaten hatte sie in Janices Wohnung in Battery Point, von der aus sie das Krankenhaus zu Fuß erreichen konnte, ein Zimmer gemietet. Sie wusste nicht, was sie ohne die Hilfe ihrer Freundin gemacht hätte. Janice, die drei Jahre älter war als sie, hatte mit einem anderen Arzt zusammen eine junge, sich entwickelnde Praxis in South Hobart. Brodie und Janice hatten sich auf der Highschool kennengelernt, und als sie sich später für denselben Beruf entschieden, hatte sie diese Gemeinsamkeit über die Jahre eng zusammengebracht.

»Dann iss wenigstens etwas, bevor du gehst«, drängte Janice. »Du hast doch bestimmt wieder den ganzen Tag nichts zu dir genommen.«

»Ich hatte heute Morgen Toast und Orangensaft zum Frühstück, glaube ich«, sie kicherte freudlos in sich hinein. »Nur ein Witz. Okay, ich mach mir eine Dosensuppe heiß. Möchtest du etwas davon?«

»Ich hab später ein Date, wir wollen essen gehen«, sagte Janice und errötete.

»Doch nicht schon wieder mit Ben, dem Manager?« Als ihre Freundin nicht antwortete, schüttelte Brodie den Kopf. »Das wird so langsam eine ernste Sache zwischen euch. Drei Verabredungen in einer Woche.«

»Wir sind nur gute Freunde«, erwiderte Janice geheimnisvoll. »Ich geh mich mal duschen. Wir sehen uns morgen früh.«

Nach ihrem praktischen Krankenhausjahr hatte Brodie sich dafür entschieden, ein weiteres Jahr dort zu arbeiten. Ihr machte es im Gegensatz zu den meisten anderen Ärzten nichts aus, nachts Dienst zu tun, besonders in letzter Zeit, da es ihr schwerfiel, zu schlafen.

In ihrem alten Wollmantel, einen dicken Schal um den Hals gewickelt, stapfte sie durch den nebligen Sprühregen bis zum Personaleingang des Krankenhauses. Sie legte sich das Stethoskop um den Nacken und zog ihren weißen Kittel an, als ihr Pager lospiepte. Die angezeigte Nummer war von der Station, auf der die frisch operierten Patienten betreut wurden. Sie ging zum nächstgelegenen Telefon und wählte die Stationsnummer.

»O'Mara, verantwortliche Schwester.«

»Dr. Haskins, Schwester. Gibt es ein Problem mit dem Leistenbruch, den ich gestern operiert habe?«

»Ah, ja, Doktor. Mr. Peard hat starkes Fieber. Die Wunde scheint entzündet zu sein, sie ist sehr berührungsempfindlich. Ich glaube, Sie sollten nach ihm sehen.«

»Ich bin sofort bei Ihnen.«

Station fünf war auf der anderen Seite des Krankenhauses untergebracht. Als sie dort ankam, klapperten Brodies Zähne vor Kälte nach dem langen Weg durch zugige Gänge und Korridore. Der Patient lag in Bett Nummer vier, das sie mit der diensthabenden Schwester im Schlepptau unverzüglich ansteuerte.

Brodie las die Patiententafel. »Ich möchte die Temperatur überprüfen, Schwester.«

Nach dem Fiebermessen untersuchte Brodie den Wundbereich. Die Wunde war rot, und es sickerte ein wenig Wundwasser durch die Nähte. Brodie verordnete Penizillin, das über einen Tropf injiziert werden sollte. Sie stellte fest, dass Mr. Peard ungewöhnlich lange schläfrig war – eine Reaktion auf die Narkose.

»Hat er sich über Schmerzen nach der OP beklagt?«

»Im Übergabebericht stand nichts Besonderes, abgesehen davon, dass er sehr müde wirkte. Die Infektion hat sich sehr schnell entwickelt, meine ich«, erläuterte Schwester O'Mara.

»Seine Temperatur gefällt mir überhaupt nicht – 40,5° ist alles andere als in Ordnung. Machen Sie ihm ein Schwammbad, um das Fieber zu senken.« Sie sah die Schwester an und konnte ihr Gähnen kaum unterdrücken. Gott, war sie müde. Hundemüde. »Schafft ihr das heute überhaupt?«

»Ja, aber nicht sofort. Wir bekommen innerhalb der

nächsten halben Stunde zwei Operationen aus dem Aufwachraum – zwei Notfälle. Wir baden ihn, wenn wir die beiden anderen Patienten untergebracht haben.«

»Gut. Aber da er noch nüchtern ist, verordne ich ihm ein Paracetamolzäpfchen, um die Abwehr gegen die Infektion anzukurbeln. Ich möchte stündliche Berichte.« Sie sah die Schwester an. »Piepsen Sie mich bitte an, wenn es Veränderungen gibt.«

Mit einem unguten Gefühl verließ Brodie die Station. Sie versuchte, ihre Unruhe als albern abzutun. Ein kleiner Stopp in Mr. Peards Genesung, nichts, worüber man sich Sorgen zu machen brauchte, überzeugte sie sich selbst, darum bemüht, ihre Ängste abzuschütteln.

Sie ging zur Notaufnahme zurück. Wie immer in den frühen Morgenstunden war es im Krankenhaus relativ friedlich. Die Patienten waren ruhig, und das Pflegepersonal legte eine Verschnaufpause ein. Auf der Intensivstation angelangt, machte sich Brodie bei einer Tasse Tee an die Bearbeitung der Papierberge auf ihrem Schreibtisch. Zwei Stunden später ging ihr Pieper wieder los.

Auf Station fünf ging es Mr. Peard immer schlechter. Er hatte das Schwammbad und das Zäpfchen erhalten, aber seine Temperatur war um ein weiteres Zehntel gestiegen. Er zitterte und schwitzte abwechselnd, zudem hatte er Atemprobleme bekommen.

»Geben Sie ihm Sauerstoff«, hatte Brodie Schwester O'Mara angewiesen. »Wenn es ihm in der nächsten halben Stunde nicht besser geht, geben Sie mir Bescheid, und ich hole den verantwortlichen Stationsarzt her.«

Das Fieber des Patienten sank nicht, dafür traten andere Symptome auf – das Gesicht und die Zunge schwollen an. Brodie kam wieder auf die Station und blieb an seinem Bett sitzen, um ihn unter Beobachtung zu haben, während sie versuchte, herauszufinden, warum er nicht auf das Penizillin ansprang. Kurz vor Tagesanbruch kontrollierte sie seine Atmung und fand einzelne rote Flecken auf seinem Rumpf. Alarmglocken schrillten in ihrem Kopf.

»Er reagiert allergisch«, sagte Brodie zur Nachtschwester.

»Ja, aber auf was?«, fragte Schwester O'Mara.

»Ich bin mir nicht sicher. Das Narkosemittel? Nein, dafür kommt die Reaktion zu spät.« Was sonst? Sie durchforstete ihr Gehirn, versuchte, die Ursache zu finden. »Das Antibiotikum. Sagt seine Karte irgendetwas über eine Unverträglichkeit bei Penizillin, Morphium oder Pethidin?« Sie schüttelte den Kopf. »Es könnte alles Mögliche sein.«

»Da steht nichts davon«, sagte Schwester O'Mara und reichte Brodie das Klemmbrett mit der Patientenkarte.

»Rufen Sie sofort den verantwortlichen Stationsarzt.«

Während die Schwester den Anruf tätigte, studierte Brodie die Patientenkarte. Zufälligerweise, und weil sie unter Personalknappheit litten, war sie diejenige gewesen, die Mr. Peards Angaben bei seiner Aufnahme im Krankenhaus festgehalten hatte. Sie hatte alles genau eingetragen, bis auf das Feld »Allergien« – das war leer. Gott, hatte sie ihn danach gefragt, oder hatte sie es vergessen? Sie biss sich auf die Unterlippe, während sie ihre Erinnerung danach durchforstete. Sie fand nichts. Tatsächlich konnte sie sich kaum daran erinnern, Mr. Peard überhaupt Fragen gestellt zu haben, als ob sie dafür ihren Autopiloten eingeschaltet hatte.

Sie rieb sich Stirn und Augen, um die Müdigkeit zu vertreiben. Sie musste sich konzentrieren. Ihr fiel ein, dass es möglich war, dass *er* gar nicht wusste, dass er allergisch war. Konnte es denn sein, dass sie vergessen hatte, die richtigen Fragen zu stellen? Sie musste einräumen, dass das geschehen sein konnte.

»Fünfundachtzig zu vierzig, Doktor.« Eine Lernschwester saß auf der anderen Bettseite und maß seinen Blutdruck.

»Schließen Sie den Tropf. Er braucht Adrenalin und Hydrokortison. Sofort. Seine Körperfunktionen versagen. Seine Antikörper bekämpfen die Allergene, und die gewinnen, weil er zu viele Histamine produziert. Wir müssen diesen Prozess umkehren, sonst ...« Sie wollte es nicht aussprechen, aber wenn die Entwicklung bei Mr. Peard so weiterging, würde er sterben. Sein Blutdruck war schon bedrohlich niedrig.

Thomas Peard hörte morgens um 9.05 Uhr auf zu atmen. Adrenalin, Hydrokortison und sämtliche Wiederbelebungsmaßnahmen konnten seine allergische Reaktion nicht stoppen. Bis dahin hatten sie durch seine Frau, die sie angerufen hatten, als sein Zustand sich verschlimmerte, in Erfahrung gebracht, dass er kein Penizillin vertrug.

Unglücklicherweise hatte der verhasste Dr. Cummings Dienst als verantwortlicher Stationsarzt. Seine Bemühungen, den Patienten zu retten, waren ebenso intensiv gewesen wie ihre, aber hinterher sah sie ein triumphierendes Glitzern in seinen Augen, als er ihr mitteilte, dass sie eine gerichtsmedizinische Untersuchung über den Tod von Mr. Peard zu erwarten hätte.

Am Boden zerstört verließ Brodie ihren Dienst. Sie konnte sich hinterher niemals daran erinnern, wie sie zu Janices Wohnung zurückgekehrt war. Ihre Gedanken und Gefühle waren in Aufruhr. Immer wieder sagte sie sich, dass sie Mr. Peard nicht getötet hatte, aber sie war nicht überzeugt davon. Er hatte die Allergie, die extreme körperliche Reaktion, nicht überstanden. Man könnte es sogar auf einen Schreibfehler zurückführen – *jemand* hatte nicht aufgeschrieben, ob er Allergien hatte. Aber wer war denn dieser Jemand gewesen? Sie. So einfach und doch so tragisch könnte es gewesen sein! Als Folge fühlte sie tief in ihrem Inneren Schuld und rasenden Zorn über sich selbst.

Zwei Tage später brach sie während ihres Dienstes aufgrund nervöser Erschöpfung zusammen und blieb eine Woche lang als Patientin im Krankenhaus. Nach ihrer Entlassung nach Hause kehrte sie nicht zu ihrem Dienst zurück und setzte auch nie wieder einen Fuß in das Royal-Hobart-Krankenhaus.

Jean hatte Brooke aufmerksam zugehört, während sie die ganze Geschichte erzählte, die vor so vielen Jahren geschehen war.

»Die Landespresse hat sich auf die Geschichte von Mr. Peards Tod und meiner angeblichen Unzulänglichkeit gestürzt«, fuhr Brooke fort. »Das Ganze wurde politisch, weil Bundeswahlen anstanden und die Opposition nach Argumenten suchte, die beweisen sollten, dass die Gesundheitsversorgung mangelhaft war. Meine Lebensgeschichte wurde lang und breit durchgekaut, inklusive Mummys und Travis' Unfalltod und meines Zusammenbruchs. Du hast zweifellos darüber gelesen.« Sie war einen Moment still, bevor sie weitersprach. »Ich vermute, ich wurde etwas paranoid – ich dachte, dass die Leute mich die ganze Zeit anstarren würden oder hinter meinem Rücken über mich reden würden. Ich bin überzeugt, dass ich für Janice eine Zumutung war in dieser Zeit.

Die Untersuchung des Gerichtsmediziners wurde wegen der politischen Bedeutung beschleunigt. Mein Bericht wurde peinlich genau untersucht, mein Zusammenbruch und die Ursachen dafür unter die Lupe genommen. Trauer sowie physische und mentale Erschöpfung wurden vom Gerichtsmediziner als mögliche mildernde Umstände aufgeführt.« Brooke stand auf, goss Jean und sich Kaffee ein, und kam zum Tisch zurück. »Der Gerichtsmediziner befand, dass aus rechtlicher Sicht keine strafbare Fahrlässigkeit vorlag, und ich wurde jeglichen Fehlverhaltens freigesprochen. Die tasmanische Ärztekammer erteilte mir eine offizielle Rüge mit der Aufforderung, zukünftig sorgfältiger zu arbeiten, aber ich bekam keinen nachteiligen Eintrag.«

Jean war von Brookes Geschichte gefangen. »Warum hast du nicht weiter praktiziert?«

»Das ist auch nicht so einfach zu erklären. Das geht auf meine Teenagerzeit zurück und auf meine Gran. Als Daddy nicht mehr lebte, zog Mummys Mutter zu uns. Travis war noch sehr klein damals, und Gran hat uns fantastisch geholfen. Dass sie bei uns war, machte es für Mummy um Vieles leichter, weil sie wusste, dass wir nach der Schule, wenn sie noch arbeiten musste, in guten Händen waren. Gran konnte toll kochen und hat das Haus in Ordnung gehalten. Sie hat es genossen, bei uns zu sein, weil sie seit Granddads Tod ein wenig einsam gewesen war.

Ich war gerade sechzehn geworden und hatte beschlossen, Ärztin zu werden, da wurde Gran krank. Die Krankheit entwickelte sich so schleichend, dass wir ihren Gewichts- und Appetitverlust kaum bemerkten. Sie fand einen Knoten in ihrer linken Brust und ging zum Arzt – sie war schon jahrelang seine Patientin. Er untersuchte ihre Brüste und sagte, das wäre nichts, worüber sie sich Sorgen zu machen brauchte, nur eine gutartige Zyste. Später sagte er, der Knoten sei Fettgewebe. Mummy versuchte Gran zu überreden, zu einem anderen Arzt zu gehen, aber Gran wollte nicht, weil sie ihm vertraute.

Nach sechs Monaten und ungefähr acht Kilo leichter bekam sie immer öfter Magenschmerzen und versuchte es doch einmal mit einem anderen Arzt.« Brooke sah Jean bedeutungsvoll an. »Ja, ich bin sicher, du bist schon von selbst draufgekommen. Sie hatte Brustkrebs. Metastasen hatten sich in den Lymphdrüsen gebildet, von wo sie in die Bauchspeicheldrüse und die Leber gestreut hatten. Man konnte nichts mehr machen.«

Brooke machte eine Pause, strich sich eine wehmütige Träne aus dem Augenwinkel und lächelte entschuldigend. »Ich war so wütend auf ihren Arzt, dass ich ihn aufsuchte und ihm sagte, was ich von ihm hielt, und dass er aufhören sollte, zu praktizieren.«

»Das hat er bestimmt mit Freuden aufgenommen«, warf Jean ein, und ein Lächeln erhellte ihre ernsten Züge. Sie konnte sich gut vorstellen, wie Brooke auf den Arzt losgegangen war. Die Geschichte von ihrer Oma hatte leider keinen Seltenheitswert: Zu viele Ärzte übersahen ernste Symptome und unterließen es, ihre Patienten an Fachärzte zu überweisen.

»Wenigstens hatte er den Anstand, schuldig *auszusehen*, auch wenn er nicht zugab, einen Fehler gemacht zu haben. Arme Gran, sie war erst neunundfünfzig, als sie starb. Viel zu früh. Jedenfalls hatte es eine große Wirkung auf mich mit meinen sechzehn Jahren, meiner Gran beim Sterben zuzusehen – als Ergebnis der Inkompetenz ihres Arztes. Ich schwor mir, dass ich, wenn ich es schaffen sollte, Ärztin zu werden, so gut, so ethisch korrekt und so fürsorglich wie nur irgend möglich arbeiten würde.« Beim Sprechen spielte sie mit den Papieren auf dem Tisch.

»Ich dachte, ich hätte mich an diesen Vorsatz gehalten – bis zu Mr. Peards Tod. Ich hatte mir eine Entgleisung geleistet – war nachlässig, faul, gestresst, nenn es, wie du willst – und deswegen musste ein Patient sterben.«

»Aber du wurdest vom Gerichtsmediziner entlastet.«

»Ja schon, aber *ich* wusste, wer den Fehler gemacht hatte, und ich dachte, die meisten meiner Kollegen wussten das auch. Ich fühlte mich unsagbar schuldig. Mr. Peard hatte für seine Familie die Brötchen verdient. Er hinterließ drei Kinder. Und Mrs. Peard musste sich einen Job suchen. Ich habe sie in dieselbe Situation gezwungen, in der meine Mutter damals nach dem Tod meines Vaters war. Das hat mich ganz schön umgehauen! Ich blieb zu Hause in Janices Wohnung, wochenlang, angeblich, um mich von dem ganzen Drama zu erholen. Dabei habe ich stundenlang nur nachgedacht. Ich traf zwei Entscheidungen. Die erste war, ich würde nicht mehr praktizieren. Ich musste mich an die ethischen Maßstäbe halten, die ich mir selbst gesetzt hatte. Die zweite war, meine Erbschaft zu Geld zu machen – alles, außer Mummys Auto – und einen Treuhandfonds für Mr. Peards Kinder einzurichten.« Sie sah Jean an. »Das war das Wenigste, was ich tun konnte.«

»Sehr lobenswert. Aber was hast du anschließend getan, als sich alles gelegt hatte?«

»Ich hatte einige Jobs. Ich habe in einer Apotheke ausgeholfen, bis mich ein Kunde erkannte und der Apotheker mir empfahl, mir eine andere Arbeitsstelle zu suchen. Dann war ich in einem Büro, aber ich fand die Arbeit dort zu langweilig. Ich nahm eine Stelle als pharmazeutische Referentin an und stellte fest, dass ich kein Talent hatte, medizinische Produkte an Ärzte und Apotheker zu verkaufen.« Sie hielt einen Moment inne. »Dann beschloss Janice, sich einen Praxisanteil in Launceton zu kaufen. Sie fragte mich, ob ich nicht als ihre Arzthelferin mitgehen wolle. Ich erkannte, dass das eine echte Chance war, neu anzufangen. Ich änderte meinen Namen – in Brooke Hastings –, nahm eine ganze Menge ab und ließ mir eine neue Frisur schneiden. Es war wie eine zweite Geburt für mich, und bis zu meiner Affäre mit Hamish McDonald lief alles einigermaßen gut.«

Sie machte eine Pause und war unglaublich froh darüber, dass sie sich noch nicht einmal mehr an Hamishs Gesicht erinnern konnte. »Janice sagte mir, ich sei sehr verletzlich gewesen, gefühlsmäßig, und ich schätze, das war's. Ich verfiel ihm rettungslos. Er war vorzeigbar, ein Anwalt mit politischem Ehrgeiz. Ich dachte, es wäre die wahre Liebe. Für mich war es auch so, aber Hamish war im Grunde nur an einem interessiert – an Sex. Eine Bindung einzugehen gehörte nicht zu seinem Plan.« Sie lächelte reuevoll. »Als es hässlich wurde, beschloss ich, in den Norden zu ziehen, nach Sydney, um zu sehen, ob ich in einer großen Stadt zurechtkommen konnte. Ich hatte großes Glück«, ihre Stimme wurde weicher, »ich traf Jason.« Sie zuckte die Achseln und grinste ihre Freundin kurz an. »Den Rest kennst du.«

»Was für eine ungewöhnliche Geschichte, Brooke. Vermutlich kennt – kannte – Jason sie in allen Einzelheiten?« Brooke nickte bestätigend. Es war ungewöhnlich, dass Jean nicht wusste, was sie sagen sollte, aber sie wurde sehr still. Kein Wunder, dass sie ihre Freundin häufig in einer traurigen Stimmung angetroffen hatte. Ihr Leben war früher nicht das Leichteste gewesen, und jetzt, mit Jason, war es wieder schwierig geworden, wenn auch auf andere Art. Jean verstand jetzt auch, warum Brooke ihre Vergangenheit geheim gehalten hatte. Was in Hobart geschehen war, war keine Geschichte, mit der man hausieren ging.

»Das alles ist vor langer Zeit geschehen, und du besitzt immer noch deine Approbation. Du kannst Jasons Praxis übernehmen«, schlug Jean vor.

Brooke schüttelte den Kopf. »Ich habe darüber nachgedacht – *flüchtig*. Aber wenn ich sie übernehme, kommt alles heraus – warum ich aufgehört habe, zu praktizieren … Mr. Peards Tod. Ich möchte nicht, dass sich die Kinder so einem Skandal aussetzen müssen.«

»Das kann man kaum einen Skandal nennen«, sagte Jean. »Du bist freigesprochen worden. Und Himmel, das liegt jetzt mehr als vierzehn Jahre zurück. Du hast deine Buße viele Male abgeleistet.« Sie nahm die Hände ihrer Freundin in ihre und sah ihr in die Augen. »Mein Gott, wie kannst du damit leben, dass du als Ärztin ausgebildet worden bist, und John täglich dabei zusehen, wie er praktiziert?«

Etwas flackerte in Brookes Augen auf – ein flüchtiger Schmerz. »Es ist nicht leicht, aber ich habe damit schon vor langer Zeit meinen Frieden geschlossen. Wenn man Ärztin ist, wird einem das zur zweiten Natur – über Menschen nachzudenken, sich um ihre Gesundheit zu sorgen. Als Naturheilkundlerin zu arbeiten, hilft mir dabei. Es gibt mir die Möglichkeit, mich auf andere Art um Patienten zu kümmern.« Sie lächelte kurz. »Damit muss ich zufrieden sein.«

»Du wirst nicht noch einmal darüber nachdenken, Jasons Praxis zu übernehmen?«

»Wir wurschteln uns doch ganz gut durch, oder?«, entgegnete Brooke. »Solange ich ein wachsames Auge auf John halte. Er sucht noch seinen Weg.«

»Ich wünschte …«, fing Jean an, wurde dann aber still.

Es bestand nicht die geringste Chance, dass Brooke ihre Meinung änderte. Sie sah die Entschlossenheit, den Blick in ihren Augen. Brooke d'Winters war eine zielgerichtete Lady. Sie musste so sein, um das zu überstehen, was sie erlebt hatte.

Brooke blickte zur Küchenuhr. »Gott, ich habe in fünf Minuten einen Patiententermin!« Sie starrte erst Jean, dann die Papiere auf dem Tisch an. »Ich kann mich doch darauf verlassen, dass du das alles für dich behältst?«

Jean hob ihre Hand zu ihren Lippen und tat so, als ob sie dort einen Reißverschluss zuziehen würde. »Mein Sternzeichen ist Skorpion, meine Liebe. Wir sind gut darin, Geheimnisse zu bewahren.« Schließlich hatte sie auch ihr Geheimnis um die Beziehung mit Royce Lansing viele Jahre lang für sich behalten und nur Brooke enthüllt. Doch, sie war eine gute Hüterin von Geheimnissen.

Brooke saß im Wohnzimmer und unterhielt sich mit Wes, als Adam durch die offene Tür hineinstürzte, weil er sie suchte.

»Mummy, komm schnell, Daddy tut sich wieder selbst weh«, rief Adam, außer Atem nach seinem schnellen Lauf über das hintere Grundstück und die Stufen hinauf.

»Tut sich selbst weh?«, wollte Wes wissen und stand auf. »Adam, was meinst du damit?«

Brooke sprang von ihrem Stuhl auf. »Jason bekommt Kopfschmerzattacken. Manchmal überkommen ihn die Schmerzen wahnsinnig heftig. Er weiß dann nicht, was er tun soll, und manchmal rammt er seinen Kopf gegen etwas Hartes, weil er glaubt, so könnte er die Schmerzen loswerden.«

Wes blinzelte. Er hatte keine Ahnung gehabt.

Sie folgten Adam hinaus und sahen Jason in der Nähe

des Hühnerstalles. Er stieß seinen Kopf gegen einen Holzpfahl.

»Wir müssen ihn reinbringen, um ihm eine Injektion zu geben. Ich habe das Medikament im Schlafzimmer. Es haut ihn um, aber es ist das Einzige, das hilft«, erklärte Brooke Wes, als sie auf Jason zugingen.

»Komm, Jason.« Sie legte ihre Hand auf seinen Arm und sah den Ausdruck in seinen Augen, seinen stummen Schrei nach Hilfe. »Komm rein, Liebster, ich gebe dir etwas gegen die Schmerzen.«

»Kopfschmerzen, wirklich schlimm.« Jason sprach gedämpft, seine Gesichtszüge vor Schmerz verzerrt. Er presste seine Hände an seinen Kopf. »Gehen nicht weg. Machen mich verrückt. Hilf mir, Brooke. Ich kann nicht mehr.« Damit stieß er seinen Kopf noch einmal gegen den Pfosten. Die Haut auf seiner Stirn platzte, und ein kleines Blutrinnsal lief über sein Gesicht.

Brooke sah Sheridan und Luke etwas abseits stehen, ihre jungen Gesichter wie versteinert. »Keine Sorge, Kinder. Daddy hatte diese Kopfschmerzen schon öfter. Wir helfen ihm alle, reinzugehen, okay?«

Mit sanfter Gewalt zog sie eine von Jasons Händen von seinem Kopf weg und hielt sie fest in ihrer Hand. »Komm jetzt, Jason«, sagte sie sanft und sprach mit ihm wie mit einem Kind.

»Ja, alter Freund, lass uns gehen«, ermutigte auch Wes ihn und legte seinen Arm um die breiteren Schultern des anderen. Es kam ihm vor, als ob er ein verletztes Tier führen würde: Alle paar Schritte blieb Jason stehen und stöhnte vor Schmerz, und sie mussten ihm einen leichten Schubs geben, damit er weiterging.

»Legt ihn auf sein Bett«, ordnete Brooke an. Sie lächelte Wes, der den Löwenanteil daran hatte, Jason dorthinzubugsieren, dankbar an, denn er hatte keine leichte Aufgabe. Manchmal fing Jason vor Schmerzen an zu wüten, und sie musste ihm die Spritze dort geben, wo er gerade war.

Weil sie alle mithalfen, hatten sie ihn bald im Schlafzimmer, und Brooke half ihm vorsichtig aufs Bett. Fünf Minuten und eine intramuskuläre Injektion von 100 mg Pethidin später schlief er tief und fest. Die angespannten Linien verschwanden aus seinem Gesicht, als der Schmerz in der Bewusstlosigkeit des Schlafes verging. Die Umstehenden entspannten sich, Brooke legte ihm seine Decke über, und sie verließen ihn, damit er seine Kopfschmerzen wegschlafen konnte.

»Wie oft bekommt er diese Kopfschmerzen?«, fragte Wes, als sie alle im Wohnzimmer saßen.

»Die kommen nicht regelmäßig«, sagte Luke. »Manchmal hat Daddy zwei Wochen lang keine, aber dann auch wieder dreimal die Woche.«

»Ich nehme an, es macht euch Angst, euren Vater so zu sehen.«

»Am Anfang schon«, sagte Sheridan ernst zu ihrem inoffiziellen Lieblingsonkel. »Jetzt haben wir uns irgendwie daran gewöhnt.«

»Es macht uns nur Angst, wenn Mummy oder Craig es nicht schaffen, ihn dahin zu bringen, dass er tut, was sie wollen. Manchmal wird er wirklich rasend, stampft herum und wirft mit Sachen um sich.«

Insgeheim war Wes entsetzt, versuchte aber, einen Witz darüber zu machen. »Ich hoffe, er zielt nicht gut.«

»Nee«, grinste Adam. »Er trifft uns nie, aber er macht 'ne Menge kaputt.« Er sah auf den schmucklosen Kaminsims. »Mummy hat ihre Figuren weggebracht, weil er ein paar davon zerbrochen hat.«

Wes hatte nicht die leiseste Ahnung davon gehabt, dass Jason gewalttätig wurde. Brooke hatte es ihm gegenüber nie erwähnt, und er konnte sich denken, warum. Sie wollte nicht, dass er es erfuhr. Aber jetzt wusste er es, und es machte ihm Sorgen. Wann wäre es so weit, dass Jason durch eine Kopfschmerzattacke komplett die Kontrolle verlor und sie oder eins der Kinder schlug? Er presste seine Lippen zu einer schmalen Linie zusammen. Was konnte er tun? Was konnte irgendjemand tun? Sie hatten bereits einige Streitgespräche über Jasons Betreuung geführt. Brooke beharrte darauf, dass sie sich um ihn kümmern konnte und würde. Es war jetzt jedoch sehr deutlich geworden, dass etwas unternommen werden musste. Die Frage war nur, was und wann.

Später, als Wes gegangen war, blieben Brooke und die Kinder noch eine Weile im Wohnzimmer sitzen, um miteinander zu reden.

»Er wird nie wieder gesund, oder, Mummy?«, fragte Adam.

»Es wird schlimmer mit ihm«, verkündete Luke, was allen klar war, die mit Jason lebten.

Brooke nickte, ohne zu sprechen. Der Anblick der Kinder – die Anspannung, die sie in ihren Augen las und die sich auch darin zeigte, wie still sie dasaßen und sich gelegentlich ansahen, um sich gegenseitig Trost zu spenden – ging ihr zu Herzen. Mit Jason zu leben, ließ sie viel schneller erwachsen werden, als sie es sich für sie gewünscht hatte.

»Manchmal macht er mir Angst«, sagte Sheridan mit sehr zarter Stimme, zögerlich, es überhaupt auszusprechen. »Er hat dann einen komischen Gesichtsausdruck, als ob er sehr böse auf mich ist, obwohl ich gar nichts getan habe.«

Brooke legte den Arm um ihre Tochter und drückte sie. »Das kommt von Daddys Krankheit. Er kann nichts dafür, dass er diese Kopfschmerzen bekommt. Sie sind eine Folge des Unfalls, den er hatte.« Sie wusste, dass sie es wussten, aber sie wiederholte diese Tatsache, damit auch sie sie nicht vergaß. »Er liebt uns«, sagte sie mit Nachdruck. Irgendwo tief in ihm schlummerten diese Gefühle, sie war sich sicher, nur konnte er es nicht mehr zeigen. »Und wir haben ihn auch lieb. Darum müssen wir uns um ihn kümmern und alles für ihn tun, was wir können.«

»Ich weiß, Mummy, aber was ist, wenn es schlimmer wird ... *viel schlimmer*?«, fragte Luke, der Denker.

Sie sah ihre drei Kinder nacheinander an und sah, dass sie eine Antwort erwarteten. Sie hatte immer versucht, offen und ehrlich mit ihnen zu sein, anstatt sich in Notlügen oder Ausreden zu flüchten. »Ich weiß es nicht, Luke. Ganz ehrlich, ich weiß es nicht.«

»Weißt du, Mummy, ich glaube, Craig würde auch für immer hier einziehen, wenn wir ihn fragen. Er ist gerne hier«, sagte Sheridan. »Das wäre doch eine klasse Hilfe, oder?«

»Es wäre nicht fair für Craig, Süße.«

»Warum nicht?«, fragte Adam. »Es würde bestimmt nicht zu teuer werden, die hintere Veranda zu einem Schlafzimmer für ihn umzubauen. Sie ist groß genug. Ich glaube, Craig würde das gefallen.«

»Ich könnte ihm kaum etwas zahlen und außerdem – er hat vor, ab dem nächsten Semester an der Uni zu studieren.«

»Er hat mir gesagt, er würde ein Fernstudium machen und nachts lernen«, verriet Adam ihr. »Frag ihn doch, Mummy!« Als der praktisch Veranlagte in der Familie fügte er hinzu: »Ich denke, die Chancen, dass er ja sagt, stehen fünfzig zu fünfzig.«

»Ihr scheint das alles schon ausgetüftelt zu haben. Habt ihr euch etwa gegen mich verbündet?« Brooke merkte, wenn ihre Kinder versuchten, sie zu manipulieren – sie machten das nicht gerade heimlich. Es war klar, dass sie sich ziemlich viel Zeit genommen hatten, um sich diesen Plan auszudenken, wovon sie überrascht war. Aber was dadurch am meisten zum Ausdruck kam, war ihre Sorge. Das nächste Universitätssemester fing erst in ein paar Monaten an, also hatte sie noch ein wenig Zeit, um auszurechnen, ob es machbar war.

»Fragst du ihn, Mummy?«

»Ich denke darüber nach.«

Zwei Tage später sprach sie mit Craig darüber, um zu hören, was er von der Idee hielt. Sie diskutierten eine Stunde lang über Vor- und Nachteile dieses Arrangements. Brooke machte sich Gedanken darüber, dass Craig seine Privatsphäre verlor, wenn er ein Teil des Haushaltes wurde, aber das machte ihm nichts aus. Er erzählte ihr, dass er sich für einen Bachelor-Wirtschaftsstudiengang entschieden hatte, den er als Fernstudent an der Charles-Sturt-Universität in Bathurst absolvieren konnte. Außerdem hatte er einen Teilzeitjob im Imperial Hotel, wo er zwei Abende in der Woche als Barkeeper arbeitete. Dieser Job konnte das Gehalt auffüllen, das Brooke ihm zahlen konnte.

Sie wurden sich einig und gaben sich darauf die Hände. Zwei Wochen später zog Craig bei den d'Winters' ein.

23

Gegen Ende des Sommers ging fast ganz Neusüdwales wegen einer unglaublichen Hitzewelle, die nur mit kurzen Unterbrechungen viele Wochen andauerte, in die Knie. Die Flüsse, Ströme und Wasserstellen trockneten aus, und das Buschland war so ausgedörrt, dass kleinste Feuer sich rasend schnell zu großen Buschbränden auswuchsen. Viele der Tiere auf den Farmen starben, und die Ernte verkümmerte auf den Feldern, weil sie kein Wasser bekam.

Brooke und Jean waren nach Goulburn gefahren, um am Quartalstreffen der Landfrauenvereinigung teilzunehmen. Man hatte Brooke eingeladen, einen Vortrag zu halten über Naturheilkunde und deren Vorteile als alternative Gesundheitsmaßnahme speziell für die Frauen auf dem Land. Der Vortrag wurde ein unglaublicher Erfolg. Nach einem gigantisch üppigen Nachmittagstee kam Jean, die mit der Präsidentin der Landfrauen gesprochen hatte, zu Brooke: »Martha hat mir gerade gesagt, dass zwischen Cowra und Goulburn zwei Feuer ausgebrochen sind. Sie dehnen sich weiter aus, aber die meisten Straßen sind noch passierbar. Wir sollten besser schnell nach Hause fahren, damit wir unterwegs nicht abgeschnitten werden.«

Brooke nickte zustimmend, und in weniger als zehn Minuten saßen sie im Auto.

Hinter Crookwell war das Feuer zu sehen, und man konnte den Rauch riechen. Eine Brise aus westlicher Richtung blies glühende Späne und Funken vor sich her, die in den dichteren Waldstücken abseits der Straße Feuer entzündeten.

Eine Mercedes-Limousine sauste mit mindestens dreißig Stundenkilometern über der Geschwindigkeitsbegrenzung an ihnen vorbei in die entgegengesetzte Richtung.

»Die Leute machen, dass sie nach Hause kommen«, murmelte Jean und schüttelte wegen des Fahrstils missbilligend den Kopf. »Kann ich ihnen nicht verübeln. Ich bin gerade sehr froh darüber, dass Frank Galea die Menschen rund um Bindi dazu gebracht hat, den Busch letzten Winter niederzubrennen. Die Stadt und die Umgebung sollten relativ sicher sein.«

»Ja.« Seit sie hier lebte, hatte Brooke bisher nur ein Buschfeuer miterlebt, und soweit es sie anging, war das eines zu viel. Es war genauso furchterregend, wenn nicht sogar noch schlimmer, als die Überschwemmung, in der Adam vor Jahren beinahe ertrunken wäre. Sie beobachtete den Verkehr um sie herum und schätzte, dass es bei diesem Tempo doppelt so lange wie unter normalen Umständen dauern würde, bis sie zu Hause wären. Als sie die kleine Stadt Binda erreicht hatten, war der Verkehr dünner geworden, andererseits konnte man hier das Buschfeuer auf den höheren Bergkämmen sehen, und der Rauch wurde dichter und stechender. Überall waren kleinere Feuer zu sehen und Feuerwehrleute, die sich trotz Personalmangel nach Kräften bemühten, sie einzudämmen.

Die Straße schlängelte sich allmählich den Berg hoch, vor ihnen war nur noch ein Reisebus unterwegs, hinter ihnen war niemand mehr. Jean spielte die ganze Zeit am Radio, um die Frequenz der lokalen Radiostation zu finden, damit sie die neuesten Meldungen über die Buschfeuer erhielten.

Ein Sprecher sagte gerade: »Der freiwillige Notfalldienst und die Buschfeuerbrigade bemühen sich, das Feuer vor Rye Park und Taylors Flat in Schach zu halten. Es wird berichtet, dass ein Löschfahrzeug Feuer gefangen hat. Es gab keine Verletzten unter den Feuerwehrleuten. Den Anwohnern wird geraten, zu Hause zu bleiben und die üblichen Vorkehrungen zu treffen.«

Jean betrachtete einige Bäume, die sich im Wind hin und her bogen, und sagte: »Der Wind wird stärker. Dann wird er bald das Feuer vom Kamm auf die Straße wehen, das steht fest.«

»Du bist mir ja ein Herzchen«, schoss es aus Brooke heraus. »Hier, nimm mein Handy und ruf bitte Craig an. Ich möchte sichergehen, dass die Kinder alle zu Hause sind.«

Sie hörte zu, wie Jean telefonierte. Den Kindern ging es gut, aber Jason war durch den Rauchgeruch beunruhigt. Die Tiere waren alle im Stall. Der d'Winters-Haushalt und Bindi Creek schienen sicher zu sein.

Der Kombi umrundete eine Kurve, als Brooke abrupt ihren Fuß vom Gas nahm und das Bremspedal bis zum Anschlag durchtrat. Ihr Gesicht wurde weiß. Vor ihnen geriet der Reisebus, hinter dem sie die ganze Zeit herfuhren, außer Kontrolle, kam von der Fahrbahn ab und überschlug sich. Wie in Zeitlupe sah sie den Unfall geschehen. Einmal, zweimal rotierte der Bus um seine eigene Achse, durchbrach einen Schutzzaun und rutschte einen flachen Hang drei Meter tief hinunter auf eine kleine Wiese. Er schaukelte unentschlossen ein paarmal vor und zurück, kam zum Halten und blieb auf der Seite liegen.

»Oh, mein ...!« Jeans Worte waren ein leises Flüstern.

Brooke hatte alle Hände voll damit zu tun, den Kombi unter Kontrolle zu bekommen. Die hinteren Bremsen hatten blockiert, und das Auto schlitterte kreischend über den Asphalt. Sie fasste das Lenkrad mit all ihrer Kraft.

Ungefähr einen halben Meter von der Stelle entfernt, an der der Bus die Straße verlassen hatte, kam das Auto zum Stehen. Automatisch sah Brooke in den Rückspiegel: Von hinten näherten sich keine Autos, auch in der entgegengesetzten Richtung war kein Verkehr zu sehen. Als sie die Tür auf der Fahrerseite aufriss, roch sie beißenden Rauch und verbranntes Gummi. Sie hustete und hielt sich die Hand vor den Mund.

»Mach einen Notruf. Erzähl ihnen von dem Bus. Gib ihnen den ungefähren Standort«, sagte Brooke und übernahm das Kommando. »Wir müssen den Leuten da drin helfen und versuchen, sie herauszubekommen. Vielleicht hat der Bus ein Leck im Tank.«

Jean erledigte den Anruf, steckte das Handy danach in ihre Rocktasche und folgte Brooke den Hang hinunter zum Bus.

Aus dem Bus drangen die Schreie der Passagiere zu ihnen. Einige hämmerten gegen die Fensterscheiben. Das Fahrzeug selbst gab ächzende Geräusche von sich, als Metall über Metall schabte, bis das Wrack endlich zur Ruhe kam. Einige Sekunden später sprang das hintere Notausstiegsfenster aus der Fassung, Menschen kletterten hinaus, ihre Arme und Beine seltsam angewinkelt, und ließen sich aufs Gras fallen. Brooke und Jean scheuchten sie vom Bus weg in den Schatten eines großen Eukalyptusbaumes.

Brookes Augen verengten sich, als sie zu den Baumkronen hinaufsah. Sie konnte wirbelnde Späne erkennen, die nach unten fielen. Es brauchte nur einen Funken, und der Bus würde hochgehen wie eine Bombe, sollte er tatsächlich ein Benzinleck haben.

»Da drin sind einige Leute, die nicht selber herausklettern können«, sagte ein junger Mann, als er in Freiheit war. »Ein paar sind schwer verletzt – sie können sich nicht bewegen. Und es ist auch eine schwangere Frau im Bus.«

Brooke stellte fest, dass die meisten Passagiere, außer diesem Mann und einem Pärchen um die vierzig, älteren Jahrgangs waren.

»Wie heißen Sie?«, fragte sie den Mann.

»Rod.«

»Was ist mit dem Fahrer?«

»Er ist noch drinnen. Bewusstlos, glaube ich.«

Brooke dachte einige Sekunden lang fieberhaft nach.

»Können Sie eine Räuberleiter für mich machen? Ich möchte nachsehen, wer verletzt ist und wie.«

»Ich komme mit dir«, erklärte Jean unerschrocken.

»Gut. Rod, was die Leute angeht, die schon draußen sind: Finden Sie heraus, ob jemand ernstlich verletzt ist, und versuchen Sie, sie ruhig zu halten. Wir sind bald zurück.«

Jean sah Rod an. »Sie ist Ärztin«, sagte sie leise. Als Brooke sie zornig anstarrte, sah sie sie nur unschuldig an.

Im Bus vorwärtszukommen, war keine leichte Aufgabe. Es gab keinen Boden, auf dem man hätte laufen können, daher mussten sie über die Sitze klettern und benutzten die Fenster als eine Art Fußboden. Als Erstes stieß Brooke auf die Schwangere. Sie war hochschwanger und schien zwischen den Sitzen eingekeilt zu sein.

»Sind Sie verletzt?«

»Ich glaube, ich stecke nur fest«, sagte die Frau und schnitt eine Grimasse.

»Wie lange haben Sie noch bis zur Geburt?«

»Ungefähr drei Wochen.«

»Versuchen Sie nicht, sich zu bewegen. Ich bin gleich

wieder bei Ihnen. Ich will sehen, wer sonst noch verletzt ist.« Brooke arbeitete sich nach vorne durch. Der Fahrer war über dem Lenkrad zusammengebrochen. Sie fühlte nach seinem Puls und fand keinen. Sie kontrollierte seine Halsschlagader. Nichts. Vielleicht hatte er einen Herzinfarkt gehabt oder so etwas, und der Bus kam von der Straße ab, als er das Bewusstsein verlor.

Jean keuchte vor Anstrengung, als sie Brooke erreichte. »Wie geht's ihm?«

»Ich glaube, er ist tot. Vielleicht ein Herzinfarkt, ein Aneurysma oder eine Hirnblutung.«

»Auf halber Strecke nach hinten ist ein Mann, der Schwierigkeiten beim Atmen hat. Ich glaube, er ist nach vorne gefallen, als der Bus sich überschlug, und dabei wurde seine Luftröhre teilweise kaputtgedrückt.«

»Können wir ihn bewegen?«, fragte Brooke, während sie mehrere Hebel ausprobierte. Die Einstiegstür sprang mit einem Zischlaut auf. »Jetzt haben wir einen zweiten Ausgang. Wen haben wir noch?«

»Eine ältere Frau. Ihr Bein ist unter einem verbogenen Sitz eingeklemmt. Ich weiß nicht, wie wir sie da rausholen sollen.«

»Okay. Wir versuchen als Erstes, den Mann mit den Atmungsproblemen nach draußen zu schaffen.«

Rod kam vom hinteren Teil des Busses zu ihnen. Er war Ende zwanzig und schien in guter körperlicher Verfassung zu sein. »Ich hab die meisten von ihnen beruhigen können. Eine Frau hat hysterische Anfälle – aber ich glaube, sie genießt es.« Er grinste sie an. »Einige haben Schnittwunden und Prellungen, und natürlich stehen ein paar unter Schock. Eine Frau ist dabei, die ein Schleudertrauma haben könnte. Unter ihnen ist ein Arzt in Altersteilzeit. Ich glaube, er hat sich am Kopf verletzt. An seiner Schläfe ist eine riesige Schwellung. Seine Frau hat mir gesagt, dass er eine Arzttasche dabeihat, ein schwarzer Aktenkoffer, der im Gepäckraum liegt.«

»Können Sie danach suchen? Eine medizinische Ausrüstung käme mir jetzt sehr gelegen. Außerdem müssten Sie dort auch einen Erste-Hilfe-Koffer finden«, sagte Brooke.

»Der Fahrer weiß sicher, wo er ist«, meinte Rod.

»Ich fürchte, der Fahrer ist tot.« Brooke sprach zwar sanft, aber sachlich. Sie mussten sich auf die Lebenden konzentrieren.

»Sie sind eine große Hilfe, Rod. Würden Sie sich bitte umsehen und versuchen, die Arzttasche und die Erste-Hilfe-Ausrüstung zu finden?«

Es hatte etwas von Tauziehen an sich, wie sie den atmungsbehinderten Mann aus dem Bus bekamen, aber irgendwie schafften Brooke und Jean es, indem sie einen schmerzhaften Schritt nach dem anderen mit ihm gingen. Als sie draußen angekommen waren, bot ein anderer Mann, der sich als Maxwell vorstellte, seine Hilfe an und brachte den Verletzten zu einem schattigen Platz im Gras.

»Holen Sie die schwangere Frau raus«, sagte Brooke zu Maxwell. »Es würde mich nicht überraschen, wenn der Schock bei ihr Wehen auslösen würde. Anschließend könnten Rod und Sie versuchen, die ältere Dame zu befreien. Wenn ihr Bein zu lange eingeklemmt ist, wird die Blutzirkulation unterbrochen, und es kann zu unwiderruflichen Schäden kommen.«

Sie sah zu Rod, der dicht bei ihr stand. »Der Rauch wird dichter«, stellte sie fest. »Wir brauchen Wasser und feuchte Tücher, um sie über unsere Köpfe zu ziehen. Gucken Sie bitte, was Sie im Bus finden. Vielleicht gibt es

Wasser in der Toilettenkabine. Oh, genau, waren Sie auf der Suche nach der Tasche erfolgreich?«

Er zeigte sie ihr. »Hab sie! Und den Erste-Hilfe-Koffer auch.«

»Gut gemacht, Rod.« Zum ersten Mal lächelte Brooke.

Jean rief Brooke zu sich und zeigte auf den Mann mit der gequetschten Luftröhre, der sich in Seitenlage auf dem Boden ausgestreckt hatte. »Er sagt, er heißt Dennis. Ich glaube, seine Luftröhre ist arg mitgenommen. Der Arzt wird schnell etwas unternehmen müssen, oder er wird ersticken.«

Als Brooke den älteren Arzt namens Wallace traf, wurde ihr sofort klar, dass er nicht in der Verfassung war, irgendjemanden zu behandeln. Er hatte eine Gehirnerschütterung, sah alles doppelt, und seine Hände zitterten wegen des Schocks. Viele andere standen ebenfalls unter Schock. Eine ältere Frau hielt sich die Hände vors Gesicht und weinte still vor sich hin. Die Hysterische hatte sich inzwischen ausgeschrien. Eine andere Frau von stoischer Gemütsruhe ging zu jedem Einzelnen, um zu sehen, wie es ihnen ging.

Brooke ging zu dem Mann mit der verletzten Luftröhre zurück. Jean hielt sie unterwegs an: »Ich habe noch mal den Notruf angerufen. Hilfe ist unterwegs – zwei Rettungswagen und ein Kleinbus mit fünfzehn Sitzen. Das sind die guten Nachrichten. Die schlechten sind, dass das Feuer die Straße nach Tuena erreicht hat und niemand aus der Richtung herkommen kann. Crookwell schickt zwar Hilfe, aber es liegen einige umgefallene Bäume über der Straße. Sie müssen erst eine Mannschaft schicken, die die Baumstämme beseitigt. Sie schätzen, dass sie frühestens in einer Stunde hier sein werden.«

»Haben Sie einen Hubschrauber für uns?«

»Der kann nicht durchkommen. Der Rauch ist zu dicht.«

Brooke beobachtete Rod und Maxwell, die die schwangere Frau halb tragend zu den anderen Passagieren brachten.

Rod kam zu ihr, um zu berichten. »Sie heißt Mandy, und ich soll Ihnen sagen, dass ihre Fruchtblase geplatzt ist. Sie hat mir gesagt, dass dies ihr zweites Baby ist, und das erste hat keine drei Stunden gebraucht.«

Wunderbar! Brooke sah ihn eindringlich an und fragte hoffnungsvoll: »Sie sind nicht zufällig Medizinstudent, oder?«

Er schüttelte den Kopf. »Elektrotechnik, viertes Jahr.« Er grinste entschuldigend. »Maxwell und ich holen jetzt die alte Dame raus. Ich habe eine Brechstange im Gepäckabteil gefunden. Wir können sie als Hebel benutzen, um den kaputten Sitz von ihrem Bein zu stemmen. Was sollen wir mit dem Fahrer machen. Ich meine, sollten wir …?«

Er fragte, weil man eine dünne Rauchfahne vom Motorraum aufsteigen sah. Nur ein Funke, und der Motor könnte explodieren.

»Nur, wenn Sie die Zeit dafür haben.« Brooke unterbrach sich mehrmals, um zu husten. »Kümmern Sie sich zuerst um die eingekeilte Frau. Ich bin genau wie Sie wegen des Rauches dort beunruhigt. Es gibt doch sicher einen Feuerlöscher an Bord. Wenn Sie ihn finden und es nicht zu gefährlich ist, sprühen Sie doch den Inhalt über den Motor – das könnte die Feuergefahr unterbinden.«

Sie blickte über die rauchige Wiese. Alles war in Grau gehüllt, sie konnte den Himmel nicht erkennen. Sollte der Bus Feuer fangen, würde auch die kleine Wiese brennen und sie alle in Lebensgefahr bringen. Sie suchte die Wiese und das weite Tal in der Hoffnung ab, ein Farmgebäude zu entdecken. Unseligerweise schien das Tal unbewohnt zu sein.

Jean kniete auf dem Boden und hatte sowohl Dr. Wallaces Arzttasche als auch den Erste-Hilfe-Koffer bereits geöffnet und sah nach, was darin vorhanden war. Brooke sah ihr dabei zu, wie sie Instrumente und anderes medizinisches Zubehör auf einer Plastikunterlage ausbreitete.

Jeans hochgerichteter Blick war ausdrucksstark, ihr Anliegen deutlich. »Dem Mann bleiben vielleicht nur noch ein paar Minuten, wenn du nicht einschreitest. Hör dir seine Atmung an, er kämpft sehr.« Sie nahm Brookes Hand, drückte sie zuversichtlich und sagte leise, aber entschlossen: »Du musst operieren. Das weißt du, auch wenn deine Approbation nicht mehr gültig ist. Es gibt hier sonst niemanden, der das kann.«

Brooke starrte auf den sterbenden Mann. Sie hörte sein schwaches Husten, bemerkte seine blauen Lippen und sah, dass er in die Bewusstlosigkeit geglitten war. Seinem Körper blieb der lebenserhaltene Sauerstoff verwehrt. Sie rieb nachdenklich ihr Kinn und ließ in einem langen, langsamen Atemzug die Luft heraus, um ihre Nerven zu beruhigen. Sie streckte die Hände vor sich aus – kein Zucken, kein Zittern, das ihre innere Anspannung und Verwirrung gezeigt hätte. Konnte sie es tun? Es war vierzehn Jahre her, dass sie das letzte Mal ein Skalpell in der Hand gehabt hatte.

Im nächsten Moment passierte etwas Erstaunliches. Das Gesicht von Thomas Peard tauchte vor ihren offenen Augen auf. Er lächelte.

Sie blinzelte, schüttelte ihren Kopf, und das Bild verschwand. Wie lächerlich! Und wenn sie es verpfuschte? Wenn er starb? Aber… Sie sah wieder zu Dennis. Wenn sie nicht zumindest versuchte, ihm zu helfen, würde er auf jeden Fall sterben. Würde sie damit leben können? Wäre sie in der Lage, mit den Repressalien im Anschluss fertig zu werden – den Fragen, den Nachforschungen, eventuell einer Untersuchung.

»Brooke?«, drängte Jean. »Wir haben nicht viel Zeit.«

Brooke holte tief Luft und ließ sich neben Dennis auf die Knie nieder. Der Augenblick der Wahrheit war jetzt für sie gekommen. Mit einem grimmigen Gesicht machte sie sich an die Erfüllung ihrer Aufgabe. »Gibt's Beruhigungsmittel in der Tasche?«

»Pethidin.«

»Gib ihm 100 mg intramuskulär. Das wird ihn bewusstlos halten, während ich operiere.« Sie hielt inne und dachte nach. »Ich brauche einen Tubus, irgendetwas mit einem passenden Durchmesser.«

»Ich habe einen von diesen fetten Kugelschreibern dabei«, bot Jean an. »Ich kann die äußere Hülle abmachen, aber er ist nicht steril. Wird das gehen?«

»Es wird gehen müssen. Schnell, hol ihn. Wir haben keine Zeit, irgendetwas zu sterilisieren.« Sie zog die Plastikhandschuhe an und nahm das Skalpell.

»Das hatte ich so nicht geplant«, murmelte Mandy Petrovska Jean zu und hechelte zwischen zwei Wehen. »Ich habe meine Mutter in Canberra besucht und dachte, ich mache noch eine kleine Rundtour, bevor ich wieder nach Hause in den Norden, nach Ballina, fahre. Eine kleine Verschnaufpause, bevor das Baby kommt, habe ich mir gedacht.«

»Diese Geschichte werden Sie noch Ihren Enkelkindern erzählen«, sagte Jean mit einem Grinsen und kontrollierte, wie weit Mandys Muttermund geöffnet war. »Ein Busunglück, gefangen im Buschfeuer, und als Krönung die Geburt!«

Aus den Augenwinkeln sah sie nach, was Brooke machte. Sie hatte den Luftröhrenschnitt bei Dennis, der jetzt an einen Baum gelehnt saß, durchgeführt. Langsam zeigte sich wieder etwas Farbe in seinem Gesicht. Im Augenblick kümmerte sie sich gerade um die ältere Frau mit dem gequetschten Bein. Es musste wohl gebrochen sein, denn Brooke schiente es gerade mit Stäben aus Adams Cricket-Ausrüstung aus dem Kofferraum, um das Bein ruhig zu stellen.

Jean fiel auf, dass der Wind sich gelegt hatte und die Sicht besser wurde. Bestimmt hatte die Feuerwehr die Brände unter Kontrolle. Gott, wie sie das hoffte! Sie alle mussten seit längerem viel husten, der dichte Rauch in der Luft machte das Atmen unangenehm. Sie sah auf ihre Uhr. Sie fragte sich ungeduldig, wann die Sanitäter endlich kämen. Sie waren schon eine Stunde und zehn Minuten unterwegs.

»Ich muss pressen!«, rief Mandy mit einem Aufstöhnen und griff zur Stütze nach Jeans Hand.

Wie aufs Stichwort kam Brooke herüber und kniete sich neben Mandy. »Wie geht es Ihnen?«

»Es wird mir besser gehen, wenn dieses Baby erst draußen ist«, keuchte Mandy, ihr Gesicht war vor Anstrengung rot angelaufen.

»Sie ist fast ganz geöffnet«, informierte Jean Brooke.

»Oooh, ich kann es nicht länger aushalten. Ich muss pressen.«

»Mandy, nein. Noch nicht! Fangen Sie erst an zu pressen, wenn ich es Ihnen sage«, befahl Brooke ihr und suchte sich die richtige Position. »Ich kann den Kopf sehen. Eine Menge schwarze Haare, Mandy. So, jetzt, pressen Sie! Vorsichtig, wenn's geht. Ich bin sicher, Sie wollen keinen Dammriss.«

Alle Passagiere, auch die Verletzten, stießen gleichzeitig Jubelschreie aus, als Brooke einem kleinen Mädchen auf die Welt half, das seinen Ärger über diese ruppige Art herausquietschte. Während sie die Nabelschnur durchtrennte und abklemmte, versuchte Brooke nicht zu vergleichen, wie viel einfacher Mandy die Geburt gefallen war als ihr selbst. Ihre beiden Schwangerschaften waren beim besten Willen nicht einfach gewesen. Einigen Frauen wurde die Gnade zuteil, dass sie leicht entbanden.

»Sie ist wunderschön.« Brookes Ton klang bewundernd, als sie das Neugeborene in eine gespendete Jacke mit Satinfutter einhüllte. »Und sie hat so viele Haare.« Sie legte das Baby in die Arme seiner Mutter. »Hier, nehmen Sie sie.«

»Sie sieht wie ihr Bruder Tyler aus«, sagte Mandy erstaunt. »Tyler hatte auch so viele Haare.« Sie sah Brooke und Jean einige Augenblicke lang eindringlich an. »Ich danke Ihnen beiden. Ich werde nie vergessen, was Sie getan haben.«

Brooke und Jean lächelten und sagten einstimmig: »Wir auch nicht.«

»Wie heißen Sie, Frau Doktor?«

»Brooke d'Winters.«

»Hm.« Mandy sah auf das kleine Bündel in ihrem Arm. »Winter Petrovska, wie klingt das?«

Brooke kicherte. »Wie ein frostiger Zungenbrecher. Ihre Tochter wird den Namen wahrscheinlich hassen.«

»Nicht, wenn ich ihr erzähle, wie sie dazu gekommen ist. Ich denke, dann wird sie ihn für etwas Besonderes halten.«

»Ich finde, es klingt richtig schön«, murmelte Jean, und

ihr Gesicht wurde weich, als ihr Blick vom Baby zu Brooke wanderte. Zwanzig Minuten später kamen die Rettungsleute alle gleichzeitig am Unfallort an. Vorneweg fuhr die Feuerwehr mit einem Einsatzwagen, dann zwei Rettungswagen, ein Polizeiauto und ein Kleinbus, das Schlusslicht bildeten eine Journalistin und ein Fotograf. Es ging zu wie im Taubenschlag.

Brooke trat zur Seite und überließ einem jungen Polizisten das Kommando, während die Sanitäter sich zuerst um die ernsteren Fälle unter den Verletzten kümmerten. Ein Feuerwehrmann erzählte ihnen, dass die Feuerbekämpfungseinheiten beide Feuerfronten unter Kontrolle gebracht hatten, als der Wind abschwächte. Brooke beobachtete die Journalistin, die mit allen Passagieren sprach und versuchte, ihnen Informationen abzupressen, wie es zu dem Unfall gekommen war und was anschließend geschehen war. Der Fotograf folgte ihr auf den Fersen und schoss auf der Suche nach interessanten Blickwinkeln wahllos Fotos von dem umgestürzten Bus.

»Zweifellos werden wir einen ausführlichen Artikel in der morgigen Zeitung lesen können«, sagte Jean sarkastisch. Die Journalistin hatte sie festgenagelt, über ihre Version der Dinge zu sprechen, und sie hatte zehn Minuten gebraucht, um sich loszueisen.

»Ja, leider. Ich habe die Journalisten kennengelernt. Sie schnüffeln herum, graben hier und da, und wenn sie nur den Hauch einer Widersprüchlichkeit erahnen oder die Chance sehen, im Dreck wühlen zu können, dann geht es mit ihnen durch.« Brookes Tonfall klang bitter. Das war ihre schlimmste Befürchtung: Noch einmal durchstehen, was in Hobart geschehen war.

»Tja, meine Liebe, es ist unvermeidbar. Ein größerer Unfall ist geschehen, also wird es irgendeine Art von Untersuchung geben. Ein Mann ist gestorben, Menschen wurden verletzt und«, sie machte eine wirkungsvolle Pause, »ein Leben wurde unter außergewöhnlichen Umständen gerettet. Das ist die Art Drama, die die Öffentlichkeit liebt.«

»Lass uns von hier verschwinden, ja? Ich möchte nach Hause zu meiner Familie«, sagte Brooke. Sie wollte ein Interview mit der Journalistin vermeiden, wenn es irgendwie möglich war. »Die Rettungssanitäter sind hier, also werde ich nicht mehr gebraucht, und der Polizist hat unsere Daten. Könntest du ihm bitte sagen, dass wir uns auf den Weg nach Bindi machen? Er kann uns dort bei Bedarf erreichen.«

Sie sah, wie die Journalistin mit der Frau von Dr. Wallace sprach und ab und zu einen Blick zu ihr und Jean herüberwarf. Ihr wurde ganz mulmig zumute bei dem Gedanken an ein Gespräch mit ihr.

»Mach ich.«

Als sie wieder unterwegs waren, stellte Brooke erstaunt fest, dass sie nicht völlig erschöpft war, sondern ein angenehmes Hochgefühl in sich spürte. Es fühlte sich gut an, was sie getan hatte: sich um kranke Menschen zu kümmern. Sie hatte heute einem Mann das Leben gerettet, bei dem Gedanken daran musste sie lächeln. Ihr war noch etwas bewusst. Sie konnte nicht mehr zurück. Als Ärztin zu handeln, ihre medizinischen Fähigkeiten einzusetzen, hatte sie wieder genauso begeistert wie damals vor Jahren. Lass die Vergangenheit ruhen, sagte sie sich. Sie hatte für das, was geschehen war, bezahlt, hatte Jahre voller Schuld und Reue durchlebt, und in einem gewissen Sinn hatte das, was sie an diesem Tag geleistet hatte, sie mit ihrem Fehler von vor vierzehn Jahren ausgesöhnt. Es war Zeit, vorwärtszublicken.

Aber war sie nicht zu eingerostet, um eine Praxis ohne Auffrischung ihrer Kenntnisse zu übernehmen? Das könnte Monate dauern. Sie rief sich die vielen Male ins Gedächtnis, die sie Jason geholfen hatte, wie sie ihm bei einigen Eingriffen zur Hand gegangen war und dass sie die Behandlung von vielen Patienten besprochen hatten. Und sie hatte sich auf dem Laufenden gehalten, indem sie die medizinischen Fachzeitschriften, die Jason abonniert hatte, las. Dann fiel ihr ein, was Wes ihr vor Jahren gesagt hatte, als er ihr dabei geholfen hatte, ihre Angst vor Pferden zu überwinden. Dass man nach einem Abwurf sofort wieder aufs Pferd steigen muss, bevor man Zeit hatte, Angst zu bekommen. Mit der Medizin war es das Gleiche. Das Wissen war da, in ihrem Kopf, und sie war zuversichtlich, dass ihr alles wieder einfallen würde, wenn sie erst einmal den Patienten gegenübersitzen würde.

Sie lächelte bei sich, als sie darüber nachdachte, wie komisch es war, dass es einen Notfall wie diesen gebraucht hatte, um ihr deutlich zu machen, was sie zu tun hatte. Sie wusste, dass sie nicht daran denken sollte, wie groß die Schockwellen sein würden, die durch die eingefleischte Gemeinschaft von Bindi Creek rasen würden, wenn ihre Vergangenheit erst einmal bekannt wurde. Und … die Kinder! Sie würde ihnen alles sagen, bevor irgendeine Zeitung darüber berichten konnte.

»Jetzt, da die Katze aus dem Sack ist, kann ich ebenso gut Jasons Praxis übernehmen«, verkündete Brooke. »Ich werde John einen Monat Kündigungsfrist geben, damit er sich eine andere Praxis suchen kann. Alles andere wäre unfair.«

»Super! Ich habe gehofft, du würdest dich so entscheiden, Brooke.« Jean dachte einen Moment nach. »Du könntest Glück haben bei der Ärztekammer. Deine Approbation ist zwar nicht mehr gültig, aber ich bin überzeugt, sie verstehen, dass die Situation außergewöhnlich ist. Alles, was du tun musst, ist, sie wieder zu beantragen und deinen Namen in d'Winters ändern zu lassen, es sei denn, du möchtest unter dem Namen Hastings praktizieren.«

»Ich glaube, d'Winters passt besser.« Und dann wanderten ihre Gedanken zu Wes Sinclair und seiner Familie. Mehr als alle anderen würde er sich wundern, wenn sie ihm davon erzählte. Seine Vorbehalte gegenüber Karrierefrauen waren hinlänglich bekannt und hatten ihren Ursprung in Claudias Verhalten. Sie hoffte, dass er seine Vorurteile nicht auch auf sie übertragen würde, denn er war ein so guter Freund der d'Winters-Familie, sie wollte ihn nicht verlieren.

Als sie sich Trunkey näherten, bemerkte Brooke, dass der Busch überall um die kleine Stadt herum schwelte. Von schwarzen Baumstämmen stieg Rauch auf, und die Erde war von grauer Asche bedeckt. Ein Haus war bis auf die Grundmauern abgebrannt, nur der gemauerte Kamin stand noch – ein stummer Zeuge der Wut des Feuers.

»Ich kann es gar nicht abwarten, zu Hause unter die Dusche zu springen und diesen Rauchgeruch loszuwerden«, sagte Brooke. »Wir riechen beide wie Smokey der Bär. Ich glaube, wir haben ein gutes Tagwerk vollbracht, Jean.« Sie kicherte, als sie daran dachte: »Adams Stäbe sind auf dem Weg ins Krankenhaus von Goulburn. Ich werde ihm neue kaufen müssen.«

Ein neues Set Stäbe war ein kleiner Preis für die Enthüllungen des heutigen Tages. Zum ersten Mal seit langem fühlte sich Brooke zu hundert Prozent wohl in ihrer Haut und auch wohl mit der Entscheidung, die sie getroffen hatte. Es war ein gutes Gefühl.

24

Im Wohnzimmer von Vince Gersbachs teuer und geschmackvoll eingerichtetem Haus oberhalb des Stadtgebiets von Cowra warf Sharon Dimarco angeekelt die Sonntagszeitung auf den Boden. Brooke d'Winters, immer Brooke d'Winters! Jetzt war sie auch noch eine Heldin, eine echte Heldin, wie es im Zeitungsartikel hieß. Sie hatte einem Mann das Leben gerettet, ein Baby auf die Welt gebracht und außerdem die Hilfe für die Menschen im Reisebus nach dem Unfall organisiert. Da konnte einem schon übel werden. Und sie war Ärztin, eine verdammte Ärztin, um Gottes willen!

Eine Ärztin.

Sharons Alarmglocken gingen los. Sie hatte ein Näschen dafür, ein falsches Spiel aufzuspüren, was sicherlich auf ihre eigene Unaufrichtigkeit zurückzuführen war, und jetzt hatte sie Witterung aufgenommen. Wenn Brooke so toll war und nur und immer mehr Erfolg hatte, wie kam es dann, dass weder sie noch Jason jemals erwähnt hatten, dass sie Ärztin ist? Warum hatten sie diese Tatsache vor den Menschen in Bindi Creek geheim gehalten?

Das passte nicht zusammen. Wenn sie wirklich Ärztin war, warum hatte sie dann nicht Jasons Praxis nach seinem Unfall übernommen? Während sie weiter grübelte, starrte sie aus dem Fenster. Vielleicht war sie keine richtige Ärztin, oder sie war mal eine gewesen, aber jetzt nicht mehr? Ihre haselnussbraunen Augen verengten sich wie bei einer Katze, die sich an ihre Beute heranpirschte, und hätte sie einen Schwanz, so würde der in diesem Augenblick die Luft peitschen bei dem Gedanken, wie sie Unfrieden stiften konnte. Es gab bestimmt ein Gesetz, das

Personen untersagte, zu operieren, sofern sie nicht qualifiziert oder dafür zugelassen waren. So ein Gesetz musste es einfach geben.

Sie griff sich den Notizblock neben dem Telefon, suchte in der Zeitung den Namen der Journalistin, den sie sich aufschrieb, und nahm den Telefonhörer zur Hand. Sie hatte nicht allzu viel Überzeugung gebraucht, nur ein paar Minuten der Überlegung, bis sie fand, dass es die Bürgerpflicht von ihr forderte, eine arglistige Täuschung aufzudecken. Und sie hatte eine Ahnung, dass *Dr.* Brooke d'Winters sich genau dessen schuldig gemacht hatte.

Brooke verließ die Praxisräume und ging zurück ins Haus. Sie hatte John gerade mitgeteilt, dass sie beschlossen hatte, mit Zustimmung der Ärztekammer Jasons Praxis zu übernehmen, weswegen sie ihn nicht mehr brauchen würde. Sie hatte darauf bestanden, dass sie ihm einen Monat gewähren würde, damit er sich eine neue Arbeitsstelle suchen konnte. Daraufhin hatte er ihr gesagt, dass er nach den Berichten in der Sonntagszeitung schon fast damit gerechnet hatte, dass sie sich so entscheiden würde. Trotzdem war es ihr schwergefallen, ihm zu kündigen. John war ein guter Arzt, und er hatte sich eine freundlichere Art mit seinen Patienten angewöhnt, was diese sehr begrüßten.

Die Einzige, die maßlos erfreut war über den Verlauf der Dinge, war Jean. Brooke lächelte vor sich hin. Liebe Jean. Was hätte sie bloß ohne sie getan? Sie hatte sie immer unterstützt, und jetzt ermutigte sie sie lebhaft. Brooke glaubte nicht eine Sekunde lang, dass es nicht einige Probleme zu bewältigen geben würde, wenn sie Jasons Praxis übernahm. Einige Patienten nahmen es ihr bestimmt übel, dass sie ihren wahren Beruf so lange verschwiegen hatte. Und wenn sie darüber nachdachte, hatte auch Wes Sinclair eigenartig reagiert. Sobald er von dem Busunglück erfahren hatte, war er von Sindalee herübergekommen, und sie hatte ihm alles erzählt. Die Fassungslosigkeit auf seinem Gesicht wäre fast schon zum Lachen gewesen, hätte er die Nachricht nicht so entsetzt aufgenommen. Und es würde noch weitere Menschen in und um Bindi geben, die wegen ihrer Geheimniskrämerei gekränkt sein würden. Ach was, dann war das eben so. Die Würfel waren gefallen, und sie würde nicht von ihrer Entscheidung abweichen.

Sie hatte schnell noch das Haus aufgeräumt, nachdem die Kinder zur Schule gegangen waren, und machte sich danach auf den Weg zu ihrer Naturheilkundepraxis. Sie hatte zwar bis zehn Uhr keine Termine, aber sie wollte noch Papierkram erledigen. Egal, wie sehr sie sich mit der Bearbeitung beeilte, es gab immer Schreibarbeiten und Formalitäten, die sich anhäuften.

Als es zehn Minuten später an der Tür klopfte, sah sie auf, vermutete Craig oder Jason, und forderte den Klopfenden auf, einzutreten.

Die Tür ging auf und eine Frau fragte: »Dr. d'Winters?« Hinter ihr stand ein großer, dünner Mann mit langen, strähnigen Haaren. In einer Hand hielt er einen Metallkoffer, über seine Schulter hatte er einen Rucksack gehängt.

»Äh, ja?« Brooke gewöhnte sich nur langsam wieder an den Titel »Doktor«, der nach so langer Zeit fremd in ihren Ohren klang. Sie sah in ihren Terminkalender, dann wieder zu der Frau. »Haben Sie einen Termin? In ungefähr zwanzig Minuten kommt jemand.« Sie sah die Frau genauer an: Etwas an ihr kam ihr irgendwie bekannt vor.

»Ich bin nicht hier, um mich behandeln zu lassen, Dr. d'Winters. Ich heiße Tammy Hogan und das ist Mike Stewart.« Der hochgewachsene Mann nickte zur Begrüßung. »Wir arbeiten für den *Sunday Telegraph*. Ich habe den Artikel über die Buschfeuer und den Reisebusunfall vor einer Woche für die Sonntagszeitung geschrieben, Mike hat die Fotos dazu gemacht. Vielleicht haben Sie mich am Unfallort gesehen.«

»Oh.« Darum hatte sie geglaubt, die Frau zu kennen. Brookes Magen rutschte um einige Zentimeter nach unten. Sie hatte gehofft und gebetet, dass das Interesse an ihr mit diesem Artikel beendet wäre. Ihre Gebete waren nicht erhört worden, sie hätte es besser wissen müssen. Sie seufzte. War denn irgendwann mal etwas leicht?

Tammy, klein und rothaarig, setzte sich auf einen der Stühle. Ihre Kleidung sah aus, als ob sie darin geschlafen hätte. Sie zog einen Notizblock hervor. »Ich würde gern zu einem Ihnen genehmen Termin ein persönliches Interview mit Ihnen machen, um einige Dinge abzuklären, die in einem Anschlussartikel nächsten Sonntag veröffentlicht werden. Wir wurden anonym auf Ihre Vergangenheit aufmerksam gemacht. Es ist mir gelungen, einige Fakten aus Ihrem Leben zusammenzutragen, Doktor.« Sie schien Brooke durch ihre dicken Brillengläser zu analysieren. »Ich brauche die Bestätigung folgender Informationen: Dass Sie ursprünglich Brodie Haskins hießen, und dass Sie vor mehr als vierzehn Jahren in den Todesfall eines Patienten namens«, sie musste den Namen ablesen, »Thomas Peard verwickelt waren.«

»Ich verstehe.« Brooke seufzte und legte ihren Stift zur Seite. Sie versuchte krampfhaft, das flaue Gefühl in ihrem Magen zu ignorieren, aber sie schaffte es nicht. Es würde alles wieder von vorne anfangen, und sie konnte nichts dagegen unternehmen. Schicksalsergeben dachte sie, dass man lange Zeit vor etwas wegrennen konnte, aber am Ende holte es einen doch immer ein ... Natürlich konnte sie die Journalistin auch einfach fortjagen – und tatsächlich dachte Brooke für einen kurzen Moment darüber nach –, aber das würde sie nicht davon abhalten, ihren Artikel zu schreiben. Und wer wusste schon, was dann in der Zeitung stehen würde?

Sie studierte ausgiebig ihren Terminkalender. Um halb eins hatte sie ihre letzte Verabredung. »In Ordnung. Wir treffen uns im Biergarten des Pubs unten an der Straße, dem Imperial, um Viertel vor eins.« Sie wollte sie nicht bei sich Zuhause haben, damit sie nicht auf Jason stießen und sogar noch Fotos von ihm machten. Was ihm zugestoßen war, und was für ein Mensch er heute war, hatte nichts mit ihrer Vergangenheit zu tun. Da war es ihr schon lieber, wenn sich die Journalistin auf *sie* und nicht auf Jason konzentrierte. Gott sei Dank hatte sie die Kinder schon in alles eingeweiht, so dass andere sie in der Schule nicht mit falschen Versionen verspotten konnten.

»Teufel auch. Was kann man denn in diesem Nest so lange machen?«, fragte Tammy mit einer gelangweilten Stimme.

Brooke hätte ihr gerne gesagt, dass es sie nicht im Mindesten interessierte, was die Journalistin tat, aber sie hielt sich zurück. Sie wollte es der Frau nicht zu leicht machen, ihren Charakter zu meucheln. Stattdessen sagte sie mit einem sanften Lächeln: «Bindi Creek ist eine freundliche kleine Stadt. Etwas weiter die Straße runter gibt es ein nettes Café – da gibt es einen leckeren Devonshire Tee –, und unten am Fluss ist ein hübsches Naturschutzgebiet.« Sie sah den Fotografen an. »Die Trauerweiden sehen besonders faszinierend aus in diesem Jahr. Sie könnten einige schöne Fotos vom Fluss und der Brücke bekommen.«

Als sie weg waren, rief Brooke Jean an. »Sie ist hier, die Journalistin von der Sonntagszeitung. Ich habe dir ja gesagt, sie würde herumwühlen.« Sie runzelte die Stirn, als es ihr wieder einfiel: »Sie sagte, sie hätten einen anonymen Anruf bekommen, aber ich kann mir nicht vorstellen, von wem. Könntest du Jasons Unterlagensammlung rüberbringen? Vielleicht brauche ich sie, um einige Fakten zu untermauern.«

Wes suchte streunende Schafe zusammen, die abgehauen waren, und trieb sie zur Hauptherde zurück, was ihn zwar körperlich, aber nicht geistig beschäftigte. Er sah, dass Drew auf der anderen Seite des Hügels seine Aufgabe gut gemeistert hatte und fünf oder sechs Streuner zurückbrachte, und sein Viehtreiber Albie Connors verfolgte ein Dutzend Schafe, das sich südlich von der Herde im dornigen Busch verlaufen hatte.

Brooke war also Ärztin! Er hatte das Porträt in der letzten Sonntagszeitung gelesen, ein Folgeartikel auf den vom vorletzten Sonntag, und sie hatte es ihm ja auch selbst erzählt. Diese Neuigkeit schwirrte immerzu in seinem Kopf herum, wie ein Ohrwurm, den man nicht mehr loswird. *Eine Ärztin. Ausgebildete Ärztin.* Jesus Christus, ein Teil von ihm konnte es noch immer nicht fassen, obwohl er nicht daran zweifelte, dass es stimmte.

Es änderte einiges – es änderte, wie er über sie dachte, besonders jetzt, da sie Jasons Praxis übernehmen wollte. All die Jahre über gab es nicht den leisesten Hinweis, dass sie medizinisch ausgebildet war – noch nicht einmal von seinem besten Freund. Verflixt und zugenäht. Konnte man ihn so leicht hinters Licht führen? Er brummte traurig. Claudia hatte es keine Schwierigkeiten bereitet.

Komisch. Er saß auf Fantasy Lane, dem Pferd, das er zum Viehtreiben nahm, bugsierte zwei trächtige Schafe zur Herde und ließ die Jahre, die Brooke und Jason in Bindi verbracht hatten, an sich vorüberziehen. Diese Sache mit der Naturheilkunde, die Brooke betrieb, die Zeit, die sie für die Ausbildung aufgebracht hatte... warum hatten sie und Jason nicht einfach eine Gemeinschaftspraxis in Bindi Creek eröffnet? Eine Menge von dem, was sie ihm letzte Woche erzählt hatte, hatte keinen Sinn gemacht, aber seit er den zweiten Artikel über die Geschehnisse in Hobart gelesen hatte, verstand er es. Nur wegen des Busunglücks hatte sie ihren Beruf preisgegeben, und da die Wahrheit nun schon bekannt war, konnte sie ebenso gut Jasons Praxis übernehmen. Das machte beruflich und finanziell Sinn.

Wieder dachte er darüber nach, was die Journalistin geschrieben hatte. Es war ein aufrichtiger, schnörkelloser und urteilsfreier Artikel gewesen. Arme Brooke, sie musste viele Jahre gelitten haben nach dem Tod des Mannes.

Diese Enthüllungen konnten auf jeden Fall einen Erfolg verbuchen: ihn komplett zu verwirren. Verflixt und zugenäht, darauf konnte er verzichten. Und er hatte gedacht, sie so gut zu kennen. Jetzt war er sich nicht mehr sicher. Es stimmte, dass er sie seit Langem liebte, dass er sie zutiefst bewunderte für ihre Art, Ehefrau und Mutter sein. Aber jetzt sah er sie mit anderen Augen – er konnte nichts dagegen tun. Sie war noch immer die Frau, die er liebte, die Ehefrau und Mutter, die er bewunderte, aber jetzt hatte sie einen Beruf. Veränderte das seine Gefühle für sie?

Er rutschte unruhig im Sattel hin und her. Jesus, er wusste es nicht. Hörte man auf, jemanden zu lieben, oder änderten sich die Gefühle, wenn sich herausstellte, dass die Person, die man liebt, nicht ganz so ist, wie man gedacht hatte? Zur Hölle, auch diese Antwort kannte er nicht. Obwohl – diese Medizinsache verkomplizierte alles. Sie hatte ihn unvorbereitet erwischt und aus dem Gleichgewicht gebracht.

Was, wenn sie eine zweite Claudia wurde – auf ihren Beruf konzentriert, darauf, die Praxis aufzubauen, zum Nachteil ihrer Familie? Irgendwie glaubte er, dass er das nicht aushalten könnte.

»Was soll das heißen, es wird keine polizeiliche Untersuchung geben?« Sharon war so enttäuscht, dass ihre Stimme schrill wurde. Sie starrte ihren Vater an. »Die Frau ist eine Betrügerin, das weiß ich genau. Lies den Artikel, lies, was Tammy Hogan über sie geschrieben hat. Sie ist verantwortlich für den Tod eines Mannes, und obwohl sie für Gott weiß wie lange nicht praktiziert hat, operiert sie wieder einen Mann. Dennis O'Toole hätte sterben können. Er hat einfach nur Glück gehabt. Das ist nicht richtig. Und zu dem Zeitpunkt besaß sie noch nicht einmal ihre Approbation.«

»Sharon«, warf Vince ein. Er sprach geduldig, obwohl sie das Thema schon zweimal besprochen hatten. »Brooke wurde von einem möglichen Kunstfehler in Hobart freigesprochen, und sie hat jetzt ihre Zulassung, obwohl sie noch nicht praktiziert. Tammy Hogan schreibt das in ihrem Artikel, und die Ärztekammer in Neusüdwales gibt an, dass sie kein Problem mit dem haben, was Brooke getan hat. Sie haben ihre Zulassung gerne bewilligt. Außerdem hast du Constable Roth in Carcoar angerufen. Er hat dir gesagt, dass sie nicht angeklagt wurde, also ist der Fall erledigt.«

Was Sharon Dimarco anging, war der Fall noch nicht erledigt. Es musste doch *etwas* geben, womit sie diese Frau aus Bindi Creek, aus Cowra und aus ihrem Leben hinausjagen konnte. Nur dann hatte sie eine Chance, Wes zu bekommen. »Also, ich finde, sie sollte der Stadt verwiesen werden. Es ist eine Schande, wie sie die Leute hier hintergangen hat. Ich habe neulich in der Stadt mit dem alten Mr. Winkleton gesprochen. Er war von der ganzen Geschichte schockiert und wird nicht zu ihr in die Praxis gehen. Ihr werdet sehen«, prophezeite sie, »viele von Jasons Patienten werden lieber zu einem anderen Arzt gehen, als sie an sich heranzulassen.«

»Lächerlich«, ereiferte sich Hugh. »Sie hat bewiesen, dass sie ihr Fach versteht. Die Frau hat mir das Leben gerettet«, sagte er mit hochgezogenen Augenbrauen, »aber das scheinst du bequemerweise vergessen zu haben. Ich jedenfalls werde zu ihr gehen, wenn ich einen Arzt brauche.« Dann blickte er seiner Tochter direkt in die Augen und fügte hinzu: »Und ich werde den anderen gut zureden, dasselbe zu tun.«

»Aber Daddy ...« Ach, es hatte ja keinen Sinn. Sogar ihr eigener Vater war gegen sie. Und Vinces gequälter Gesichtsausdruck ließ darauf schließen, dass es bei ihm ebenso war. Na und – zur Hölle mit ihnen. Es gab mehr als einen Weg, den Ruf eines Menschen zu demontieren. Es wäre leichter gewesen, wenn die Polizei ihr diese Arbeit abgenommen hätte, aber sie konnte sich auch selbst darum kümmern, indem sie bei jeder sich bietenden Gelegenheit aus dem Hinterhalt schoss. Am Ende würde sich das Plätschern des Missfallens zu einer Welle des Zorns auswachsen, die mit etwas Glück die d'Winters für immer fortspülen würde. Dann endlich würde sich Wes' Aufmerksamkeit allein auf sie richten.

»Ich reite rüber nach Sindalee«, sagte sie. Bewusst fragte Sharon Vince nicht, ob er mitkommen wollte, obwohl sie wusste, dass er immer gerne auf Sindalee war. Sie hielt nicht viel von seinen Reitkünsten, und zwischen Minta Downs und Sindalee musste man raues Gelände überqueren. Außerdem brauchte sie Zeit für sich allein, um nachzudenken und eine Strategie auszuarbeiten. Es bestand die Möglichkeit, dass Wes wegen der Enthüllungen über Brooke durcheinander war, daher schien ihr jetzt der geeignete Zeitpunkt, ihn an Claudia und ihre Karrierebesessenheit zu erinnern. Wer konnte schon mit Sicherheit sagen, dass Brooke nicht aus demselben Holz geschnitzt war?

Dr. John Honeywell fand innerhalb von zwei Wochen eine andere Arbeitsstelle, und von da an übernahm Brooke den Dienst in der Praxis. Und nach nur ein paar Wochen war es ihr, als ob sie nie aufgehört hatte zu praktizieren. Sie behielt aber auch Recht mit ihrer Vorhersage, dass es nicht leicht werden würde. Die unterschwellige ablehnende Haltung, die einige Menschen ihr gegenüber an den Tag legten, fand immer mehr Anhänger, und ziemlich viele von Jasons Patienten kamen nicht mehr in die Praxis, seit sie dort arbeitete. Andere wiederum kamen nun extra. Angie und Ric Stephanos mit ihrer Tochter Deanna waren ihre ersten Patienten. Dann kam Reverend Dupayne mit seiner asthmakranken Tochter Kitty, auch Jill vom Supermarkt und einige andere aus der Stadt.

Brooke hörte über die ländliche Flüsterleitung, dass Sharon Dimarco eine Rufmordkampagne gegen sie angezettelt hatte. Es hatte den Anschein, dass sie zum Teil Erfolg damit hatte. Ihr fiel jedoch nichts Wirkungsvolles ein, um sich dagegen zu wehren. Sie musste abwarten, den Leuten Zeit geben, ihre eigene Meinung zu bilden und ihre eigenen Entscheidungen zu treffen. Lustig war, dass Hugh Thurtell einer ihrer entschiedensten und eifrigsten Befürworter war, worüber sie sich freute, musste es Sharon doch furchtbar ärgern. In seinem Einsatz für sie hatte er sogar einen Leserbrief an den *Cowra Guardian* geschrieben, um seine Mitbürger daran zu erinnern, was die d'Winters-Familie alles für Bindi Creek geleistet hatte.

Brooke blieb standhaft. Sie tat, was sie gut konnte – sich um kranke Menschen kümmern –, und schließlich kamen auch viele von denen, die sie erst abgelehnt hatten, zu ihr, nachdem sich herumgesprochen hatte, dass sie eine fähige und einfühlsame Ärztin war.

25

In Buenos Aires saß ein Mann im elften Stockwerk des Torres de Catalinas Norte an seinem Schreibtisch aus Mahagoni, von dem aus er die Liegeplätze des Puerto-Madeiro-Yacht-Clubs und den Rio de La Plata überblickte. Der Mann war durchschnittlich groß, normal gebaut, hatte silbriges Haar und einen Silberbart. Gerade studierte er vorläufige Bohrberichte über das neueste Projekt seiner Firma in Venezuela.

Zufrieden mit dem, was er gelesen hatte, legte er die Berichte beiseite und griff in die große Schachtel, die seine Sekretärin auf einen Eingangskorb gelegt hatte. In der Schachtel lagen Ausgaben von jeder größeren australischen Zeitung über einen Zeitraum von einer Woche, und dem Poststempel nach war das Paket vor fast zwei Monaten abgeschickt worden. Royce Lansing war gerne darüber informiert, was in Australien passierte, obwohl seine Geschäftsinteressen sich in den letzten zwölf Jahren ausschließlich auf Südamerika konzentriert hatten.

Seine Bürowände dienten als eine Art Bildergalerie der Orte, an denen er in den letzten fünfundzwanzig Jahren zuhause gewesen war: Bougainville, Borneo, Texas, Alaska, Venezuela und jetzt Buenos Aires. Auf seinem Schreibtisch stand ein Foto seiner Familie: Eva, seine schwedisch-amerikanische Ehefrau – jetzt Exehefrau – und seine Töchter Sophie und Elise.

Er sah die Zeitungen durch. Er blätterte gerne darin und blieb nicht unbedingt nur an den Wirtschaftsseiten hängen. Er war in einer Kleinstadt in Queensland aufgewachsen und interessierte sich nicht nur dafür, was in den großen Städten seines Heimatlandes passierte, sondern auch in den kleinen. Er war schon mindestens fünf Jahre nicht mehr in Down Under gewesen, hauptsächlich, weil seine Eltern gestorben waren und sein Bruder und seine Schwestern über den ganzen Kontinent verstreut lebten.

Anderthalb Stunden später hatte er erst die Hälfte des Stapels durchgeforstet, als er auf eine Schlagzeile stieß, die ihn fesselte: Ärztin und Krankenschwester als Lebensretter bei Busunglück im Buschfeuer. Er las jedes Wort in dem Artikel, dann las er ihn noch einmal, um ganz sicher zu gehen, dass er sich den Namen nicht eingebildet hatte, der ihn wie eine blinkende Neonreklame ansprang: Krankenschwester Jean King. War das etwa *seine* Jean?

Der Artikel war mit einem Foto erschienen. Er nahm die Lupe von seinem Schreibtisch, um die abgebildeten Personen besser erkennen zu können. Zwei Frauen standen im Vordergrund. Eine hatte kurze, dunkle Haare, war zierlich, schlank und Ende dreißig. Die andere Frau war mittleren Alters, größer, mit einer volleren Figur. Eine

Gruppe Menschen stand hinter ihnen, einige mit bandagierten Armen und Köpfen, und im Hintergrund sah man den umgekippten Bus. Ja, *sie* war es, da war er sicher. Sie war etwas molliger als früher, hatte sich ansonsten aber kaum verändert. Er setzte seine Brille ab, rieb sich die Augen und schüttelte den Kopf. *Das gibt es doch gar nicht.* Dann lehnte er sich in seinem Stuhl zurück und kratzte sich gedankenvoll am Bart.

Gott, wie lange ist das her? Er versuchte, sich zu erinnern. Vierundzwanzig – nein, fast sechsundzwanzig Jahre! Er schloss die Augen und sah sie sofort wieder vor sich, wie sie ausgesehen hatte, als sie das letzte Mal zusammen gewesen waren. Jean war gerade erst vom Dienst gekommen und steckte noch in ihrer Schwesterntracht. Ihre hellbraunen Haare hatten sich in der feuchten Luft gewellt. Das Wetter in Halls Creek konnte einem übel mitspielen. Es fiel ihm ein, was ihm zuerst an ihr gefallen hatte. Seltsamerweise war das nicht ihre hübsche Figur oder ihre schönen braunen Augen gewesen. Es waren ihre unverblümte Art und ihre starke Persönlichkeit, die sie zu etwas Besonderem gemacht hatten. Jean nannte einen Spaten einen Spaten, und niemand konnte ihr da irgendeinen anderen Blödsinn auftischen. Sie konnte ein harter Brocken sein, wenn sie wollte, aber mit ihm war sie anders gewesen. Ein nostalgisches Lächeln umspielte seine Lippen. Mit ihm war sie niemals ruppig gewesen.

Was war vor all den Jahren bloß mit ihr geschehen? Wohin war sie gegangen? Manchmal hatte er sich Vorwürfe gemacht, Australien verlassen zu haben, weil er sie dadurch verloren hatte. Er hatte nach seiner Rückkehr aus Borneo versucht, sie zu finden, ihre Spur war jedoch nach zwei Jahren zu kalt gewesen. Sie schien spurlos verschwunden zu sein. Damals hatte er noch nicht das nötige Geld, einen Privatdetektiv zu engagieren, und als er nach einer Weile die Suche aufgegeben hatte, war er nach Alaska gegangen, um dort den Glückstreffer zu landen, der ihn reich und berühmt gemacht hatte. Jetzt war er beides, dank der Diamantenmine, die sein Partner und er in Venezuela entdeckt hatten. Das war der Grundstein gewesen, heutzutage besaß die Cordova & Lansing Mining Corporation Mehrheitsanteile an vielen Bergbauunternehmen überall in Südamerika.

Er schüttelte bei der Erinnerung daran den Kopf. Es hatte nach Jean andere Frauen gegeben – nicht gerade eine Parade, aber genug, um ihn nicht als Mönch zu bezeichnen –, aber keine war wie seine Jean gewesen, keine. Auch Eva nicht. Die Scheidung war allerdings friedlich verlaufen, und sie kam äußerst wohlhabend aus der Sache heraus. Er verscheuchte Eva aus seinen Gedanken und kehrte zu Jean zurück. Allein die Erinnerung daran, wie viel Spaß sie zusammen gehabt hatten, wie er sich durch sie gefühlt hatte, zauberte ein Lächeln in sein Gesicht, das eine Weile andauerte. Irgendetwas passierte auch in ihm, wenn er an sie dachte. Sein Bauch zog sich zusammen. Verdammt seltsam.

Dann drang noch etwas zu ihm durch: Ihr Name war immer noch King. Sie hatte nie geheiratet? Oder war sie verheiratet gewesen, hatte sich dann scheiden lassen und ihren Mädchennamen wieder angenommen? Er blinzelte und sah durch das Fenster auf die smogbedeckte Stadt. Es war ein grauer Tag mit Nieselregen. Er fragte sich … Jesus Christus, was dachte er denn da? Das war verrückt!

Royce saß noch ein paar Minuten da und versuchte, sich den Plan, der ihm gerade in den Sinn gekommen war, auszureden, schaffte es aber nicht und griff schließlich mit einem Schulterzucken zum Telefon.

»Teresa«, sagte er zu seiner Sekretärin, »würden Sie mir bitte einen Flug nach Sydney buchen, je eher, desto besser. Und Sie sollten besser hereinkommen. Ich muss einige Briefe verfassen und einige Verabredungen für die nächsten Wochen absagen. Oh ja, und verbinden Sie mich bitte mit Carlos. Ich schätze, er ist in der Mine in Venezuela.«

Carlos Cordova, sein Partner, würde mit Sicherheit denken, dass er plötzlich den Verstand verloren hatte, aber über Jean zu lesen, an sie zu denken, nahm ihm jede Ruhe. Das Verlangen, Jean King zu sehen, wuchs mit jeder Minute, und er wusste, er musste diesem Verlangen nachgeben.

Jean sah nicht gleich auf, als sich die Tür des Wartezimmers öffnete, um einen neuen Patienten einzulassen, der eine Brise kühler Frühlingsluft mitbrachte. Es war viel los gewesen in der Praxis. Eine Grippewelle war von Sydney aus auf die ländlichen Gebiete übergeschwappt, und die Leute fielen reihenweise um wie die Fliegen. Millie Fasanellas Grippe hatte sich zu einer Lungenentzündung ausgewachsen, so dass Brooke sie ins Krankenhaus geschickt hatte. Die arme Frau war nicht mehr sie selbst gewesen seit dem Brandunfall vor einigen Jahren. Wenn Gino etwas Verstand hätte, hatte Jean gesagt, würde er das Café verkaufen, sich zur Ruhe setzen und mit Millie auf eine lange Reise gehen. Sie wandte sich wieder den Unterlagen auf ihrem Schreibtisch zu, einem Haufen Meldungen für die Krankenkassen. Pauschalabrechnungen. Etwas, das sie hasste, aber wie so viele Dinge, die sie nicht mochte, verschwand auch diese Arbeit nicht von selbst.

Als sie hochblickte, um sich den neuen Patienten anzusehen, sah sie einen gut gekleideten Mann in der Mitte des Wartezimmers stehen. Er trug einen konservativen, dunkelblauen Nadelstreifenanzug mit einem gestärkten weißen Hemd darunter und einer dezent gemusterten Krawatte. Er sah sowohl gesund als auch ein wenig nervös aus. Könnte neu zugezogen sein, dachte sie. Neugierig, wie sie war, sah sie ihn genauer an. Das silbrige Haar und der Bart konnten sie nicht länger als zwanzig Sekunden lang darüber hinwegtäuschen, wen sie da vor sich hatte.

Oh, mein Gott. *Oh, mein Gott!* Jean, die sonst nie die Fassung verlor, verlor jetzt die Fassung. Zum ersten Mal in ihrem Leben befürchtete sie, ohnmächtig zu werden. Ihr Mund stand vor Schreck offen, und sie konnte um alles in der Welt kein Wort herausbringen.

Roy sprach als Erster. Sein Ton war deutlich heiser, sein Lächeln vorsichtig. »Jean, Jean King, bist du es wirklich?«

Die Patienten im Wartezimmer schauten von einer erstaunten Person zur anderen. Man konnte direkt fühlen, dass hier gerade etwas Wichtiges passierte.

Irgendwie schaffte Jean es, aufzustehen. Sie stützte sich mit beiden Händen auf dem Tisch ab und betrachtete den einzigen Mann, den sie jemals geliebt hatte.

»Du bist es! Royce Lansing. Ich kann es nicht glauben.« Ihr Herz schlug wie eine Trommel, und ihre Finger zitterten so stark, dass sie sie auf die Tischoberfläche pressen musste, um den Tremor zu unterdrücken. Ihre Gedanken wirbelten durcheinander, gingen in alle erdenklichen Richtungen, unfähig, sich auf eine Sache zu konzentrieren.

»Glaub es ruhig«, antwortete er. »Ich … habe im *Sunday Telegraph* über dich gelesen, was diese Ärztin und du bei dem Busunglück geleistet habt. Ich weiß, dass das schon eine Weile her ist, aber es dauert immer ein wenig, bis die Zeitungen in Argentinien eintreffen. Ich wusste nicht... ich meine, ich war nicht hundertprozentig sicher, dass du es warst, aber ich musste herkommen und es herausfinden.« Sein Lächeln wurde breiter, während sein Selbstvertrauen zunahm. »Es ist ein langer Weg von Buenos Aires nach Sydney.« Er entdeckte einige graue Strähnen in ihrem Haar und ein paar Fältchen, aber sie war dieselbe Jean, dieselbe Frau, in die er sich vor einem halben Menschenleben verliebt hatte. Noch bemerkenswerter war die Tatsache, dass er gewusst hatte, sogar bevor er sie gesehen hatte, dass noch einiges von den alten Gefühlen in ihm lebte.

Jean hatte sich so weit von ihrem Schreck erholt, um mit kühler Gelassenheit zu erwidern: »Und wo hast du die letzten sechsundzwanzig Jahre gesteckt? Du hast mir gesagt, du würdest für ein oder zwei Jahre weg sein, um dein Glück zu machen, und das war das Letzte, was ich von dir gehört habe.«

Er trat näher an ihren Schreibtisch. »Ich habe Briefe geschrieben«, sagte er verteidigend. »Und ich habe deine Briefe erhalten. Aber nach einer Weile kamen keine mehr. Als ich nach Australien zurückging, versuchte ich, dich aufzuspüren, aber es war, als ob du nicht gefunden werden wolltest. Nach Katherine habe ich deine Spur verloren, und später bin ich wieder nach Übersee gegangen, nach Alaska.« Aber er hatte sie nicht vergessen. Sie war all die Jahre bei ihm gewesen, tief in seinem Unterbewusstsein versteckt.

Sie starrte ihn an. Sie wusste, dass sich das nicht gehörte, aber sie konnte nicht anders. Er sah fantastisch aus... und reich... und er war *hier*. Wunder über Wunder. Er war hier! Nur allmählich dämmerte ihr, dass er real war.

Brooke kam mit einem Patienten aus dem Behandlungsraum. Sie sah den Mann, sah Jean und ihre Verwirrung. Man brauchte über kein allzu großes Maß an Intuition zu verfügen, um zu erraten, wer der Mann war. Royce. Jeans vor langer Zeit verloren geglaubte Liebe. Sie blinzelte kurz vor Schreck, und dann setzte die Freude für Jean ein. Wie großartig! Zumal ihre liebe Freundin es verdiente.

»Warum gehst du nicht mit Royce« – sie sah ihn um Bestätigung bittend an: »Sie sind doch Royce, oder?«, worauf er nickte – »irgendwohin, wo ihr unter euch seid, damit ihr reden könnt. Ich bin sicher, ihr müsst eine Menge nachholen.« Sie war beinahe so fassungslos wie Jean. Jeans Geliebter war hier. Das war fast wie in einem billigen Roman. Unfassbar.

Royce lehnte sich vor und streckte seine Hand aus. Ohne zu zögern, ergriff Jean sie.

26

Jean freute sich über Brookes Vorschlag, eine Woche Urlaub zu nehmen, um Zeit für Royce zu haben. Es gab so viel, über das sie sprechen mussten. Nachdem sie die Praxis verlassen hatten und auf dem Weg zu ihrem Haus an der Creek Lane waren, hatte sie eine gewisse Verlegenheit zwischen ihnen erwartet, die zum Glück nicht aufkam. Es war, als wären die sechsundzwanzig Jahre der Trennung so schnell vorübergezogen wie ein Augenzwinkern, als hätten sie sich nicht endlos träge dahingezogen wie in ihrer Empfindung. Er sprach über das, was er getan hatte, über die Orte, an denen er gewohnt hatte, über seine Familie. Dann holte sie ein Foto von Greg und zeigte ihm seinen Sohn. Zuerst war Royce sprachlos gewesen. Als er seine Stimme wiedergefunden hatte, wollte er alles über das Wie und Warum und Weshalb wissen, und konnte es gar nicht abwarten, ihn zu treffen.

Zu Jeans unendlicher Erleichterung verstanden sich Royce und Greg auf Anhieb sehr gut. Ihr Sohn war eine jüngere Ausgabe des Vaters. Die beiden waren von ähnlicher Natur, hatten gleiche Ideale und denselben Sinn für Humor. Bevor sie Greg gesagt hatte, dass nicht Robert King, sondern Royce Lansing sein Vater war, war sie krank vor Sorge darüber gewesen, wie er es aufnehmen würde. Würde er am Boden zerstört, wütend oder erleichtert sein? Anfangs war es, wie sie erwartet hatte: Die Neuigkeit hatte ihn umgehauen. Aber als der erste Schock vorüber war, und Greg viele, viele Fragen über die Umstände, die dahin geführt hatten, stellen konnte, verstand er die Motive seiner Mutter, so zu handeln.

»Es war in Ordnung von dir, so zu handeln, du hast mein Okay. Ich verstehe dich«, hatte er gesagt. Er umarmte seinen neu entdeckten Vater und überschüttete ihn mit Fragen.

Jean lächelte bei dem Gedanken daran, was er anschließend zu ihnen beiden gesagt hatte: »Es ist besser, einen lebendigen Vater zu haben als die Erinnerung an einen toten, den ich nie kannte.«

Sie wusste, sie würde seine Worte nie vergessen. Niemals.

Ihre gemeinsame Woche verging in einem Rausch an Aktivitäten. Royce lernte Gregs Verlobte, Connie Sanchez, kennen. Er führte Jean in verschiedene schicke Restaurants in Cowra aus, und sie zeigte ihm die Gegend. Sie unternahmen Ausflüge in die Umgebung, und Royce verbrachte einige Zeit mit Greg, in der er lernte, was in seinem Sohn vorging und was ihm wichtig war. An zwei Nachmittagen ritten die beiden Männer durch das Gelände und erfreuten sich einer an der Gesellschaft des anderen.

Jeans erstaunlichste Entdeckung in dieser Woche war, dass ihre Liebe für ihn immer noch da war. So viele Jahre hatten ihre Gefühle im Nichts verbracht, weil er nicht in der Nähe war, aber ihn wiederzusehen, den Mann kennenzulernen, zu dem er geworden war, praktisch jede wache Sekunde mit ihm zu verbringen, hatte die Liebe wieder erblühen lassen. Und sie fand es noch fantastischer, dass ihre Gefühle anscheinend erwidert wurden.

»Weißt du, Jean, meine Liebste, du bist wieder in mein Leben getreten und hast meine Welt auf den Kopf gestellt«, sagte Royce. Sie hatten zum ersten Mal Liebe gemacht und lagen aneinandergekuschelt auf Jeans Bett.

»Seit der Scheidung bin ich es gewohnt, alleine zu leben. Eva hat früher einige Dinge für mich erledigt, aber in den letzten zwei Jahren habe ich gelernt, mich um alles selbst zu kümmern.« Er küsste sie zärtlich und sagte mit einem Zwinkern in den Augen: »Jetzt verwöhnst du mich bis zum Geht-nicht-mehr, und ich stelle fest, dass es mir gefällt.«

»Hm, von Verwöhnen weiß ich nichts. Ein Mann macht das Leben im Haus interessanter, das will ich nicht leugnen. Auch unordentlicher, ja, auch das. Aber das macht mir nichts aus«, war Jeans Antwort, und sie schmiegte sich enger an seine Brust. Sie mochte es, wenn sie sich um jemanden kümmern konnte, und nicht mal im Traum hätte sie dies erwartet: ihn wiederzusehen, noch einmal zu erfahren, wie es ist, zu lieben und geliebt zu werden. So glücklich sie jetzt auch war, ein Teil von ihr fürchtete sich vor der Einsamkeit, wenn Royce erst wieder in seine Welt zurückgekehrt war. Sie versuchte, nicht an die Zukunft zu denken, sondern sich auf das Heute zu konzentrieren, aber das war leichter gesagt als getan.

»Unternimmst du gerne lange Reisen?«, fragte Royce.

»Lange Reisen? Habe ich noch nie gemacht. Ich hatte nie genug Geld für so viel Luxus.«

»Hättest du denn Lust dazu? Mist«, er seufzte und bewegte sich unruhig, »ich fange das ganz falsch an. Also, ich weiß, dass du Greg sehr liebst und dass du Brooke und ihrer Familie sehr verbunden bist, aber ... Was ich eigentlich sagen will, ist: Kannst du dir vorstellen, etwas anderes zu machen?« Er machte eine kleine Pause. »Woanders zu leben?«

Jean blinzelte und wurde sehr still. Sie hatte nie darüber nachgedacht, etwas anderes zu tun, als das, was sie jetzt machte, oder woanders zu leben als in Bindi Creek. Die Frage nach einem Ortswechsel warf sie um. »Nein«, sagte sie ehrlich, »ich gehe davon aus, den Rest meines Lebens in Bindi Creek zu verbringen.«

»Hmm.« Er dachte eine Weile darüber nach und wägte die Möglichkeiten ab. »Und wenn ich dich bitte, den Rest deines Lebens mit mir zu verbringen? Was würdest du dazu sagen?«

Jean zog sich auf einen Ellbogen hoch, so dass sie in sein Gesicht blicken und den Ausdruck in seinen Augen sehen konnte. Er schien das ernst zu meinen. Er hatte sie sprachlos gemacht, schon wieder. »Ich ... ich ... weiß nicht.« Sie runzelte die Stirn. Warum zögerte sie? Sie liebte ihn, und angenommen, es war ihm wirklich ernst, so bot er ihr die Chance auf ein gemeinsames Leben. Der Gedanke daran ließ ihren Verstand durcheinanderwirbeln. Damit hatte sie nicht gerechnet. Sie war davon ausgegangen, dass er ihre gemeinsame Zeit hier nur für einen angenehmen Zeitvertreib hielt.

Royce wollte eine Beziehung, und das wünschte sie sich auch, nur … Sie dachte an Greg, Brooke und deren Familie. Sie waren ihr so wichtig. »Ich liebe dich, und ich möchte wirklich gerne ja sagen, aber ich muss an Greg denken. Wir sind uns immer nahe gewesen, und Buenos Aires ist ein ganzes Stück von Sydney entfernt.«

Er küsste sie und sagte lächelnd: »Das ist ein verdammt langer Weg.« Er war von den vierzehneinhalb Stunden Flug auch nicht begeistert gewesen. »Weswegen ich denke, dass es für mich vielleicht an der Zeit ist, für immer nach Hause zu kommen. Ende des Jahres werde ich neunundfünfzig und habe fast die Hälfte meines Lebens in fremden Ländern verbracht. Es ist an der Zeit, meine Wurzeln zu verankern, dorthin zurückzukehren, wo ich herkomme. In der letzten Woche habe ich viel nachgedacht. Vielleicht kann ich Carlos dazu bringen, meinen Geschäftsanteil zu kaufen oder sich einen neuen Partner zu suchen. Ich bin bereits ein wohlhabender Mann, und wenn ich meine Teilhaberschaft an Cordova & Lansing verkaufe, geht's mir noch besser.« Danach war er für ungefähr eine halbe Minute still. »Ich würde auch gerne den Kontakt zu meiner Familie wieder aufnehmen. Ich habe meinen Bruder und meine zwei Schwestern mit ihren Familien seit Jahren nicht gesehen. Vielleicht schau ich mal, ob ich in einige australische Bergbauunternehmen investieren kann, nur so aus Interesse.« Er lächelte Jean an. »Was immer ich auch machen werde, finde ich dabei sicher auch einen Platz für Greg, wenn er das möchte …«

»Das würdest du für mich tun?«

»Für uns, Liebste. *Für uns.*«

Jean war keine Frau, die ihre Gefühle offen zeigte, aber sie war so bewegt von dem, was Royce für sie beide tun wollte, dass ihr die Tränen über die Wangen rollten. Ungeduldig wischte sie sie weg. »Entschuldige, ich weiß nicht, was da über mich gekommen ist. Ich habe nie daran gedacht …«

»Psst, Liebste. Warum schlafen wir nicht eine Nacht darüber und reden morgen weiter? Du sollst nur wissen, dass ich dich jetzt, wo ich dich gefunden habe, bestimmt nicht noch einmal entwischen lasse«, sagte er mit ernster Stimme. »Wenn es dazu einiger Änderungen in meinem Leben bedarf, dann werde ich dazu bereit sein.«

»Oh, Royce, als ob ich das nicht wollte! Was du vorschlägst, ist so wunderbar und … ich will ja auch.« Sie konnte es noch immer nicht fassen, aber wenn dies ein Traum war, dann hatte sie nicht die Absicht, je wieder aufzuwachen.

»Gut. Wenn es dir recht ist, heiraten wir in Australien. Sobald du deinen Pass hast, fliegen wir nach Buenos Aires und Rio de Janeiro, um dort unsere Flitterwochen zu verbringen. Wenn ich das Geschäft mit Carlos unter Dach und Fach habe, fahren wir über Kalifornien nach Hause zurück, damit du meine Töchter kennenlernst – sie sind liebe Mädchen.« Das brachte ihn auf einen Gedanken. »Vielleicht könnten wir uns dort mit Greg und Connie treffen? Wie klingt das?«

Sie strahlte ihn an. »Unglaublich. Kneif mich lieber mal, sonst glaube ich, dass ich träume.«

Er kicherte und drückte sie an sich. »Wenn, dann träume ich denselben Traum, mein Schatz.«

Die kleine Dinner-Party, die Brooke für Jean und Royce ausrichtete, um deren Verlobung bekanntzugeben, war das fröhlichste Ereignis im Haus der d'Winters' seit Langem. Sogar Jason spürte, dass etwas Besonders stattfand, und zeigte sich von seiner besten Seite. Wes und Drew Sinclair kamen, nur Fleece hatte keine Zeit, da sie ein besonderes Date mit Nathan Stephanos hatte. Ric und Angie Stephanos waren da, Frank und Marta Galea, Hugh Thurtell, Greg und Connie, Craig Marcioni mit seiner Freundin Leanne und die gesamte d'Winters-Familie.

Anstelle von Jason hielt Wes eine warmherzige Rede und wünschte dem Paar alles erdenkliche Glück. Royce, der Vielgereiste, antwortete ihm mit weltmännischer Leichtigkeit.

Für Brooke hatte diese Dinner-Party einen bittersüßen Geschmack. Oh, natürlich freute sie sich für Jean. Sie verdiente das Glück, das sie endlich gefunden hatte. Jean war ihr immer eine sehr gute Freundin gewesen, und obwohl sie wusste, dass die Zukunft Veränderungen für sie bringen würde, war sie davon überzeugt, dass ihre Freundschaft eng bleiben würde. Aber die beiden so glücklich zu sehen, stand im krassen Widerspruch zu ihrer eigenen Situation. Sie und Jason waren ihre Ehe mit der Erwartung eingegangen, ein langes und glückliches Leben miteinander zu teilen – etwas, worauf sich Royce und Jean jetzt freuen konnten. Für Jason und sie hatten sich Liebe und Glück in Luft aufgelöst, und für ihre Zukunft sah sie allmählich mehr Enttäuschungen und Rückschläge als gute Zeiten auf sich zukommen.

Auf einmal fiel ihr ein, wie sie ihren neunten Hochzeitstag in der Bed & Breakfast-Pension in Carcoar gefeiert hatten. Es schien so lange zurückzuliegen, aber an dem Wochenende hatten sie das letzte Mal miteinander geschlafen. Damals hatte sie geglaubt, dass sie für ewig so weitermachen würden, aber jetzt, auch wenn es selbstsüchtig war, fühlte sie sich wegen dem, was ihr und Jason angetan wurde, vom Leben betrogen.

Halt deine Gedanken im Zaum, warnte sie sich selbst und schüttelte mit Mühe die Traurigkeit ab. Vielen Frauen erging es schlechter, dachte sie sich. Viel schlechter.

Craig im Haus zu haben, half ihr viel mehr, als sie erst angenommen hatte. Es schien Jason zu beruhigen, dass ein weiterer erwachsener Mann in seiner Nähe war. Auch die Kinder genossen Craigs Anwesenheit und gingen mit ihm um, als ob er ihr älterer Bruder wäre. Die Zwillinge im Besonderen sahen zu ihm auf und gingen mit ihren Problemen zu ihm, um sich Rat zu holen. Sie lächelte und versuchte, sich zurück in Partylaune zu bringen. Wer hätte vor zwei Jahren gedacht, dass Craig Marcioni einmal Teil des d'Winters-Haushaltes werden würde? Sie sicher nicht.

Als die Party vorbei war, die Gäste gegangen und der Abwasch erledigt, blieb in Brooke eine seltsame Unruhe zurück, die sie nicht schlafen ließ. Etwas nagte an ihr, aber sie konnte die Quelle dieses »Etwas« nicht finden. Sie konnte nicht genau definieren, was sie störte. Sie goss sich ein kleines Glas Portwein ein und setzte sich ins Wohnzimmer. Sie löschte alle Lichter bis auf eines und versuchte, herauszufinden, was sie bedrückte. Sie nippte am Portwein und fing an, sich zu entspannen. Dann fand sie die Ursache für ihre Ruhelosigkeit: Wes!

Heute Abend war er ganz anders gewesen als der Wes, den sie im Laufe der Zeit so gut kennengelernt hatte. Reserviert und ernst war er gewesen, als ob ihm etwas auf der Seele liegen würde. Oder wäre er lieber irgendwo anders gewesen? Sie war wahrscheinlich die Einzige, die seine kühle Art bemerkt hatte. Dieses Verhalten hatte vor acht Monaten angefangen, zu dem Zeitpunkt, als sie ihm erklärt hatte, dass sie die Praxis übernehmen wollte. Seitdem war Wes ihr gegenüber zurückhaltend. Anfangs hatte sie sich keine Sorgen darüber gemacht, weil sie dachte, es läge in seiner Natur, die *neue* Brooke erst einmal einzuschätzen und neu zu bewerten und – weil er eben Wes war – unvermeidlich Vergleiche zwischen ihr und seiner Exfrau zu ziehen. Aber sie konnte nicht bestreiten, dass die Kameradschaft von früher, der leichte Umgang, der sich über Jahre entwickelt hatte, nicht mehr vorhanden war. Diese Erkenntnis machte sie sehr traurig, umso mehr, weil ihr nichts einfiel, was sie dagegen tun konnte.

Jetzt, da Jean und Royce in den Startlöchern für ein gemeinsames Leben standen, brauchte sie seine Freundschaft mehr als je zuvor. Und Jason brauchte ihn auch. Sie seufzte in das leere Zimmer hinein und leerte langsam ihr Glas. Sie wusste, dass sie die Antwort nicht ohne Weiteres finden würde – wenn es denn eine Antwort auf Wes' Zurückhaltung gab.

Sharon Dimarco stand in ihrem Schlafzimmer, sah ihr Spiegelbild prüfend an und traf eine Entscheidung. Vince drängte sie, einen Hochzeitstermin festzulegen. Er wollte sie heiraten, bevor sie zu den Dreharbeiten nach Südaustralien fuhr, und sie konnte ihn nicht länger abwehren, weil er langsam ungehalten wurde. Die Sache mit Brooke hatte sich nicht so entwickelt, wie sie geplant hatte. Sie hatte gehofft, dass ihre Rufmordkampagne erfolgreicher sein würde, dass sie Brooke damit verjagen könnte. Leider hatte sie sich damit verschätzt. Die blöde Kuh hatte auf stur geschaltet und war immer noch da. Die Landbevölkerung verzieh viel zu leicht. Sharon fand, dass sie alle doof waren.

Und Wes, was war mit ihm?

Sie hatte Wes beobachtet und herausgefunden, dass sich sein Interesse an Brooke in den letzten sechs Monaten erheblich verändert hatte. Es war sichtlich abgekühlt. Sie lächelte ihr Spiegelbild an. Dann hatte wenigstens *etwas* geklappt. Sie gratulierte sich dazu. Die Seitenhiebe und die Anspielungen auf Brookes Berufstätigkeit hatten Wirkung gezeigt. Großartig! Manchmal konnte sie es selbst kaum fassen, wie gerissen sie war. Und die Männer, wie leicht konnte man sie zum Narren halten!

Sharon besah sich die vielen Kleidungsstücke, die sie aufs Bett geworfen hatte. Was sollte sie anziehen? Es war wichtig, dass sie sich für den Showdown mit Wes angemessen kleidete. Sharon musste jetzt handeln, da einerseits Vince sie bedrängte und andererseits ihr Vater Andeutungen machte, dass seine Arbeitstage vorüber waren und er sich jemanden suchen würde, der Minta Downs verwaltete. Hugh hatte den Wunsch geäußert, sich auf ein kleineres, überschaubares Anwesen, das näher an Cowra liegen sollte, zurückzuziehen, damit er seine Enkelkinder, die Kinder von Bethany, öfter sehen konnte. Sharon war nicht darauf erpicht, in näheren Kontakt mit ihrer Schwester oder ihren Nichten zu treten, diesen Kreaturen mit klebrigen Fingern. Wo blieb sie bei dem Ganzen? Sie wusste wo. Sie würde sich jetzt Wes offenbaren, und wenn er wirklich so clever war, wie die Leute behaupteten, würde er ihren Vorschlag nicht ablehnen.

Sie zog einen schmeichelnden, aber legeren Streifenrock und ein zartgrünes Stricktop an, das die Farbe ihrer Augen spiegelte, und wiederholte innerlich, was sie zu Wes sagen wollte – so, wie sie ihren Text für einen Film lernen würde. Schließlich stand sie kurz davor, die größte Rolle ihres Lebens zu spielen.

In Sindalee öffnete ihr Fleece die Tür. Mürrisch begrüßte sie Sharon und bat sie hinein.

»Daddy ist mit dem Tierarzt draußen im Stall«, sagte Fleece ihr, als sie das Wohnzimmer betraten. »Lucinda hat gerade ein Fohlen bekommen, aber es ist schwach, und er macht sich Sorgen, ob es überlebt.«

Nathan Stephanos hatte es sich im Wohnzimmer in einem Sessel gemütlich gemacht, als ob das hier sein Zuhause wäre. Wie sie von Wes gehört hatte, war er eigentlich ständig hier, hartnäckig wie eine Klette. Das Interesse des Teenagers an Fleece brachte sie dazu, sich das Mädchen genauer anzuschauen. Fleece entwickelte sich und zeigte alle Anzeichen dafür, eines Tages eine Schönheit zu werden. Das Knabenhafte war einigen Kurven an den richtigen Stellen gewichen, ihre glänzenden schwarzen Haare und dunklen Augen sahen fantastisch aus, und sie konnte gut verstehen, dass Nathan seine Augen nicht von ihr lassen konnte. Sie hoffte um Fleeces willen, dass der Teenager die Pille nahm. Wes würde alle beide umbringen, sollte sie schwanger werden. Aber Fleece war hoffentlich zu schlau dafür.

»Komm, Nathan«, sagte Fleece plötzlich, ergriff seine Hände und zog ihn aus seinem Sessel hoch. »Wir gehen zu Daddy und sagen ihm, dass Sharon hier ist.«

»Danke.« Sie gingen, und Sharon dachte darüber nach, wie sie Fleece aus dem Weg räumen würde, wenn sie sich erst einmal hier niedergelassen hatte. Das Mädchen und sie hatten sich noch nie gut verstanden, und auch gerade eben war die Ablehnung in ihren Augen kaum versteckt gewesen. Sie lächelte bei dem Gedanken, der ihr kam. Hatte Wes nicht erzählt, dass sie zur Uni gehen wollte? Na, und wenn nicht das, könnte man sie vielleicht dazu ermutigen, früh zu heiraten.

Dann war da noch Drew, still und entschlossen, genau wie Wes. Sie wusste, dass er zur landwirtschaftlichen Hochschule wollte, wenn er die Highschool hinter sich gebracht hatte. Gut, das würde ihn für einige Jahre von hier fernhalten.

Es dauerte noch eine weitere halbe Stunde, bis Wes endlich ins Haus kam und Nina anwies, ihnen Frühstück zu machen. Sie wartete, bis er sich mit einem Kaffee in der Hand entspannte, dann begann sie: »Ich weiß nicht warum, aber ich muss meine Probleme immer bei dir loswerden. Daddy möchte einen Verwalter auf Minta Downs einstellen und sich selbst etwas Kleineres am Stadtrand von Cowra kaufen, um näher bei Bethany und den Kindern zu sein.« Sie sah ihn mit ihren riesigen braunen Augen an. »Ich kann ihm das nicht übel nehmen. Die Herzattacke hat ihm ziemlich Angst gemacht, so dass er seine Prioritäten im Leben überdenkt.«

»Das ist gut für Hugh«, antwortete Wes. »Ich freue mich auch schon sehr auf Enkelkinder«, kicherte er, »aber frühestens in zehn Jahren oder so.«

»Ja, das bringt mich allerdings in die Zwickmühle.« Sie seufzte und schien nachzudenken, während sie ihren Verlobungsring an ihrem Finger drehte. »Es ist wegen Vince.« Diesen Worten folgte ein lang gezogener Seufzer.

»Wieso, was ist mit Vince? Der ist doch schwer in Ordnung.« Zwischen zwei Happen Walnusskuchen sah Wes sie stirnrunzelnd an.

»Ist er. Oh, ich habe echt Mist gebaut.« Ihre Stimme klang angespannt, und dann legte sie dramatisch ihren Kopf in ihre Hände. »Vince drängt mich, ihn endlich zu heiraten, aber … ich kann nicht.« Noch ein Seufzer. »Es wäre einfach nicht fair.«

»Was redest du denn da, Sharon? Du bist mit Vince seit fast einem Jahr verlobt.«

»Ich weiß, aber ich liebe ihn nicht mehr. Ich bin mir auch nicht sicher, ob ich es jemals getan habe.«

»Oh!«

Sie wusste, dass er sie prüfend ansah und dass sie nicht übertreiben durfte. Ihre Zukunft hing davon ab, alles richtig zu machen. »Ich weiß, dass ich an Vince falsch gehandelt habe. Obwohl ich es nicht wollte. Ich meine, ich dachte, es würde schon alles gut gehen, dass die Liebe später kommt. Aber sie ist nicht gekommen. Und das ist so, weil…«, sie machte eine Pause und wartete.

Schließlich fragte er: »Weil?«, denn er fühlte, dass das von ihm erwartete wurde.

»Weil ich jemand anderes gern habe. Und das schon sehr lange.« Sie drehte sich einen Moment zur Seite und gab vor, sich fassen zu müssen. »Ich hatte gehofft, dass ich über Vince diese Gefühle vergessen würde, aber er hat es nicht geschafft. Und ich möchte ihm nicht wehtun, aber es wäre doch ein Fehler, ihn zu heiraten, wenn ich doch etwas für einen anderen Mann empfinde, oder?«

»Ich schätze schon, wenn du dir ganz sicher bist, dass du ihn nicht liebst.«

»Das tue ich nicht.« Sie dachte, er wäre neugierig geworden zu erfahren, wen sie liebte, aber als er nicht danach fragte, drängte sie: »Willst du denn gar nicht wissen, in wen ich verliebt bin?«

Wes schien bei dieser Frage unangenehm berührt zu sein, gab aber schließlich nach. »Ja, klar. In wen?«

»In dich, Wes. Ich dachte, das hättest du schon vor langer Zeit gemerkt.«

Er schluckte heftig und starrte sie einen Moment an. Dann wurde es ihm peinlich und er sah weg. »N-nein.

Ich dachte, … ich meine, wir sind immer nur Freunde gewesen.«

»Ich will mehr als Freundschaft, Wes, und ich war bereit, zu warten. Dann kam Vince, und meine Gefühle gerieten für eine Weile durcheinander. Aber das sind sie nicht mehr.« Sie suchte in seinem Gesicht nach einem Gefühl, einem Zeichen von Interesse, aber er war nicht zu durchschauen. Oh, Mist, sie musste mit härteren Bandagen kämpfen!

»Siehst du nicht, was für ein großartiges Paar wir abgeben würden, Wes? Wir mögen dieselben Dinge, und wir sind wesensverwandt.« Nicht dass das stimmte, aber sie hoffte, ihn davon überzeugen zu können. »Und wäre das nicht ein cleverer Schachzug? Stell dir mal vor: Sindalee und Minta Downs durch Heirat vereinigt …« Er wollte sprechen, aber sie hob die Hand, um ihn daran zu hindern. »Stell dir vor«, wiederholte sie, ihre Stimme vibrierte vor Begeisterung, »was für ein einzigartiges Erbe für deine Kinder – besonders für Drew. Eines Tages wäre er dann der größte Grundbesitzer in diesem Teil des Landes.«

Wes fühlte, wie er durch seine Sonnenbräune errötete. Er hatte von Sharon kein leidenschaftliches Bekenntnis erwartet. Natürlich war sein männliches Ego davon geschmeichelt, zumindest für ein paar Sekunden, dass eine Frau von ihrer Schönheit ihm ihre Liebe gestand. Während dieser Sekunden dachte er kurz über ihren Vorschlag nach und verwarf ihn sofort. Die Züge einer anderen Frau, nicht weniger schön als die von Sharon, standen ihm vor Augen. Brooke d'Winters. Aufrichtige, loyale, mutige Brooke. Wie könnte er auch nur einen Moment lang darüber nachdenken, sie durch eine von Sharons Sorte zu ersetzen? Er konnte nicht.

Argwöhnisch kniff er die Augen zusammen. In was wollte Sharon ihn da hineinziehen? Sie hatte ihn mit ihrer Darbietung fast getäuscht, aber mehr war es nicht gewesen: eine einstudierte, gut abgestimmte Szene einer Schauspielerin. Sie liebte ihn genauso wenig wie sie Vince liebte. Er hatte nur mehr zu bieten. In seinen Augen war die Frau, die ihm gegenübersaß, noch nie zu tieferen Gefühlen für jemanden außer sich selbst fähig gewesen. Emotional war sie viel zu oberflächlich.

Innerlich wappnete er sich. Die nächsten Minuten würden schlimm werden.

»Ich fühle mich geschmeichelt, sehr geschmeichelt«, sagte er langsam. »Und ich stimme dir zu, dass eine Zusammenlegung von Minta Downs und Sindalee gewisse Vorteile bringen würde. Aber es wäre nicht fair dir gegenüber, Sharon, und du weißt, dass ich immer für Fairness plädiere. Weißt du, es gibt da eine andere Frau …«

Brooke würde immer ein weit entfernter Traum bleiben, ein Ziel, das er unmöglich erreichen konnte. Aber solange er sie liebte, und er wusste, das würde er bis in alle Ewigkeit, wäre eine Beziehung zu einem anderen Menschen von vornherein zum Scheitern verurteilt. So viele Monate hatte Sharon versucht, ihn davon zu überzeugen, dass Brooke wie Claudia sei – was für ein Witz! Brooke hatte überhaupt keine Ähnlichkeit mit seiner Exfrau. Claudia war von Ehrgeiz zerfressen. Die Frau, die er liebte, war es nicht. Sie war eine großartige Mischung aus berufstätiger Frau, Ehefrau und Mutter. Es war ihm jetzt sehr bewusst, wie dumm es gewesen war, nach Schwachstellen bei ihr zu suchen, seit sie die Praxis übernommen hatte. Sie machte einen verdammt guten Job, und er hatte sich seit Monaten wegen seiner lächerlichen Vorbehalte von der Familie distanziert. Na, damit hörte er jetzt auf.

Wes wurde aus seinen Gedanken gerissen, als Sharon scharf sagte: »Um Himmels willen, du verstehst doch, was ich dir anbiete, oder? Die Hälfte von Minta Downs und mich dazu. Erkennst du denn nicht, was für ein fantastisches Team wir wären, Wes? Weißt du, wie viele Männer sich auf diese Gelegenheit stürzen würden?« Als er mit den Schultern zuckte, sagte sie wütend: »Viele, das kannst du mir glauben!«

»Du hast sicher Recht. du bist wunderschön und verdienst jemanden, der dich wirklich liebt.« Er seufzte. »Bedauerlicherweise kann ich das nicht, und ich werde von meinen Prinzipien nicht abweichen und das Angebot annehmen, nur um meinen Besitz zu vergrößern.«

»Es ist wegen *ihr*, richtig?« Sharons Stimme wurde schrill. Unruhig rutschte sie auf ihrem Stuhl hin und her, drehte an ihren Haaren, rang ihre Hände. Als er nicht antwortete, sprach sie es aus: »Ich weiß, dass du in Brooke d'Winters verliebt bist, wahrscheinlich weiß es halb Bindi Creek.« Als er nicht antwortete, maß sie ihn von oben bis unten mit einem vernichtenden Blick und starrte ihn betont lange an, um ihn in Verlegenheit zu bringen. »Du bist ein Idiot, Wes Sinclair. Sie ist für den Rest ihres Lebens an diesen bescheuerten Jason gefesselt, oder eher für den Rest seines Lebens. Und«, fügte sie boshaft hinzu, »im romantischen Sinn weiß sie gar nicht, dass du existierst.«

Im nächsten Moment schoss er nach vorne und umfasste ihr Handgelenk mit festem Griff. »Und genauso soll es sein.« Er drückte fester zu. »Ich warne dich, verbreite keine Anspielungen auf meine Gefühle für Brooke in der Gegend. Wenn ich auch nur ein einziges Wort darüber höre, dass du bösartiges Geschwätz in Umlauf gesetzt hast, wird dir das sehr leidtun.« Nochmals verstärkte er seinen Griff.

»Du tust mir weh.«

»Ich weiß«, sagte er mit eiskalter Gelassenheit und hielt sie weiter fest. »Wir verstehen uns?«

Vor lauter Wut wurden ihre Lippen schmal. Sie wollte ihm am liebsten ihren Zorn ins Gesicht schreien, aber sie wusste, es würde nichts helfen. Und Gott, ja, nichts würde sie lieber tun, als Wes' Gefühle für diese Schlampe von Ärztin in der Öffentlichkeit breitzutreten. Andererseits kannte sie Wes Sinclairs Ruf. Er besaß mächtigen Einfluss, weswegen man ihn besser nicht verärgern sollte, denn wenn sein Zorn erst einmal geweckt war, war er unerbittlich. Ihr Vater hatte ihr einige Geschichten darüber erzählt, was Wes getan hatte, wenn sich ihn jemand zum Feind gemacht hatte.

Sie schluckte nervös und nickte dann ihr widerwilliges Einverständnis. »Ach, na gut«, schniefte sie verächtlich. »Wen interessiert das schon?« Wes ließ ihr Handgelenk los.

Hastig verließ Sharon Sindalee. Es gab keinen Grund mehr zu bleiben. Sie hatte ihre besten Karten ausgespielt, aber Wes hatte sie abgewiesen. Der Mann war ein Narr. Er hatte die Vorteile dieses – in ihren Augen – exzellenten Abkommens nicht erkannt. Ärgerlich stampfte sie während der Fahrt mit dem Fuß auf den Boden des Autos. Nach ein paar Kilometern gewannen jedoch andere Gefühle die Oberhand. Tränen der Enttäuschung, des Zorns und der Scham trübten ihre Sicht so sehr, dass sie den Wagen an den Straßenrand fahren musste, um anzuhalten. Als der Wagen stand, ließ sie ihren Gefühlen freien Lauf und weinte hemmungslos. Sie war sich so sicher gewesen!

Ihr blondbeschopfter Kopf wurde hin und her geschüttelt, ihr voller Mund war verkniffen, und ihre Hände umklammerten das Lenkrad so stark, dass ihre Knöchel weiß hervorstanden. Dann seufzte sie besiegt. Wo stand sie denn nun? Sie sah für sich zwei Möglichkeiten: Erstens, bleiben und Vince heiraten. Er war ein guter Versorger und verrückt vor Liebe zu ihr. Dann würde sie aber nicht umhin können, von Zeit zu Zeit auf Wes zu stoßen, und das könnte peinlich werden. Außerdem hatte Vince ein paar Angewohnheiten, die ihr auf die Nerven gingen. Er konnte unglaublich pingelig sein und war in einigen seiner Gewohnheiten sehr festgefahren. Außerdem war er so anhänglich, dass sie manchmal das Gefühl bekam, von ihm erstickt zu werden.

Die andere Möglichkeit war, dass sie sich wieder auf ihre schauspielerische Karriere konzentrierte. Durch ein kleines Wunder war diese wieder zum Leben erweckt worden, als sie den italienischen Produzenten Giovanni Truman getroffen hatte, den sie nächstes Jahr am Drehort in Südaustralien sehen würde. Giovanni hatte ihr weitere Rollen in Aussicht gestellt, die sie auch ins Ausland führen würden.

Der Gedanke daran ließ sie erwartungsvoll lächeln. Sie freute sich darauf, wieder vor der Kamera zu stehen und ihre Schauspielkünste zu zeigen. Die Aussicht, wieder in engen Kontakt mit berühmten Schauspielern, Produzenten und Regisseuren zu kommen, bereitete ihr ein angenehm aufregendes Gefühl. Ein Schauer der Erregung durchlief sie, als ihre Fantasie mit ihr durchging. Das Mysterium des Filmemachens – die Menschen, die Drehorte, der Glamour – hatte sie schon immer fasziniert. Und – bei diesem Gedanken zog sie zynisch eine Augenbraue hoch – es war auf jeden Fall aufregender, als sich für immer auf dem Lande zu vergraben. Sie hob eine Hand, um ihre feinen, blonden Haare um ihr Gesicht zu drapieren – das Ergebnis war fast perfekt. Ja, die Schauspielerei war eindeutig aufregender, etwas, worauf man sich freuen konnte.

Seufzend drehte sie den Schlüssel im Zündschloss. Sie musste noch viel nachdenken.

Brookes Lieblingszeit auf dem Land war die Frühlingsmitte. Als sie durch das Fenster des Behandlungsraumes auf die Kreppmyrte mit ihren frischen Frühlingsblättern blickte, erinnerte sie das an das erste Mal, als Jason und sie Sydney hinter sich gelassen hatten, um herauszufinden, ob das Landleben das Richtige für ihre kleine Familie sei. Wie lange war das her? Neun Jahre, fast schon zehn. Neun interessante, aufregende, ereignisreiche Jahre. Wer hätte geahnt, dass die d'Winters-Familie so viel erleben würde?

Da sie gerade in nachdenklicher Stimmung war, forschte sie weiter in sich hinein und erkannte, dass sie Jean vermisste – ihr fröhliches Gesicht, ihre grundsolide Art, ihre Freundschaft. Sie waren im Lauf der Jahre sehr eng zusammengewachsen, trotz der sechzehn Jahre Altersunterschied zwischen ihnen. Ihre Freundschaft hatte sie einige der Fährnisse und Prüfungen, die ihre Familie erleben musste, leichter ertragen lassen. Sie lächelte, als sie an die Postkarte dachte, die sie gestern erhalten hatte. Jean und Royce verlebten ausgedehnte Flitterwochen, und obwohl sie sich nach Jeans Rückkehr in ein paar Tagen schon wiedersehen würden, wusste sie, dass sich in Zukunft einige Dinge ändern würden. Die Lansings – sie tat sich schwer damit, sich an Jeans neuen Nachnamen zu gewöhnen – hatten beschlossen, das Haus in Bindi Creek zu behalten, sich aber in Sydney niederzulassen.

Royce wollte dort einige Bergbauunternehmen unter die Lupe nehmen, bei denen er sich beteiligen konnte. Greg und Connie würden noch vor Weihnachten in Bindi heiraten und dann auch nach Sydney umziehen. Sie würde Jeans kluge Ratschläge vermissen, aber gleichzeitig freute sie sich sehr, dass sie Royce und mit ihm das Glück gefunden hatte.

Brooke erinnerte sich, dass die Zwillinge kurz nach ihrem Einzug in ihr Haus vier Jahre alt geworden waren. Seit diesem Jahr gingen sie auf die Highschool. Das erinnerte sie daran, dass die Jungs heute Schlagtraining hatten – sie waren beide im Cricketteam der Junioren aufgenommen worden. Sie würden erst kurz vor Einbruch der Dunkelheit nach Hause kommen. Sheridan schlief heute bei einer Freundin, so dass sie eine weniger beim Abendessen waren. Sie räumte ihren Schreibtisch auf, wie jeden Tag, wenn die Sprechzeit vorbei war. Sie fragte sich kurz, ob Jason und Craig schon zurück waren, als sie ins Haus ging. Die beiden hatten sich auf den Weg zu der historischen Farm Dundullimal in der Nähe von Dubbo gemacht, wo den Besuchern gezeigt wurde, wie das Leben auf einer Farm früher einmal ausgesehen hatte. Jason würde nach Hause zurückkommen und nach einem frühen Abendessen todmüde ins Bett fallen.

Jason ermüdete sehr schnell in letzter Zeit. Der Gedanke betrübte sie, und um sich den Alltag nicht noch schwerer zu machen, versuchte sie, nicht daran zu denken, wie der alte Jason gewesen war – es tat zu weh. Stattdessen konzentrierte sie sich darauf, jeden Tag so stressfrei wie möglich zu durchleben. Sie wusste nicht warum, aber heute hatte sie immer wieder Bilder von Jason vor Augen, eines nach dem anderen. Der Neurologe hatte ihr gesagt, dass sein Gesamtzustand – physisch und mental –

schlechter wurde. Dass sie und die Kinder bei diesem Verfall zusehen mussten, ohne diese Entwicklung irgendwie aufhalten zu können, hatte sie schon viele schlaflose Nächte gekostet.

Wenn er durchdrehte, wie vor ein paar Wochen, konnte man Angst vor ihm bekommen, zum Teil auch, weil er so massig geworden war. Die Medikamente, die er nehmen musste, und das übermäßige Essen, das sie nicht unter Kontrolle bekam, hatte ihn bis auf einhundertfünfzehn Kilo anschwellen lassen, was für seine Größe und sein Alter ungefähr zwanzig Kilo zu viel war.

Das letzte Mal hatte er einen Wutanfall bekommen, weil er schwimmen gehen wollte und es nicht möglich war. Craig hatte ihm gesagt, dass das Wasser noch zu kalt war und dass es bestimmt noch einige Wochen dauern würde, bis sich das änderte. Normalerweise gingen Craig und er von Ende Frühling bis zum frühen Herbst zweimal wöchentlich schwimmen, entweder im Schwimmbad oder in der Badebucht des Bindi Creek, die einen halben Kilometer flussaufwärts lag. Ungeachtet Craigs mangelnder Begeisterung hatte Jason seine Badehose und sein Badetuch gegriffen und sich zum örtlichen Schwimmbad aufgemacht, wo er vor Jahren den Kindern das Schwimmen beigebracht hatte. Als Jason dort vor verschlossener Tür stand, überfiel ihn eine solche Wut, dass er auf die Tore einschlug und nach ihnen trat und so einen Krawall machte, dass es drei Männer gebraucht hatte, ihn zu halten, bis er sich beruhigt hatte.

Für Brooke war diese Geschichte besorgniserregend und peinlich zugleich. Jasons Stimmungsschwankungen wurden extremer. Obwohl sie nicht darüber nachdenken oder es zugeben wollte, wuchs das Risiko, dass er eines Tages sich selbst oder andere verletzen würde. Der Neurologe hatte ihr empfohlen, ihm Antidepressiva zu geben, aber sie schob die Entscheidung darüber vor sich her. Der Gehirnschaden hatte ihn sowieso schon so langsam gemacht, und wenn er Antidepressiva nahm, könnte es sein, dass er dadurch zu einem Zombie mutierte. Das wollte sie nicht.

Sie bemerkte Bewegung im Wartezimmer. Jan Stewart, die den Job als Helferin in der Praxis übernommen hatte, rief ihr zu, dass sie Feierabend machte. Zeit, die Praxis zu schließen. Es war ein arbeitsreicher Tag gewesen, und als sie ins Wartezimmer ging, um sich von Jan zu verabschieden, fühlte sie sich ein wenig müde – aber auf angenehme Art. Sie war darüber erleichtert, dass keine Hausbesuche für den Nachmittag geplant waren. Die meisten von Jasons Patienten waren jetzt ihre – trotz Sharon Dimarcos Bemühungen. Diese Frau hatte ihr Möglichstes getan, um sie in Misskredit zu bringen und die Praxis zu ruinieren. Sie hatte jedoch herausgefunden, dass die Menschen hier loyal waren, und die meisten hatten erkannt, dass Sharons Rufmordkampagne nichts als Niederträchtigkeit war.

An der Haustür traf sie mit Craig zusammen.

»Hi, ich war nicht sicher, ob ihr schon wieder zurück seid. Wie war euer Tag? Hat es Jason gefallen?«

»Er ist nicht bei Ihnen?«, fragte Craig, mit einem Runzeln auf seiner sonnengebräunten Stirn.

»Ich habe ihn nicht gesehen. Seit wann seid ihr zurück?« Jasons Verschwinden beunruhigte Brooke nicht allzu sehr. Manchmal zog er sich ein Weilchen in eine stille Ecke zurück. Aber dann kam ihr an Craigs Benehmen etwas sonderbar vor. Er schien angespannt. War Jason heute schwierig gewesen? »Was ist los, Craig?«, wollte sie wissen, als sie den breiten Flur bis zum Wohnzimmer entlangliefen.

Craig rieb seinen Unterarm. »Ich weiß es nicht. Ich meine, ich bin mir nicht sicher. Jason war heute nicht er selbst. Er war …« Er suchte nach dem richtigen Wort und entschied sich für »seltsam. Nein, eher gedankenversunken, als ob ihn etwas sehr beschäftigen würde.«

»Glaubst du, er ist krank? Vielleicht hat er sich ein Virus eingefangen oder so etwas.« Brooke versuchte herauszufinden, worauf Craig abzielte. Normalerweise hatte Jason eine Rossnatur, war selten erkältet oder bekam eine Grippe oder andere Infektionskrankheiten, die gerade umgingen. Dennoch, Craigs Gesicht zeigte Sorge, die auf sie übersprang.

»Erzähl mir am besten, wie euer Tag war, während wir ihn suchen.« Da kam ihr ein Gedanke: »Vielleicht ist er im Café. Du weißt ja, wie verrückt er nach Ginos Milchshakes ist.«

»Wir haben eine Absprache. Er sagt mir immer, wenn er zu den Läden geht«, widersprach Craig.

»Oh ja, das hatte ich vergessen.«

Sie sahen in den Schlafzimmern nach, im Bad und im restlichen Haus. Dann suchten sie auf dem hinteren Teil des Grundstücks, sie nahmen auch den Schuppen unter die Lupe und liefen hinunter bis zur unteren Koppel, die an den Fluss grenzte. Beim Suchen erzählte Craig ihr, wie es in Dundullimal gewesen war und dass Jason einige eigenartige, für ihn untypische Fragen gestellt hatte.

»Wie zum Beispiel?«

»Über Sie und die Kinder, dass er euch allen das Leben schwer mache. Er sagte immer wieder, dass das nicht fair wäre und schüttelte den Kopf dazu, aber als ich ihn gefragt habe, was nicht fair sei, konnte er es mir nicht erklären und ließ mich einfach stehen.«

Während sie Craig zuhörte, fingen tief in ihrem Inneren die Alarmglocken an zu schrillen. Hatten Jasons Stimmungsschwankungen eine neue Richtung eingeschlagen? Bekam er Depressionen? Bisher hatte er keine gehabt, aber wenn es so wäre, könnte sich diese neue Entwicklung als sehr ernst erweisen.

»Ich glaube, es ist besser, wenn wir uns aufteilen. Lauf du durch die Stadt und frag nach, ob irgendjemand ihn gesehen hat. Er muss doch in der Nähe sein.« Sie erinnerte sich daran, dass sich Jason vor langer Zeit einmal aus dem Staub gemacht hatte, und dass sie ihn neben den Steinpfeilern von St. John's gefunden hatte, wo er friedlich schlafend dalag, während die Hälfte der Einwohner von Bindi Creek aufgeregt durch die Gegend lief und ihn suchte.

»Ich sehe bei der Kirche nach«, sagte sie. »Wir treffen uns in circa zwanzig Minuten im Haus.«

Sie trennten sich, Brooke ging in südlicher Richtung, Craig nach Norden. Unterwegs fragte sie Passanten, ob sie Jason gesehen hätten, und sie erkannte, dass diese Situation wieder einmal deutlich zeigte, wie schwer es für sie wurde, sich um ihren Mann zu kümmern. Normalerweise lief er nicht weg, vielleicht hatte er sich über etwas aufgeregt. Gott allein konnte wissen, was seine Reaktion ausgelöst hatte, es könnte alles und nichts sein: Ein missverstandenes Wort, eine Geste, eine Bemerkung, die er in den falschen Hals bekommen hatte, weil er den Worten eine verkehrte Bedeutung beimaß. Irgendetwas.

Die Schatten der Dämmerung waren bereits über den Boden der Veranda gekrochen, als Brooke und Craig sich zu Hause wieder trafen.

»Wir haben nicht daran gedacht, bei den Pferden nachzusehen«, sagte Craig. »Vince ist sich ziemlich sicher, dass er Jason auf einem Pferd gesehen hat, am jenseitigen Flussufer, Richtung Westen reitend.«

»Nach Sindalee«, vermutete Brooke. »Lass uns im Pferdestall und beim Sattelzeug nachsehen.«

Adams Pferd fehlte, zusammen mit seinem Zaumzeug und dem Sattel.

»Das ergibt keinen Sinn. Mit dem Pferd braucht man mindestens eine Dreiviertelstunde von hier nach Sindalee. Er müsste sich im Dunkeln durch den Busch kämpfen«, meinte Craig. »Aber er kennt den Weg, also sollte es nicht zu schwierig für ihn werden.«

»*Wenn* er nach Sindalee geritten ist...« Brooke war sich nicht ganz sicher, ob Jason wirklich dorthin wollte. Er könnte irgendwohin unterwegs sein, so unberechenbar, wie er in letzter Zeit geworden war. »Ich rufe Wes an, nur für den Fall.«

»Das ist mein Fehler«, sagte Craig schuldbewusst. »Ich hätte besser aufpassen müssen. Er war so anders heute – so in sich gekehrt. Das hätte mich darauf bringen müssen, dass er etwas Ungewöhnliches vorhat. Als wir von unserem Ausflug zurück waren, bin ich in mein Zimmer gegangen, um einige Aufzeichnungen für die Uni durchzusehen, weil ich bis zum Wochenende noch eine Hausarbeit abgeben muss. Er war in der Küche und hat sich einen Snack zubereitet. Ich war nur ein paar Minuten weg, und als ich zurückkam, war er nicht mehr da.« Er sah Brooke zerknirscht an. »Es tut mir leid.«

»Es ist nicht deine Schuld, Craig. Wie wir alle hast auch du keine Augen im Hinterkopf«, beruhigte sie ihn. Sie wussten beide, wie schwierig es sein konnte, auf Jason aufzupassen. »Ich bin sicher, dass es ihm gut geht. Wahrscheinlich taucht er bald ausgehungert auf Sindalee auf und verlangt ein warmes Essen, oder er überlegt es sich und kommt nach Hause zurück.«

Sie sah die Straße hinauf. Die Dunkelheit zog herauf. Die Häuser und die Läden an der Straße lagen bereits im Schatten, und ein feiner Frühlingsnebel kroch langsam durch die Stadt. Sie sah, wie der Bus vor dem Zeitschriftenladen hielt und die Zwillinge und zwei, drei andere Schüler mit ihren Rucksäcken und Cricketausrüstungen ausstiegen.

»Ich rufe Wes an und mach mich dann ans Abendessen.«

Gut. Dieses Mal ließ sie nicht wie sonst ihrer Fantasie freien Lauf. Jason geht es gut, sagte sie sich. Er könnte ebenso jede Minute zurückkehren. Und im Übrigen kannte er den Busch hier so gut wie seine Westentasche. Sie würde weder sich noch die Kinder unnötig beunruhigen.

Als Jason um zehn Uhr abends nicht in Sindalee angekommen war, fing Brooke doch allmählich an, sich Sorgen zu machen. Wes wollte ein Suchteam zusammenstellen, er würde alles organisieren inklusive eines Aborigines, der Spuren lesen konnte. Gleich mit dem ersten Tageslicht wollten sie sich auf die Suche nach Jason begeben.

Brooke schüttelte ungläubig ihren Kopf, nachdem sie den Hörer aufgelegt hatte. Wo konnte Jason nur sein, und warum war er weggelaufen?

Der Ernst in Wes' Stimme hatte sich auf sie übertragen, obwohl er versucht hatte, einen leichten Ton anzuschlagen. *Er* war besorgt. Sie wusste, dass die Frühlingsnächte im Busch sehr kalt sein konnten. Die Temperatur konnte bis auf einstellige Werte fallen, und Jason trug nur ein T-Shirt und Jeans, die ihn dort draußen nicht warm halten würden.

Sie saß im Wohnzimmer, sah die Glut im Kamin langsam erkalten und fing an, sich furchtbare Sorgen zu machen.

27

Die Nachricht von Jasons Verschwinden raste durch Bindi Creek wie ein Feuersturm, und um sechs Uhr am nächsten Morgen sah es vor dem Haus der d'Winters' wie bei einem Gefechtsstand der Armee aus. Constable Pete Roth und ein auf Probe eingestellter Constable aus Carcoar waren schon vor dem Morgengrauen herübergeritten. Mehr als ein Dutzend Männer stand in Gruppen vor dem Haus, ihre Pferde waren am Gartenzaun angebunden. Unter ihnen waren Ric und Nathan Stephanos, Wes und Drew Sinclair sowie andere Städter oder Leute aus der Umgebung. Vince war da und Mannie vom Hotel. Craig und Mannie kontrollierten noch einmal ihre Geländemotorräder. Die Crossmaschinen konnten manches Gelände bewältigen, das die Pferde nicht schafften. Gino und Millie vom Imbiss waren seit fünf Uhr morgens damit beschäftigt, tablettweise belegte Brote zu richten und Obstschnitze zu verpacken, die sie den Männern mitgaben. Reverend Dupayne und seine Frau füllten in Brookes Küche heißen Tee und Kaffee in Thermosflaschen, und Frank Galea hatte die Aufgabe übernommen, im Haus der d'Winters' zu bleiben und Nachrichten entgegenzunehmen, die über Mobiltelefone oder den Polizeifunk hereinkamen, um die Aktionen zu koordinieren.

Albie, der einheimische Spurenleser, der als Viehtreiber auf Sindalee arbeitete, war schon draußen gewesen und hatte Jasons Fährte entdeckt. Er berichtete dem Constable und Wes, dass Jason anfangs nach Westen geritten sei, sich dann nach Süden gewandt hätte und später nach Norden. Die Spur des Pferdes verlor sich in steinigem Gelände, aber Albie war zuversichtlich, sie später wiederzufinden.

»Hier.« Pete Roth gab Albie ein tragbares Funkgerät und zeigte ihm, wie man es benutzte, um Nachrichten zu übermitteln. »Am besten reitest du voraus, und wir folgen dir in einem Abstand von circa zehn Minuten.« Er sah zu Wes. »Ich werde die Helfer in Gruppen von zwei oder drei Männern einteilen und ihnen Kartenausschnitte zuweisen, die sie absuchen sollen. Auf diese Weise sollte irgendjemand in spätestens ein paar Stunden auf Jasons Spur gestoßen sein.«

Ric Stephanos gab auch seinen Senf dazu: »Da, wo er hingeritten ist, gibt es ziemlich raues Gelände.«

»Richtig«, stimmte Wes ihm mit ernstem Gesicht zu, »aber vielleicht ist er nicht in die Richtung weitergeritten. Es könnte sein, dass er in der Nacht die Orientierung verloren hat. Bis zum Tagesanbruch könnte er sich ziemlich verirrt haben, besonders wenn er sich nicht an die Orientierungspunkte erinnert.« Dann fiel ihm etwas ein. »Er könnte in Richtung Mount McDonald gegangen sein, wo einige der alten Goldminen sind. Als Teenager sind wir häufig dorthin geritten.«

»Scheiße, das liegt mehr als fünfzehn Kilometer südwestlich von hier«, bemerkte Ric. »Er kann über Nacht nicht so weit gekommen sein.«

»Du hast Recht, aber er könnte in der Richtung unterwegs sein«, antwortete Wes. Er sah Pete Roth an. »Das ist eine Möglichkeit, die wir nicht außer Acht lassen dürfen.«

»Okay«, bestätigte Pete und gab die Einzelheiten an zwei Männer weiter, die er dorthin schickte.

»Na, wenigstens gibt's da draußen genug Wasser, so dass er nicht verdurstet«, sagte Frank.

Die Männer nickten. Letzte Nacht hatte es geregnet, ein schwerer Schauer, der Pfützen hinterlassen hatte. Der Boden war feucht, so dass Adams Pferd erkennbare Spuren hinterlassen würde.

Brooke stand auf der Veranda, hörte ihren Gesprächen zu und fühlte sich seltsam unbeteiligt, als ob sie dem Spektakel, das dort stattfand, lediglich als Beobachterin beiwohnen würde. Diese Expedition – erfahrene Männer, die kundig über die Feldsuche sprachen –, das alles schien ihr so unwirklich zu sein. Sie versuchte die ganze Zeit, nicht darüber nachzudenken, wie es Jason wohl ging, dass er wahrscheinlich nass und mutlos und hungrig war. Oh ja, er würde inzwischen sehr hungrig sein. Außerdem hatte er bereits zweimal seine Medikamente verpasst, so dass er vielleicht sehr durcheinander war.

Nicht um alles in der Welt konnte sie sich vorstellen, was ihn dazu bewegt haben konnte, wegzulaufen. Das war so untypisch. Sie seufzte und versuchte, ihre Traurigkeit abzuschütteln. Wahrscheinlich würden sie den Grund dafür nie erfahren, weil Jason sich vermutlich nicht mehr daran erinnern würde, wenn sie ihn fanden.

»Ich komme mit«, sagte sie leise zu Wes.

»Das ist keine gute Idee, Brooke.«

Obwohl sie in den meisten Fällen seine Meinung respektierte, war es ihr diesmal völlig egal, ob er es für eine gute Idee hielt oder nicht. »Ich kann nicht einfach hier herumsitzen und Däumchen drehen, während ich warte. Ich muss dabei sein. Was ist, wenn er verletzt ist? Ich bin

Ärztin, um Himmels willen, ich sollte mich dann um ihn kümmern.«

»Damit hast du Recht«, stimmt Wes ihr zu. Er sah, wie spitz und angespannt ihre Gesichtszüge waren, sah die Angst in ihren braunen Augen und wendete rasch seinen Blick ab. Sie tat ihm so leid, weil er wusste, wie entsetzlich sie litt. »Aber es gibt da leider ein Problem«, sagte er. »Wir müssen durch raues Gelände reiten, und ganz ehrlich, dazu reichen deine Reitkünste nicht aus. Du würdest nicht mit den anderen mithalten können. Außerdem hast du noch nie einen ganzen Tag im Sattel verbracht.« Er schüttelte den Kopf. »Du würdest es nicht aushalten.«

»Das schaffe ich schon«, murmelte sie, allerdings nicht so selbstsicher, wie sie vorgehabt hatte.

»Es geht einfach nicht, Brooke«, sagte Pete Roth entschlossen und nahm Wes die Verantwortung für diese Entscheidung ab. »Wenn Jason medizinische Versorgung benötigt, können Craig oder Mannie zurückkommen und dich in der Hälfte der Zeit auf ihren Maschinen zu ihm bringen.«

Wes nahm ihre Hand und drückte sie sanft.

»Ich weiß, dass du dabei sein willst und dass es hart sein wird, auf Nachrichten zu warten, aber es ist wirklich das Beste für dich, hierzubleiben.« Er sah zu den Zwillingen, die dicht nebeneinander mit aufgerissenen Augen dastanden und über das Verschwinden ihres Vaters bestürzt waren. »Es ist auch für die Kinder das Beste, wenn du hier bist, meinst du nicht?«

Sie seufzte. Er hatte Recht. Die Zwillinge brauchten sie hier, Sheridan auch, wenn sie von ihrer Übernachtung zurückkam und erfuhr, was geschehen war. Sie würde sehr aufgewühlt sein, und noch mehr, wenn Brooke nicht zu

Hause wäre. »Ich nehm an, du hast Recht«, gab sie sich widerwillig geschlagen. Außerdem hatte sie in der Praxis zu tun, ermahnte sie sich. Es gab kranke Menschen, um die sie sich zu kümmern hatte. »Ihr haltet mich und Frank auf dem Laufenden, versprochen?«

»Stündlich«, versprach Wes. »Wir sollten uns jetzt besser auf den Weg machen. Die Sonne ist aufgegangen, und in jeder Minute, die wir verschwenden, könnten wir dichter an Jason herankommen.«

Hugh Thurtell hielt den Kombi an und saß einen Moment still, ohne Sharon anzusehen. Der Flughafen war fast menschenleer, nur ein paar Angestellte befanden sich in dem kleinen Hauptgebäude und erledigten die Routinearbeiten für die Flüge, die an diesem Tag anstanden.

»Ich verstehe nicht, warum du mich so früh herbringen musstest«, meckerte Sharon. »Es ist so langweilig, an diesem öden Ort stundenlang herumzusitzen, bevor mein Flug geht.«

»Ich habe dir erklärt, warum«, sagte Hugh mit so viel Geduld, wie er aufbringen konnte. »Jason d'Winters wird vermisst, und ich möchte bei der Suche helfen.«

»Gott, du wirst doch nicht durch den Busch reiten, oder? Das würde dich umbringen.«

»Nein, Sharon. Ich fahre nach Bindi Creek, und wenn es nur als moralische Unterstützung für Brooke ist. Ich bin sicher, ich kann irgendwie helfen.«

»Da bin ich mir auch sicher«, erwiderte Sharon schmallippig. Sie saß einen Moment im Auto, aber als er sich nicht rührte, stieg sie aus. Sie sah sauer aus, als sie die Klappe des Kombis öffnete, um ihre drei Koffer herauszuholen.

Sie blickte über das Flughafenfeld auf das niedrige

Vorgebirge in der Ferne. Wie sie sich freute, diesen Ort zu verlassen! Cowra war schließlich nur ein Provinznest, in das sie bestimmt nicht gehörte. Sie würde eine berühmte Schauspielerin werden, das konnte sie noch schaffen. Gott sei Dank hatte sie sich nicht an den gefühllosen Holzklotz Wes Sinclair oder an Vince, einen Hanswurst, wie er im Buche stand, verschwendet. Was für katastrophale Beziehungen wären das geworden! Jetzt hatte sie die Freiheit, ihrer wahren Bestimmung zu folgen, was ihr auch finanziell leichtfallen würde, weil ihr Vater sich auf einen ansehnlichen Unterhalt für sie eingelassen hatte. Das bedeutete, dass sie einigermaßen bequem zwischen zwei Engagements leben konnte.

Sharon sah hoch in den blauen, wolkenlosen Himmel und fühlte die Frühlingsfrische in der Luft. Im Geheimen jubelte sie. Sie würde niemanden hier vermissen. Ein, zwei Augenblicke sah sie ihren Vater an, der ihr Gepäck zum Eingang gebracht hatte und dort auf sie wartete. Sie hatte keine Lust mehr, die pflichtbewusste Tochter zu spielen. Das entsprach nicht ihrer Vorstellung einer großen Rolle, aber ohne Zweifel konnte sie für zukünftige Rollen davon profitieren. Sie ahnte, dass er über ihre Einstellung Bescheid wusste, und sie daher auch nicht sonderlich vermissen würde. Jahrelang hatte sie versucht, sich davon zu überzeugen, dass sie für das Landleben geeignet war. Jetzt wusste sie es besser. Und schließlich hatte Daddy ja Bethany und ihre Brut.

Sie kicherte vor sich hin, als sie auf ihren hohen Absätzen auf ihn zustöckelte. Oh ja, er würde für den Rest seines Lebens von genug weiblichen Wesen umgeben sein, die alle für ihn sorgten, aber sie würde nicht unter ihnen sein. Sollten das ruhig andere übernehmen.

Sharon sah Hughs Blick auf seine Uhr. Ganz offensichtlich wollte er von hier verschwinden, um den d'Winters' zu helfen. Jesus Christus, wie froh sie sein würde, wenn sie diesen Namen nie wieder hören musste. Sie hatte es vielleicht nicht geschafft, sich den reichen Wes zu angeln, aber dafür hatte er Brooke auch nicht. Ihr flüchtiges Lächeln zeigte ihre boshafte Befriedigung darüber. Es tat gut zu wissen, dass *er* auch weiterhin unglücklich sein würde. Sie zog verächtlich die Nase hoch. Geschah ihm Recht.

»Ruf mich an, wenn du dich in Melbourne eingelebt hast, ja?«, sagte Hugh und gab ihr einen Kuss auf die Wange.

»Mach ich, Daddy.«

»Kommst du zu Weihnachten nach Hause?«

»Wenn ich es schaffe.« *Wenn ich kein besseres Angebot bekomme.*

»Pass auf dich auf, mein Schatz. Ich hoffe, dass du in der Filmwelt glücklich wirst«, sagte er kurz angebunden und umarmte sie schnell. »Ich muss los.«

Sharon sah ihm nach, als er sich von ihr entfernte, und einige Sekunden lang glitzerten Tränen in ihren Augen. Sie blinzelte die Tränen weg. Das war das Ende von etwas, das wusste sie, aber sie weigerte sich, über den tieferen Sinn nachzudenken. Schließlich war Selbstkritik nie ihre starke Seite gewesen. Während ihr Vater wieder ins Auto stieg, griff sie sich einen ihrer Koffer und ging in das Gebäude. Ein neues Leben wartete auf sie.

Wes und Drew erreichten Albie, der von seinem Pferd abgestiegen war und sich hingehockt hatte, um die Spuren zu lesen.

»Der Kerl reitet die ganze Zeit im Zickzack«, sagte Albie sachlich, während seine Hand über die schwachen Abdrücke eines Hufeisens im Boden fuhr. »Von den Steinen aus ist er nach Süden geritten. Dann nach Westen. Verdammt verwirrend.« Albie schob seinen Hut in den Nacken, um seinen feuchten Haaransatz zu kratzen.

»Das klingt, als ob er nicht wüsste, wohin er geht«, war Drews Kommentar.

»Richtig, Kumpel. Er jagt uns ganz schön ins Bockshorn, lässt uns kreuz und quer hinter ihm hergurken«, bestätigte Albie. »Außerdem ist er zwischendurch abgestiegen, damit das Pferd sich ausruhen konnte. Wenn er sitzengeblieben wäre, hätten wir ihn schon.«

Ausgehend von der Fährte, die sie den Morgen über verfolgt hatten, war Wes davon überzeugt, dass Jason keine Ahnung hatte, was er tat oder wohin er ging. Es war offensichtlich, dass er völlig orientierungslos war und nicht daran dachte, an einem Ort zu verweilen. Vielleicht trieb ihn auch etwas immer weiter, das nur er verstand.

Nachdenklich presste er seine Lippen zusammen. Was dachte sich sein Freund nur dabei? Wollte er etwas beweisen? Nein. Das Gehirn des guten Jason konnte nicht mehr genug leisten, um so konkret zu arbeiten. Wahrscheinlich reagierte er nur instinktiv, so wie ein Kind.

Wes sah in den Himmel hinauf. Die Sonne stand beinahe direkt über ihnen, es war also schon fast Mittag. Er hatte erwartet, Jason ohne große Probleme finden zu können, aber es zeigte sich, dass diese Aufgabe doch schwerer war als ursprünglich angenommen. Je länger sie dafür brauchten, desto schlechter würde es seinem Kumpel gehen. Wes war bereits früher an einigen Suchaktionen beteiligt gewesen und hatte gesehen, wie es sich auf die Menschen ausgewirkt hatte, einige Tage herumgeirrt zu sein. Die meisten waren in einem jämmerlichen Zustand, als man sie fand.

»Ich gebe Roth Bescheid, dass wir auf die Spur gestoßen sind. Dann kann er das Suchgebiet eingrenzen. In welche Richtung läuft er jetzt, Albie?«

»Ich schätze, nach Westen.« Albie prüfte die Fährte und schwieg ein paar Sekunden. »Aber man weiß ja nicht, ob er in diese Richtung auch weiterläuft.«

»Dann kommt!«, rief Wes ihnen aufmunternd zu. »Auf die Pferde. Ich möchte, dass wir ihn heute finden.« Es war wichtig, dass sie das schafften. Noch eine Nacht im Freien würde seine Chancen, zu überleben, um einiges schmälern.

Auf ihrem Weg nach Westen durchquerten sie dichtes Buschwerk. Er versuchte, nicht an Brooke zu denken, aber er konnte nicht anders. Er fragte sich, wie sie das Warten ertrug, die Ungewissheit. Irgendwie wusste er, dass sie damit fertig werden würde, weil sie über bewundernswerte Kraftreserven verfügte. Das hatte sie in den Jahren ihrer Bekanntschaft mehr als einmal gezeigt. Er wusste jedoch auch, dass sie wegen Jasons sich verschlechterndem Zustand in den letzten Monaten unter großem Druck gestanden hatte. In diesem Augenblick traf er eine Entscheidung: Wenn sie ihn gefunden hatten, und wenn alle sich wieder beruhigt hatten, würde er mit ihr darüber sprechen, Jason in einem Heim unterzubringen. Er wollte es nur ungern, und er wusste, dass Brooke nichts davon hören wollte, aber sie mussten der Wahrheit ins Auge blicken. Sogar wenn es sie vorübergehend voneinander entfremden würde, musste sie erkennen, dass eine Heimbetreuung jetzt das einzig Richtige war.

Als der Suchtrupp bei Einsetzen der Dämmerung ohne Jason nach Bindi Creek zurückkehrte, war Albie der am übelsten Gelaunte. Sein Ruf als Fährtenleser stand durch

Jasons Unauffindbarkeit auf dem Spiel. Auch die anderen Männer des Suchteams waren zutiefst enttäuscht, sie hatten einen schlimmen Tag im rauen Busch verbracht, ohne dem Vermissten näher gekommen zu sein. Das von Reverend Dupayne und Hugh Thurtell organisierte Grillfest, bei dem viele Liter Fassbier flossen, half, die Laune ein wenig zu heben, und alle waren auf Nachfrage bereit, die Suche am nächsten Tag fortzusetzen.

Für Brooke war dieser Tag die Hölle gewesen. Die Kinder waren nicht zum Unterricht gegangen und hatten den ganzen Tag über zu Hause gehockt und Trübsal geblasen. Sie hatten versucht, Brooke nicht zusätzlich zu belasten und ihr zu helfen, wo immer sie konnten, aber sie konnte es ihnen ansehen, wie schwer sie die Sache nahmen. Und nachdem sie so sicher gewesen war, dass der Suchtrupp ihn finden würde, ging ihre Fantasie mit ihr durch. Sie stellte sich vor, wie Jason in den allerschlimmsten und gefährlichsten Situationen steckte. Sie hatte das damals schon bei seinem Motorradunfall durchgemacht, nur dass Jason diesmal von der Bildfläche verschwunden blieb. Und wenn sie ihn nicht fanden? Was, wenn er – sie traute sich kaum, daran zu denken – nicht wieder auftauchte? Wie könnten sie und die Kinder weiterleben, wenn sie nicht wussten, was mit ihm passiert war?

»Alles in Ordnung?«, fragte Wes, der hinter ihr aufgetaucht war.

Sie versuchte, stark zu sein, oh, wie sehr sie es versuchte, aber der Klang seiner Stimme, die Besorgnis darin, brachte sie um ihre Beherrschung. »Nein, ganz und gar nicht.«

Er drehte sie herum und legte seine Arme um sie, zog sie an seine Brust und flüsterte: »Weine ruhig. Es wird dir helfen, einiges von der Spannung loszuwerden.« Im Stillen beneidete er die Frauen um die Freiheit, zu weinen. Den meisten Männern wurde von frühester Kindheit an beigebracht, dass sie nicht weinen durften, weil sie dadurch Schwäche zeigten. Frauen hatte das Glück, dieser Beschränkung nicht zu unterliegen.

Er wusste nicht, was er ihr zum Trost sagen konnte. Natürlich könnte er lügen und ihr sagen, dass alles gut werden würde, dass sie Jason ganz bestimmt morgen finden würden, aber so wie die Dinge jetzt lagen, konnte er nicht daran glauben, dass sie so einfach Erfolg haben würden. Der Suchtrupp hatte aus so vielen Männern bestanden, dass sie ihn heute hätten finden müssen. Wüsste er nicht, dass Jason dazu geistig nicht mehr in der Lage war, würde er denken, dass sein Freund sie absichtlich in die Irre führte. Aber das konnte nicht sein.

»Wie gehen die Kinder damit um?«, fragte er, weil er nicht wusste, was er sonst sagen sollte.

»Sie waren toll. Die Jungs nehmen es ruhig auf, aber Sheridan hat zwischendurch immer wieder geweint. Jean hat sich gemeldet. Sie und Royce sind wieder zurück. Sie werden gleich morgen früh herkommen.« Sie betrachtete die Szenerie vor ihr. Das Grillen fand auf dem Parkplatz neben der Kirche statt. Die Dunkelheit hatte eingesetzt, jemand hatte Lichterketten aufgehängt. Für die Helfer standen Klappstühle an Tapeziertischen, auf denen karierte Tischdecken lagen, bereit. »Sie sind alle so hilfsbereit«, sagte sie. »Das ist fantastisch.«

»Ja, die Leute vom Land halten in Notfällen zusammen.« Er sah sie an und lächelte teilnahmsvoll. »Inzwischen solltest du das wissen.«

»Ich mache mir solche Sorgen um Jason. Er ist hungrig und müde und ohne seine Medikamente …«

Er drückte sie kurz an sich und ließ dann seine Hände sinken, bevor er die Nähe zu sehr genoss. »Ich weiß, mir geht es genauso.« Es hatte keinen Sinn, etwas anderes vorzugeben.

»Er ... fühlt sich bestimmt furchtbar allein.« Sie versuchte sich vorzustellen, wie sich ein Kind dabei fühlen würde, weil Jason in vieler Hinsicht inzwischen einem Kind glich. Der Neurologe hatte ihr gesagt, dass sein Verstand dem eines zehnjährigen Kindes entsprach. Sie konnte sich gut vorstellen, wie es einem Zehnjährigen allein und verirrt im Busch, ohne Essen, ohne Wasser, Schutz oder Gesellschaft, gehen musste – er würde schreckliche Angst haben, besonders bei Dunkelheit.

»Bleibst du über Nacht hier?«

Er schüttelte den Kopf. »Hier ist zu wenig Platz für uns drei. Ich habe Zimmer im Imperial besorgt. Hugh schläft auch dort.«

Als die Männer fort und die Kinder im Bett waren, legte sich auch Brooke in ihr Bett und versuchte einzuschlafen. Es ging nicht. Ein Kaleidoskop an Erinnerungen rotierte in ihrem Kopf. Sie erinnerte sich daran, dass einer ihrer ersten gemeinsamen Ausflüge sie zum Bondi Beach geführt hatte, wo sie von einer riesigen Welle erfasst worden war und Jason sie retten musste. Dann ihre Hochzeit, die so schlicht und doch bewegend gewesen war, und an die Zeit, als die Zwillinge kamen.

Andere Bilder drängten sich dazwischen – Jason, mit zerrissener Kleidung, blutend, verletzt, der sie brauchte.

Sie drehte sich auf die Seite, boxte kräftig in das Kissen und versuchte, sich zu entspannen, aber sie konnte nicht aufhören, an ihn zu denken. Sie hatte sich irgendwann damit abgefunden, dass ihre Liebesbeziehung, sowohl emotional als auch körperlich, vorbei war. Trotzdem bedeutete Jason ihr sehr viel. Und es bekümmerte sie zutiefst, was mit ihm geschah.

Eine lange, stille Nacht stand ihr bevor, in der sie sich drehte und wälzte, mal schlafend, mal wach, nachdenkend und dösend, bis das erste Tageslicht durch die Vorhänge drang und sie aus dem Bett trieb.

Jason hatte eine ungemütliche Nacht unter einer Gruppe von Teebaumbüschen verbracht, die nicht dicht genug gewesen waren, um ihn von der Kälte und dem Frühlingstau abzuschirmen. Feuchte Flecke zeichneten ein Schachbrettmuster auf seinem Hemd und seiner Jeans. Zitternd wachte er auf. Er versuchte, seine Arme und Beine warm zu reiben. Nach einer Weile rollte er sich zu einer Kugel zusammen und wartete darauf, dass die Sonnenstrahlen ihn erfassten, um ihn zu wärmen.

Er war durstig, furchtbar durstig. Gestern hatte er ein paar Pfützen gefunden, aus denen er Wasser geschöpft hatte, aber das war nicht genug gewesen. Noch mehr als der Durst quälte ihn der Hunger. Er war so hungrig, dass es in seinem Inneren grummelte und donnerte wie bei einem kleinen Gewitter. Jason blickte sich mit zusammengekniffenen Augen in der Umgebung um. Am Tag zuvor war er auf einige Plätze gestoßen, die er erkannt hatte, aber dann hatte er wieder die Orientierung verloren und fand jetzt nicht mehr zurück.

Ein Currawong stimmte im Baum über ihm seinen Morgengesang an. Das Geräusch erschreckte ihn zuerst, und er zuckte zusammen, aber dann legte er den Kopf schief, um dem Gesang des Vogels zuzuhören. Ein sanftes Lächeln zog über sein Gesicht, als er der hübschen Musik lauschte und seinen schwarz- und silberfarbenen Zweitagebart kratzte. Kurz danach hörte er in den Büschen rechts neben sich ein Rascheln, und ein graues Känguru sprang auf einmal auf die Lichtung. Als es ihn bemerkte, hielt es einen Moment lang inne, bewertete ihn als nicht bedrohlich und setzte seinen Weg über die Lichtung in den dichten Busch fort.

Jason stand auf und streckte sich, woraufhin sein Magen noch lauter knurrte. Er sah sich nach Adams Pferd um und konnte den Wallach nirgendwo entdecken. Der Sattel lag auf dem Boden, wo er ihn gestern Abend hingelegt hatte, aber das Pferd war nicht zu sehen. Sein Erinnerungsvermögen war so schlecht geworden, dass ihm nicht einfiel, dass er vergessen hatte, das Pferd anzubinden. Bei Tagesanbruch hatte sich der Wallach auf die Suche nach Gras gemacht und fand nach und nach den Weg zurück nach Bindi Creek.

Trotz des verschwundenen Pferdes blieb Jason gelassen, gähnte und rieb sich den Schlaf aus den Augen. Er steckte die Hände in seine Hosentaschen und wiegte sich vor und zurück, einzig aus dem Grund, etwas zu tun. Als das Wiegen anfing, ihn zu langweilen, trat er nach einem Kieselstein und sah ihm dabei zu, wie er über den harten Untergrund dahinflog, bis er anhielt. Obwohl er sehr müde war, schlenderte er anschließend über die Lichtung und folgte der Spur des Kängurus in den Busch.

Brooke betrachtete prüfend die Gesichter der Männer, die sich wieder am selben Ort, vor ihrem Haus, zusammenfanden. Keiner von ihnen sah so zuversichtlich aus wie gestern, und sogar Wes, der normalerweise keine Gefühle zeigte, hatte einen grimmigen Gesichtsausdruck. Luke und Adam würden sich heute an der Suche beteiligen – alles war besser, als dass sie betrübt und tatenlos herumsitzen mussten. Pete Roth hatte verkündet, dass ein

Suchhund der Polizei in Carcoar für sie bereitgehalten wurde, den sie anfordern konnten, wenn sie auch an diesem Morgen keine Spur von Jason fanden. Albie hatte über diesen Plan abfällig geschnaubt und war zusammen mit Drew früh losgeritten, nachdem sie sich mit Broten und Wasserflaschen eingedeckt hatten. Wes würde später nachkommen.

Als die Männer fortgeritten waren, stand Brooke unentschlossen auf der Veranda und sah dem Straßenstaub, den sie hochgewirbelt hatten, dabei zu, wie er sich setzte. Jean hatte telefonisch angekündigt, dass Royce und sie später am Morgen in Bindi Creek ankommen würden. Brooke wünschte, sie könnten eher hier sein. Sie brauchte unbedingt Gesellschaft – um sie von den Gedanken und Ängsten abzulenken, was Jason alles zugestoßen sein konnte.

»Komm, Mum.« Die neunjährige Sheridan schob ihren Arm von hinten durch den ihrer Mutter. »Ich werde dir jetzt erst mal ein richtig gutes Frühstück machen. Speck und Eier und Toast. Das ist doch auch Daddys Lieblingsfrühstück, oder?«

»Ja, mein Schatz, aber ich fürchte, ich bekomme nichts runter.«

»Oh doch, du wirst was essen«, sagte Sheridan bestimmt und kopierte den Tonfall, den ihre Mutter manchmal anschlug. »Denk daran, dass du uns jahrelang immer wieder Vorträge darüber gehalten hast, wie wichtig ein gutes Frühstück ist. Es wird ein langer Tag, und du musst etwas Festes im Magen haben.«

»Na gut.« Brooke ließ sich lächelnd überzeugen. Nebenbei würde es Sheridan für eine Weile beschäftigen.

Zwei Nächte in Folge hatte sie kaum geschlafen und fühlte sich heute Morgen… ja, wie? Ausgelaugt und benommen. Innerlich hatte sie das Bedürfnis, sich eng zu einer Kugel zusammenzurollen und so zu tun, als ob nichts von all dem hier passierte, als ob das alles ein schlechter Traum sei. Leider war das nicht möglich. Dafür war sie für zu viele Menschen verantwortlich. Ob sie wollte oder nicht, sie musste stark sein oder zumindest so tun als ob, für Sheridan und die anderen.

Die Ankunft von Jean und Royce brachte für alle einen dringend benötigten Energieschub mit sich. Frisch und glücklich, gerade von den Flitterwochen zurück, färbte ihre Stimmung auf ihre ganze Umgebung ab, und jeder wurde von ihrer Euphorie und ihrem Optimismus angesteckt.

»Lass uns alles für Jasons Rückkehr vorbereiten«, sagte Jean, auf ihre resolute Art, nachdem sie zusammen Tee getrunken hatten. »Ich bin sicher, dass sie Jason heute finden.«

Hugh kam eilig in Brookes Wohnzimmer, ein Blatt Papier in der Hand. Heute kümmerte er sich an Stelle von Frank um die Meldungen. »Albie ist auf eine Spur von Jason gestoßen, und sie haben einen Sattel mit Adams Namen darauf gefunden, das heißt, Jason ist zu Fuß unterwegs. Albie meint, dass er ihn jetzt leichter finden kann, auch weil er schneller müde wird.«

»Wo haben sie den Sattel gefunden?«, fragte Brooke.

»Ungefähr fünf Kilometer südwestlich von hier«, sagte Hugh. »Vertrau Albie. Er ist ein erfahrener Spurenleser.«

»Danke, Hugh.«

Mit Royce als Gesellschaft ging Hugh wieder in die Küche zurück, um auf weitere Neuigkeiten zu warten. Dann verließ auch Sheridan sie, um im Supermarkt Besorgungen zu erledigen, und die beiden Frauen waren allein. Um Brookes zum Reißen angespannte Nerven zu beruhigen, versuchte Jean, sie mit unzähligen Geschichten über ihre Flitterwochen abzulenken.

»Ich habe die Erfahrungen eines Neugeborenen, was Reisen angeht, aber Royce hat alles so einfach für mich gemacht. Natürlich waren wir die ganze Zeit nur erster Klasse unterwegs. Er besitzt eine traumhafte Wohnung in Buenos Aires, im Stadtteil Belgrano. Das ist einer der exklusivsten Vororte der Stadt. Aber er will die Wohnung verkaufen. Und ich habe Carlos, seinen Partner, kennengelernt. Oh, ist das ein charmanter Mann! Er war damit einverstanden, Royce' Anteil am Unternehmen zu kaufen. Dann waren wir in Rio de Janeiro. Das ist vielleicht ein wilder, aufregender Ort. Anschließend waren wir ein paar Tage in Mexiko City.« Sie grinste Brooke an. »Das Geld rinnt Royce wie Wasser durch die Finger. Er hat mich unglaublich verwöhnt.

Danach sind wir nach Los Angeles geflogen, wo wir seine Töchter getroffen haben und seine Ex. Ich war erst etwas nervös, auf Eva zu treffen«, gab Jean zu. »Ich hatte Fotos von ihr gesehen, auf denen sie sehr schön war. Royce hat mir erzählt, dass ihre zwei Faceliftings ihr dabei geholfen haben, diese Schönheit zu erhalten. Jedenfalls ist sie jetzt mit einem Mann verlobt, der Baugrundstücke in Kalifornien erschließt – er heißt Brad und ist irgendwie sogar noch reicher als Royce.« Sie kicherte, als sie das sagte. »Eva hat wirklich ein Händchen für Männer. Sie war aber sehr nett zu mir, ich glaube, weil sie einen anderen Mann gefunden hat. Außerdem hatte Royce ihr schon vorher versprochen, dass ihre Töchter auch in Zukunft gut versorgt sein werden. Er hat für sie Treuhandfonds angelegt, mit denen beide Mädchen sehr gut dastehen.«

Sie machte eine Atempause. »Ich habe beide getroffen – Sophie und Elise. Sie studieren beide an der University of California in Los Angeles und sind nette Mädchen. Elise ist sehr hübsch. Ihre Mutter möchte sie gerne beim Film unterbringen, aber ich schätze, sie ist zu intelligent, um diesen Weg zu gehen. Später stießen Greg und Connie zu uns, und wir waren eine Zeit lang eine große, glückliche Familie. Es war wunderschön. Wirklich!«

Brooke hatte Jean noch nie so lebendig gesehen. Eine unglaubliche Verwandlung hatte mit ihr stattgefunden. Sie war noch immer die Jean von früher, aber sie war jetzt mit einer Raffinesse und einer Welterfahrung ausgestattet, die sie zuvor nicht hatte. Aber alles, was im Augenblick für sie zählte, war, dass sie froh war, Jean in dieser schwierigen Zeit zurück an ihrer Seite zu wissen.

Sie redeten und redeten und brachten sich gegenseitig auf den neuesten Stand der Dinge. Jean schlug vor, einen Lammeintopf für Jason zu kochen, weil er vor Hunger sterben würde, wenn sie ihn zurück hatten. Beim Kochen erkannte Brooke, dass Jean alles nur Mögliche tat, um sie zu beschäftigen, und trotzdem konnte sie nicht aufhören, sich Sorgen zu machen. *Oh, Jason, wo bist du?*

Hugh kam zu ihnen in die Küche, als sie bei den letzten Handgriffen für den Eintopf angekommen waren. »Wes hat sich gemeldet. Sie haben Adams Pferd in der Nähe des Flusses gefunden. Wes bringt es heim. Er wird in ungefähr zehn Minuten hier sein.«

»Hätten sie nicht schon längst auf Jason stoßen müssen?«, fragte Jean.

Hugh schüttelte den Kopf. »Wahrscheinlich schon, aber es ist ihnen bisher nicht gelungen. Albie ist immer noch hinter ihm her und hat sich noch nicht gemeldet.«

»Gott, wo kann er nur sein? Er ist doch nur ein einzelner Mann, der zu Fuß unterwegs ist«, jammerte Jean.

»Albie kommt ihm immer näher. Wes erwartet in kürzester Zeit eine Meldung von ihm«, versuchte Hugh die beiden Frauen zu beruhigen.

»Lass uns auf die Veranda gehen und dort auf Wes warten«, schlug Brooke vor. Sein Anblick allein würde ihr schon guttun, und er brachte Adams Pferd nach Hause, also konnte es auch nicht mehr lange dauern, bis auch Jason zurückkam.

Sie brauchten nicht lange zu warten. Keine zehn Minuten waren vergangen, als sie Wes, der Adams Wallach an der Hand mitführte, die Straße hochreiten sahen. Er stieg von Fantasy Lane ab und ließ den Wallach in der Koppel frei, nachdem er ihm das Zaumzeug abgenommen hatte.

»Albie ist Jason auf den Fersen. Er vermutet, dass Jason nur noch zwanzig Minuten Vorsprung besitzt, so dass er ihn vielleicht schon in der nächsten halben Stunde eingeholt hat. Albie und Drew haben berichtet, dass Jason auf dem Weg zum Fluss ist«, sagte Wes und kam zu ihnen auf die Veranda. Er nickte Jean und Royce, der ebenfalls dazugestoßen war, grüßend zu.

»Zum Fluss?«, fragte Brooke. »Ich dachte, er sei in der entgegengesetzten Richtung unterwegs.«

»War er auch, aber er ist auf seiner Spur zurückgewandert, dann abgebogen und nach Südosten weiter.«

Brookes Verstand lief auf Hochtouren. Wenn Jason am Fluss ankam, würde er wahrscheinlich gleich auf die Badebucht zusteuern, die einen halben Kilometer flussaufwärts von der Stadt entfernt lag. »Die Badebucht!«

»Die Badebucht?« Wes sah sie an und runzelte die Stirn. »Was ist damit?«

»Wenn Jason den Fluss sieht, will er bestimmt zur

Badebucht, weil Craig und er dort immer im Sommer schwimmen, wenn sie nicht ins Schwimmbad gehen.« Sie sah zu Wes. »Du weißt doch, dass er die Bucht liebt, so wie er es überhaupt liebt, schwimmen zu gehen. Er hat sich immer schon vom Wasser angezogen gefühlt, und seit seinem Unfall ermunterte ich ihn, schwimmen zu gehen, weil er sich gut dabei fühlt.«

»Bist du sicher, dass er dorthin gegangen ist?«, wollte Royce wissen.

»So sicher wie ich bei jemandem sein kann, der so unberechenbar ist wie Jason«, antwortete Brooke traurig.

Wes stieg wieder auf Fantasy Lane. Er sah Brooke an und streckte seine Hand aus: »Komm, wir sehen nach.«

Royce half, Brooke hinter Wes aufs Pferd zu heben. Es war ungewohnt und ungemütlich, auf diese Art auf einem Pferd zu sitzen, sich an Wes festzuhalten und nichts anderes zu sehen als ein Stück seines karierten Hemdes.

»Alles in Ordnung da hinten?«, fragte er.

Als sie nicht antwortete, sondern nur ein leises murmelndes Geräusch von sich gab, zog er ihre Arme fest um seine Taille. »Du wirst mich schon nicht zerdrücken.«

Bevor sie losritten, bat Wes Royce: »Sagen Sie Hugh bitte, dass er die Information weitergeben soll, dass Jason in der Nähe des Flusses ist, damit die Männer sich auf den Rückweg machen können.«

»Wird erledigt.«

Wes zog am Zügel, und Fantasy Lane fiel in einen leichten Trab, bei dem sich Brooke verzweifelt festklammerte, um nicht herunterzufallen.

Über die Jahrhunderte hinweg hatten die mahlenden Bewegungen von Felsen und Steinen den Boden ausgehöhlt und eine natürliche Bucht von ungefähr sieben Meter

Durchmesser gebildet. Wenn der Fluss viel Wasser führte, so wie jetzt, konnte der Wasserstand drei Meter erreichen. Auf der anderen Seite der Bucht war ein großer Felsen, der Glatzenstein genannt wurde, weil er rund und glatt war wie ein unbehaarter Männerkopf. Vor einigen Jahren hatte eine Gruppe tollkühner Jugendlicher darüber ein Seil an einem überstehenden Gummibaum befestigt, an dem sie über das Wasser schwingen konnten, um sich dann hineinfallen zu lassen.

Brooke und Wes brauchten fast fünfzehn Minuten, um über einen ausgetretenen Trampelpfad zur Badebucht zu gelangen. Von Jason war keine Spur zu sehen.

Wes half Brooke vom Pferd, stieg dann selber ab und setzte sich mit ihr auf einen Baumstamm, um auf ihn zu warten. Eine ziemlich lange Zeit war vergangen, als Wes ein Rascheln aus dem Busch hörte. Sein Gehör war auf solche Geräusche trainiert, im Gegensatz zu Brookes. Er zeigte auf die Stelle, an der Jason humpelnd aus dem Busch auftauchte und dicht am Rand des Glatzensteins stehen blieb.

»Da ist er«, sagte Wes leise.

Sie waren circa zehn Meter voneinander entfernt. Brooke sah, dass Jason sein rechtes Bein schonte. Er sah entsetzlich aus. Sein Hemd war zerrissen, seine Jeans über den Knien fleckig, offensichtlich war er viele Male gefallen. Sein Gesicht war schmutzig, und er trug einen Stoppelbart. Seltsamerweise hielt er seine rechte Hand an seine Brust gedrückt, als ob ihm etwas wehtat. Wahrscheinlich war er gefallen und hatte sich verletzt. Er tat Brooke so furchtbar leid. Er sah so elend und verloren aus.

»Jason!«

Beim Klang ihrer Stimme fuhr er zusammen, dann entdeckte er sie und Wes. Er grinste breit, als ob er erfreut – nein, erleichtert – war, sie zu sehen und winkte ihr mit seiner rechten Hand wild zu. »Brooke, Wes. Hallo.« Seine tiefe Stimme klang fremd, als sie von den Felsen der Badebucht zurückgeworfen wurde. »Wollt ihr auch schwimmen gehen?«

»Siehst du«, flüsterte sie Wes zu. »Ich hab ja gesagt, dass er nur noch ans Schwimmen denkt, wenn er das Wasser sieht.« Dann, lauter: »Jason, du hast deine Badesachen nicht dabei. Komm, mein Lieber, klettere von dem Felsen runter und lass uns nach Hause gehen. Wir können ja später nochmal wiederkommen, um zu schwimmen, wenn du was gegessen hast.«

Sie sah, wie er zögerte. Sein Blick war auf das Wasser fixiert, als ob das leise Kräuseln der Oberfläche ihn fesselte. »Du hast sicher großen Hunger, Schatz«, lockte Brooke ihn. »Ich habe dir eines deiner Leibgerichte gekocht.«

»Möchte schwimmen«, rief Jason zurück, er klang dickköpfig. Er zog sein Hemd aus und setzte sich auf den glatten Stein, um sich auch seiner Schuhe zu entledigen. Er benutzte nur die rechte Hand, als er seine Jeans bis unter seine Knie zog.

»Nein, Jason. Nein!« Brooke schrie jetzt. Gleichzeitig flehten ihre Augen Wes an, etwas zu unternehmen.

Wes maß die Entfernung zwischen ihm und Jason. Wenn er zu einem Teil des Flusses gelangte, durch das er hindurchwaten konnte, würde er den Felsen hochklettern können und Jason stoppen. Aber dazu würde er bestimmt drei Minuten brauchen. Er sah, wie Jason aufstand und nach dem Seil griff, es mit seiner rechten Hand festhielt und ein paar Schritte zurückging, um Anlauf zu nehmen. Jesus Christus, was hatte er nur vor? Es blieb keine Zeit.

Wes legte die Hände um seinen Mund und rief zu Jason hinüber: »Warte, Kumpel. Ich komm zu dir rüber, dann können wir zusammen springen.« Und schon ging er flussabwärts zu einer Stelle, an der ihm das Wasser nur bis zur Wade ging. »Warte auf mich, Jason.«

»Oh, schnell, Wes, bitte.«

Während Wes sich durch den Fluss kämpfte, die Augen fest auf seinen Freund geheftet, schüttelte Jason den Kopf und rannte los. Er hatte das Seil mit nur einer Hand umfasst, stieß sich vom Felsen ab und sprang. An der höchsten Stelle seiner Flugbahn ließ er das Seil los und fiel mit den Füßen voran ins Wasser.

Brooke hörte Jasons Schrei. Das war kein Jubeln, das war ein Schmerzensschrei, den er im Fallen ausstieß, bevor er auf das Wasser aufschlug. Der gewaltige Aufprall wühlte die glatte Wasseroberfläche auf, und die leichten Wellen reichten bis ans Flussufer, als Jason unterging.

»Wes!«, schrie sie und sah ihn an.

Er schwamm bereits zu der Stelle, an der Jason verschwunden war. Sie sah, wie er tief Luft holte und tauchte. *Oh Gott, das ist ein Déjà-vu.* Es war wie damals, als Wes Adam aus demselben Fluss gerettet hatte. Wes tauchte ohne Jason wieder auf, schnappte nach Luft und verschwand wieder im Wasser.

Brooke stand wie angewurzelt, unfähig, sich zu bewegen. Wie lange brauchte man, um zu ertrinken? Sekunden, Minuten? Fast gelähmt vor Angst zwang sie sich, doch zu handeln. Wes' Mobiltelefon piepte in der Satteltasche. Die Ärztin in ihr gewann die Oberhand. Sie raste zum Telefon und wählte die Nummer der Praxis, während sie nicht eine Sekunde lang die Stelle aus den Augen ließ, an der sie Jason das letzte Mal gesehen hatte.

»Jean, bring mir meine Tasche zur Badebucht, so

schnell du kannst. Jason ist hineingesprungen und noch immer unten.« Sie starrte auf das Wasser, wollte mit ihrem Willen beide Männer zum Auftauchen zwingen. »Und ruf uns einen Rettungswagen.«

28

Jedes Geräusch klang überlaut in Brookes Ohren, während sie mit weit aufgerissenen Augen zusah und wartete, dass zwei Köpfe durch die sich sanft wellende Wasseroberfläche stießen. Ihr Herz klopfte wie verrückt in ihrer Brust, und sie fühlte eine Anspannung, die sich endlos auszudehnen schien. Das friedliche Rascheln der Eukalyptusbäume über ihr und das sorgenfreie Zwitschern der Vögel, das aus den nahen Teebaumbüschen zu ihr herüberklang, stand in krassem Gegensatz zu dem Entsetzen, das sie fühlte.

Sie blieben zu lange unter Wasser. Ihre Anspannung wuchs. Viel zu lange. Sie lief am Flussufer auf und ab und wartete, wagte kaum zu atmen und betete, wie sie noch nie im Leben gebetet hatte. *Bitte, oh Gott, lass sie leben.* Neben den Zwillingen waren sie die wichtigsten Männer in ihrem Leben. Sie brauchte sie beide.

Plötzlich teilte sich das Wasser und zwei Köpfe tauchten auf.

Wes keuchte und atmete gierig die süße, lebensspendende Luft ein, bevor er Jasons bewusstlosen Körper zum Ufer zog. Der leblose Körper war im Wasser viel leichter als an Land, und als er sich dem seichten Ufer näherte, brauchte Wes Brookes Hilfe, um Jason aus dem Wasser heraus und auf das Gras zu ziehen.

Erschöpft lag Wes auf der Seite und überließ Jason Brookes kundigen Händen. Sie legte ihm zwei Finger an den Hals und schüttelte den Kopf.

»Ich kann keinen Puls fühlen.«

Sie begann mit der Mund-zu-Mund-Beatmung und versuchte dann die Wiederbelebung durch Herzmassage. In Abständen von ungefähr zwanzig Sekunden kontrollierte sie den Puls. Noch immer unfähig zu handeln, sah Wes zu, wie Brooke wie besessen ihren Ehemann bearbeitete, ihn ins Leben zurückzwingen wollte, so wie sie es vor Jahren bei Adam geschafft hatte. Als sich nach einer Weile seine eigene Atmung beruhigt hatte, kniete er sich auf Jasons andere Seite. Er sah Brooke direkt an, dann hinunter auf seinen Freund, der überhaupt nicht auf Brookes Bemühungen reagierte. Jesus, nein. Er konnte doch nicht…

Dann röhrte der Auspuff einer Geländemaschine durch den Busch und unterbrach seinen Gedanken. Er blickte auf und sah, wie Craig in irrsinnigem Tempo den Trampelpfad hinunterraste. Hinter ihm saß Jean, die sich festkrallte und aussah, als ob sie nicht damit rechnete, Craigs mörderisches Tempo zu überleben. Sobald das Motorrad anhielt, sprang Jean hinunter, nickte Craig dankend zu und lief mit der Arzttasche zu Brooke.

»Er hat keinen… Puls«, erklärte Brooke ihr. Die Lebensrettungsmaßnahmen hatten sie sehr angestrengt, sie atmete schwer. »Und… er… atmet… nicht.«

»Ich habe die Sauerstoffpumpe mitgebracht«, sagte Jean. »Ich übernehme die Herzmassage, du musst dich ausruhen.«

»Nein.« Brookes Stimme war schrill, und sie schüttelte vehement ihren Kopf, um ihre Entscheidung zu unterstreichen. Ein plötzlicher Energieschub gab ihr die Kraft, weiterzumachen, jetzt unter Zuhilfenahme der Sauerstoffmaske, die Jean über Jasons Mund gezogen hatte.

Mit ihrer freien Hand legte Jean sich das Stethoskop um und versuchte, einen Puls in der Halsschlagader aufzuspüren. Sie sah zu dem knienden Wes und schüttelte den Kopf. »Brooke, Liebes«, sagte sie und holte tief Luft. »Ich glaube, er ist tot. Sein Herz schlägt nicht mehr.« Sie sprach so sanft, wie sie konnte, und legte währenddessen ihre Hände über die ihrer Freundin, damit sie aufhörte.

»Nein.« Brooke schüttelte heftig den Kopf, ohne die Tränen, die in ihren Augenwinkeln saßen, zu bemerken. »Er kann nicht tot sein. Das lasse ich nicht zu.« Sie stieß Jeans Hände von sich und nahm ihre Arbeit wieder auf, drückte abwechselnd auf seine Brust und presste den Balg der Sauerstoffmaske, bis Wes ihre Hände griff.

»Hör auf«, sagte er leise, aber bestimmt. »Es ist vorbei. Lass ihn gehen.« In seinem Gesicht zuckte ein Muskel, als er versuchte, seine Gefühle unter Kontrolle zu bekommen. Er sah auf seinen besten Freund hinunter, der so still dalag, und sein Hals schnürte sich vor Trauer zusammen. In diesem Augenblick sah er ihn nicht mit den aufgedunsenen Gesichtszügen und an die Stirn geklatschtem Haar, er sah auch nicht die knallrosa Haut an der Stelle auf seiner Brust, an der Brooke den Druck ausgeübt hatte. Er sah Jason, wie er früher gewesen war – stark, lebenslustig und gesund. An diesen Jason wollte er sich erinnern. »Er … er hat jetzt seinen Frieden gefunden.«

Brooke starrte Wes an, ohne die Tränen zu bemerken, die ihre Wangen hinunterliefen. Langsam schüttelte sie den Kopf. Sie wollte die Wahrheit nicht akzeptieren, obwohl tief in ihr drin ein furchtbares Zittern anfing und ihr Magen sich zusammenzog. *Nein, das durfte nicht sein. Er konnte doch nicht tot sein.* Sie hatte minutenlang so hart gearbeitet, dass sie jetzt kaum noch Luft für sich selbst hatte. Ihre Armmuskeln waren so kraftlos, dass sie sich kaum aus Wes' Griff befreien konnte.

»Wenn ... wenn ich doch nur ein EKG hätte machen können, dann hätte ich gewusst, was die beste Behandlung für ihn gewesen wäre. Ich hätte ihn retten können. Wenn ...«

»Es ist zu spät, Liebes«, sagte Jean. »Auch wenn du all diese Geräte gehabt hättest und ihn hättest zurückholen können, wäre sein Gehirn wahrscheinlich zu lange ohne Sauerstoffversorgung gewesen. Dann wäre er wirklich ein lebendiger Toter geworden, und das hättest du sicher nicht für ihn gewollt, oder?« Sie ging um Wes herum zu Brooke und versuchte, sie auf die Beine zu ziehen, um sie von Jason fortzubringen. »Komm jetzt, komm. Du hast getan, was möglich war. Das wissen wir.«

Brooke weigerte sich, Jason zu verlassen. Sie hielt seinen leblosen Arm fest, sie konnte ihn nicht loslassen, wollte diese letzte Berührung nicht aufgeben. Ihre andere Hand zitterte leicht, als sie die Haarsträhnen aus seiner Stirn strich und ihre Finger sanft über sein Gesicht glitten. Er sah so friedlich aus, als ob er schlafen würde. Sie hatte ihn so an fast jedem Tag ihrer Ehe gesehen. Was war schiefgegangen? Warum hatte er sie verlassen?

Immer noch auf Knien, lehnte sie sich zurück und sah zu den drei anderen hoch – Wes, Jean und Craig. Irgendwie nahm sie wahr, dass auch sie von Jasons Tod geschockt waren. Als Ärztin, die die Sinnlosigkeit des Todes in manchen Fällen erfahren hatte, wusste sie, dass sie aus medizinischer Sicht akzeptieren musste, dass er tot war, aber als seine Frau kam diese Tatsache so unerwartet, dass sie nicht sicher war, ob sie damit umgehen konnte. Es war zu schnell passiert, auf so unglaubliche Art.

Auf der Suche nach Antworten war ihr Geist unwahrscheinlich wach und ließ in ihrem Kopf Bilder von ihm auf dem Glatzenstein wie Schnappschüsse nacheinander vorbeiziehen. Wie er dort oben an seine Brust gefasst hatte, als ob ihm etwas wehtun würde. Dass er seinen linken Arm nicht benutzt hatte, als ob er ihn nicht heben konnte. Und seine Stimme – sie hatte so unwirklich geklungen, nicht wie üblich. Und dann hatte er das Seil mit nur einer Hand gegriffen, obwohl er unter normalen Umständen beide Hände benutzt hätte. Und, oh, dieser Schrei, bevor er ins Wasser fiel! Dieser Schrei voll höchster Qual. Sie berührte zum Abschied seine Wange, ihr letzter Abschied. Seine Haut war noch warm – und nass vom Wasser.

Sie versuchte, zu verstehen, wie es so weit gekommen war, dachte über mögliche Anzeichen nach. Ihr Instinkt und ihre Erfahrung als Ärztin sagten ihr, dass die Wahrscheinlichkeit groß war, dass er einen leichten Herzinfarkt erlitten hatte, als er sich durch den Busch kämpfen musste. Hier am Wasser hatte er dann einen schwereren Infarkt bekommen, der ihn vermutlich in der Sekunde tötete, als er eintauchte. Sein gesundheitlicher Zustand hatte sich immer mehr verschlechtert, dazu kamen die anstrengenden Lebensbedingungen der letzten Tage – verloren im Busch, ohne Wasser und Nahrung – da war es kein Wunder, dass er einen Herzinfarkt bekommen hatte. Die Polizei würde natürlich auf einer Obduktion bestehen, aber sie war sich ziemlich sicher, dass die genau dies ergeben würde. Plötzlich drangen durch ihren Schmerz über den Verlust des Mannes, den sie einst so tief geliebt hatte, Wes' Worte: Er hat jetzt seinen Frieden gefunden. Ja, Jason hatte seinen Frieden. Aber dieses Wissen konnte sie in diesem Augenblick nicht trösten.

»Gebt mir bitte etwas Zeit mit ihm.« Sie wollte allein sein, wenn sie sich für immer von ihm verabschiedete.

Die Gemeinde von Bindi Creek war durch Jason d'Winters' Tod schockiert. Seine Familie war in den zehn Jahren, die sie hier gelebt hatte, ein fester Bestandteil dieser eng zusammenstehenden Gemeinschaft geworden, und die meisten Menschen respektierten und bewunderten sie für den Aufschwung, den sie der kleinen Stadt gebracht hatten. Deshalb war Jasons Beerdigung die größte, die der Bezirk seit Langem erlebt hatte. Von überall her kamen die Menschen, so zahlreich, dass die St.-John's-Kirche überfüllt war. Die anschließende Trauerfeier im Imperial Hotel, die Mannie dort ausrichtete, war eine Lobpreisung der fünfundvierzig Jahre, die Jason gelebt hatte.

Auf Brookes Bitte hin hatte Wes sich um die Formalitäten, die durch Jasons Tod zu erledigen waren, gekümmert. Ihre Gefühle zerrissen sie beinahe, dennoch versuchte sie der Kinder wegen so zu wirken, als ob sie mit der Situation zurechtkam. Aber in Wahrheit konnte sie kaum mehr weitermachen.

»Glaubst du, dass sie damit fertig wird?«, fragte Wes Jean, als sie etwas abseits standen und die Trauergäste beobachteten, die der Familie ihr Beileid aussprachen, ihr alles Gute wünschten und nette Dinge über Jason sagten, die sie aufrichtig meinten.

»Brooke ist eine sehr starke Frau, und sie muss an die Kinder denken. Sie kann es sich nicht leisten, zusammenzubrechen«, war Jeans wie immer vernünftiger Kommentar. Sie suchte die Gesellschaft nach Royce ab und fand ihn im Gespräch mit Frank Galea und Vince Gersbach. »Aber sie musste schon so viel durchstehen. Erst ihre Mutter und ihr Bruder, dann die Geschichte im Krankenhaus in Hobart. Adam, der fast ertrunken wäre. Und später natürlich der Motorradunfall und was er aus Jason gemacht hat. Nicht zu vergessen das Busunglück, bei dem sie einem Mann das Leben gerettet hat. Alles in allem sind das für einen einzelnen Menschen schon eine Menge Schicksalsschläge, die er verarbeiten muss.«

Wes sah Jean an, er wirkte sehr ernst. »Jeder hat einen Punkt, an dem er zerbricht.«

»Gib ihr Zeit, Wes. Ich bin sicher, sie wird es schaffen«, sagte Jean zuversichtlich. Vielleicht kannte sie Brooke besser als Wes Sinclair und konnte ihre inneren Kräfte besser einschätzen als er. Seine Sorge um Brooke erstaunte sie jedenfalls überhaupt nicht. Sie hatte schon vor Jahren entdeckt, dass der Mann Hals über Kopf in Brooke verliebt war, und dass es einem Mann wie ihm bestimmt das Leben sehr schwer gemacht hatte, die Frau seines besten Freundes zu lieben. Sie schnalzte verächtlich mit der Zunge. Kein Wunder, dass die eitle, dämliche Sharon Dimarco keine Chancen bei ihm gehabt hatte. Wes war schlau genug gewesen, sie zu durchschauen.

Sie sah zu Wes, der sich gerade mit Hugh Thurtell unterhielt, und dann zu Brooke, die mit Reverend Dupayne zusammenstand. Brooke musste erst einmal ihre Trauer bewältigen, bevor sie an die Zukunft denken konnte. Daran, vielleicht woanders Glück zu finden. Sie schätzte, dass Brooke momentan keine Ahnung hatte, dass es für sie diese Möglichkeit überhaupt geben könnte. Wenn es so war, wie Jean vermutete, hatte Brooke gleich nach dem Motorradunfall begonnen, um Jason zu trauern. Jetzt musste sie auch mit seiner körperlichen Abwesenheit fertig werden. Wer weiß, was geschah, wenn sie das geschafft hatte?

Als sie in dieser Nacht im Bett lag, war Brooke zwar müde, gleichzeitig aber zu aufgewühlt, um zu schlafen. Ihr Gehirn lief auf Hochtouren. Die Tatsache, dass Jason endgültig von ihr gegangen war, sickerte langsam in ihr Bewusstsein und löste dort Wellen von Schuldgefühlen aus. Wenn sie nicht zu feige gewesen wäre, hätte sie ihn eher in ein Heim gebracht, und dann könnte er noch am Leben sein. Hatte sie aus Arroganz oder Selbstüberschätzung gehandelt, als sie dachte, sie könnte mit Craigs Hilfe so weitermachen? Ihr Gedanke war immer gewesen, dass es ihm helfen könnte, eine liebevolle Familie um sich herum zu haben, aber rückblickend wusste sie, dass sein Geisteszustand zu schwach gewesen war, als dass es ihm noch irgendetwas bedeutet hatte.

Die Kinder waren furchtbar traurig und in sich gekehrt seit dem Tod ihres Vaters, aber sie versuchten, tapfer zu sein. Die ganze Familie würde sich jetzt an ein Leben ohne Jason gewöhnen müssen. Die anstrengende Betreuung war ein Teil ihres Alltags geworden, aber jetzt, da sie wegfiel, bemerkten sie, wie Jason ihnen fehlen würde.

Brooke ließ den Blick durch das dunkle Zimmer schweifen, ohne das leere Bett neben dem ihren anzusehen, das durch das gespenstische Licht einer Straßenlaterne beleuchtet wurde.

Ihr kam der Gedanke, umzuziehen. Ja, entschied sie, das wäre eine gute Therapie – damit wären sie und die Kinder lange beschäftigt. Sie konnte sich auch nicht vorstellen, hier weiterhin zu wohnen. Zu den vielen glücklichen Erinnerungen hatten sich seit einiger Zeit viele traurige gesellt. Ein neuer Anfang in einem neuen Haus und mit einer neuen Praxis würde ihnen allen guttun.

Obwohl ihre Liebe allmählich gestorben war, wusste Brooke, dass sie Jason vermissen würde. Sie würde die allgemeinen Dinge vermissen, die zu einem Zusammenleben mit einem anderen Menschen dazugehörten. Er war ein wesentlicher Bestandteil ihres Lebens gewesen, und es würde schwer werden, nicht wie gewohnt an ihn zu denken, sich Sorgen um ihn zu machen und nach ihm zu sehen. Nicht dass sie alle Erinnerungen an ihn auslöschen wollte. Nein. Sie hatten eine wunderbare Liebesbeziehung gehabt, und obwohl sie das ein oder andere vielleicht gerne anders gehabt hätte, war ihr gemeinsames Leben so schön gewesen, dass sie es kaum hatte ändern wollen.

Da wurde ihr bewusst, dass sie mit ihren vierzig Jahren Witwe war. Mit dieser Erkenntnis stieg eine Panik in ihr auf, besonders, als sie an das einsame Leben dachte, das Jean geführt hatte, bevor Royce wieder in ihr Leben getreten war.

Allein. Wollte sie das? Konnte sie sich vorstellen, den Rest ihres Lebens allein zu verbringen? Würde sie sich jemals wieder verlieben können? Oh, Gott! Sie rollte sich auf den Bauch und ermahnte sich scharf, diesen Gedanken nicht weiter nachzugehen. Jason war gerade erst begraben worden. Sie vergrub ihr Gesicht im Kissen, damit keiner sie hören konnte, und weinte.

Als sie sich ausgeweint hatte, fühlte sie sich zwar ausgelaugt, aber seltsam ruhig. Sie hatte den Beschluss gefasst, dass sie etwas zu erledigen hatte: nämlich die Vergangenheit zu beerdigen, für immer. Sie musste die emotionale Last abwerfen, die sie seit Hobart mit sich herumgeschleppt hatte.

Sie setzte sich auf, boxte das Kissen in ihrem Rücken zurecht und fing an, Pläne zu schmieden. Zuerst würde sie ein neues Haus für die Familie suchen – und neue Praxisräume. Dann würde sie mit ihren Kindern eine Reise in ihre Heimat unternehmen. Sie wollte ihnen zeigen, wo sie aufgewachsen war, die Gräber ihrer Mutter und ihres Bruders besuchen, mit ihnen zu ihrer Universität gehen und zum Royal-Hobart-Krankenhaus, in dem sie gearbeitet hatte. Sie würde die alte Freundschaft mit Janice wieder aufleben lassen und endlich deren Ehemann kennenlernen. Anschließend wollte sie den Kindern Tasmanien zeigen, das Travis so sehr geliebt hatte. Sie hatte eine Art Pilgerfahrt vor sich, eine Möglichkeit, die Trauer loszuwerden, die ihr seit Jahren das Leben so schwer gemacht hatte. Instinktiv hatte sie erkannt, dass sie für ein neues Leben erst dann wirklich bereit wäre, wenn sie diese Fahrt hinter sich gebracht hatte.

Sie benötigte fast den ganzen Rest des Sommers, um Wilsons Cottage zu verkaufen und ein neues Haus zu finden. Avonlea war eine Farm mit fünfundzwanzig Hektar Land, ungefähr fünf Kilometer westlich von Bindi Creek, die über ausgezeichnetes Weideland verfügte. Die Zwillinge waren im Januar vierzehn geworden, woraufhin Adam beschlossen hatte, dass er nun alt genug wäre, um die Pferdezucht – speziell die der Rasse Quarter Horse – zu erlernen. Auf Avonlea fand er dafür ideale Startbedingungen.

In dieser Zeit hatte Brooke sich auch um neue Praxisräume gekümmert. Einer der Läden in Bindi hatte zugemacht – der Kuriositäten- und Gebrauchtwarenladen, der ein paar Meter neben dem Metzger lag. Brooke handelte einen Pachtvertrag mit dem Eigentümer aus und renovierte die Räumlichkeiten, damit sie ihre Praxis dort einrichten konnte. Dann gab sie ein Inserat auf, dass sie einen Stellvertreter suchte, und hatte Glück, dass eine Freundin von John Honeywell, Dr. Cate Creeley sich gerade nach genau so einer Stelle umsah. Brooke war sich zwar bewusst, dass es ihren Patienten wahrscheinlich nicht gefallen würde, schon wieder von einem Stellvertreter behandelt zu werden, aber sie sah keinen anderen Weg. Sie musste auf diese Reise in ihre Heimat gehen, ob die Patienten nun dafür Verständnis hatten oder nicht.

Noch jemand, der nicht damit einverstanden war, dass sie auf unbestimmte Zeit verreisen würde, war Wes. Seit Jason tot war, hatte er die Rolle des Beschützers übernommen, nicht nur für sie, sondern auch für den Rest der Familie, und war ziemlich besitzergreifend geworden. Sie hatte ihm ihre Gründe für die Pilgerfahrt erklärt und erwartet, dass er einsah, dass diese Reise notwendig war, um die Dämonen der Vergangenheit abzuschütteln. Aber dann hatte sie akzeptiert, dass Wes sich eben typisch wie Wes verhielt, und es auf sich beruhen lassen.

Am Tag ihrer Abfahrt bestand Wes darauf, sie zum Flughafen nach Sydney zu fahren. Nachdem sie ihr Gepäck aufgegeben, ihre Bordkarten erhalten hatten und zur entsprechenden Transit-Lounge gegangen waren, wanderten die Kinder herum, um sich alles anzusehen und Zeitschriften und andere nette Kleinigkeiten für den Flug zu kaufen.

»Du weißt also noch nicht, wie lange ihr wegbleiben werdet?«, fragte Wes zum vielleicht fünfzigsten Mal.

Sie bemerkte, wie gut er heute in seiner legeren Kleidung aussah. Er trug eine beigefarbene Hose und ein gemustertes Hemd, dessen Ärmel er aufgerollt hatte. Mit seinen braunen Lederstiefeln, die auf Hochglanz poliert waren, und dem breiten braunen Gürtel um seine Taille hatte er die angemessene Ausstrahlung eines wohlhabenden Gentlemans vom Lande.

»Nein. Vielleicht bleiben wir nur einen Monat, vielleicht auch drei. Wahrscheinlich wird die Länge der Reise dadurch bestimmt, wie lange wir mit dem Geld hinkommen.«

Sie standen beim Fenster und sahen hinunter auf die Rollbahnen, auf denen sich ein stetiger Strom an- und abfahrender Flugzeuge jeglicher Form und Größe bewegte. Sie sah ihn an. »Du verstehst das doch, oder? Dass ich für eine Weile… Abstand brauche von den Erinnerungen.« Er nickte, und sie fuhr fort. »Ich finde auch, dass die Kinder allmählich erfahren sollten, wie ich früher gelebt habe. Sie wussten so viel über Jasons Leben – dass er in Carcoar aufgewachsen war, dass ihr beide Freunde gewesen seid, und so weiter. Damit verglichen wissen sie kaum etwas über mich, und das möchte ich ändern.«

»Ja, sicher. Das verstehe ich ja. Es ist nur…« Er machte eine Pause und blickte finster drein. »Es wird mir seltsam vorkommen, so lange ohne dich und die Kinder zu sein.« Er sah sie an, als ob er sich ihre Gesichtszüge für immer einprägen wollte. »Was meinst du, seid ihr Ostern zurück?«

Wochenlang hatte er versucht, sich einzureden, dass er verstehen würde, warum sie diese Reise unternahm. Einerseits tat er das, aber verflixt und zugenäht, er wollte sie nicht gehen lassen. Sie und die Kinder waren zu einem so wichtigen Teil seines Lebens geworden, dass er einen furchtbaren Abschiedsschmerz fühlte. Er hatte verstanden, dass sie ihre Trauer um Jason hinter sich bringen musste. Teufel auch, er trauerte ja selber, wenn auch auf andere Art.

»Ostern? Ich bin mir nicht sicher. Ich kann es nicht versprechen und dann vielleicht alle enttäuschen.« Irgendetwas an Wes und an der Art, wie er sie so intensiv ansah, machte sie unruhig und löste Gefühle aus, die sie vorher noch nie an sich bemerkt hatte. Sie fühlte sich zwar nicht wirklich unbehaglich, aber verlegen. Sie versuchte, dieses törichte Gefühl zu verscheuchen und stellte fest, dass sie es nicht konnte. »Ich möchte nicht, dass die Zwillinge zu lange in der Schule fehlen, also werden wir höchstwahrscheinlich deutlich vor Ostern zurück sein.«

Gut, er wusste jetzt, wie lange er warten musste. Und weil sie gleich von ihm weggehen würde, entschied er, dass es Zeit wurde, dass sie erfuhr, was er für sie fühlte. Das war natürlich ein Risiko – es könnte sie erschrecken oder bewirken, dass sie sich künftig von ihm distanzierte – aber er musste es ihr einfach sagen.

»Okay, Brooke. Geh und tue, was du zu tun hast, aber«, hier machte er eine Pause und musste dringend noch einmal Luft holen, weil die nächsten Worte die wichtigsten sein würden, die er je zu ihr gesagt hatte, »du sollst wissen, dass, wo immer du hingehst und wie lange es auch dauern wird, bis du zurückkommst, zu Hause jemand auf dich wartet, dem du am Herzen liegst – sehr sogar.« Er war es losgeworden! Um sein Bekenntnis zu bekräftigen, beugte er sich vor und küsste sie zögernd auf den Mund, was er bisher noch nie getan hatte.

»Was?« Sein Kuss prickelte noch auf ihren Lippen, automatisch hob sie ihre Hand, um sie zu berühren. In diesem Augenblick erstarb der Flughafenlärm um sie herum – Gespräche, Lautsprecher, aus denen scheppernd Fluganküdigungen röhrten, alles war weg – und es schien, als ob es nur sie beide geben würde, wie sie dicht voreinander standen. *Wes liebte sie! Sie!* Sie schüttelte den Kopf und konnte es nicht fassen. Nein, sie hatte ihn bestimmt missverstanden.

Er sah, wie ihre braunen Augen vor Verwirrung groß wurden, als sie zu ihm aufblickte. »Ich weiß, es ist zu früh«, sagte er, »mein Timing ist schlecht, aber ich wollte, dass du weißt, dass ich dich schon lange liebe. Wenn du es nicht schon geahnt hast.«

Er lächelte zu ihr hinunter. »Ich liebe dich, Brooke d'Winters, und ich werde zu Hause auf dich warten. Wenn du zurückkommst, hoffe ich darauf, dass du irgendwann etwas für mich empfinden wirst. Ein Gefühl, das über Freundschaft hinausgeht.«

»Wes, ich … ich.« Seine Liebeserklärung kam so überraschend, dass sie wie vor den Kopf geschlagen war. Sie hätte sich niemals vorgestellt, niemals gedacht, dass … Wes! »Ich weiß überhaupt nicht, was ich sagen soll. Ich hatte keine Ahnung!«

Die Flugbegleiterin verkündete, dass die Passagiere die Maschine nach Launceton jetzt besteigen konnten, gleichzeitig kamen die Kinder mit ihren Einkäufen zurück und verursachten ein Durcheinander, das erst einmal geordnet werden musste.

»Sag noch nichts dazu«, sagte Wes leise, als er ihr und den Kindern dabei half, ihr Bordgepäck zusammenzusuchen und sich zur Schlange zu begeben. »Denk einfach darüber nach, was ich dir gesagt habe. Darüber wäre ich schon sehr froh.« Er lächelte sie verwegen an. »Und denk dran, ich erwarte jede Menge Postkarten.« Er grinste weiter, als ob er gerade den ersten Platz bei einem Rodeo gewonnen hätte, weidete sich an Brookes immer noch erstauntem Gesichtsausdruck. »Ab mit euch, und amüsiert euch! Das ist ein Befehl.«

Erst zerzauste er die Haare der Zwillinge, dann gab er ihnen die Hand, drückte Sheridan in einer riesigen Umarmung an sich und nahm dann Brooke in die Arme, jedenfalls so lange, wie es der Anstand zuließ. Dann scheuchte er sie alle den Gang hinunter zum Flugzeug.

Das Flugzeug hob ab. Brooke lehnte sich in ihrem Sitz zurück, lauschte dem Dröhnen der Motoren und musste zugeben, dass sie sich in einem leichten Schockzustand befand. Sie schloss die Augen, aber sofort tauchte Wes' ehrliches, markantes Gesicht auf. In Gedanken spulte sie die vergangenen Jahre zurück. Sie hatte vieles als selbstverständlich hingenommen: dass er ihr das Reiten beigebracht hatte, sie unterstützt hatte, als Jason im Krankenhaus war und auch hinterher. So viele Gefälligkeiten. Ja, jetzt erkannte sie es auch, dass er sich etwas aus ihr machte. Und damals, als sie ihn dabei erwischt hatte, dass er sie so anstarrte, als ob … als ob …

Oh, Gott! Ihre Wangen färbten sich plötzlich knallrot. Auf einmal fügte sich alles zusammen, besonders warum Sharon Dimarco sie so leidenschaftlich gehasst hatte. Weil Wes Gefühle für *sie* hatte!

Ein seltsamer Schauer lief durch ihren Körper, als sie sich daran erinnerte, was er im Flughafen zu ihr gesagt hatte. Zu Hause liegst du jemandem sehr am Herzen. Sie musste lächeln, als sie merkte, wie gut es sich anfühlte, von ihm geliebt zu werden. Sie öffnete die Augen und starrte den Sitz vor ihr an. Wes' Liebeserklärung gab ihr viel Stoff zum Nachdenken, und obwohl es zu früh war, um an eine Beziehung zu denken – war es doch, oder? –, wusste sie, dass sie über ihn und das, was er gesagt hatte, nachdenken würde. Ach ja, sie würde viel an ihn denken.

Sheridan berührte ihren Arm und sprach sie mit etwas besorgter Stimme an: »Alles in Ordnung, Mum?«

»Ja, Liebes, mir geht es gut.« Brookes Lächeln wurde breiter, und sie streichelte die Wange ihrer Tochter. »Ich glaube, jetzt wird alles gut werden.«

DANKSAGUNG

Ich bedanke mich bei Selwa Anthony, einer außergewöhnlichen Literaturagentin, dafür, dass sie ihre Kenntnisse über das Gebiet um Cowra mit mir geteilt hat. Außerdem danke ich Dr. Kathy Cristofani für ihre medizinischen Auskünfte. Ellen Weston hat mir mit ihrem umfassenden Wissen über das Landleben sehr geholfen. Und ich danke meinen Lektorinnen, Linda Funnell und Jane Morrow. Das Buch *Cowra on the Lachlan*, herausgegeben von Joan Marriott, hat mich ebenfalls mit unglaublich vielen Informationen versorgt.